세계문학

이란

무엇인가

지은이

김욱동(金旭東, Kim Wook-Dong)

한국외국어대학교 영문과 및 동 대학원을 졸업한 뒤 미국 미시시피대학교에서 영문학 문학석사 학위를, 뉴욕주립대학교에서 영문학 문학박사를 받았다. 포스트모더니즘을 비롯한 서구 이론을 국내 학계와 문단에 소개하는 한편, 이러한 방법론을 바탕으로 한국문학과 문화 현상을 새롭게 해석하여 주목을 받았다. 현재 서강대학교 인문대학 명예교수다. 저서로는 『모더니즘과 포스트모더니즘』, 『포스트모더니즘』, 『번역의 미로』, 『소설가 서재필』, 『오역의 문화』, 『번역과 한국의 근대』, 『시인은 숲을 지킨다』, 『문학을 위한 변명』, 『지구촌 시대의 문학』, 『적색에서 녹색으로』, 『부조리의 포도주와 무관심의 빵』, 『문학이 미래다』, 『외국문학연구회와 『해외문학』』, 『아메리카로 떠난 조선의 지식인들』 등이 있다.

세계문학이란 무엇인가

초판 인쇄 2020년 11월 10일 **초판 발행** 2020년 11월 20일

지은이 김욱동 **펴낸이** 박성모 **펴낸곳** 소명출판

출판등록 제13-522호 **주소** 서울시 서초구 서초중앙로6길 15, 2층

전화 02-585-7840 **팩스** 02-585-7848

전자우편 somyungbooks@daum.net **홈페이지** www.somyong.co.kr

값 27,000원

ISBN 979-11-5905-564-5 93890

이 도서는 한국출판문화산업진흥원의 '2020년 우수출판콘텐츠 제작 지원' 사업 선정작입니다.

What Is World Literature?

세계문학 이란 무엇인가

김욱동 지음

소명출판

이 세계는 아무리 광활해도
한낱 조국을 확장해 놓은 것에 지나지 않는다.

요한 볼프강 폰 괴테

기대 반 우려 반 속에 새천년을 맞이한 지가 바로 엊그제 같은데 21세기도 벌써 20여 년 가까운 세월이 훌쩍 흘렀다. 21세기 전반기 지금 세계 문단에서 가장 핵심적인 화두로 떠오르는 주제가 과연 무엇일까? 두말할 나위 없이 '세계문학'일 것이다. 무역과 경제에서 시작한 세계화는 마침내 문학과 문화 분야에까지 그 손을 뻗었다. 좋은 의미든 나쁜 의미든 지금 세계화의 힘이 미치지 않는 곳이 거의 없다시피 하다. 저 고대 그리스 신화에 등장하는 미다스 왕처럼 세계화는 손이 닿은 것이라면 무엇이든지 다른 모습으로 바꾸어 버린다. 세계문학이라는 것도 결국 번지르르한 포장을 걷어내고 보면 세계화가 문학 분야에서 나타난 현상을 가리키는 것에 지나지 않는다. 그러니까 우리는 지금 '문학 세계화의 시대'에 살고 있는 셈이다.

세계문학은 지금 세계문학사의 마지막 장을 화려하게 장식하고 있다. 그래서 그런지는 몰라도 문학과 관련한 모임에서 '세계문학'이라는 말을 한두 마디 입에 올리지 않으면 어딘지 모르게 시대에 뒤떨어져 있는 듯한 느낌마저 든다. 이렇듯 세계문학은 이제 21세기 전반기를 특징 짓는 키워드가 되다시피 하였다. 키워드라기보다는 차라리 21세기 문학이라는 집의 현관문을 여는 열쇠라고 할 수 있다. 열쇠 없이 집에 들어갈 수 없듯이 세계문학 없이는 이제 21세기 문학을 제대로 이해할 수 없는 단계에 이르렀다.

물론 세계문학을 부정적으로 보는 학자들이 전혀 없는 것은 아니다. 어떤 학자는 세계문학이 도전적이기는 하지만 주제넘고 오만하다고 지적한다. 어떤 사람은 세계문학이 북대서양 조약 기구(NATO)처럼 상호 방어적 성격이 강하다고 불평한다. 그런가 하면 세계문학이란 한낱 가청 주파수를 모두 포함하는 '백색 소음' 또는 전 지구에 걸쳐 들리는 '와자지껄한 소리'에 지나지 않는다고 헐뜯는 학자나 비평가도 있다. 그러나 이러한 비판은 어디까지나 어떤 이데올로기에서 비롯한 것일 뿐 실제 사실과는 적잖이 거리가 멀다. 21세기도 벌써 4반세기로 접어든 지금 세계문학만큼 희망적인 문학 담론도 찾아보기 어렵다. 인류 문명사와 문화사에서 처음으로 우리는 참으로 보편적인 세계문학의 탄생을 목도하고 있다. 일찍이 요한 볼프강 폰 괴테가 꿈꾸던 세계문학을 이룩할 수 있을까? 그래서 거북 등처럼 갈라진 갈등과 반목의 골을 세계문학의 힘으로 조금이라도 메울 수 있을까?

　나는 평생 좁게는 영문학, 더 넓게는 외국문학을 연구해 왔지만 그동안 한 번도 한국문학을 뇌리에서 잊어본 적이 없다. 한국문학이라는 담장 안과 외국문학이라는 담장 바깥을 끊임없이 오가며 두 문학 사이에서 징검다리 구실을 하려고 노력해 왔다. 그래서 어떤 이들은 나를 두고 빈정대는 말투로 '화전민 학자'라고 부르면서 눈을 흘기기도 하였다. 정착민처럼 한곳에 안주하여 전공 분야를 깊이 천착하는 대신 여기저기 옮겨 다니며 불을 지른다는 것이다. 그럴 때마다 나는 그들에게 이왕이면 '화전민 학자'보다는 쥘 들뢰즈 식으로 '유목민 학자'라는 용어로 불러 달라고 주문하면서 학자에는 '정착민 학자'와 '유목민 학자'의 두 부류가 있다고 대꾸하곤 하였다. 그러면서 근대 학문의 역사가 비교적 짧은 한국 학계에는 '정착민 학자' 못지않게 필요한 것이

'유목민 학자'라고 항변하였고, 지금도 이러한 생각에는 조금도 변함이 없다. 학문에는 한 우물을 깊게 파는 것도 중요하지만 땅을 넓게 개간하는 것도 중요하다. 경제학에서 사용하는 용어를 빌려 말하자면 학문 연구 방법에도 '미시적 방법'과 '거시적 방법'이 있는 법이다. 그중에서 나는 거시적 방법을 택했을 뿐이다.

내가 한국 학계와 문단에 처음 알려지기 시작한 것은 아마 1980년대부터 포스트모더니즘을 소개하고 그 이론을 바탕으로 한국문학과 한국 문화 현상을 새롭게 읽으면서일 것이다. 대우학술총서로 『포스트모더니즘의 이론—문학 / 예술 / 문화』(민음사)를 출간한 것이 1991년이다. 그로부터 20여 년 뒤 '문학의 기본 개념' 총서로 『포스트모더니즘』(연세대 출판부, 2008)을 출간하기까지 나는 포스트모더니즘과 관련한 저서를 여러 권 펴냈다. 그동안 내가 관심을 기울여 온 수사학을 비롯한 대화주의, 소수민족 문학, 다문화주의, 민속학, 환경 문학, 번역학 등도 넓게는 보면 포스트모더니즘의 자장磁場에서 크게 벗어나지 않는다. 만약 내가 포스트모더니즘의 세례를 받지 않았더라면 내 학문의 방향은 아마 지금과는 상당히 달라졌을 것이다. 문학과 문화를 상대적 관점에서 좀 더 넉넉한 시선으로 바라볼 수 있었던 것은 포스트모더니즘 덕분이다. 포스트모더니즘은 얼핏 보면 묶은 달력처럼 한물 지난 낡은 이론 같지만 아직도 살아 숨 쉬면서 우리의 생각과 삶에 여전히 크고 작은 영향을 끼치고 있다. 엄밀히 따지고 보면 거대담론에 대한 회의에서 출발한다는 점에서 세계문학도 포스트모더니즘에서 태어난 자식이라고 할 수 있다.

나는 이 책에 "세계문학이란 무엇인가?"라는 제목을 내걸었다. 그런데도 이렇게 질문만 던져놓고 막상 이 질문에 제대로 답하지 않은 것 같다. 물론 세계문학은 갓 태어난 신생아처럼 여전히 자라고 있어, 그 개념과 성격을 규정 짓기란 아직 시기상조인 데다 도전하기에 쉽지 않은 분야다. 또 나의 능력이 부족한 탓도 있을 것이다. 내가 견문이 적어 그런지 몰라도 세계문학이 무엇인지 똑 부러지게 정의 내린 학자를 나는 아직껏 만나지 못하였다. 그나마 하버드 대학교의 데이비드 댐로쉬 교수와 덴마크의 학자 마즈 로젠달 톰센 교수 정도가 있을 뿐이다. 댐로쉬는 그동안 『세계문학이란 무엇인가?』(2003)를 비롯한 일련의 단행본 저서에서 세계문학의 개념과 성격을 밝히는 데 온 힘을 기울였다. 한편 톰센은 『세계문학 지도를 만들다』(2008)에서 세계문학의 지형도를 작성하려고 노력하였다. 이 두 학자의 저서가 여러모로 큰 도움은 되었지만 세계문학의 모습을 제대로 헤아리기에는 여전히 아쉬움과 미련이 남는다. 이를 달리 표현하면 세계문학은 앞으로 어떻게 발전해 나갈지 예측하기 어렵다는 말이 된다. 나는 이 책에서 비록 세계문학이 과연 무엇인지 정확한 개념과 성격을 똑 부러지게 규정 짓지는 않았지만 앞으로 이 분야를 좀 더 본격적으로 논의하는 데 필요한 여러 중요한 문제를 다루었다. 말하자면 나는 세계문학 담론이라는 집을 짓는 데 필요한 기초 작업을 마친 것에 지나지 않는다. 내가 마련해 놓은 토대 위에 그 집을 짓는 것은 어디까지나 후학들의 몫이라고 위안 삼는다.

포스트모더니즘이 내 학문의 출발역이었다면 세계문학은 내 학문의 종착역이다. 돌이켜보면 포스트모더니즘은 나의 첫사랑이었다. 물론 첫사랑을 잊고 학문적으로 방황한 때도 있었던 것 같다. 앞으로 내

학문적 생애는 세계문학과 관련한 논문과 단행본을 집필하는 것으로 마감할 것 같다는 생각이 든다. 국내에서 출간하건 외국에서 출간하건 나는 앞으로 이 분야를 좀 더 깊이 있게 연구할 것이다. 지금 펴내는 이 책은 한낱 세계문학의 서론에 지나지 않는다. 이 책을 시작으로 나는 세계문학을 좀 더 깊이 있고 정교하게 다듬어 본론에 해당하는 책들을 집필할 것이다.

요즈음 스마트폰과 태블릿 PC 같은 디지털 기기에 온정신이 팔린 나머지 사람들은 좀처럼 책을 읽지 않는다. 일반 독자들은 말할 것도 없고 학생들마저 책을 멀리한다. 이러한 부독不讀의 시대와 무독無讀의 시대에 책을 만든다는 것은 여간 큰 용기가 아니고서는 할 수 없는 일이다. 특히 요즈음처럼 경제가 어려운 시기에는 더더욱 그러하다. 그런데도 이렇게 이 책의 출간을 선뜻 허락해 주신 소명출판의 사장님, 그리고 이 책이 햇빛을 보기까지 온갖 궂은일을 맡아 준 편집부 선생님께 감사드린다. 또한 '우수출판콘텐츠 제작 지원 사업'으로 이 책의 출간을 지원해 준 한국출판문화산업진흥원에게도 감사한다. 국내 자료는 말할 것도 없고 구하기 힘든 국외 자료들까지 신속하게 구해 준 울산과학기술원(UNIST) 학술정보원 선생님들에게도 이 자리를 빌려 고마움을 전한다. 이 작은 책이 세계문학의 험난한 산에 오르려는 독자들에게 조금이라도 안내자 구실을 할 수 있다면 저자로서는 이보다 더 큰 보람이 없을 것이다.

2020년 가을 해운대에서
김욱동

차례

제1장
세계문학의 고고학

"지금 한 유령이 유럽을 배회하고 있다. ― 공산주의라는 유령이 바로 그것이다." 카를 마르크스와 프리드리히 엥겔스는 『공산당 선언』(1848)을 이렇게 시작한다. 서구 역사에서 성경 다음으로 가장 많이 팔린다는 이 조그마한 책에서 두 사람은 계속하여 "옛 유럽의 모든 세력, 즉 교황과 차르, [클레멘스 폰] 메테르니히와 [프랑수아 피에르] 기조, 프랑스의 급진파와 독일의 비밀경찰이 이 유령을 사냥하려고 신성동맹을 맺었다"고 밝힌다.[1] 마르크스와 엥겔스가 이 선언을 발표한 것은 19세기의 긴 터널을 한중간쯤 지나갈 무렵이었다. 그로부터 100여 년이 지난 20세기 중엽 이후 포스트모더니즘이라는 유령이 유럽과 미국을 배회하더니 한국을 비롯한 동아시아에도 상륙하였다.

그러더니 그로부터 50년도 채 지나지 않고 새천년을 맞이한 지 20여 년도 되지 않은 지금, 이번에는 또 다른 유령이 유럽과 미국을 떠돌고 있다. 지금 그 유령의 이름은 '공산주의'도 '포스트모더니즘'도 아닌 '세

---

1 Karl Marx · Friedrich Engels, ed. Gareth Stedman Jones, *The Communist Manifesto*, London: Penguin Classics, 2002, p.218.

카를 마르크스와 프리드리히 엥겔스가 집필하여 1848년 2월 발표한 『공산당 선언』.

계문학'이다. 세계문학사의 맨 마지막 장章을 화려하게 장식하는 세계문학은 지금 유럽과 미국을 중심으로 마치 들불처럼 무섭게 번져나가고 있다. 특히 유럽과 비교하여 문학 전통이 그렇게 깊지 않은 데다 다인종과 다문화 사회인 미국에서는 세계문학에 관한 관심이 여간 크지 않다. 십여 년 전부터 세계문학의 불길은 이제 한국을 비롯한 동아시아에도 번지기 시작하였다.

그래서 그런지 이제 '세계문학'이라는 용어를 한두 마디 입에 올리지 않으면 어딘지 모르게 세계화의 대열에서 낙오한 듯한 느낌마저 든다. 이렇듯 세계문학은 21세기 문학 담론에서 가장 핵심적인 화두가 되다시피 하였다. 그런데 이 용어를 자주 입에 올리면서도 막상 누군가가 그것이 과연 무엇을 뜻하는지 물으면 선뜻 대답하지 못하고 망설이게 된다. 그만큼 세계문학은 이름만 널리 알려져 있을 뿐 그 개념이나 성격은 아직도 오리무중 상태에 있다. 그러고 보니 세계문학을 공산주의나 포스트모더니즘처럼 유령에 빗대는 것도 그다지 무리는 아닌 것 같다.

괴테와 세계문학

　그렇다면 세계문학은 과연 언제 어디서 그리고 어떻게 시작한 것일까? 그 역사를 거슬러 올라가다 보면 지금으로부터 200여 년 전, 그러니까 18세기 초엽 독일 바이마르 공국과 그곳에 살고 있던 독일의 문호요 시성詩聖인 요한 볼프강 폰 괴테를 만나게 된다. 흔히 '세계문학의 대부代父'로 일컫는 괴테는 1827년 1월, 일흔일곱 살의 나이로 자기 저택의 서재에서 비서요 말벗인 서른다섯 살의 요한 페터 에커

괴테가 제자 겸 비서인 요한 페터 에커만에게 구술하는 장면. 요한 요셉 시멜러 그림.

만과 대화를 나눈다. 문학청년 시절부터 괴테를 무척 흠모해 오던 에커만은 이 무렵 일정한 직업도 없이 바이마르에 살면서 일주일에 몇 번씩 괴테의 집에 찾아와 비서처럼 스승의 원고를 정리해 주기도 하고 식사를 같이하면서 그의 말벗이 되어 주기도 하였다. 아내와 사별하고 가정부와 함께 살고 있던 괴테로서는 에커만의 방문이 여간 반갑지 않았다. 에커만이 괴테를 얼마나 흠모했는지는 그가 스승을 '다면체의 다이아몬드'에 빗대면서 저마다의 각도에서 서로 다른 빛을 찬란하게 내뿜는다고 말한 데서도 단적으로 엿볼 수 있다.

　1827년 1월 31일, 괴테는 며칠 만에 찾아온 에커만에게 그동안에

있었던 소식 한 토막을 전해 준다. 최근에 책을 몇 권 읽었는데 그중에서도 중국 소설 한 권이 무척 감명 깊었다고 말한다. 아주 훌륭한 책으로 그 책의 여운이 아직도 마음속에 남아 있다는 것이다. 실제로 이 무렵 괴테는 4~5세기 무렵에 활동한 인도의 극작가 칼리다사가 산스크리트어로 쓴 『샤쿤탈라』, 중세 페르시아 시인 하피스의 작품, 그리고 세르비아의 문학 작품을 읽고 있었다. 괴테는 독일의 동양학자 요제프 폰 함머가 독일어로 번역한 하피스 작품에서 큰 영감을 받고 『동서東西 시집』(1819)을 썼다. 이 시집의 첫머리에서 괴테는 이렇게 노래한다.

> 하피스여, 나
> 그대와, 오로지 그대와
> 힘 겨루어 보련다.
> 신명도 고통도 우리 둘,
> 쌍둥이처럼 서로 함께 나누자!

이 작품에서 서유럽의 대표적인 시인 괴테는 동방의 대표적인 시인이라고 할 하피스에게 신명도 고통도 둘이서 함께 "쌍둥이처럼" 나누자고 제안한다. 시집 제목처럼 서양과 동양은 이제 그동안 가로 놓여 있던 장벽을 허물고 서로 창조적으로 친밀한 관계를 맺을 것을 노래한다. 이 무렵 괴테가 서유럽의 굴레에서 벗어나 비서유럽 세계와 접촉을 꾀하려고 얼마나 노력했는지 가늠해 볼 수 있다.

또한 괴테는 이 무렵 자신의 작품이 영국이나 프랑스 같은 유럽의 다른 나라에서 번역되어 읽히고 있는 사실에도 깊은 관심을 보이면서 한껏 고무되어 있었다. 심지어 그는 언젠가 에커만에게 이제는 더 독일어로 『파우스트』를 읽는 것을 좋아하지 않으며, 프랑스에서 새로 번역한 번역본으로 읽고 있는데 "새롭고 신선하고 생기가 넘친다"고 감탄할 정도였다.

1927년 1월의 마지막이 뉘엿뉘엿 기울던 날, 에커만은 중국 소설을 읽고 감명을 받았다는 괴테의 말을 듣자 자못 놀라는 표정을 지으며 "중국 소설이라고요! 이상할 게 틀림없습니다!"[2]라고 냉담하게 대꾸한다. 그러자 괴테는 "자네가 생각하는 것처럼 전혀 이상하지 않다네. 중국인들도 우리와 거의 똑같이 생각하고 행동하고 감정을 느끼거든. 다만 그 사람들이 우리보다 좀 더 분명하고 순수하고 예의 바르게 행동한다는 점을 제외하고는 말일세"[3]라고 말한다. 괴테는 잠시 말을 멈춘 뒤 다시 말을 이어나간다. "중국인들에게는 모든 게 질서정연하고 시민답고 지나친 열정이나 시적인 비약이 없다네. 내 작품『헤르만과 도로테아』나 리처드슨의 영국 소설들과 비슷하다고나 할까."[4] 여기서 괴테가 언급하는 『헤르만과 도로테아』는 1797년, 그러니까 그가 마흔일곱 살의 원숙한 나이에 쓴 작품으로 스물다섯 살 때 폭풍 같은 열정으로 쓴 『젊은 베르터의 슬픔』(1774)과는 아주 대조되는 작품이다. 다시 말해서 후자가 질풍노도의 낭만주의 세례를 강하게 받고 쓴 작품이라면, 전자는 이성과 조화와 균형을 목숨처럼 소중하게 생각하는

---

2   Johann Wolfgang von Goethe, trans. John Oxenford, *Conversations with Johann Peter Eckermann (1823~1832)*, New York: North Point Press, 1984, p.133.

3   Goethe, *Conversations with Johann Peter Eckermann*, p.174.

4   Goethe, *Conversations with Johann Peter Eckermann*, p.173.

고전주의 전통에서 쓴 작품이다. 한편 괴테가 영국 작가 새뮤얼 리처드슨의 소설을 언급하는 것은 그가 읽은 중국 작품이 최초의 영국 소설로 흔히 평가받는 『패밀러』(1740)처럼 서간체 형식으로 쓰였기 때문이다.

괴테가 읽었다는 중국 소설은 명나라 말엽과 청나라 초엽에 나온 장편 서사시 『화전기花箋記』라는 서간체 소설이다. 흔히 '제8재자서第八才子書', 즉 천재적 작가가 쓴 여덟 번째 작품이라는 꼬리표가 붙어 있지만, 이 책은 서양인들은 말할 것도 없고 심지어 중국인들에게도 적잖이 낯선 작품이다. 예로부터 중국에서는 새봄이 오면 청춘남녀가 애틋한 마음을 담아 이성에게 보내던 사랑의 편지를 '화전', 즉 꽃 편지라고 불렀다. '箋'은 '찌지 전'이라고 훈독하는데 특별히 기억할 만한 내용을 적어두는 좁은 종이쪽지를 말한다. 그러니까 화전이란 종이쪽지에 적은 연애편지를 가리킨다. 종이가 발명되어 널리 쓰이기 전에는 대나무를 얇게 깎아 그 위에 글씨를 써서 엮은 '죽간竹簡'을 사용하였다. 여기에 '주註'처럼 좀 더 보충할 내용이 생기면 작은竹 대나무竹 조각을 덧붙여 달았기 때문에 두 글자를 합쳐 '箋'이라는 글자를 만들어냈다. 그러다가 '箋'은 조그마한 종이쪽지나 그러한 쪽지에 쓰는 편지를 가리키는 말로 더욱 널리 사용되었다. 『화전기』는 제목 그대로 연정을 품은 청춘남녀가 새봄을 맞아 사랑하는 사람에게 편지로 애정을 전하는 작품이다.

그런데 괴테가 읽은 책은 물론 중국어 원서가 아니라 몇 해 전 피터 페링 톰스라는 영국인이 『중국인의 구애』(1824)라는 제목으로 번역하여 출간한 영어본이다. 톰스는 이 서간체 소설을 운문으로 번역하였다. 실제로 괴테는 이 책에서 영향을 받고 꽃과 자연을 찬양하는 14편의 짧은 시를 한데 모아 『중국과 독일의 시각과 계절』(1827)이라는 책을 출간하기도 하였다. 동화 작가로 유명한 빌헬름 그림은 그의 형 야코프에게 보낸 편지에서 괴테가 이 시집을 집필한 것은 중국 작품보다는 오히려 페르시아 시인 하피스의 영향을 받은 것이라고 밝혔다. 그러면서 빌헬름은 야코프에게 놀랍게도 괴테가 지금 아랍어를 공부하고 있다는 소식을 전하기도 하였다.

에커만은 괴테가 중국 소설과 중국인에 관하여 자못 진지하게 말하는 것을 듣자 크게 놀라는 표정을 지으며 그러한 중국 작품이 정말로 읽을 만한 가치가 있는 것이냐고 다시 한 번 따져 묻는다. 독일의 변방 빈젠에서 태어나 괴팅겐에서 잠시 대학을 다니던 중 괴테를 찾아 바이마르로 와 그곳에 눌러앉아 살고 있던 에커만으로서는 스승의 말이 좀처럼 이해가 가지 않았기 때문이다. 그러자 괴테는 에커만에게 다시 이렇게 대답한다.

나는 점점 더 시란 모든 인류의 공동 재산으로 어느 시대나 어느 장소에서나 많은 사람에게 호소력을 지닌다고 확신하네. (…중략…) 우리 독일인들은 너무 쉽게 이러한 현학적 자만에 빠진다네. 그래서 나는 내 주변의 외국들을 둘러보는 것을 좋아하지. 그리고 모든 사람도 나와 똑같이 그렇게 했으면 하네. 민족문학이란 이제 별다른 의미가 없어진 용어거든. 세계문학(Weltliteratur)의 시대가 도래했으니 모든 사람이 함께 노력을 기울여 그 시대가 빨리 다가오도록 해야 할 걸세.[5]

적지 않은 학자들은 바로 이날, 그러니까 1827년 1월 31일 오후에 바이마르에서 '세계문학'이 고고呱呱의 성聲을 지르며 태어났다고 입을 모은다. 이 무렵 바이마르는 겨우 7천여 명의 주민이 살던 독일 변방 도시로 화려한 파리의 문화적 그늘에 가려 제대로 기를 펴지 못하고 있었다. 그런데 이 변방 도시에서 괴테는 에커만에게 민족문학이 가고 이제 세계문학이 마침내 도래했다고 천명한다. 단순히 천명하는 것에 그치지 않고 더 나아가 모두 힘을 합쳐 그것이 빨리 다가오도록 노력해야 한다고 힘주어 말한다. 프리츠 스트리치는 『괴테와 세계문학』(1949)에서 괴테가 말한 세계문학을 '마술적 용어'라고 부르면서 이 용어에서는 "해방감, 즉 공간과 범위가 확장된 듯한 느낌이 든다"[6]고 지적한다. 그러면서 그는 괴테가 이 무렵만큼 그렇게 드러내놓고 세계문학의 관점에서 이해되고 싶어 한 적이 없었다고 주장한다.

물론 엄밀히 말하면 '세계문학'이라는 용어를 맨 처음 사용한 사람은 괴테가 아니었다. 괴팅겐 대학교 교수요 역사학자이자 시사평론가

---

5   Goethe, *Conversations with Johann Peter Eckermann*, p.175. 여기서 '민족문학'과 '민족주의문학'의 개념을 분명히 짚고 넘어가는 것이 좋을 듯하다. 지금까지 민족문학이 이광수를 중심으로 한 민족주의 문학을 가리키는 반면, 프롤레타리아 문학은 카프 계열의 문학을 가리키는 것이 보통이었다. 이러한 경향은 특히 1930년대 외국문학연구회 회원들과 카프 계열에 속한 작가들이나 이론가들 사이에서 벌어진 일련의 논쟁에서 두드러지게 드러난다. 그러나 김윤식(金允植)의 지적대로 한국인이 한국어로 한국의 사상과 감정을 표현한 문학은 이념이나 계급과 관계없이 모두 '민족문학'으로 규정지어야 한다. 다시 말해서 '민족문학'은 '프로문학'의 대립 개념보다는 '세계문학'의 대립 개념으로 사용하는 것이 좋을 것이다. 한편 '계급문학'과 대립하는 개념으로는 '민족주의 문학'이나 '순수문학'이라는 용어를 사용하는 것이 타당하다. 김윤식의 '민족문학' 개념에 대해서는 김윤식, 『한국 현대문학 비평사』, 서울대 출판부, 1982, 113~114면 참고 외국문학연구회의 절충주의적 태도에 관해서는 김욱동, 『외국문학연구회와 『해외문학』』, 소명출판, 2020, 365~380면 참고
6   Fritz Strich, *Goethe and World Literature*, New York: Hafner, 1949, p.3.

인 아우구스트 루트비히 폰 슐뢰처가 이 용어를 처음 사용한 것으로 알려져 있다. 괴테보다 반세기 앞서 슐뢰처는 『아이슬란드 문학과 역사』(1733)라는 책에서 '세계문학'이라는 용어를 처음 사용하였다. 또한 이 무렵 독일의 시인 크리스토프 마르틴 빌란트도 이 용어를 사용하였다. 그러나 슐뢰처와 빌란트는 비록 시기적으로 괴테보다 앞서 '세계문학'이라는 용어를 사용했지만 괴테만큼 세계문학에 그렇게 깊은 관심을 기울이지는 않았다.

그러나 좀 더 엄밀히 말하자면 괴테는 1827년 1월 31일 에커만에게 '세계문학'이라는 용어를 처음 언급한 것은 아니다. 이보다 두 주 앞서, 그러니까 1월 15일 자 일기에서도 그는 '세계문학'이라는 용어를 사용하였다. 이 무렵 그는 또 다른 일기에 자신의 희극 작품 『토르콰토 타소』(1790)가 프랑스에서 각색되어 공연된 사실과 관련하여 인류가 진보하고 전 세계에 걸쳐 인간과 인간 사이의 관계가 과거보다 훨씬 더 좋아질 것으로 내다보았다. 그러면서 괴테는 "지금은 보편적인 세계문학이 형성되는 과정에 있고, 이 과정에서 우리 독일인들이 명예로운 역할을 하도록 요구받고 있다고 확신한다"고 적는다. 그 이듬해에도 괴테는 유럽의 여러 나라에서 발행되고 있는 잡지와 관련하여 "이러한 잡지들이 좀 더 넓은 독자층을 확보하면서 우리가 기대하는 보편적인 세계문학에 가장 효과적으로 이바지할 것이다"라고 적기도 한다.[7]

---

7 Johann Wolfgang von Goethe, "On World Literature", eds. Theo D'haen · César Domínguez · Mads Rosendahl Thomsen, *World Literature: A Reader*, London: Routledge, 2013, p.11.

괴테는 그 뒤로도 1832년 사망할 때까지 에커만과의 대화를 비롯하여 일기, 논문, 연설 등에서 이 '세계문학'이라는 용어를 무려 스물한 번 정도 사용하였다. 물론 제비 한 마리가 왔다고 봄이 오는 것은 아닐지 모르지만, 제비 한 마리가 봄을 알리는 전령사 역할을 하는 것만은 틀림없다. 괴테의 일련의 언급은 세계문학이 태어나는 데 그야말로 산파 역할을 했다고 할 수 있다. '세계문학'이라는 용어는 에커만이 괴테가 사망한 뒤 『괴테와의 대화』(1835)를 출간하면서 더욱더 널리 알려지게 되었다. 이제 세계문학 하면 괴테를, 괴테 하면 세계문학을 자연스럽게 떠올리는 사람이 적지 않다.

그렇다면 괴테는 하필이면 왜 1820년대에 이르러 세계문학을 언급하였을까? 이 물음에 답하기 위해서는 무엇보다도 먼저 이 무렵 유럽의 시대적 분위기를 이해할 필요가 있다. 괴테가 세계문학에 관심을 기울일 무렵 유럽은 프랑스 대혁명과 나폴레옹 전쟁의 혼란에서 조금씩 몸을 추스르면서 안정을 되찾고 있었다. 실제로 괴테는 이러한 혼란에 직접 참여한 장본인이었다. 이 무렵 독일은 마치 거북 등처럼 크고 작은 왕국과 공국으로 갈라져 있었다. 1775년 괴테는 작센바이마르아이제나흐공☆ 카를 아우구스트의 초청을 받고 바이마르에 도착하였다. 그 후 10여 년 동안 바이마르 공국의 정무를 담당하여 추밀참사관, 추밀고문관, 내각수반을 지냈다. 정무에서 손을 놓고 1786년 이탈리아로 여행을 떠난 괴테는 이 남유럽에서 그동안 고갈된 창작 에너지를 재충전하는 한편, 낭만주의의 젖을 떼고 고전주의로 이유식을 시작하였다. 일 년 반 뒤 독일로 돌아온 괴테는 1792년 아우구스트공을 따라 1차 대프랑스 전쟁에 종군하여 발미 전투와 마인츠 포위전에 참여하였다.

1815년 나폴레옹이 마침내 완전히 패망하자 독일을 비롯한 유럽의 여러 나라는 조금씩 안정을 되찾기 시작하였다. 괴테는 바이마르에 머무는 동안 프리드리히 실러를 만나 친교를 맺었다. 그밖에도 괴테는 카를 아우구스트공의 모후母后 안나 아말리아, 시인 크리스토프 빌란트, 고전적 교양미를 갖춘 폰 크네벨 소령, 궁정가수 코로나 슈뢰터 등 궁정 사람들과 친교를 맺기도 하였다. 한편 이 무렵 독일 밖 유럽 국가에서도 그동안 침체되어 있던 문화가 조금씩 활기를 찾기 시작하였다. 무엇보다도 유럽 여러 나라에서는 『에든버러』 같은 잡지들이 출간되고 널리 유통되면서 사상과 문학이 자유롭게 국경을 넘나들었다. 괴테가 세계문학을 처음 언급한 것은 독일의 문인들과 본격적으로 교제하고 유럽의 문학과 사상이 비교적 자유롭게 국경을 넘나들기 시작하던 것과 거의 때를 같이한다.

괴테가 세계문학을 강조한 데는 이 무렵의 문학과 예술이 큰 몫을 하였다. 그는 물이 흐르지 않고 한 곳에 고여 있으면 썩듯이 문학도 다른 문화권의 문학과 교류를 맺지 못하고 홀로 남아 있으면 침체한다고 생각하였다. 괴테는 그가 출간하던 잡지 『예술과 고대 문화』에 발표한 글에서 이 점을 분명히 한다.

모든 문학은 외국문학의 관심사와 영향으로 새롭게 태어나지 않은 채 그 자체로 그냥 내버려 둔다면 생기를 잃고 말 것이다. 거울이 반사하는 놀라운 이미지를 보고 즐거움을 느끼지 않는 자연주의자가 어디 있을까? 모든 사람은 지금까지 사상과 도덕 분야에서 거울이 의미하는 바를 자신

안에서 경험해 왔다. 그의 관심이 촉발된다면 그는 얼마나 많은 교육이 그것에 힘입고 있는지 이해할 것이다.[8]

위 인용문에서 괴테는 거울의 비유를 빌려 자국문학과 외국문학, 즉 민족문학과 세계문학을 말한다. 우리가 거울을 바라보며 자신의 매무시를 다시 하듯이 민족문학도 세계문학의 거울에 자신을 비춰 보면서 반성한다는 것이다. 이번에는 우생학의 비유를 빌려 말한다면 괴테는 단종 교배보다는 잡종 또는 이종 교배가 건강한 후손을 낳는다고 생각한 것 같다. 콩이나 닭에서 볼 수 있듯이 이종이나 잡종 교배에서 태어난 생물들은 순종의 생물보다 생존력이 뛰어나기 때문에 농업이나 축산업의 분야에서 많이 쓰인다. 이와 마찬가지로 한 문화권의 문학도 다른 문화권의 문학과 유기적으로 관련을 맺을 때 더욱 긍정적이고 건강하게 발전할 수 있다. 최근 들어 '문화 잡종성'이니 '문화 혼종성'이니 하는 용어를 부쩍 자주 듣게 되는 것도 아마 이러한 현상과 무관하지 않을 듯하다.

그런데 괴테가 말하는 세계문학이란 곧 유럽문학을 가리키는 것이라는 점에서 다분히 유럽중심주의적이라는 한계가 있다. 1828년 베를린에서 열린 자연과학자 회의에서 한 연설에서 괴테는 "유럽의 문학, 사실상 보편적인 세계문학을 발표하면서 우리는 단순히 서로 다른 민족이 상대방 민족을, 상대방의 생산품을 알아야 한다고 말한 것은 아니었다"[9]고 밝힌다. 여기서 괴테는 민족과 민족보다는 오히려 문인과

---

8 Goethe, "On World Literature", p.13.
9 Goethe, "On World Literature", p.13.

문인 사이의 유대 관계에 무게를 싣는다. 그런데 더욱 놀라운 것은 괴테가 유럽문학을 '보편적인 세계문학'으로 간주한다는 점이다. 1829년 그는 자신이 발행하던 잡지 『예술과 고대 문화』에서도 "유럽문학, 달리 말해서 세계문학"이라고 밝힌다. 빌리발트 알렉시스와의 대화에서도 괴테는 "일반적인 유럽문학, 또는 세계문학"이라고 말한다. 그렇다면 괴테에게 유럽문학은 곧 세계문학과 크게 다름없었던 셈이다.

이처럼 괴테는 보편적인 세계문학을 부르짖으면서도 여전히 유럽중심주의의 굴레를 떨치지 못하였다. 이러한 유럽중심주의는 앞으로 좀 더 자세히 언급하겠지만, 괴테가 세계문학을 말하던 19세기 전반부에 그치지 않고 21세기에 이르러서도 여전히 해결해야 할 문제점으로 남아 있다. 세계문학의 관점에서 괴테를 연구해 온 프리츠 스트리치는 "우리는 감히 세계문학에 관하여 말할 권리를 얻기 위해서는 이러한 유럽중심주의적인 관점에서 벗어나야 한다. 한 문학 작품은 유럽문학에만 속하지 않을 때 비로소 세계문학에 속할지 모른다"[10]고 잘라 말한다. 에드워드 사이드가 『오리엔탈리즘』에서 괴테를 날카롭게 비판한 것도 이 독일 문호는 여전히 유럽중심주의의 감옥에 갇혀 있었기 때문이다.

또한 괴테는 유럽문학의 기원을 고대 그리스문학과 로마문학에서 찾으려 하였다. 그가 고대 그리스인들에게 매료되어 있었다는 것은 잘 알려진 사실이다. 그리스의 동식물과 광물 같은 자연 세계에서 그리스 조각상에 이르기까지 그가 보인 관심의 폭이 무척 넓다는 데 놀

---

10 Strich, "World Literature and Literary History", p.38.

라게 된다. 괴테는 그리스의 조각과 부조 등 조형예술에 관심이 많았지만 무엇보다도 그의 관심을 끈 것은 역시 그리스 희곡 작품이었다. 그중에서도 그는 비극 작가 소포클레스를 높이 평가하였다. 그래서 괴테는 서구문학은 고대 그리스문학에서 전범을 찾을 수밖에 없다는 결론에 이르렀다.

이 무렵 이렇게 서구 문학의 기원을 고대 그리스나 로마 시대에서 찾으려는 생각은 비단 괴테 한 사람에게만 그치지 않는다. 스코틀랜드에서 태어나 미국에서 활약한 교육학자 앨릭샌더 킨먼트도 교과과정과 관련하여 고대 그리스문학과 라틴문학이 서구 교육의 밑바탕이 되어야 한다고 주장하였다. 1834년 그는 "라틴문학과 그리스문학이 남성적이고 정의로운 어떤 취향을 고취하는 반면, 현대 미문학美文學은 영혼을 파괴하고 여성화한다"[11]고 잘라 말하면서 고전 문학을 대학 교육의 근본으로 삼아야 한다고 지적한다. 여기서 '미문학'이란 단순히 아름다운 글을 가리키는 것에 그치지 않고 더 나아가 문학 외적인 동기를 갖지 않고 좀 더 순수하게 예술적 감흥을 추구하는 순수문학 일반을 가리킨다.

그런데 여기서 한 가지 주목해 볼 것은 독일과 영국이 하필이면 왜 19세기 초엽에 이르러 고대 그리스나 로마의 고전 문학보다 자국의 문학, 즉 민족문학에 관심을 기울이기 시작했느냐 하는 점이다. 19세기 이전까지만 하여도 영국의 대학에서는 오직 고대 그리스와 로마

---

11 Alexander Kinmont, "The Classics: Report on the Question, 'Ought the Classics to Constitute a Part of Education'", *Transactions of the Fourth Annual Meeting of the Western Literary Institute and College of Professional Teachers*, Boston: Josiah Drake, 1835, p.170.

시대의 고전 문학만 가르쳤다. 인도 태생의 미국 학자 가우리 비스워내선은 '문학 연구와 인도에서의 영국 통치'라는 부제가 붙은 저서 『정복의 가면』(1989)에서 영문학 연구가 영국이 아닌 식민지 인도에서 처음 시작했다고 주장하여 큰 관심을 끌었다. 그녀에 따르면 영국 제국주의자들은 피식민지 주민들에게 영국 문화의 우월성을 받아들이도록 훈련하는 방법으로 영문학을 처음 도입했다는 것이다.

한편 괴테의 세계문학은 유럽중심주의적일 뿐 아니라 더 나아가 엘리트주의적이라는 점에서도 비판받을 만하다. 그가 말하는 세계문학은 어디까지나 유럽의 지식인들과 작가들이 상호 교류를 통하여 사상의 지평을 넓히려는 데 목적이 있었을 뿐이다. 앞에서 언급했듯이 괴테는 시를 비롯한 문학이 점점 더 "모든 인류의 공동 재산이 되어간다"고 밝혔다. 그런데 여기서 그가 말하는 '모든 인류'에는 일반 민중은 제외된 채 오직 귀족과 엘리트, 지식인들만이 속해 있었다. 그것은 마치 "모든 인간은 평등하게 창조되었다"는 미국의 독립선언이나 헌법의 첫 문장에서 '인간'이라는 범주에 흑인을 비롯한 유색인종이 포함되어 있지 않은 것과 같다.

이렇듯 괴테의 세계문학이 안고 있는 문제는 대중문학에 이렇다 할 관심을 두지 않았다는 점이다. 관심을 두지 않았다고 말하는 것으로는 부족하고 실제로는 경멸하다시피 하였다. 괴테에 따르면 이 무렵 세계문학은 긍정적이고 부정적인 두 얼굴을 하고 있었다. 한 얼굴은 유럽의 문인들이나 지식인들 사이에서 사상이 친밀하게 '교환'되고 '교역'되는 것을 알리는 긍정적인 신호탄이었다. 또 다른 얼굴은 다른 영역에서 급속도로 진행하는 상업화가 마침내 문학의 영역에서도 일어나고 있음을 알리는 불길한 전조였다. 뒷날 학자들은 괴테가 말하는 이 두 가지를 좀 더 분명하게 구분 짓기 위하여 전자를 'Literatur(순수문학)'로, 후자를 'Lektur(대중문학)'로 불렀다.

한편 괴테는 세계문학을 부르짖으면서도 세계의 모든 문학이 동질화되는 경향을 경계하였다. 세계문학이 민족문학에서 흔히 볼 수 있는 편협한 민족주의나 국수주의를 없애는 데 도움을 주는 것은 사실이지만, 그렇다고 세계문학이 아무런 문화적 차이 없이 똑같이 균질적으로 되는 것은 반대하였다. 괴테는 각각의 민족문학이 다른 문학에서는 볼 수 없는 그들만의 독특하고 고유한 특성을 보여야 한다고 지적하였다. 영국을 비롯한 유럽의 여러 나라에서 잡지가 출간되는 것과 관련하여 괴테는 『예술과 고대 문화』에서 그러한 출판물들이 그가 바라는 '보편적 세계문학'에 가장 효과적으로 이바지할 것이라고 밝힌다. 그러면서도 그는 "다시 한 번 반복하거니와, 민족들은 서로 똑같이 생각해서는 안 되며, 상대방을 어떻게 이해해야 하는지 배우고, 만약 서로 사랑할 수 없다면 적어도 상대방에게 관용을 베푸는 것을 배워야 한다"[12]고 경계의 고삐를 늦추지 않는다.

이 무렵 괴테가 세계문학을 부르짖은 데는 또 다른 이유가 있었다. 그는 편협한 민족주의의 굴레에서 탈피하면서 동시에 세계 대도시의 정신을 호흡하고 싶었다. 독일 변방의 지식인으로 괴테가 품고 있던

---

12 Johann Wolfgang von Goethe, "On World Literature", eds. Theo D'haen · César Domín-guez · Mads Rosendahl Thomsen, *World Literature: A Reader*, p.13. 여기서 괴테가 '세계문학'이라는 용어를 사용하는 데 주목할 필요가 있다. 세계문학의 보편성을 좀 더 강조하기 위한 것으로 보인다. 괴테는 토머스 칼라일의 『실러의 삶』(1830) 서문에서 '보편적 세계문학'과 함께 '일반적 세계문학'이라는 용어를 사용하기도 한다.

독일 바이마르에 있는 안나 아말리아 도서관 내부. 문학을 사랑한 아말리아 공작 부인과 괴테가 교류를 맺던 곳으로도 유명하다.

이상은 어떤 특정한 언어, 어떤 특정한 민족이나 국가에 지배받지 않는 공존의 세계 질서였다. 게르만 민족의 자긍심이나 자만심에서 벗어나 세계 시민적 안목을 얻으려고 노력한 괴테는 19세기 유럽을 광풍처럼 휩쓸던 민족주의와 식민주의에서 벗어날 수 있는 새로운 정치적 질서를 꿈꾸고 있었다. 이러한 정치적 질서를 문화로 표현한 것이 바로 그가 말하는 세계문학이었다.

괴테가 세계문학의 개념을 정립하는 데 정신적 지주 역할을 한 것이 다름 아닌 바이마르 문화의 심장 '안나 아말리아 도서관'이었다. 안나는 바이에른 대공大公의 부인으로, 남편이 사망하자 아들을 대공 자리에 앉힌 뒤 바이마르를 섭정한 인물이다. 그녀는 고전주의가 한

창 꽃필 무렵의 바이마르를 통치하였다. 1761년 바이에른 대공이었던 빌헬름 에른스트는 소장하고 있던 1천여 권의 책을 기증하여 도서관을 설립하였다. 그 뒤 안나 아말리아 통치 시절에 왕궁의 도서가 이 도서관에 이관되었다. 괴테는 안나의 부탁으로 1797년부터 사망할 때까지 이 도서관의 관장을 맡았다. 그의 노력에 힘입어 이 도서관은 수십만 권의 도서를 소장하는 대형 도서관으로 발전하였다. 현재 유네스코 세계문화유산으로 등록된 이 도서관은 중세 유럽의 문화와 문학을 연구하는 데 아주 중요한 구실을 한다.

　이 무렵 세계문학에 관심을 기울인 독일 작가로는 괴테 말고도 하인리히 하이네가 있었다. 19세기 전반기에 독일의 가장 대표적인 시인 중 한 사람으로 꼽히는 하이네는 독일의 문단을 비판하고 권위에 도전하면서 작품이 자주 검열을 받자 파리로 거처를 옮겨 활약하였다. 이 무렵 예술의 메카와 다름없던 파리에서 그는 새로운 세계정신을 마음껏 호흡하며 세계문학에 관심을 기울였다. 하이네는 루돌프 빈바르크와 카를 구츠코프 같은 독일 문인들과 함께 흔히 '청년 독일 Junges Deutschland'로 알려진 문학 및 사회 개혁 운동에 직접 간접으로 참여하였다. 프랑스 혁명의 이념에서 큰 영향을 받은 독일의 젊은 작가들은 이 무렵 독일을 풍미하던 극단적 형태의 낭만주의와 민족주의에 과감하게 맞섰던 것이다.

마르크스와 엥겔스와 세계문학

요한 볼프강 폰 괴테가 페터 에커만에게 세계문학을 언급한 지 20여 년이 지난 뒤, 카를 마르크스와 프리드리히 엥겔스도 세계문학의 도래를 언급하여 관심을 끌었다. 괴테가 세계문학의 개념을 정립하는 데 잡지 같은 출판물이 큰 역할을 했다면 마르크스와 엥겔스가 그 개념을 정립하는 데는 괴테의 『파우스트』가 적지 않은 역할을 하였다. 괴테처럼 대학에서 법학을 전공한 마르크스는 대학 시절 시인 동호회에 가입하여 활동할 만큼 문학에 관심이 많았다. 이 점에서는 엥겔스도 마르크스와 크게 다르지 않다. 부유한 공장주의 장남으로 태어난 엥겔스는 가업을 이어받기 위해 공부하면서도 틈틈이 시나 문학비평 등을 써서 'F. 오스발트'라는 필명으로 신문과 잡지에 발표하였다. 이렇듯 마르크스와 엥겔스는 세계예술 전반에 관한 지식이 해박하였으며, 문학을 비롯하여 고전 음악과 회화 등에도 깊은 관심을 기울였다. 두 사람 모두 젊은 시절에는 시를 썼고, 실제로 엥겔스는 한때 시인이 되려고 진지하게 고민한 적이 있을 정도였다.

또한 마르크스와 엥겔스는 멀게는 고대 그리스 비극 작가 아이스킬로스, 가깝게는 알리기에리 단테, 윌리엄 셰익스피어, 미겔 데 세르반테스, 더 가깝게는 헨리 필딩과 찰스 디킨스 같은 영국 작가들, 괴테와 하이네 같은 독일 작가들, 오노레 드 발자크 같은 프랑스 작가들, 그밖에도 니콜라이 체르니솁스키와 니콜라이 도브롤류보프 같은 러시아 작가들에게도 찬사를 보냈다. 마르크스와 엥겔스는 시나 소설, 희곡 같은 정통 문학 장르 말고도 여러 민족의 민중 사이에서 면면히

전해 내려온 민요, 설화, 우화, 속담 같은 민속 문학에도 깊은 관심을 보였다. 이렇듯 마르크스와 엥겔스가 괴테처럼 세계문학에 관심을 기울였다는 것은 어찌 보면 그다지 놀라운 일이 아니다.

괴테는 유럽문학과 관련하여 "보편적인 세계문학을 감히 발표하면서 우리는 단순히 서로 다른 민족이 서로를, 서로의 생산품을 알아야 한다고 말하는 것은 아니었다"[13]고 언급하였다. '서로의 생산품'에 별다른 관심이 없던 괴테와는 달리 마르크스와 엥겔스는 오히려 그러한 생산품에 주목한다. 이 글 첫머리에서 공산주의의 유령을 언급했지만, 마르크스와 엥겔스는 『공산당 선언』에서 문학 같은 지적 산물도 물질적 생산품과 그렇게 다르지 않다고 천명한다. 이 두 유물론자에게 문학이란 한낱 많은 상품 중 하나일 뿐이며, 다른 상품처럼 세계 경제에서 생산되고 유통될 수밖에 없다. 그들은 생산 방식이 사회 제도의 성격을 규정할 뿐 아니라 더 나아가 정치와 사회사상과 의식의 기초가 된다는 유물사관의 원리를 천명하면서 자본주의 사회의 본질적인 모순을 지적한다. 이러한 과정에서 문학이 점차 민족문학에서 세계문학으로 발전해 나간다는 것이 두 사람의 주장이다.

이 새로운 산업은 오래 전에 만들어진 모든 국가 산업을 몰아냈다. 새로운 산업의 도입은 이제 모든 문명국의 생사가 달린 문제다. 국산품으로 충족되었던 과거의 욕구 대신 새로운 욕구가 들어선다. 이 새로운 욕구를 충족시키려면 먼 나라와 다른 토양의 생산물들이 필요하다. 과거의 지역

---

13 Johann Wolfgang von Goethe, "On World Literature", p.13.

적이고 국가적인 자족과 고립은 이제 국가들 상호 간의 전면적 교류, 전면적 의존으로 대체된다. 그것은 물질적 생산에서도 그러하고, 정신적 생산에서도 그러하다. 어느 한 국가의 정신적 창조물은 공동 재산이 된다. 민족의 일면성과 편협성은 이제 점점 더 불가능하게 되었고, 많은 민족문학과 지방문학으로부터 세계문학이 탄생되고 있다.[14]

마르크스와 엥겔스가 말하는 '이 새로운 산업'이란 다름 아닌 부르주아 시대의 산업을 가리킨다. 이 두 이론가는 위 인용문 바로 위에서 생산 양식의 변화, 사회적 상태의 부단한 동요, 영구적 불안정과 변동을 과거 시대를 구분 짓는 부르주아 시대의 특징으로 꼽는다. 그러면서 그들은 "단단한 것은 모두 공기 속으로 증발하고, 신성한 것은 모두 모독당하며, 인간은 마침내 자신의 사회적 지위, 상호 관계를 좀 더 냉철한 눈으로 바라본다"[15]는 그 유명한 말을 남긴다. 한마디로 인간이건, 인간이 만들어놓은 제도건 그 이전에 절대적이고 신성한 것으로 대접받던 모든 것이 이제는 사라지거나 몰라보게 달라졌다는 것이다.

위 인용문은 언뜻 보면 "인류 역사는 계급투쟁의 역사로 시작한다"는 『공산당 선언』의 그 유명한 첫 문장과는 크게 어긋나는 것 같다. 그러나 하부구조인 물질 기반이 상부구조인 이데올로기를 결정한다고 주장한다면 아마 '속류 마르크스주의자'라는 낙인이 찍히기 쉬울

---

14 Karl Marx · Friedrich Engels, *The Communist Manifesto*, London: Penguin Classics, 2002, p.223.
15 Marx · Engels, *The Communist Manifesto*, p.223.

것이다. 하부구조가 상부구조를 일방적으로 결정한다기보다는 이 두 가지는 서로에게 영향을 끼치고 영향을 받는다고 말하는 쪽이 훨씬 더 마르크스와 엥겔스의 의도에 가깝기 때문이다. 어찌 되었든 그들에 따르면 민족문학은 어디까지나 부르주아 시대가 만들어낸 산물에 지나지 않는다. 부르주아 시대가 종말을 고하는 19세기 중엽에 이르러 민족문학을 대신할 세계문학이 도래하는 것은 어찌 보면 역사의 필연성에 따른 진보요 발전이다.

물론 마르크스와 엥겔스가 말하는 세계문학은 괴테가 말하는 세계문학과는 성격이 조금 다르다. 괴테가 다분히 문화 보편주의의 관점에서 세계문학을 언급했다면, 마르크스와 엥겔스는 어디까지나 정치경제학의 관점에서 그것을 언급한다. 괴테가 이상주의자라면 마르크스와 엥겔스는 현실주의자다. 극단적으로 말하면 마르크스와 엥겔스가 염두에 두고 있던 세계문학은 차라리 공산주의 문학에 가깝다. 그들의 유물론적 관점에서 보면 괴테가 말하는 세계문학은 마땅히 극복하고 지양해야 할 대상이다. 다 같이 '민주주의'니 '공화국'이니 하는 용어를 사용하면서도 사회주의나 공산주의 국가에서 사용하는 의미가 다르고, 자유민주주의 국가에서 사용하는 의미가 다른 것과 같다. 사회주의 단체의 국제적 조직을 가리키는 공식 명칭은 '국제노동자협회(IWA), 첫 단어만 빌려와 흔히 그냥 '인터내셔널'이라고 부른다. 그렇다면 마르크스와 엥겔스가 말하는 세계문학은 '세계문학의 인터내셔널'이라고 불러도 무방할 것이다. 실제로 제정 러시아 시대의 문학과 볼셰비키 혁명 후 대두한 사회주의 리얼리즘 사이에서 가교 역할을 한 막심 고리키는 '영혼의 인터내셔널'이라는 용어를 사용하였고,

프랑스의 문학 비평가요 번역가인 발레리 라르보도 '지성의 인터내셔 널'이라는 용어를 사용한 적이 있다.

마르크스와 엥겔스는 단순히 세계문학을 주창한 것이 아니라 한발 더 나아가 그 문학을 몸소 실천하려고 노력한 것도 무척 흥미롭다. 『공산당 선언』의 서문 끝부분에서 그들은 ① 영어, ② 프랑스어, ③ 독일어, ④ 이탈리아어, ⑤ 플라망어, ⑥ 네덜란드어 등 모두 여섯 언어로 이 선언을 출간하기를 희망하였다. 이 선언을 독일어로 집필했 으면서도 독일어는 처음에 언급하지 않고 막상 여섯 언어 가운데 한 중간에서 언급하였다. 이 점과 관련하여 세계문학 이론가 마틴 푸치 너는 그들이 어쩌면 이 선언을 독일어로 썼다는 사실을 애써 감추려 고 일부러 그렇게 한지도 모른다고 밝힌 적이 있다.[16] 마르크스와 엥 겔스가 말하는 세계문학도 이렇게 그 기원을 특별하게 조명하지 않은 채 여러 다른 언어로 동시에 출간되어야 할지 모른다.

더구나 마르크스와 엥겔스는 『공산당 선언』에서 세계문학이란 궁 극적으로 유럽의 무역 제국들과 식민주의의 산물이라고 지적하면서 세계문학을 세계 시장과 연관 지으려 하였다. 실제로 포르투갈, 프랑 스, 영국 같은 유럽의 식민주의 관료들은 식민지의 자원을 수탈하는 작업에 이바지하는 데 그치지 않고 더 나아가 문화적 측면에서도 활 약하였다. 물론 이러한 문화적 역할도 궁극적으로는 식민지 수탈을 위한 한 방편이었다. 괴테가 19세기 초엽과 중엽 바이마르에서 읽고 있던 중국, 아랍, 페르시아 문학 작품을 번역한 사람 중에는 식민주의

---

16 Martin Puchner, *Poetry of Revolution: Marx, Manifesto, and the Avant-gardes*, Princeton : Princeton University Press, 2006, p.51.

관료들이 적지 않았다. 그들은 식민지의 지식인들이나 학자들과 협력하여 식민지 문학 작품을 유럽의 언어로 번역하여 유럽을 비롯한 세계 여러 나라, 마르크스와 엥겔스의 말을 빌리자면 "지구의 구석구석까지" 널리 보급하려고 하였다.

18세기 영국의 학자요 변호사인 윌리엄 존스 경卿은 이러한 경우를 보여주는 대표적인 사람이다. 흔히 '오리엔탈 존스'라고 부를 만큼 그는 동양문학에 관심이 많을 뿐 아니라 그 분야의 지식이 해박한 것으로도 유명하다. 무려 28개 언어를 구사하던 그는 새뮤얼 존슨의 문학 클럽의 멤버로도 활약하였다. 1783년부터 1794년 사망할 때까지 존스 경은 인도에 살면서 동인도회사의 식민지 정책에 깊숙이 관여하였다. 또한 그는 '벵갈 아시아협회'를 창립하여 인도의 다양한 언어와 문학, 문화, 법률 등을 연구하였다. 괴테가 읽은 하피스의 작품도 다름 아닌 존스 경이 번역한 것이었다.

그러고 보니 일제 강점기와 그 직전에 일본 학자들과 관료들이 조선의 사상과 민속 문화에 관심을 기울인 것도 이와 무관하지 않다. 예를 들어 한국문학과 성리학에 조예가 깊은 일본인 학자 다카하시 도루高橋亨는 대한제국 시절 한성외국어학교에서 일본어 교사로 근무하면서 한국 문화를 배웠고, 한학자 여규형呂圭亨에게서 한국 한학을 배웠다. 다카하시는 대구고등보통학교 교장으로 근무하다가 1926년 경 성제국대학이 설립되자 법문학부 교수로 취임하여 조선어·조선문학과 주임교수를 맡은 한국 전문가였다. 다카하시의 제자인 눈솔 정인섭鄭寅燮은 뒷날 그의 스승에 대하여 "그는 한국말을 할 때 한문 문자를 척척 쓰는데 일본인 중에서는 한국문학 전공의 제1인자다. 나는 그에게서 이퇴계李退溪 선생의 성리학이 주자학 이상으로 완성됐다는 것을 듣고 놀랐다"[17]고 말한 적이 있다. 다카하시는 조선의 주자학, 즉 성리학의 특징을 종속성·사대주의·당파성과 함께 지나친 형식 존중, 문약성文弱性과 창조성과 심미성의 결여 등을 꼽았다. 더구나 그는 일제 말기에 황도유학皇道儒學을 부르짖기도 하였다. 다카하시 말고도 이마무라 도모今村鞆, 아카마쓰 지조赤松智城, 무라야마 지준村山智順 등도 같은 역할을 하였다.

이렇게 마르크스와 엥겔스의 관점에서 보면 세계문학은 세계 시장과는 떼려야 뗄 수 없을 만큼 서로 밀접하게 관련되어 있다. 신약성서의 「마태복음」 첫머리에서 언급한 예수 그리스도의 계보에 빗대어 말하자면, 봉건주의는 자본주의를 낳고, 자본주의는 제국주의적 식민주의를 낳고, 제국주의적 식민주의는 세계 시장을 낳고, 세계 시장은 마침내 세계문학을 낳았다고 할 수 있다. 그렇다면 마르크스와 엥겔스의 세계문학은 어떤 의미에서는 괴테가 말하는 세계문학에 대한 비판으로 보아도 크게 틀리지 않는다. 계급 없는 이상주의 사회를 꿈꾸던 이 두 이론가에게 부르주아적이고 자본주의에 뿌리를 두고 있는 세계문학은 어쩔 수 없이 식민주의의 유산을 물려받고 있기 때문이다. 궁극적으로 마르크스와 엥겔스가 꿈꾸던 세계문학은 계급투쟁에 기초한 국제적인 공산주의 세계문학이었다. 그렇다고 그들이 주창한 세계문학을 거부하는 것은 마틴 푸치너의 지적대로 "목욕하고 난 물과 함께 갓난아이를 버리는 것과 같다"[18]고 할 수 있다.

---

17 정인섭, 「서당과 보통학교」, 『이제는 하고 싶은 이야기』, 신원문화사, 1980, 40면; 김욱동, 『눈솔 정인섭 평전』, 이숲, 2020, 67~68면.

니체와 세계문학

세계문학을 비판적으로 바라본 19세기의 이단아 프리드리히 니체.

요한 볼프강 폰 괴테가 세계문학의 도래를 선언한 지 50여 년, 그리고 카를 마르크스와 프리드리히 엥겔스가 역시 세계문학의 도래를 언급한 지 25여 년이 지난 뒤, 흔히 19세기의 이단아요 '망치를 든 철학자'로 일컫는 프리드리히 니체가 세계문학을 다시 한번 언급하여 관심을 끌었다. 물론 니체는 괴테나 마르크스와 엥겔스처럼 그렇게 긍정적으로 또 일관되게 이 용어를 언급하지는 않았다. 다만 니체는 스물여덟 살 때 쓴 첫 저서 『비극의 탄생』(1872, 1886)에서 처음, 그리고 그로부터 15년이 지난 뒤 『선과 악을 넘어서』(1886)에서 다시 한 번 세계문학을 언급했을 뿐이다. 세계문학과 관련하여 지금껏 니체는 별로 주목받지 못했지만 세계문학을 적잖이 비판적으로 보았다는 점에서 반드시 짚고 넘어가야 한다.

세계문학에 대한 니체의 비판을 좀 더 쉽게 이해하기 위해서는 그가 "청년의 만용과 우수가 깃든 책"이라고 평한 『비극의 탄생』을 자세

---

18 Martin Puchner, "Readers of the World Unite: How Markets, Marx, and Provincial Elites Created World Literature to Fight both Empire and Nationalism", https://aeon.co/essays/world-literature-is-both-a-market-reality-and-a-global-ideal.

히 살펴볼 필요가 있다. 친구 리하르트 바그너에게 헌정한 이 책에서 니체는 그대 그리스 비극 정신이야말로 참다운 문화 창조의 원천이라고 지적한다. 니체는 개체적 삶이 죽음을 피할 수 없으므로 이에 집착하려는 사람에게 삶은 고뇌와 비극성으로 점철될 수밖에 없다고 말한다. 이러한 사실을 예감한 고대 그리스인들은 광명과 예술의 신 아폴론이 상징하는 몽환적 미美의 세계를 구상하여 그것에 의존하여 비참한 삶을 잊어버리려고 하였다. 그러나 그것은 안타깝게도 기껏 순간적인 위안을 주는 것에 지나지 않는다.

한편 풍요와 술의 신 디오니소스는 모든 것을 파괴함으로써 새로이 창조하는 자연의 근원적인 생산력을 상징하였다. 니체에 따르면 디오니소스가 주재하는 운명적 필연의 흐름에 개아個我의 삶을 몰락시켜 가는 비극적 도취의 체험이야말로 좀 더 근원적으로 삶을 경험하는 것이다. 한마디로 고대 그리스 비극은 아폴론적 몽환의 이데아 세계와 디오니소스적 도취의 충동 세계 사이의 긴장 관계에서 삶을 표현하려고 하였다. 이렇게 『비극의 탄생』에서 독창적으로 그리스 비극을 해석한 니체는 실증적 과학성을 중시하는 당시의 학계로부터 완전히 무시당할 수밖에 없었다. 그러나 그는 이러한 '비극'을 견뎌내고 마침내 독창적인 사상가로 '탄생'하기에 이르렀다.

니체는 『비극의 탄생』에서 무엇보다도 먼저 합리주의를 날카롭게 비판한다. 이러한 태도는 합리주의에 기반을 두는 과학을 두고 그가 "벌거숭이 진리의 여신이 지구를 꿰고 곧장 하나의 갱도를 뚫는 짓과 같다"고 말하는 데서도 단적으로 엿볼 수 있다. 한편 니체는 과학과는 달리 예술이란 "의지 자체를 직접 묘사하는 것"이라고 밝힌다.[19] 다시 말해서 합리성에 뿌리는 둔 개념은 사물 이후의 보편성과 맞닿아 있지만 감성에 기초한 음악은 사물 이전의 보편성과 맞닿아 있다. 아르투르 쇼펜하우어한테서 영향을 받은 니체는 계몽주의의 이성보다는 낭만주의의 감성이 인간의 삶을 훨씬 더 풍요롭게 한다고 생각한다. 한마디로 그리스의 고전 비극은 바로 '아폴론적인 것'(이성)과 '디오니소스적인 것'(감성)의 부모가 서로 사랑을 나누면서 그 사이에서 태어난 자식이다. 이 대자적對自的 이성과 즉자적卽自的 감성이 서로 절묘하게 조화와 균형을 꾀하지 않았더라면 아마 그리스 비극은 태어나지 못했을 것이다. 니체가 "나와 함께 두 신神의 신전에 산 제물을 드리도록 하자!"고 부르짖는 까닭이 바로 여기에 있다.

그래서 니체는 그리스 고전 비극의 죽음을 아폴론과 디오니소스의 결별에서 찾는다. 그에 따르면 아폴론적인 것은 소크라테스적인 논리적 지성주의로, 디오니소스적인 것은 조야한 일상적 감정의 표출로 전락하면서 위대한 그리스 고전 비극은 마침내 대단원의 막을 내리게 되었다. 그런데 니체는 그리스 비극이 다행스럽게도 독일에서 바그너의 음악을 통하여 부활하고 있다고 지적한다. 이러한 부활은 비단 음악만이 아니라 학문과 예술 분야에서도 찾아볼 수 있다. 소크라테스와 그의 제자 플라톤 이후 서양의 형이상학과 그것에 바탕을 둔 학문과 예술에서는 논리적 지성에 입각한 이론을 진리에 도달하는 유일한 길로 내세우면서 그리스 비극과 음악과 신화를 낮게 보아 왔다. 오늘날 적지 않은 이론가들이 왜 포스트모더니즘과 포스트구조주의의 뿌

---

19 Friedrich Nietzsche, trans. Walter Kaufmann, *The Birth of Tragedy and the Case of Wagner*, New York: Vintage, 1967, pp.130 · 136.

리를 니체에서 찾으려고 하는지 그 까닭을 알 만하다.

그렇다면 니체와 세계문학은 과연 어떠한 관계가 있는가? 그는 『비극의 탄생』 18장에서 세계문학을 처음 언급한다. 그러면서 그는 현대인이 겪고 있는 '보편적 고뇌'와 그것에서 벗어날 때 느끼는 '위안'의 관점에서 이 문제를 밝힌다.

> 우리 예술은 이러한 보편적 고뇌를 잘 보여준다. 우리는 모든 위대한 생산적 시기와 성격에 헛되이 의존한다. 우리는 현대인에게 위안을 주려고 그의 주위에 '세계문학'을 헛되이 끌어 모은다. 아담이 짐승들에게 이름을 붙여주었듯이 그들에게도 이름을 붙여주려고 우리는 모든 시대의 예술 양식과 예술가들의 한복판에 헛되이 서 있다. 즉 우리는 여전히 영원한 갈증을 느낀다. 기쁨이나 활력이 없는 비평가로, 기본적으로 도서관의 사서요 원고 교정쇄를 교열하는 사람으로서 책 먼지와 인쇄공의 실수 탓에 비참하게 장님이 되는 알렉산드리아적 인간이다.[20]

'우리 예술'이니 '모든 시대의 예술 양식과 예술가들'이니 하는 표현에서도 엿볼 수 있듯이, 니체는 독일을 비롯한 유럽의 현대 예술과 고대 그리스 예술을 나란히 놓고 서로 비교한다. 물론 그는 현대 유럽 예술 쪽보다는 고대 그리스 예술 쪽에 손을 들어준다. 고대 그리스인들이 자연과 신화를 믿고 실재를 미적으로 이해하려고 했다면, 현대 유럽인들은 합리주의에 바탕을 둔 과학과 진보의 관념에 매몰되어 있

---

20 Nietzsche, *The Birth of Tragedy and the Case of Wagner*, pp.113~114.

다. 현대 유럽인들이 '보편적 고뇌'를 느끼면서 그것에 벗어나 '위안'을 찾으려고 애쓰는 것은 바로 그 때문이다.

특히 위 인용문에서 무엇보다도 눈길을 끄는 것은 '알렉산드리아적 인간'이라는 마지막 구절이다. 두말할 나위 없이 여기서 '알렉산드리아'는 알렉산드리아 도서관이 있던 고대 이집트 알렉산드리아나 그 도서관을 가리킨다. 고대 그리스 세계가 저물던 무렵, 고대에 가장 웅대하고 엄청난 영향력을 행사하던 알렉산드리아 도서관은 프톨레마이오스 왕조의 후원으로 발전하였으며, 기원전 3세기에 건립된 이후 로마가 이집트를 점령한 기원전 30년까지 지식과 학문의 메카 역할을 하였다. 그 무렵 알렉산드리아 도서관은 오늘날 놀라운 과학기술에 힘입어 컴퓨터와 인터넷을 활용하는 현대식 디지털 도서관과 같은 역할을 하고 있었던 셈이다. 어떤 의미에서 '알렉산드리아'는 도서관이나 지리적 위치 못지않게 헬레니즘 문학과 과학 그리고 철학의 학파를 제유적으로 가리키는 것으로 보는 쪽이 더 옳을지도 모른다.

여기서 니체가 말하는 '알렉산드리아적 인간'은 아폴론적 인간과 크게 다르지 않다. 합리주의로 굳게 무장한 알렉산드리아적 인간은 니체의 말대로 괴테의 파우스트처럼 늘 지식에 목말라 하고 기쁨과 활력이 없는 무기력한 비평가요 학자다. 근본적으로 그는 한낱 도서관 사서와 원고 교열 편집자에 지나지 않는다. 이렇게 오래된 원고와 책에 온 정신을 쏟다 보니 책 먼지로 시신경이 약해져 눈이 멀 수밖에 없다. 여기서 눈이 먼다는 것은 단순히 시력을 상실한다는 축어적 의미에 그치지 않고 더 나아가 사물을 균형 있게 바라보지 못한다는 비유적 의미로도 받아들일 수 있다.

니체는 빌헬름 4세가 통치하던 근대 독일이야말로 이러한 알렉산드리아 문화를 더할 나위 없이 잘 보여주는 전범이라고 판단한다. 방금 앞에서 『비극의 탄생』의 한 대목을 인용했지만 그보다 두세 쪽 앞서 니체는 현대인의 비극을 그물에 갇혀 있는 짐승에 빗댄다.

> 우리가 사는 현대세계 전체는 알렉산드리아 문화의 그물에 갇혀 있다. 그것은 가장 엄청난 지식의 힘으로 무장하고 소크라테스에 그 기원을 찾을 수 있는 과학에 봉사하기 위하여 노력하는 이론적 인간을 그 이상으로 제시한다.[21]

니체는 이 짧은 두 문장 속에 그가 살던 당대의 유럽의 현실을 생생하게 묘사한다. 위 인용문에서 먼저 주목해 볼 것은 그가 그물의 은유를 사용한다는 점이다. 그물에 갇힌 맹수나 물고기 또는 새가 자유롭게 움직이며 살아갈 수 없듯이, 알렉산드리아적 인간들도 아이러니하게도 너무 무거운 지식의 짐에 짓눌려 정상적으로 살아갈 수 없었다. J. 힐리스 밀러는 니체가 생각하는 정상적인 삶의 모습이란 "과거를 잊고 미래를 내다보며 현재의 특정한 상황에서 살면서 행동하는 것"이라고 지적한다.[22] 다시 말해서 니체의 관점에서 보면 현재에 충실하며 구체적으로 행동하는 것이야말로 가장 올바르게 살아가는 방식이다. 이러한 인간이라면 마땅히 보편적 세계가 아니라 특정한 국부적 지방에 살게 마련이다. 이러한 국부적 지방에서는 국적 불명의 문학

---

21 Nietzsche, *The Birth of Tragedy and the Case of Wagner*, p.110.

22 J. Hillis Miller, "Globalization and World Literature", *Neohelicon* 38, 2011, p.259.

과 문화보다는 오히려 구체적인 역사적 시간과 사회적 공간에 뿌리를 박은 토착 문학과 토착 문화가 훨씬 더 융숭한 대접을 받게 마련이다.

니체는 위 인용문에서 '알렉산드리아적 인간'이라는 용어 대신 '알렉산드리아 문화'라는 용어를 사용한다. 이 문화를 대표하는 인물이란 바로 그가 '이론가', '비평가', '문화인', 또는 '교양인'이라고 일컫는 사람들이다. 이러한 인물은 흔히 지식과 학문을 갈구하는 학자의 모습으로 나타난다. 니체는 학자의 비중이 얼마나 큰지 심지어 예술가마저 학자를 모방할 정도라고 개탄한다. 여기서 니체가 염두에 두고 있는 학자는 다름 아닌 파우스트다. 잘 알려진 바와 같이 파우스트는 무한한 지식과 세속적 쾌락을 얻으려고 자신의 영혼을 팔면서까지 악마와 계약을 맺는 인물이다. 세계문학을 연구하거나 가르치는 사람들은 세계문학을 흔히 드넓은 바다에 빗댄다. 실제로 니체는 지식을 갈구하는 근대의 교양인을 파우스트라고 부르면서 "그는 소크라테스적인 지식욕의 한계를 탐색하기 시작하고 있으며, 황량하고 드넓은 지식이라는 대양의 해안을 갈구한다"[23]고 밝힌다.

한편 니체는 파우스트와 대조적인 인물로 나폴레옹을 언급한다. 『비극의 탄생』을 집필할 무렵 니체는 괴테 전집은 말할 것도 없고 페터 에커만의 『괴테와의 대화』를 소장하고 있었다. 토머스 비비에 따르면 니체는 1875년 바젤에서 제본한 1868년도판 에커만의 책을 소장하고 있었다. 이 책에서 니체는 괴테와 에커만의 대화를 인용하면서 나폴레옹을 이렇게 언급한다.

---

23 Nietzsche, *The Birth of Tragedy and the Case of Wagner*, pp.110~111.

언젠가 한 번은 괴테가 에커만에게 나폴레옹과 관련하여 이렇게 말하였다. "그렇고말고, 내 친구. 인간의 행동에는 생산적 행동이라는 것이 있다네." 괴테는 매혹적일 만큼 순진한 태도로 우리에게 이론과는 거리가 먼 사람이 현대인에게 믿기 어렵고 놀라운 인물이라는 사실을 상기시켜 주었다. 그래서 그러한 놀라운 존재 양식이 이해될 수 있을 뿐 아니라 심지어 용서받을 수도 있다는 사실을 발견하기 위하여 우리는 또다시 괴테의 지혜가 필요하다.[24]

여기서 니체가 말하는 "이론과는 거리가 먼 사람"이란 앞에서 언급한 '알렉산드리적 인간', 즉 '이론가', '비평가', '문명인' 또는 '교양인'과 대척 관계에 있는 인물을 말한다. 이론을 멀리하는 인물은 소크라테스나 파우스트처럼 차가운 머리로 생각하지 않고 나폴레옹처럼 뜨거운 가슴으로 느끼고 행동하는 사람이다. 니체는 민족문학의 테두리에서 벗어나 좀 더 보편적인 세계문학을 추구하는 괴테를 넓은 의미에서 파우스트와 비슷한 인물로 간주한다. 그러므로 니체에게 세계문학은 알렉산드리아의 그물에 갇힌 현대인과 크게 다르지 않다. 니체의 관점에서 보면 괴테는 어디까지나 G. W. F. 헤겔의 사상적 선조라고 할 수 있다. 괴테가 말하는 '벨트리테라투르Weltliteratur', 즉 세계문학은 '벨트가이스트Weltgeist', 즉 헤겔이 말하는 세계정신의과 여러모로 일맥상통하기 때문이다.

니체는 『비극의 탄생』에서 처음 제기한 세계문학 비판을 이번에는

---

24 Thomas Beebee, "What in the World Does Friedrich Nietzsche Have against *Weltliter-ature?*", *Neohelicon* 38, 2011, p.111.

『선과 악을 넘어서』에서 좀 더 뚜렷하게 밝힌다. 그는 이 무렵 유럽에 풍미하는 새로운 문학이 괴테가 예언한 세계문학을 실현하고 있는 것으로 파악한다.

그러나 이 새로운 유형의 문학 대가들이 하나같이 분명하게 표현할 수 없는 것을 그 누가 정확하게 표현할 것인가? 이 마지막 위대한 추구자들은 똑같은 질풍노도 때문에 괴롭힘을 당하고 있으며, 똑같은 방식으로 [진리를] 찾고 있는 것이 확실하지 않은가! 그들은 하나같이 눈과 귀로 문학에 완전히 열중하고 있었다. ─ 세계문학의 최초 예술가들 말이다. 심지어 그들 대부분은 작가들, 시인들, 중재자들 그리고 예술과 관념을 결합하는 사람들이다.[25]

위 인용문은『선과 악을 넘어서』에서 '사람들과 나라들'이라는 항목에 들어 있는 단락에서 뽑은 것이다. 니체는 이 항목에서 유대인에서 독일인에 이르는 다양한 민족의 장단점을 다룬다. 그러나 세계문학을 직접 언급하면서도 세계문학에 대한 그의 태도는 잘 드러나 있지 않다. 니체의 태도를 좀 더 분명히 엿볼 수 있는 곳은 위 인용문 조금 앞에 나오는 대목이다.

지금 유럽을 특징짓는 그것을 우리가 '문명'이나 '인간화' 또는 '진보'라고 부르던, 아니면 칭찬하거나 비난하지 않고 단순히 정치적 공식에 따

---

25 Friedrich Nietzsche, trans. Helem Zimmern, *Beyond Good and Evil, or Prelude to a Philosophy of the Future*, Mineola, NY: Dover, 1997, pp.121~122.

라 유럽의 '민주적' 운동이라고 부르든 간에 (…중략…) 거대한 생리 과
정이 진행된다. (…중략…) 생리적으로 말해서 전형적 특징으로서 최대
한의 적응 기술과 힘을 지닌, 본질에서 초국가적이고 유목민적인 인종이
지금 서서히 출현하고 있다.[26]

위 인용문에서 찬찬히 눈여겨볼 부분은 "초국가적이고 유목민적인
인종"이라는 마지막 구절이다. 앞의 인용문에서는 질 들뢰즈와 펠릭
스 가타리의 '탈영토'의 개념이 떠오른다면, 이 인용문에서는 그들이
말하는 '유목민'의 개념이 떠오른다. 위 두 인용문에서 니체는 국가와
국가, 민족과 민족, 장르와 장르 사이에 놓여 있던 높다란 장벽이나
경계가 허물어지는 미래 세계를 제시한다. 놀랍게도 니체는 여기서
앞으로 다가올 지구촌이나 세계화 시대를 염두에 두고 있는 것 같다.
이러한 지구촌과 세계화 시대의 문학이 바로 괴테가 상정하고 마르크
스와 엥겔스가 언급한 세계문학이다.

그렇다면 니체는 왜 그토록 고대 그리스 문화에 애착을 느끼고 있
었을까? 한마디로 고대 그리스인들이 현대인들보다 더욱 풍요로운
삶을 살았기 때문이다. 보편성이라는 천상의 별을 바라보기보다는 구
체적인 특수성의 땅에 뿌리를 박고 살던 고대 그리스인들은 그리스어
를 사용하지 않는 사람들을 하나같이 '헛소리하는 야만인'으로 간주
하였다.[27] 고대 그리스인들은 좀처럼 남의 나라 언어를 배우려고도 하

---

26 Nietzsche, *Beyond Good and Evil, or Prelude to a Philosophy of the Future*, p.108.
27 고대 그리스인들은 발칸반도에 사는 이민족을 야만인으로 간주하여 '트라케 바바리
  안'이라고 불렀고, 북쪽 게르만족을 '바바리안'이라고 불렀다. 흥미롭게도 이러한 태
  도는 예로부터 중화사상에 흠뻑 젖어 있던 중국이나 중원(中原)에서 주변에 흩어져

지 않았고, 남의 나라 문학 작품을 읽으려고도 하지 않았다. 그들은
이민족에 배타적이었다기보다는 자신의 토착 문화를 무척 중요하게
생각하였다. 적어도 이 점에서는 고대 로마인들도 마찬가지여서 그리
스어를 제외하고는 자신들이 정복한 땅에서 사용하는 어떤 언어도 배
우려고 하지 않았다. 고대 그리스인들이나 로마인들은 보편성이나 일
반성의 그물에 갇힌 현대인들의 삶의 방식과는 이렇게 사뭇 달랐다.
니체는 동시대 사람들도 고대 그리스인들처럼 지나친 지식을 경계하
고 외국문학을 잊고 살아가는 쪽이 더 낫다고 판단한다. 편협한 지방
문화 속에서도 얼마든지 행복하게 삶의 만끽할 수 있기 때문이다.

  그래서 니체는 세계문학의 도래를 그다지 반가워하지 않았다. 만프
레드 슈멜링이 「세계문학은 가치가 있는가?」라는 논문에서 일찍이
지적했듯이, 니체는 문화적 동질성을 부추긴다는 이유로 세계문학에
적잖이 불만을 품었다.[28] 니체는 세계문학이 개별적인 민족문학의 특
성을 무시한 채 모든 문학을 평준화할 위험성을 안고 있다고 지적한
다. 세계문학이란 슈멜링의 표현을 빌리자면 "동화同化를 통한 문화의
상실"과 크게 다르지 않기 때문이다. 앞에서 '위안'을 언급했지만 니
체는 보편성에 무게를 싣는 세계문학이 현대인들에게 위안을 주기는
커녕 오히려 '고뇌'를 안겨준다고 생각한다. 그러고 보니 왜 미셸 푸

있는 부족을 동이(東夷), 서융(西戎), 남만(南蠻), 북적(北狄)이라고 낮추어 부른 것과
아주 비슷하다. 중화사상에 따르면 동이는 여진족(만주족), 거란족, 예맥족(한국), 왜
(일본)를 가리키고, 서융은 토번과 위구르를 가리킨다. 남만은 베트남(남월), 부난, 오,
월을 가리키고, 북적은 흉노족, 몽골족을 가리킨다.

28 Thomas Beebee, "What in the World Does Friedrich Nietzsche Have against *Weltliter-
ature?*", pp.375~376에서 재인용. 슈멜링의 원문 논문에 관해서는 Manfred Schmeling,
"Ist Weltliteratur Wünschenswert?", *Weltliteratur heute. Konzepte und Perspekiven*, Würz-
gur: Königshausen & Neumann, 1995, pp.153~177에 수록되어 있다.

코가 우리는 보편성을 깨달을 때 얻게 되는 위안을 포기해야 한다고 힘주어 말하는지 알 만하다. 푸코가 현대 역사 이론과 철학에 끼친 영향이 한두 가지가 아니지만 그중에서도 가장 큰 업적 중 하나는 니체의 이름으로 보편성의 허상을 무너뜨린 해체 작업에서 찾을 수 있을 것이다.

물론 니체의 세계문학 비판에는 자기모순이 없지 않다. 역설적으로 『비극의 탄생』에서 시작하는 니체 철학은 그 자체로 대표적인 세계문학에 편입될 수 있기 때문이다. 몇몇 학자나 이론가는 이미 니체의 처녀 저서를 세계문학의 반열에 올려놓았다. 심지어 이 책에서 니체가 언급하는 세계문학과 관련한 대목을 세계문학의 선언문으로 간주하는 학자도 있다. 더구나 니체는 서재에 유럽 전통의 문화유산과 미국 전통의 문화유산뿐 아니라 심지어 인도 같은 동양의 문화유산도 폭넓게 갖추고 있었다. 니체가 미국 철학자 랠프 월도 에머슨의 초월주의 사상에 심취하고 가장 권위 있는 힌두 법전인 인도의 마누 법전을 잘 알고 있었다는 것은 이미 잘 알려진 사실이다.

고리키와 세계문학전집 출간

요한 볼프강 폰 괴테가 처음 불을 댕기고 카를 마르크스와 프리드리히 엥겔스가 불을 지피고 프리드리히 니체가 비판한 세계문학은 20세기 초엽에 이르러 독일과 프랑스를 비롯한 서유럽의 국경을 뛰어넘어 점차 다른 국가로 퍼져나가기 시작하였다. 이러한 확산은 시간이 흐르면서 통신이 발달하고 국제 교역이 확대한 것과 궤를 같이한다. 더구나 세계문학이 이렇게 점차 주목을 받기 시작한 데는 국제정치에서 일어난 크나큰 변화도 한몫을 하였다. 정치체제에서 보면 20세기 초엽은 가히 코페르니쿠스적 혁명이 일어난 시기였다고 하여도 크게 틀리지 않을 것이다.

20세기에 접어들면서 러시아에서는 볼셰비키 혁명으로 제정 러시아가 무너지고 소비에트 연방이 들어섰다. 블라디미르 레닌을 비롯한 혁명가들은 세계문학을 발판으로 삼아 혁명 과업을 완성하려고 하였다. 말하자면 세계문학은 볼셰비키 혁명이라는 기관차를 움직이게 하는 일종의 동력과 같았다. 이렇듯 단순한 언급이나 선언의 수준에 지나지 않았던 괴테의 '세계문학'은 마르크스와 엥겔스를 거쳐 20세기에 이르러 이제 좀 더 구체적인 실천 단계로 접어들기 시작하였다.

20세기 초엽 러시아에서 세계문학을 본격적인 궤도에 올려놓는 데 누구보다도 가장 이바지한 인물은 막심 고리키다. 본명이 알렉세이 페슈코프지만 고리키라는 필명으로 더욱 널리 알려진 그는 괴테의 세계문학을 몸소 실천한 인물이다. 고리키는 '세계문학출판사'를 중심으로 세계문학 번역 작업을 체계적으로 진두지휘함으로써 세계문학의 역사에 굵직한 한 획을 그었다. 그가 주도하여 소비에트 연방에서 출간한 '세계문학전집'은 오늘날 세계문학의 개념과 성격에 가장 가까울 뿐 아니라, 비단 이론에 그치지 않고 한 발 더 나가 그 이론을 실천으로 옮기려고 했다는 점에서도 주목받을 만하다.

러시아인들이 예로부터 문학과 예술에 깊은 관심을 기울였다는 것은 이미 잘 알려진 사실이다. 특히 17세기 말엽과 18세기 초엽 표트르

대제가 서구화 정책을 표방하면서 러시아는 교육, 무역, 산업 분야는 말할 것도 없고 문학과 예술에서도 서유럽에서 자양분을 섭취하여 발전을 도모하였다. 러시아의 민족시인 알렉산드르 푸슈킨이 '유럽을 향한 창'이라고 말한 상트페테르부르크는 바로 문학과 예술의 중심지였다. 더구나 러시아인들에게는 표도르 도스토옙스키가 말한 "모든 세계에 반응하는 능력"이 있었다. 다시 말해서 다민족에다 일찍이 다문화를 경험한 러시아인들은 유럽의 어떤 민족과 비교하여 다른 부족이나 종족, 또는 민족의 마음과 감정을 이해하는 능력이 훨씬 뛰어났다. 이러한 정신에 걸맞게 러시아 혁명이 일어나기 전 드미트리 메레즈콥스키는 비평집『영원한 동반자』(1897)를 출간하였고, 발레리 브리우소프는『신시 문고新詩文庫』를 비롯한 문학 선집을 잇달아 출간하였다.

이민족 문화에 대한 러시아인들의 이러한 관심과 포용력은 20세기에 들어와 볼셰비키 혁명의 힘으로 로마노프 왕조를 밀어내고 소비에트 연방 정부를 수립한 뒤 더욱 박차를 가하였다. 블라디미르 레닌은 1905년 발표한「당 조직과 당 문학」에서 문학이 사회민주주의 건설에 앞장서야 한다고 부르짖는다.

> 당 문학의 이러한 원칙은 무엇인가? 사회주의 프롤레타리아에게 문학은 단순히 개인이나 특정 집단을 풍요롭게 하는 수단이 될 수 없다. 즉 문학은 프롤레타리아가 공유하는 대의명분을 떠난 개인의 과업이 될 수 없다. 당파와 관련 없는 작가들을 타도하자! 문학적 초인간들을 타도하자! 문학은 모든 프롤레타리아의 공통적인 대의명분의 일부가 되어야 하며,

막심 고리키와 블라디미르 레닌. 러시아 혁명이 성공한 뒤 두 사람은 원대한 세계문학의 건설을 꿈꾸고 있었다.

정치적 의식을 지닌 모든 노동계급의 전위대가 움직이는 단일하고 위대한 사회민주주의 메커니즘의 '톱니바퀴와 나사'가 되어야 한다.[29]

1917년 10월혁명 이후 소비에트 연방에서 문학은 레닌의 주장대로 사회민주주의 국가를 움직이는 "톱니바퀴와 나사"로서의 역할을 충실히 맡기 시작하였다. 혁명에 성공한 볼셰비키는 토지를 국유화한 것처럼 출판 산업을 장악하여 국가가 직접 관장하는 '레닌그라드출판사 Gosizdat'를 설립하였다. 새로 출범한 혁명 정부는 진보적 국가라는 이

미지를 전 세계에 널리 알리고 문맹을 퇴치하여 민중을 계몽하는 캠페인을 벌이는 데 출판 사업만큼 효과적인 것이 없다고 판단했기 때문이다. 이 무렵 문화 정치에서 주도적인 역할을 맡은 인물이 바로 인민계몽 정치지도원 아나톨리 루나차르스키였다.

루나차르스키는 레닌그라드출판사를 출범시키고 난 뒤 곧바로 페테르부르크에 본부를 둔 '세계문학출판사'의 설립에 들어갔다. 그는 다비드 랴자노프와 함께 혁명 전부터 서유럽에서도 널리 알려진 작가 막심 고리키를 설득하여 출판사 참여를 유도하였다. 그리하여 1918년 9월 마침내 인민정치위원회Sovnarkom는 고리키를 책임자로 하여 세계문학출판사를 발족시켰다. 조직 편제에서는 레닌그라드출판사의 감독을 받도록 했지만 고리키에게 자율성과 독립성을 상당 부분 허용해 주었다. 레닌을 비롯하여 루나차르스키, 그리고 레닌그라드출판사의 책임자인 바츨라브 보로스키의 적극적인 후원에 힘입어 세계문학출판사는 순조롭게 첫발을 내디뎠다. 고리키는 출간할 책의 선정에서 발행 부수, 서문에 싣는 논문과 논평, 저자, 번역가, 직원 채용과 직원의 보수 등에 이르기까지 출판사 운영 전반에 걸쳐 모든 권한을 위임받다시피 하였다.

그런데 볼셰비키 정부가 세계문학출판사를 설립한 것은 소비에트 인민들에게 세계문학을 널리 알림으로써 한편으로는 제정 러시아 시대에 무지몽매했던 인민을 계몽하고 다른 한편으로는 사회주의 비전을 제시하려는 데 주요 목적이 있었다. 더 나아가 러시아의 프롤레타리아는 유럽인들이 생각하는 것처럼 그렇게 야만적이거나 무식하지 않다는 점, 그들도 유럽인들 못지않게 문학과 예술 같은 문화를 좋아

고리키가 주역을 맡은 세계문학출판사의 로고. 신화 속의 동물 페가수스가 자못 상징적이다.

하고 즐긴다는 점, 그리고 그들도 국제주의나 세계주의를 이해하고 있다는 점을 널리 알리고 싶었다. 이러한 사실을 단순히 알리는 것에 그치지 않고 더 나아가 유럽인들보다 더 낫다는 점을 선전하고 싶었다. 1934년 개최된 1차 전全소비에트작가회의는 세계문학출판사가 내세운 이러한 이념을 더욱 뒷받침해 주었다. 이 회의에 참석한 작가들은 소비에트 사회가 그동안 유럽의 어느 국가보다도 문화에 더 많은 주의를 기울여 왔으며 경쟁국의 위대한 문학 작품들을 해당 국가들보다도 더 존중했다고 천명하였다.

한편 볼셰비키 정부가 세계문학출판사를 설립한 데는 또 다른 목적이 있었다. 10월혁명 이후 그전에 활약하던 많은 작가를 비롯하여 번역가들과 학자들, 즉 문학 인텔리겐치아들이 생계에 적잖이 어려움을 겪었다. 이러한 상황에서 국가는 어떤 식으로든지 그들을 구제할 필요성을 느끼지 않을 수 없었다. 그러한 구제책 중의 하나가 바로 세계문학출판사의 설립이었다. 더구나 이 출판사를 책임 맡은 고리키는 자신의 권한 안에서 동료 작가들과 지식인들에게 경제적 도움을 주려고 노력하였다. 그리하여 고리키는 에브게니 자먀틴, 빅토르 지르문스키, 미하일 로진스키, 코르네이 추콥스키, 보리스 아이헨바움 같은 쟁쟁한 지식인들을 출판사에 영입하여 '서양 분과'에서 번역가나 비평가, 해설가로 일할 수 있도록 배려해 주었다. 지르문스키와 아이헨바움에서 볼 수 있듯이 그들 대부분은 1910년대에 러시아 형식주의를 이끈 대표적인 학자들이었다. 좀 더 구체적으로 말하자면, 1915년 모스크바대학교를 중심으로 '모스크바 언어학회'가 설립되었고, 그 이듬해에는 상트페테르부르크에서 젊은 언어학자들이 중심이 되어 '시어연구회(오포야즈)'가 설립되어 문학 연구에 그야말로 신선한 바람을 불어넣었다. 이밖에도 20세기 초엽에 활약한 상징주의 시인 알렉산드르 블록과 아크메이즘 운동을 주도한 니콜라이 구밀료프(구밀레브)와 오시프 만델스탐 등도 세계문학출판사의 '서양 분과'에서 시 작품을 번역하고 편집하는 일에 관여하였다.

한편 세계문학출판사에서는 '동양 분과'를 설치하여 이 무렵 쟁쟁한 동양학 학자들을 고용하기도 하였다. 예를 들어 고대 이집트와 나미비아 학자인 보리스 투가에브를 비롯하여 중국문학과 문화에 정통한 학자인 바실리 알렉세프, 일본문학 연구가 세르게이 엘리세브 등이 바로 그들이다. 엘리세브는 뒷날 미국으로 망명하여 하버드대학교에 설립한 '하버드-옌칭 연구소' 초대 소장을 지내면서 동서양의 교류에 힘을 기울였다.

만약 이 무렵 소비에트 연방에 세계문학출판사가 없었더라면 이들 인텔리겐치아들은 볼셰비키 혁명의 정치적 소용돌이 속에서 아마 경제적으로뿐 아니라 정신적, 예술적으로도 질식사했을지도 모른다. 한마디로 세계문학출판사는 페테르부르크 지식인들에게 생활 수단이었을 뿐 아니라 그들이 한곳에 모여 활동하는 문화 공간과 다름없었다. 비록 사회주의 냄새를 짙게 풍겼지만 프랑스에서 예술가와 인문학자, 과학자 등 영향력 있는 명사들이 함께 모여 정보를 교환하고 토론을 벌이던 살롱과 비슷한 역할을 하였다. 소비에트 연방에서 세계문학의 씨앗을 처음 뿌렸다는 점에서 상트페테르부르크는 괴테와 에커만이 살던 독일의 바이마르와 비슷하다.

1919년 고리키는 4개국 언어로 세계문학출판사의 기획을 알리는 카탈로그를 제작하여 출간하였다. 오늘날의 '미션 스테이트먼트'에 해당하는 서문에서 그는 세계문학의 편집 원칙과 함께 앞으로 발간을 계획하고 있는 작품 목록을 발표하였다. 편집 프로그램 초고에서 세계문학출판사는 이렇게 천명한다.

세계문학출판사는 러시아 인민 독자들에게 서구 문학, 특히 서유럽의 민중, 그들의 역사와 삶과 정신을 대표하는 문학 작품을 알게 하는 데 목표를 둔다. 이러한 목표를 염두에 두고 세계문학출판사는 18세기 후반에서 현대에 이르는 영어, 프랑스어, 독일어로 쓴 유럽의 문학 작품을 먼저 선별하여 번역 출간하려고 한다.[30]

고리키는 세계문학출판사의 카탈로그 서문에서 출판 계획을 좀 더 구체적으로 제시한다. 이 무렵 문화 정치에서 주도적인 역할을 맡은 그는 문학을 '세계의 심장'으로 규정지은 뒤 세계문학을 체계적인 전집 형태로 발간하는 이유를 이렇게 밝힌다.

문학은 인간의 모든 기쁨과 슬픔, 희망과 꿈, 절망과 분노, 자연의 아름다움에 대한 사랑, 자연의 신비 앞에서 느끼는 두려움의 날개를 단 세계

---

30 Maria Khomitsky, "World Literature, Soviet Style: A Forgotten Episode in the History of the Idea", *Ab Imperio* no.3, 2013, p.129에서 재인용. DOI: 10.1353 /imp.2013.0075.

의 심장이다. 유럽과 아시아의 민족과 정신적 통합의 길에 용감하게 들어선 러시아 민족은 이제 한 덩어리가 되어 그러한 민족과 종족의 역사와 사회와 심리의 특징을 알아야 한다. 그렇게 함으로써 우리는 새로운 형태의 사회생활을 건설하기를 바라마지 않는다.[31]

여기서 고리키가 말하는 "새로운 형태의 사회생활"이란 두말할 나위 없이 볼셰비키 혁명과 그에 따른 공산주의의 생활방식을 말한다. 실제로 그러한 생활방식은 인류가 지금껏 한 번도 경험해 보지 못한 전혀 다른 형태의 생활방식이었다. 고리키는 이 서문에서 비록 공산주의 생활방식을 천명하면서도 레닌이 「당 조직과 당 문학」에서 천명한 문학의 기능과는 꽤 다른 타민족과의 '정신적 통합'을 내세운다. 이 점에서 고리키는 한편으로는 다분히 정치적이면서도 다른 한편으로는 자못 낭만주의적이라고 할 수 있다. 실제로 '혁명적 낭만주의'라는 말도 있듯이 이 무렵 혁명과 낭만주의 또는 이상주의의 결합은 겉으로 보이는 것처럼 그렇게 엉뚱한 것이 아니었다. 그러나 소비에트 연방이 본격적인 궤도에 들어서면서 점차 드러나기 시작하지만, 러시아 민족이 유럽 민족이나 아시아 민족과 '정신적 통합'을 이룩하려는 이상은 무지개를 쫓는 것처럼 현실 세계에서는 좀처럼 이루기 힘든 몽상에 지나지 않았다.

한편 루나차르스키는 1928년 잡지 『외국문학 통신』에 발표한 논문에서 고리키의 말을 거의 대로 되풀이하면서도 그의 말을 한 걸음 더

---

31 Maria Khomitsky, "World Literature, Soviet Style: A Forgotten Episode in the History of the Idea", p.120에서 재인용.

밀고 나가 러시아가 좀 더 능동적으로 다른 세계의 삶을 만들어내는 데도 주도적인 역할을 해야 한다고 밝힌다.

> 소비에트 연방공화국은 독특한 나라다. (…중략…) 그러나 소련은 나머지 세계로부터 동떨어진 대륙에 놓여 있지 않다. 또한 소련은 나머지 다른 세계에서 제외되고 싶지도 않다. 이와는 반대로 소련은 전 세계의 삶에 참여하여 소련의 토대가 되는 정부와 사회의 원칙에 따라 세계의 삶을 만들어내는 데 관심이 많다.[32]

물론 루나차르스키가 이 말을 한 것은 세계문학출판사가 문을 닫은 뒤였지만 그가 평소 품고 있던 신념을 표현한 것으로 보아도 크게 틀리지 않을 것이다. 실제로 고리키는 세계문학출판사가 출간할 작품의 국가로 프랑스와 영국을 비롯하여 미국, 독일, 이탈리아, 스페인, 포르투갈, 스웨덴, 노르웨이, 덴마크, 캐나다 등을 꼽는다. 이밖에도 멕시코, 쿠바, 베네수엘라, 아르헨티나, 페루, 브라질 같은 남아메리카 국가들도 포함되어 있다. 동양의 국가들이 빠져 있지만 세계문학출판사 안에 '동양 분과'가 따로 설립되어 인도와 중국과 일본문학을 비롯하여 아랍 문화권의 근동 문학 작품에도 적잖이 관심을 기울였다.

세계문학출판사에서는 야심차게 모두 1,200여 권을 발간할 계획을 세우고 있었고, 그중에는 아직 러시아로 번역되지 않은 작품도 꽤 많이 포함되어 있었다. 고리키는 기회 있을 때마다 "이것은 웅대한 과업

---

32 Maria Khomitsky, "World Literature, Soviet Style: A Forgotten Episode in the History of the Idea", p.125에서 재인용.

으로 지금까지 심지어 유럽에서 어느 국가도 성취하지 못하였다. 지금 이 계획은 정부가 달성할 수 있는 가장 큰 문학 사업이기 때문에 정부는 이 계획을 적극적으로 지지해야 한다"[33]고 지적하였다. 정부의 지원을 받아내기 위한 말로 볼 수도 있지만, 이 무렵 고리키와 루나차르스키가 세계문학전집 출간이 유럽에서도 좀처럼 볼 수 없는 획기적인 국가사업으로 간주했다는 데는 추호의 의심이 없다.

고리키의 주도 아래 세계문학출판사는 세계문학전집을 '중심 시리즈Osnovnaia seriia'와 '민중 시리즈Narodnaia seriia'의 두 종류로 나누어 출간하였다.[34] 학술적 성격이 강한 전자는 주로 지식인 독자를 대상으로 유럽의 고전을 선별하여 번역하였다. 초기 기획안에 따르면 "규모는 작지만 체계적으로 조직한 유럽의 문학 고전의 문고"를 만들 생각이었다. 번역도 기존에 나온 번역 대신 새롭게 다시 번역하는 형식을 취하였다. 세계문학출판사에서는 야심차게 '중심 시리즈'로 320여 쪽 분량의 단행본 200여 권을 출간할 것을 목표로 삼았다.

그런데 이 시리즈는 요즈음 번역학이나 번역 연구에서 흔히 말하는 '학구적 번역'에 가깝다. 이 시리즈는 ① 작가의 전기, ② 작품의 역사-문학적 배경, ③ 작품 스타일의 특징, ④ 작품의 분석과 비평, ⑤ 러시아를 포함한 세계 각국에서의 작품 수용 상태, ⑥ 작품이 러시아문

---

33 Khomitsky, "World Literature, Soviet Style: A Forgotten Episode in the History of the Idea", p.129에서 재인용.

34 박종소는 '중심 시리즈'라는 용어 대신 '토대 시리즈'를 사용한다. '토대'는 함축적 의미에서 지식층보다는 오히려 민중에 가까운 어휘인 데다가, '중심 시리즈'와 비교하여 '민중 시리즈'는 어떤 의미에서는 부수적 성격이 강하기 때문에 '중심'이나 '주류'가 좀 더 정확한 번역어인 듯하다. 영어 문화권에서는 'Main Series'로 번역하여 통용하고 있다. 박종소, 「러시아 속의 세계문학—러시아의 세계문학 수용과 경험을 중심으로 (1917~2013)」, 『러시아연구』 14-2, 서울대 러시아연구소, 2014, 175면.

학에 끼친 영향, ⑦ 볼셰비키 혁명과 관련하여 각 시대의 정치적 갈등, ⑧ 러시아어 번역을 포함한 번역 실태 및 참고서지 등을 실어 지식인 독자들의 지적 호기심을 충족하려고 애썼다. 이 '중심 시리즈'에는 요한 볼프강 폰 괴테, 찰스 디킨스, 골도니, 기 드 모파상을 비롯하여 아직 번역되지 않은 아나톨 프랑스, 로맹 롤랑, 라빈드라나트 타고르 등이 포함되어 있다. 그중에서 골도니는 우리에게 조금 낯설지만 18세기에 활약한 이탈리아의 극작가 카를로 골도니를 말한다.

한편 '민중 시리즈'는 그 이름에 걸맞게 교육을 제대로 받지 않은 일반 민중을 염두에 둔 기획이었다. '중심 시리즈'가 문학성이 뛰어난 서유럽의 고전 작품을 선별했다면, '민중 시리즈'는 작품성보다는 역사, 모험, 유머 등 흥미 위주의 작품에 무게를 실었다. 앞에서 이미 지적했듯이 10월혁명을 성공으로 이끈 볼셰비키 정치가들은 글을 쓸 줄도 읽을 줄 모르는 우매한 민중의 문맹을 퇴치하려고 노력하였다. 이렇게 갓 글을 깨우친 민중을 신문과 잡지, 단행본 같은 출판물을 매개로 계몽시켜 혁명 과업에 동참시키려고 하였다. 특히 이 시리즈에서는 민중을 이데올로기적으로 교화하고 무장시키는 것을 가장 중요한 목적으로 삼았다.

이렇듯 '민중 시리즈'는 지식인 독자를 대상으로 한 '중심 텍스트'와는 질적으로 차이가 있을 뿐 아니라 양적으로도 차이가 있었다. 가령 책의 부피만 보아도 320여 쪽 되는 '중심 텍스트'와는 달리 '민중 텍스트'는 겨우 20~30쪽 안팎밖에 되지 않았다. 일반 민중이 좀 더 쉽게 접할 수 있도록 '싸구려 팸플릿'이나 문고판 형식으로 출간하였다. 종류도 200여 권을 계획한 전자 시리즈와는 달리 후자 시리즈에서는 무려 800여 권을 계획하였다. '민중 시리즈' 기획에는 H. G. 웰스를 비롯하여 프리드리히 실러, 볼테르, 오스카 와일드, 잭 런던, 가브리엘레 단눈치오 등이 포함되어 있었다.

물론 세계문학출판사에서는 민중을 교화하고 이념적으로 무장시키되 드러내놓고 그렇게 하려고는 하지 않았다. 그렇게 하다가는 자칫 민중의 반감을 불러일으킬 수 있기 때문이다. 그래서 그들은 옛날의 통치자들처럼 쓴 약에 설탕을 입히듯이 재미있는 문학 작품을 통하여 자연스럽게 정치적으로 교화하고 이념적으로 무장시키려고 하였다. 볼셰비키 정치가들의 이러한 태도는 이 기획에 참여한 디스토피아 소설가 예브게니 자미아틴의 말에서 단적으로 엿볼 수 있다.

독자는 아마 우리가 아직 언급하지 않은 말을 벌써 눈치 챘을 것이다. 즉 H. G. 웰스는 사회주의자라는 사실 말이다. 그러나 이 말을 그가 정당에 속했다는 의미로 받아들여서는 안 된다. 한 예술가에게 정당의 딱지를 붙이는 것은 마치 새에게 악보를 보고 노래를 부르도록 가르치는 것처럼 불가능한 일이다. 설령 그것이 가능하다고 하여도 그 새는 나이팅게일이 될 수 없고 오직 찌르레기가 될 수 있을 뿐이다. ─ 그 이상 그 이하도 아니다.[35]

실제로 '민중 시리즈'로 출간한 작품들을 보면 자미아틴의 말이 그다지 틀리지 않는다는 것을 알 수 있다. 물론 이 시리즈에는 웰스와

---

35 Khomitsky, "World Literature, Soviet Style: A Forgotten Episode in the History of the Idea", p.146에서 재인용.

잭 런던의 작품이 실려 있지만 실러와 볼테르 같은 작가의 작품들도 실려 있다. 실러와 볼테르의 작품은 '민중 시리즈'보다는 차라리 '중심 시리즈'에 훨씬 더 어울릴 것이다. 괴테가 '중심 시리즈'에 포함되어 있고 실러가 '민중 시리즈'에 묶여 있다는 것이 선뜻 이해가 가지 않는다. 독일 바이마르 국립극장 앞 동상에는 괴테와 실러가 나란히 서 있어 두 사람이 바이마르에서 독일문학의 견인차 구실을 했음을 웅변적으로 보여준다. 물론 괴테는 경험을 추구하였고 실러는 이념을 추구했기 때문에 이 두 문학가는 어떤 의미에서는 서로 대척점에 서 있다고 할 수 있을지도 모른다. 이 기준에서 본다면 오히려 실러가 '중심 시리즈'에, 괴테가 '민중 시리즈'에 들어가야 마땅할 것이다.

이렇게 세계문학출판사가 '세계문학전집'을 출간하면서 독자층을 이원적으로 나누었다는 것이 무척 흥미롭다. 요즈음 용어를 빌어 표현하면 고급 독자와 일반 독자, 엘리트 독자와 대중 독자를 구별한 셈이다. '민중 시리즈'는 문맹의 긴 터널에서 막 빠져나온 일반 민중을 대상으로 삼았지만, '중심 시리즈'는 이미 고등교육을 받아 지식과 교양을 두루 갖춘 고급 독자들을 대상으로 삼았다. 후자 시리즈에서 '중심'이라는 용어를 사용하는 것만 보아도 전자 시리즈는 어디까지나 후자에 속해 있거나 주변부나 이차적인 위치를 차지하고 있었다는 사실을 알 수 있다. 레닌을 비롯한 볼셰비키 정치가들은 계급 없는 이상주의 사회 건설을 목표로 삼고 있으면서도 어쩔 수 없이 지적인 불평등을 인정한 셈이다. 그러고 보니 조지 오웰이 이오시프 스탈린의 소비에트 연방을 날카롭게 비판한 『동물농장』(1945)에서 말하는 '동물 원칙' 중 하나가 떠오른다. 인간을 내쫓고 마침내 동물농장을 건설한 동물들은 "모든 동물은 평등하다"는 깃발을 내세우지만, 뒷날 이 원칙은 슬그머니 "모든 동물은 평등하지만 어떤 동물들은 다른 동물들보다 더 평등하다"는 모순어법적인 원칙으로 바뀐다.

비록 정도의 차이는 있었지만 '중심 시리즈'와 '민중 시리즈' 모두볼셰비키 혁명의 정치 이데올로기에서 벗어날 수는 없었다. 특히 세계문학출판사는 레닌그라드출판사의 감독을 받고 있었기 때문에 더더욱 그럴 수밖에 없었다. 이와 관련하여 추콥스키는 한 일기에 자기와 동료들이 편집 회의에서 세계문학의 고전을 번역하기 위해서는 이데올로기적 정당성을 찾아내야 했다고 토로한 적이 있다.

> [니콜라이] 티호노프는 우리의 출판 목록을 확장하자는 계획안을 보고하였다. 그는 발간 목록 제안서에 셰익스피어, 스위프트, 라틴어 고전과 그리스 고전을 포함하고 싶어 하였다. 그러나 각각의 작품이 레닌그라드출판사의 편집 위원회를 통과하려면 우리는 각각의 작가가 이데올로기적으로 적합하다고 추천해야 하였다. 가령 보카치오는 사제 계급에 투쟁하였고, 바사리는 예술을 민중에 좀 더 가깝게 다가가게 하였으며, 페트로니우스는 NEP에 대한 풍자적인 작품을 썼다는 식으로 말이다. 그러나 우리는 『신곡』을 어떻게 추천해야 할지 생각해낼 수 없었다.[36]

추콥스키는 『신곡』에서 이 무렵 소비에트 연방이 추구하는 정치적 이데올로기의 정당성을 찾아내기가 무척 어려웠다고 실토한다. 아무

---

36 Khomitsky, "World Literature, Soviet Style: A Forgotten Episode in the History of the Idea", p.147에서 재인용.

리 견강부회나 아전인수를 한다고 하여도 한계가 있기 때문이다. 그러나 단테의 작품에서 그러한 정당성을 전혀 찾을 수 없는 것도 아니다. 단테가 지옥에서 연옥을 거쳐 천국에 이르는 과정을 그렸듯이 볼셰비키 혁명을 프롤레타리아 계급이 자본주의 사회에서 공산주의 사회를 거쳐 마침내 사회주의 사회로 이행하는 과정으로 설명한다면 정당성을 찾을 수도 있을 것이다.

세계문학전집 발간의 원대한 기획은 이 무렵 소비에트 연방의 정치적 상황과 경제적 여건 때문에 여러 어려움을 겪으면서 궤도를 수정하지 않을 수 없었다. 볼셰비키 정부가 점차 안정을 찾으면서 정부의 통제가 더욱 심해지고 경제난이 가중되면서 재정 지원이나 종이 부족 사태 같은 일이 자주 일어나기 시작하였다. 이럴 때마다 고리키는 레닌이나 이 무렵 통상산업 정치위원인 레오니드 크라신에게 전보나 편지를 보내 도움을 청하였다.

그러나 이데올로기적 갈등과 재정난이 계속 겹치자 1922년 세계문학출판사는 레닌그라드출판사의 '외국문학 분과'에 통합되었다. 이로써 그동안 독자적으로 운영하던 행정과 편집과 유통과 관련한 모든 권한이 레닌그라드출판사로 넘어가면서 세계문학출판사는 독자적인 자율성을 잃게 되었다. 더구나 레닌그라드출판사의 레닌그라드 지부 책임자인 일리야 이오노프가 세계문학출판사를 이념적으로 반동이라고 몰아세우면서 1924년 말에 마침내 문을 닫고 말았다. 그러고 보니 세계문학출판사의 운명은 상트페테르부르크의 운명과 비슷하다. 예술의 메카 구실을 한 이 도시는 '상트페테르부르크'에서 '페트로그라드'로, 레닌이 사망한 후 그를 추모하기 위하여 다시 '레닌그라드'로 이름을 바꾸었다.

세계문학출판사는 설립된 1918년부터 문을 닫은 1924년 사이에 모두 단행본 220권에 저널 11권을 출간하였다. 1919년 '중심 시리즈'에서는 모파상의 『죽음처럼 강하다』(1889), 아나톨 프랑스의 『펭귄의 섬』(1908)으로 첫 테이프를 끊었고, '민중 시리즈'에서는 단눈치오의 『페스카라 이야기』(1902)로 첫 테이프를 끊었다. 처음 계획했던 것에는 크게 미치지 못했지만 1919년 31권, 1920년 28권 등 번역 작품이 계속 출간되어 나왔다. 이 정도 규모만 하여도 그 무렵 출판 사정에 비추어보면 대단한 성과라고 아니할 수 없다. 유토피아적 사회주의자였던 영국의 소설가 H. G. 웰스는 볼셰비키 혁명의 결과에는 회의적 태도를 보이면서도 고리키가 주도한 세계문학출판사의 계획에는 아낌없는 찬사를 보내는 까닭이 여기에 있다.

> 일종의 러시아식 세계문학의 백과사전이라고 할 원대한 출간 기획에서 많은 작가와 예술가가 일자리를 찾았다. 이렇게 갈등과 추위와 기근과 심각한 결핍으로 고통 받는 러시아에서 오늘날 부유한 영국과 부유한 미국에서조차 상상하기 어려운 문학 사업이 실제로 진행되고 있다.[37]

오늘날 지구촌 곳곳에서 집중적으로 논의되고 있는 세계문학과 관련하여 세계문학출판사는 6년 남짓 활동하는 동안 여러모로 소중한 유산을 남겼다. 첫째, 서유럽과 미국을 중심으로 세계 여러 국가의 대

---

37 H. G. Wells, *Russia in the Shadows*, New York: George H. Doran, 1921, p.93.

표적인 문학 작품을 번역하여 출간함으로써 문학의 세계성과 보편성에 주목하였다. 또한 뒷날 서유럽과 미국에서도 체계적인 세계문학전집을 출간하여 세계문학이 태어나는 데 산파 역할을 하였다. 물론 이러한 현상은 일본과 한국, 중국 같은 동아시아 국가에서도 마찬가지였다. 이렇게 세계 곳곳에 흩어져 있는 문학을 번역하는 과정에서 세계문학출판사는 무려 7만여 권에 가까운 외국 문학 작품을 수집하여 소장하였다. 그러므로 세계문학출판사는 이 무렵 가히 세계문학의 산실의 역할을 했다고 하여도 크게 틀리지 않는다.

또한 세계문학출판사는 세계문학전집 말고도『동시대 서구』,『동양』,『외국문학』같은 잡지나 시리즈를 발간하였다. 이러한 간행물을 발간하여 정치적 이데올로기에서 잠시 눈을 돌린 채 제임스 조이스나 마르셀 프루스트 같은 서유럽의 모더니즘 작가들에 관심을 기울이고, 독일의 표현주의와 다다이즘과 미래파 운동에도 주의를 게을리 하지 않았다. 그러나 이러한 문학적 실험은 ① 인민성, ② 계급성, ③ 당파성, ④ 혁명성을 기본 축으로 하는 사회주의 리얼리즘과는 정면으로 배치되었다. 헝가리 이론가 게오르크 루카치는 조이스를 비롯한 프란츠 카프카와 윌리엄 포크너의 모더니즘 문학을 '정신병적 발작'이라고 몰아세우지 않았던가. 이오노프가 세계문학출판사의 정치적 반동을 문제 삼은 것도 이와 무관하지 않다.

더구나 세계문학출판사를 비롯한 소비에트 연방의 문화 기구에서는 외국 작가들을 초청하여 문화 교류를 시도하는 데도 적잖이 힘을 기울였다. 1920년 웰스를 초청한 것을 비롯하여 세계문학출판사가 문을 닫은 뒤에도 이러한 사업을 계속 이어나갔다. 특히 1930년대부터 소비에트 연방 정부에서는 조지 버너드 쇼 같은 영국 작가들, 마크 트웨인과 존 스타인벡 같은 미국 작가들을 초청하여 문화 교류를 계속 이어나갔다. 물론 트웨인은 제정 러시아 시대에 러시아를 방문했지만 고리키가 미국을 방문했을 때 뉴욕에서 다시 그를 만났다. 웰스는 모스크바에 머무는 동안 고리키의 옛 여자 친구와 동거하기도 하였다. 프랑스 작가로서는 로맹 롤랑이 1935년 고리키의 초청으로 모스크바를 방문하였고, 독일 작가로는 리온 포이히트방거가 모스크바를 방문하여 스탈린과 면담하기도 하였다.

이렇듯 소비에트 연방 문화 정치가들은 인적 교류 또한 문학 작품을 통한 교류 못지않게 자못 중요하다고 생각하였다. 마이클 데이비드-콕스는 1921년부터 1941년까지 20년 사이 소비에트 연방이 서유럽 작가들을 초빙하여 벌인 문화 외교의 의미를 분석하여 『위대한 실험』(2012)이라는 책을 출간하였다. 또한 카테리나 클락이 1930년대 소비에트 연방 시대의 모스크바를 두고 '네 번째 로마'라고 부른 것도 이러한 문화 외교와 깊이 관련되어 있다.

그런가 하면 세계문학출판사는 일찍이 괴테가 말한 세계문학의 개념에 걸맞게 인류의 보편적 가치를 추구하려고 하였다. 고리키가 추구한 세계문학에서 '세계' 즉 '브세미르나이아^{vsemimaia}'의 개념은 '전 세계', '전 인류' 또는 '만유'를 뜻한다. 적어도 이 점에서 고리키가 말하는 세계문학은 100여 년 앞서 괴테가 말한 세계문학의 개념과 그다지 동떨어져 있지 않다. 괴테는 일찍이 에커만에게 "진리와 인류의 진보에 흥미를 느끼고 관심을 두는 그런 사람들이 세계 곳곳에 있다"고 말한 적이 있다. 고리키는 세계문학출판사의 출간과 관련하여 카탈로그에 쓴 「세계문학」이라는 글에서 문학을 보편적 휴머니즘에 이르는 길로 파악한다.

> 모든 인류가 공통으로 사용하는 보편적인 언어가 없으므로 보편적인 문학이란 존재하지 않는다. ― 지금까지는 그랬다는 말이다. 그러나 산문이건 시건 모든 문학은 모든 인류에게 속해 있고 정신적 자유를 향유하기 바라는 인간의 신성한 한 가지 갈망을 표현하는 감정과 생각과 관념으로 침윤되어 있다.[38]

위 인용문에서 엿볼 수 있듯이 고리키는 인류의 정신적 각성과 정치적 이데올로기라는 두 마리 토끼를 동시에 쫓으려고 하였다. 혁명에 동참한 그로서는 정치적 이데올로기를 따를 수밖에 없었지만 그렇다고 계몽주의적인 문학관, 즉 지적이고 정신적인 성장이라는 인류의 보편적 가치를 도외시할 수도 없었다. 그러고 보니 마리아 코미츠키의 지적처럼 이우리 안넨코프가 창안한 세계문학출판사의 로고는 자못 상징적이다. 별이 총총 떠 있는 밤하늘에 홀연히 페가소스 한 마리가 날고 있다. 그리스 신화에 나오는 동물 페가소스는 흔히 날개가 달린 말의 모습으로 형상화된다. 페르세우스가 메두사를 죽이자마자 포세이돈이 그 자리에 나타나 메두사의 영혼이 빠져나가는 것을 막고 그 영혼이 메두사가 흘리는 피에 몰리게 하여 자신이 가장 좋아하는 동물인 말에 날개를 단 천마로 다시 태어나게 했는데 이 천마가 다름

---

38 Khomitsky, "World Literature, Soviet Style: A Forgotten Episode in the History of the Idea", p.137에서 재인용.

아닌 페가소스다. 혁명적 낭만주의자라고 할 고리키는 질펀한 대지에 발을 딛고 서 있는 정치적 이념(페가소스)을 영혼의 고양이라는 낭만적 이상(천상의 별)과 결합하려고 시도했던 것이다.

이 점과 관련하여 세계문학출판사가 서유럽문학 못지않게 비서유럽의 문학에 관심을 기울임으로써 유럽중심주의의 굴레에서 벗어나려고 노력했다는 점도 찬찬히 눈여겨보아야 한다. '서양 분과'에 이어 설립된 '동양 분과'에서는 『동양의 문학』이라는 단행본을 두 권 출간하였다. 이 책에는 볼셰비키 혁명 이전 제정 러시아 시대부터 러시아가 관심을 기울여온 동양학 연구의 결실이 고스란히 담겨 있다. 앞에서 언급한 보리스 투라에브, 바실리 알렉세브, 세르게이 엘리세브 같은 내로라하는 동양학 학자들이 이 기획에 참여하였다. 제1권에서는 인도, 아랍, 터키, 팔레오아시아(동북부 시베리아와 러시아 극동 지역) 등의 문학을 다루었다. 제2권에서는 중국과 일본을 비롯하여 만주, 몽고, 이집트, 아비시니아(에디오피아)의 문학을 다루었다. 다만 아시아 국가 중에서 만주와 몽고문학까지 다루면서 막상 한국문학을 빼놓은 것이 못내 아쉬울 뿐이다. 이 무렵 러시아 지식인들의 눈에 한국은 일본의 식민지로 문학과 문화의 변방에 놓여 있다시피 하였다.

동양학 학자들은 세계문학출판사가 지금까지 잘 알려지지 않은 문화권의 문학에도 관심을 기울이는 데 찬사를 보냈다. 특히 다른 국가에서는 아직 시도도 하지 않았는데도 출판사가 동양의 문학 걸작을 접할 수 있도록 해 주는 것이 무척 중요하다고 지적하였다. 동양문학이나 아프리카문학처럼 생소한 문화권의 문학을 연구할 때는 어려움이 뒤따르게 됨은 두말할 나위가 없을 것이다. 어려움과 그 어려움을 극복하려는 노력도 노력이지만 익숙한 문학을 연구할 때 사용하는 방법과는 전혀 다른 방법을 사용해야 할 것이다. 이 점과 관련하여 엘리세브는 그 나름대로 방법론을 제시하여 관심을 끌었다.

  낯설고 잘 알려지지 않은 미지의 형식을 이해하는 데 이러한 어려움이 있다. (…중략…) 그러한 형식에서 우리는 서로 다른 비율의 부분과 전체를 만나게 된다. 우리는 일본문학에 접근할 때 우리 자신의 틀로써 접근하여 이러한 틀에 잘 맞지 않는 것이라면 모두 무시해 버려서는 안 된다. 이와는 반대로 오히려 우리는 우리에게 생소한 이러한 형식을 이해하려고 노력해야 한다.[39]

여기서 엘리세브는 일본문학 전공자기 때문에 일본문학을 구체적인 실례로 들고 있지만, 이러한 현상은 비단 일본문학에 그치지 않고 모든 문학에 두루 해당한다. 그의 말은 오늘날 세계문학을 연구하는 학자들이 귀담아들어야 할 소중한 충고다. 세계문학 이론가들은 입으로는 세계화와 지구촌을 부르짖으면서도 막상 자칫 자국의 입장에서 다른 문학과 문화를 분석하고 평가하기 쉽기 때문이다. 지금까지 프랑스 학자 파스칼레 카사노바와 이탈리아 학자 프랑코 모레티 같은 유럽 학자들이 유럽중심주의자라는 비판을 받아 왔고, 동양 문화권에서는 장룽시張隆溪 같은 중국인 학자가 중국중심주의자라는 비판을 받아 온 것은 바로 그 때문이다. 문화를 연구하는 데 어떤 절대적인 진

---

39 Khomitsky, "World Literature, Soviet Style: A Forgotten Episode in the History of the Idea", p.142에서 재인용.

리란 있을 수 없고 어떤 관점도 그 나름대로 가치가 있다고 주장하는 문화 상대주의는 자칫 허무주의로 흐를 수도 있지만, 각 집단의 문화 형성 과정과 배경을 상대적으로 바라보려고 한다는 점에서는 무척 소중하다.

세계문학과 관련하여 소비에트 연방의 세계문학출판사가 끼친 가장 큰 영향이나 업적이라면 뭐니 뭐니 하여도 번역 문제를 빼놓을 수 없다. 세계문학전집 발행은 소비에트 연방과 소련의 해체 이후 러시아에서 문학 번역 분야에서 굵직한 획을 그었기 때문이다. 이 점과 관련하여 수재너 위트는 "소비에트 연방의 문학 번역은 이제까지 세계가 보아온 것 중에서 가장 규모가 크고 어느 정도 일관성 있는 번역 기획으로 간주하는 것이 마땅하다. ― 즉 지리적 범위에서, 원천 언어의 수에서, 작업 시간에서 가장 규모가 컸으며, (시간에 따른 주어진 변화를 고려할 때) 이데올로기적 틀 구조와 중앙집권적인 기획의 관점에서 일관성이 있었다"[40]고 평가한다.

세계문학출판사는 러시아뿐 아니라 전 세계에 걸쳐 번역에 관한 관심을 제고시키는 데도 크게 이바지하였다. 번역학 또는 번역 연구는 2차 세계 대전 이후에 이르러서야 비로소 분과학문으로서 본격적인 모습을 드러냈지만, 1910년대 말과 1920년대 초부터 이미 소비에트 연방의 세계문학출판사를 중심으로 전개되기 시작하였다. 세계문학출판사는 예수 그리스도가 올 길을 미리 닦아 놓은 세례자 요한처럼

---

40 Susanna Witt, "Between the Lines: Totalitarianism and Translation in the USSR", ed. Brian James Baer, *Contexts, Subtexts and Pretexts: Literary translation in Eastern Europe and Russia*, Amsterdam: John Benjamins, 2011, p.167.

앞으로 올 번역학이나 번역 연구를 위하여 미리 길을 닦아 놓았다고 해도 될 만큼 번역사에서 획기적인 업적을 남겼다. 많은 학자나 이론가가 흔히 지적하듯이 세계문학에서 번역이 차지하는 역할은 무척 크다. 좀 더 과장해서 말하자면 어떤 의미에서는 번역이 곧 세계문학이라고 할 수 있다. 더러 예외가 없는 것은 아니지만 번역 없이는 세계문학은 존재할 수 없기 때문이다.

세계문학출판사의 번역은 앞으로 소련 정부와 그 뒤 정부에서 전개할 번역의 이론과 실제에 일종의 지침서 역할을 하였다. 첫째, 어떤 작품을 번역할 것인지 번역 대상을 선정하는 과정에 세심한 주의를 기울였다. 작품 선정 문제는 오늘날 번역학이나 번역 연구에서도 아주 중요한 주제 중 하나다. 소비에트 연방에서 번역 대상을 선정하는 데 여러 제약을 받은 것은 사실이지만 창작과 비교해 볼 때 통제가 덜 하였다. 드러내놓고 공산주의 이념에 어긋나는 작품을 선정할 수는 없다고 치더라도 적어도 그러한 이념에 대한 대안을 제시할 수 있는 작품은 번역할 수 있었다. 물론 여기에도 세계문학출판사의 편집위원들의 능력과 수완이 크게 좌우했음은 두말할 나위가 없다.

둘째, 세계문학출판사는 '무엇'을 번역할 것인가 하는 문제 못지않게 '어떻게' 번역할 것인가 하는 문제에도 깊은 관심을 기울였다. 다시 말해서 이 출판사에는 번역 작품 선정과 더불어 번역 방법에도 고심하였다. 세계문학출판사에서는 번역가들이 참고해야 할 이론 지침서를 발행하였다. 『예술 번역의 원칙』이라는 이 지침서에는 바티우슈코프가 쓴 「예술 번역의 임무」와 「언어와 스타일」 같은 글이 실려 있고, 시 번역에 관한 니콜라이 구밀레브의 글, 그리고 산문 번역에 관한 코르네이 초콥스키의 글이 실려 있다. 가령 콘스탄틴 바티우슈코프는 구약성서의 '70인 역'을 모범적인 실례로 들면서 "진정한 예술적 번역에는 오직 한 가지 원칙, 즉 적절성밖에는 없다"고 잘라 말한다. 번역학에서 '적절성'은 흔히 번역의 목표에 기능적으로 적합한지 그렇지 않은지 하는 문제와 관련한 개념이다. 그가 '70인 역'을 예로 드는 것을 보면 축역 방식보다는 의역 방식에 좀 더 무게를 실은 것 같다. 번역의 적절성은 자구에 얽매이는 축역에서는 좀처럼 얻기 어렵기 때문이다. 또한 바티우슈코프가 번역가를 희곡 대본을 행위로 옮기는 배우나 악보를 해석하는 연주가에 빗대는 것도 무척 흥미롭다.

셋째, 세계문학출판사의 편집 위원회에서는 번역의 질을 엄격히 심사한 뒤 출간하였다. 말하자면 번역 연구에서 중요한 분야인 번역 평가를 시도하였다. 편집 위원회의 지침서에서는 "원본과 번역을 포함한 모든 원고는 출판사 편집 위원회의 통제와 편집을 받아야 한다"고 되어 있다. 완성된 번역 작품은 제대로 잘 되어 있는지 철저하게 검증을 받았다. 이 점과 관련하여 영국문학과 미국문학의 편집과 번역을 담당한 러시아의 시인 추콥스키는 "영국의 발라드를 다루건 [피에르-장 드] 베랑제의 샹송을 다루던, 세계문학 스태프 구성원 중 누구도 타협을 허용하려 하지 않았다. 우리는 모두 번역 기술의 고귀한 사명을 믿었기 때문에 원작을 오도할 수 있는 그 어떤 것도 삭제하지 않았다"고 밝힌다.[41]

넷째, 세계문학출판사에서는 단순히 선정한 작품을 번역하는 작업

---

41 Khomitsky, "World Literature, Soviet Style: A Forgotten Episode in the History of the Idea", p.144에서 재인용.

에 그치지 않고 더 나아가 원천 텍스트를 둘러싼 문제를 비롯하여 작품의 문학사적 의의, 작품의 주제와 형식 등 해제를 다루었다. 특히 해당 작품이 다른 문화권의 작품들과 어떠한 유기적 관계를 맺고 있는지에 주목하였다. 이를 달리 바꾸어 말하면, 번역 작품의 수용과 목표 독자의 문제를 중요하게 생각했다는 말이다. 이러한 방법은 일반 독자가 아닌 전문 독자를 대상으로 하는 학구적 번역에서는 더더욱 필요할 것이다.

다섯째, 세계문학출판사에서는 번역가의 양성에도 관심을 기울였다. 이 출판사를 설립할 무렵에는 유능한 번역가들이 많았지만 점차 시간이 지나면 지날수록 그러한 번역가들이 질병이나 사망으로 그 수가 크게 줄어들었다. 그래서 출판사에서는 문학 번역가를 양성할 계획을 세우고 '문학 번역 스튜디오' 같은 워크숍을 열어 번역가들을 양성하였다. 워크숍에서는 번역의 이론과 실제를 비롯하여 시학, 문학비평, 유럽문학사와 관련한 강연과 세미나를 개최하였다. 이 강연과 세미나에는 막심 고리키를 비롯하여 보리스 아이헨바움, 빅토르 쉬클롭스키, 예브게니 자미아틴, 마하일 쿠즈민, 니콜라이 구밀레브, 미하일 로진스키 같은 내로라하는 작가들과 이론가들이 강사로 참여하였다. 그들은 오늘날의 기준으로 보아도 크게 손색없는 명강사들이라고 할 수 있다. 이 워크숍은 세계문학출판사가 해체되어 레닌그라드출판사로 흡수된 뒤에도 그 명맥을 계속 유지하였다. 회원 대부분은 '전러시아 작가동맹' 레닌그라드 지부 소속의 번역 분과에서 활동을 이어나갔다.

1924년 세계문학출판사가 문을 닫은 뒤에는 '예술문학출판사'가 그 임무를 이어받았다. 예술문학출판사는 1967년부터 1977년까지 10년 동안 '세계문학 문고'라는 이름으로 세계문학전집을 무려 200권 출간하였다. 세계문학출판사와는 달리 이 출판사에서는 작품을 시대별로 분류한 것이 특징이다. 가령 첫 번째 시리즈에는 고대 동방, 곧, 중세, 르네상스, 17~18세기 문학에 포함되어 있고, 두 번째 시리즈에는 19세기 문학이 포함되어 있으며, 세 번째 시리즈에는 20세기 문학이 포함되어 있다. 그중 40권은 러시아문학 작품이고 나머지는 러시아를 제외한 다른 국가의 문학 작품이 총망라되어 있어 가히 '세계문학 문고'라는 이름에 걸맞다.

또한 1932년 고리키의 문학 활동 40주년을 맞이하여 '고리키 세계문학 연구소(IMLI)'가 설립되었다. 모스크바에 본부를 둔 이 연구소는 러시아 과학아카데미 산하단체로 지금도 세계문학 연구와 확산에 이바지하고 있다. 1983년부터는 모두 아홉 권에 이르는 방대한 '세계문학사'를 출간할 계획을 세웠다. 1993년까지 『프랑스문학사』, 『영국문학사』, 『이탈리아문학사』 등 여덟 권의 세계문학사를 출간하였다. 고리키 세계문학 연구소의 세계문학사 출간은 경제력을 뒷받침 받는 서구의 어떤 국가에서도 좀처럼 엄두를 낼 수 없는 야심에 찬 국가사업이다. 소비에트 연방과 소련 해체 이후 러시아 정부가 세계문학에 얼마나 깊은 관심을 기울이는지 잘 알 수 있다.

타고르와 세계문학

인도에서 처음 세계문학을 부르짖은 라빈드라나트 타고르.

세계문학은 소비에트 연방에서 발행한 세계문학출판사의 세계문학전집보다 10여 년 앞서 이미 인도에서도 주목받았다. 다언어 국가인 인도는 문학어만 무려 20여 종에 이른다. 언어의 관점에서 보면 인도 한 나라가 유럽 전체에 맞먹는다. 그래서 인도문학 자체에 이미 비교문학적 특징이 있다고 주장하는 학자들이 있다. 일찍이 1913년 비서구인 작가로서는 처음으로 노벨 문학상을 받은 라빈드라나트 타고르가 세계문학의 필요성을 부르짖어 관심을 끌었다. 인도는 1950년, 방글라데시는 1971년 타고르의 시를 가사로 삼아 국가國歌를 제정할 정도로 타고르는 국민 시인으로 존경을 받았다.

더구나 이른바 '벵갈 르네상스'의 주역이라고 할 타고르는 문학과 교육에 온 힘을 쏟았다. 모한다스 간디가 물레 잣기와 무명옷을 통하여 인도의 경제적 자립을 추구했다면 타고르는 문학 같은 상상력의 산물을 통하여 인도를 영국 식민지의 굴레에서 해방하려고 하였다. 또한 타고르는 간디와는 달리 서구 세계의 정신을 호흡하여 동양과 서양의 화해와 융합을 꾀하려고도 하였다. 이런저런 이유로 타고르는 일반 독자들에게 인도의 민족주의에 깊이 연루되어 있었다는 인상을 주어 왔다. 그러나 그는 편협한 민족주의자라기보다는 세계정신을 호흡한 보편주의적인 세계주의자였다.

1907년 2월 타고르는 한 해 전에 발족한 인도의 국립교육위원회의 초청을 받고 콜카타에서 '비교문학'이라는 주제로 강연을 하였다. 이 위원회는 식민지 교육 제도에 대한 제안을 제시하기 위하여 발족한 기관이었다. 같은 해 『문학』이라는 에세이집에 수록된 타고르의 이 강연은 그동안 서유럽이나 미국에서 이렇다 할 주목을 받지 못하다가 세계문학이 본격적으로 논의되던 2001년 이르러서야 비로소 영어로 번역되면서 주목을 받기 시작하였다. 이 강연의 마지막 부분에서 타고르는 "내가 부탁받은 강연 주제는 여러분들이 영어로 '비교문학'이라고 붙였습니다. 그러나 나는 벵갈어로 그것을 '세계문학visva sahitya'이라고 부르겠습니다"[42]라고 밝힌다. 그가 말하는 문학은 엄밀히 말하면 비교문학보다는 세계문학에 더 가깝기 때문이다. 비교문학에 가깝건 세계문학에 가깝건 이 글은 타고르의 문학관과 세계관을 엿볼 수 있는 더할 나위 없이 좋은 글이다. 타고르는 문학이란 모든 인류를 포용하는 것이라고 말한 뒤 좀 더 구체적으로 문학의 본질과 역할을 언급한다.

인간은 비록 환경의 제약을 받지만 부가적인 사상-창조물, 즉 이 세속적인 우주(samsara)를 감싸는 문학 작품이라는 제2의 우주를 창조해 왔

---

[42] Rabindranath Tagore, ed. Sukanta Chaudhuri, *Selected Writings on Literature and Language*, New York: Oxford University Press, 2001, p.148.

습니다. 제가 여러분들에게 그러한 세계문학의 길을 보여 주리라고 생각하지 마십시오. 우리는 모두 저마다의 수단과 능력에 따라 전진해야 합니다. 제가 말씀드리고 싶은 것은, 이 세계란 단순히 여러분의 밭에 저의 밭을 더하고 거기에 다시 그 사람의 밭을 더해 놓은 것이 아니라는 점입니다. 그런 식으로 세계를 이해하는 것은 시골뜨기 같은 편협성에 지나지 않습니다. 이와 마찬가지로 세계문학은 단순히 여러분의 글에 저의 글을 더하고 거기에 그 사람의 글을 더해 놓은 것이 아닙니다. 우리는 흔히 문학을 이렇게 편협하고 제한된 방법으로 바라봅니다. 그러한 지역적 편협성에서 해방되어 세계문학에서 보편적 존재를 보려고 결심하는 것, 모든 작가의 작품에서 그러한 총체성을 파악하는 것, 그리고 그 작품이 각자의 자기표현 시도와 서로 관련되어 있다는 사실을 깨닫는 것 ─ 이것이야말로 우리가 반드시 이룩해야 할 목표입니다.[43]

위 인용문에서는 타고르가 세계문학을 어떻게 보는지 엿볼 수 있다. 첫째, 타고르는 문학이 무엇보다도 물질생활과는 다른 제2의 정신세계를 창조함으로써 비참한 일상생활을 참고 견디게 해 준다고 지적한다. 타고르는 이 강연 첫머리에서 물질적인 일상생활과 정신적인 예술 세계를 태양과 태양을 감싸는 햇무리에 빗댄다. 태양의 중심부는 너무 뜨겁지만 햇무리가 있어 그 열기를 조금이나마 덜어 준다. 이와 마찬가지로 예술은 누추하고 고단한 삶을 참고 견딜 수 있는 완충재 역할을 한다는 것이다.

---

43 Tagore, *Selected Writings on Literature and Language*, p.150.

또한 타고르는 세계문학이란 편협성이나 지방주의에서 탈피하여 좀 더 보편성을 지향하는 문학이라고 지적한다. 일찍이 괴테나 마르크스와 엥겔스는 세계문학의 특성을 이러한 편협성이나 지방주의로부터 탈피하려는 노력에서 찾으려고 하였다. 괴테는 세계문학의 특징을 특정한 시간과 공간을 뛰어넘는 어떤 인류의 보편적 가치에서 찾았다. 이 점에서는 마르크스와 엥겔스도 크게 다르지 않았다. 이 두 사람이 『공산당 선언』에서 "민족의 일면성과 편협성은 이제 점점 더 불가능하게 되고, 많은 민족문학과 지방 문학으로부터 세계문학이 생겨나고 있다"고 한 말을 다시 한 번 떠올리는 것이 좋을 것이다. 또한 막심 고리키도 "언어나 이미지로 구현한 창조적 에너지의 강력한 홍수는 인종, 민족, 계급의 모든 구별을 영원히 없애 버리고 서로서로 맞서 투쟁해야 할 무거운 멍에로부터 모든 사람을 해방하는 데 목적이 있다"[44]고 천명하였다.

타고르도 인간이 가장 폭넓게 다른 사람들과 교류할 때 참다운 의미에서 자신을 해방할 수 있다고 주장한다. 심지어 그는 인간이 자신을 해체하여 보편성 속에서 재창조해야 한다고 지적하기도 한다. 타고르에게 특정한 작가나 민족의 특성을 표현하는 것은 이렇다 할 의미가 없으며, 오직 '보편적 인간$^{visva\ manav}$'을 표현할 때 비로소 의미가 있다. 그에게 세계문학이란 편협성과 편견으로부터의 해방이요, 새로운 사해동포주의 국가에 들어가는 여권과 다름없다.

더구나 타고르가 말하는 세계문학은 특히 괴테가 말한 세계문학의

44　Theo D'haen, *The Routledge Concise History of World Literature*, London: Routledge, 2012, p.22에서 재인용.

개념과 비슷하다. 그는 세계가 "서로 다른 민족에 속한 땅 조각을 모아놓은 합계"가 아니듯이 문학도 "서로 다른 작가들이 쓴 작품을 모아놓은 총체"가 아니라고 지적한다. 타고르는 "다른 작가의 작품을 전체로, 전체를 세계문학을 통하여 표현된 인간의 보편 정신의 일부로 파악하도록 노력해야 한다. 지금이야말로 바로 그렇게 할 때다"[45]라고 주장한다. 앞으로 뒷장에 가서 자세히 다루겠지만 세계문학은 지구촌에 흩어져 있는 민족문학 또는 국민문학을 한곳에 모아놓은 것과는 거리가 멀다. 이렇게 타고르가 1백 년 가까이 앞서 오늘날 말하는 세계문학의 개념을 제대로 이해했다는 것이 여간 놀랍지 않다.

세계문학과 관련하여 한 가지 눈여겨볼 것은 타고르가 보편적인 세계문학을 살아 있는 유기체에 빗댄다는 점이다. 그는 『라마야나』와 『마하바라타』 같은 인도의 고전 작품을 언급하면서도 이러한 고전에 매몰되지 말고 좀 더 넓은 시야로 세계 여러 나라의 문학을 바라볼 것을 권한다. 생물은 모든 부분 사이에 형태적으로나 기능적으로 분화되어 있으면서도 그들 사이에 불가분의 연관성이 있어 하나의 통일체를 이룬다. 이와 마찬가지로 한 민족의 문학도 다른 나라들의 문학과 어쩔 수 없이 서로 유기적으로 밀접한 관련을 맺을 수밖에 없다는 것이다. 또한 유기체라는 용어에서도 볼 수 있듯이 문학은 어느 한 상태로 머물러 있지 않고 끊임없이 발전해 나가게 마련이다.

타고르는 이번에는 세계문학을 집 같은 거주 공간에 빗대기도 한다. 마르틴 하이데거는 일찍이 언어를 '존재의 집'이라고 불렀다. 하

45　Tagore, *Selected Writings on Literature and Language*, p.150.

이데거의 비유를 빌려 말하자면 타고르에게 '존재의 집'은 다름 아닌 문학이다. 한편 미국문학에 심리주의 리얼리즘 전통을 세운 작가 헨리 제임스도 '소설의 집'이라는 은유를 사용한 적이 있다. 타고르의 세계문학은 제임스가 말하는 소설의 집을 확장한 것으로 볼 수 있다. 타고르는 인간이 일상생활이라는 필요성의 주거 공간 옆에 이러한 필요성에서 벗어난 문학이라는 또 다른 주거 공간을 짓는다고 말한다. 그는 "그 집에서 인간은 어떤 실용적 의미에서 상처받지 않고 자신의 본성을 경험할 수 있다. 또한 그곳에서 인간은 어떤 방해도 받지 않고 자신을 표현할 수 있다. 그곳에서는 아무런 의무감이 없으며 오직 행복만이 있다. 호위병들도 없는 그곳에서 인간은 오직 황제처럼 군림할 뿐이다"[46]라고 말한다.

타고르의 말대로 문학이 이렇게 일상성의 주거 공간 옆에 지은 제2의 주거 공간이라면 세계문학은 지구촌 곳곳에 흩어져 활동하는 모든 작가가 모여 공동으로 지은 집이라고 할 수 있다. 이 집을 짓는 데 참여하는 작가들은 공간적으로 서로 떨어져 있을 뿐 아니라 시간적으로도 멀리 떨어져 있다. 세계문학사에서 최초의 작품으로 흔히 일컫는, 기원전 24세기 무렵에 나온 서사시 『길가메시』부터 최근 21세기에 나온 작품들도 하나같이 세계문학의 범주에 들어간다. 이렇듯 타고르가 생각하는 세계문학은 시공간을 초월한다는 점에서 오늘날의 세계문학의 개념과 크게 다르지 않다.

이왕 집이라는 비유가 나왔으니 말이지만 이 집은 한 가구가 사는

---

[46] Tagore, *Selected Writings on Literature and Language*, p.150.

단독주택이 아니라 여러 가구가 함께 모여 사는 연립주택이나 아파트 같은 공동 주택에 가깝다. 타고르는 이 집에서 작가가 비록 호위병들이 없지만 황제처럼 군림한다고 지적한다. 그러나 지구촌 작가들이 함께 모여 짓는 세계문학의 집은 웅장하고 화려한 궁전이 아니라 한낱 소박한 공동 주택일 뿐이다. 타고르는 이 공동 주택을 '사원'이라고 표현하기도 하였다. 사원도 한집안 식구들이 사는 곳은 아니라 종교 단체의 신자들이 모여 함께 종교 활동을 하는 장소로 많은 사람이 드나드는 곳이다. 공동 주택이건 사원이건 타고르에게 세계문학은 곧 창조의 공간인 셈이다.

이렇게 보편적 인간을 표현하려는 타고르는 다른 작가들에게 큰 영향을 끼쳤다. 아일랜드 시인 윌리엄 버틀러 예이츠를 비롯하여 가브리엘라 미스트랄, 파블로 네루다, 옥타비오 파스 같은 라틴아메리카의 노벨 문학상 수상자들에게도 여러모로 영향을 끼쳤다. 또한 타고르는 일제 강점기 조선에도 한 줄기 희망의 빛을 비추어 주기도 하였다. 타고르는 흔히 '동방의 등불'로 알려진 짧은 송시 한 편과 또 다른 시 「패자敗者의 노래」로 식민지 시대 한국 독자들에게 위로를 주었다.

일즉이 아세아의 황금 시기에
빗나든 등촉의 하나인 조선
그 등불 한번 다시 켜지는 날에
너는 동방의 밝은 비치 되리라.[47]

---

47 라빈드라나트 타고르, 주요한 역, 「조선에 부탁」, 『동아일보』, 1929.4.2.

1929년 세 번째로 일본을 방문한 타고르는 이 무렵 이 신문사 기자로 근무하던 순성瞬星 진학문秦學文으로부터 조선을 방문해 줄 것을 요청받았지만 여러 사정으로 이에 응할 수 없자 조선 민족에게 보내는 메시지 형식의 짧은 6행시를 영문으로 써 주었다. 이 짧은 영문 시를 주요한朱耀翰이 한국어로 번역하여 「조선에 부탁」이라는 제목으로 『동아일보』에 게재하였다. 타고르가 한국 시인들에게 끼친 영향은 1926년 만해卍海 한용운韓龍雲이 「타골의 시를 읽고」라는 작품을 쓴 것만 보아도 잘 알 수 있다. 이처럼 타고르는 세계 여러 나라와 더불어 식민지 한국에도 소중한 세계문학의 씨앗을 뿌렸던 것이다.

제2장
비교문학에서 세계문학으로

　서양 격언에 "모든 길은 로마로 통한다"는 말이 있다. 지금은 비유적 표현으로 자주 쓰지만 처음에는 비유가 아닌 한낱 축어적인 일상어에 지나지 않았다. 기원전 1세기경 율리우스 카이사르가 로마제정을 창설하고 아우구스투스가 초대 황제에 오를 무렵이 되면 로마는 지중해 세계를 지배하는 강대국으로 발돋움하였다. 지중해를 마치 앞마당으로 삼을 정도여서 이 바다를 '내해內海', 즉 '우리 바다'라고 불렀다. 실제로 로마 제국이 한창 번성할 때는 지중해 연안뿐만 아니라 유럽 땅 대부분을 차지하였다. 그런데 로마 제국이 이렇게 유럽의 넓은 영토를 정복하여 속국으로 만든 데 견인차 구실을 한 것이 바로 도로망이었다. 로마인들은 로마에서 시작하여 제국의 영토에 이르는 곳곳에 도로를 건설하여 마치 혈관의 실핏줄처럼 사방팔방으로 뻗어 나갔다. 이 무렵 글자 그대로 모든 길은 로마로 통하다시피 하였다.

　문학과 예술도 도로와 크게 다르지 않아서 그 역사를 거슬러 올라가다 보면 고대 로마를 만나게 된다. 로마로 통하는 것은 비단 도로뿐만 아니라 문학과 예술도 마찬가지였다. 그런데 여기서 좀 더 올라가면 찬란한 고대 그리스 문화를 만난다. 고대 그리스와 로마 문화는 말하자면 서양 문화의 수원지였다. 14세기에서 16세기에 걸쳐 일어난 르네상스도 고대 그리스와 로마 문화와 문명의 수원지로 되돌아가 그곳에서 예술적 자양분을 받으려는 운동에 지나지 않는다. 그래서 세계문학의 기원과 발상을 고대 그리스와 로마 시대에서 찾아야 한다고 주장하는 작가들이나 학자들이 적지 않다. 그러나 좀 더 엄밀한 의미에서 세계문학은 20세기 말엽에 시작되었다고 보는 쪽이 맞다. 아무리 빨리 잡아도 1990년대 이전으로 거슬러 올라가기 힘들다. 1990년 초부터 서유럽을 중심으로 몇몇 학자가 본격적으로 세계문학을 심도 있게 논의하기 시작하였다.

잘 알려진 것처럼 아널드 토인비는 일찍이 역사와 문명의 발전을 도전과 응전의 과정으로 파악하였다. 외부의 도전에 효과적으로 응전했던 민족과 문명은 살아남아 번성했지만, 그렇지 않은 문명은 곧 역사의 뒤안길로 사라지고 말았다. 또한 처음부터 아예 도전이 없던 민족이나 문명도 무사안일에 빠져 그만 쇠퇴와 망각의 길을 걸어갈 수밖에 없었다. 이 점에서는 문학도 인류의 역사나 문명과 크게 다르지 않다. 어떤 의미에서 세계문학은 그 앞에 일어난 여러 문학 운동의 도전에 대한 응전의 형태로 발전했기 때문이다. 세계문학은 비교문화, 포스트식민주의 문학, 다문화주의 같은 여러 형태의 문학적 도전에 응전하는 과정에서 자연스럽게 생겨났다고 할 수 있다. 한마디로 세계문학은 비교문학과 탈식민주의 문학과 다문화주의에 대한 반성과 비판적 반작용에서 출발하였다. 그러면서도 세계문학은 그들 이론이나 학문으로부터 적잖이 유산을 상속받으며 성장하였다.

비교문학의 출현

세계문학이 양적 개념이 아니라 질적 개념이듯이 비교문학도 양적 개념이 아니라 어디까지나 질적 개념이다. 지구촌에 곳곳에 흩어져 있는 문학의 집대성이라는 의미의 세계문학, 즉 '세계의 문학'과 특정한 담론이나 연구 방법론으로서의 '세계문학'을 엄밀히 구분 지어 사용할 필요가 있다. 이와 마찬가지로 서로 다른 문화권에 속한 문학을 서로 비교하는 일반적 의미의 '비교문학'과 특정한 방법론으로 연구하는 '비교문학'도 엄밀히 구분 지어 사용해야 할 것이다. 인문학의 한 분과학문으로서의 비교문학은 단순히 둘 이상의 문학을 서로 비교한다는 이상의 깊은 의미가 있기 때문이다. 다시 말해서 서로 다른 문학을 비교하되 특정한 연구 방법론에 따라 연구하는 학문 분야가 바로 비교문학이다.

세계문학은 분과학문으로서의 비교문학의 연장선에 놓여 있는 문학 연구인 동시에 비교문학에 대한 비판적 성찰이요 반작용이다. 넓은 의미에서 비교문학의 영역에 속하는 세계문학은 비교문학의 역사에서 가장 마지막 단계에 해당한다. 한편 헝가리 이론가 아르파드 베르칙은 비교문학이란 '세계문학의 응용과학'에 지나지 않는다고 지적한다. 세계문학은 이론이고 그것을 구체적으로 응용한 것이 비교문학이라는 것이다. 실제로 미국 대학에서 세계문학은 흔히 비교문학과에 속하거나 그와 관련한 학과에서 가르친다. 또한 세계문학 이론가들이나 연구가들의 대부분은 비교문학과에 속한 교수들이다. 그러므로 세계문학을 제대로 알기 위해서는 무엇보다 먼저 비교문학을 자세히 살펴볼 필요가 있다.

비교문학은 19세기 초엽 프랑스에서 학생들에게 문학을 가르치기 위한 교재로 일련의 선집을 출간하면서 처음 그 명칭을 사용하기 시작하였다. 좀 더 구체적으로 말해서 1816년부터 프랑스에서 장-프랑수아-미셸 노엘이 중심이 되어 『비교문학 강의』라는 책을 출간하기 시작하였다. 그래서 1820년대와 1830년대에 이르러 프랑스의 정치가요 작가인 아벨-프랑수아 빌맹을 비롯하여 필라레트 샬과 장-자크 앙페르 등이 이 분야에 관심을 기울이면서 '비교문학littérature comparée'이라는 용어를 프랑스에서 널리 사용하였다. 한편 영국에서는 시인이요 문학 비평가인 매슈 아널드가 카를 마르크스와 프리드리히 엥겔스가 『공산당 선언』을 출간한 1848년 빌맹과 앙페르가 사용한 용어를 '비교문학comparative literatures'이라는 영어로 처음 사용한 것으로 알려져 있다. 여기서 눈에 띄는 것은 아널드가 '문학'이라는 용어를 단수형이 아닌 복수형으로 사용한다는 점이다. 독일에서는 프랑스나 영국보다 조금 뒤늦게 1854년 모리츠 카리에르가 한 책에서 독일 형태의 '비교문학Vergleichende Literaturgeschichte'을 처음 소개하기 시작하였다.

세계에서 최초로 대학에 비교문학과를 설치한 곳은 다름 아닌 미국의 코넬대학교였다. 1871년 찰스 촌시 색퍼드가 비교문학이라는 신생 학과를 설립하고 그 주제로 연설하면서 이 용어를 처음 사용하였다. 그 뒤 1885년 아일랜드의 학자요 변호사인 허천 매콜리 포스닛이 『비교문학』이라는 단행본 저서를 출간하여 관심을 끌었다. 또한 1901년 그는 「비교문학의 과학」이라는 논문을 발표하여 다양한 분석 방법을 제시하기도 하였다. 이로써 비교문학은 문학 연구의 한 분과학문으로 유럽과 미국을 중심으로 널리 퍼지게 되었다.

미국과 비교하여 유럽에서는 대학에 비교문학과가 뒤늦게 설치되었다. 1901년 독일문학 연구가 페르낭 발당스페르제가 주축이 되어 프랑스의 리옹대학교에 설치한 것이 처음이다. 그는 프랑스문학에만 얽매이지 않고 시야를 넓혀 요한 볼프강 폰 괴테를 비롯하여 고트프리트 켈러와 윌리엄 셰익스피어 등 유럽문학 전반에 깊은 관심을 기울였다. 리옹대학교의 비교문학과 학과장 자리를 수락하는 연설에서 발당스페르제는 "유럽의 문학! — 아니 우리 이웃들이 사용하는 좀 더 야심 찬 용어를 빌려 말하자면 세계문학 또는 보편문학에 주목하자"[1]고 역설하였다. 여기서 '우리 이웃들'이란 두말할 나위 없이 괴테와 하인리히 하이네를 비롯한 독일 작가들을 말한다. 뒷날 1921년 발당스페르제는 폴 아자르와 함께 『비교문학』 잡지를 창간하여 이른바 '프랑스 학파의 비교문학' 연구에 굵직한 획을 그었다. 물론 르네 웰렉과 오스틴 워런은 이 '학파'라는 용어를 사용하는 것을 아주 못마땅하게 생각한다. 세계의 여러 문학을 서로 비교하는 문학 연구에 특정한 '학파'라는 용어는 걸맞지 않는다는 것이다.

비교문학이 19세기 초엽 프랑스에서 처음 시작한 데는 그럴 만한 까닭이 있었다. 이 무렵 프랑스 학자들은 자국의 문학사를 기록하는 과정에서 좀 더 실증적인 방법으로 한 작품이 외국의 어떤 작품에서 영향을 받고 쓰였는지, 이와는 반대로 자국 문학 작품이 외국의 문학 작품에는 어떠한 영향을 끼쳤는지 연구하였다. 이 무렵의 비교문학은

---

1   Theo D'haen, *The Routledge Concise History of World Literature*, London: Routledge, 2012, p.20.

이렇듯 문학 작품의 기원이나 영향 관계를 밝히는 데 주력하였다. 그러므로 초기 단계의 비교문학에서 '비교'란 문학과 문학 사이에서 구체적인 인과관계, 즉 영향, 수용, 원천, 매개 등을 밝혀내는 작업에 지나지 않았다.

비교문학의 성립이나 발전과 관련하여 여기서 잠깐 비교언어학을 살펴보는 것이 좋을 것 같다. 비교문학의 발전은 비교언어학의 발전과 밀접하게 관련되어 있기 때문이다. 비교언어학이란 기원이 같은 언어들의 관계와 시간이 지나면서 일어나는 언어 변화를 다루는 학문으로 넓은 의미에서는 역사언어학의 한 분야다. 18세기 후반 영국의 법률가 윌리엄 존스 경卿이 처음 주창한 비교언어학 연구는 19세기의 역사언어학자 아우구스트 슐라이허가 바통을 이어받아 더욱 발전시켰다. 이 두 사람은 언어 계통을 연구하는 데 비교 방법론에 크게 의존하였다. 그 뒤 비교언어학은 독일의 프란츠 봅이 언어학의 분과학문 분야로 좀 더 정교하게 다듬었다. 1816년 그는 산스크리트어와 몇몇 인도유럽어의 문법적 요소를 서로 비교함으로써 비교언어학 시대의 문을 활짝 열어젖혔다.

비교언어학을 완성한 것은 기성 학자들이 아니라 젊은 학자들이었다. 그중에서도 독일의 라이프치히대학교를 중심으로 젊은 세대 학자들의 활약이 두드러졌다. 흔히 '청년 문법학파'라고 부르는 소장 학자들이 바로 그들이다. 그중에서도 헤르만 파울의 활약은 특히 주목할 만하다. 파울을 비롯한 젊은 학자들은 그 이전의 보수적인 언어학 이론에 도전하였다. 그러자 구세대의 학자들은 그들을 깎아내리기 위하여 '젊은이' 또는 '청년'이라는 꼬리표를 붙여주었다. 그러나 젊은 세대 학자들은 오히려 이 말을 새로운 연구 방법이라는 뜻으로 적극적으로 받아들였다. 이 '청년 문법학파'라는 용어는 19세기 중엽 하이네를 비롯하여 루돌프 빈바르크와 카를 구츠코프 같은 독일 문인들이 일으킨 '청년 독일' 운동과 비슷하다. 프랑스 혁명의 이념에 영향을 받은 독일의 신세대 작가들은 이 무렵 독일을 풍미하던 극단적 형식의 낭만주의와 민족주의에 과감하게 맞서 새로운 문학을 부르짖었다.

그렇다면 하필이면 왜 19세기 중엽에 비교문학 연구가 비교언어학 연구와 함께 서유럽을 중심으로 유행하기 시작했을까? 이 무렵에 이르러 비로소 과학철학에서 비교 연구가 한 방법론으로 주목받기 시작했기 때문이다. 한 대상이나 사실은 그 자체로 옳으냐 그르냐의 진위로 판단하기보다는 오히려 다른 대상이나 사실에 비추어 상대적으로 판단하는 것이 이 무렵의 추세였다. 한마디로 비교 연구는 이 무렵의 시대정신을 반영한 것과 크게 다름없었다. 이렇듯 비교 연구는 인문학과 사회과학 등 모든 학문 분야에 걸쳐 연구 방법론으로 자리 잡았고, 이 점에서는 문학 분야도 예외가 아니었다.

한편 비교문학은 식민지에서 독립 국가로 이행하는 역사적 전환기의 산물이기도 하다. 수전 배스넷은 "'비교문학'이라는 용어는 역사적 전환기에 나타났다"고 잘라 말한 뒤 "유럽에서 여러 국가가 독립 투쟁을 벌여 — 오토만 제국으로부터, 오스트리아-헝가리 제국으로부터, 프랑스로부터, 러시아로부터 — 신생국가들이 탄생하면서 민족의 정체성(그것이 무엇을 의미하든)은 민족문화(그것을 어떻게 정의하든)와 따로 떼놓을 수 없을 만큼 한데 뒤얽혀 있었다"[2]고 지적한다. 배스넷의 지적대로 비교문학은 식민지 지배를 받던 국가들이 독립하면서 한편으로는 민족의 정체성과 민족문화를 자각하고 다른 한편으로는 남의 문화를 의식하는 과정에서 생겨났다.

이렇듯 비교문학은 처음부터 편협한 민족주의 문학과 대척점에 놓여 있었다. 여기서 '비교'라는 말은 곧 '민족적'이라는 말의 반대어처럼 사용되었다. 또한 비교문학은 유럽의 안정과 평화, 국가와 국가 사이의 조화와 균형과도 깊이 관련되어 있었다. 현실주의적이라기보다는 다분히 이상주의적이라고 할 비교문학에서는 어떤 수직적 계급 관계가 아니라 수평적인 대등한 관계에서 출발하였다. 그러므로 문화 상대주의 원칙은 비교문학에서도 거의 그대로 적용되었던 셈이다.

비교문학은 20세기에 들어와 찬성하는 학자들과 반대하는 학자들의 두 갈래로 크게 나뉘었다. 가령 카를 마르크스나 프리드리히 엥겔스의 역사적 유물론에 반기를 들고 역사를 정신의 발전으로 간주하는 이탈리아의 신혜겔주의자 베네데토 크로체는 아예 비교문학이 독립된 분과학문이라는 사실조차 좀처럼 받아들이려고 하지 않았다. 크로체에게 비교문학이란 기껏해야 서로 다른 문학 작품에 나타나는 문학의 주제나 문학적 관점의 차이, 변화, 발전 등을 연구하는 것에 지나지 않았다. 그러한 연구는 비교문학이라는 새로운 분과학문을 만들지 않고서도 종래의 문학 연구 테두리 안에서도 얼마든지 다룰 수 있다는 것이다. 이와 비슷한 맥락에서 폴 방티겜은『비교문학』(1931)에서 "비교문학의 분명하고 독특한 개념은 무엇보다도 먼저 그것이 속한 문학사의 분명하고 독특한 개념을 전제로 한다"[3]고 잘라 말하였다. 다

---

2   Susan Bassett, *Comparative Literature: An Critical Introduction*, Oxford: Blackwell, 1993, p.20.

시 말해서 비교문학은 어디까지나 문학사의 일부에 해당할 따름이라는 것이다.

한편 프랑스의 미디어 학자 프랑수아 조스트는 크로체나 방티겜과는 달리 비교문학의 도래를 열렬히 환영하였다. 조스트는 전통적인 문학과 비교해 볼 때 비교문학이 차지하는 범위가 훨씬 더 넓다고 지적한다. 민족문학은 일방적이고 제한된 관점에서 문학을 파악하려고 하기 때문이다. 조스트는 그러한 경향을 바로잡아 줄 다른 문학이 필요한데 그러한 역할을 할 수 있는 분야가 바로 비교문학이라고 말한다. 또한 그는 비교문학이 전통적인 문학사보다 훨씬 더 넓은 관점에서 문학을 조감할 수 있게 해 준다고 밝히기도 한다. 조스트에 따르면 분과학문을 훨씬 뛰어넘는 분야라고 할 비교문학은 좁게는 문학, 넓게는 문필, 더 넓게는 보편적이고 종합적인 문화와 인문학 생태계 전체를 총체적으로 조감할 수 있는 역동적인 분야다.

비교문학을 긍정적으로 평가하든 부정적으로 평가하든 이 분야에 종사하는 사람들에게 탁월한 언어 능력은 필수적이다. 이 점과 관련하여 르네 웰렉과 오스틴 워런은 이제는 고전이 되다시피 한 저서 『문학 이론』(1956, 1984)에서 비교문학이 "우리 학자들에게 높은 수준의 언어 구사 능력을 요구한다. 또한 폭넓은 관점과 지방적이고 편협한 감정을 억제할 것을 요구하는데 이것은 좀처럼 성취하기 어렵다"[4]고 지적한다. 실제로 이러한 언어 능력은 정보화 사회로 접어들면서

---

3 François Jost, *Introduction to Comparative Literature*, Indianapolis: Pegasus, 1974, p.25에서 재인용.

4 René Wellek · Austin Warren, *Theory of Literature* (3rd ed), New York: Harcourt Brace, 1984, pp.49~50.

전보다 훨씬 더 눈에 띄게 드러나기 시작하였다. 20세기 중반까지만 하여도 비교문학과에서는 라틴어와 고대 그리스어를 포함하여 외국어 몇 개를 해독할 수 있는 능력을 요구했지만 지금은 겨우 한두 개에 그치고 있다. 심지어 외국문학 작품도 원서 대신 번역서로 읽는 경우마저 있다.

비교문학은 언어, 민족이나 국가, 학문 분야의 경계를 넘어 문학과 문화적 표현을 연구하는 학문 분야다. 이 점에서 비교문학은 여러모로 국제관계와 비슷하다. 오늘날 국제관계 분야에서 정치가 하는 역할을 문학 분야에서 하는 것이 비교문학이라고 할 수 있다. 특히 비교문학에서는 주로 언어와 예술 전통과 관련하여 이러한 역할을 맡는다. 한편 웰렉은 비교문학의 범위를 이보다 훨씬 더 넓게 잡는다. 그에게 비교문학이란 "특정한 한 국가의 범위를 뛰어넘어 수행하는 연구이고, 한편으로는 문학, 다른 한편으로는 예술·철학·역사·사회과학·자연과학·종교 같은 지식과 신념 사이의 관계를 연구하는 것"[5]이다. 한마디로 웰렉은 비교문학을 문학 연구의 좁은 범위를 뛰어넘는 인본주의의 한 형태로 모든 인류가 공동으로 소유하는 지적 재산의 연구로 파악하려고 한다. 그에게 비교문학을 포함한 모든 문학 연구란 궁극적으로 시대와 공간을 뛰어넘어 모든 인류에 두루 나타나는 인간의 최고 가치를 창조하는 작업이다. 프랑스의 대표적인 비교문학 이론가 중 한 사람인 르네 에티앙블도 웰렉의 주장에 손을 들어준다.

그런데 여기서 한 가지 찬찬히 눈여겨볼 것은 비교문학 연구가 늘

---

5 René Wellek, *Discrimination: Further Concept of Criticism*, New Haven: Yale University Press, 1970, p.18.

서로 다른 언어권 사이에서만 이루어지지는 않는다는 점이다. 다시 말해서 비교문학 연구는 동일한 언어권 안에서도 얼마든지 일어날 수 있다. 가령 문학 작품에서 구사하는 언어는 같지만 그 작품이 쓰이고 출간된 국가나 문화가 다르다면 비교문학의 연구 대상이 될 수 있다. 예를 들어 프랑스문학은 벨기에와 캐나다 문학을 비롯하여 아이티와 마르티니크 같은 중남미 국가의 문학, 그리고 마다가스카르, 모나코, 니제르, 르완다, 세네갈 같은 아프리카 국가의 문학과 비교문학의 관점에서 연구할 수 있다. 한국으로 좁혀 보면 한반도에서 쓰인 한국문학은 중국 옌볜延邊 지방에서 쓰인 한국문학과 비교할 수 있다.

한마디로 세계문학은 세계화 시대의 비교문학이라고 할 수 있다. 그래서 실제로 세계문학을 비교문학의 연장선에서 파악하려는 이론가들이 적지 않다. 예를 들어 에밀리 앱터는 세계문학을 아예 '새로운 비교문학'이라고 부른다. 세계문학은 한편으로는 비교문학의 한계를 극복하고 다른 한편으로는 유럽이나 북아메리카 대륙의 범위를 크게 확장하려고 한다. 이러한 시도는 1993년 미국비교문학회(ACLA)에서 발표한 이른바 '번하이머 보고서'에서도 엿볼 수 있다. 이 보고서를 작성한 찰스 번하이머는 다문화주의에 힘입어 담론, 문화, 이데올로기, 인종, 젠더 같은 새로운 개념이 문학 연구에 널리 사용되는 상황에서 '구속성을 지닌 유럽중심주의'를 재검토할 것을 촉구한다. 번하이머는 "여러 전통적인 국제주의적 관념의 비교문학은 역설적으로 유럽 몇몇 국가의 문학의 우월성을 유지한다"고 날카롭게 비판한다.[6]

---

6   Charles Bernheimer, "Comparative Literature at the Turn of the Century (The Bernheimer Report, 1993)", ed. Charles Bernheimer, *Comparative Literature in the Age of Multicultural-*

그로부터 십여 년이 지난 2006년도 미국비교문학회는 '세계화 시대의 비교문학'이라는 보고서에서 비교문학이 세계화 시대를 맞아 어떻게 궤도를 수정해야 하는지 진지하게 검토하였다. 이러한 일련의 보고서에서는 세계화 시대를 맞이하여 비교문학이 어떻게 변신을 꾀하려고 노력하는지 엿볼 수 있다. 미국 대학에서 세계문학은 연구소로서 존재하고 아직은 독립된 학과로서는 존재하지 않고 비교문학과와 영문학과에 소속되어 있다. 그러나 시간이 지나면서 세계문학은 점차 비교문학과나 영문학과는 별도로 독립된 분과학문으로 발전하거나 아예 비교문학과나 영문학과를 밀어내고 그 자리를 차지할 날도 그다지 멀지 않은 듯하다.

한국의 비교문학

미국과 유럽을 비롯한 서구 세계에서 비교문학이 문학 텍스트보다는 이론 쪽에 경도되어 있는 동안, 동양과 아프리카 같은 비서구 세계에서는 민족문학에 기반을 둔 비교문학이 서서히 고개를 들기 시작하였다. 일본과 한국, 중국 같은 동아시아 국가와 인도와 대만 같은 나라에서는 보편성보다는 특수성에 기초한 비교문학을 발전시켰다. 특히 오랫동안 영국의 식민주의 지배를 받은 인도에서는 유럽과는 달리 비교문학은 민족주의와 손을 잡고 발전하였다. 이러한 사정은 유럽의

---

ism, Baltimore: Johns Hopkins University Press, 1995, pp.40~42.

식민주의를 경험한 아프리카의 국가들도 마찬가지였다. 그러므로 그들 국가에서는 민족문학과 비교문학은 대척점이 아니라 동일 선상에 놓여 있었다.

다른 동아시아 국가처럼 한국에서도 일찍이 비교문학에 관심을 보였다. 예를 들어 1939년 종합잡지 『삼천리』에서는 박영희朴英熙, 김기진金基鎭, 김동인金東仁, 이태준李泰俊, 김동환金東煥 등 이 무렵 내로라하는 작가들이 참가한 가운데 '신춘 창작 합평회'를 열었다. 이 자리에서 김기진은 박계주朴啓周의 『순애보』(1939)와 관련하여 작가로부터 직접 "유―고, 톨스토이, 아리시마 다케오有島武郎, 이광수李光洙"의 작품을 많이 읽었다는 말을 직접 들었다고 전하면서 외국 작가들한테서 받은 영향을 언급하였다. 박계주가 읽었다는 아리시마는 메이지明治 시대에서 다이쇼大正 시대에 걸쳐 활약한 일본 작가다. 그는 흔히 '러시아의 양심'으로 일컫는 레프 톨스토이를 비롯하여 헨리크 입센과 월트 휘트먼 같은 서양 문학가와 함께 프리드리히 니체와 앙리 베르그송 같은 철학자의 영향을 많이 받았다. 1910년 동인지 『시라카바白樺』의 창립 멤버로 활약한 아리시마는 소설가와 평론가로서 일본 문단에 신선한 바람을 불러일으켰다. 한 여성과 동반 자살하면서 그의 이름이 더욱 세상에 널리 알려지게 되었다. 인도주의와 계몽주의 사상에서 톨스토이는 아리시마에게 영향을 끼쳤고, 아리시마는 이광수에게 영향을 끼쳤으며, 이광수는 다시 박계주에게 영향을 끼쳤다고 볼 수 있다. 그들의 영향 관계는 '톨스토이 → 아리시마 → 이광수 → 박계주'의 계보를 그릴 수 있고, 그러한 계보는 후대 작가로 계속 이어갈 수 있다.

한편 톨스토이는 미국의 수필가요 시인이라고 할 헨리 데이비드 소로, 토지에서 발생하는 지대地代는 사유私有될 수 없고 사회 전체 구성원이 누려야 한다고 주장한 헨리 조지한테서 영향을 받은 바 자못 크다. 또한 소로의 사상은 장 자크 루소와 북아메리카 대륙에 오랫동안 살아온 아메리카 원주민한테서도 영향을 받았다. 그런가 하면 루소는 볼테르에게서 크고 작은 영향을 받기도 하였다. 그렇다면 그들의 영향 관계는 역으로 '원주민 미국인←볼테르←루소←소로←조지←톨스토이'의 계보로 거슬러 올라갈 수 있다.

아리시마가 한국 작가에게 끼친 영향은 비단 박계주 한 사람에게만 그치지 않는다. 『삼천리』 신춘 창작 합평회가 있은 지 이듬해 1940년 장혁주張赫宙는 같은 잡지에 「조선문학의 신동향」이라는 글을 기고하였다. 이 글에서 그는 조선의 신문학이 "톨스토이(와) 아리시마 다케오 류類의 인도주의 소설이나 심미적 시로 시작되었다"[7]고 잘라 말한다. 장혁주가 조선의 특정한 작가가 아니라 아예 조선의 신문학 자체가 아리시마로부터 직접 간접 영향을 받았다고 지적하는 것이 여간 놀랍지 않다. 이 무렵 조선 작가들에게 톨스토이와 아리시마가 끼친 영향이 얼마나 큰지 쉽게 가늠해 볼 수 있다. 장혁주가 이 글을 발표하고 몇십 년 지난 뒤의 일이지만 박경리朴景利는 대하소설 『토지』(1969~1994)에서 아리시마를 다시 언급한다. 황순원黃順元은 『카인의 후예』(1953)를 발표하면서 아예 아리시마의 소설 『카인의 후예カインの末裔』(1917)에서 제목을 그대로 가져다 사용하기도 한다.

---

7   신춘 창작 합평회와 장혁주의 글에 대해서는 『삼천리』 11-4(1939)와 『삼천리』 12-3(1940) 참고. 한국문학 전반에 끼친 아리시마의 영향에 대해서는 김희정 「한국에 있어서의 아리시마 다케오의 수용 양상」, 『일본어문학』 70, 일본어문학회, 2015 참고.

그러나 한국에서 비교문학을 좀 더 본격적으로 논의하기 시작한 것은 1940년대 초엽이다. 1920년 중엽 와세다早稻田대학에서 영문학을 전공한 정인섭鄭寅燮은 한국문학과 영문학과 일본문학을 잘 알고 있었기 때문에 비교문학 연구에 그 누구보다도 안성맞춤이었다. 그는 문학이나 문화를 연구하되 늘 비교문학이나 비교문화의 관점에서 보려고 하였다. 그는 일찍이 1940년 6월 『조선일보』에 「세계문학과 한국문학」이라는 글을 기고하여 식민지 조선에서 비교문학의 문을 처음 활짝 열었다. 한국에서 비교문학 방법론이 본격적으로 논의되기 시작한 것이 1950년대 중엽이라는 점을 고려할 때 그는 이 분야에 선구적인 역할을 했다고 할 수 있다. 1959년 6월 한국비교문학회가 창립되는 등 1960년대를 전후하여 한국 비교문학가 한 단계 높은 차원으로 발전하는 데 정인섭의 역할이 적지 않았다.

한국에서 비교문학이 좀 더 본격적으로 발전한 것은 한국전쟁이 휴전에 들어간 뒤 1950년대 중반에 이르러서다. 일제 강점기에 본격적인 연구는 엄두를 내지 못하였고, 해방을 맞이한 뒤에는 어수선한 해방 정국에서 이러한 문제를 제대로 논의할 수 없었다. 그러다가 1955년 국문학자 김동욱金東旭이 「새로운 문학 연구의 지향」이라는 논문을 발표하고 같은 해 이경선李慶善이 「비교문학 서설」을 발표하면서 비교문학을 처음 본격적으로 논의하기 시작하였다. 김동욱의 글은 1955년 5월 20일 자 『중대신보』에 발표된 논문으로 '비교문학 소고'라는 부제가 붙어 있다. 부제에서 볼 수 있듯이 대학 신문에 실린 작은 논문이지만 한국에서 처음으로 비교문학의 필요성을 언급했다는 점에서 의의가 크다. 한편 『사상계』 1955년 9월호에 발표한 이경선의 글은 김동욱의 글과 비교하여 분량이나 내용에서 훨씬 더 풍부하고 체계적이다. 이경선은 프랑스의 비교문학 이론에 기반을 두고 이 논문을 썼다.[8] 이 두 글은 정인섭에 이어 척박한 한국 학계와 문단에 비교문학의 씨앗을 처음 뿌렸다는 점에서 그 의미가 무척 크다.

김동욱과 이경선이 처음 연구의 필요성을 언급한 비교문학은 1957년부터 좀 더 본격적으로 주목을 받기 시작하였다. 그리하여 일간신문과 잡지에 이 문제를 다루는 글이 실리는가 하면 학회 같은 모임에서도 이 문제를 다루었다. 1957년은 한국의 비교문학사에서 가히 획기적인 해라고 할 만하다. 그해 1월에는 『조선일보』에 백철白鐵이 「비교문학의 방향으로」, 4월에는 『세계일보』에 이하윤異河潤이 「비교문학 서설」, 8월에는 『서울신문』에 정인섭이 「비교문학과 동서문화 교류」를 잇달아 발표하였다. 그런가 하면 바로 이해에 이경선은 그동안 썼던 글을 한데 묶어 『비교문학』(1957)이라는 단행본 저서를 출간하였다.

동아시아의 다른 국가들도 비슷하지만 한국에서 비교문학이 발전하는 데 견인차 구실을 한 것이 다름 아닌 국제펜클럽이었다. 1921년 영국 런던에서 창립된 국제펜클럽은 세계 각국 작가들 사이에 우의를 증진하고 상호 이해를 촉진하려는 목적에서 설립되었다. 본디 시인 Poets, 수필가Essayists, 소설가Novelists의 머리글자를 따서 만든 'PEN'이라는 명칭은 이 세 장르에 속한 작가들이 주류를 이루었다. 그러나 지금은 그러한 장르의 구분 없이 번역가를 비롯하여 언론인이나 역사가

---

8   이 무렵 김동욱이 『중앙대신문』(1955.5)에 「새로운 문학 연구의 지향」을, 이경선이 『사상계』(1955.9)에 「비교문학 서설」을, 백철이 『조선일보』(1957.1)에 「비교문학의 방향으로」를 기고하여 한국 문단과 학계에 비교문학의 필요성을 역설하였다.

등 문필가 일반을 두루 포함한다. 펜클럽은 처음 설립된 런던에 본부가 있고, 프랑스의 파리에 국제펜클럽 회관이 있으며, 오스트레일리아의 캔버라에 국제펜클럽을 기념하는 나무가 조성되었다. 현재 세계 104개 국가에 145개의 펜클럽 센터가 설립되어 있다. 국제펜클럽의 한국본부는 1954년 변영로卞榮魯, 주요섭朱耀燮, 모윤숙毛允淑, 피천득皮千得, 김기진 등이 중심이 되어 창립되었다. 국제펜클럽은 1948년 펜클럽 헌장을 채택하여 발표했는데 그 요지는 다음과 같다.

첫째, 문학은 국경을 모르며, 정치적, 국제적인 변화와 관계없이 모든 국가에 공통된 것이다.

둘째, 어떤 상황에서도, 특히 전쟁 중에도 예술 작품은 인류 전체의 유산이므로 국가적, 정치적 감정에 좌우되어서는 안 된다.

셋째, 펜클럽 회원은 국가 상호 간의 이해와 존중을 증진하기 위하여 노력해야 한다. 특히 인종, 계급, 국가적 증오를 배격하며 인본주의를 존중한다.

넷째, 펜클럽은 표현의 자유를 억압하는 어떤 종류의 억압에도 단호히 반대한다.

다섯째, 펜클럽은 언론의 자유를 옹호하며 평시의 검열을 반대한다. 이 헌장 속에는 그동안 비교문학이 추구해 온 목적이 거의 모두 들어가 있다시피 하다.

한국에서 비교문학은 1959년 6월 이 분야에 관심 있는 학자들이 중심이 되어 '한국비교문학회'를 창립하면서 새로운 전환점을 맞이하였다. 일본비교문학회가 1948년 창립된 것과 비교하면 시기적으로 조금 늦었지만 한국비교문학회의 창립은 이 분야 연구에 굵직한 획을 그었다. 이 학회의 초대 회장으로 앞에서 언급한 이하윤이 추대되었다. 그는 일찍이 1920년대 중엽 일본 도쿄 호세이法政대학에서 영문학과 프랑스문학을 전공하면서 정인섭 등과 함께 '외국문학연구회外國文學硏究會'의 창립에 참여하였고, 두 차례에 걸쳐 그 기관지『해외문학』을 발간하는 데 주도적인 역할을 하였다. 이 학회는 월례연구 발표회를 개최하는 등 비교문학 연구에 활력을 불어넣었다.

한국비교문학회는 1970년대부터 그 중심인물들을 젊은 세대로 교체하면서 연구회의 활동을 개편하고 연구 논문과 저서를 간행하기 시작하였다. 더구나 이 문학회가 창립되던 해에 김동욱은 비교문학의 발상지라고 할 프랑스의 비교문학 연구가 폴 방티겜의 대표적인 저서『비교문학』(1931)을 번역하여 출간하였다. 또한 이와 거의 동시에 백철과 김병철金秉喆은 앞에서 언급한 웰렉과 워런의 저서『문학 이론』을 공동으로 번역하여 내놓았다. 이 두 책은 한국 독자들이 프랑스의 비교문학과 미국의 비교문학이 서로 어떻게 다른지 비교할 수 있다는 점에서 그 의의가 자못 크다. 그런가 하면 1970년대에 들어와서는 서강대학교 인문대학을 중심으로 전개된 이른바 '서강 비교문학파'가 등장하여 이 분야에 괄목할 만한 성과를 이룩하였다. 김열규金烈圭, 김학동金澤東, 이재선李在銑, 박철희朴喆熙, 이유영李裕榮 등은 여러 관점에서 한국문학을 동서양의 문학과 비교함으로써 비교문학의 수준을 한 단계 끌어 올려놓는 데 크게 이바지하였다.

비교문학의 가능성과 한계

프랑스에서 처음 출발하여 서유럽과 미국을 비롯한 다른 나라로 점차 퍼져나간 비교문학은 자국문학 연구의 좁은 테두리에서 벗어나 좀더 넓은 시각에서 세계 각국의 문학을 객관적으로 서로 비교하여 연구한다는 원대한 이상과 목표를 품고 있었다. 실제로 비교문학은 여러모로 문학 연구에 크게 이바지하였다. 그동안 한 문화권의 문학이 다른 문화권의 문학에서 받은 영향이나 그 문학에 끼친 영향이나 작품의 기원 등을 찾아내어 문학의 보편성을 밝힌 것도 그러한 공헌 가운데 하나다. 예를 들어 폴 방티겜은 고대 이집트 신화에서 가장 핵심적인 아홉 신 가운데 하나인 오시리스와 관련한 이야기가 프랑스 신화에도 존재한다고 밝힌다. 또한 방티겜은 18세기의 영국 묘지파 시인들의 경향은 프랑스문학에서도 찾아볼 수 있다고 지적한다. 한편 한국에서도 최남선은 일찍이 『삼국유사三國遺事』에 기록된 신라 경문왕景文王의 당나귀 귀와 관련한 '여이설화驢耳說話'가 그리스 신화에 언급된 미다스 왕의 설화와 비슷하다고 주장한 바 있다. 그 뒤 이 책의 저자(김욱동)는 이 설화를 좀 더 세계문학의 관점에서 폭넓게 다루었다.[9]

더구나 비교문학은 문학 연구를 좁은 문학 영역의 굴레에서 벗어나게 했다는 점에서도 긍정적인 역할을 하였다. 종래의 문학 연구와는 달리 비교문학에서는 문학 작품을 예술·철학·역사·종교 같은 인

---

9   최남선, 「신라 경문왕과 희랍의 미다스 왕」, 『괴기』 1, 1929.5; L. G. Paik, "Korean Folk-Tales and Its Relation to Folk-Lores of the West", 『朝鮮民俗』, 1934.5; Wook-Dong Kim, *Global Perspectives on Korean Literature*, London: Palgrave Macmillan, 2019, pp.1~25.

문학에서 사회과학이나 자연과학 같은 인접 학문과의 관계, 더 나아가 인문주의의 맥락에서 파악하려고 했다는 점에서 가히 영웅적이라고 할 만하다. 이렇듯 문학 연구는 비교문학에 이르러 그 영역이 전보다 크게 확장되었다.

그러나 비교문학은 처음부터 이러한 가능성 못지않게 여러모로 한계를 지니고 출발하였고, 시간이 지나면서 그 한계가 조금씩 뚜렷하게 드러나기 시작하였다. 첫째, 비교문학은 문학 작품의 기원이나 영향 관계를 밝히는 데 주력하려는 나머지 지나치게 작가의 전기를 비롯한 문학 외적인 요소에 무게를 실었다. 다시 말해서 비교문학 연구가들은 문학 텍스트보다는 오히려 텍스트 밖의 문제에 주목하였다. 르네 웰렉이나 오스틴 워런이 『문학 이론』에서 비교문학을 비판한 것은 바로 그 때문이다. 본질에서 좁게는 신비평, 좀 더 넓게는 형식주의 전통에 서 있는 이 두 이론가에게 문학 텍스트를 도외시하는 것은 그야말로 '용서받지 못할 죄'에 해당한다. 그들은 "'비교문학'은 말썽 많은 용어이고, 그래서 이 중요한 문학 연구의 한 유형이 예상했던 것만큼 그렇게 학문적 성공을 거두지 못했다는 데는 의심의 여지가 없다"[10]고 잘라 말한다. 물론 웰렉과 워런이 비교문학을 비판하는 것은 단순히 문학 텍스트에 무관심한 태도를 보이기 때문만은 아니다.

그러나 비교문학의 가장 큰 한계라면 역시 유럽 중심주의적인 태도에서 찾을 수 있다. 이 점과 관련하여 이탈리아의 문학 이론가 프랑코 모레티는 "비교문학이 시작할 때 처음 품었던 이상을 실현하지 못하

---

10   Wellek · Warren, *Theory of Literature*, p.46.

였다. 본질에서 서유럽에 국한되고 대부분 라인강 주변을 맴도는, 훨씬 더 수수한 지적 활동이었다"[11]고 날카롭게 비판한다. 엄밀히 따지고 보면 비교문학은 어떤 의미에서는 처음부터 그러한 한계를 안고 출발하였다. 1835년 파리에서 「외국문학의 비교」라는 강좌를 처음 개설한 프랑스 비평가 필라레트 샬은 이 강좌에서 프랑스의 국경을 넘어 윌리엄 셰익스피어와 미겔 데 세르반테스 같은 영국과 스페인의 작가들을 다루었다.

또한 샬은 「외국문학 비교」라는 강의에서 프랑스를 유럽 문화를 선도하는 '감수성의 중심'으로 파악하였다. 그는 비교문학이 다른 문화권의 문학에 관심을 기울이면서도 자기가 속한 지리적 한계를 좀처럼 벗어나지 못한다고 비판한다. 가령 비교문학의 본산지라고 할 프랑스에서는 여전히 유럽중심주의적인 태도를 견지하였다. 가령 비교문학 학자들은 주로 유럽 언어로 쓴 문학 작품에 초점을 맞추어 연구하였다. 그들에게는 프랑스어, 영어, 독일어로 쓴 문학 작품이 핵심적인 비교 대상이었고, 그다음으로는 이탈리아어와 스페인어로 쓴 문학 작품이 연구 대상이 되었다. 이 다섯 언어 외의 언어로 쓴 문학 작품은 실제로 비교문학에서 이렇다 할 관심을 받지 못하였다. 하물며 유럽의 경계를 벗어난 아시아나 아프리카, 라틴아메리카 문학은 더더욱 언급할 필요조차 없을 것이다.

이러한 유럽중심주의적 태도는 국수주의 이론가들 못지않게 비교문학이나 세계문학을 부르짖는 이론가들에게서도 엿볼 수 있다는 것

---

11 Franco Moretti, *Distant Reading*, London: Verso, 2013, p.45. 모레티는 비교문학의 유럽 중심주의를 비판하면서도 그 자신도 이러한 한계에서 좀처럼 벗어나지 못한다.

이 무척 놀랍다. 도서관 사서이자 작가로 프랑스에 비교문학의 씨앗을 뿌린 이론가 중의 한 사람인 필라레트 샬은 이러한 경우를 보여 주는 좋은 예가 된다. 그는 나폴레옹 체제를 옹호하다가 나폴레옹이 실각하면서 영국에서 망명 생활을 한 아버지를 따라 영국에서 젊은 시절을 보내면서 외국문학을 접할 기회가 많았다. 그래서 샬은 1841년부터 사망할 때까지 30여 년 동안 프랑스의 최고 고등교육 기관이라고 할 콜레주 드 프랑스에서 외국문학 책임 교수를 지내면서 외국문학, 특히 영문학을 프랑스에 소개하는 데 온 힘을 쏟았다.

그런데도 안타깝게도 샬은 유럽중심주의의 그늘에서 좀처럼 벗어나지 못하였다. 1835년 그는 '파리의 아테네'에서 「외국문학 비교」라는 주제로 강의하였다. 샬은 이 강의에서 "그가 관심을 기울이는 소중한 연구는 인류의 친근한 역사인 동시에 문학의 드라마다. 그 드라마는 다름 아닌 인간과 인간의 관계다. 그것은 곧 유럽의 모든 국가 사이에서 지적인 감정을 서로 교환하는 것이다"[12]라고 밝힌다. 그러면서 그는 이탈리아문학이 고대 그리스와 로마문학에서 유산을 물려받았고, 프랑스와 스페인이 이탈리아에서 유산을 물려받았으며, 영국과 독일이 프랑스에서 유산을 물려받았다고 지적한다. 어쩌다 샬은 아랍문학의 영향을 언급하기도 하지만 그의 말은 나무에 빗대자면 줄기가 아니라 한낱 곁가지를 말한 것에 지나지 않는다.

더구나 샬은 "프랑스가 곧 중심, 감성의 중심"이라고 서슴지 않고

---

12 Philarète Euphemon Chasles, "Foreign Literature Compared", eds. Hans-Joachim Schulz · Phillip H. Rhein, *Comparative Literature: The Early Years*, Chapel Hill: University of North Carolina Press, 1973, p.20.

말한다. 이보다 한 발 더 나아가 그는 "프랑스가 인접한 국가의 국민들에게 문호를 개방해서라기보다는 오히려 아찔할 정도의 열정으로 그들에게 나아감으로써 문명을 인도했다"고 밝히기도 한다. 그러면서 샬은 계속하여 "유럽이 전 세계와 맺고 있는 관계는 프랑스가 유럽과 맺고 있는 관계와 같다. 모든 것이 프랑스를 향하여 울려 퍼지고, 모든 것이 프랑스에서 끝이 난다"고 주장한다. 한마디로 샬은 프랑스야말로 '문명 세계의 대교향곡'으로 간주하였다.[13] 지금까지 많은 이론가가 '코즈모폴리터니즘'을 부정적으로 보아 온 까닭이 바로 여기 있다. 이 용어는 겉으로는 흔히 세계시민주의나 세계시민 의식을 내세우면서도 실제로는 여전히 프랑스를 중심으로 한 유럽중심주의의 그물에 갇혀 있기 때문이다.

샬의 주장은 비교적 최근 들어 파스칼 카자노바 같은 다른 프랑스 이론가에게서도 찾아볼 수 있다. 그녀는 『세계문학 공화국』(1999)에서 세계문학의 권력 구조를 분석하여 큰 반향을 일으켰다. 세계 시장에서처럼 세계문학 시장에서도 민족문학과 민족문학 사이에는 위계질서가 엄연히 존재하여 주변부의 언어와 문학은 중심부의 지배와 폭력에서 좀처럼 벗어날 수 없다고 주장한다. 2018년 사망하기 전에 출간한 『세계어―번역과 지배』(2015)에서 카자노바는 번역을 이러한 언어 지배에 맞서는 무기로서 분석한다. 그러나 서유럽과 미국의 문학을 세계문학의 중심부로 간주하는 그녀의 이론은 다분히 유럽중심주의적이라는 비판을 받을 수밖에 없다. 더구나 프랑스와 파리를 유럽

---

13 Chasles, "Foreign Literature Compared", pp.21~22.

문학의 '수도', 더 나아가 세계문학의 '수도'로 간주한다는 점에서 카자노바는 샬과 크게 다르지 않다. 그렇다면 비교문학은 처음부터 이론과 실제 사이가 일치하지 않는 등 모순점과 한계를 안고 출발한 셈이다.

이 점에서 프랑스의 작가요 비평가인 르네 에티앙블의 이론은 주목할 만하다. 프랑스를 중심으로 유럽에서 유럽중심주의를 당연한 것으로 받아들이고 있을 무렵 그는 비교문학이 비서구 문학을 등한시해 온 점을 날카롭게 비판하였다. 뿐만 아니라 더 나아가 그러한 태도를 신랄하게 조롱하고 매도하였으며 비교문학이 서유럽의 좁은 정전正典의 그물에 갇힌 나머지 제대로 기능을 발휘할 수 없다고 주장했다. 에티앙블은 동시대의 아시아와 아프리카문학뿐 아니라 과거의 문학도 비교문학의 대상에 마땅히 포함해야 한다고 주장한다. 그의 주장이 점차 설득력을 얻으면서 비교문학은 조금씩 유럽중심주의에서 벗어나기 시작하였다.

비교문학이 안고 있는 또 다른 문제는 지나치게 이론에 빠져 있다는 점이다. 미국 학자 해리 레빈은 비교문학 전공자들이 서로 다른 문학을 비교하는 데 시간을 할애하기보다는 오히려 비교문학을 두고 논의를 벌이는 데 더 많은 시간을 할애한다고 날카롭게 꼬집는다. 실제로 비교문학은 구체적인 문학 작품을 읽고 분석하는 작업보다는 문학 이론 쪽에 훨씬 더 무게를 두었던 것이 사실이다. 그동안 미국의 비교문학과는 문학 이론을 공부하는 학과와 거의 다름없었다. 프랑스의 철학자 자크 데리다를 비롯하여 폴 드 만 같은 학자들이 예일대학교 비교문학과에서 강의한 것만 보아도 잘 알 수 있다. 레빈의 지적대로

1970년대에 들어서면서 문학 이론은 가히 백가쟁명의 시대를 맞았다. 가령 해체주의를 비롯하여 페미니즘과 젠더 연구, 문화 연구, 기호학, 영화학, 미디어 연구 같은 이론이 홍수처럼 한꺼번에 쏟아져 나왔다. 이러한 과정에서 문학 텍스트 자체에 관한 비교 연구는 점차 뒷전으로 밀려날 수밖에 없었다.

포스트식민주의와 세계문학

세계문학은 비교문학에서 자양분을 받고 성장했을 뿐만 아니라 다른 한편으로는 포스트식민주의 문학 이론으로부터 자양분을 얻고 성장하였다.[14] 물론 세계문학은 포스트식민주의 문학 이론보다는 비교문학에서 훨씬 더 큰 영향을 받았다. 그런데도 포스트식민주의 문학은 직접 간접으로 세계문학이 성장하고 발전하는 데 적잖이 이바지하였다. 무엇보다도 세계문학은 시기적으로 포스트식민주의 문학에 좀 더 가깝다. 그만큼 세계문학과 포스트식민주의 문학은 이런저런 방식으로 서로 깊이 얽힐 수밖에 없다. 더구나 포스트식민주의 담론은 비교문학에서 흔히 볼 수 있는 유럽중심주의에 대한 신랄한 비판으로 출발하였다. 그러므로 세계문학은 비교문학의 젖을 먹고 자라나 포스

---

14 '포스트식민주의'라는 용어를 고집하는 데는 그럴 만한 까닭이 있다. 일찍이 여러 글에서 지적했듯이, 영어 'postcolonialism'의 접두사 'post-'에는 이탈과 반작용의 이중적 의미가 담겨 있다. 그래서 필자는 지금껏 가치 중립적으로 '포스트'라는 접두사를 사용해 왔다. 이와 같은 맥락에서 필자는 '포스트모더니즘'은 말할 것도 없고 '탈구조주의'니 '후기구조주의'니 하는 용어 대신 '포스트구조주의'라는 용어를 사용한다. 김욱동, 『전환기의 비평 논리』, 현암사, 1998, 120~170면 참고.

트식민주의의 이유식을 거쳐 성장하고 발전해 왔다고 할 수 있다. 1980년대에 시작하여 1990년대에 이르러 최고점에 이른 포스트식민주의는 세계문학의 지리적 공간을 확장하는 데 크게 이바지하였다.

포스트식민주의란 이름 그대로 식민주의와 제국주의를 비롯한 서구 중심의 근대성에서 벗어나려는 일련의 문학적 운동이나 사상적 운동을 두루 일컫는 용어다. 대항 담론이라고 할 포스트식민주의는 2차 세계 대전 이후 서구 학계를 중심으로 대두되었지만, 문학 쪽에서 본격적으로 주목을 받기 시작한 것은 1970년대 말엽 팔레스타인 출신의 미국 이론가 에드워드 사이드가 『오리엔탈리즘』(1978)에서 '오리엔탈리즘'을 주창하면서부터다. 물론 사이드의 오리엔탈리즘 이전에도 제3세계 국가를 중심으로 이미 포스트식민주의 이론이 주목을 받았다. 또한 식민주의와 제국주의가 큰 힘을 떨치던 시대에 몇몇 피식민 국가에서 일어난 민족주의와 민족자결주의도 어떤 의미에서는 포스트식민주의의 전주곡으로 볼 수도 있다. 물론 민족주의와 민족자결주의에서는 민족국가의 정치적 독립이 무엇보다 가장 절실한 과제였기 때문에 문화나 사상의 독립은 뒷전으로 밀려날 수밖에 없었다. 더구나 식민지 통치를 받는 동안 식민지 국가의 공동체적인 고유한 전통은 말살 당하다시피 하였고, 식민지 지식인들은 식민 제국의 근대 서구 중심의 사유체계나 사고방식에서 크게 벗어나지 못하였다.

사이드가 포스트식민주의 담론을 완성하는 데는 그가 태어나 자란 중동 지역, 그중에서도 이집트의 영향을 가장 많이 받았다. 그는 평생 팔레스타인인들의 권리를 부르짖은 대변자로 살았고, 그의 오리엔탈리즘과 포스트식민주의 담론은 망명 생활로 얼룩진 그의 가족사와도 떼어서 생각할 수 없을 만큼 서로 밀접하게 관련되어 있다. 더구나 사이드는 포스트식민주의의 대부大父로 흔히 일컫는 프란츠 파농을 비롯하여 미셸 푸코, 쥘 들뢰즈와 펠릭스 가타리 같은 여러 이론가한테서 크고 작은 영향을 받았다. 그리고 사이드의 포스트식민주의 이론은 인도 태생의 미국 이론가 가야트리 스피박과 역시 인도 태생의 호미 바바 같은 이론가로 계승되었다.

그러나 포스트식민주의는 2차 세계 대전이 끝난 후 아시아와 아프리카, 남아메리카의 식민지들이 민족국가로 대부분 독립하면서 주목을 받았다. 아프리카 대륙을 보더라도 2차 세계 대전이 끝난 1945년 몇몇 국가가 독립하기 시작하였고, 1960년 한 해에만 무려 20여 국가가 독립하였다. 그리고 보면 1960년을 '아프리카 독립의 해'로 부르는 것도 그다지 무리가 아닌 듯하다. 제국에서 독립한 식민지 출신의 일부 지식인들을 중심으로 칼과 총으로써 독립을 쟁취했으니 이제는 붓과 펜으로써 독립을 쟁취할 때가 되었다는 생각이 널리 퍼지기 시작하였다. 그들은 비록 정치적으로는 독립을 얻어냈을지 모르지만 사회·경제적으로나 문화적으로는 여전히 식민지 종주국에 종속되어 있었기 때문이다. 그래서 몇몇 지식인들은 문화적 독립을 부르짖기 시작하였고, 그 과정에서 자연스럽게 생겨난 담론이 바로 포스트식민주의였다.

포스트식민주의 문학은 잘 알려진 것처럼 그동안 서구의 식민통치 과정에서 '삭제'되고 '매몰'되었던 피식민지 국가의 민족 문화를 복원하여 제3세계의 문화적 정체성을 확립하는 데 초점을 맞추었다. 또한 이러한 과정에서 보편성과 객관성의 이름으로 교묘하게 포장되거나

미화되어 온 식민지 종주국의 문화, 그리고 그 문화를 뒷받침해 온 휴머니즘, 계몽주의, 진보주의, 역사주의 같은 보편적 개념이 얼마나 허구적인지 밝혀내는 데 주력하였다. 또한 그러한 이념들이 식민주의 이데올로기와 어떠한 공모관계를 맺고 있었는지를 밝혀내는 데도 관심을 두었다. 그런데 식민지 지식인도 아니고 식민지 종주국의 몇몇 지식인이 이 분야에 관심을 기울인 것이 무척 흥미롭다. 가령 일본의 진보적 지식인인 고모리 요이치小森陽一 도쿄대학교 교수가 일본제국의 식민정책을 비판하는 책 『포스트콜로니얼 ポストコロニアル』(2001)을 출간하여 주목을 받았다.

그동안 '타자他者'로 흔히 일컫던 주변부 문학이 변방을 넘어 중심으로 향하는 과정에서 유럽의 문학은 다른 문학과 문화에 관심을 기울일 수밖에 없었다. 특히 서유럽과 미국의 문학은 인류 역사에서 그 유례를 찾기 힘든 두 번에 걸친 세계 대전을 겪으면서 생명력이 고갈되었고, 제3세계의 문학에서 그 대안을 찾으려고 하였다. 특히 그동안 유럽의 심장부에서 멀리 떨어져 있던 문학이 새롭게 주목을 받으면서 세계문학의 중심부로 조금씩 이행하기 시작하였다. 예를 들어 '검은 대륙'으로 부르던 아프리카문학을 비롯하여 아시아 문학, 그리고 라틴아메리카 문학이 새롭게 부상하였다. 특히 유럽 여러 나라의 식민지로 있다가 독립하여 신생국가가 된 아프리카 국가의 작가들이 주목을 받았다. 예를 노벨 문학상을 받은 나딘 고디머(남아프리카공화국)를 비롯하여 치누아 아체베(나이지리아), 월레 소잉카(나이지리아), 부치 에메체타(나이지리아), 응구기 와 티옹고(케냐), 비디아다르 나이폴(트리니다드토바고), 우스만 셈벤(세네갈), 아마 아타 아이두(가나) 등 그 이름도 낯선 작가들이 세계문학의 중심부로 조금씩 이동하고 있다.

　포스트식민주의는 아프리카와 남아메리카 학계나 문화계와는 달리 아시아에서는 1990년대까지 깊이 뿌리를 내리지 못하였다. 그도 그럴 것이 2차 세계 대전 이후 아시아에서는 아프리카 대륙과 남아메리카 대륙과는 달리 국제무대에 새로 등장한 두 초강대국 미국과 소련이 '냉전'이라는 이름으로 이념 전쟁을 벌이고 있었기 때문이다. 동아시아는 전쟁이 끝난 지 몇 해 지나지 않아 중국 대륙이 공산화되어 중화인민공화국을 성립한 데다 한국 전쟁에 이어 월남 전쟁이 발발하는 등 정치적으로나 군사적으로 냉전의 전초지 역할을 하였다. 이러한 상황에서 차분하게 포스트식민주의 담론을 논하기란 여간 어렵지 않았다. 물론 한국은 일본 제국주의의 식민지 통치를 혹독하게 경험하였고, 어수선한 해방 정국에서는 미국의 군정 통치를 받았기 때문에 포스트식민주의 담론을 받아들일 지적 풍토는 충분히 무르익어 있었다.

　그렇다면 세계문학은 포스트식민주의와 어떠한 관계가 있는가? 포스트식민주의는 식민주의 제국인 유럽을 문학의 중심으로 파악하는 태도에 쐐기를 박음으로써 세계문학의 저변을 확대하는 데 크게 이바지하였다. 그러나 최근 들어 포스트식민주의 문학이나 그 비평이나 이론은 1990년대 말엽부터 점차 쇠퇴하더니 이제는 물 지난 생선처럼 신선도를 상당 부분 잃어버리면서 그 힘이 크게 약화하였다. 포스트식민주의가 저항 담론으로서 힘을 잃게 된 데는 여러 이유가 있을 터지만 아마 세계화가 가장 큰 몫을 한 듯하다. 쇠붙이라면 무엇이든 집어삼킨다는 저 전설의 짐승 불가사리처럼 세계화는 모든 저항 담론을 보편성의 이름으로 다시 흡수해 버린다. 다시 말해서 포스트식민주의는 세계화의 거센 물결 속에서 비판의 칼날이 무뎌질 수밖에 없으며, 그러한 과정에서 본래의 기능을 상당 부분 상실하였다. 카를 마르크스와 프리드리히 엥겔스는 일찍이 『공산당 선언』(1848)에서 "단단한 것은 모두 공기 속으로 증발하고, 신성한 것은 모두 모독당하며, 인간은 마침내 자신의 사회적 지위, 상호 관계를 좀 더 냉철한 눈으로 바라본다"[15]고 부르짖었다. 이 유명한 구절은 150여 년이 지난 1990년대 말엽에도 그대로 적용되었다. 이 무렵 그렇게 단단하게 보이던 포스트식민주의도 세계화의 공기 속으로 증발하였다. 이렇게 포스트식민주의 문학이 힘을 잃은 공백 상태에서 불사조처럼 나타난 담론이 바로 세계문학이다.

포스트식민주의는 식민주의를 겪은 국가들에게는 유용할지 모르지만 주변부 국가에 속하면서도 식민주의를 겪지 못한 국가들에게는 이렇다 할 의미가 없다. 이를 달리 바꾸면 이 이론에서는 식민주의 경험이 필수적이라는 말이 된다. 그러나 이 세계에는 이러한 경험을 겪지 않은 나라도 얼마든지 있다. 이와는 달리 한 나라와 문화권 안에서도 이른바 '내부 식민주의' 또는 '내적 식민주의'라는 유형도 엄연히 존재한다. 마이클 헥터는 『내부 식민주의』(1975, 1999)에서 영국이 스코틀랜드·웨일스·북아일랜드 등 주변 지역과 맺고 있는 관계를 실례로 들면서 식민주의는 한 문화권 안에서도 얼마든지 일어날 수 있다고 주장하여 주목을 받았다. 이렇듯 내부 식민주의는 비단 제3세계

---

15 Karl Marx · Friedrich Engels, ed. Gareth Stedman Jones, *The Communist Manifesto*, London: Penguin Classics, 2002, p.218.

국가에만 그치지 않고 영국 같은 제1세계 주류 국가 안에서도 일어날 수 있다.

혼히 '제4의 식민지', '식민지 안의 식민지' 또는 '식민지 없는 식민지'로 일컫는 이 내부 식민주의도 어떤 의미에서는 국가와 국가 사이의 식민주의 못지않게 아주 중요하다. 언뜻 모순어법처럼 보이는 이 용어는 안토니오 그람시가 이탈리아의 남부 지역과 북부 지역의 격차를 지배적 중심과 종속적 주변으로 해석하면서 널리 쓰이기 시작하였다. 식민지 지배에서 벗어난 남아메리카 국가들에서 유럽화한 지배 집단과 토착 집단과의 관계를 내부 식민주의로 해석하는 학자들도 있다.

최근 들어 중국에서 개혁·개방이 만들어낸 중국의 신계층 농민공農民工은 대표적인 내부 식민지 주민에 속한다. 농촌에 호적을 두고 있으면서 도시에 진출해 노동력을 제공하는 농공민의 수는 중국 농업부의 조사에 따르면 2018년 현재 2억 2,600만 명이 넘는다. 농민공은 대부분 비숙련 노동자로 제조 공장 또는 건설 공사장에서 힘들고 위험한 일을 떠맡아 왔다. 특히 제조업이 몰려 있는 광둥성廣東省의 주장삼각주나 상하이上海, 안후이성安徽省의 창장삼각주 지역의 노동자 대부분은 농민공이라고 하여도 틀린 말이 아니다. 중국 농민공은 대도시에서는 정식 도시호적을 지니지 못하고 '잠주증暫住证'이라는 임시 거주증을 갖고 있어 외지인으로 차별을 받는다. 자녀 교육과 의료 서비스를 비롯하여 도시주민이 누리는 교육이나 의료 같은 공공서비스를 누릴 권리도 없다. 한마디로 농민공은 중국인이면서도 중국에 거주하는 외국인 노동자와 크게 다르지 않은 취급을 받는다. 더구나 2019년 12월 중국 후베이성湖北省 우한武漢에서 처음 발견된 코로나바이러스

-19가 중국에 확산되면서 농민공은 일자리를 잃고 거리로 내몰리다 시피 하였다.

다문화주의와 세계문학

이러한 내부 식민주의에 대한 비판이 문학 분야에 나타나는 것이 다문화주의다. 포스트식민주의와 거의 비슷한 시기에 대두한 다문화주의도 세계문학이 발전하는 데 크게 이바지하였다. 좀 더 넓게 보면 포스트식민주의건 다문화주의건 하나같이 포스트모더니즘의 자장磁 場에 놓여 있다. 2차 세계 대전 이후에 모습을 드러낸 이론 대부분은 좀처럼 포스트모더니즘의 영향권에서 벗어나기 어렵다. 포스트모더 니즘은 언뜻 거창한 이론처럼 보일지 모르지만 한마디로 요약한다면 중심을 지향하는 모든 권위에 대한 도전, 거대담론에 대한 회의라고 할 수 있다. 적어도 이 점에서는 세계문학도 포스트모더니즘의 영향 을 받고 발전했다고 할 수 있다.

다문화주의는 글자 그대로 다양한 문화, 즉 문화적 다양성을 중시 하는 태도나 사상을 말한다. 1957년 스위스의 문화를 기술하기 위하 여 처음 사용하기 시작한 이 용어는 1960년대 후반에 캐나다에서 널 리 쓰이더니 미국을 비롯한 영국과 오스트레일리아 등 영어 문화권에 빠르게 퍼져나갔다. 그 뒤 다문화주의의 개념은 1970년대에 이르러 북아메리카 대륙과 서유럽을 넘어 아시아의 민주주의 사회에서도 널 리 쓰였다. 세계화가 본격적인 궤도에 진입하면서 단일한 민족국가들의 다양한 문화를 서로 인정하고 존중하려는 움직임과 맞물리면서 다문화주의는 더욱더 힘을 얻었다. 다문화주의는 포괄적인 개념이어서 소수문화, 반문화, 여성문화 등을 포함한다. 다문화주의는 그동안 주류 문화의 그늘에 가려 제대로 빛을 보지 못하던 이질적인 주변 문화를 제도권 안으로 수용하려고 하는 데 목표를 둔다.

그러나 세계문학과 관련하여 다문화주의는 그동안 타자로 취급받아 온 주변부의 소수 문학에 관한 관심을 가리키는 것이 보통이다. 특히 다문화주의는 교육 기관에서 무엇을 가르칠 것인가 하는 정전 문제와 깊이 관련되어 있다.[16] 다문화주의를 부르짖는 이론가들은 그동안 교과과정이란 기득권이 현 상태를 계속 유지하려는 음모에 지나지 않는다고 주창해 왔다. 다시 말해서 기득권 세력은 교육 기관에서 그들의 권력 유지나 확장에 도움이 될 만한 문학 작품을 학생들에게 가르침으로써 기득권의 이데올로기로 자연스럽게 학생들을 세뇌한다는 것이다.

다문화주의에서 학생들에게 무엇을 가르칠 것인가 하는 문제와 관련하여 제기되는 것이 '문화 전쟁' 또는 '문화 충돌'이다. 1990년대 미국에서는 교과과정을 두고 보수주의적 가치관을 내세우는 전통주의자들과 진보주의적 가치관을 부르짖는 자유주의자들 사이에 마치 전쟁을 방불하게 할 만큼 이념의 갈등이 무척 치열하였다. 이 무렵 문화 전쟁은 미국의 공립학교 역사와 과학 교과과정뿐만 아니라 다른 주제에 관한 논쟁에도 큰 영향을 주었다. 그래서 제임스 헌터는 '미국을

---

16 김욱동, 『문학의 위기』, 문예출판사, 1993, 82~104면 참고.

규정 짓기 위한 투쟁'이라는 부제를 붙인 책『문화 전쟁』(1991)에서 낙태, 총기법, 기후 온난화, 이민, 교회와 국가의 분리, 사유화, 마약 사용, 동성애, 검열 같은 문제를 포함하여 미국의 정치와 문화 전반에 나타난 양극화와 재편성을 지적한다.

지금까지 당연하게 여겼던 교과과정, 즉 정전을 수정하는 작업을 흔히 '탈정전화脫正典化'라고 부른다. 영미 문화권에서는 그동안 이른바 'WASP(White Anglo-Saxon Protestants)' 작가들이 주인공과 크게 다름없었다. 즉 영미 문학은 1990년대 이전까지만 하여도 인종으로는 백인, 혈통으로는 앵글로색슨계, 종교에서는 개신교에 속한 작가들이 중심적인 역할을 해 왔다. 또한 미국문학은 'DWAM(Dead White American Males)', 즉 이미 사망한 백인 미국 남성 작가들의 주요 무대였다. 그런가 하면 미국문학을 넘어서는 고작 'DWEM(Dead White European Males)', 즉 사망한 유럽의 백인 작가들을 교과과정에 포함하였다. 그러나 다문화주의의 거센 물결을 타고 그동안 소외되었던 여성 작가들, 아직 활약하는 생존 작가들, 그리고 무엇보다도 미국이나 유럽 문화권이 아닌 비주류 문화권에 속한 작가들이 새삼 주목받기 시작하였다.

세계문학은 한 국가나 문화권 안에서 일어나는 다문화주의를 국제적 차원으로 넓힌 것으로 볼 수 있다. 예를 들어 미국 학교에서 소수민족 미국 작가들이 쓴 문학 작품은 그동안 백인 주류 작가들의 작품에 밀려 거의 빛을 보지 못하였다. 그러나 다문화주의의 물결을 타고 소수민족에 속한 주변부 작가들의 작품들이 심심치 않게 교과과정에 올라오게 되었다. 가령 미국에서는 '리처드 E. 킴'이라는 이름으로 더욱 잘 알려진 한국계 미국 작가 김은국金恩國의 작품은 이러한 경우를 보여주는 좋은 예다. 일제 강점기 창씨개명創氏改名, 즉 일본식 성명 강요 문제를 소년의 시각에서 다룬 소설『잃어버린 이름』(1970)은 그동안 미국 문단이나 학계에서 도외시되다시피 했지만 최근 다문화주의의 영향으로 부쩍 주목을 받고 있다. 한국계 미국인 학생들은 이제 미국에서 출간된 아시아계 미국 작가들의 작품뿐만 아니라 그들의 선조가 이민 온 한국에서 쓰인 작품에 대해서도 좀 더 알고 싶어 한다. 그렇다면 세계문학은 비교문학과 포스트식민주의, 그리고 다문화주의에서 자양분을 얻으며 성장한 뒤 그 이론들의 한계를 극복하려는 문학이라고 하여도 틀리지 않을 것이다.

제3장
세계화와 세계문학

 세계문학 하면 곧 20세기 중반과 21세기 초엽에 일어난 획기적인 두 역사적 사건이 떠오른다. 1969년 7월 아폴로 11호가 달에 착륙하면서 인류는 최초로 지구 바깥의 천체에 발을 딛게 되었다. 선장 닐 암스트롱, 사령선 조종사 마이클 콜린스, 달착륙선 조종사 버즈 올드린이 탄 아폴로 11호는 7월 20일 20시(UTC)에 달의 표면에 착륙하였다. 몇 해 뒤 1972년 12월에는 아폴로 17호의 승무원이 지구에서 45,000킬로미터 떨어진 지점에서 지구를 촬영하였다. 그 모습이 마치 푸른색 구슬과 같다고 하여 흔히 '블루 마블Blue Marble'로 일컫는 이 지구 사진은 인류 역사에서 가장 널리 퍼진 사진으로 꼽힌다.

 아폴로 11호가 달에 착륙한 지 30여 년 뒤 2001년 9월 뉴욕시에서는 '9·11테러' 사건이 일어나 전 세계를 경악과 공포의 소용돌이 속으로 몰아넣었다. 이슬람 극단주의 세력인 오사마 빈 라덴과 그가 이끄는 무장 조직 알카에다의 동시다발적인 항공기 납치와 맨해튼의 세계무역센터와 워싱턴 펜타곤이 테러 공격을 받았다. 무려 3,000명 가까운 사망자와 최소 6,200여 명 넘는 부상자를 낸 이 사건은 세계정세를 완전히 뒤엎어놓은 인류 역사에서 최악의 테러 사건으로 꼽힌다. 그 자리에 새로운 건물을 짓고 있지만 테러 사건의 상처는 쉽게 아물지 않은 채 뭇 사람의 뇌리에 아직도 악몽으로 남아 있다. 그래서 서양의 역사는 'BC'와 'AD'로 구분 지을 것이 아니라 이 테러 사건을 기준으로 '2001년 9월 11일' 이전과 그 이후로 구분 지어야 한다고 지적하는 학자들도 있다. 물론 중국 후베이성湖北省 우한武漢에서 처음 발견된 코로나바이러스-19가 중국을 비롯한 전 세계에 널리 퍼지면서 수많은 인명 피해를 낸 지금, 인류 역사를 이 신종 바이러스 유행을 기준으로 2019년 12월로 구분 짓자고 주장하는 학자들도 있다.

아폴로 달 착륙은 인류 역사에서 처음으로 지구 밖에서 지구를 바라본 획기적 사건으로 지구와 다른 행성 사이의 관계를 아주 실감 나게 보여 주었다. 지구 밖에서 바라본 지구의 모습은 글자 그대로 한낱 '푸른 구슬'로 금방이라도 쉽게 깨어질 것처럼 여간 연약하게 보이지 않았다. 더구나 이 사진은 지구란 무한 광대한 공간이 아니라 궁극적으로 작은 촌락에 지나지 않는다는 사실을 새삼 깨닫게 해 주었다. 한편 '9·11테러' 사건은 이번에는 지구 안에서 인종과 인종, 종교와 종교 사이에서 일어나는 긴장과 갈등이 얼마나 심각한 지경에 이르렀는지 웅변적으로 보여주는 역사적 사건이었다. 이 두 사건은 세계화를 앞당기면서 세계문학이 태어나는 데 직접 간접으로 산파 구실을 하였다.

정보화 사회와 디지털 혁명

세계화와 그에 따른 세계문학을 좀 더 쉽게 이해하기 위해서는 여기서 잠깐 일화 한 토막을 살펴보는 것이 좋을 것 같다. 1997년 8월 영국의 왕세자빈 다이애나가 교통사고로 사망했다는 것은 이제 뉴스 거리도 아니다. 그런데 호사가들은 다이애나의 사망이 세계화를 아주 극적으로 보여 주는 상징적 사건이라고 말한다. 다이애나는 이집트 남자 친구와 함께 네덜란드제 엔진을 장착한 독일제 자동차를 타고 드라이브하던 중 프랑스의 한 지하차도에서 차량 충돌 사고를 당하였다. 자동차를 몰던 벨기에 운전기사는 스카치위스키를 마시고 취해 있었다. 더구나 이 사건이 일어나기 전 일본제 오토바이를 탄 이탈리아의 파파라치가 다이애나가 탄 자동차를 바짝 뒤쫓고 있었다. 사고가 난 뒤에는 브라질제 의약품을 사용하는 미국 의사가 사고 현장을 수습하였으며, 이 안타까운 소식은 곧바로 미국의 빌 게이츠가 개발한 IT 기술을 이용하여 캐나다인이 전 세계에 전달하였다.

또한 지구촌 곳곳에 사는 많은 사람은 인도네시아 해적에게 피랍되었다가 풀려난 시칠리아 부두 노동자가 하역하고 멕시코 불법 이민 노동자가 배달해 준 컴퓨터로 이 놀라운 정보를 얻었다. 대만제 칩과 한국제 모니터를 사용하는 이 컴퓨터는 싱가포르 공장에서 방글라데시 노동자가 조립하고 중국에서 만든 포장 박스에 담아 인도인 트럭 운전기사가 배송해 준 것이었다. 그렇다면 다이애나 왕세자빈의 죽음에는 줄잡아 꼽아 보아도 무려 스물이 넘는 국가가 이런저런 방식으로 연루된 셈이다.

세계문학은 그 기원을 아무리 일찍 잡는다고 하여도 좀처럼 20세기 후반을 넘어서지 못한다. 물론 1827년 요한 볼프강 폰 괴테가 세계문학의 도래를 예언하였고, 1848년 카를 마르크스와 프리드리히 엥겔스가 괴테에 이어 『공산당 선언』에서 역시 세계문학을 언급하였으며, 1870년대 초엽 프리드리히 니체가 세계문학을 비판하였다. 20세기에 들어와 인도에서는 라빈드라나트 타고르가 세계문학의 필요성을 역설하고 러시아에서는 볼셰비키 혁명이 일어나면서 막심 고리키를 중심으로 세계문학에 관한 관심이 부쩍 일어났어도 이러한 사정은 크게 달라지지 않는다. 좀 더 본격적인 의미의 세계문학은 아무래도 그보다 훨씬 뒤 1990년대에 이르러 시작되었다고 할 수 있다.

그렇다면 세계문학은 하필이면 왜 20세기의 해가 서산마루에 뉘엿뉘엿 걸려 있던 시기에 시작되었을까? 두말할 나위 없이 세계문학의 대두는 20세기 말엽의 역사적 현실과 깊이 맞물려 있기 때문이다. 문학을 비롯한 모든 문화 현상은 당대의 역사적 상황이나 사회적 현실과 깊이 연관되어 있게 마련이다. 예를 들어 영국문학에서 낭만주의 운동은 1차 산업 혁명에 대한 비판적 반작용으로 시작하였다. 영국의 대표적인 낭만주의 시인 윌리엄 워즈워스가 「세상은 우리에게 너무 고달파」에서 노래하듯이 이 무렵 영국인들은 물질적 풍요라는 산업 혁명의 열매를 따 먹었지만 그 부산물로 공해, 위생, 빈부 격차, 빈민가 등 여러 문제가 발생하였다. 특히 산업 혁명의 진행과 더불어 산업 자본가와 노동자 계급 사이의 대립이 격화되어 노동 문제가 새로운 사회 문제로 대두되었다. 그래서 워즈워스는 이 작품에서 "우리에 주어진 자연도 거의 보지 못하고 / 마음마저 버렸으니 이 보잘것없는 홍정이여!"라고 탄식한다.

낭만주의가 1차 산업 혁명에 대한 비판적 반작용에서 비롯하였다면 세계문학은 20세기 후반에 모습을 드러내기 시작한 기술 발전과 그에 따른 사회 변화에서 비롯하였다. 인류 역사에서 일찍이 그 유례를 찾아볼 수 없는 눈부신 기술 발전과 사회 변화가 없었더라면 아마 세계문학은 아예 도래하지 않았거나, 비록 도래했다고 하여도 어쩌면 뒤늦게 찾아왔을지도 모른다. 마르크스와 엥겔스는 세계문학을 자본주의의 쇠퇴와 프롤레타리아의 도래와 연관시켰지만, 세계문학은 컴퓨터의 발명과 인터넷, 소셜미디어와는 떼려야 뗄 수 없을 만큼 밀접하게 연관되어 있다. 그렇다면 세계문학은 3차 산업 혁명이 낳은 자식이라고 하여도 크게 틀리지 않는다.

잘 알려진 것처럼 1990년대를 전후로 디지털과 인터넷을 통한 정보 산업 혁명은 기존의 세계를 완전히 바꾸어 놓았다. 이러한 디지털 혁명은 토머스 쿤이 말하는 '패러다임의 전이'나 '코페르니쿠스의 전이'보다도 훨씬 엄청난 변화다. 인터넷은 글자 그대로 '인터넷 프로토콜 스위트(TCP/IP)'를 기반으로 하여 전 세계적으로 연결된 컴퓨터 네트워크를 흔히 일컫는 말이다. 인터넷은 그야말로 인류 역사에서 그 유례를 찾아볼 수 없는 거대한 정보의 바다다. 인터넷 하면 흔히 웹이라고 줄여 부르는 '월드 와이드 웹(www)'만 생각하기 쉽지만, 여기에는 월드 와이드 웹을 비롯하여 이메일, 토렌트나 이뮬(eMule) 같은 파일 공유 시스템, 웹캠, 동영상 스트리밍, 온라인 게임, 음성 인터넷 프로토콜(VoIP), 모바일 앱 등 다양한 서비스들을 포함한다. 이러한 정보화 사회에서는 지식과 정보를 생산해 내는 인간의 창의력과 인터넷을 통한 네트워크, 그리고 미디어 활용 능력이 모든 지식과 정보의 바탕이 된다.

인터넷을 통한 미디어는 기술 발전의 집합체로 경제와 사회의 변화와 정치 개혁을 이끄는 원동력이 되는 한편, 문화의 창조와 발전에 촉매 역할을 맡는다. 한마디로 20세기 후반에 이르러 캐나다의 커뮤니케이션 이론가 마셜 매클루언이 꿈꾸던 지구촌 시대, 즉 정치와 사회와 문화가 소셜미디어를 통하여 유포되고 확산하고 소비되는 시대, 안과 밖을 좀처럼 구별 짓기 힘든 시대, 국내와 국외 사이의 높다란 장벽이 허물어진 시대가 도래하였다. 앨빈 토플러는 이러한 정보 혁명을 농업 혁명과 산업 혁명에 이어 일어난 '제3의 물결'이라고 불렀다. 정보 혁명의 새로운 물결은 20세기 후반과 21세기 전반의 성격을 규정 짓는 인류 역사의 대사건이라고 하여도 크게 틀리지 않을 것이다.

정보화 사회는 두말할 나위 없이 이러한 3차 산업 혁명이 이룩한 놀라운 승리요 개가다. 흔히 '정보 혁명' 또는 '디지털 혁명'으로 일컫는 3차 산업 혁명은 컴퓨터를 비롯한 여러 휴대용 기기와 인터넷의 발달이 가져온 혁명이다. 3차 산업 혁명을 이끈 동력은 개인용 컴퓨터, 인터넷, 그리고 정보 통신 기술(ICT)이었다. 정보를 종이나 필름 또는 아날로그 레코드 등에 저장하여 보급하고 공유하던 2차 산업 혁명 시기와는 달리, 1970년대부터는 모든 정보가 디지털로 저장되고 공유되기 시작하였다. 아날로그 형태의 정보와 비교해 볼 때 디지털 형태의 정보는 컴퓨터에 따른 처리 용이성과 효용성 측면에서 그야말로 하늘과 땅만큼 큰 차이가 난다.

또한 많은 개인은 컴퓨터나 휴대전화로 인터넷에 접속하면서 쉽고 빠르게 정보를 얻는다. 이밖에도 페이스북이나 트위터 또는 메시지나 카카오톡 같은 소셜미디어를 통하여 개인은 원격 정보를 손끝에서 손쉽게 얻을 수 있다. 이러한 디지털 환경에서 정보는 상상할 수도 없을 만큼 빠르게 이동한다. 불과 몇 세기 전까지만 하여도 프랑스 파리에서 일어난 화재 소식이 바로 남쪽에 인접한 스페인과 포르투갈에 전달되는 데 무려 한 달 가까이 걸렸다. 이와 비교해 보면 오늘날은 지구촌 곳곳에서 일어나는 사건이 실시간으로 전 세계에 전달된다. 또한 통신 속도의 향상과 대량의 데이터 처리와 전송은 예전과는 비교도 되지 않을 만큼 엄청난 수준으로 통신비용을 절감시키는 결과를 낳는다.

정보 혁명을 통한 자유로운 정보 교환과 유통은 한 나라 안에 갇혀 있다시피 한 민족문학을 세계무대로 끌어내는 데 결정적 역할을 하였다. 정보 혁명의 특징이 한둘이 아니지만 그중에서도 대중의 정보 접근성은 아마 첫손가락에 꼽힐 것이다. 옛날 같으면 몇 달, 아니 몇 년 걸려야 얻을 수 있는 정보를 지금은 컴퓨터 자판기나 마우스로 겨우 몇 시간, 몇 분, 몇 초 만에 얻을 수 있다. 영어 관용어 표현에 '어떤 일을 손가락 끝에 놓는다'니 '손가락 끝에서'니 하는 것이 있다. 두 가지 모두 어떤 일에 통달해 있다는 뜻이다. 정보 혁명 시대에 이 관용어는 이제 비유적 표현이 아니라 축어적 표현이 되었다. 컴퓨터 모니터 앞에서 손가락 끝을 움직여 지구촌 곳곳에 흩어져 있는 정보와 지식을 짧은 시간에 얻을 수 있는 단계에 이르렀기 때문이다. 그래서 서양의 한 이론가는 인터넷을 거대한 만찬 모임 잡담에 빗댄 적이 있다. 식사하면서 잡담하고 대화를 나누듯이 이제 사람들은 인터넷 공간을 통하여 그러한 일을 한다는 것이다. 정보 혁명과 더불어 자본이 국경을 자유롭게 넘나들 듯이 문학도 국경을 이웃처럼 자연스럽게 넘나들게 되었다. 이렇듯 세계문학은 곧 이러한 정보 사회의 산물이라고 할 수 있다.

미국의 대표적인 유통 업체 아마존에서는 전자책 판매가 종이책 판매를 이미 앞지르고 있다. 이러한 현상은 미국이 아닌 다른 나라에서도 엿볼 수 있다. 물론 최근 들어 전자책의 인기는 전보다 조금 줄어들고 있는 것 같다. 한편 한국 서점업계 1위인 교보문고에서는 한 달 구독료 9,900원에 전자도서 구독의 제한을 없애 버려 관심을 끌었다. 이미 밀리의 서재, 리디북스가 처음 시작하였고, 그 뒤를 이어 예스24가 참여하더니 이번에 다시 교보문고가 가세하였다. 출판업계 일각에서는 치열해지는 구독 서비스 경쟁이 콘텐츠 양극화를 자극하고 출판 생태계를 무너뜨릴 수 있다고 우려한다. 어찌 되었든 전자 출판이 지금 어느 수준에 와 있는지 가늠해 볼 수 있는 대목이다.

물론 전자책은 종이책을 밀어내는 경쟁자라기보다는 종이책의 불편함을 보완해 주는 '보완재'나 '동업자'로 볼 수 있다. 두 유형 모두 서로 장단점이 있어 상생 관계에 있기 때문이다. 아르헨티나 출신의 캐나다 작가 알베르토 망겔은 '은유로서의 독자'라는 부제를 붙인 저서 『여행자, 탑 속의 은둔자, 책벌레』(2013)에서 종이책과 전자책을 흥미롭게 비교한다.

최근 구글의 진화와 그것이 일반 독자들에게 끼치는 영향을 분석하는 온라인 논문에서 프랑스의 전자공학 분석가 장 사르자나는 동료 알랭 피에로와 함께 전통적인 종이책 독자와 전자책 독자를 서로 다른 여행 방법에 견주었다. 그들은 "전통적인 종이책 독자는 고대 그리스인들이 그랬던 것처럼 늘 해안을 시야에 두고 항해한다. 반면 전자책 독자는 우주여행을 떠나 까마득히 먼 외계에서 지구를 바라본다"고 그들은 말하였다. 그러나 나는 오히려 그 반대가 맞는다고 말할 것이다. 종이책을 들고 읽으면 물리적 특징과 물적 존재를 의식할 수 있으므로 지금 읽고 있는 쪽수를 다른 쪽수, 다른 책들과도 자유롭게 연상할 수 있다. 반면 전자책을 읽을 때 우리는 대체로 "고불고불한 미로 속에서 길을 잃고 헤매게" 마련이다.[1]

위 인용문의 마지막 구절 "고불고불한 미로 속에서 길을 잃고 헤매게"라는 구절은 다름 아닌 존 밀턴의 『실낙원』(1667)에서 따온 것이다. 이 작품의 2권에서 사탄은 '하늘의 왕' 즉 하느님에게 두 번째로 반항할 계획을 세우는 장면이 나온다. 사탄은 자칫 잘못하다가는 그만 미로 속에 길을 잃고 헤매게 될지도 모른다고 걱정한다. 망겔이 종이책과는 다른 전자책의 특징을 설명하기 위하여 서구 문학에서 대표적인 종이책이라고 할 밀턴의 서사시에서 인용하는 것이 자못 반어적이다. 그러나 전자책을 읽다 보면 자칫 미로에 갇힌 듯한 느낌이 드는 것을 뇌리에서 좀처럼 떨칠 수 없다.

비단 정보의 교환과 유통만이 아니다. 정보 사회에서는 디지털 혁명에 힘입어 책을 제작하는 과정도 그 이전과는 비교가 되지 않을 만큼 눈부시게 발전하였다. 점토판이나 파피루스에 적어 책을 만드는

---

[1] Alberto Manguel, *The Traveler, the Tower, and the Worm: The Reader as Metaphor*, Philadelphia: University of Pennsylvania Press, 2013, p.48. 국내에서는 양병찬이 부제를 제목으로 삼아 『은유가 된 독자』(행성B, 2017)로 번역하여 출간하였다.

것은 두말할 나위도 없거니와, 필사에 의존하여 양피지나 종이에 적어 책을 만들다가 활자와 인쇄기에 의존하여 책을 만드는 것은 엄청난 발전이었다. 그러나 활판 인쇄의 아날로그 방식에서 다시 컴퓨터로 조판하고 인쇄하는 디지털 방식으로 발전한 것은 그야말로 양자적 도약이라고 할 만하다. 디지털 혁명을 통한 이러한 정보 접근성은 세계문학이 발전하는 데 크나큰 역할을 맡았다.

오늘날 같은 디지털 시대에 '월드 와이드 웹'은 세계문학이 전 지구적으로 널리 확산하고 유통되는 데 어떤 의미에서 가장 적절하고 필연적인 매체라고 할 수 있다. 실제로 독자들은 웹사이트에서 세계 곳곳에 흩어져 있는 문학 작품을 쉽게 접한다. 가령 '국경 없는 언어Words Without Borders'라는 웹사이트는 독자들에게 전 세계의 소설과 시의 상당 부분을 제공한다. 미국 보스턴에 본부를 둔 애넌버그재단은 보스턴의 공영방송인 WGBH와 합작으로 '세계문학의 초대'라는 13부 DVD / 웹 시리즈물을 만들어 널리 보급하였다. '애넌버그 러너'라는 이름으로 제작된 이 시리즈는 전 세계 작품 중 13편을 선정하여 학자, 번역가, 작가, 예술가가 해설을 맡았다. 이미지를 활용한 이 시리즈는 내용과 형식에서 어느 유명 대학의 문학 강좌 못지않게 아주 훌륭하다.

이 13편의 시리즈에는 ① 고대 메소포타미아 수메르 왕조의 전설적인 영웅을 다룬 서사시『길가메시』, ② 2006년 노벨 문학상을 받은 터키 작가 오르한 파묵의『내 이름은 빨강』(1998), ③ 호메로스의 서사시『오디세이아』, ④ 고대 그리스 작가 에우리피데스의 비극『바쿠스』, ⑤ 인도 철학이 낳은 가장 위대한 경전으로 흔히 일컫는『바가바드기타』, ⑥ 일본 헤이안 시대의 작가 무라사키 시키부紫式部의 소설『겐지 이야기源氏物語』, ⑦ 중국 명나라의 작가 오승은吳承恩의 『서유기西遊記』, ⑧ 과테말라 서부 고지대의 키체 왕국의 신화와 역사를 다룬 『포폴 부흐』, ⑨ 프랑스의 작가 볼테르의 철학적 풍자소설 『캉디드』(1759), ⑩ 나이지리아 작가 치누아 아체베의 대표 작품 『모든 것이 산산이 부서지다』(1958), ⑪ 1997년 맨부커상을 받은 인도 작가 아룬다티 로이의 『작은 것들의 신』(1997), ⑫ 가브리엘 가르시아 마르케스의 『백 년 동안의 고독』(1967), ⑬ 사산 왕조 페르시아 시대의 설화를 골자로 한 『아라비안나이트』 등이 포함되어 있다. 중국과 일본의 작품이 들어가면서 한국 작품이 빠진 것이 아쉽지만 시간적으로나 공간적으로 고르게 선별하려고 애쓴 흔적이 곳곳에서 눈에 띈다. 이 시리즈는 지금 세계문학을 가르치는 교사들과 연구자를 위한 자료로 널리 활용되고 있다.

또한 요즈음 미국에서 출간되어 나온 세계문학 작품 선집 대부분은 광범위한 웹사이트를 기반으로 독자들에게 작품의 배경 지식과 작가와 작품의 이미지, 해당 작가와 관련한 다른 작가들에 관한 2차 자료 등을 폭넓게 제공한다. 이러한 웹사이트를 기반으로 한 세계문학 프로그램은 지금도 계속 늘어나고 있다. 몇몇 작가들은 전통적인 방식으로 창작을 하는 동시에 인터넷에서 작품을 창작하여 올리기도 한다. 가령 2009년 사망한 세르비아 태생의 실험 작가 밀로라드 파비치는 이러한 방식으로 작품 활동을 한 최초의 작가로 꼽힌다. 시인, 소설가, 번역가, 출판업자, 연극 연출가 등 그야말로 여러 분야에서 눈부시게 활약한 그는 주로 '파비치의 웹사이트'에서 창작 활동을 하였다.

파비치가 발표한 첫 장편소설 『하자르 사전』(1984)은 한국어를 비롯하여 지금까지 70여 개 언어로 번역되어 500만 부 넘게 팔리면서 그에게 세계적인 명성을 안겨주었다. 이 책과 관련하여 그는 "지난 2천 년 동안 작가들은 새로운 방식의 '글쓰기'를 필사적으로 찾아다녔다. 하지만 책을 읽는 방법은 늘 똑같았다. 그래서 나는 완전히 새로운 '책읽기'를 만들어냈다"고 밝힌다. 또 다른 소설 『바람의 안쪽』(1991)의 '작가의 말'에서도 파비치는 "나는 소설의 시작과 끝을 파괴하려고 최선을 다해 왔다. 『바람의 안쪽』에는 두 개의 출발점이 있다. 독자는 이 책을 「레안더」 편에서부터 읽을 수도 있고, 「헤라」 편에서부터 읽을 수도 있다. 이것은 옛 방식의 독서, 즉 시작에서 결말로 향하는 전통적 의미의 책읽기를 탈피하려고 노력한 결과다"라고 말한다.[2] 파비치는 인터넷을 자신의 창작 공간으로 삼아 그동안 세계 문단에서 거의 주목받지 못하다시피 한 세르비아 문학을 비롯한 동유럽문학을 전 세계에 알리는 데 크게 이바지하였다. 그러고 보니 괴테가 일찍이 1820년대에 읽던 그 세르비안 문학이 100년의 세월을 훌쩍 뛰어넘어 21세기에 이르러 본격적으로 주목받기 시작하였다. 이렇게 파비치가 세계문학의 작가로 인정받을 수 있었던 것은 인터넷 공간을 활용하면서 종이책의 한계를 극복하려고 노력했기 때문이다.

---

2   Michael Sollars · Arbolina Llamas Jennings ed., *The Facts on File Companion to the World Novel: 1900 to the Present*, New York: Infobase Publishing, 2008, p.605.

세계문학과 '장혜영 중공업'

최근 들어 아예 웹사이트 공간에서만 문학 작품을 창작하는 작가들도 더러 있어 관심을 끈다. 밀로라드 파비치만 하여도 인터넷과 웹사이트에 깊은 관심을 기울이면서도 기본적으로는 활자 매체와 프린트에 크게 의존하였다. 그러나 요즈음 들어 부쩍 관심을 받는 '장영혜 중공업Young-hae Chang Heavy Industries'은 오직 인터넷 공간을 통해서만, 그것도 영어를 비롯한 여러 언어로 자신들이 창작한 작품을 전 세계에 널리 유포한다. "예술은 하나의 도전이다"라는 모토를 내세우는 '장영혜 중공업'은 1999년 장영혜를 최고경영자(CEO)로, 중국계 미국인 마크 보주를 지식총괄책임자(CIO)로 서울에서 창립되었다. 그러니까 서울에 기반을 둔 '듀오 창작' 웹사이트다.

'장영혜 중공업'은 무엇보다도 그 이름이 눈길을 끌 만하다. 도대체 인터넷 매체와 중공업 사이에 과연 어떤 연관성이 있을까? '장영혜 중공업'은 이름에서도 엿볼 수 있듯이 기계, 선박, 건축 등과 관련한 대규모 산업을 일컫는 중공업을 인터넷 시대의 새로운 미술 작업으로 변용하려고 한다. 실제로 1970년대에 시작한 중공업은 지금은 IT 산업에 밀려난 듯하지만 불과 몇 십 년만 하더라도 한국 경제를 견인해 온 핵심산업이었다. 세계가 인정한 기술력을 바탕으로 지금 다시 도약을 꿈꾸고 있다. 그러나 현대 중공업이나 삼성 중공업은 본사나 공장이 있지만 '장영혜 중공업'은 물리적 공간이 없이 오직 'www.yhchang.com'이라는 인터넷 가상공간에만 존재할 뿐이다.

이렇게 가상공간에서 작업하면서도 '장영혜 중공업'의 홈페이지는 여느 홈페이지와는 다르게 초라한 느낌마저 든다. 웬만한 홈페이지에는 으레 있게 마련인 게시판도 없고 방명록도 없다. 오직 한국어, 영어, 프랑스어 등 무려 26개 언어로 제공하는 그들의 작품만이 가지런하게 배열되어 있을 뿐이다. 아라비아 숫자를 비롯하여 여러 국가의 언어로 '10, nine, 팔, 七……'로 시작하는 카운트다운과 함께 그들의 작품이 시작한다. 작품이 시작하면 빠른 속도로 점멸하는 텍스트들이 전진과 후진의 과정을 되풀이한다. 그런데 여기서 한 가지 주목해야 할 것은 그들이 "인터넷의 정수는 텍스트다"라고 잘라 말한다는 점이다. 인터넷 하면 '인터랙티브', 즉 쌍방향의 상호작용이 곧바로 떠오른다. 최근 네이버는 인터랙티브 동화童話 서비스 '동화 만들기'를 출시하여 관심을 끌었다. 이 서비스에서는 이용자의 선택에 따라 이야기의 전개와 결말이 달라진다. 그러나 '장영혜 중공업'은 이러한 쌍방향 상호작용을 거부한 채 오직 '일방적인 말하기'라는 정반대의 방법을 택한다.

'장혜영 중공업'의 스토리텔링은 인터넷 환경에 걸맞게 비교적 간단하다. 그다지 심각할 것도 없는 가벼운 이야기, 실제 사실처럼 보이지만 결국 허구로 밝혀지는 이야기, 종잡을 수 없을 만큼 헷갈리는 이야기가 주축을 이룬다. 여기에 그들이 뱉어내는 외침과 울부짖음, 반어와 역설로 조롱하는 말투, 때로는 감정을 실어 읊조리는 듯한 시적 표현이 독자 / 시청자 / 관람자의 상상력을 한껏 자극한다. 한편 재즈나 비트 리듬은 작품을 감상하는 사람을 적잖이 흥분시킨다. 이러한 모든 것이 함께 어우러져 독자 / 시청자 / 관람자는 텍스트인 동시에 이미지요 이미지인 동시에 텍스트인 무수한 기표가 유희하는 공간 속으로 자신도 모르게 빠져들어 간다.

'장영혜 중공업'이 한국과 외국에서 최초로 시선을 받은 것은 설립 연도인 1999년 글로벌 기업으로 성장한 삼성을 소재로 삼은 일련의 작품 때문이다. 쌈지 오픈 스튜디오 작품인 〈삼성〉과 〈삼성의 뜻은 쾌락을 맛보는 것이다〉가 바로 그것이다. 앞의 작품은 '내 사랑', '나의 영웅', '국가의 구원자' 등 얼핏 보면 눈에 거슬릴 정도로 삼성을 찬양하는 내용으로 되어 있다. 한편 두 번째 작품에서는 이보다 한술 더 떠 한 젊은 여성이 설거지하다 말고 삼성이 가져다주는 쾌락에 몸을 떤다. 자본주의 권력의 상징인 삼성과 도착적 에로티시즘을 결합한 이 작품은 한때 화젯거리가 되었다.

그러나 '장영혜 중공업'의 이 작품은 표피적인 메시지를 한 꺼풀만 벗겨 놓고 보면 삼성이 상징하는 대기업이나 재벌, 자본주의 사회의 비판에 오히려 무게를 싣는다. 삼성을 찬양한다기보다는 삼성 같은 대기업의 폐해를 날카롭게 고발한다. 2017년 아트선재센터는 1층에서 3층에 이르는 전시관 전체에서 '장영혜 중공업' 개인전을 전시하였다. '세 개의 쉬운 비디오 자습서로 보는 삶'이라는 슬로건을 내세웠다. 이 전시회는 한국 사회라는 교과서를 쉽게 해설해 주는 '자습서' 같은 것이다. 이 세 비디오 자습서 중 하나가 바로 삼성이다. "삼성의 뜻은 죽음을 말하는 것이다"라는 텍스트 메시지에서도 엿볼 수 있듯이 그들은 한국 경제가 삼성 같은 재벌 위주의 독점 기업에 지나치게 의존한다고 날카롭게 비판한다.

한편 아트선재센터 전시회에서는 비단 삼성을 비판하는 데 그치지 않고 한발 더 나아가 후기 자본주의의 소비 사회를 두루 날카롭게 비판하기도 한다. 1990년 바버러 크루거가 르네 데카르트의 유명한 명제를 패러디하여 "나는 쇼핑한다. 그러므로 존재한다"는 말을 만들어 낸 지도 벌써 30년 가까이 되었다. 또한 쇼핑 중독에 걸린 사람들을 알코올 중독자에 빗대어 '쇼포홀릭'이라고 부른 지도 꽤 오래되었다. 이렇듯 소비는 현대 사회를 규정짓는 중요한 기호가 되다시피 하였다. '장영혜 중공업'의 아트선재센터 전시회는 소비가 존재 이유가 된 시대, 소비 중독에 빠진 후기 자본주의 시대의 민낯을 보여주는 슬픈 자화상이다.

또한 '장영혜 중공업'은 자본주의 사회의 산물이라고 할 음식이나 섹스 같은 인간의 원초적인 욕망을 주제로 다루기도 한다. 2010년 갤러리현대 전시회 때는 프랑스의 두 상징주의 시인 아르튀르 랭보와 폴 베르렌의 동성애를 주제로 다루어 그동안 한국에서 금기시되던 성의 터부를 과감하게 깨뜨렸다. 한마디로 그들은 자본주의건 인간의 원초적 욕망이건 '중공업'이라는 이름과는 달리 비물질적인 작품을 만들어냄으로써 현대인의 각성을 촉구한다. 국내 한 신문에서는 그들의 작업을 두고 '오작동 사회'에 일으킨 경쾌한 반란으로 규정 짓기도 하였다.

넷아트의 선구자로 흔히 일컫는 장영혜는 프랑스에서 유학하여 박사학위를 받았다. 그녀가 인터넷에 프랑스어로 작품을 올리는 것은 아마 이 언어에 능통하기 때문일 것이다. 그녀는 한때 프랑스어 번역가로 활동하기도 하였다. 장영혜의 작품은 그동안 파리의 퐁피두센터를 비롯하여 런던의 테이트 미술관, 뉴욕의 휘트니 미술관, 뉴뮤지엄 등 내로라하는 세계 미술관에 소개되었다. 또한 2000년 에르메스코리아 미술상을 비롯하여 2000년과 2001년은 잇달아 아트계의 오스카상으로 일컫는 웨비 예술상을 수상하고, 2012년은 록펠러재단의 벨라지오센터의 창작아트 펠로우십을 받았다. 그런가 하면 2000년 광주비엔날레, 2003년 베니스 비엔날레, 2006년 상파울루 비엔날레에 참가하는 등 한국보다는 오히려 국제 사회에서 더 많이 알려져 있다. 지금 '장영혜 중공업'은 어떤 의미에서는 세계적인 비디오 아티스트 백남준白南準의 뒤를 이어 한국 예술의 신화를 다시 쓰는 중이다.

'장혜영 중공업'의 예술적 목표는 2002년 미국 아이오와대학 '아이오아 리뷰 웹'의 톰 스위스와 한 인터뷰에서 잘 드러나 있다. "당신들은 당신들의 작업을 뭐라고 부르시겠습니까?"라는 질문에 장혜영은 "우리는 FLASH(그래픽 동영상) 작품을 만들기 위해 재즈와 텍스트를 결합하고 있습니다. 이것은 상호 작용성, 그래픽, 사진, 일러스트레이션, 배너, 색, 그리고 모나코 폰트 외의 어느 것도 사용하지 않고, 동시에 디지털 애니메이션, 모션 그래픽스, 실험비디오, i-영화, 그리고 e-시詩를 구분 짓는 경계를 가로지릅니다. 우리는 이것을 '웹아트'라고 부릅니다"[3]라고 대답한다.

방금 앞에서 '장영혜 중공업'에서는 여러 언어를 사용한다고 말하였다. 그런데 그들이 세계어로 자리 잡다시피 한 영어만을 고집하지 않고 군이 한국어와 프랑스어 같은 다른 나라 언어를 함께 사용하는 데는 그럴 만한 까닭이 있다.

---

3   Tom Swiss, "Distance, Homelessness, Anonymity, and Insignificance: An Interview with Young-hae Chang Heavy Industries".

우리는 영어, 한국어, 프랑스어의 서로 다른 세 언어로 글을 씁니다. (…중략…) 각각의 언어는 총체적인 역사와 문화가 수반됩니다. 언어는 웹을 사용하는 데 진정한 통로인 인터넷의 핵심입니다. 인터넷에서 영어로 쓰고 읽고 잡담한다는 것은 암묵적으로 특정한 역사를 정당화하는 것입니다. 몇몇 정부는 이제 더 어떤 책들을 금지하거나 불태우지는 않지만, 웹사이트에 접속하지 못하도록 차단합니다. 말하자면 우리가 영어를 사용하여 만드는 역사와는 다른 역사를 정당화하는 셈이지요. 그래서 언어 선택은 아마도 우리 작업에 끼친 가장 큰 역사적 영향이 될 것입니다.[4]

여기서 '장영혜 중공업'은 어떤 정치적 목적에 따라 특정 웹사이트 접근을 차단하는 국가를 명시적으로 말하지는 않지만 아마 중국을 비롯한 몇몇 국가를 염두에 둔 듯하다. 실제로 중국만큼 인터넷을 사용하기 힘든 나라도 찾아보기 힘들다. G메일, 구글독스, 유튜브 등 대부분의 구글 회사의 프로그램을 사용할 수 없을 뿐만 아니라 페이스북과 트위터, 심지어 라인이나 카카오톡 같은 모바일 메신저도 사용할 수 없다. 영어 외의 다른 언어를 사용하면 아무래도 인터넷 접속이 좀 더 쉬워질 것이다. 또한 영어 외의 다른 외국어를 구사한다는 것은 영어 문화권의 영향권에서 벗어난다는 것을 뜻하기도 한다. 요즈음 영어가 지구촌 곳곳에서 널리 사용되면서 보편적인 세계어로 자리 잡는 현상에 우려의 목소리가 작지 않다. 세계문학이 지향하는 궁극적인 목표는 이렇게 한 문화권의 문학에 매몰되지 않고 좀 더 넓은 시각으

---

4   Tom Swiss, "Distance, Homelessness, Anonymity, and Insignificance: An Interview with Young-hae Chang Heavy Industries"

로 세계를 조망하는 데 있기 때문이다.

이렇게 '장영혜 중공업'이 좀 더 넓은 시각에서 문학과 예술을 바라볼 수 있는 데는 여러 국가의 여러 예술가한테서 직접 또는 간접으로 영향을 받았기 때문이다. 예를 들어 그들은 에즈러 파운드 같은 시인한테서 영향을 받았는가 하면, 마르셀 뒤샹, 로이 릭튼스타인, 앤디 워홀 같은 예술가한테서 예술적 자양분을 받으며 성장하였다. 이미지즘 운동을 주도하고 모더니즘의 대부로 활약한 파운드가 중국의 유가儒家 철학과 일본의 전통 시가 하이쿠俳句에서 영향을 받았다는 것은 이미 잘 알려진 사실이다. 워홀과 관련하여 장영혜는 마오쩌둥毛澤東을 중국 정부보다도 더 전 세계에 알리는 데 이바지한 예술가로 높이 평가한다.

한편 '장영혜 중공업'은 인터넷을 기반으로 한 세계문학이 전통적인 문학과 비교하여 무한한 가능성을 지니고 있지만 그러한 가능성 못지않게 여러 제약도 따른다고 지적한다. 인터넷의 '목소리'와 '모습'에 관한 질문을 받고 그들은 이렇게 말한다.

인터넷 문학의 '어조'이나 '목소리'는 전통적인 글보다 훨씬 규정 짓기 어렵다는 것은 꽤 명백합니다. 단순한 책 포장조차도 그 책과 저자에 관련하여 많은 것을 말해 줍니다. 그러나 브라우저로 한 포장은 포괄적이지요. 인터넷 작가들은 이것을 문제점으로 보기도 하고, 전기(傳記)를 문학의 모든 면으로 읽는 비평의 경향에서 벗어난 것으로 환영하기도 합니다. 우리 작업의 '모습'으로 말하자면, 우리는 우리가 할 수 있는 것을 할 뿐입니다. 우리는 그래픽 디자인에는 관심이 없어요. (많은 아티스트, 심지

어느 작가들조차도 그래픽 아티스트로 출발하거나 아니면 1인 2역을 합니다.) 수백 가지 폰트, 수백만의 색채가 있지만, 우리는 그것들을 가지고 무엇을 해야 할지 알지 못합니다. 그래서 당신의 질문에 답하자면, 우리는 독자들에게 우리를 어떻게 '규정' 지어야 할지 도와줄 수 없고 또 돕지도 않을 겁니다. 소외, 집 없음, 익명성, 그리고 시시함이 모든 인터넷 문학의 목소리며, 우리는 그것들을 환영합니다.[5]

위 인용문에서 특별히 관심을 끄는 것은 맨 마지막 구절이다. '장영혜 중공업'이 추구하는 주제는 활자 텍스트에 기반을 둔 전통적인 글쓰기 방식에서 추구하는 주제와는 사뭇 다르다. 마셜 매클루언은 일찍이 "매체가 곧 메시지"라는 유명한 말을 남겼다. 음식에 따라 그것을 담는 그릇이 다르듯이 매체가 달라지면 그것이 전달하는 내용도 달라질 수밖에 없다는 논리다. '장영혜 중공업'이 추구하는 주제는 후기 자본주의 사회의 특징이라고 할 소외, 집 없음, 익명성, 시시함 등이다. 디지털 기기의 발명으로 의사소통 방식은 빛의 속도로 빨라졌지만 현대인들은 오히려 디지털 기기가 발명되기 전보다 마음의 거리가 더욱 멀어지고 정신적 교감이 더욱 어려워졌다. 집안 식구들도 좀처럼 대화를 하지 않고 스마트폰이나 태블릿 PC 같은 디지털 기기에 갇혀 있다시피 하다.

또한 자본주의가 발전하면서 빈부의 격차의 골은 날이 갈수록 깊어간다. 그래서 집 없이 살아가는 사람들의 수도 점차 늘어난다. 마르틴

---

5   Tom Swiss, "Distance, Homelessness, Anonymity, and Insignificance: An Interview with Young-hae Chang Heavy Industries".

하이데거가 말하는 '비주거성'은 이제 형이상학적 문제가 아니라 '홈리스' 같은 사회 문제로 피부에 와 닿는다. 장혜영과 마크 비주가 왜 전망 좋은 고급 아틀리에 대신 굳이 서울의 비좁은 일본 적산가옥에서 작업하는지 알 만하다. 그런가 하면 컴퓨터와 인터넷이 발달한 현대에 이르러 익명성은 눈에 띄게 드러나는 사회학적 특성이다. 이러한 익명성의 사회에서 진지한 것은 흔히 조롱의 대상이 되면서 희화되기 일쑤다. 또한 익명성의 사회에서 개인의 존재란 참을 수 없이 시시해질 수밖에 없을 것이다.

세계화와 세계문학

세계문학은 1990년대에 들어와 가속화된 정보통신 혁명이 낳은 산물일 뿐만 아니라 더 나아가 세계화 또는 글로벌화가 낳은 산물이기도 하다. 물론 세계화와 정보통신 혁명은 마치 샴쌍둥이처럼 서로 밀접하게 관련되어 있다. 쉽게 말해서 세계화란 국제 사회에서 상호 의존성이 점차 늘어나면서 세계가 단일한 체계로 나아가고 있는 현상을 두루 가리키는 용어다. 20세기 후반, 좀 더 구체적으로 1970년대에 이르러 비약적으로 증가해 온 초국가적 또는 통국가적 교류는 인간의 상상을 초월할 만큼 국제관계의 모습을 크게 변모시켰다. 그러한 교류는 세계화 시대에 상품과 자본, 노동, 정보, 국제 질서 등에 엄청난 변화를 불러왔다. 그러나 세계화는 각각의 분야에서 균일하게 영향을 끼치지는 않는다. 가령 정치나 경제에서 일어난 변화는 대체로 균일하지만 문화 영역에서 일어난 변화는 그렇게 균일하다고 볼 수 없다.

여기서 잠깐 세계화를 뜻하는 두 용어라고 할 '글로발리자시옹globalisation'과 '몽디알리자시옹mondialisation'을 살펴보는 것이 좋을 듯하다. 특히 프랑스 문화권에서는 이 용어를 엄격하게 구별하여 사용하려고 한다. 글자 그대로 '지구화'로 옮길 수 있는 '글로발리자시옹'은 무한 자유 경쟁의 원칙에 따라 이렇다 할 국경이 없이 자본이 자유롭게 이동하도록 하자고 주장한다는 점에서 신자유주의의 개념과 크게 다르지 않다. 한편 '세계화'로 옮길 수 있는 '몽디알리자시옹'은 국가주의의 한계를 넘어 문화적으로 세계와 세계가 서로 교류하고 조화와 균형을 꾀하자는 데 초점을 맞춘다. 다시 말해서 '몽디알리자시옹'은 '글로발라자시옹'의 부정적 한계를 극복하려는 개념으로 볼 수 있다. 인도 콜카타에서 태어나 미국에서 활약하는 학자 가야트리 스피박처럼 이 두 용어 대신 '행성성planetarity'이라는 새로운 용어를 사용하자고 주장하는 이론가도 있다. 그러나 미국의 영향력 때문인지 영어권에서 주로 사용하는 '글로벌리제이션'이 지금 가장 널리 통용되고 있고, 한국을 비롯한 동아시아에서는 흔히 '지구화'보다는 '세계화'라는 용어로 번역하여 쓰고 있다.

그 용어야 어찌 되었든 20세기 후반에 이르러 종래의 국가 개념이 그 이전과는 크게 달라졌다. 국민 국가의 개념이 점차 퇴색하고 대신 새로운 유형의 개념이 등장하였다. 마틴 카노이와 마누엘 카스텔스는 이러한 현상을 '지식 사회'라는 용어와 함께 '네트워크 국가'라고 불렀다.[6] 국가와 국가는 이제 국경이 허물어 버린 채 마치 네트워크처럼

---

6 Martin Carnoy · Manuel Castells, "Globalization, the Knowledge Society, and the Network State: Poulantzas at the Millennium", *Global Networks* 1-1, 2001, pp. 1~18.

서로 밀접하게 연결되어 있기 때문이다. 이렇게 촘촘하게 짜인 연결망에 속하지 않는 국가는 마치 넓은 바다에 위치한 외딴 섬처럼 고립되어 결국 세계에서 도태할 수밖에 없다. 1970년대부터 국제 사회에서 '상호 의존'이라는 용어를 부쩍 자주 듣게 되는 이유가 바로 여기에 있다. 이제 전통적 의미의 국가를 밀어내고 대신 그 자리에 '초국가'라는 새로운 형태의 조직을 세운다. 이렇게 국가가 개인을 통제하기가 점차 어려워지면서 전통적인 국가 행위자의 기능과 권한이 상대적으로 크게 약화하기도 하였다. 그래서 한 국가의 시민사회가 성장하여 적극적으로 정치 과정에 참여하는 새로운 형태의 거버넌스 메커니즘이 발전하였다.

더구나 세계화 시대에 이르러 정체성의 문제가 첨예하게 주목받기 시작하였다. 민족은 민족대로, 국가는 국가대로 정체성을 종래와는 전혀 다른 시각으로 바라보게 되었다. 세계화 시대에는 다원성과 다양성을 바탕으로 여러 형태의 정체성이 공존하게 마련이다. 이러한 상황에서는 정체성은 일관성보다는 개별성, 통일성보다는 역동성을 바탕으로 층위에 따라 여러 형태로 나타난다. 가령 지역 정체성, 민족 정체성, 국가 정체성 등이 바로 그것이다.

한편 세계화는 비단 국가나 정치 형태뿐만 아니라 경제에도 엄청난 변화를 가져왔다. 세계화가 진행되면서 국가와 국가 사이에 놓여 있던 무역 장벽이 무너지고 자본의 생산과 소유와 유입 과정이 국제화되었다. 무엇보다도 다국적 은행과 금융 기관에서 볼 수 있듯이 경제와 재정에서 세계는 하나로 통합되다시피 하였다. 주식이나 채권 시장은 더할 나위 없이 좋은 예로 과거와는 달리 최근에는 세계 주식이나 채권 시장이 점차 '하나로' 연동되어 움직이는 경향이 있다. 얼마 전까지만 하여도 미국의 양대 증시를 대표하는 다우존스 산업평균지수와 나스닥지수가 있는 뉴욕의 월스트리트가 재채기하면 아시아 증시는 감기에 걸린다는 말이 나돌았다. 그러나 지금은 월스트리트가 재채기하면 아시아 증시도 동시에 재채기하고, 월스트리트가 감기에 걸리면 아시아 증시도 동시에 감기에 걸린다. 이제 세계 증시는 일방적 의존이 아니라 쌍방적 상호 의존으로 긴밀히 묶여 있기 때문이다.

이렇게 세계가 하나로 연결되다 보니 한 국가에서 일어나는 경제나 금융 위기는 곧바로 다른 나라로 파급될 수밖에 없다. 가령 2008년 일어난 비우량 주택담보대출 사태는 이러한 경우를 보여주는 더할 나위 없이 좋은 예다. 미국의 초대형 주택담보대출 대부업체들이 파산하면서 불을 댕긴 이 경제 위기는 미국은 말할 것도 없고 국제 금융시장 전체에 연쇄적으로 신용경색을 불러왔다. 그러나 이 사태는 2000년대 초반에 이미 그 씨앗이 뿌려졌다고 할 수 있다. 이 무렵 IT산업의 버블 붕괴, 9·11테러, 아프간-이라크 전쟁 등으로 미국 경기가 악화하자 이를 극복하려고 미국은 경기부양책으로 초저금리 정책을 펼쳤기 때문이다.

세계화 시대에는 자본과 금융이 국경을 자유롭게 넘나들 듯이 해외여행과 이주도 예전과는 비교도 되지 않을 만큼 자유롭고 쉽게 이루어진다. 해외여행은 이제 국내 여행 못지않게 일반적인 여가 문화로 자리 잡았다. 서점의 여행 코너는 해외여행 안내서로 넘쳐나고, 여행 작가라는 새로운 이름의 직업이 생겨나기도 하였다. 겨우 몇 십 년 전만 하더라도 해외여행은 공무원이나 기업의 공무나 출장이 아니고서는 좀처럼 꿈을 꿀 수 없었다. 그러나 세계화의 물결 속에서 해외여행은 말할 것도 없고 국제 이주와 국제결혼이 지속적으로 증가 추세를 보인다. 캐나다 몬트리올의 한 지역에는 무려 56개의 서로 다른 언어가 사용되고 있을 정도다.

그런데 2019년 12월 중국 후베이성 우한에서 시작한 신종 코로나바이러스-19가 중국을 비롯하여 전 세계로 확산되고 많은 인명 피해를 내면서 세계화에도 빨간 불이 들어왔다. 바이러스 확산 이전에 이미 미국의 저명한 경제학자인 스티븐 D. 킹은 '세계화의 종말, 역사의 회귀'라는 부제를 붙인 『심각한 신세계』(2017)에서 세계화가 곧 끝날 것이라고 경고하였다. 그는 지금의 탈세계화 바람은 아직 미풍에 지나지 않지만 여러 국가들이 결국 자국의 이익을 위하여 앞 다투어 탈세계화 행렬에 동참할 것으로 예고하였다. 그로부터 2년이 채 되지 않아 신종 코로나바이러스가 전 세계에 유행하면서 미풍에 머물던 탈세계화가 폭풍 수준으로 발전하면서 속도가 붙고 세력이 커졌다. 이렇게 탈세계화와 함께 세계 질서가 새롭게 개편되면서 세계문학도 종래와는 달라질 수밖에 없을 것이다.

세계화와 문화의 세계화

이러한 다양성과 상호 의존성은 정치나 경제 또는 과학이나 기술 분야에서 잘 나타나지만, 어느 분야보다도 인문학과 문화 분야에서 가장 두드러지게 드러난다. 세계화가 인문학 분야에 끼친 가장 큰 영향이라면 뭐니 뭐니 하여도 관계적 사고일 것이다. 관계적 사고란 어떤 현상을 이해할 때 부분적으로 이해하기보다는 전체적인 맥락에서 전체에 포함된 요소와 요소의 유기적이고 역동적인 관계를 이해하려는 사고방식을 말한다. 네트워크나 관계망 속에서 현상을 파악하려는 것이 곧 관계적 사고다. 이처럼 관계적 사고는 지금까지 우리에게 익숙한 이분법적 사고와는 아주 다르다. 관계적 사고에서는 가령 민족이나 국가를 보더라도 단순히 계급 구조적으로 파악하지 않고 수평적 관점에서 세계의 일부로 파악하려고 한다. 그동안 주변부에 있던 국가들은 그들대로 이른바 '자기오리엔탈리즘', 즉 자신들이 세계화의 대열에서 낙오자로 선진국들과 비교하여 열등하다는 생각에서 점차 벗어날 수 있다.

특히 세계화는 문화 분야에서 더욱 뚜렷이 드러난다. 문학 영역에 나타난 세계화가 '세계문학'이라면 문화 영역에 나타난 세계화는 곧 '세계문화'라고 할 수 있다. 이러한 세계문화는 21세기 문화산업의 총아라고 할 영화에서 쉽게 엿볼 수 있다. 세계화와 영화는 아주 밀접하게 맞물려 있다. 가령 '할리우드'라는 말은 미국 캘리포니아주 로스앤젤레스의 한 구역 이름을 뛰어넘어 이제 미국 영화 산업의 심장인 동시에 전 세계의 영화 콘텐츠가 모여 치열하게 경쟁을 벌이는 콘텐츠 유통의 중심지를 뜻하는 환유로 쓰인다. 〈신세계〉와 〈아저씨〉를 비롯하여 한국 영화 열 편 정도가 할리우드에서 이미 리메이크되었거나 앞으로 곧 리메이크될 예정이라는 사실만 보아도 잘 알 수 있다. 영화로 좁혀 말하면 세계화란 곧 세계영화의 '할리우드화'를 말하는 것에 지나지 않는다. 이렇게 지구촌의 영화들이 '할리우드화'되는 과정에서 관객들은 점차 다양성을 상실하는 대신 동질적이고 균질화한 사고를 받아들이게 마련이다. 물론 국가마다 자국의 영화 시장을 보호하려는 정책을 펼치겠지만 생각처럼 그렇게 쉽지 않다는 데 문제의 심각성이 있다.

한편 할리우드 영화가 한국을 비롯하여 전 세계에 걸쳐 크게 흥행해 온 것이 어제오늘의 일이 아니지만 이러한 추세는 해마다 증가하고 있다. 예를 들어 2018년 4월 할리우드 영화 〈어벤져스 4〉가 한국에 개봉한 지 4시간 반 만에 무려 100만 관객을 돌파하여 흥행 기록을 갈아치우면서 새 역사를 기록하였다. 이 영화가 전국 스크린의 96%를 독점하자 한국 영화계에서는 국내 영화 생태계가 파괴된다고 우려의 목소리가 높다. 그래서 문화체육관광부에서는 스크린 상한제 도입을 적극적으로 검토하고 있다.

할리우드 영화가 전 세계에서 인기를 끌면서 미국 문화를 전파하고 있다면 드라마는 오히려 한국이 세계 시장에서 꾸준히 인기를 끌고 있다. 흔히 'K-드라마'로 일컫는 한국 드라마는 'K-팝'과 쌍두마차를 이루며 대한민국 대중문화의 유행을 이끌어 왔다. '한류韓流'라는 용어에서도 엿볼 수 있듯이 한국의 대중문화는 도도히 흐르는 강물처럼 큰 추세를 이룬다. 예를 들어 사랑을 단념했던 30대 여성이 가장 친한 친구의 남동생과 사랑에 빠지는 스토리를 다룬 〈밥 잘 사주는 예쁜 누나〉, 수영선수와 역도선수가 된 어린 시절 두 소꿉친구의 사랑 이야기를 그린 〈역도요정 김복주〉, 패러글라이딩 사고로 북한에 불시착한 재벌 딸이 북한 장교와 나누는 사랑을 다룬 〈사랑의 불시착〉 같은 TV 드라마는 지금 무려 40여 개 언어로 시청할 수 있다. 처음에는 일본을 비롯하여 중국과 대만, 일부 중동 국가에서 인기를 끌던 K-드라마는 이제 미국·유럽·중남미까지 확산하면서 지속적인 성장세를 보이고 있다.

그렇다면 K-드라마가 이렇게 전 세계에 걸쳐 큰 인기를 끄는 이유는 어디에 있을까? 사랑·우정·가족·시련과 극복 같은 시공간을 뛰어넘어 누구에게나 감동을 주는 보편적 주제를 흥미진진하게 구성하는 데다 잘생기고 매력적인 남녀 탤런트를 작중인물로 등장시키기 때문이다. 여기에 감칠맛 나는 최신 음악, 뛰어난 자연경관, 솜씨 있는 촬영 기법도 한몫을 맡는다. 또한 할리우드 영화처럼 그렇게 폭력적이거나 지나치게 외설적이지 않으면서도 은근히 시청자를 자극하기도 한다. 그런가 하면 여러 언어로 신속하게 자막 처리를 해 주는 것도 K-드라마 확산을 돕고 있다. 다양한 자원봉사자 집단이 동시에 자막 번역 작업에 참여하여 불과 몇 시간 만에 드라마 한 편을 끝내기도 한다. 심지어 자막에 의존하지 않고 직접 한국어로 듣고 이해하기 위하여 한국어를 배우는 애호가들도 있다.

K-드라마를 한번 보고 나면 중독된다고 말하는 외국의 시청자들이 적지 않다. 그래서 세계 최대 글로벌 스트리밍 서비스(OTT) 업체인 넷플릭스를 비롯하여 워너 브라더스의 드라마피버와 일본의 라쿠텐樂天 비키 등이 한류에 편승하려고 앞다투어 K-드라마를 방영하는 추세다. 이러한 추세에 힘입어 K-드라마 산업 규모는 2000년대 초 이후 세 배로 커졌다. 2017년 한 해 연간 수출액만 2억 3,900만 달러, 한화로 2,640여억 원에 이른다. 여기에 패션·미용·음식 등을 전파하는 간접 광고 효과까지 합하면 그 가치는 헤아리기 어려울 정도로 무척 크다.

K-드라마보다 훨씬 더 파급력이 큰 것이 한국 청소년의 대중음악

K-팝이다. 2005년 일본에서 보아와 동방신기 등이 오리콘 차트 상위권을 차지한 것을 시작으로 점차 세계 시장을 넓히더니 이제는 프랑스를 비롯한 유럽과 중동까지 퍼져나갔다. 최근 2012년은 가수 싸이가 〈강남 스타일〉을 발표하면서 미국에 열풍을 주도한 뒤 지금은 주로 3세대 아이돌들이 미국을 비롯한 북남미와 유럽 등 해외에서 가장 큰 성과를 내고 있다.

2015년 이후에는 어떤 아이돌 그룹보다도 방탄소년단(BTS)의 활약이 눈에 띈다. 그동안 약진에 약진을 거듭하며 꾸준히 실적을 쌓아온 방탄소년단은 〈Fake Love〉에 이르러 한국 가수로는 처음 외국어 앨범으로는 12년 만에 '빌보드 200' 1위, 빌보드를 대표하는 'Hot 100'에서는 싸이의 〈강남 스타일〉 이후 최고 기록인 10위를 기록하여 전 세계에 인기를 입증하였다. 더구나 〈IDOL〉에서는 두 번 잇달아 '빌보드 200' 1위를 기록하고, 'HOT 100'은 11위를 했는데, 주목할 것은 수록곡 3곡이 버블링 차트에 들어 있다는 점이다. 2020년 여름에는 한국 가수 최초로 빌보드 싱글 1위를 차지하였다. 미국 언론들은 방탄소년단을 "세계에서 가장 인기가 있는 보이밴드"로 흔히 평가한다. 사정이 이렇다 보니 지구촌에서 한국은 잘 모르는 청소년은 있어도 방탄소년단을 모르는 청소년은 거의 없다시피 하다. 최근에는 '퍼소나'라는 부제가 붙은 〈맵 어드 더 소울(영혼의 지도)〉의 타이틀 곡 〈작은 것을 위한 시〉가 빌보드 메인 싱글차트 'HOT 100'의 8위에 올랐다. 이로써 방탄소년단은 'HOT 100'에서 세운 역대 최고 기록을 갈아치웠다.

비록 정도의 차이는 있지만 문학도 영화나 대중음악과 크게 다르지 않다. 가령 신경숙申京淑의 소설 『엄마를 부탁해』(2008)만 하여도 그러하다. 신경숙은 2007년 겨울부터 2008년 여름까지 계간지 『창작과 비평』에 이 작품을 연재했다가 연재를 마치자마자 단행본으로 출간하였다. 2019년 초를 기준으로 이 소설은 무려 43여만 부 팔린 것으로 집계되었다. 2011년도에는 아마존 '올해의 책 베스트 10'에 올랐고, 2012년도에는 '맨 아시아 문학상'을 수상하였다. 더구나 2011년 영어로 번역된 이 소설은 미국에서 큰 관심을 끌면서 영어권 다른 나라에서도 널리 읽히고 있다. 최근 영미권 콘텐츠 제작사인 '블루 자 픽처스'가 이 작품을 미국에서 드라마로 제작하기 위하여 작가와 판권 계약을 맺었다고 발표하여 다시 한 번 화제에 올랐다. 그동안 한국 영화가 할리우드에서 리메이크되는 예는 더러 있었지만, 미국에서 한국문학 작품을 원작으로 드라마를 제작하는 것은 보기 드문 일이다. 신경숙이 『엄마를 부탁해』가 이렇게 미국에서 관심을 받는 까닭은 모성과 가정의 주제가 세계 모든 나라에서도 관심 받는 보편적 주제기 때문이다.

이 점에서는 한강韓江의 작품 『채식주의자』(2007)도 마찬가지다. 이 작품은 각각 따로 발표한 중편 세 편, 즉 「채식주의자」, 「몽고반점」, 「불꽃」을 한곳에 모아놓은 연작소설이다. 그중 「몽고반점」으로 한강은 2005년도 이상문학상을 받았다. 데버러 스미스가 이 작품을 영어로 번역하여 2015년과 2016년 영국과 미국에서 각각 출간하면서 전 세계에 걸쳐 큰 인기를 끌고 있다. 이 작품은 '2016년도 맨 부커 인터내셔널상'을 받았다. 이 문학상은 원작의 언어와 상관없이 영어로 널리 읽히는 작가의 업적을 기리는 취지에서 설립된 상이다. 그러나 한 작가의 업적이 아니라 개별적인 작품이 이 상을 받은 것은 한강이 처음이었다. 더구나 눈여겨볼 것은 노벨 문학상 수상 작가 오르한 파묵과 이탈리아의 유명한 작가 엘레나 페란테도 후보에 올랐지만 한강이 그들을 누르고 상을 받았다는 점이다. 맨 부커 인터내셔널상을 받은 후 『채식주의자』는 하루에 1만 부가 팔리는 등 국내 소설 시장에 선풍을 불러일으켰다. 한 통계 자료에 따르면 이 작품은 하루 판매량이 전날과 대비하여 무려 58배 증가하여 1분에 9.8권씩 팔렸다.

　이렇게 문화가 전 세계에 서로 긴밀하게 묶여 있다는 사실을 깨닫기 위하여 이번에는 국제적으로 학술 저서를 전문으로 출간하는 국제 출판사를 한 예로 들어보기로 하자. 간단히 줄여 '팰그레이브Palgrave'로 부르는 '팰그레이브 맥밀런'은 영국 햄프셔의 이싱스토크와 미국 뉴욕시에 본사를 둔 세계적인 학술 전문 출판사다. 영국의 맥밀런출판사와 미국의 세인트마틴출판사가 자신들의 학술 출판 부문을 합쳐서 이 학술 전문 출판사를 설립하였다. 맥밀런과 세인트마틴출판사는 슈투트가르트에 위치한 독일의 출판사 게오르크 폰 홀츠브링크 출판그룹이 소유하고 있다. 엄밀한 의미에서 팰그레이브는 독일의 게오르크 폰 홀츠브링크 출판 그룹에 속한 '스프링거 네이처'의 자회사라고 할 수 있다. 이 출판사는 유럽에서는 벨기에와 스위스, 아시아에서는 싱가포르 등지에서 출간한다. 편집은 중국 상하이에서 맡고, 전자책과 종이책을 비롯한 인쇄 제작은 인도에서 맡으며, 판매와 회계는 독일에서 맡는다. 팰그레이브 맥밀란 출판에서 학술서를 출간하다 보면 싱가포르, 중국, 영국, 독일 등 지구촌 여러 나라에서 업무 연락을 받게 된다. 이 장章을 처음 시작하면서 다이애나 왕세자빈의 죽음과 세계화의 관계를 언급했지만, 팰그레이브출판사에서 책을 내는 것도 이와 비슷하다.

이렇듯 세계문학은 세계화 중에서도 바로 문화의 세계화가 낳은 산물이라고 할 수 있다. 지구가 조그마한 촌락으로 좁아진 세계화 시대에 문학과 문화는 국경을 넘어 비교적 자유롭게 넘나든다. 그러다 보니 세계문학은 편협한 국수주의적인 민족문학이나 국민문학의 테두리에서 벗어나 좀 더 넓은 안목에서 문학을 바라보려고 한다. 시공간을 떠나 지구촌 곳곳에서 세계시민이 널리 읽는 문학이 바로 세계문학이다. 그렇다고 자신의 문화권에 속한 문학을 무시하거나 도외시해도 괜찮다는 말은 물론 아니다. 민족문학과 세계문학은 상호배타적인 관계가 아니라 어디까지나 상호보완적인 관계를 맺고 있기 때문이다.

세계화의 빛과 그림자

빛이 있으면 으레 그늘이 있듯이 세계화가 언제나 긍정적이지만은 않다. 문화 영역으로 좁혀서 말하면, 세계화는 한 문화를 다른 문화에 퍼뜨리는 방법이 되지만 선진국의 문화를 일방적으로 퍼뜨리는 수단이 되기도 한다. 경제 활동이 다른 영역에 우선하는 오늘날 문학을 비롯하여 영화나 음악, 패션 같은 문화도 상품으로 교역되고 유통되고 있다. 이러한 상황에서 선진국은 거대 자본을 이용하여 전 세계에 문화 상품을 유통하면서 그들의 문화의 우월성을 과시하기도 한다. 사회학자들은 이러한 현상을 흔히 '맥도널드화', '코카콜라화', 또는 '나이키즘' 등으로 부른다. 맥도널드 햄버거나 코카콜라 같은 청량음료 수, 그리고 나이키 같은 유명 브랜드의 스포츠 상품이 전 세계에서 불티나게 팔리면서 미국 문화의 우월성을 은근히 선전하기 때문이다. 한편 개발도상 국가들이나 저개발 국가들에서는 선진국 문화에 대한 올바른 이해가 없는 상태에서 선진국의 문화를 자칫 무분별하게 받아들이는 경향이 있다.

어떤 의미에서는 세계문학도 이와 크게 다르지 않다. 세계문학은 문화 교류가 하루가 다르게 점점 더 강력하고 광범위해지는 세계에서 문학의 역할을 국민 국가의 차원을 넘어 재검토하려는 야심 찬 시도다. 정보통신 혁명과 세계화 시대에 등장한 새로운 문학이 바로 세계문학이다. 그러나 몇몇 이론가들은 세계문학은 제국주의적 권력의지와 무관하지 않다고 지적한다. 특히 미국 학자들이 지구촌 곳곳에 퍼져 있는 문학을 이해할 수 있는 단일한 체계로 수집하고 분류하고 유통하는 것이야말로 세계적인 헤게모니를 획득하려는 탐욕스러운 시도라는 것이다. 최근 미국이 전 세계 곳곳에 분교라는 이름으로 '글로벌' 캠퍼스를 설치하려는 시도도 그러한 헤게모니 획득을 위한 한 수단으로 볼 수 있다. 그것은 외래 생물이 유입되면서 토착 생태계가 위협받고 있는 것과 비슷하다. 그래서 미국이 이렇게 문화 영역에서도 헤게모니를 획득하려는 시도를 우려하는 목소리가 작지 않다.

이러한 현상을 우려하는 학자 중에서도 컬럼비아대학교 비교문학과 교수 에밀리 앱터는 가장 대표적인 학자로 꼽힌다. 그녀는 『세계문학에 반대하여』(2013)에서 "대학들이 전 세계에 걸쳐 '글로벌' 캠퍼스를 서둘러 프랜차이즈 하면서 세계문학을 겉만 번지르르한 인문학 프로그램을 위한 잡동사니 규정집으로 이용한다"[7]고 신랄하게 비판한다. 여기서 앱터가 '프랜차이즈'라는 어휘를 사용하는 것이 흥미롭다. 미국이 세계 곳곳에 글로벌 캠퍼스 설치하는 것을 맥도널드 햄버거나 켄터키 프라이드치킨 같은 프랜차이즈 사업을 확장하는 것에 빗댄 것이다. 이 점에서는 가야트리 스피박도 마찬가지여서 각 국가나 민족에 고유한 문화적 특성을 세계화라는 이름으로 동질화하려는 경향을 경계한다. 그녀는 세계문학도 자칫 잘못 받아들이다가는 미국을 비롯한 서양 선진국의 헤게모니에 매몰될지도 모른다고 지적한다.[8] 그러므로 세계문학 연구가들은 그동안 지구촌 곳곳에서 출간되어 온 세계문학 작품에 관심을 기울이되 앱터나 스피박의 비판도 귀담아들으며 경계의 고삐를 늦추지 말아야 할 것이다.

---

7 Emily Apter, *Against World Literature: On the Politics of Untranslatability*, London: Verso, 2013, p.17.
8 세계문학에 대한 스피박의 비판은 다음 같은 다양한 저서에서 엿볼 수 있다. Gayatri Spivkak, *A Critique of Postcolonial Reason: Toward a History of the Vanishing Present*, Cambridge: Harvard University Press, 1999; *Death of a Discipline*, New York: Columbia University Press, 2003; *Other Asias*, Oxford: Wiley Blackwell, 2008; *An Aesthetic Education in the Era of Globalization*, Cambridge: Harvard University Press, 2012; *Readings*, London: Seagull Books, 2014.

제4장
세계문학과 번역

  19세기 중엽 유럽에서 세계문학을 처음 부르짖은 요한 볼프강 폰 괴테는 번역이 아무리 단점이 있어도 인간 활동 중에서 가장 중요하고 가치 있는 인간 활동이라고 밝혔다. 더구나 그는 세계문학이 발전하고 확산하는 데는 번역만큼 좋은 수단과 방법이 없다고 확신하였다. 심지어 괴테는 세계문학에 관심을 기울이기 시작한 만년 이르러 자신의 『파우스트』(1808, 1832)를 이제는 더 독일어로 읽지 않고 오히려 프랑스어로 새로 번역한 텍스트를 읽는다고 밝혔다. 그러면서 그는 프랑스어 번역본이 "신선하고 영혼이 깃들어 있는 것" 같다고 말하였다. 특히 괴테는 유럽의 어느 나라보다도 독일이 번역에 앞장서야 한다고 주장하였다. 그러고 보니 번역 이론에서 굵직한 획을 그은 뛰어난 번역 이론가 중에 독일 출신이 유난히 눈에 띈다는 사실은 그다지 우연이 아닌 듯하다. 가령 프리드리히 슐라이어마허를 비롯하여 발터 벤야민, 카타리나 라이스, 한스 베르메르, 율리안 하우제 등이 그동안 번역 연구나 이론에 크게 이바지해 왔다. 이러한 독일 이론가에 힘입어 번역학이나 번역 연구는 이제 비교문학의 자리를 밀어내고 그 자리에 새로운 바벨탑을 세우기 시작하였다.

괴테는 소설과 희곡, 시를 창작했을 뿐만 아니라, 1757년에 플랑드르 태생의 인문주의자요 고전학자인 유스투스 립시우스의 작품을 독일어로 번역한 것을 시작으로 번역가로서도 두각을 나타내었다. 1796년에는 벤베누토 첼리니의 전기를, 1799년에는 볼테르의 비극『광신자 마호메트』(1736, 1741)를 독일어로 번역하고 그 이듬해에는 역시 볼테르의 비극『탕크레드』(1761)를 독일어로 번역하였다. 괴테는 토머스 칼라일의『실러의 삶』서문을 쓰던 1830년까지 무려 73년에 걸쳐 번역가로 활동하였다. 83년에 이르는 그의 역동적인 삶에서 어떤 식으로든지 번역을 하지 않고 그냥 지나간 해는 없다시피 하다. 물론 그중에는 원문에서 직접 번역한 것이 아니라 다른 언어로 번역한 것을 다시 번역한 것도 적지 않지만 괴테는 18개 언어에 이르는 문학 작품을 독일어로 번역하였다. 그가 왜 외국어를 모르는 사람은 자기 모국어에 대해서도 아무것도 모른다고 말했는지 알 만하다.

그런가 하면 괴테는 실제 번역뿐 아니라 번역 이론에도 적잖이 관심을 기울였다. 1814년에서 1819년 사이에 쓴『동서東西 시집』은 그의 번역 이론을 가장 잘 엿볼 수 있는 책이다. 이 시집은 괴테가 아랍 문화권은 물론이고 서유럽에 큰 영향을 끼친 페르시아의 시인 하피스에게 보내는 일종의 시적 응답 형식으로 되어 있다. 그런데 괴테는 이 책 여기저기에서 번역에 관한 견해를 피력함으로써 번역 이론가로서의 면모를 과시하였다.

이렇듯『동서 시집』은 괴테의 문학에서 독특한 위치를 차지한다. 헤겔은 이 작품을 괴테의 작품 가운데 가장 완숙한 경지에 이른 작품이라고 칭찬하였다. 고전주의와 낭만주의 예술에 매우 비판적이던 하인리히 하이네조차 괴테가 이 시집에서 구사한 시어와 문체를 두고 "밝은 여름날 오후 바람이 잔잔할 때 바닥을 들여다보면 아름다움과 함께 가라앉은 도시가 보이는 것처럼 투명한 산문"이라고 칭찬을 아끼지 않았다. 이 책에서 괴테는 원천 언어의 '생소함'에 주목하고 그것과 어떠한 관계를 맺는지에 따라 번역 방법의 세 유형을 제시한다. 첫 번째 단계는 원천 언어를 번역어로 쉽게 풀어서 되도록 독자들에게 생소함을 없애주는 방식이다. 두 번째 단계는 외국어의 생소함과 자국어의 친근함 사이에 절충을 시도하는 방식이다. 세 번째 단계는 투박하더라도 원문 텍스트를 그대로 옮기는 방식이다. 여기서 괴테는 '자구字句 대 자구'로 옮기는 축자적逐字的 번역 방식에서 좀 더 자유롭게 의미를 옮기는 의역 방식, 그리고 이 극단적인 두 방법 사이에서 균형을 찾으려는 절충적 번역 방식을 언급한다.

세계문학에서 번역의 위상

인도가 영국의 식민지로부터 해방된 뒤 첫 수상을 지낸 자와할랄 네루는 영어를 '세계를 바라보는 창'에 빗댄 적이 있다. 창문 없이 바깥세상을 내다볼 수 없듯이 영어를 사용하지 않고서는 세계를 제대로 조망할 수 없다는 뜻이다. 영국의 식민주의를 경험했으면서도 네루는 이렇게 세계무대에서 영어가 얼마나 중요한 역할을 하는지 깊이 깨닫고 있었다. 네루가 이 말을 한 지도 벌써 반세기 지난 지금, 영어는 더

더욱 그 중요성이 커져 국제어나 세계어의 반열에 올랐다. 특히 컴퓨터가 발명되고 인터넷이 널리 보급되면서 영어의 위상은 더욱더 공고해졌다. 빌 게이츠가 처음 PC 운용체제를 영어로 만들면서 이제 영어를 통하지 않고서는 아예 포털사이트에 들어갈 수도 없는 단계에 이르렀다.

네루의 말대로 영어가 세계를 바라보는 창이라면 번역은 가히 세계문학이라는 광장에 나서는 문이라고 할 수 있다. 창 없이 세계를 바라볼 수 없듯이 번역이라는 문을 나서지 않고서는 세계문학의 광장에 나갈 수 없다. 모국어가 아닌 다른 나라 언어를 통달하지 못하는 한 세계문학의 독자들은 어쩔 수 없이 번역에 의존할 수밖에 없다. 세계문학의 관점에서 보면 다른 나라 언어로 번역되지 않은 문학 작품은 마치 병풍 속의 닭처럼 이렇다 할 의미가 없다. 프랑스 태생의 미국 이론가 알베르 게라르가 『세계문학 서문』(1940)에서 일찍이 번역을 세계문학의 '필수적인 도구'라고 부른 까닭이 바로 여기에 있다.

그러나 다른 나라의 문학을 이해하는 데 외국어가 필수적인 것 같지만 외국어를 잘 모르는 이론가들이나 작가들도 얼마든지 있다. 가령 철학과 사상이 척박한 미국 땅에 초월주의의 씨앗을 처음 뿌린 랠프 월도 에머슨은 훌륭한 책들을 번역본으로 읽는 것을 조금도 부끄러워하지 않았다. 그는 "어떤 책이든 가장 훌륭한 부분, 어떤 참다운 통찰이나 폭넓은 인간 감정도 번역할 수 있다"고 말한다. 그러면서 자신은 "고대 그리스어나 라틴어를 비롯하여 독일어나 이탈리아어, 심지어는 프랑스어 책도 좀처럼 원어로 읽지 않는다"고 고백한다. 영어를 여러 외국어의 지류가 흘러들어온 거대한 바다에 빗대면서 에머슨은 "나의 모국어로 번역한 책이 있는데도 나의 모든 책을 굳이 원어로 읽는 것은 보스턴에 가려고 할 때 찰스강을 헤엄쳐 건너려고 생각하는 것과 같다"고 말한다.[1] 찰스강 북쪽에 살던 에머슨으로서는 보스턴에 가려면 찰스강을 건너야 하였다. 다리를 건너 갈 수 있는데도 굳이 찰스강을 헤엄쳐 건너는 것은 무모하고 어리석은 일일 것이다.

구조주의에서 포스트구조주의로 넘어가는 데 교량 역할을 한 롤랑 바르트는 자신의 이론적 자화상이라고 할 『롤랑 바르트가 쓴 롤랑 바르트』(1975)에서 외국어에 이렇다 할 관심을 보이지 않는다. 그는 자신이 "외국어를 별로 즐기지 않거나 그것에 별다른 재능도 없다"고 밝히면서 "외국문학에 이렇다 할 취향이 없고, 번역과 관련하여 일관되게 염세주의적 태도를 보이며, 번역가들의 문제에 직면할 때면 혼란을 느낀다"[2]고 말한다. 이 점에서는 밀란 쿤데라도 크게 다르지 않아서 "소설 작품을 판단하려면 원어를 모르고서도 가능할까?"라고 질문을 던진다. 그러고 나서 그는 "물론 나는 그것이 가능하다고 생각한다! [앙드레] 지드는 러시아어를 몰랐고, [버너드] 쇼는 노르웨이어를 몰랐으며, [장-폴] 사르트르는 [존] 도스 패소스의 작품을 원어로 읽지 못했다"고 지적한다.[3]

그러나 세계문학과 번역은 떼려야 뗄 수 없을 만큼 서로 깊이 관련되어 있다. 세계문학이 세계문학사의 마지막을 장식하면서 번역은 그

---

1 Ralph Waldo Emerson, *The Complete Works of Ralph Waldo Emerson: Society and Solitude* vol.7, Cambridge: Belknap Press of Harvard University Press, 2007, p.204.
2 Roland Barthes, trans. Richard Howard, *Roland Barthes by Roland Barthes*, New York: Hill and Wang, 1977, p.115.
3 Milan Kundera, "Die Weltliteratur", eds. Theo D'haen · César Domínguez · Mads Rosendahl Thomsen, *World Literature: A Reader*, London: Routledge, 2013, p.292.

어느 때보다 중요성이 더욱 부각되었다. 비단 중요성만이 아니라 더 나아가 번역의 기능과 성격 그리고 방법까지 새롭게 다시 검토해야 하는 단계에 이르렀다. 그동안 지칠 줄 모르는 노력으로 미국에서 세계문학을 본격적인 궤도에 올려놓는 데 크게 이바지한 데이비드 댐로쉬는 『세계문학이란 무엇인가?』(2003)에서 세계문학의 성격을 세 가지 관점에서 규정 지으면서 그중 하나로 "세계문학은 번역에서 이득을 얻는 작품이다"[4]라고 잘라 말한다. 그는 이 문장을 명쾌하게 설명하지는 않지만 그가 의도하는 것이 무엇인지 쉽게 미루어볼 수 있다.

그런데 댐로쉬의 이 문장을 좀 더 쉽게 이해하려면 미국의 국민 시인이라고 할 로버트 프로스트가 시를 두고 한 말을 살펴볼 필요가 있다. 프로스트는 "시란 번역하는 과정에서 잃게 되는 그 무엇이다"[5]라는 유명한 말을 남겼다. 그는 운문 형식을 취하는 시는 산문과는 달라서 다른 언어로써는 번역할 수 없다고 생각하였다. 다시 말해서 다른 언어로 번역하고 나서 남아 있는 것이 곧 시라는 뜻이다. 흔히 시를 '소리'와 '의미'로 이루어진 문학 형식이라고 일컫는다. 그렇다면 시에서 의미는 그런대로 다른 언어로 옮길 수 있을지 몰라도 소리에서 비롯하는 운율, 말장난(펀), 의성어와 의태어, 낱말의 함축성 등은 도저히 옮길 수 없다. 가령 조지훈의 「승무(僧舞)」 첫 구절을 다른 언어로 온전하게 옮기기란 무척 어려울 것이다.

---

4 David Damrosch, *What Is World Literature?*, Princeton: Princeton University Press, 2003, p.281.
5 Louis Untermeyer, *Robert Frost: A Backward Glace*, Washington, DC: Library of Congress, 1964, p.18.

얇은 사(紗) 하이얀 고깔은
고이 접어서 나빌레라.

파르라니 깎은 머리
박사(薄紗) 고깔에 감추오고

두 볼에 흐르는 빛이
정작으로 고와서 서러워라.

'얇은 사', '박사 고깔', '황촉 불', '외씨버선' 같은 한국어에 고유한
어휘나 토착어에 해당하는 외국어의 어휘를 찾기란 거의 불가능하다.
또한 가음법을 구사한 '하이얀', '감추오고', '모두오고' 같은 어휘를
옮기기도 쉽지 않을 것이다. 이 어휘에는 단순히 음악적 효과를 거두
기 위한 장치 이상의 의미가 있기 때문이다. 두말할 나위 없이 이 표현
은 작품의 불교의 분위기나 주제에 어울리게 고풍스럽고 부드러운 느
낌을 한껏 자아낸다. "고이 접어서 나빌레라"에서 은유인 '나빌레라'는
비록 의미에서는 '나비로구나'와 비슷하지만 뉘앙스에서는 큰 차이가
난다. 이 점에서는 "파르라니 깎은 머리"에서 '파르라니'도 마찬가지
다. 그런가 하면 "정작으로 고와서 서러워라" 같은 모순어법을 어떻게
다른 언어로 옮길 수 있을지 의문이다. 이와 마찬가지로 로버트 프로
스트의 「10월」도 한국어로 번역하기라 여간 힘들지 않을 것이다.

O hushed October morning mild,

Thy leaves have ripened to the fall;

Tomorrow's wind, if it be wild,

Should waste them all.

프로스트가 평생 살았던 미국의 뉴잉글랜드 지방, 그중에서도 뉴햄프셔의 10월 날씨를 겪어 보지 않은 사람은 아마 이 작품을 번역하기가 힘들 것이다. 둘째 행의 "ripened to the fall"에서 'fall'의 의미를 어떻게 해석해야 할까? 이 어휘는 '가을'을 뜻하기도 하고 낙엽이 떨어지는 '낙하'를 뜻하기도 하기 때문이다. 얼핏 단순하고 평이해 보이지만 막상 한국어로 번역하려고 하면 이런저런 어려움에 부딪치게 된다.

이렇게 문학 작품을 다른 나라 언어로 번역하는 것이 불가능하다는 생각은 비단 프로스트 한 사람에 그치지 않는다. 스페인의 철학자 호세 오르테가 이 가세트도 번역이란 '배신행위'라고 못 박아 말하였다. 이 말은 "번역가는 곧 배신자traduttore, traditore"라는 이탈리아 격언을 염두에 두고 한 말이다. 번역에 관한 이러한 부정적인 태도는 좀 더 멀리 거슬러 올라가 보면 영국의 시인 필립 시드니를 만나게 된다. 『시의 옹호』(1595)에서 그는 번역을 '허영'이라고 부르면서 "시인의 작품을 한 언어에서 다른 언어로 번역하려는 것은 마치 오랑캐꽃 한 송이를 도가니에 집어 던지고 그 색깔과 향기를 찾으려는 것과 같다"[6]고 말한다.

번역하기 어렵거나 아예 불가능한 것은 비단 시 작품만이 아니다.

---

6 Hutcheson Macaulay Posnett, *Comparative Literature*, London: Kegan Paul, Trench & Co., 1886, pp.47~48.

정도의 차이가 있을망정 산문도 번역하기는 마찬가지로 어렵다. 언어의 속성에서 보면 '완벽한' 번역이란 이 세상에 존재하지 않는다. 여기에는 여러 이유가 있을 테지만 그중에서도 한 언어의 낱말과 다른 언어의 낱말 사이에는 상응 관계나 등가성이 존재하지 않기 때문이다. 가령 '마음'이라는 한국어는 영어 'heart'나 프랑스어 'coeur'와는 의미에서 그대로 상응하지 않는다. 만약 어휘의 무게를 측량하는 천칭이 있어 이 어휘들을 각각 양쪽 접시에 올려놓는다면 어느 한쪽으로 반드시 기울어질 것이다. 이 세계에 존재하는 어느 언어에도 천칭에 달아 정확하게 균형을 유지하는 두 어휘란 없다.

국어사전에 따르면 '마음'은 ① 사람이 본래부터 지닌 성격이나 품성, ② 사람이 다른 사람이나 사물에 대하여 감정이나 의지, 생각 따위를 느끼거나 일으키는 작용이나 태도, ③ 사람의 생각, 감정, 기억 따위가 생기거나 자리 잡는 공간이나 위치 등을 뜻한다. 그런가 하면 한국어에서 '마음'은 '가슴'과 같거나 비슷한 의미로 쓰기도 한다. 1990년대 한 국내 커피회사가 한국계 미국 작가 김은국金恩國을 모델로 삼아 "가슴이 따뜻한 사람과 만나고 싶다"는 광고카피로 인기를 끈 적이 있다. 여기서 '가슴'은 '마음'의 첫 번째 의미와 비슷하다. 그러나 '마음'을 한자어로 표기한 '心'은 여러 의미로 쓰인다. 가령 '심장心臟'처럼 신체 기관을 뜻하기도 하고, '심신心身'처럼 정신이나 영혼을 뜻한다. 그런가 하면 '의심疑心', '진심眞心', '욕심慾心', '결심決心'처럼 정신을 뜻하기도 한다. 한편 영어 'heart'는 심장을 비롯하여 감정, 중심부, 마음(씨), 열의나 흥미, 용기, 의중, 사람, 하트 모양 물건, 생산력이나 비옥도 등을 뜻한다. 그래서 최근 중국 철학자들은 '心'을 영어로 번역할 때 단순히 'heart'로 옮기는 대신 'heart'와 'mind'를 한 단어로 결합하여 'heart-mind'라고 옮긴다.

프로스트가 시의 특성을 들어 번역 불가론을 주장했다면 최근 들어 가야트리 스피박과 에밀리 앱터를 비롯한 몇몇 이론가는 다른 이유로 번역에 적잖이 의구심을 품는다. 그동안 포스트식민주의 이론과 제3세계 페미니즘에 관심을 기울여 온 스피박은 「번역의 정치학」에서 번역이 서로 다른 이질 문화를 동질화하는 역기능을 낳을 수 있다고 경고한다. 그녀는 "[다른 나라의 문학 작품을] 도매금으로 영어로 번역하는 행위에는 민주주의 이상을 가장 힘이 센 국가의 법에 팔아넘기는 것이 될 수 있다. (…중략…) 이러한 현상은 제3세계의 모든 문학을 일종의 최신 번역투로 옮길 때 일어난다. 그래서 팔레스타인 여성이 쓴 문학 작품이 산문의 분위기에서 타이완 남성 작가가 쓴 어떤 작품과 비슷하게 된다"[7]고 지적한다.

앱터는 스피박의 이론을 한 발 더 밀고 나가 아예 번역 불가능의 문제를 제기하며 세계문학의 부정적 기능을 우려한다. 앱터는 "이 새로운 비교문학이 언어 분야에서 권력과 존중을 얻기 위한 책략임을 인정해야 한다"[8]고 지적한다. 최근 앱터는 "탈민족주의가 문학 정치가 가끔 내세우는 경제적·민족적 권력투쟁에 대한 맹목盲目에 이를 수 있는 한편, 단일 문화 국가들과 다언어 사회들 사이에 존재하는 갈등

---

7   Garyatri Spivak, "The Politics of Translation", ed. Lawrence Venuti, *The Translation Studies Reader*, London: Routledge, 2000, p.400. 스피박의 비판은 미셸 푸코와 쥘 들뢰즈가 서구 세계의 노동자들이 받는 억압과 착취를 제3세계를 포함한 세계의 모든 노동자가 받는 억압과 착취와 동일한 차원에서 생각한다고 지적하는 것과 궤를 같이한다.

8   Emily Apter, "Global Translation: The 'Intervention' of Comparative Literature, Istanbul, 1933", *Critical Inquiry* 29, 2003, p.244.

을 최소화할 수 있다"[9]고 우려한다. 여기서 앱터가 말하는 '새로운 비교문학'과 '탈민족주의'란 다름 아닌 세계문학을 말한다. 그러니까 세계문학은 겉으로는 아무리 그럴듯하게 포장하여도 실제로는 한낱 약소국가에 대한 문화적 권력의지를 드러내는 것에 지나지 않는다는 것이다. 이 두 이론가의 관점에서 보면 번역은 다양한 언어, 문학, 문화의 차이를 보여주어야 하는데 그렇게 하기는커녕 오히려 다른 언어, 문학, 문화를 자신의 것으로 받아들이도록 만든다. 이러한 상황에서 괴테가 꿈꾸던 세계문학은 그 목표가 완성되는 동시에 스스로 파괴될지 모른다.

한편 번역 불가능을 주장하는 사람들과는 달리 번역이 얼마든지 가능하다고 주장하는 사람들도 있다. 가령 프린스턴대학교의 프랑스어과와 비교문학과 교수로 번역가와 전기 작가로 활약해 온 데이비드 벨로스는 '번역과 모든 것의 의미'라는 부제가 붙은 『당신의 귀에 있는 게 물고기인가요?』(2011)라는 책에서 이 세상에서 "번역되지 못하는 것은 하나도 없다"고 잘라 말한다. 그러면서 그는 계속하여 "번역의 진리 중 하나는— 번역이 우리에게 가르쳐 주는 진리 중 하나는— 모든 것을 말할 수 있다는 것이다"라고 지적한다.[10] 벨로스가 제목으로 사용하는 '바벨 피시'는 더글러스 애덤스가 쓴 코믹 공상과학소설 『은하수를 여행하는 히치하이커를 위한 안내서』(1981)에 등장하는 거

---

9 Emily Apter, "Untranslatables: A World System", *New Literary History* 39-3, 2008, p.581.
10 David Bellos, *Is That a Fish in Your Ear: Translation and the Meaning of Everything*, New York: Penguin Books, 2011, pp.152·153. 이 책은 국내에서 정해영·이은경 공역으로 『내 귀에 바벨 피시』(메멘토, 2014)라는 제목으로 출간되었다. 공역자들이 이 책의 제목을 '당신' 대신 '나'로 바꾸고 '물고기'를 아예 '바벨 피시'로 옮기고, 부제도 '번역이 하는 모든 일에 관하여'로 바꾼 것이 흥미롭다.

머리같이 생긴 노란색 작은 물고기다. 이 물고기처럼 생긴 작은 물건을 귀에 집어넣으면 어떤 언어라도 즉시 이해할 수 있게 해주는 통역기다. 벨로스는 이 책에서 인간이 바벨 피시처럼 무슨 언어든지 번역이나 통역할 수 있다고 지적한다.

그러나 앞에서 언급한 댐로쉬가 세계문학을 "번역에서 이득을 얻는 작품"이라고 정의하는 데는 그럴 만한 이유가 있다. 아무리 번역이 어렵다고 하여도, 앞에서 지적했듯이 번역의 문을 통하지 않고서는 세계문학의 광장에 나설 수 없기 때문이다. 댐로쉬는 비록 완벽한 번역은 아닐지라도 세계문학은 오직 번역을 통하여 가능하다고 굳게 믿는다. 더구나 세계문학은 단순히 번역을 통하여 지구촌 곳곳에 퍼져 있는 독자에게 읽히는 것에 그치지 않고 더 나아가 번역에서 이득을 얻게 된다고 지적한다. 한 작품은 자국에서 널리 읽히지만 다른 문화권의 언어로 번역되어 국경을 넘어설 때 훨씬 더 큰 의미를 지니게 된다는 말이다. 댐로쉬가 '이득이 된다gain'라는 낱말을 사용하는 것은 프로스트가 말한 '잃게 된다lose'라고 말한 것에 대한 대응으로 볼 수도 있다.

실제로 한 문학 작품은 번역하는 과정에서 한편으로는 손실이 생기지만 다른 한편으로는 이득이 생기기도 한다. 훌륭한 번역가라면 번역 과정에서 잃게 되는 부분을 최대한 이득으로 만회하려고 애쓸 것이다. 적어도 이 점에서 댐로쉬의 이론은 발터 벤야민이 번역 작품을 원천 텍스트의 '사후의 삶'으로 본 것과 궤를 같이한다. 한편 댐로쉬는 번역에서 손실과 이득의 수지 계정을 민족문학과 세계문학을 구별 짓는 잣대로 삼기도 한다. 그는 "번역에서 흔히 손실이 일어나면 그

문학은 민족문학이나 지방문학으로 남아 있는 반면, 번역에서 이득이 생기면 세계문학이 된다"[11]고 지적한다. 물론 고대 수메르의 서사시 『길가메시』에서 볼 수 있듯이 후자의 경우 스타일상의 손실은 범위나 깊이로 만회할 수 있다.

한편 번역이 원문 텍스트보다 유리한 점도 있다. 일단 한번 쓰고 나면 좀처럼 다시 고쳐 쓸 수 없는 원천 텍스트와는 달리, 번역은 얼마든지 다시 작업할 수 있다. 물론 블라디미르 나보코프나 최인훈崔仁勳 같은 작가는 작품을 출간한 뒤에도 거듭 고쳐 쓴 것으로 유명하다. 그런데 이것은 어디까지나 예외에 속할 뿐 일반적인 규칙은 아니다. 더구나 이러한 작업도 생존 작가에게만 해당할 뿐 사망한 작가에게는 적용되지 않는다. 그러나 번역에서는 얼마든지 다시 번역하는 것이 가능하다. 동일한 번역자가 그렇게 할 수도 있고, 동시대나 후대의 다른 번역자가 그렇게 할 수도 있다.

알베르 게라르는 "각각의 세기마다, 아니 각각의 세대마다 호메로스의 작품과 세르반테스의 작품이 있어야 한다"[12]고 지적한 적이 있다. 이를 달리 바꾸면 번역에도 식료품처럼 유통 기간이 있다는 말이 된다. 한 세대란 줄잡아 30년을 가리키므로 게라르는 줄잡아 30년마다 작품을 새로 번역해야 한다고 주장한다. 그러나 그는 번역의 유통 기간을 아무래도 너무 길게 잡는 것 같다. 요즘 언어가 변하는 속도를 보면 30년이 아니라 적어도 10년 단위로 새롭게 번역해야 할지 모른다.

---

11 Bellos, *Is That a Fish in Your Ear: Translation and the Meaning of Everything*, p.289.
12 Albert Guérard, *Preface to World Literature*, New York: H. Holt, 1940, p.28.

댐로쉬가 비교문학적 관점에서 세계문학과 번역의 유기적 관계를 언급한다면 로런스 베누티는 번역학이나 번역 이론의 관점에서 그 관계를 언급한다. 그동안 번역 연구 분야는 말할 것도 없고 실제 번역 분야에서도 크게 활약해 온 베누티는 세계문학과 번역을 구별해서 생각할 수 없다고 지적한다.

세계문학은 번역과 따로 떼어서 개념화할 수 없다. 대부분의 지리적 공간과 대부분의 역사적 시기에서 오직 소수 독자만이 하나 또는 두 언어를 이해할 수 있을 따름이다. 그래서 독자의 관점에서 보면 세계문학은 원전 작품보다는 오히려 번역된 작품—다시 말해서 외국어로 된 텍스트를 독자가 속해 있는 특정한 공동사회의 언어, 일반적으로 표준 방언, 또는 다언어 사회에서는 지배적인 언어로 번역한 작품으로 이루어져 있다.[13]

오직 소수의 사람만이 한두 외국어를 이해할 뿐 대부분의 독자는 외국 작품을 읽을 때 번역된 텍스트에 의존할 수밖에 없다는 베누티의 주장은 매우 타당하다. 다만 그가 사용하는 '이해한다'는 표현이 조금 애매할 뿐이다. 단순히 구두로 의사소통을 할 수 있는 능력을 가리키는 것인가? 문학 작품을 읽고 감상할 수 있는 능력을 가리키는 것인가? 아니면 문해력文解力, 즉 텍스트를 행간의 의미까지도 읽어낼 수 있는 고도의 해독 능력을 가리키는 것인가? 만약 세 번째를 가리

---

13 Lawrence Venuti, "World Literature and Translation Studies," eds. Theo D'haen · David Damrosch · Djelal Kadir, *The Routledge Companion to World Literature*, London: Routledge, 2011, p.180.

키는 것이라면 그 수는 아마 훨씬 더 줄어들 것이다.

이렇듯 다양한 언어로 쓰인 세계의 모든 문학을 원천 텍스트로 읽는다는 것은 아예 처음부터 불가능하다. 오늘날 지구상에 존재하는 언어는 줄잡아 7,000가지가 있다. 성서에 따르면 이러한 언어의 혼란은 바벨탑 사건 이후 야훼의 저주를 받았기 때문이다. 미국의 시인이요 번역가인 윌리스 반스톤은 번역 행위를 야훼가 파괴한 바벨탑을 다시 쌓는 도전적 행위로 간주한다. 그는 "바벨탑을 무너뜨리면서 하느님은 언어를 분산시키고 우리에게 민족의 언어와 차이의 고독과 또한 우리의 분리를 봉합할 수 있는, 불가능하지만 행복한 임무를 부여해 주었다"[14]고 말한다. 그러면서 그는 계속하여 "바벨탑 붕괴 이후 신은 묵시적으로 우리에게 다시 한 번 하늘을 우러러보고 또 다른 바벨탑을 건설하도록 요구하였다. 번역 행위란 또 다른 바벨탑, 그 불가능한 탑을 건설하는 것이다"[15]라고 지적한다. 한마디로 번역이란 제2의 바벨탑을 건설하는 것과 크게 다르지 않다.

비유적으로 말해서 세계문학이 한 그루 나무라면 번역은 나무가 뿌리를 박고 자라는 토양이라고 할 수 있다. 토양 없이 나무가 존재할 수 없듯이 번역 없이 세계문학은 존재할 수 없다. 그러나 세계문학에서 번역이 차지하는 몫이 이렇게 큰데도 번역이 제대로 이루어지지

---

14 Willis Barnstone, *The Poetics of Translation: History, Theory, Practice*, New Haven: Yale University Press, 1993, p.3. 번역과 바벨탑에 관해서는 김욱동, 『번역의 미로─번역에 관한 12가지 물음』, 글항아리, 2010, 13~27면 참고.

15 Barnstone, *The Poetics of Translation: History, Theory, Practice*, p.3. 조지 스타이너는 『바벨 이후』에서 언어란 본질에서 의사소통을 도와주기보다는 오히려 의사소통을 방해하는 매체며, 이러한 의사소통을 원활하게 하려면 번역이 불가피하다고 지적한다. George Steiner, *After Babel: Aspects of Language and Translation*(3rd ed), Oxford: Oxford University Press, 1998, pp.51~82.

않고 있다는 데 문제의 심각성이 있다. 세계문학의 관점에서 보면 번역이 전보다는 많이 나아졌다고는 하지만 질로 보나 양으로 보나 아직 만족할 만한 수준에 있지 않다. 지금 세계문학을 가장 활발하게 논의하고 있는 미국을 한 예로 들어보기로 하자. 미국에 판매되는 책 중에서 3%만이 외국어로 쓴 작품을 영어로 번역한 것이고, 그나마 문학 작품은 겨우 1%에 그친다. 오죽하면 "삼중 언어를 구사하는 사람은 세 개 언어를 말할 줄 아는 사람이다. 이중 언어를 구사하는 사람은 두 개 언어를 말할 줄 아는 사람이다. 오직 한 개 언어만을 구사하는 사람은 미국인이라고 부른다"는 우스갯소리가 있겠는가.

이 점과 관련하여 노벨 문학상을 수여하는 스웨덴 아카데미의 호러스 엥달 사무총장은 2008년 "미국은 섬처럼 너무 고립되어 있다. 그들은 번역을 별로 하지 않으며 문학의 큰 대화에도 참여하지 않는다. 그 무식은 여러모로 제한을 준다"[16]고 불평한다. 물론 다른 국가와 비교하여 시장 규모가 무척 큰 미국 출판계에서 3%는 출판 양으로 보면 엄청나다. 이 점을 고려한다고 하여도 전체 간행 부수 중 번역서 비중이 겨우 3%밖에 되지 않는다는 것은 문화 강국을 외치는 미국으로서는 수치스러운 일이 아닐 수 없다. 국제 무역에 빗대어 말하자면, 미국은 중국에게 수출하려 들지 좀처럼 수입을 하려 하지 않는다고 불평한다. 실제로 2019년 현재 중국이 미국에 수출하는 무역의 양은 무려 네 배가 된다. 그러나 외국 서적의 번역 출판으로 말하자면 미국은 남의 나라에 수출만 하려 할 뿐 좀처럼 남의 나라에서 수입하려 하지

---

16 Alison Flood, "Nobel Judge Attacks 'Ignorant' US Literature", *The Guardian*, Otober 1, 2008.

않는다. 이 점과 관련하여 앞에서 언급한 로런스 베누티는 "아주 간단히 말해서 [미국에서는] 영어로 쓴 작품을 다른 외국어로 번역하여 돈을 많이 벌지만 외국문학 작품을 영어로 번역하는 데는 별로 투자하지 않는다"[17]고 지적한다. 2008년 기준으로 이탈리아에서는 번역 작품의 비중이 무려 20%가 넘는다. 번역을 둘러싼 문화 정치학은 세계화 시대에 이르러서도 여전히 심각한 문제로 남아 있다.

현재 지구촌에서 읽히는 책의 80% 정도가 영어로 쓴 책이다. 이렇게 영어가 국제어로 자리 잡은 것은 많은 사람이 읽을 수 있다는 점에서는 축복이지만, 문화적 다양성을 파괴한다는 점에서는 재앙이 될 수도 있다. 프랑스 사회학자 지젤 사피로는 "세계화는 다양성을 장려하기는커녕 오히려 영어의 지배력과 함께 세계 번역 시장에 경제적 제약을 강화했다"[18]고 지적한다. 그러면서 그녀는 1990년대 전 세계에서 영어에서 번역된 책은 60%에 달하는 반면, 같은 기간 동안 전 세계 출판 시장에서 주변 언어가 차지하는 몫은 20%에서 14%로 줄어들었다고 밝힌다. 그나마 소규모 출판업자들이 상업적인 거대 출판사에 맞서 문화적 다양성을 지키려고 노력하고 있다는 것이다.

그렇다면 한국에서 외국도서 번역 출판 현황은 어떠한가? 2015년도 통계에 따르면 전체 발행 종수(4만 5,213종) 가운데 번역서가 차지하는 비중은 21.5%(9,714종)로 전년도 21.8%(1만 396종)에 비해 소폭

---

17 Lawrence Venuti, *The Scandals of Translation: Towards an Ethics of Difference*, London: Routledge, 1998, pp.160~161.
18 Gisèle Sapiro, "Globalization and Cultural Diversity in the Book Market: The Case of Literary Translations in the US and in France", ed. David Damrosch, *World Literature Theory*, Oxford: Wiley Blackwell, 2014, pp.215, 230.

줄어들었다. 전년과 마찬가지로 2015년도 일본과 미국 등 일부 국가에 편중된 모습을 보였으며, 분야별로는 문학(2457종), 만화(2033종), 아동(1374종) 순으로 나타났다. 국가 별로는 일본(4088종), 미국(2741종), 영국(752종), 프랑스(496종), 중국(480종), 독일(344종) 순으로 집계되었다. 한국 작품이 외국어로 번역되어 출간된 숫자는 한국문학번역원의 지원에 힘입어 2001년 19종에 지나지 않았던 것이 2016년은 142종으로 크게 증가하였다.

에스페란토와 세계문학의 번역

삽화가 안석영이 그린 안서 김억의 캐리커쳐. 김억은 에스페란토 보급에 앞장섰다.

세계문학과 관련하여 일제 강점기 조선에서는 안서 김억을 중심으로 에스페란토가 크게 유행하였다. 한자어로 '愛世不可讀語' 또는 줄여서 '愛世語'로 일컫는 에스페란토는 두말할 나위 없이 폴란드계 유대인 안과의사인 루도비코 자멘호프가 1887년 세계 공통어를 마련하려는 취지에서 만들어낸 인공어다. '에스페란토'라는 이름은 자멘호프가 국제어 문법책에서 자신의 필명으로 사용했던 '희망하는 사람'을 뜻하는 'D-ro Esperanto(에스페란토 박사)'에서 유래한다. 폴란드의 다언어 사회에서 태어난 자멘호프는 민족 갈등의 원인이 언어 소통에 있다고 판단하고 자신의 언어학적 지식을 총동원하여 누구나 배우기 쉽고 소통하기 쉬운 인공어 에스페란토를 만들었다.

김억은 1920년 7월 '조선에스페란토협회(KEA)'를 조직하고 그 회장을 맡아 에스페란토 보급 운동에 나섰다. 이 협회 위원 명단에는 김억을 비롯하여 홍명희洪命熹, 박헌영朴憲永, 변영로卞榮魯 같은 인물이 들어가 있다. 김억은 이렇게 인공적으로 만들어낸 국제어 에스페란토라는 건축 자재를 사용하여 세계문학의 집을 지으려고

인공어 에스페란토를 창안한 폴란드의 의사 겸 언어학자인 루드비코 자멘호프.

시도한 한국의 대표적인 문인으로 꼽힌다. 그는 일찍이 1925년 「에쓰페란토와 문학」이라는 글에서 이렇게 밝힌다.

문화는 개인 본위나 민족 본위을[를] 떠나 전인류본위주의로 옮겨가는 이때에 에쓰페란토어의 문학 [작]품은 다대한 기대를 줍니다. 다시 말하면 세계문학을 형성함에는 모든 풍속과 인습에 구속밧지 아니하는 절대 중립적 에쓰페란토어만이 그 귀중한 책임자가 될 것입니다. 미래의 세계에는 에쓰페란토어로 인(因)하여 세계문학이 더더 광명과 미(美)를 놋케 될 것이다.[19]

---

19 김억, 「에쓰페란토와 문학」, 『동아일보』, 1925.3.16. 이 글을 비롯한 여러 다른 글에서 김억은 여러 번 '에쓰페란토어'라는 말을 사용하지만 엄밀히 말해서 '에스페란토' 자체가 해당 언어를 가리키는 말이다. 제목 그대로 '에스페란토'라고 표기하는 것이 맞다. 물론 '산스크리트어'처럼 강조하기 위하여 '어'를 덧붙여 사용했다고 볼 수도

이 글에서 김억이 '세계문학'이라는 용어를 두 번이나 사용한다는 점을 눈여겨보아야 한다. 그만큼 그는 에스페란토와 세계문학을 밀접하게 서로 관련 짓고 있다. 에스페란토 창안자 루도비코 라자로 자멘호프의 탄생일인 12월 15일을 앞두고 그의 삶과 에스페란토를 소개하는 특집기사가 1927년 12월 13일 자 『조선일보』에 크게 실렸다. 이 글을 쓴 필자는 'U. C 生'으로 되어 있는데 모르긴 몰라도 아마 김억임에 틀림없다. 그는 이 무렵 '억생億生'이라는 필명을 즐겨 사용하였다. 1920년대 식민지 조선에서 에스페란토 보급은 단순히 외국어나 중립적 세계어의 보급 차원을 넘어 문화 운동, 심지어 일본 제국주의가 내선일체內鮮一體를 구실로 조선어를 짓밟자 항일 운동의 색채까지 띠었다.

이렇듯 에스페란토는 김억에게 세계문학의 광장에 나서는 데 없어서는 안 될 도구나 수단이었다. 김억은 1925년부터 에스페란토에 깊은 관심을 기울였다. 김연경金燕景은 한 논문에서 김억에게 "에스페란토어는 세계의 장場으로 나아가는 하나의 도구였으며, 문인의 입장에서 그 장이란 바로 세계문학의 장을 의미한다. 이러한 점을 미루어보았을 때, 김억의 궁극적인 관심사는 '민족문학'이라기보다는 '세계문학'이었다고 할 수 있다"[20]고 밝힌다. 물론 한국인으로 에스페란토에 처음 관심을 기울인 문인은 김억이 아니라 홍명희였다. 그는 자신의

있다.

20 김연경, 「김억의 세계문학 지향(1)」, 『우리문학연구』 40, 우리문학회, 2013, 389면. 김억이 에스페란토에 이렇게 깊은 관심을 기울인 것은 이 무렵 조선이 일본의 식민지였다는 역사적 사실과 무관하지 않다. 그는 이 인공어를 두고 "약소민족이 소유한 문예품 가튼 것"이라고 말한 적이 있다. 번역가로서의 김억의 활약과 업적에 관해서는 김욱동, 『근대의 세 번역가―최남선, 서재필, 김억』, 소명출판, 2010, 165~264면 참고

호를 '벽초碧初', 즉 최초의 에스페란티스토를 뜻하는 '첫 청록인青綠人'으로 지을 정도로 이 인공어에 깊은 관심을 기울였다. 그러나 김억만큼 이 인공어에 일관되게 그토록 깊은 애정을 품고 관심을 쏟은 문인은 일찍이 없었다.

김억은 1925년 3월 『동아일보』에 「에쓰페란토와 문학」이라는 글을 발표한 뒤 자주 그와 관련한 글을 기고하였다. 예를 들어 그는 「에쓰페란토 속어」, 「에쓰페란토 문학」, 「에쓰페란토 서적 소개」 등을 잇달아 발표하였다. 또한 김억은 1924년 2월부터 5월까지 『조선일보』에 「에쓰페란토 지상 강좌」를 무려 115회에 걸쳐 연재하였다. 『개벽』에는 '에스페란토 자습실'이라는 난을 개설하여 연재한 뒤 한국에서 처음으로 에스페란토 입문서인 『에스페란토 단기 강좌』를 간행하기도 하였다. 또한 김억은 월간잡지 『삼천리』에 에스페란토로 쓴 외국문학 작품을 한국어로 번역하여 12회에 걸쳐 게재하였다. 김억은 김동인金東仁의 「감자」를 비롯하여 한국 단편소설 세 편을 에스페란토로 번역하여 발표하기도 하였다. 그런가 하면 김억은 1916년 에스페란토로 직접 「Mia Koro」라는 시를 창작하기도 하였다.

언뜻 보면 에스페란토는 세계문학에서 가장 이상적인 번역어 같지만 실제로는 전혀 그렇지 않다. 에스페란토 같은 인공어로서는 한 문화의 고유한 특성을 제대로 표현할 수 없기 때문이다. 예를 들어 러시아의 무정부주의 시인으로 동아시아에 에스페란토를 전파하는 데 크게 이바지한 바실리 에로센코는 에스페란토로 「인류의 일원Homarano」이라는 시를 썼다.

Ekbruligis mi fajron en kor',

Ĝin estingos nenia perfort';

Ekflamigis mi flamon en brust',

Ĝin ne povos estingi eĉ mort'.

내 마음에 불씨 하나 피웠네,

내 가슴에 불꽃 하나 타오르네,

나 죽어도 꺼지지 않으리.

그 불씨 힘으로는 끄지 못하리.

김안서는 이 두 연聯으로 되어 있는 이 작품을 "나는 가슴에 불길을 피워 놓았습니다. / 그것은 죽은 이라도 끄지 못합니다. (···중략···) / 그 불의 이름은 인류애이며 그 불의 이름은 자유에 대한 사랑입니다"라고 옮겼다.[21] 그러나 문제는 에로셴코의 작품이 특정한 문화권이나 언어권에 속해 있지 않다는 데 있다. 어느 작품이 세계문학이 되기 위해서는 반드시 특정한 문화권이나 언어권에 속해 있어야 한다. 이 점에서 「인류의 일원」은 국적이 불분명한 국제 미아와 같다. 김억은 1922년 잡지 『개벽』에 발표한 글에서 에스페란토 보급과 관련하여 "자기의 언어를 피정복자에게 강징強徵시켜서 그 고유의 정신을 빼앗는 것으로 유일 정책을 삼는 정복자에게 (국제공통어는) 저주의 맹렬한 찬사를 돌린 것"이라고 밝힌다. 김억의 지적대로 일본 제국주의자들은 식

---

21 김억, 「에스페란토 강좌」, 『조선일보』 1924.5.4(http://news.chosun.com/site/data/html_dir/2011/06/26/2011062601056.html).

민지 조선에서 조선어를 사용하지 못하게 함으로써 조선인 '고유의 정신'을 빼앗는 만행을 저질렀다. 그러나 달리 생각해 보면 에로셴코나 김억처럼 에스페란토로 문학 작품을 창작하는 행위도 궁극적으로는 특정한 민족의 '고유한 정신'을 빼앗는 것과 크게 다르지 않다.

에스페란토로 창작하거나 번역한 작품의 한계는 이렇게 한 문화권에 깊이 뿌리를 박은 민족문학과는 달리 구체성이 빠져 있다는 데 있다. 언어는 마치 화폐와 같아서 그것을 사용하는 사람들의 가치라는 손때가 묻어 있게 마련이다. 또한 에스페란토 문학은 바위틈이나 고목의 줄기에 붙어 자라는 풍란風蘭에 빗댈 수 있다. 이름에 걸맞게 이 난초과 식물은 신선이 살 법한 운무가 자욱이 낀 곳에서 바람 속에 있는 습기를 먹고 살아간다. 땅속 깊이 박고 있어야 할 뿌리를 공중에 쳐들고 있는 셈이다. 에스페란토는 어떤 의미에서는 풍란보다는 진공 물체에 빗대는 것이 더 적절할지 모른다. 진공 물체에서는 아예 어떤 유기물도 생명을 유지할 수 없기 때문이다.

더구나 에스페란토로 창작한 작품이나 번역한 작품을 얼마나 많은 독자가 읽는지도 의문으로 남는다. 모르긴 몰라도 아마 에스페란토에 심취해 있던 일부 독자들이 읽을 것이다. 언어 관련 공식적인 통계 자료를 제공하고 있는 '에스놀로그Ethnologue'에 따르면 전 세계에서 5,000만 명 이상이 사용하는 언어는 총 23개에 이른다. 사용자 수로는 중국어가 12억 8,400만 명으로 세계 인구의 16%가량이 사용하는 것으로 나타나 사용자가 가장 많았고 이어서 스페인어, 영어, 아랍어 순이다. 사용국가 수를 기준으로 삼는다면 3억 2,700만 명이 사용하는 영어가 총 106개국으로 가장 많은 나라에서 사용하는 언어다. 그러나 현재

에스페란토 사용자는 전 세계에 걸쳐 줄잡아 200만 명에 이르는 것으로 추산된다. 물론 이는 인공어 중에서는 가장 많은 수치지만, 영어를 비롯한 다른 언어와는 비교도 되지 않을 만큼 아주 적다.

에스페란토가 세계 언어에서 차지하는 위치는 흔히 'Verda Stelo' 또는 'La Espero'로 일컫는 에스페란토의 녹성기綠星旗에서도 엿볼 수 있다. 뉴욕시의 유엔본부 건물 주변의 울타리 안에는 유엔기와 193개 유엔 회원국의 국기들이 영어의 알파벳 순서로 게양되어 있다. 그러나 에스페란토를 상징하는 녹성기는 아무리 눈을 씻고 찾아보아도 찾을 수 없다. 이와 마찬가지로 에스페란토는 세계문학에 진입하기 위한 번역어로 그렇게 적절한 매체가 될 수 없다. 에스페란토로 번역된 작품은 세계문학에서 제대로 대접받지 못한다. 그렇다면 "미래의 세계에는 에쓰페란토어로 인하여 세계문학이 더더 광명과 미를 놋케 될 것"이라고 믿어 의심하지 않는다는 김억의 말은 자칫 공허하게 들릴 수밖에 없다.

세계문학과 문화 번역

세계문학에서 번역이 차지하는 몫이 이렇게 크다면 그동안 사용해 온 번역 방법에 문제는 없는지 다시 한 번 꼼꼼히 따져보아야 한다. 세계문학이 대두되기 이전의 번역과 그 이후의 번역은 그 방법에서 분명히 차이가 있어야 할 것이기 때문이다. 세계문학 시대에 번역은 언어를 중심으로 하는 일반 번역과는 달리 원천 문화를 최대한으로 살리는 방향으로 번역해야 한다. 방금 앞에서 한 언어의 낱말과 다른 언어의 낱말 사이에는 일대일의 상응 관계나 등가성이 존재하지 않는다고 밝혔다. 이렇게 상응 관계나 등가성이 존재하지 않는 것은 문화도 마찬가지다. 실제로 엄밀히 따지고 보면 언어란 문화를 반영한 것과 크게 다르지 않다. 물론 이와는 반대로 언어가 문화를 반영할 뿐 아니라 더 나아가 문화를 결정짓는다고 주장하는 이론가들도 있다.

한 문화와 다른 문화는 단순히 비대칭적이고 불균형적인 관계를 맺을 뿐만 아니라 다분히 계급조직적이고 위계적인 권력 관계를 맺기도 한다. 이러한 계급조직적이고 위계적인 관계는 특히 제1세계 국가의 문화와 제3세계 국가의 문화에서 더욱 두드러지게 나타난다. 물론 이매뉴얼 월러스틴의 세계 체계론의 영향을 받은 프랑스 이론가 파스칼 카자노바나 이탈리아 학자 프랑크 모레티는 '중심'과 '주변'을 지나치게 이항대립적으로 간주하는 측면이 없지 않다. 그러나 문화와 문화 사이에 어떤 식으로든지 차이가 존재하는 것은 부정할 수 없는 사실이다.

이러한 차이를 극복하는 것이야말로 세계문학 시대에 번역이 맡아야 할 몫이다. 세계문학의 나무가 올바로 자라게 하려면 흔히 '문화 번역'으로 알려진 번역 방법이 굳건한 토양 구실을 해야 한다. 세계문학에 대한 본격적인 논의와 문화 번역이 거의 같은 시기에 시작되었다는 것은 조금도 우연한 일이 아니다. 1990년 수전 배스닛과 앙드레 르페브르는 번역 연구에서 '문화의 선회'를 부르짖어 큰 관심을 끌었다. 그들은 종래의 번역 방법에서 벗어나 사회적 배경, 번역에 끼치는 문화 전통의 영향, 번역가의 주관성 등 번역에서 무엇보다도 문화의 역할을 강조하였다. 문화 상대주의에 기반을 둔 문화 번역이란 문화적 차이를 존중하면서 그 차이가 되도록 잘 드러나도록 하는 데 초점을 맞추는 번역 방법을 말한다. 예를 들어 원천 텍스트의 언어적 특징을 비롯하여 의식주와 관련한 문화적 차이, 심지어 사유 방식에도 초점을 맞춘다. 세계문학의 시대에 번역학이나 번역 연구는 언어와 관련한 문제뿐만 아니라 민족과 민족 사이의 문화적 맥락에도 관심을 기울여야 한다.

1796년 7월 독일의 언어학자인 빌헬름 폰 훔볼트는 아우구스트 빌헬름 슐레겔에게 보낸 편지에서 번역가가 겪는 어려움을 솔직하게 고백하였다. 훔볼트에게 번역가는 어쩔 수 없이 실패할 수밖에 없는 운명을 안고 있다.

모든 번역은 나에게 그저 단순히 불가능한 임무를 해결하려는 시도처럼 보일 따름이다. 모든 번역가는 두 방해물 때문에 운명적으로 실패할 수밖에 없다. 즉 번역가는 자기 민족의 취향과 언어를 희생시키면서 원문에 너무 가까이 머물러 있거나, 아니면 원문을 희생시키면서 자기 민족의 독특한 특성에 너무 가까이 밀착되어 있게 될 것이다. 이 둘 사이에 중립을 지킨다는 것은 어려울 뿐만 아니라 한마디로 불가능하다.[22]

훔볼트는 이렇게 번역가가 원천 언어(SL)에 충실하거나 아니면 목표 언어(TL)에 충실하거나 양자택일할 수밖에 없다고 지적한다. 그가 번역을 '불가능한 임무'로 간주하는 것은 이렇게 두 언어 사이에서 중

---

22 Wolfram Wilss, *The Science of Translation. Problems and Methods*, Tübingen: Gunter Narr Verlag, 1982, p.35.

립적 태도를 보일 수 없기 때문이다. 그러면서 훔볼트는 번역가가 자국의 언어, 즉 목표 언어의 독특한 정신을 타국의 언어, 즉 원천 언어가 지닌 독특한 정신의 수준으로까지 끌어올려야 한다고 주장한다. 원천 언어의 작품이 목표 언어에 심각하게 도전이 될 때는 더더욱 그러하다는 것이다.

문화 번역에서는 훔볼트의 이러한 주장을 한 발 더 밀고 나간다. 원천 언어뿐만 아니라 원천 언어가 속한 문화까지 옮기려고 노력한다. 이렇게 자국어를 타국어의 특수성에 맞추려는 번역 태도를 두고 폴 리쾨르는 '내 집에 찾아온 손님'으로 환대하는 것이라고 말한 적이 있다. 예의 바른 주인이라면 자기 집에 찾아온 손님을 마땅히 환대해야 할 것이다. 이와는 조금 다른 맥락에서지만 중국계 미국인 학자 리디어 H. 류는 『통어적 실천』(1995)이라는 책에서 원천 텍스트(ST)와 목표 텍스트(TT)의 관계를 설명하면서 '손님'과 '주인'이라는 용어를 사용한 적이 있다.

물론 원천 문화를 옮긴다는 것이 생각처럼 그렇게 쉬운 일은 아니다. 스코틀랜드의 언어학자 존 C. 캣퍼드는 문화 번역의 불가능성을 지적한 대표적인 학자다. 『번역의 언어 이론』(1965)에서 그는 "문화 번역은 원천 언어의 텍스트에는 기능적으로 적절한 상황적 특징이 목표 언어가 속해 있는 문화에서는 전혀 찾아볼 수 없을 때는 불가능하다"[23]고 말한다. 그러면서 캣퍼드는 제도, 옷, 음식, 그리고 추상적 개념 등을 이러한 '상황적 특징'의 구체적인 실례로 든다. 문화 양식에

---

[23] J. C. Catford, *A Linguistic Theory of Translation*, London: Oxford University Press, 1965, p.99.

는 그 집단의 주거방식, 음식 문화, 의복 양식, 친족 관계 등과 같이 유형 또는 무형의 양식이 존재하게 마련이다. 이러한 문화 양식은 새로운 문화 양식으로 쉽게 대체할 수 없다. 적어도 이러한 면에서 보면 언어는 한 집단의 문화 양식을 가장 오랫동안 간직하고 있는 보물창고와 같다.

지금은 조금 빛이 바랬지만 미국의 언어학자 에드워드 서피어와 그의 제자 벤저민 워프가 주창한 언어 결정론은 문화 번역에 도움을 줄 수 있다. 서피어는 인간이 언어가 노출하고 분절시켜 놓은 세계를 보고 듣고 경험한다고 주장하였다. 그의 뒤를 이어 워프는 언어가 인간의 행동과 사고 양식을 결정한다고 지적하였다. 한마디로 두 이론가는 언어가 다르면 생각이 다르고, 생각이 다르면 문화가 다르다고 말한다. 만약 문화가 다르다면 세계를 바라보는 방법이나 태도도 다를 수밖에 없을 것이다.

예를 들어 아메리카 대륙에 오랫동안 살아온 호피족의 언어에서는 시제의 개념이 없다. 그들은 서구인들처럼 시간을 선형적으로 파악하지 않고 전통적인 동아시아인들처럼 순환적으로 파악하기 때문이다. 뉴기니 동부의 키르위나어에는 영어 'and'와 'but'에 해당하는 접속사 어휘가 아예 없다. 이러한 접속어나 연결어가 없다는 것은 그들이 어떤 인과관계에 따라 복잡하게 사고하지 않는다는 것을 뜻한다. 그런가 하면 '까먹다', '잊어먹다', '마음먹다', '겁먹다', '골탕 먹다', '나이 먹다', '등쳐먹다', '빼먹다'처럼 한국인들이 '먹다'라는 말을 유난히 자주 사용한다는 것은 그만큼 한국 문화에서 식생활이 중요했다는 의미다. 친구나 지인을 만나면 식사를 했느냐고 먼저 인사를 건네는 것도 중국을 제외하고는 다른 문화권에서는 좀처럼 볼 수 없는 현상이다.

비록 이 점을 염두에 두더라도 뛰어난 문화 번역가라면 원천 문화 (SC)를 목표 문화(TC)에 상응시키려고 노력하는 대신 가능하면 원천 문화를 목표 독자에게 그대로 전달해 주려고 노력해야 한다. 구약성경 「신명기」에는 "너를 낮추시며 너를 주리게 하시며 또 너도 알지 못하며 네 조상들도 알지 못하던 만나를 네게 먹이신 것은 사람이 떡으로만 사는 것이 아니요 여호와의 입에서 나오는 모든 말씀으로 사는 줄을 네가 알게 하려 하심이니라"(8장 2절)라는 구절이 나온다. 『개역 개정 성경』이나 『개역한글 성경』 모두 영어로 'bread'로 되어 있는 낱말을 '떡'으로 번역하였다.

한편 『현대인의 성경』에서는 "여호와께서 여러분을 낮추시고 굶주리게 하시며 여러분과 여러분의 조상들이 전에 먹어 보지 못한 만나를 주어 먹게 하신 것은 사람이 빵으로만 살 것이 아니라 하나님의 모든 말씀으로 살아야 한다는 것을 여러분에게 가르치기 위해서였습니다"라고 번역하였다. 일본어 성경에도 "人は パン だけで 生きるのではなく"라고 하여 역시 '빵'으로 번역되어 있다.

그러나 적어도 종래의 번역 이론에서 본다면 '떡'이나 '빵'보다는 '밥'으로 번역해야 할 마땅하다. 식생활이 서구화되면서 지금은 사정이 조금 달라졌지만 한국에서 '빵'은 주식이라기보다는 간식에 가깝고 이 점에서는 '떡'도 마찬가지다. 더구나 한국인 중에는 밀가루에 글루텐이라는 성분이 들어 있다는 이유로 빵을 싫어하는 사람도 적지 않고, 소화가 잘 안 된다고 떡을 먹기 싫어하는 사람도 적지 않다. 그러므로 '떡'이나 '빵'으로서는 모세가 죽기 전 이스라엘 사람들에게 전하는 야훼의 가르침을 충분히 전달할 수 없다. 목표 문화에 맞게 번역한다면 '빵'이나 '떡'보다는 '밥'으로 번역하는 것이 좋을 것이다. 아니면 주기도문에서 'daily bread'를 '일용할 양식'으로 번역한 것처럼 그냥 '양식'으로 번역하는 쪽이 타당하다.[24]

'떡'이냐 '빵'이냐 아니면 '밥'이냐를 둘러싼 문제는 신약성경에서도 마찬가지로 엿볼 수 있다. 만나와 더불어 성경에서 언급하는 기적 중에서 흔히 최고의 기적으로 흔히 꼽히는 오병이어五餠二魚의 기적이 바로 그것이다. 4복음서 모두에서 언급되는 사실만 보아도 신약성경에서 이 기적이 얼마나 중요한 몫을 차지하는지 알 수 있다. '오병이어'는 말 그대로 떡 다섯 개와 생선 두 마리를 가리킨다. 실제로 '餠'은 빵이 아니라 떡을 뜻하는 것이다. 그러나 중국에서 포르투칼어 '빵 pao'을 중국어로 번역하면서 그대로 음을 빌려 '빵餠'이라고 표기하였다. 그 중국어 번역어가 선교사를 통하여 한반도에 수입되면서 그대로 '병'이라는 말을 사용하였다. 당시 한국인들에게는 '빵'보다는 '떡'이 더 친숙한 표현이었기 때문이다. 개신교와는 달리 가톨릭교회에서는 '오병이어의 기적'이라는 용어를 쓰지 않고 '빵 다섯 개와 물고기 두 마리의 기적' 또는 '오천 명을 먹이신 기적'으로 풀어서 말한다.

그러나 세계문학과 관련하여 이제 '문화적 선회'는 재평가 받아야 한다. 세계문학이 중요한 담론으로 자리 잡은 지금 방향을 다시 틀어서 '문화적 재선회再旋回' 또는 '세계문학의 선회'를 말해야 할 시점에 이르렀다. 영어 'bread'를 과연 '빵'이나 '떡' 대신 '밥'으로 옮기는 것

---

24 김욱동, 『번역인가 반역인가』, 문학수첩, 2007, 27~36면 참고

이 타당한지 좀 더 꼼꼼히 따져보아야 한다. 이와 마찬가지로 한국어 작품에서 사용하는 '떡'을 과연 영어 'bread'나 독일어 'Brot'나 프랑스어 'pain'로 옮기는 것이 좋은지도 다시 한 번 찬찬히 살펴보아야 한다. 번역서를 읽는 목표 독자를 지나치게 의식하여 목표 문화에 맞게 옮기는 것은 이제 그렇게 바람직하다고 볼 수 없다. 세계문학 시대에는 비록 낯설고 이질적이라고 하여도 원천 문화의 고유한 특성을 되도록 살려 내어 번역하는 작업이 훨씬 더 바람직할 것이다.

이번에는 한국 작품을 영어로 번역한 작품에서 구체적인 실례를 들어보기로 하자. 이문열李文烈의 『시인』(1991)은 흔히 '김삿갓'으로 널리 알려진 김병언金炳淵의 파란만장한 삶을 소재로 삼은 작품이다. 이문열은 이 작품을 정점으로 소설가로서 내리막길을 걸어간다. 이 소설의 주인공이요 화자는 아버지가 가문에 내린 재앙을 피하려고 두 아들을 시골로 보내는 장면을 이렇게 회고한다.

애써 억눌러도 치솟는 눈물을 **옷고름**으로 찍어내고 있는 어머니를 힐끗 쏘아본 아버지가 다시 수만이를 향했다. 그는 아버지가 그때 한 말도 뒷날까지 대강은 기억했다.

테제 공동체 수사 앤터니 티그와 정종화鄭鍾和가 『시인』을 공역하여 영국에서 출간하여 외국에서 그런대로 관심을 받았다. 이 영어 번역은 한국문학을 영어 문화권에 소개하는 데 크게 이바지하였다. 위 인용문을 두 번역가는 이렇게 번역하였다.

The father shot a glance at their mother. Despite all her efforts to restrain them, tears were ripping down on to the **ribbons on the front of her dress**; then once again he addressed Su-man. The main substance of his father's words also remained in his memory until the very end of his life.[25]

홈잡을 데 없이 훌륭한 번역이지만 티 없는 옥이 없다고, 강조한 부분이 목에 가시처럼 걸린다. 두 번역가는 '옷고름'이라는 표현을 "ribbons on the front of her dress"로 옮겼다. 그러나 넓게는 한국 문화, 좁게는 조선 시대의 문화를 아는 사람 중에 이 영어 표현에서 한복의 '옷고름'을 떠올릴 사람은 거의 없을 듯하다. 모르긴 몰라도 아마 서양의 드레스 앞자락에 장식으로 달아 놓은 리본을 떠올릴 것이다. 'ribbons'보다는 'coat strings'나 'breast ties'로 옮기는 쪽이 더 좋다. 문화 번역 방법으로 '옷고름'을 영어로 옮긴다면 "breast ties on her jeogori" 또는 "coat stings on her hanbok"이 될 것이다. 또한 '저고리'도 한국 문화를 영어 문화권 독자들에게 전달하기 위해서는 'dress'보다는 'jeogori'라는 한국어를 사용하는 것이 좋을 것 같다. 일본어에서도 그냥 'チョゴリ'라고 사용한다. 아니면 'hanbok'이라는 한국어를 사용하여도 좋다. 목표 독자가 제대로 이해하지 못할 염려가 있으면 각주나 내주 또는 미주에서 설명해 주면 된다.[26]

---

25 Yi mun-yol, trans. Chong-wha Chung · Brother Anthony Teauge, *The Poet*, London: Harvill Pres, 1995, p.6.

26 이 점에 관해서는 김욱동, 『오역의 문화』, 소명출판, 2014, 170~173면; Wook-Dong Kim, *Translations in Korea: Theory and Practice*, London: Palgrave Macmillan, 2019, pp.111

문화 번역 방법과 정반대 쪽에 있는 방법이 바로 '문화 이식' 번역 방법이다. 얼핏 보면 영어 'transplantation'은 'translation'과 비슷해 보이지만 그 뜻은 전혀 다르다. 한 토양에서 자라는 식물을 다른 토양에 옮겨놓는 것이 이식이라면, 문화 이식은 원천 문화를 목표 문화에 걸맞게 변형하여 옮겨놓은 번역 방식을 말한다. 그러므로 문화 이식 방법은 '번역'보다는 차라리 '번안'에 가깝다. 소설 장르에서 주로 볼 수 있는 번안은 외국 작품에서 내용이나 줄거리를 따오되 작중인물의 이름, 제목, 풍속, 지명 등을 목표 문화에 걸맞게 고쳐서 번역하는 방법을 말한다.

예를 들어 1898년 이해조李海朝가 펴낸 『철세계鐵世界』는 한국 최초의 번안소설로 꼽힌다. 시기적으로 신소설을 앞서는 이 작품은 프랑스 작가 쥘 베른의 『인도 왕비의 유산』(1879)을 번안한 것으로 과학의 놀라운 발전과 함께 근대문명의 이점을 계몽하는 소설이다. 박은식朴殷植이 『매일신보』에 연재했다가 1907년 단행본으로 출간한 『서사 건국지瑞士建國誌』는 프리드리히 실러의 원작 희곡 『빌헬름 텔』(1804)을 중국의 번역가 정철관鄭哲寬이 개작한 것을 대본으로 삼아 한국어로 번안한 작품이다. 한편 '이수일과 심순애'로 잘 알려진 『장한몽長恨夢』은 1913년 조중환趙重桓이 『매일신보』에 연재했다가 같은 해 출간한 번안 소설로 일본 작가 오자키 고요尾崎紅葉의 『곤지키야샤金色夜叉』(1898~1903)를 번안한 작품이다. 그러나 세계문학 시대의 번역은 이러한 번안을 되도록 멀리해야 한다.

~113.

세계문학과 베누티의 '불가시성' 번역

세계문학 시대의 문화 번역과 관련하여 로런스 베누티의 '불가시성' 이론은 무엇보다도 눈길을 끈다. 그는 『번역가의 불가시성』(1995, 2008)에서 '자국화 번역'을 부르짖는다. 자국화 번역이란 원천 텍스트의 낯선 특징을 제거하고 목표 문화권의 독자가 이해하기 쉽도록 투명하고 유창하게 번역하는 전략을 말한다. 여기서 베누티가 '불가시성'이라고 말하는 까닭은 이러한 번역 전략에서는 번역가의 모습이 좀처럼 독자의 눈에 '보이지 않기' 때문이다. 번역가의 모습이 보이지 않는다는 것은 곧 원천 텍스트가 아예 처음부터 목표 언어로 쓰인 것처럼 자연스럽게 읽힌다는 뜻이다.

이 점과 관련하여 베누티는 "번역 작품이 유창하면 유창할수록 번역가는 더욱더 눈에 띄지 않으며, 아마도 낯선 텍스트의 저자나 의미가 더욱더 눈에 띌 것이다"[27]라고 말한다. 베누티에 따르면 이러한 자국화 번역 전략은 어느 문화권보다도 특히 영미 문화권에서 쉽게 볼 수 있다. 영미 문화권에 속한 번역가들은 흔히 자신들이 세계에서 가장 앞서가는 문화의 선도자들일 뿐만 아니라 문화의 표준이라고 착각한다. 그래서 그들은 자신들에게 필요하다고 판단하는 것만 받아들이고 나머지는 좀처럼 받아들이려고 하지 않는다. 그래서 영미 번역가들은 필요 없다고 생각되는 부분은 과감하게 생략하는 한편, 필요하다고 생각되는 부분은 원문 텍스트에는 없는 부분을 보충하여 번역하

---

27 Lawrence Venuti, *The Translator's Invisibility: A History of Translation*(2nd ed), London: Routledge, 2008, p.1.

기도 한다. 그들에게 원천 텍스트를 있는 그대로 번역하는 것은 그렇게 중요하지 않다.

한편 자국화 번역과는 달리 '이국화 번역'에서는 비록 원천 텍스트가 비록 낯설다고 하더라도 그 언어적 이질성과 문화적 생소함을 존중하면서 그것을 될수록 고스란히 드러내려고 애쓴다. 이 번역 전략에서는 이국적인 것을 감추고 유창하게 번역하는 대신 오히려 낯선 것을 있는 그대로 보여주려고 한다. 비유적으로 말하자면 사진을 보정하지 않고 투박하면 투박한 대로 있는 그대로 보여주는 것과 같다. 이 경우 번역자의 존재는 어쩔 수 없이 가시적으로 드러나게 마련이다. 그렇게 함으로써 번역가는 독자들이 자신이 읽고 있는 책이 다른 문화권에 속한 작가가 다른 언어로 창작한 작품이라는 사실을 끊임없이 깨닫도록 해준다.

적어도 이 점에서는 벨기에 태생의 미국 번역 이론가 앙드레 르페브르도 베누티와 크게 다르지 않다. 이른바 '동화同化 이론'에 반대하는 르페브르는 번역가가 원천 문화를 직접 옮기는 것이 무엇보다도 필요하다고 역설한다. 중국 당시唐詩를 한 예로 들면서 르페브르는 만약 번역자가 이제 더 그 시가 이미지즘적인 무운시無韻詩인 것처럼 옮기지 않는다면 우리는 당시를 있는 그대로 이해할 수 있을 것이라고 지적한다. 만약 그러한 번역이 독자들에게 낯설게 느껴진다면 번역자는 서문이나 해설의 형식을 빌려 그 시의 실체를 설명해 주면 된다는 것이다. 르페브르는 "우리는 흔히 '상상력'이라고 부르지만 실제로는 '제국주의'라는 말이 더 잘 어울릴 장애물을 건너뛰는 법을 배워야 한다"[28]고 밝힌다. 여기서 르페브르가 이미지즘을 언급하는 것은 에즈러 파운드가 당나라 때의 시인 이백李白의 작품을 영어로 번역했기 때문이다.

베누티의 자국화 번역과 르페브르의 이국화 번역은 독일의 신학자 프리드리히 슐라이어마허에게서 그 역사적 계보를 찾을 수 있다. 슐라이어마허가 이 문제를 두고 깊이 고민한 것은 번역가로서 몸소 겪은 경험 때문이었다. 또한 그는 이 번역 문제를 성서 해석학을 전개하는 과정에서 정립하였다. 슐라이어마허는 1813년 쓴 「서로 다른 번역 방법에 관하여」라는 논문에서 번역가에게는 오직 두 가지 길이 열려 있을 뿐이며 이 가운데에서 오직 어느 한 가지만을 선택해야 한다고 지적한다.

번역가는 될 수 있는 대로 저자를 제자리에 두고 독자를 저자에게 접근시키던가, 아니면 될 수 있는 대로 독자를 제자리에 두고 저자를 독자에게 접근시킨다. 이 두 가지 방법은 서로 완전히 다르므로 그중 한 가지를 엄격하게 따라야 한다. 이 두 가지 방법을 혼합하면 아주 신뢰할 수 없는 결과가 초래되기 때문이다. 그렇게 되면 저자와 독자는 결코 서로 만나지 못하게 될 가능성이 크다.[29]

목표 텍스트의 독자를 저자에게 접근시키는 첫 번째 방법이 원천 텍스트 지향적인 방법이라면, 원천 텍스트의 저자를 목표 텍스트의

---

28 André Lefevere, "Composing the Other", eds. Susan Bassnett · Harish Trivedi, *Postcolonial Translation: Theory and Practice*, London: Routledge, 1999, p.78.

29 Friedrich Schleiermacher, "On the Different Methods of Translating", eds. Rainer Schulte · John Biguenet, *Theories of Translation: An Anthology of Essays from Dryden to Derrida*, Chicago: University of Chicago Press, 1992, p.42.

독자에게 접근시키는 두 번째 방법은 목표 텍스트 지향적이라고 할 수 있다. 슐라이어마허는 이 두 가지 번역 방법 중에서 첫 번째 방법을 선호하였다. 그의 관점에서 보면 훌륭한 번역가라면 이 두 가지 중에서 이국화의 길을 걷지 않으면 안 된다. 만약 두 번째 자국화의 길을 걷게 되면 그의 말대로 저자와 독자가 서로 만나지 못하는 불행한 사태가 일어날 수도 있기 때문이다. 슐라이어마허는 "저자가 처음부터 목표 언어로 글을 쓴 것처럼 번역하려는 것은 성취할 수 없는 목표일 뿐 아니라 그 자체로서도 무익하고 공허하다"[30]고 잘라 말한다.

그러면서 슐라이어마허는 이러한 이국화의 번역 방법을 외래종 식물을 자국의 땅에 이식하는 것에 빗댄다. 자국의 토양은 외래종 식물을 이식하면 척박하게 되기는커녕 오히려 더욱 비옥해지기 때문이다. 슐라이어마허는 '이국화'니 '자국화'니 하는 용어를 사용하지는 않지만, 그가 말하는 전자의 번역 방법은 베누티의 이국화 번역 전략과 비슷하고, 그가 말하는 후자의 번역 방법은 자국화 번역 전략과 아주 비슷하다.

베누티가 주장하는 번역 방법이나 전략은 두말할 나위 없이 원천 텍스트의 언어와 문화의 이질성을 강조하고 존중하는 이국화 번역이다. 그에게 자국화 번역은 권력 지향적이고 더 나아가 폭력적이고 비윤리적인 방법이다. 베누티는 번역가들에게 될수록 자국화 번역을 지양하고 이국화 번역을 실천할 것을 촉구한다. 그가 이렇게 주장하는데는 그럴 만한 까닭이 있다. 베누티는 모든 문화에는 절대적으로 우

30　Schleiermacher, "On the Different Methods of Translating", p.50.

월하거나 열등한 문화란 없으며 하나같이 그 나름대로 고유한 가치를
지닌다는 문화 상대주의를 믿는다.

지배적이건 종속적이건, 식민지 종주국이건 피식민지 국가건 어떠한
문화도 자기비판을 받지 않아도 된다고 생각해서는 안 된다. 이국화 번역
같은 실천으로 그 한계를 실험하지 않는다면 한 문화는 배타적이거나 자
기도취적인 만족에 빠질 수 있으며, 민족주의와 근본주의 같은 이데올로
기가 자라는 비옥한 토양이 될 수 있다. 민족주의와 근본주의는 확실히
반식민주의 같은 해방 계획의 동력이 될지 모르지만 — 일단 자립성을 얻
고 나면 — 또 다른 형태의 억압으로 굳어질지도 모른다.[31]

문화는 흐르는 물과 다르기에 어느 한 방향으로만 흐르지 않고 쌍
방으로 흐른다. 차라리 문화는 바람과 같아서 기류에 따라 그 방향을
바꿀 때가 많다. 세계에 흩어져 있는 모든 문화를 한 방향으로 자신의
문화에 수렴시키려고 한다면 그것은 축복이 아니라 오히려 저주가 될
것이다. 위 인용문에서 베누티가 '나르키소스적', 즉 '자기도취적'이
라는 말을 사용하는 것은 우연한 일이 아니다. 그리스 신화에 따르면
강의 요정 리리오페는 케피소스강의 홍수에 휘말린 뒤 나르키소스를
낳는다. 그녀는 유명한 예언자 테이레시아스를 불러 아들의 운명을
물어본다. 테이레시아스는 나르키소스가 자신의 얼굴만 보지 않으면
오래 살 수 있다고 예언한다. 그러나 나르키소스는 호수에 비친 자신

---

31 Lawrence Venuti, *The Translator's Invisibility: A History of Translation*(2nd ed), London:
   Routledge, 2008, p.20.

의 모습을 보고 사랑에 빠지며 그 후 호수에 비친 자신의 모습만을 그리다가 그대로 빠져 죽는다. 이렇듯 한 문화가 자신의 문화만이 우월하다는 자만심에 빠진다면 나르키소스처럼 세계화의 호수에 그만 익사하고 말지도 모른다.

제1세계의 번역가들이 제3세계 작가가 쓴 문학 작품을 번역하면서 행사하는 폭력은 생각보다 훨씬 심각하다. 그들은 유창성, 투명성, 가독성이라는 그럴듯한 이름으로 의도적으로 원천 텍스트에 간섭하여 이질성을 은폐하기 일쑤다. 물론 목표 텍스트의 독자들은 원천 텍스트를 일일이 대조해 보지 않고서는 그들이 읽는 작품이 그러한 간섭과 은폐의 산물이라는 사실을 좀처럼 알 길이 없다. 원천 텍스트를 읽을 수 있는 독자들이라면 아예 처음부터 번역서를 읽지 않을 것이기 때문이다.

로런스 베누티가 말하는 '불가시적' 번역은 문화의 다양성을 사장死藏하는 대신 문화의 획일성을 조장한다는 점에서 마땅히 경계해야 한다. 베누티는 '차이의 윤리학을 위하여'라는 부제를 붙인 또 다른 저서 『번역의 추문』(1998)에서도 자국화 번역 방법의 가장 큰 추문이 "외국 문화의 재현하는 데 엄청난 권력을 행사함으로써 '문화적 정체성 형성'에 부정적인 영향을 끼친다는 데 있다"[32]고 못 박아 말한다. 자문화自文化 중심주의에서 출발한 문화 제국주의는 이제 단순히 자문화를 우월하게 간주하는 수준을 넘어 다른 문화를 간섭하는 단계에 이르렀다. 문화를 상품으로 판매하는 세계화 시대에 문화 제국주의는 이렇게 다

---

32 Lawrence Venuti, *The Scandal of Translation: Towards an Ethics of Difference*, London: Routledge, 1998, p.67.

시 힘을 얻기 시작하였다. 불가시적 번역은 새로운 문화 제국주의의 한 형태로 가히 '번역 제국주의'의 산물이라고 하여도 크게 틀리지 않을 것이다.

앞에서 에밀리 앱터와 가야트리 스피박을 언급했지만 그들이 세계문학의 개념에 적잖이 의구심을 품는 것은 이러한 번역 태도와 절대로 무관하지 않다. 제1세계 번역가들은 거의 하나같이 다른 문화권의 문학 작품을 자신의 의도에 걸맞게 마음대로 줄이고 늘이고 하기 때문이다. 이 점에서 제1세계 번역가들은 그리스 신화에 나오는 프로크루스테스와 비슷하다. 아테네 교외의 언덕에 집을 짓고 여관을 경영하면서 강도질을 일삼던 그는 행인을 붙잡아 자신의 침대에 누이고는 행인의 키가 침대보다 크면 그만큼 잘라내고 행인의 키가 침대보다 작으면 억지로 침대 길이에 맞추어 늘인다. 프로크루스테스가 자신의 여관에 투숙한 손님들의 다리를 늘어뜨리거나 잘라서 죽이듯이, 제1세계 번역가들도 다른 나라의 문학 작품을 자신의 목적과 의도에 맞게 임의로 옮김으로써 궁극적으로는 다른 문화권의 문학을 '죽이는' 결과를 초래해 왔다.

자국화 번역에 맞서 이국화 번역을 극단적으로 밀고 나간 번역 방법이 브라질의 아롤도 데캄포스와 아우구스토 데캄포스 형제가 시도한 '안트로포파고스Anthropophagous'다. 시인 오스발드 데안드라데가 1928년 발표한 「안트로포파고스 선언」에서 영향을 받은 두 사람은 독특한 번역 이론을 부르짖어 큰 관심을 끌었다. '안트로포파고스'란 인간의 살을 파먹고 사는 식인 나방을 가리킨다. 데캄포스는 번역가도 식인 나방처럼 유럽의 원천 텍스트를 '잡아먹음'으로써 전혀 새로운 텍스트를 만들어내야 한다고 지적한다. 번역 이론가 수전 배스닛은 데캄포스 형제에 이어 캐나다의 페미니스트 번역가들에게서도 이와 비슷한 번역 전략을 찾는다. 배스닛에 따르면 브라질과 캐나다의 번역가들은 "번역가의 역할을 세상에 널리 알리는 데, 옛날의 가부장적/유럽의 계급 질서를 재구성하려는 위반 행위를 통하여 번역가를 가시적으로 보이도록 만드는 데 목적을 둔다"[33]고 밝힌다.

이렇듯 자국화 번역 전략은 자칫 세계문학에 치명적인 결과를 낳을 수 있다. 세계문학은 지구촌에 흩어져 있는 모든 문학 작품이 그 나름대로 가치가 있다는 문학 상대주의나 문화 상대주의에 기반을 둔다. 그런데 한 문화가 자신의 문화를 표준으로 삼아 다른 문화권의 문학을 평가하고 재단한다면 세계문학은 한낱 빛 좋은 개살구에 지나지 않는다. 세계문학이라는 그럴듯한 이름으로 문화적 우월주의, 심지어 문화적 패권주의를 포장하기 때문이다. 진정한 의미의 세계문학은 가치중립적인 관점에서 비록 아무리 이질적이고 낯설다고 하여도 다른 문화의 존재를 인정하고 이해하려고 노력하려는 문학 담론이다.

베누티의 불가시성 번역과 관련하여 여기서 잠깐 페르난도 오르티스가 말하는 '통문화화transculturación' 또는 '횡단문화화'의 개념을 살펴볼 필요가 있다. 기능주의 인류학에서 출발한 오르티스는 『담배와 설탕의 쿠바적 대비』(1940)에서 하위문화가 상위문화에 적응한다는 종래의 문화변용의 시각을 단호히 거부한다. 그에게 문화란 한 문화가 다른 문화에 일방적으로 영향을 주는 과정이 아니라 어디까지나 서로

---

33 Susan Bassnett, *Comparative Literature: A Critical Introduction*, Oxford: Blackwell, 1993, p.157.

주고받는 과정이며 이러한 과정에서 잡종화와 뒤섞임 현상이 일어날 수밖에 없다. 오르티스에 따르면 통문화화에서는 두 문화 또는 그 이상의 여러 문화가 끊임없이 서로 영향을 주고받아 제3의 새로운 문화를 탄생시키게 마련이다. 그러므로 세계문학과 관련한 번역은 오르티스가 말하는 '통문화화'와 깊이 연관될 수밖에 없다.

신경숙의 『엄마를 부탁해』와 영어 번역

앞에서 로런스 베누티가 말하는 불가시적인 자국화 번역을 어느 문화권보다도 영미 문화권의 번역가들에게서 가장 뚜렷하게 엿볼 수 있다고 이미 밝혔다. 그도 그럴 것이 영미 문화권은 자신의 문화가 세계에서 가장 우수한 문화이므로 전 세계 문화를 선도해야 한다는 나르시시즘에 빠져 있기 때문이다. 그러나 이러한 태도는 어디까지나 정치 패권주의나 군사력에 기반을 둔 지적 또는 문화적 오만에서 비롯한 것일 뿐이다. 더러 예외가 없는 것은 아니지만 영미 번역가들의 대부분은 다른 문화를 '문화적 타자他者'로 간주한다는 점에서 안으로는 외국 혐오적인 태도, 밖으로는 제국주의적인 태도를 여실히 보여준다.

신경숙의 『엄마를 부탁해』(2008)의 영어 번역은 영미 문화권에서 이루어지는 자국화 번역 전략이 과연 어떠한지 가늠해 볼 수 있는 시금석과 같다. 이 작품은 원작 소설이 한국에서 출간된 지 5년 뒤 2011년 미국의 원어민 번역가 김지영이 번역하여 *Please Look After Mom*이라는 제목으로 출간되었다. 김지영은 미국에서 태어나고 자라나 미국에서 교육을 받은 한국계 미국인 여성으로 그동안 변호사와 번역가로 활동해 왔다. 그동안 한국 정부의 번역기금을 받아 이동하李東河의『장난감 도시』(1982), 조경란趙京蘭의『혀』(2007), 김영하金英夏의『나는 나를 파괴할 권리가 있다』(1996)와『빛의 제국』(2009) 등을 영어로 번역하였다. 특히『엄마를 부탁해』는 미국의 유수 출판 그룹인 랜덤하우스의 자회사 앨프리드 A. 놉스에서 양장본으로 출간한 뒤 이듬해 역시 랜덤하우스의 자회사인 빈티지북스에서 반양장본으로 재출간하였다. 한국 소설이 이렇게 미국의 유명 출판사에서 출간된다는 것은 아주 이례적으로 영어 번역의 질을 떠나 출간 그 자체로도 높이 평가할 만하다.

『엄마를 부탁해』의 영어 번역본이 출간되자마자 미국 매스컴에서는 찬사가 쏟아져 나왔다.『뉴욕 타임스』같은 주요 일간신문을 비롯하여『엘』이나『미즈』같은 유수 여성 잡지들이 호의적인 반응을 보였다. 그중에서도 세계문학이나 번역과 관련하여『월스트리트 저널』에 기고한 파이코 아이여의서평이 무엇보다도 가장 눈길을 끈다.

> 이 작품은 여러 계절을 두고 내가 읽어 온 번역 소설 중에서 가장 감동적이고 가끔 놀라움을 주는 뛰어난 소설이다. (…중략…) 한 문장 한 문장이 세부 묘사로 충만해 있다. (…중략…) 이 작품은 회한과 때늦은 지혜를 참을 수 없을 정도로 감동적인 스토리로 전한다. 세계화가 — 인간적 차원의 세계화 말이다 — 어떻게 우리의 영혼을 해체하여 그것들이 어느 곳으로 고개를 돌려야 할지 단정할 수 없게 만든다.[34]

위 인용문에서 무엇보다도 눈길을 끄는 것은 '세계화'라는 낱말이다. 아이여가 '글로벌리즘globalism'이라는 말을 사용한 것을 '세계화'라고 옮겼을 뿐 의미에서는 크게 다르지 않다. 아이여는 세계화를 말하되 '인간적 차원의' 세계화를 언급한다. 세계화는 시공간적으로는 세계를 지구촌처럼 한 마을 공동체로 묶었지만, 적어도 인간관계는 예전처럼 여전히 고립되어 있거나 오히려 전보다도 훨씬 더 고립되어 있다고 지적한다. 아이여가 이렇게 말하는 것은 아마 '엄마' 박소녀의 실종 사건에서 어떤 상징적 의미를 찾기 때문일 것이다.

그러나 『엄마를 부탁해』의 영어 번역본은 세계화 시대의 번역 전략에는 그렇게 썩 잘 들어맞지 않는다. 불가시적인 자국어 번역 전략을 사용한다는 점에서 오히려 세계화의 흐름에 역행하고 있다. 그러고 보니 "원어민 번역가 김지영이 솜씨 있게deftly 번역했다"는 『더 글로브 앤 메일』의 지적, "번역가 김지영이 흠잡을 데 없이 자연스럽게flawlessly smooth 번역했다"는 『더 타임스』의 지적, 또는 "번역가 김지영이 우아하게gracefully 번역했다"는 『북페이지』의 지적은 자못 공허하게 들린다. 서평자들이 사용하는 형용사나 부사는 하나같이 베누티가 말하는 불가시적 자국어 번역의 결과를 지적하는 말이다. 한마디로 김지영의 번역이 영미 문화권 독자들에게는 이렇다 할 이질감 없이 자연스럽고 매끄럽게 읽힌다는 뜻이다.

김지영의 『엄마를 부탁해』 번역이 이렇게 자연스럽고 매끄럽게 읽히는 데는 그럴 만한 까닭이 있다. 영미 문화권 독자들에게 낯선 한국

---

34 Pico Iyer, "Lost in a World without Roots", *Wall Street Journal*, May 28 2011, https://www.wsj.com/articles/SB10001424052748703730804576319130980329832.

어에 고유한 표현이나 문화를 축소하거나 친근한 표현으로 바꾸거나 심지어 아예 삭제하고 번역했기 때문이다. 예를 들어 김지영은 '새참'을 'snack'으로, '몸뻬바지'를 'pants'로, '고무신'을 'rubber shoes'로, '마루'를 'porch'로, '토방'을 'wall'로, '추석'을 'Full Moon Harvest'로, '메주'를 'fermented bean paste'나 'fermented soybean cakes'로 옮겼다. 에필로그를 포함하여 작품 전체에서 무려 여섯 번 언급하는 '아궁이'는 'old-fashioned kitchen fireplace'나 'furnace'로 번역하였다.

위에 예로 든 한국어 토박이말 중에서 두서너 개만 살펴보도록 하자. 18세기 풍속 화가인 단원檀園 김홍도金弘道의 풍속도에서 엿볼 수 있듯이 육체노동이 심한 농번기의 농부들은 하루 세끼의 식사 말고도 간단하게 식사를 한두 번 더하게 된다. 아침 식사와 점심 식사 사이에 한 번 하고, 점심 식사와 저녁 식사 사이에 다시 한 번 하는 것이 보통이다. 식사와 식사 사이에 한다고 하여 '사이참'이라고 하는데 줄여서 그냥 '새참'이라고 한다. 영어 'snack'은 식사와 식사 시간에 먹는다는 의미보다는 햄버거 같은 패스트푸드처럼 급한 대로 간단히 먹을 수 있는 식사나 간식이라는 뜻이 강하다. 한편 '새참'은 글자 그대로 'a light meal between regular meals'라는 뜻으로 식사 '사이'라는 뜻에 무게를 싣는다.

'새참'의 번역보다 심각한 것이 '몸뻬바지'의 번역이다. 이 말은 두 말할 나위 없이 일제 식민주의가 남긴 언어적 유산 중 하나다. 일본어로는 '몬페もんぺ'라고 하는 이 말은 한국어에 들어와서는 발음하기 쉽도록 '몸뻬'로 통용되었다. 그러니까 신경숙은 '몸뻬'나 '몸뻬바지'라고 해야 할 것을 '몸뻬바지'라고 표기한 것이다. 몸뻬 / 몸뻬바지는 본

디 일본 동북지방의 여성들이 즐겨 입던 작업복이었다. 일본 제국주의가 태평양 전쟁 막바지를 향하여 치달으면서 조선총독부에서는 한국 여성들에게 일본식 바지를 입도록 강요하였다. 두말할 나위 없이 여성의 활동성을 높여 노동을 효율적으로 착취하기 위한 수단이었다.

그러나 예로부터 한복을 즐겨 입던 한국 여성들에게 이러한 강요는 창씨개명 못지않게 수치스러웠으므로 이를 완강히 거부하였다. 그러자 일제는 1939년 '국민생활기준'을 발표하여 부인 표준복에 몸뻬 / 몸뻬바지 착용을 의무화하였다. 더 나아가 1944년부터는 이 바지를 입지 않으면 아예 공공장소와 상점, 극장에 출입할 수 없도록 하였으며, 버스나 전차 등에도 탑승하지 못하도록 하였다. 국립국어원에서는 일본어에서 비롯한 이 낱말을 '왜倭 바지'나 '일본 바지'로 순화하여 사용할 것을 권한다. 이렇게 한민족의 서글픈 역사와 문화를 지닌 '몸뻬 / 몸뻬바지'를 단순히 가치중립적인 'pants'라는 영어 낱말로 옮기면 여러 함축적 의미를 잃어버릴 수밖에 없다.

이렇게 한국 문화가 깃들여 있는 낱말을 단순한 영어로 번역한 예는 '토방'에서도 찾아볼 수 있다. 신경숙은 집을 나간 아버지가 어느 겨울날 집에 돌아오는 2장의 한 장면에서 이 어휘를 언급한다. "그해 겨울 눈이 마루까지 들이치던 날 아버지는 엄마가 열어둔 대문으로 걸어들어와 흠흠, 소리를 내며 토방에 눈 묻은 신발을 탁탁 턴 뒤에 방문을 열었다"는 문장이 바로 그것이다. 토방土房은 고장에 따라 개념이 조금씩 다르기는 하지만 글자 그대로 바닥이 흙으로 마무리된 방을 가리킨다. 방과 방 사이에 마루를 깔아 대청을 삼거나, 고방庫房을 꾸며야 할 자리를 그냥 맨바닥인 채로 남겨둘 때도 토방이라고 부른다. 한국의 전통적인 농가에서는 방의 앞뒤로 조금 넓은 터전을 마련하고, 그것이 맨바닥인 채로 있으면 토방이라고 하였다. 또한 처마 끝으로 거적을 늘여서 바깥 찬바람을 막으면 토방이 되기도 하였다. 지금 소설에서 주인공의 아버지가 토방에 눈 묻은 신발을 턴 곳은 흙벽이 아니라 흙바닥이다. 그런데도 김지영은 이 '토방에'라는 말을 'against the wall'로 옮겼다. 토방을 축역하면 'earth-floored room'이나 'dirt-floored room'이 될 터지만, 문맥으로 보아서는 'bare ground'나 'earth-floored space'로 옮기는 쪽이 더 나을 것이다.

한편 김지영은 이와는 반대로 영미 문화권의 독자들이 좀처럼 이해하지 못할 한국 문화를 아무런 설명도 없이 그냥 외래어처럼 옮겨놓기도 한다. 마을 사람들이 윷놀이하는 장면에서 번역자는 '윷'을 단순히 'a game of yut'으로 번역한다. 한자로 '사회柶戲' 또는 '척사회擲柶戲'라고 일컫는 윷놀이는 가깝게는 고려 시대, 멀게는 고조선 시대로 그 역사를 거슬러갈 수 있는 전통적인 민속놀이다. 'a game of yut'가 무슨 놀이인지 제대로 이해할 영미권 독자들은 아마 거의 없을 듯하다. 'four-stick game'처럼 좀 더 그 뜻을 풀어 옮기는 쪽이 더 좋았을 것이다.

이번에는 신경숙이 한국 문화에 고유한 토착어를 유난히 많이 구사하는 한 단락을 예로 들어보자. 김지영이 『엄마를 부탁해』를 영어로 번역하면서 어떻게 이국화 번역 전략 대신 자국화 번역 전략을 구사했는지 쉽게 엿볼 수 있는 대목이다.

아내가 이 집으로 들어오기 전에는 개를 얻어다 기르면 새끼 한번 받지 못하고 죽어 나갔다. 쥐약을 먹고 **똥통**에 빠져 죽기도 하고 무슨 까닭인지

구들 안쪽으로 기어들어 간 것을 모르고 **아궁이**에 불을 지폈다가 **누린내**에 **구들**을 들어내고 죽은 개를 끌어낸 적도 있었다.[35]

It would eat rat poison and fall into the **toilet**. Once, without anyone's realizing that the dog had crawled into the **floor heater**, a fire was kindled in the **furnace**, and not until you smelled the **stench** did you lift open the **lid** and pull out the dead dog.[36]

김지영이 한국 문화를 잘 몰라서 그런지 아니면 자국화 번역 전략에서 의도적으로 그랬는지는 알 수 없지만 위 번역은 누가 뭐래도 그다지 좋은 번역이라고 할 수 없다. 개가 쥐약을 먹고 빠져 죽었다는 '똥통'은 영어 'toilet'과는 적잖이 거리가 멀다. 한국의 재래식 화장실은 집 안에 있지 않고 흔히 '뒷간'이라고 하여 집에서 떨어진 곳에 있다. 오죽하면 뒷간과 처갓집은 멀수록 좋다는 말이 있겠는가. 미국에서도 변기 화장실이 도입되기 전에는 'outhouse'라고 하여 집 밖에 옥외 변소가 따로 있었다. 얼마나 큰 개인지는 몰라도 개가 'toilet'에 빠져 죽었다고 말하는 것도 이치에 들어맞지 않는다. 크기가 작은 강아지라도 변기에 빠져 죽기는 힘들 것이다.

또한 '구들'과 '아궁이'를 제대로 이해하려면 한국의 재래식 온방 방식인 온돌溫突을 알아야 한다. '온돌'의 토박이말인 구들은 전통적인

---

35 신경숙, 『엄마를 부탁해』, 창비, 2008, 198면.

36 Shin Kyong-Sook, trans. Kim Chi-Young, *Please Look After Mom*, New York: Alfred K. Knopfs, 2011, p.145.

한옥의 온방 방법으로 흔히 '방구들'이라고도 한다. 한옥의 부엌에 있는 아궁이에서 불을 피우고, 아궁이에서 만들어진 열기를 머금은 뜨거운 연기가 방바닥에 깔린 구들장 밑을 지나면서 난방이 되고, 그 연기는 구들장 끝 굴뚝으로 빠져나간다. 구들은 'floor heater'로 옮기는 것까지는 크게 문제가 되지 않을지 모른다. 다만 그 영어 표현을 좀 더 부연하여 'an underfloor heating system' 같은 설명을 덧붙일 수도 있을 것이다.

러일전쟁 중 종군기자로 한국을 방문하여 다섯 달 남짓 머문 미국 작가 잭 런던은 『별을 좇는 방랑자』(1915)에서 온돌을 "Under the floors ran flues through which the kitchen smoke escaped, warming the sleeping-room in its passage"[37]라고 묘사한다. 번역 작품 곳곳에서 사용하는 'kimchi'나 'hanbok처럼 'ondol'도 한국어 그대로 표기하는 쪽이 더 좋을 것이다. 일본에서는 오래전부터 가타카나로 '온도루ォンドル'라고 외래어로 표기해 왔고, 지금에 와서는 히라가나로 'おんどる'로 표기하면서 아예 보통명사로 한국 음식점 상호에 널리 사용하고 있다.

그러나 '아궁이'를 그냥 'furnace'로 번역해서는 충분히 그 의미를 살려낼 수 없을뿐더러 자칫 목표 텍스트 독자들에게 오해를 불러일으킬 여지도 없지 않다. 이 영어는 노爐, 난방로, 또는 용광로 등을 가리키는 말로 한국의 재래식 부엌의 아궁이와는 조금 다르다. 한국의 아궁이에 좀 더 가까운 영어라면 'a fuel hole in the kitchen'이나 'fire hole in the kitchen'을 사용하는 쪽이 좋을 것이다. 김지영처럼 그냥

---

37 Jack London, *The Star Rover*, New York: Random House, 2003, p.139.

'furnace'라고 하면 실내에 있는 화로나 벽난로를 떠올리기 쉽다. 아궁이에서 불에 타 나는 냄새도 'stench'라는 영어로써는 그 의미를 전달하기에는 조금 미흡하다. 냄새 감각이 유난히 발달한 한국인들은 무엇인가 기름기 있는 물건이 타는 냄새를 '누린내'라고 부른다. 그러므로 단순히 악취를 뜻하는 'stench'보다는 'smell of burnt fat'로 옮겼더라면 훨씬 더 피부에 와 닿을 것이다.

"구들을 들어내고 죽은 개를 끌어낸 적도 있었다"는 마지막 문장을 옮긴 "did you lift open the lid and pull out the dead dog"도 적절한 번역으로 볼 수 없다. 영어 번역을 보면 화로나 벽난로의 뚜껑을 열고 죽은 개를 꺼내는 것으로 이해하기 쉽다. 더구나 한국의 재래식 부엌 아궁이에는 뚜껑이 없고, 아궁이에 뚜껑을 부착하기 시작한 것은 훨씬 뒤의 일이다. 설령 주인공의 부엌 아궁이에 뚜껑이 달려 있다고 하여도 어떻게 개가 뚜껑이 달린 아궁이에 들어갈 수 있단 말인가? 구들을 들어냈다는 것은 개가 아궁이를 통하여 방 밑 깊숙이 들어가서 죽었기 때문에 죽은 개를 꺼내기 위해서는 구들장을 뜯어냈다는 뜻이다. 이 작업은 단순히 불을 피우는 화로나 벽난로의 뚜껑을 여는 것과는 비교도 되지 않을 만큼 매우 복잡하고 번거로운 작업이다. 방바닥을 모두 뜯어내고 구들장을 샅샅이 조사하여 불에 타 죽은 개를 꺼낸 뒤 다시 장판을 해야 하기 때문이다.

한편 번역자 김지영은 『엄마를 부탁해』에서 신경숙이 원천 텍스트에서 약어로 표기한 것을 구체적으로 명시하기도 한다. 예를 들어 작가는 지명을 명시적으로 표기하지 않고 그냥 'J'니 'P'니 하고 영문 약어로 표기한다. 이러한 표기는 작가가 어떤 이유로 구체적인 언급을 피하려는 방법이다. 이러한 표기는 한국 문화권에서는 흔히 사용하는 방법이다. 그런데도 번역자는 굳이 전자를 'Chongup' 후자를 'Pohang'로 밝힌다. 이러한 사정은 연세대학교와 고려대학교를 각각 'Y대'와 'K대'로 표기한 곳에서도 엿볼 수 있다. 번역자는 이 두 사립대학교를 'Yonsei University'와 'Koryo University'로 각각 명시적으로 표기하였다. 그러나 전자는 학교의 공식 표기법에 따라 'Yonsei'로 사용하면서 후자는 'Korea'라고 하지 않고 임의로 'Koryo'라고 표기한 것이 의외라면 의외다.

또한 신경숙은 형철의 직장 동료의 이름을 'K'로 표기했지만 번역자는 'Kim'으로 표기하였다. 'K'로 시작하는 한국 성 중에는 '김' 말고도 '강'이나 '구', '권', 또는 '고' 등 마흔 가까이 되는데도 말이다. 물론 통계적으로 보면 한국의 성씨 중에서 21.5%를 차지하는 '김' 씨일 가능성이 가장 크다. 흥미롭게도 데버러 스미스도 한강韓江의 『채식주의자』(2007)를 영어로 번역하면서 작가가 일본의 한 비디오 예술가를 단순히 'Y'라는 약어로 표기한 것을 구체적으로 'Yayoi Kusama'라고 애써 밝힌다. 영미 문화권에서는 이렇게 약어를 사용하지 않고 흔히 구체적으로 밝히기 때문일 것이다. 물론 이 점과 관련하여 김지영이나 스미스는 작가와 상의했을 것이다. 김지영과 스미스의 이러한 번역은 '과잉 번역'의 한 형태로 보아 크게 틀리지 않는다. 앞으로 좀 더 자세히 언급하겠지만 과잉 번역은 원천 텍스트의 내용을 줄이거나 아예 삭제하여 번역하는 '축소 번역'과 마찬가지로 번역가라면 마땅히 피해야 하는 번역 방식이다.

더구나 김지영은 단순히 어휘적 차원을 넘어 문장·단락 차원에서도 자국화 번역을 시도한다. 원천 텍스트에 없는 문장이나 단락을 삽입해 넣거나 삭제하는 것이 바로 그것이다. 물론 그러한 시도는 영미권 독자들의 이해를 돕는 데 도움을 준다고 판단했기 때문일 것이다. 이러한 판단을 내리는 데는 번역자 김지영 못지않게 출판사의 편집자도 한몫했을 것이다. 특히 미국 출판사의 편집 관행으로 보면 더더욱 그러한 생각이 든다.

미국 출판사의 편집자들은 한국의 편집자들과 비교하여 작품을 편집할 수 있는 권한이 훨씬 크다. 찰스 스크리브너스출판사의 맥스웰 퍼킨스처럼 한 편집자는 서너 작가를 평생 도맡아 편집하다시피 한다. 이것은 편집자들이 한국처럼 출판사를 자주 옮기지 않고 한 출판사에서 평생 편집 작업을 하므로 가능한 일이다. 실제로 김지영은 인터뷰에서 "번역자는 독자 편에 있는 편집자와 작가 사이의 중간에서 교각 역할을 한다"고 전제한 뒤 "이전의 내 번역 작품을 보고 번역자가 마음대로 고쳤다고 지적하시는 분들이 간혹 있는데, 작가와 편집자와 의논해서 미국 독자들의 이해를 도우려고 양해를 구한 부분들"[38]이라고 밝힌다.

이렇게 김지영이 삽입하고 삭제한 곳이 한두 곳이 아니지만 그중 몇 단락만 예로 들어보는 것으로 충분할 것 같다. 2장 「미안하다, 형철아」에서 신경숙은 주인공의 큰오빠 형철이 검사가 되겠다는 포부를 품은 이유를 이렇게 밝힌다.

---

38 「『엄마를 부탁해』 번역 김지영 씨」, 『연합뉴스』, 2011.4.10, https://www.yna.co.kr/view/AKR20110410044100005.

시골 소년이던 그가 검사가 되어야겠다고 생각한 것은 아버지에게 실망해 집을 나간 엄마를 다시 오게 하기 위해서였다. 아버지가 데려온 여자는 피부가 희고 분 냄새를 풍겼다. 여자가 대문을 지나 집으로 들어오자 엄마는 샛문으로 집을 나갔다.(101면)

As a boy, Hyong-chol made up his mind to become a prosecutor to get Mom to return home. She had left because she was disappointed by Father. **One spring day, as flowers bloomed all around the village,** Father had brought home a woman with fair skin, who smelled fragrant, like face power. When the woman came in through the front gate, Mom left through the back.(81면)

김지영은 원천 텍스트에는 없는 표시한 부분을 집어넣었다. 아버지가 술집 여자인 듯한 한 여성을 집에 데려온 날을 하필이면 왜 "마을에 꽃이 만발한 어느 봄날"이라고 생각했을까? 원문에는 그렇게 단정할 만한 아무런 단서도 없다. 한국 문화권에서 흔히 봄은 여자의 계절이고 가을은 남자의 계절이라고 한다. '가을 탄다'는 말은 여름에서 가을로 계절이 바뀌면서 남성이 감성적으로 된다는 뜻이다. 어찌 되었든 김지영이나 그녀의 편집자는 원문에도 없는 이 구절을 집어넣어 분위기를 한껏 돋우려고 하였다. 그러나 "여자가 대문을 지나 집으로 돌아오자 엄마는 샛문으로 집을 나갔다"는 문장을 'front gate'와 'back gate'로 대비하여 옮긴 것은 훌륭한 번역이다. 집에 들어오는 행위와 집에서 나가는 행위는 서로 대조되기 때문이다.

이번에는 아버지의 독백인 3장「나, 왔네」에서 한 예를 들어보기로 하자. 둘째 아이를 낳는 엄마는 이번에도 남편이 어디에 있는지도 모른 채 혼자서 출산한다. 남편의 역할을 하는 사람이 곧 시동생 균이다.

형수가 누워 있는 방 아궁이에 불을 붙여 밀어 넣었다 그것을 본 당신의 누님이 산모가 누워 있는 방문을 발칵 열고 집 안의 나무를 함부로 베면 사람이 죽어 나가는데 어째 이런 일을 벌였느냐고 다그쳤다. 균은 내가 그랬소! 왜 형수한티 그러요! 소리를 치며 대들었다고 했다. 당신의 누님이 균의 멱살을 잡았다고 했다. 형수가 베라고 하더냐! 이놈아! 이 못된 놈아! 그럼 아일 낳고 차디찬 방에서 얼어 죽으란 말요! 한마디도 지지 않고 형수 편을 들었다고 했다.(186면)

He pushed the logs into the furnace under your wife's room and lit them. Your sister burst into your wife's room and scolded her, asking how she could do such a thing, since people say that family members will start dropping dead if you chop down a family tress. Kyun yelled, "I did it! Why are you accusing her?" Your sister grabbed Kyun by the throat. "Did she tell you to chop it down? You bastard! You awful boy!" But Kyun refused to back down. His large, dark eyes glittered in his pale face. "Then do you want her to freeze to death in a cold room?" he asked. "Freeze to death after having a baby?"(169면)

위 인용문에서 무엇보다도 문제가 되는 것은 구나 문장보다는 화법이다. 신경숙은 화자 아버지가 실종한 아내에 관해 느끼는 감정을 효과적으로 묘사하기 위하여 혼합화법을 즐겨 구사한다. 전달동사와 인용부호가 없는 점에서는 간접화법이지만, 피전달문의 인칭, 시제, 구조는 직접화법의 기준으로 쓰인 문장을 말한다. 한국어에서는 영어처럼 직접화법과 간접화법의 명확한 구분이 없으므로 혼합화법이 많이 쓰인다. 특히 피전달문이 의문문일 때 혼합화법을 자주 사용한다. 혼합화법은 어순은 직접화법처럼 쓰이지만 인칭, 시제, 지시대명사 등은 간접화법의 규칙을 그대로 따르는 묘출화법과는 조금 다르다.

그러나 김지영은 이러한 혼합화법의 묘미를 무시한 채 균과 그의 누나와의 대화를 인용부호를 사용하여 그냥 직접화법으로 처리해 버린다. "균은 내가 그랬소! 왜 형수한티 그러요! 소리를 치며 대들었다고 했다"는 감칠맛 나는 문장은 "Kyun yelled, 'I did it! Why are you accusing her?'"라는 번역으로는 충분히 담아낼 수 없다. 원천 텍스트에는 없는 첫 번째 강조한 문장은 화가 난 균의 마음 상태를 좀 더 생생하게 표현하려고 번역자가 삽입한 것이다. 두 번째 강조한 부분은 갓난아이를 낳은 형수를 찬 방에서 얼어 죽게 할 수는 없다는 사실을 강조하기 위한 것이다.

이렇게 원천 텍스트에 없는 내용을 번역자가 마음대로 삽입하여 번역한 것은 다음 단락을 보면 좀 더 잘 드러난다. 다음 예문은 지금까지 예로 든 경우보다 훨씬 심각하다. 건듯하면 집을 나가는 형을 대신하여 형수를 돌보던 균이 집을 나갔다가 집에 돌아온 뒤 얼마 안 되어 농약을 먹고 자살하는 장면이다.

살구나무를 베어낸 그 자리였다. 돈을 벌어 오겠다고 집을 나간 균이 돌아온 지 스무날쯤 지나서였을 것이다. 균이 집에 돌아온 걸 가장 반긴 사람은 아내였다. 그사이 균은 많이 변해 있었다. 그리 따르던 아내를 보고도 웃지 않았다. 당신은 바깥세상에서 뭣에 호되게 당했나 보다고만 생각했다.(186면)

Soon after that, Kyun left home to earn money. He was gone for four years. When he returned, penniless, your wife welcomed him back warmly. But Kyun had changed quite a bit while he was away. Though he had become a strapping young man, his eyes were no longer animated, and he appeared gloomy. When your wife asked him what had done, and where he had gone, he wouldn't answer. He didn't even smile at her. You just thought the outside world has been unkind to him.(169면)

번역자가 단락 첫머리에 'Soon after that'라는 구절을 사용한 것은 앞과 뒤 단락을 자연스럽게 연결하려는 시도로 볼 수 있다. 문단과 문단 사이를 암묵적으로 연결하는 한국어와는 달리 영어를 비롯한 서양어에서는 전이를 나타내는 낱말이나 구를 명시적으로 표기하게 마련이다. 앞 단락에서는 살구나무를 베어 산모인 형수의 방을 따뜻하게 해 준 일로 누나와 심하게 다툰 내용을 다룬다. 그러다가 균이 갑자기 집을 나가기 때문에 사건을 자연스럽게 연결하기 위하여 연결 고리가 필요하다.

그러나 균이 4년 동안 집에서 나가 있었다는 것은 원천 텍스트에는 없는 내용이다. 다만 1장 「아무도 모른다」에서 "외삼촌에게서 사오 년간 소식이 끊겼을 때 엄마는 니 외삼촌은 대체 어디서 뭘 하는지!를 입에 달고 살았다"는 구절이 나올 뿐이다. 여기서 언급하는 외삼촌은 엄마의 오빠로 타지에서 떠돌다가 J시로 돌아온 인물이다. 엄마의 시 동생인 균과는 전혀 다른 인물이다. 강조한 세 번째 문장에 이르러서 는 문제가 훨씬 심각하다. 이 두 문장을 한국어로 옮긴다면 "그는 건 장한 젊은이였지만 그의 두 눈은 이제 더 총기가 없는 데다 우울한 표 정을 지었다. 당신 아내가 그동안 무엇을 했는지, 어디에 갔었는지 물 어봐도 그는 아무 대답도 하지 않았다" 정도가 될 것이다.

그렇다면 김지영이 여기서 굳이 이 두 문장을 삽입한 까닭이 어디 있을까? "그사이 균은 많이 변해 있었다"는 문장에서 "그리 따르던 아 내를 보고도 웃지 않았다"는 문장으로 이어지는 것이 아마 조금 부자 연스럽다고 판단했기 때문일 것이다. 또한 몇 해 집을 나가 생활하던 동안 균의 모습이 너무 달라졌고, 그 달라진 모습을 강조하여 묘사하 기 위하여 이렇게 원천 텍스트에 없는 한두 문장을 삽입하여 부연 설 명했다고 볼 수도 있다.

한편 위 인용문에서 김지영은 "균이 (집에) 돌아온 지 스무날쯤 지 나서였을 것이다"라는 문장을 삭제해 버렸다. 그러나 이 문장은 균이 세상을 떠돌다가 집에 돌아온 지 얼마 안 되어 자살을 기도했다는 사 실을 기술하는 아주 중요한 문장이다. 물론 바로 뒤 단락에서 이 사건 을 언급한다. 사건의 추이로 보면 번역자의 의도가 전혀 이해가 가지 않는 것도 아니다. 그러나 전반적으로 위 인용문은 원천 텍스트에 없 는 내용을 부연하여 설명하는 과잉 번역의 더할 나위 없이 좋은 예다.

번역학이나 번역 연구에서는 되도록 과잉 번역을 삼가도록 권한다.

한편 김지영은 『엄마를 부탁해』를 번역하면서 과잉 번역 못지않게 원천 텍스트에 있는 내용을 줄이거나 아예 삭제하여 번역하는 축소 번역을 시도하기도 한다. 큰아들 형철이 실종된 어머니를 회상하는 2장에서 그 좋은 예를 찾을 수 있다.

아픈 것 같은데도 상처엔 무심한 듯 동사무소 안을 기웃기웃거리고 있었어요. 일주일 전 일이긴 해요.

일주일 전이면?

오늘 아침도 아니고 일주일 전에 동사무소 앞에서 본 것 같다는 여자의 말을, 그것도 전단지 속 엄마의 눈과 용산2가동 동사무소 앞에서 만난 여인의 눈이 서로 닮은 것 같다는 여자의 말을 어떻게 받아들여야 할지 몰라 그는 여자가 총총 사라진 뒤에도 오가는 사람들에게 전단지를 나눠주었다.(81면)

And even though the gash looked painful, she kept staring into the office as if she didn't feel it. This was about a week ago.

A week?

Not knowing what to make of what the woman told him, he continues to give out flyers after she has left.(64면)

위 인용문은 형철이 나눠준 전단지를 받아 든 한 여성이 형철에게 말하는 대목이다. 원천 텍스트에 있는 구절을, 그것도 짧은 한두 마디 말이 아니고 문장처럼 긴 형용사 절을 생략한다는 것은 여간 보기 드문 일이다. 물론 신경숙은 바로 몇 문장 앞에서 이와 비슷한 말을 언급한다. "여자는 주춤주춤 그 [형철] 앞을 와서 저기요, 용산2가동 동사무소 앞에서 이분을 본 것 같아요"라는 문장이 바로 그것이다. 그러나 작가가 위 인용문에서 표시한 부분을 삽입한 것은 그 사실을 강조할 뿐 아니라, 한 가닥 희망의 끈을 놓지 않으면서도 그 여성의 정보에 회의하기 때문이다. 번역자가 생략하고 번역하지 않은 부분은 화자 형철의 심리 상태를 이해하는 데 중요한 단서가 된다. 위 번역은 축소 번역이라는 비판에서 벗어나기 힘들다.

김지영의『엄마를 부탁해』번역에서는 과잉 번역과 축소 번역과 함께 한국의 토속적인 사투리 번역에 관해서도 눈여겨보아야 한다. 한반도는 비록 땅덩어리는 작지만 산맥이 있어 다른 나라에 비해 사투리가 유난히 발달해 있다. 제주도 같은 일부 사투리를 제외하고는 한국인 사이에서 의사소통하는 데는 크게 무리가 없지만, 지방 사투리는 한국의 언어 문화의 단면을 여실히 보여준다. 특히 문학 작품에서 사투리 구사는 작중인물의 출신을 드러내는 지표 같은 구실을 한다.『엄마를 부탁해』에서 엄마가 구사하는 구수한 호남 사투리는 이 작품의 토속성을 한껏 돋구어준다. 큰딸 지헌이 시골집을 방문하자 엄마가 딸에게 갑자기 죽은 진돗개 이야기를 들려주는 장면을 한 예로 들어보자.

지난봄에 지나가는 스님헌티 시주를 했드니 올해 식구가 한 사람 줄어들 해라고 안허냐. 그 말 듣고 마음이 뒤숭숭했다. 일 년 내내 그 말이 걸렸어야. 저승사자가 날 데리러 왔다가는 그때마다 밥을 먹겠다고 내가 쌀

을 씻고 있응게 나 대신 개를 데려간 모양이여.(80면)

"Last spring, I donated money to a passing monk and he said that this year one member in our family would be gone. When I heard that, I was anxious. For an entire year I thought of that. I think death came to fetch me, but because I was washing rice to cook for myself every time, he took the dog instead."(58면)

원천 텍스트에서는 시골에서 태어나 평생 살아온 엄마의 호남 시골 정서가 물씬 풍긴다. 그러나 영어 번역에서는 엄마의 정감 넘치는 호남 사투리가 모두 사라진 바람에 그러한 시골 정서는 좀처럼 찾아볼 수 없다. 시골 아낙네가 하는 말이라기보다는 한 세련된 여성이 도회의 카페에 앉아서 커피를 마시며 말하는 것과 큰 차이가 없어 보인다. 물론 원천 텍스트의 사투리를 목표 언어로 옮기는 것은 번역자에겐 큰 도전일 것이다. 물론 그렇다고 전혀 방법이 없는 것도 아니다. 표준어에서 조금 벗어나는 어법으로 표현할 수 있다. 미국의 남부 작가 윌리엄 포크너에게서 구체적인 실례를 찾을 수 있다. 그는 가난한 백인이 구사하는 남부 사투리를 표준어와는 구분하여 사용하기 일쑤다. 그의 단편소설 중 대표작으로 꼽히는 「헛간, 불태우다」에서 한 예를 들어보자. 어머니와 아들이 나누는 대화 장면이다.

His mother's hand touched his shoulder.
"Does hit hurt?" she said.

"Naw," he said. "Hit don't hurt. **Lemme be.**"

"Can't you wipe some of the blood off before **hit** dries?"

"I'll wash to-night," he said. "**Lemme be,** I tell you."[39]

포크너가 위 인용문에서 구사하는 'hit'와 'lemme be'는 각각 대명사 'it'와 'let me be (alone)'의 남부 사투리다. 작가는 표준어와 구별 짓기 위하여 이렇게 가난한 남부 농부들이 즐겨 쓰는 사투리를 일부러 사용하는 것이다. 만약 포크너가 이 작품에 등장하는 드스페인 소령 같은 남부 귀족이 사용하는 표준어로 소작 농부 스놉스 집안 식구들의 대화를 표현했더라면 아마 지금처럼 감칠맛을 내지 못했을 것이다.

사투리는 접어두고라도 김지영의 위 번역에서는 다른 문제점이 눈에 띈다. 엄마는 성당에 다니는 기독교 신자이면서도 오랫동안 한반도에서 큰 영향을 떨친 전통적인 종교라고 할 불교와 토속 신앙에 어느덧 자신도 모르게 세뇌되어 있다시피 하다. 그래서 지나가는 스님에게 시주하기도 하고, 개가 죽은 것이 꺼림칙하게 생각되기도 한다. 훌륭한 번역가라면 이러한 문화적 특성을 고려하여 옮겨야 한다. 예를 들어 "지나가는 스님헌티 시주를 했드니"라는 구절을 번역자는 단순히 "I donated money to a passing monk"로 옮겼다. '스님'을 그냥 'monk'로 옮기는 것보다는 불교의 탁발승이라는 점을 좀 더 구체적으로 명시하여 'a mendicant Buddhist monk'로 번역하는 것이 좋다. '시주하다'는

---

39 William Faulkner, *Collected Stories*, New York: Vintage, 1995, pp.6~7. 「헛간, 불태우다」를 비롯한 포크너의 대표적인 단편소설의 한국어 번역은 김욱동, 『헛간, 불태우다』, 민음사 쏜살문고, 2020에 수록되어 있다.

동사도 어떤 자선 단체에 돈을 기부하는 듯한 뉘앙스를 풍기는 'donate money'로 옮기는 대신 'make an offering'으로 옮기는 쪽이 더 적절하다. 또한 '저승사자'도 'death'보다는 'the Grim Reaper'나 'the God of Death' 또는 좀 더 풀어서 'a messenger who takes a dead soul to the underground'로 옮기는 쪽이 문화 번역에 훨씬 더 가깝다.

한마디로 김지영은『엄마를 부탁해』를 영어로 번역하면서 한국의 언어적 이질성이나 문화적 특수성을 희생하는 대가로 영어의 가독성과 유창성을 얻어냈다. 김지영은『국민일보』와의 인터뷰에서 "이질성과 외래성을 축소하는 자국화 번역을 선택하였다"라고 고백하였다.

사실, 대다수 미국인은 우연하게나마 한국 소설 한 권 제대로 읽어본 적이 없다. 미국인들은 번역서 읽기를 달가워하지 않는 걸로 유명하다. 전체 출간도서 가운데 문학 번역서는 1%에 지나지 않는다. 미국에서 한국 작가는 말할 것도 없이, 아시아 작가의 출간 사례가 얼마나 적은지 짐작할 수 있다. 한국어의 구조와 한국의 문학 전통 그리고 문화는 일반 미국인들에게 너무 이질적이고 낯설다. 나는 독서 경험을 방해할 만한 장벽을 허물어서 새로운 독자들이 한국문학을 즐길 수 있게 하는 것이 중요하다고 생각한다.[40]

위 인용문에서 무엇보다도 가장 눈길을 끄는 것은 마지막 문장이다. 김지영은 미국 독자들의 독서를 "방해할 만한 장벽을 허물어서"라

---

40 「신경숙『엄마를 부탁해』미 열풍 주역 번역가 김지영 씨가 밝히는 비법」,『국민일보』, 2011.4.15, http://news.kmib.co.kr/article/view.asp?arcid=0004859862.

도 미국 독자들이 "한국문학을 즐길 수 있게 하는 것"이 무엇보다도 중요하다고 밝힌다. 김지영은 『국민일보』 인터뷰보다 며칠 앞서 『연합뉴스』와의 인터뷰에서는 이보다 한발 더 나아가 아예 "영어로 쓰인 것 같다는 이야기를 들을 때 가장 보람을 느낀다"[41]고 털어놓는다. 이렇듯 김지영은 자국화 번역을 지극히 당연한 것으로 여긴다. 비유적으로 말하자면 그녀는 이질적이고 낯선 한국어 표현과 문화라는 지레를 과감하게 제거하여 "새로운 독자들"이 찾아오도록 하려고 한다.

물론 문학 번역에서 '옳은' 번역이니, '잘못된' 번역이니 또는 '좋은' 번역, '나쁜' 번역이니 하고 평가하는 것은 그렇게 바람직하지 않을지도 모른다. 이 점과 관련하여 카테리나 라이스는 "[번역] 평가에서 '옳은'이나 '틀린' 또는 '좋은'이나 '나쁜' 같은 용어로 객관적으로 표현할 수 없다"[42]고 잘라 말한다. 그러한 평가 기준은 시대에 따라 얼마든지 달라질 수 있기 때문이다. 다시 말해서 번역 평가에는 오직 상대적인 기준이 존재할 뿐 어떤 절대적 기준이란 좀처럼 존재하지 않는다. 다시 말해서 한 시대에 '나쁜' 번역으로 평가받은 번역이 다른 시대에서는 얼마든지 '좋은' 번역으로 평가받을 수 있다. 번역을 평가하는 흔히 사용하는 충실성, 등가성, 상응성, 가독성이니 하는 기준도 시대에 따라, 또 번역가에 따라 얼마든지 바뀔 수 있기 때문이다.

이 점과 관련하여 수전 배스닛과 앙리 르페브르는 한마디로 "번역은 좋거나 나쁜 것이 아니고, 다른 시대의 다른 요구에 부응하려고 태어난다"

---

41 「『엄마를 부탁해』 번역 김지영 씨」, 『연합뉴스』, 2011.4.10.
42 Katerina Reiss, trans. E. F. Rhodes, *Translation Criticism — The Potential and Limitations : Categories and Criteria for Translation Quality Assessment*, Manchester: St Jerome, 2000, p.92.

고 주장한다. 그러면서 이 두 이론가는 "서로 다른 시대에 서로 다른 번역에 나오는 것은 절대 기준을 '배신'하는 것이 아니라 오히려 그러한 기준이 없다는 사실을 단적으로 보여주는 것이다. 바로 그것이야말로 번역의 생산과 —그리고 그 연구의 — 피할 수 없는 삶의 현실이다"[43]라고 밝힌다. 비록 이 점을 염두에 둔다고 하여도 적어도 세계문학의 관점에서 보면 김지영의 번역은 그다지 적절하다고 보기 어렵다.

무엇을 번역할 것인가

세계문학에서 어떠한 작품을 번역할 것인가 하는 문제도 어떻게 번역할 것인가 하는 문제 못지않게 아주 중요하다. 문화적으로 뒤떨어진 국가에서는 흔히 원천 텍스트를 선정하기에 앞서 다른 나라의 번역에 의존하거나 그것을 참고한다. 예를 들어 스페인의 카탈루냐에서는 카탈루냐어로 빅토리아와 에드워드 왕조 시대 영국문학을 번역하면서 프랑스 번역을 지침으로 삼았다. 가령 폴란드 태생의 영국 작가 조셉 콘래드의 『태풍』(1903)을 번역하면서 앙드레 지드의 1923년도 번역판을 참고하였다. 어휘는 물론이고 문장 구조까지 지드를 그대로 모방하다시피 하였다.

로런스 베누티도 지적하듯이 이러한 상황은 문화적으로 큰 힘을 떨치는 강대국에서도 예외가 아니다. 가령 미국에서는 한 번역가가 아

---

43 Susan Bassnett · Henri Lefevere, eds., *Translation, History, & Culture*, London: Cassell, 1996, p.5.

르헨티나의 소설가 호르헤 루이스 보르헤스의 실험적인 소설을 출간할 계획서를 한 출판사에 보냈지만 번번이 거절당하기 일쑤였다. 이무렵 보르헤스의 작품을 평가할 마땅한 기준이 없었기 때문이다. 그러다가 1950년대에 프랑스에서 그것도 유명한 갈리마르출판사가 이아르헨티나 작가의 작품을 잇달아 출간하고 그의 작품이 포르멘트로 국제문학상을 받자 미국 출판사에서도 그에게 부쩍 큰 관심을 보이면서 그의 작품을 번역하기 시작하였다.

그러나 식민주의를 겪은 국가에서는 이와는 사정이 조금 다르다. 20세기 전반기 일본 식민지 지배를 받은 한국은 아마 이러한 경우를 보여주는 더할 나위 없이 좋은 예다. 전문적인 번역가가 거의 없던 20세기 초엽 한국에서는 일본에서 번역한 저서를 중역하여 출간하였다. 한국 번역가들이 독자적으로 번역할 원천 텍스트를 선정하지 못하고 일본 번역가들이 일본어로 옮겨놓은 작품을 거의 그대로 베끼다시피 하였다. 일제 식민주의에서 해방되기 이전 한국에서 번역된 서양 문헌의 대부분은 일본에서 번역된 것을 다시 번역한 것, 즉 직역한 것이 아니라 중역한 것이다. 일본어 번역을 거치지 않고 한국에서 독자적으로 번역한 작품은 하나같이 서양 선교사들이 번역한 것들이다. 19세기 중엽에서 20세기 초엽에 이르는 시기 일본이나 중국의 근대화 과정을 흔히 '번역한 근대'라고 부른다. 그러나 나는 『번역과 한국의 근대』(2010)라는 책에서 한국의 근대를 '중역한 근대'라고 불렀다. 그러면서 서양을 직접 만나지 못하고 일본을 거쳐 간접적으로 만난 것이 한국 근대화의 슬픈 자화상이라고 말하였다.[44]

번역가들은 다른 문화권의 문학을 번역할 때 자신들의 문화 기준이나 가치에 따라 번역할 텍스트를 선택하고 결정한다. 그들은 번역 작품을 수용하는 목표 문화의 기준 체계나 가치 계급에 놓여 있게 마련이다. 이러한 문제는 궁극적으로는 번역 정책과 맞물려 있다. 그렇다면 세계문학 시대에 번역가는 어떤 작품을 번역할 것인가? 작품 선정에는 여러 기준이 존재하겠지만 타자와 동일자, 중심과 주변의 차이를 좁히는 방향으로 작품을 선정해야 한다. 또한 인간의 존엄성을 비롯한 정의나 자유, 인권 같은 인류의 보편적 가치를 지향하는 작품에 주목해야 한다. 한마디로 비록 피부 색깔과 언어와 문화는 서로 달라도 궁극적으로 인류는 한 인간 가족의 구성원이라는 사실을 일깨우는 작품을 선정해야 할 것이다.

이렇듯 세계문학과 관련하여 번역에 초점을 맞추는 것은 곧 가장 물질적 측면에서 문학 연구를 새롭게 규정짓는 것과 크게 다르지 않다. 국경이 허물어진 세계화 시대에 번역은 단순히 번역 행위 그 자체에 그치지 않고 더 나아가 목표 문화에서 유통되고 수용되는 행위와도 깊이 관련되어 있다. 로런스 베누티는 세계화와 세계문학의 시대에 번역의 역할을 새롭게 조명한다.

번역의 생산, 유통, 수용은 단순히 국경을 넘나드는 것에 그치지 않고, 더 나아가 텍스트를 전 지구적 네트워크 속에 포함하는 것을 뜻한다. 그

---

44 김욱동, 『번역과 한국의 근대』, 소명출판, 2010, 54~66면. 이 '중역한 근대'란 용어는 중국계 미국 학자 리디아 류가 한 저서에서 중국과 일본의 근대를 '번역한 근대'로 부른 데서 따온 것이다. Lydia Liu, *Translingual Practice: Literature, National Culture, and Translated Modernity: China, 1900~1937*, Stanford: Stanford University Press, 1995, pp.1~42.

런데 이러한 전 지구적 네트워크는 확실히 민족의 문학 전통에 의하여 굴절되지만 국제관계가 만들어내는 민족적인 것을 보여주기도 한다. 또 이러한 네트워크는 한 역사적 시기에서 다른 역사적 시기를 거치면서 달라지는데, 21세기로 진입하면서 인쇄와 전자 매체의 속도와 정교함으로 그런 텍스트들은 다양해지고 서로 중첩된다. 같은 원천 텍스트는 많은 언어로 번역되어 다양하게 수용 문화의 가치에 동화될지 모른다. 세계문학을 창조하는 데 번역의 영향을 이해하려면, 우리는 번역 작품이 원천 텍스트에 부여하는 여러 해석과 함께 목표 문화의 환경 안에서 번역 패턴이 만들어내는 정전(正典)을 분석할 필요가 있다.[45]

여기서 베누티는 번역이 세계화와 세계문학의 시대에 이르러 다른 시대보다 훨씬 더 복잡하게 이루어진다고 지적한다. 특히 그는 번역이 목표 문화에 영향을 끼칠 뿐 아니라 더 나아가 원천 문화에도 영향을 끼친다고 주장한다. 목표 문화는 번역 작품을 수용하면서 그동안 자신의 정전을 재검토할 필요성을 느낀다. 한편 원천 문화는 원천 문화대로 목표 문화에서 이루어지는 번역 평가나 독자들이나 비평가들의 반응에 무관심할 수 없다. 이러한 과정에서 번역은 원천 문학과 문화, 그리고 목표 문학과 문화 사이에서 일종의 교량 역할을 하게 마련이다.

여기서 데이비드 댐로쉬가 세계문학과 관련하여 "번역에서 이득을

---

45 Lawrence Venuti, "World Literature and Translation Studies," eds. Theo D'haen · David Damrosch · Djelal Kadir, *The Routledge Companion to World Literature*, London: Routledge, 2011, p.191.

얻는 문학"이라고 정의를 내린 것을 다시 한 번 떠올리는 것이 좋을 것이다. 이렇게 번역을 통하여 이득을 얻는 것은 비단 목표 문화에 그치지 않고 원천 문화도 마찬가지다. 그래서 그는 번역 작품을 선정하는 문제가 세계문학에서 무척 중요하다고 역설한다. 댐로쉬는 "한 문화의 규범과 필요는 세계문학으로서 그 문화에 들어오는 작품을 선정하는 데 결정적인 역할을 하고, 어떻게 번역되고 상품화되고 읽히는지에도 영향을 끼친다"[46]고 주장한다. 세계문학은 어디까지나 원천 문학과 목표 문학, 기원이 되는 문학과 그것을 수용하는 문학 사이에서 이루어지는 쌍방적 관계라는 말이다.

이러한 쌍방적 관계에서는 원천 텍스트와 목표 텍스트 사이에 서로 유기적 관계가 성립한다. 다른 문화권의 문학이 번역을 통하여 자국 문학과 문화에 들어오면 여러모로 영향을 끼친다. 작게는 낱말과 표현과 문장 같은 언어에서 크게는 사상과 세계관에 이르기까지 크고 작은 영향을 미치게 마련이다. 기하학에 빗대어 말하자면 부채꼴에서 중심각이 커지면 커질수록 호(弧)의 길이와 면적이 넓어지는 것과 같은 이치다. 이와 마찬가지로 원천 텍스트도 다른 언어로 번역되면 나름대로 영향을 받지 않을 수 없다. 원천 텍스트 자체가 달라진다기보다는 그 텍스트를 받아들이고 해석하는 관점이 달라진다. 그러므로 한 문학 작품은 번역을 통하여 이 세상에 다시 태어나 새로운 생명을 부여받는다. 그것은 단순히 문학 작품의 생명이 연장되는 것과는 전혀 다른 차원이다. 이를 달리 말하면 원천 텍스트는 다른 언어로 번역된

---

46 David Damrosch, *What Is World Literature?*, Princeton: Princeton University Press, 2003, p.26.

텍스트와 상호텍스트적 관계를 맺는다. 그것은 거울에 모습을 비추어 보지 않고서는 자신의 얼굴을 알 수 없는 것과 같다.

이왕 기하학 이야기가 나왔으니 말이지만, 데이비드 댐로쉬는 『세계문학이란 무엇인가?』(2003)에서 "세계문학이란 민족문학의 타원 굴절이다"[47]라고 정의 내린다. '타원 굴절'이란 기하학을 비롯하여 광학에서 주로 사용하는 용어다. 댐로쉬는 이 이미지를 세계문학을 규정 짓기 위한 '편리한 은유'로 제시한다고 말하고 있지만, 솔직히 말해서 이 비유가 무엇을 뜻하는지 선뜻 떠오르지 않는다. 물론 그 의미를 어렴풋하게나마 헤아릴 수 없는 것은 아니다. 그러나 비유를 구사하는 중요한 이유 중 하나가 이해를 돕기 위한 것이므로 독자가 금방 그 의미를 깨닫지 못한다면 막상 발사했지만 터지지 않은 불발탄과 같다. 이렇게 굳이 비유법에 의존하지 않고서 좀 더 쉽게 정의를 내릴 수는 없을까? 세계문학을 쉽게 직접 정의 내리기가 그만큼 녹록하지 않다는 사실을 뒷받침한다.

댐로쉬가 기하학이나 광학의 은유를 빌려 말하려는 바는 '타원'과 '굴절'이라는 낱말에 들어 있다. 타원이란 평면 위의 두 정점에서 거리의 합이 일정한 점들의 집합이 만들어내는 곡선을 말한다. 타원을 규정 짓는 기준이 되는 두 정점을 타원의 초점이라고 부른다. 두 초점(F1과 F2)이 가까울수록 타원은 원에 가까워지고 초점 둘이 서로 일치할 때 타원은 곧 원이 된다. 그러므로 원은 타원의 특수한 경우라고 할 수 있다. 한편 순수 토박이말로 '꺾임'이라고 부르는 굴절은 광학

---

47 Damrosch, *What Is World Literature?*, p.281.

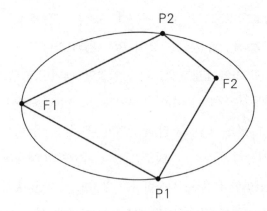

에서는 경계에서 속도 차이 때문에 방향을 바꾸는 현상을 가리키는 용어다.

　세계문학의 특성을 설명하기 위하여 댐로쉬가 타원의 비유를 드는 것은 아마 두 초점 때문인 것 같다. 기점이 되는 원천 문화는 타원 안의 한 초점 'F1'에, 목표 문화는 다른 초점 'F2'에 빗댈 수 있다. 'F1'에서 타원의 한 면인 'P1'를 향하여 빛을 발사하면 그 빛은 'F2'로 반사된다. 이렇게 'F2'에 반사된 빛은 타원의 반대쪽 한 면인 'P2'에 발사되면 그 빛은 이번에는 다시 'F1'로 되돌아간다. 원천 문화의 산물인 민족문학은 번역을 통하여 목표 문화로 유통된 세계문학을 다시 민족문학으로 되돌려 보낸다. 여기서 '되돌려 보낸다'는 말은 수입한 상품을 어떤 이유로 반송한다는 의미가 아니라 원천 문학과 문화에 어떤 식으로든지 영향을 끼친다는 뜻이다.

　'굴절refraction'은 '반사reflection'와 영어 발음이 서로 비슷하여도 그 의미는 사뭇 다르다. 성질이 서로 다른 두 물질의 경계면에서 빛은 반사하지만 빛이 한 물질에서 다른 물질로 비스듬히 진행할 때 두 물질의 경계면에서 빛의 진로가 꺾여서 진행한다. 가령 물이 담긴 유리그릇에 연필을 넣으면 휘어 보이는 현상, 또는 투명한 유리컵 뒤의 무늬가 일그러져 보이는 현상이 굴절이다. 세계문학이 민족문학의 굴절이라는 것은 곧 세계문학이 민족문학에 뿌리를 두되 민족문학을 똑바로 직접 반영하는 것이 아니라 비스듬히 굴절하여 간접적으로 보여준다는 말이다. 세계문학은 얼핏 겉으로 보이는 것과는 달리 원천 문화와 목표 문화 사이의 상호 교섭 못지않게 절충과 양보, 타협 등을 수반한다. 한마디로 민족문학은 일단 그것이 생산되고 소비되는 국경을 벗어나고 나면 어떤 식으로든지 달라질 수밖에 없다. 물이 담긴 유리그릇의 연필이 휘어 보이는 것처럼 민족문학도 굴절하게 마련이다.

이렇듯 번역은 세계문학 시대에 이르러 그 어느 때보다 그 의미와 중요성이 새롭게 드러났다. 비록 분과학문으로서 독립한 역사는 짧지만 1990년대부터 세계문학이 대두되면서 번역가들과 번역 연구가들이나 학자들은 번역의 성격, 목적, 평가 방법 등을 새롭게 바라보기 시작하였다. 비교문학이 왕성한 힘을 발휘하던 시대에 번역이 비교문학의 시녀에 지나지 않았다면, 세계문학이 주목받는 시대에 이르러 번역은 비교문학보다 우위를 차지하면서 주인의 자리를 차지하다시피 하였다.

세계문학이 지배 담론으로 부상한 지금 한 나라의 국경에 갇혀 있던 민족 문학과 문화는 이제 국경을 넘어 세계무대로 뻗어 나간다. 그동안 '토착'이니 '고유'니 하는 틀 속에 갇혀 있던 한 민족의 문화는 세계와 호흡하면서 타문화와 어깨를 나란히 하게 되었다. 발터 벤야민의 말에 빗대어 말하자면 민족문학은 이제 번역을 통하여 세계문학의 이름으로 '사후의 삶'을 보장받는다. 한편 세계문학은 번역을 통하여 그 지평을 크게 넓히면서 마침내 그동안 잃었던 활력을 되찾게 되었던 것이다.

제5장
한국문학과 세계문학

세계문학은 1990년대 초엽 서양에서 본격적으로 논의되기 시작했지만 그 이전에 서양이 아닌 다른 국가에서도 이미 논의가 있었다. 예로부터 '문文'을 숭상하는 전통이 강한 동아시아 국가만 하여도 19세기 말엽부터 자국 문학에 관한 자의식과 함께 타국의 문학에 관심이 무척 컸다. 20세기에 접어들어 서구 문물이 물밀 듯이 들어오면서 이러한 현상은 더욱 뚜렷하게 드러나기 시작하였다. 다만 오늘날처럼 '세계문학'이라는 용어를 사용하지 않았을 뿐, 이 무렵 적지 않은 작가들과 비평가들이 편협한 민족주의나 국수주의의 틀에서 벗어나 좀 더 넓은 안목에서 세계정신을 호흡하려고 하였다.

19세기 중엽 일본에서는 부국강병과 탈아입구脫亞入歐의 깃발을 높이 내걸고 서양 문물을 받아들여 근대화를 이끌었다는 것은 새삼 언급하기도 쑥스럽다. 메이지 유신明治惟新은 자칫 정치·경제·사회의 변혁만을 생각하지 쉽지만 실제로는 문학과 문화 분야에서 이룩한 변혁 또한 작지 않았다. 가령 나쓰메 소세키夏目漱石는 영국에서, 본명이 모리 린타로우森林太郞인 모리 오가이森鷗外는 독일에서, 그리고 상징주의 전통에서 시를 쓴 사이죠 야소西條八十는 프랑스에서, 그리고 나가이 가후永井荷風는 미국과 프랑스에서 유학한 외국 경험의 토대 위에 일본 근대 문학의 집을 지었다. 그들은 하나같이 유럽에서 직접 간접으로 서구 정신을 호흡하며 일본 근대 문학을 정립하려고 하였다.

한편 중국에서는 19세기 말엽과 20세기 초엽부터 세계문학에 대한 관심이 일어나기 시작하였다. 성경 다음으로 가장 많이 읽힌다는 존 번연의 종교소설 『천로역정天路歷程』(1678, 1684)은 이미 1853년 영국 장로회에서 파송한 윌리엄 셸머 번스 선교사가 중국어로 번역하였다. 제임스 S. 게일 선교사 부부가 이 소설을 한국어로 번역한 것이 1895년이니 중국어 번역은 한국어 번역보다 무려 40년 넘게 앞선다. 또한 루쉰魯迅과 저우쭤런周作人 형제가 『역외 소설집域外小說集』을 함께 번역하여 출간한 것이 1909년이다. 중국은 5·4운동과 신문화운동이라는 이름으로 근대화 작업을 진행하면서 본격적으로 서구를 맞아들였다. 5·4운동은 좁은 의미로는 1919년 5월 4일 베이징北京 지역 학생들의 시위를 일컫지만, 좀 더 범위를 넓혀 보면 5월 이후 몇 달에 걸쳐 들불처럼 중국 전국적으로 퍼져나간 시위와 신문화운동을 두루 일컫는다.

신문화운동이 일어난 데는 신해혁명辛亥革命에 따른 민중의 각성을 비롯하여 사회주의 사상의 전파, 백화문白話文 사용을 둘러싼 문학혁명 논쟁 등이 비옥한 밑거름이 되었다. 특히 일본의 식민지였던 조선에서 몇 달 앞서 기미년 독립운동이 일어나면서 중국의 젊은 지식인들은 이에 크게 자극을 받았다. 1938년 후스胡適가 "5·4운동은 아직 진행되고 있다"고 천명할 만큼 이 사건의 파급력은 참으로 엄청났다. '공가점타도孔家店打倒'의 깃발을 높이 치켜세운 신문화운동은 5·4운동의 연장선과 다름없었다. 더구나 후스는 당시 신문학 운동의 열기를 한층 더 뜨겁게 한 논문 「논단편소설論短篇小說」에서 서양의 단편소설을 가장 경제적인 문학 수단이라고 주장하였다. 그는 세계문학의 흐름에 발맞추어 나아가는 데 단편소설만큼 훌륭한 문학 장르는 없다고 잘라 말하였다.

최남선과 이광수와 세계문학

일본 식민주의의 굴레에 갇혀 있던 한국은 일본보다는 조금 뒤늦게, 그러나 중국보다는 조금 이르거나 거의 같은 시기에 세계문학에 관심을 보이기 시작하였다. 세계문학에 처음 관심을 보인 작가는 두말할 나위 없이 한국 근대 문학에서 주역의 역할을 한 육당六堂 최남선崔南善이다. 그는 1908년 11월 한국 최초의 종합잡지인 『소년少年』을 발행하여 1911년 통권 23호로 강제 폐간당할 때까지 소년소녀를 주인공으로 문명개화의 횃불을 높이 치켜들었다. 최남선에게 문명개화의 방법은 곧 서구 세계를 제대로 아는 것과 크게 다름없었다. 그래서 그는 창간호부터 「이솝의 이약」을 비롯하여 새뮤얼 스미스의 시 「아메리카」, 조너선 스위프트의 『걸리버 여행기』(1726)의 일부를 축약한 「거인국 표류기巨人國漂流記」, 대니얼 드포의 『로빈슨 크루소』(1719)를 축약한 「로빈손 무인절도 표류기無人絶島漂流記」 같은 세계문학 작품을 잇달아 번역하여 소개하였다.

『소년』에서 무엇보다도 눈에 띄는 것은 세계문학과 세계문화 탐색의

잡지 『소년』과 『청춘』을 통하여 세계문학 작품을 처음 소개한 육당 최남선.

기호로 바다를 설정했다는 점이다. 바다는 말하자면 세계를 향하여 활짝 열린 창으로 미래 세계를 걸머질 식민지 소년소녀의 굳은 의지요 이상과 다름없었다. 이 점에서 최남선이 창간호를 권두시 「해海에게서 소년에게」로 장식한 것은 자못 상징적이다. 창간호를 시작으로 이 잡지는 바다를 소재로 한 창작시 「천만 길 깊은 바다」(1권 2호), 「바다 위의 용소년勇少年」(2권 10호), 번역시로 바이런의 「해적가海賊歌」(3권 3호), 「The Ocean」(3권 7호), 그리고 항해와 모험을 주제로 한 소설 「거인국 표류기」(1권 1~2호)와 「로빈슨 무인절도 표류기」(2권 2~8호) 등을 잇달아 연재하였다. 이 밖에도 「바다를 보라」와 「나는 이 여름을 바닷가에서 지내겠다」(2권 8호)라는 글을 실었다. 그런가 하면 모두 4회에 걸쳐 실은 전면 삽화 중 절반이 바다를 주제로 삼았다. 그리고 3년 남짓 발행하는 동안 최남선은 「해상 대한사海上大韓史」를 연재하여 "왜 우리는 해상 모험심을 감추어 두었나?"라는 의문을 제기하면서 한국이 바다와 밀접한 관계가 있는 반도국이라는 사실을 젊은 독자들에게 끊임없이 일깨웠다.

최남선의 세계문학에 관한 인식은 『소년』이 강제로 폐간되고 나서 창간한 『청춘靑春』에 이르러 좀 더 구체적으로 드러난다. 이 잡지에서 그는 세계로 활짝 열린 창인 바다를 보여주는 것에 그치지 않고 한발 더 나아가 대한의 젊은이들이 미래를 향하여 성큼 앞으로 나아가기를 촉구한다. 이 잡지에서 가장 눈에 띄는 대목은 역시 '세계문학개관'이라는 고정 난欄이다. 최남선은 이 난을 발판으로 삼아 비록 축약의 형식을 빌릴망정 세계문학을 폭넓게 소개하였다. 가령 19세기 프랑스의 낭만주의 문학을 대표하는 작가로 대중의 인기를 한 몸에 받던 위고의 『레미제라블』(1862), 흔히 '러시아의 양심'으로 일컫는 레프 톨스토이의 『부활』(1899), 영국의 대문호 윌리엄 셰익스피어에 버금가는 작가로 평가받는 존 밀턴의 『실낙원』(1667, 1674), 근대소설 문학에 신기원을 이룩한 미겔 데 세르반테스의 『돈키호테』(1905), 유럽문학의 굴레에서 벗어나 영문학의 기틀을 처음 마련한 제프리 초서의 『캔터베리 이야기』(1476), 프랑스 자연주의 소설의 대표적인 작가 기 드 모파상의 단편소설 「더러운 면포」 등이 바로 그것이다.

물론 이렇게 작품의 줄거리를 간추려 번역하는 과정에서 제목도 내용도 달라질 수밖에 없었다. 예를 들어 위고의 작품은 「너 참 불쌍타」로, 톨스토이의 작품은 「갱생更生」으로, 세르반테스의 작품은 「돈기호전기頓基浩傳奇」로, 초서의 작품은 「캔터베리기記」로 바뀌었다. 물론 일본 번역본의 영향 탓도 있겠지만 외국문학 작품을 번역하면서 토착화하려는 시도를 엿볼 수 있다. 최남선은 한국에서 번역학이나 번역 연구에서 말하는 용어로 표현하자면 '번역의 이국화'에 맞서 '번역의 자국화'를 최초로 시도한 인물이다.

최남선은 단순히 서양의 고전 작품을 한국어로 옮겨놓는 것에 그치지 않고 여기서 한발 더 나아가 짧은 해제에서 해당 작품이 세계문학사에서 차지하는 의미나 의의를 설명하기도 하였다. 가령 그는 『돈키호테』와 관련하여 '세계의 기서'로 평가받는 이유를 이렇게 설명한다.

시대의 사상이 매우 고상해져서 천박하고 황당한 무용담이 사라져가는 때, 이 명저가 생김으로써 [근대적 사상은] 더욱 힘을 잃었다. 세르반테스는 (…중략…) 시대의 조류에 뛰어들었기 때문에 발행 당시부터 세간에 널리 알려지고, 지금은 세계의 일대 기서(奇書)로 『일리아드』와 『햄릿』과 더불어 3대 보전(寶典)에 오르게 되었다.[1]

르네상스 시대의 스페인문학을 제대로 이해할 수 없던 최남선으로서는 일본에서 나온 해설서에 의존할 수밖에 없었다. 그런데도 그는 르네상스 시대의 사상과 문학을 제대로 파악하는 것이 자못 놀랍다. 특히 『돈키호테』의 문학사적 의미를 중세에서 근대로 넘어오는 역사적 전환점에서 찾는 것이 여간 흥미롭지 않다. 이 작품이 세계적으로 명성을 얻게 된 이유도 작가가 시대정신을 호흡했기 때문이라고 판단한다.

민족문학 또는 국민문학을 제외한 채 세계문학을 말하는 것은 자칫 공허할 수밖에 없다. 그래서 최남선은 단순히 세계문학을 소개하는 것에 그치지 않고 한 발 더 나아가 국내 고전 작품을 찾아 소개하였다. 예를 들어 「표해가漂海歌」, 「호남가湖南歌」, 「팔도가八道歌」, 「고금시조古今時調」, 「연암외전燕巖外傳」, 「수성지愁城誌」, 「광한전백옥루상량문廣寒殿白玉樓上樑文」 등은 그러한 경우를 보여 주는 좋은 예다. 한편 최남선은 신문학에도 눈을 돌려 춘원 이광수의 시와 시조를 비롯하여 그의 초기 소설 「김경金鏡」, 「소년의 비애」, 「어린 벗에게」, 「방황」, 「윤광호

---

1   최남선, 「세계일주가」, 『청춘』 4, 1914, 110면.

尹光浩」 같은 작품을 실었다. 또한 최남선은 자신이 쓴 작품을 실었는가 하면, 현상모집을 통하여 독자들이 쓴 시, 시조, 한시, 잡가, 신체시가, 보통문, 단편소설 등을 뽑아 싣기도 하였다.

최남선이 『청춘』에서 내건 슬로건은 '배움', 곧 지식의 습득이다. 짧은 권두언에 '배우다'나 '배움'이라는 낱말을 무슨 주문呪文처럼 열 번쯤 반복하여 사용한다. 그가 그토록 바랐던 조선 청년의 사명은 서구문명의 지식을 습득하여 세계적인 감각을 지닌 젊은이로 거듭나는 것이었기 때문이다. 그렇다면 최남선은 어떤 방식으로 식민지 조선의 청년들을 폭넓은 지식을 갖춘 글로벌 지성인으로 키우려 했을까? 이 물음에 답하는 열쇠는 바로 '세계'라는 낱말에 들어 있다. 『소년』에서 키워드가 '바다'나 '해양'이었다면 『청춘』에서 키워드는 바로 '세계'였다. 문학 분야에서는 '세계문학개관', 과학 분야에서는 '세계의 창조', 해학적인 잡문으로는 '태서소림泰西笑林', 그리고 화보에는 '세계대도회世界大都會 화보'가 연속 기획물로 버티고 서 있다. 어떤 의미에서 최남선은 이 무렵 '세계'라는 강박관념에 빠져 있었다고 하여도 크게 틀리지 않을 것 같다. 그는 식민지 조선이 일본 제국주의의 손아귀에서 벗어나는 길이 어쩌면 한반도에서 눈을 돌려 좀 더 넓은 시야로 세계시민과 발을 맞추고 세계정신을 호흡하는 데 있다고 생각했는지도 모른다.

또한 『청춘』 창간호 부록으로 실린 「세계일주가世界一周歌」는 편집자 최남선이 7·5조의 4행 2연의 창가唱歌 형식을 빌려 표현한 논설과 다름없었다. 이 작품은 최남선이 상상력을 한껏 발휘하여 쓴 공상과 허구의 세계 일주로 '한양(서울) → 평양 → 중국 → 러시아 → 독일 → 이탈리아 → 네덜란드 → 스위스 → 그리스 → 프랑스 → 벨기에 →

영국 → 스코틀랜드 → 아일랜드 → 미국 → 일본 → 한양(서울)'을 돌아보는 코스다. '게이조京城'라는 일본식 표기법 대신 굳이 조선 시대의 명칭인 '한양'을 고집한 것은 일본 제국주의에 대한 암묵적 반항으로 읽힌다. 최남선은 조선이 일본 식민지로 전락했지만 이제 머지않아 곧 세계와 어깨를 나란히 할 날이 곧 오게 될 것을 간절하게 바라마지 않는다. 최남선에게 조선은 한낱 동아시아 변방에 있는 이름 없는 나라가 아니라 세계 교류에서 가장 핵심적인 위치를 차지하는 교통 허브에 해당한다. 21세기 세계화의 관점에서 보면 최남선이 얼마나 시대에 앞서간 예언자인지 새삼 놀라게 된다.

여기서 특히 주목해 볼 것은『청춘』이 창간된 1914년 한국에서 '세계문학'이라는 용어가 처음 사용되기 시작했다는 점이다. 물론 1908년부터 신문과 잡지에 '세계문화'니 '세계역사'니 하는 용어가 가끔 등장하지만 문학과 관련하여 '세계문학'이라는 용어를 처음 사용한 것은 아마『청춘』이 처음일 것이다. 그것도 한 번 사용하는 데 그치지 않고 연재 기획물의 제호로 계속 사용하였다. 이렇게 최남선은 세계문학이라는 용어를 처음 사용했을 뿐만 아니라 세계문학의 개념에도 한발 바짝 다가섰다. 이 점과 관련하여 그동안 동아시아 번역과 번안 문제에 관심을 기울여 온 박진영朴珍英은 최남선의 선구적 업적을 높이 평가한다.

외국의 문학 작품을 번역한다는 자의식을 가장 먼저 체계적으로 내보인 것은 신문관의 편집자 최남선이다. 창간호부터 연속 기획으로 자리 잡은「세계문학개관」은 한국에서 세계문학이라는 용어가 전면에 등장한 효시다. 최남선이 활용한 세계문학의 말뜻과 용례는 외국문학, 엄밀히 따지자면 서양문학을 가리키지만 실질적인 내포는 일치감치 괴테가 주장한바 보편적인 교양으로서 세계문학을 의미한다. 최남선의 세계문학은 무엇보다 번역이라는 실천을 통해 유럽의 문학 정신과 전통을 한국의 근대문학에 동기화(同期化)함으로써 당대 질서의 재편을 겨냥했기 때문이다.[2]

최남선이 세계문학이라는 용어를 처음 본격적으로 일관되게 사용했다는 박진영의 주장은 옳다. 또한 최남선이 말하는 세계문학이 단순히 자국의 문학이 아닌 외국문학이나 서양문학의 의미를 넘어 요한 볼프강 폰 괴테가 말한 세계문학의 개념과 맞닿아 있다는 주장도 맞다. 물론 최남선이 괴테가 1827년 1월 그의 제자요 비서 격인 페터 요한 에커만에게 말한 '벨트리테라투르Weltliteratur'의 개념을 잘 알고 있었다는 것과는 별개의 문제다. 그러나 최남선이 "번역이라는 실천을 통해 유럽의 문학 정신과 전통을 한국의 근대문학에 동기화同期化함으로써 당대 질서의 재편을" 시도했다는 박진영의 주장은 받아들이기 어렵다. 무엇보다도 최남선은 일본어와 중국어를 제외한 외국어를 해독할 능력이 없었기 때문이다. 물론 세계문학은 번역에 크게 의존하는 것은 사실이지만, 이 무렵 일본어 번역의 질은 믿고 사용할 만큼 그렇게 썩 좋지 않았다. 이러한 불실한 번역에 의존하여 조선문학을 세계문학과 '동기화'한다는 것은 좀처럼 이룰 수 없는 꿈이다.

가령 최남선이 『소년』 3권 3호에 발표한 「쌔이런의 해적가」는 기

---

2 박진영, 『번역가의 탄생과 동아시아의 세계문학』, 소명출판, 2019, 440면.

무라 다카타로木村鷹太郎가 번역한 바이런의 작품 「해적」을 중역한 것이다. 최남선은 『소년』과 『청춘』 그밖에 자신이 설립한 출판사 신문관에서 출간한 톨스토이 작품 번역을 모모시마 레이센百島冷泉과 나카자토 야노스케中里彌之助의 번역본에서 중역하였다. 최남선의 번역 작품은 하나같이 일본어 번역에서 중역한 것이라고 보아도 크게 틀리지 않는다. 그러므로 최남선이 '번역이라는 실천'을 통하여 한국 근대문학을 재편하려 했다는 주장은 그의 업적을 지나치게 높이 평가하는 것으로 실제 사실과는 조금 어긋난다. 물론 최남선이 한국 근대문학사에서 큰 족적을 남겼다는 것은 부정할 수 없는 사실이다.

최남선에 이어 세계문학에 관심을 기울인 문인은 이광수였다. 그는 1910년 3월 『대한흥학보大韓興學報』 12호에 「문학의 가치」라는 글을 기고하였다. 1909년 1월 일본에 유학 중인 조선인 학생들이 '대한학회大韓學會'와 '태극학회太極學會'가 주축이 되어 '공수학회共修學會'와 새로 성립된 '연학회研學會'를 합하여 만든 기관이 바로 대한흥학회다. 대한흥학회는 기관지로 월간 잡지 『대한흥학보』를 발간하였다. 「문학의 가치」를 기고할 무렵 이광수는 메이지 학원 중학부 5년 과정을 마치고 남강南岡 이승훈李承薰의 권유로 정주 오산학교 교사로 부임하기 직전이었다.

이광수는 「문학의 가치」에서 세계문학을 직접 언급하거나 그것에 대하여 말하지는 않는다. 다만 문학의 성격과 본질 그리고 가치를 설명하는 과정에서 세계문학에 관한 그의 관심을 엿볼 수 있을 뿐이다. 이 글은 100여 년이 지난 지금 읽어 보아도 별로 낡았다는 느낌이 들지 않을 만큼 신선하다. 이광수는 "'문학'은 인류사상人類史上에 심히 중요한 것이라"[3]는 문장으로 이 글을 시작한다. 이러한 주장은 "인류가 생존하는 이상에, 인류가 학문을 유有한 이상에는 반드시 문학이 존재할지니"니, "문학 그것은 인류의 생존할 때까지는 존재할지니"라고 밝힌다. 그러면서 그는 "시가・소설 등 정情의 분자를 포함한 문장을 문학이라 칭하게 지至하였으며 (이상은 동양), 영어에 'literature'(문학)이라는 자字도 또한 전자와 약동略同한 역사를 유有한 자者라"고 밝힌다.[4]

물론 이광수가 문학을 감정의 표현으로 파악한 것은 옳지만 그것이 동양의 문학관에 국한한 것인지는 좀 더 따져보아야 할 문제다. 예로부터 중국에서는 '문이재도文以載道'라고 하여 문학을 도를 싣는 수레나 도를 담는 그릇으로 받아들였고, 그것은 한자 문화권의 대표적인 예술론이요 창작원리였다. 한편 영어를 비롯한 서양 문화권에서 '문학'은 문학 작품을 기록하는 문자라는 말에서 비롯하였다. 어찌 되었든 이광수가 문학을 굳이 동양과 서양으로 구별하지 않고 인류의 보편적 산물로 간주한다는 점에서는 지극히 옳다. 세계문학은 바로 여기에서 출발하기 때문이다.

이광수가 문학이 동양보다 서양에서 발달한 이유를 기후에서 찾는 것도 흥미롭다. 그는 유럽을 비롯한 서양 대부분의 나라에서 문학이 발달한 것은 기후가 온화하고 토지가 비옥하여 생활에 여유가 있기 때문이라고 지적한다. 이와는 달리 동양에서는 기후가 좋지 않고 토지가 척박하여 의식주 해결에 급급한 나머지 '지智'와 '의意'만 중요하게 여기고 '정情'을 소홀히 하여 오늘날에 이르렀다고 말한다. 그의 주장은

---

3   이광수, 「문학의 가치」, 『이광수 전집 1』, 삼중당, 1971, 504면.
4   위의 글, 504・505면.

문학의 결정 요인으로 인종, 환경, 시대로 파악한 프랑스의 철학가요 문학 이론가인 이폴리트 텐의 자연주의 이론과 아주 비슷하다. 문학을 비롯한 예술은 한마디로 여유의 산물이요 잉여의 산물이기 때문이다.

문학의 본질과 관련하여 이광수는 문학이 비록 오락과 유희에 기원을 두고 있지만 궁극적으로는 삶과 우주 같은 좀 더 고차원적인 문제와 관련되어 있다고 지적한다. 그는 문학이 "인생과 우주의 진리를 천발闡發하며, 인생의 행로를 연구하며, 인생의 정적情的 상태 (즉, 심리상) 급及 변천을 공구攷究하며, 또 기其 작자도 가장 심중沈重한 태도와 정밀한 관찰과 심원한 상상으로 심혈을 관주灌注하나니"[5]라고 말한다. 이렇게 삶과 우주의 진리를 탐색하기 위하여 작가는 무엇보다도 정밀한 관찰과 심오한 상상력에 심혈을 기울여야 한다고 밝힌다. 이광수의 이러한 문학관은 19세기 중엽 요한 볼프강 폰 괴테가 꿈꾸고 20세기 초엽 라빈드라나트 타고르가 말한 세계문학과 맞닿아 있다. 또한 그것은 오늘날 말하는 세계문학의 개념과 본질에서는 크게 다르지 않다.

이 무렵 이광수는 조선의 어느 문인보다도 세계문학사의 흐름을 잘 알고 있었다. 지적 호기심이 뛰어난 그는 다이세이大成 중학을 거쳐 메이지 학원 중학부에서 공부하는 동안 서양문학과 역사를 공부하면서 이러한 세계문학의 개념을 습득하였다.

서양사를 독(讀)하신 제씨는 알으시려니와, 금일의 문명이 과연 하처(何處)로 종(從)하여 내(來)하였는가. 제씨는 추왈(陬曰), "뉴톤의 신학설

---

5 위의 글, 505면.

(물리학의 대진보), 다윈의 진화론, 와트의 증력(蒸力) 발명이며, 기타 전기ㆍ공예 등의 발전진보에서 내(來)하였다" 하리라. 실로 연(然)하도다. 누가 능히 차(此)를 부인하리오마는 한 번 더 기(其) 원(源)을 삭구(遡求) 하면 15, 16세기경 '문예부흥'이 유(有)함을 발견할지라. 만일 이 문예부흥이 무(無)하여 인민이 기(其) 사상의 자유를 자각치 아니하였던들, 어찌 여차(如此)한 발명이 유(有)하였으며, 금일의 문명이 어떻게 유(有)하였으리요. 연칙(然則), 금일의 문명을 부정하면 이무가론(以無可論)이어니와, 만일 차(此)를 인정하며, 차(此)를 찬양하면 문예부흥의 공을 인정할지요. 또 근세문명의 일대자격(一大刺激) 되는 경천동지하는 불국(佛國) 대혁명의 활극은 연출함이 불국 혁신 문학자 — 루소(Rousseau)의 일지필(一枝筆)의 력(力)이 아니며, 또 북미 남북전쟁시 북부 인민의 노예[를] 애련하는 정(情)을 동(動)케 하여 격전 수년 다수 노예로 하여금 자유에 환락케 한 자 스로, 포스터 씨 등 문학자의 력(力)이 아닌가.[6]

위 인용문에서 이광수가 근대 서양 문명의 발전 과정을 열거하면서 문학의 중요성을 역설한다는 점을 찬찬히 눈여겨보아야 한다. 그는 르네상스에서 프랑스 대혁명과 1차 산업 혁명을 거치는 동안 문학이 인류에 끼친 영향에 주목한다. 괴테는 일찍이 세계문학이 국가와 국가 사이에 이루어진 무역과 교류에 뿌리를 두고 있다고 지적하였다.

---

6   위의 글, 506면. 위 인용문의 마지막 문장 "스로, 포스터 씨 등 문학자의 력(力)이 아닌 가"에서 이광수는 실수를 범한다. 문맥으로 보면 '스로'는 흑인 노예제도에 반대한 헨리 데이비드 소로를 말하는 것 같다. 이 무렵 인쇄 과정을 보면 이광수 자신보다는 식자공의 실수 탓으로 돌릴 수도 있을 것이다. 또한 이광수는 흔히 '미국 민요의 아버지'로 일컫는 스티븐 포스터를 '문학자'라고 말하지만 실제로는 흑인의 애환이 짙게 밴 노래를 지은 작곡가일 뿐 문학자는 아니다.

카를 마르크스와 프리드리히 엥겔스는 이보다 한 발 더 밀고 나가 세계문학을 부르주아 자본주의가 낳은 산물로 파악하였다. 오늘날 세계문학도 넓게는 눈부신 과학과 기술 문명, 좁게는 3차 산업 혁명 이후 정보화 사회와 디지털 기술 그리고 세계화와는 떼려야 뗄 수 없이 깊이 연관되어 있다는 점은 이미 앞 장에서 밝혔다.

이광수도 문학이 당대의 사회에 깊이 연관되어 있다고 보았다. 물론 그는 물질문명이 문학을 낳았다기보다는 오히려 문학이 이러한 물질문명이 발전하는 데 견인차 구실을 했다고 지적한다. "인민이 기 사상의 자유를 자각치 아니하였던들, 어찌 여차한 발명이 유하였으며, 금일의 문명이 어떻게 유하였으리요"라고 말하는 까닭이 바로 여기에 있다. 더구나 이광수는 프랑스 민중이 "경천동지하는 불국 대혁명의 활극"을 연출할 수 있었던 것도 궁극적으로는 프랑스의 계몽주의 사상가요 자연주의 철학자인 장 자크 루소의 문필의 힘이 있었기 때문에 가능했다는 것이다. 그리고 보니 이광수가 위 인용문 첫머리에서 "서양사를 독하신 제씨는 알으시려니와, 금일의 문명이 과연 하처로 종하여 내하였는가"라고 하는 말이 여간 예사롭게 들리지 않는다.

이광수는 「문학의 가치」에 이어 1916년 11월에는 『매일신보』에 「문학이란 하何오」라는 글을 발표하였다. 이 글의 첫머리에서 그는 "금일, 소위 문학이라 함은 서양인이 사용하는 문학이라는 어의語義를 취함이니 서양의 'Literatur' 혹은 'Literature'라는 어語를 문학이라는 어로 번역하였다 함이 적당하다"[7]고 밝힌다. 여기서 이광수가 영어와 함께 굳

7　이광수, 「문학이란 하오」, 위의 책, 507면.

이 라틴어를 사용하는 것이 무척 흥미롭다. 더구나 이 'Literatur'는 괴테가 '세계문학Weltliteratur'을 언급하면서 사용한 바로 그 'literatur'이기도 하다. 왜 프랑스어를 비롯한 다른 서양어는 사용하지 않았을까? 어찌 되었든 이 글에서도 이광수는 비록 간접적이기는 하지만 세계문학과 관련한 내용을 언급한다.

> 고려 이전은 차치(且置) 물론(勿論)하고 이조 후 오백여 년 조선인의 사상감정은 편협한 도덕률의 속박한 바 되어 자유로 발표할 기회가 무(無)하였도다. 만일 여사(如斯)한 속박과 방해가 무(無)하였던들 조선에는 과거 오백년 간에라도 찬란하게 문학의 화(花)가 발하여서 조선인[의] 풍요한 정신적 양식이 되며, 고상한 쾌락의 재료가 되었을 것을 (…중략…) 지금에 타민족의 문학의 왕성함으로 목도함에 흠선(欽羨)과 통한 교지(交至)하는도다.[8]

위 인용문에서 이광수가 문학이란 '풍요한 정신적 양식'과 '고상한 쾌락의 재료'가 되어야 한다고 역설한다는 점을 눈여겨보아야 한다. 이 구절을 읽다 보면 문학의 공리적 기능을 강조하고 계몽주의 문학을 부르짖은 이광수의 모습은 좀처럼 찾아볼 수 없다. '풍요한 정신적 양식'은 문학의 공리적·실용적 기능을 말하는 것으로 볼 수 있지만 '고상한 쾌락의 자료'는 문학의 심미적·유희적 기능을 가리키는 것으로 보아 틀리지 않는다. 이광수의 지적대로 문학이라는 마차는 공

---

8 위의 글, 510면.

리적 · 실용적 기능의 바퀴와 심미적 · 유희적 기능의 바퀴가 함께 굴러갈 때 비로소 기능을 발휘한다.

위 인용문에서 또 한 가지 눈여겨볼 대목은 마지막 문장에서 이광수가 왕성하게 발전한 '타민족의 문학'을 바라보며 부러움을 느낀다고 밝히는 점이다. 그가 이렇게 다른 민족의 문학에 부러움을 느끼는 것은 그 문학과는 달리 조선의 문학은 지나치게 도덕률에 얽매인 나머지 인간의 감정과 사상을 자유롭게 표현하지 못했기 때문이다. 그래서 이광수는 "조선인은 마땅이 구의舊衣를 탈奪하고, 구후舊垢를 세洗한 후에 차此 신문명 중에 전신을 목욕하고 자유롭게 된 정신으로 신정신적 문명의 창작에 착수할지어다"[9]라고 밝힌다. 이렇듯 이광수는 조선문학과 다른 민족의 문학을 서로 비교한다. 실제로 세계문학은 서로 다른 문화권의 문학을 서로 비교하는 것으로 출발하였다. 앞 장에서 언급했지만 세계문학은 비교문학에 대한 비판적 반작용으로 출발했지만 비교문학의 연장선에서 발전하였다. 비교문학 없이는 세계문학은 발전할 수 없었을 것이다. 미국을 비롯한 북미 대륙과 서유럽에서 세계문학은 아직은 독립된 학과로 성장하기보다는 여전히 비교문학과에 속해 있는 것만 보아도 잘 알 수 있다.

「문학이란 하오」에서 세계문학에 관한 이광수의 태도가 비교적 두드러지게 드러나는 것은 문학자의 경제적 위치를 언급하는 대목이다. 그는 "문학자와 빈궁은 고래로 배우配偶라. 다만 성공을 급急하지 말고 진실하게 노력하여 일생의 심혈을 주注한 대작을 유遺하면 후의 명名

---

9   위의 글, 512면.

을 득하나니 고로, 문학은 국경이 무無한 동시에 시간이 무無하다 하나니라"[10]고 밝힌다. 그의 말대로 비록 정도의 차이는 있을망정 문필업에 종사하는 사람치고 경제적으로 풍요롭게 사는 사람은 드물다. 그러므로 문필가라면 경제적 성공보다는 문학 작품에서 성공을 이룩하도록 노력해야 한다. 문필가로서의 그러한 성공은 시공간을 뛰어넘어 길이길이 남게 되기 때문이다. "문학은 국경이 무한 동시에 시간이 무하다"는 말은 세계문학의 존재 근거를 제시하는 말로 받아들여도 틀리지 않을 것이다. 시간과 공간을 뛰어넘는 세계문학은 각각의 민족이 놓인 특수한 경험에 바탕을 두되 어디까지나 모든 인류에게 보편적인 문제를 다루는 문학을 말한다.

김억과 세계문학

이광수가 조선문학이 낡은 옷을 벗고 서양의 신문학의 옷을 갈아입고 세계정신을 호흡해야 한다고 조심스럽게 말했다면, 안서 김억은 좀 더 드러내 놓고 본격적으로 세계문학의 가능성을 탐색하였다. 한국 근대 작가 중에서 '세계문학'이라는 용어를 가장 일관되게 사용한 문인은 다름 아닌 김억이다. 이밖에도 김억에게는 '한국 최초'라는 수식어가 자주 따라 다닌다. 예를 들어 그는 한국 최초로 번역 시집 『오뇌의 무도』(1921)를 출간하였고, 그 뒤 2년 뒤에는 한국 최초의 현대

---

10 위의 글, 517면.

창작시집『해파리의 노래』(1923)를 출간하여 큰 관심을 끌었다. 그는 김소월金素月의 시적 재능을 최초로 발견했을 뿐만 아니라 개인의 정감을 자유롭게 노래하여 최초로 한국 자유시의 지평을 처음으로 활짝 연 인물이기도 하다.

김억은 평안북도 정주 출신으로 1907년 오산학교에 입학하여 1913년 졸업한 뒤 이듬해 일본 게이오기주쿠慶應義塾 문과에 진학하였다. 유학 중 김억은 재일본 동경 '재일본동경조선유학생학우회의在日本東京朝鮮留學生學友會'의 기관지『학지광學之光』 3호에 시 작품「이별」을 발표하면서 문단에 데뷔하였다. 2년 뒤 가정 사정으로 유학을 중단하고 귀국한 그는 오산학교 교사로 재직하면서『태서문예신보泰西文藝新報』에 주로 프랑스 상징주의 시를 번역하여 소개하는 한편 창작시를 잇달아 발표하였다. 김억이 한국어로 번역하여 발표한 서구 작품은 프랑스를 비롯하여 영국, 독일, 러시아, 헝가리, 불가리아, 그리스 등 국가의 분포가 무척 넓다. 또한 이 무렵『창조創造』,『폐허廢墟』,『영대靈臺』 등의 동인으로 그의 활동은 그야말로 눈이 부실 정도였다.

이렇듯 김억은 이 무렵 한국의 어떤 문인보다도 세계문학에 관심을 기울일 조건을 두루 갖추고 있었다. 조선문학의 '안'과 '밖'을 끊임없이 오가며 그 경계를 허물려고 노력한 김억은 이광수처럼 문학의 특수성과 보편성, 민족문학과 세계문학 사이에서 조화와 균형을 찾으려고 하였다. 이광수가 한국 문단에서 세계문학의 기반을 다졌다면 김억은 그 초석을 세웠다고 할 수 있다. 국내에서 김억을 세계문학의 관점에서 처음 이해하고 평가한 사람은 김연경金燕景이다. 그녀는「세계문학 지향 (1)」에서 "김억은 그의 문학 인생 전반에 걸쳐 일관되게 세계문학을 지향하였으며, 세계문학 실천의 일환으로 조선문학 기획 활동들을 전개하였다"[11]는 가설을 세우고 그 가설을 입증하려고 한다.

김억이 '세계문학'이라는 용어를 처음 사용한 것은 「에쓰페란토와 문학」이라는 글에서다. 1925년 3월 『동아일보』에 발표한 이 글에서 에쓰페란토를 사용하지 않고서는 세계문학의 무대에 나설 수 없다고 잘라 말하였다.

> 문화는 개인 본위나 민족 본위을[를] 떠나 전인류본위주의로 옴겨가는 이때에 에쓰페란토어의 문학 [작]품은 다대한 기대를 줍니다. 다시 말하면 세계문학을 형성함에는 모든 풍속과 인습에 구속밧지 아니하는 절대 중립적 에쓰페란토어만이 그 귀중한 책임자가 될 것입니다. 아마 엇던 의미로 보아 에쓰페란토어의 사명도 이에 잇고 전인류의 기대하는 바도 이 밧게 버서나지 않을 것입니다. (…중략…) 미래의 세계에는 에쓰페란토어로 인(因)하여 세계문학이 더더 광명과 미(美)를 놋케 될 것을 밋고 이만하고 각필(閣筆)합니다.[12]

김억은 비교적 짧은 위 인용문에서 '에쓰페란토어'라는 말을 무려 네 번, 그리고 '세계문학'이라는 말을 두 번 사용한다. 그가 이 두 용어를 얼마나 긴밀하게 서로 관련지어 사용하는지 쉽게 알 수 있다. 김억에 따르면 각각의 민족이 사용하는 언어에는 그 민족에 고유한 특수성이 담겨 있으므로 보편적인 성격의 세계문학 작품을 창작하는 데

---

11 위의 글, 391면.
12 김억, 「에쓰페란토와 문학」, 『동아일보』, 1925.3.16.

적잖이 걸림돌이 된다. 그는 "만일 언어에 어귀語魂라는 것이 잇다 하면 엄정한 의미로서의 번역이라는 것이 잇는가 없는가 하는 것이 문제외다"[13]라고 말한 적이 있다. 만약 인간에게 영혼이 있다면 언어에게도 영혼이 있을 수 있다는 논리다.

김억의 논리에 따른다면 한국문학 작품에는 한국어의 혼이 깃들어 있을 것이고, 일본문학 작품에는 일본어의 혼이 깃들어 있을 것이며, 영문학 작품에는 영어의 혼이 깃들어 있을 것이다. 각각 언어의 혼이 깃들어 있는 민족문학은 보편성을 지향하는 세계문학에는 걸맞지 않다. 그러므로 가치중립적인 에스페란토야말로 세계문학을 창작할 가장 이상적인 표현 수단이라는 것이다. 그러면서 김억은 에스페란토로 창작할 미래의 세계문학에 큰 기대를 품는다. 그래서 김억은 일찍이 에스페란토를 수단으로 삼아 세계문학을 실현하려고 하였다.

그러나 문제는 김억의 말대로 "풍속과 인습에 구속밧지 아니하는 절대 중립적 에쓰페란토어"로써만 쓰인 작품이 과연 훌륭한 세계문학인가 하는 데 있다. 앞 장에서 이미 밝혔듯이 에스페란토로 창작하거나 번역한 작품은 세계문학이 되기 어렵다. 김억은 가치중립적인 문학이 가장 훌륭하고 그러한 작품만이 세계문학의 반열에 오를 수 있다고 생각한다. 그러나 문학 작품이란 마치 유기체와 같아서 진공 속에서는 한순간도 존재할 수 없다. 에스페란토로 쓴 문학은 마치 진공 속의 문학과 같아서 세계문학으로서 이렇다 할 의미가 없다. 문학은 구체적인 역사적 시대와 사회적 공간과는 떼려야 뗄 수 없을 만큼 깊

---

13 김억, 「역시론(譯詩論) 상」, 『대조(大朝)』 6, 1930.5.

이 관련되어 있다. 그러므로 문학은 시공간의 탯줄에서 떨어져 나오는 순간 생명을 잃게 마련이다. 한마디로 세계문학은 특수성·구체성의 씨줄과 보편성·일반성의 날줄로 짜인 직물이다.

더구나 에스페란토가 과연 가치중립적인 국제어인가 하는 점도 좀 더 짚고 넘어가야 할 대목이다. 물론 루도비코 자멘호프는 국제적 의사소통을 원활하게 하려고 이 인공어를 창안했지만, 영어나 프랑스어 같은 강대국의 언어와는 달리 과연 가치중립적인 언어인가? 또 평등과 자유를 지향하는 언어인가? 처음 명칭 그대로 '국제어Lingvo Internacia'로서의 기능을 제대로 수행하는가? 이러한 질문에 선뜻 그러하다고 답하기가 망설여진다.

에스페란토는 무엇보다도 인도유럽어족을 기준으로 만들어졌다는 한계가 있다. 그렇다면 에스페란토에서 말하는 인류 평등이라는 것도 인도유럽어족 사용자만 누릴 수 있는 특권이라는 비판을 받을 수밖에 없다. 영어나 프랑스 같은 강대국 언어가 국제어라는 그럴듯한 이름으로 다른 민족에게 강요되는 현실을 비판하며 태어난 언어 또한 그러한 특권과 무관하지 않다는 것은 아이러니가 아닐 수 없다. 비교적 최근 들어 유럽 연합(EU)의 공용어로 에스페란토를 채택하자는 주장과는 또 다른 문제다. 이러한 주장을 펴는 사람들은 대개가 세계에스페란토협회 회원들이다. 그들은 EU가 법적으로는 모든 가입국 언어를 인정하기 때문에 통역이나 번역 문제가 심각하게 대두된다는 사실을 그 근거로 내세운다.

김억은 1930년대 이후 민족문학과 세계문학을 언급하면서 이 두 문학을 규정짓는 특성으로 각각 특수성과 보편성을 지적한다. 그는 어떤 때는 특수성과 보편성을 '통속通俗'과 '순정純正'이라는 용어로 부르기도 한다.

> 문학을 두 가지로 난후어 통속과 순정이라고 한다면 환경가튼 것에다 중심을 잡는 것은 통속일 것이오, 인생의 내부적 상(相)에다 주점(主點)을 잡을 것과 가튼 것은 순정이외다. 세계문학으로의 요건은 무엇보다도 순정 문학적 조리를 가지지 아니하야서는 아니될 것이외다. 웨 그러고 하니 그러치 아니하고는 어떠한 민족에게든지 상당한 이해를 줄 수가 업기 때문이외다.[14]

여기서 김억이 말하는 '환경'과 '인생의 내부적 상'이란 각각 특수성과 보편성을 가리키는 것을 보아 크게 틀리지 않는다. 그는 환경 같은 특수한 상황에 바탕을 두는 민족문학을 '통속' 문학이라고 부르는 반면, 좀 더 보편적인 삶의 문제에 초점을 맞추는 문학을 '순정' 문학이라고 부른다. 김억에 따르면 민족문학은 통속문학에서 비롯하지만, 세계문학은 어디까지나 순정문학에서 비롯한다. '통속'이니 '순정'이니 하는 용어가 자칫 가치지향적으로 들릴지 모르지만 그가 민족문학과 세계문학을 애써 구분 지으려고 하는 것은 이해가 간다. 김억이 궁극적으로 지향하는 문학은 어떤 특수성이나 구체성에서 벗어난 문학, 즉 "어떠한 민족에게든지 상당한 이해를 줄 수" 있는 보편적인 세계문학이다.

---

14 김억, 「에쓰페란토 문학 6」, 『동아일보』, 1930.4.13.

1936년 2월 『삼천리』에서는 당시 활약 중인 작가들에게 영어나 에스페란토로 번역하여 외국 독자들에게 소개하고 싶은 작품에 관하여 설문 조사를 한 적이 있다. 이 설문에 김억은 "단편 멧 개가 잇을 뿐이외다"라고 운을 뗀 뒤 "동인東仁 군의 「아라서버들」, 「광염 소나타」, 「명화名畫 리듸아」 가튼 것이요 빙허憑虛의 「B사감과 러브레터」, 그밧게 몇 편이외다"[15]라고 대답한다. 『삼천리』가 두 달 뒤 다시 실시한 설문 조사에서도 김억은 "나 일개의 의사를 말하라 하면 이만 햇으면 하는 정도의 작품으로는 김동인의 「아라사버들」, 「감자」, 「명화 리듸아」, 「명문明文」, 「광염소나타」, 그 외 멧멧 편이요, 그 다음에는 현진건의 「[B]사감과 러브레터」, 「고향」 그 밧게 1, 2편이요"[16]라고 밝힌다. 두 번째 설문에 대한 답에서도 김억은 김동인과 현진건의 단편소설을 언급할 뿐 다른 작가의 작품은 아예 언급하지도 않는다. 다만 그는 김동인의 작품에 「감자」와 「명문」을 추가하고, 민촌民村 이기영李箕永의 『고향』(1933)을 추가할 뿐이다.

그런데 김억이 번역하고 싶다고 밝힌 작품들은 하나같이 그의 말대로 "지방색이 농후한" 것들로서 "인류의 공동감이라 할 누구나 이해할 수 잇는" 그런 작품들로 보기 어렵다. 김억의 주장대로라면 한국적 정서에 바탕을 둔 이러한 작품들은 세계문학의 반열에 오를 수 없다. 그는 문학의 향토성과 관련하여 인도 시인 라빈드라나트 타고르의 작품을 언급하면서 만약 인도의 자연과 사상의 배경이 없었더라면 그의

---

15 「영어 우(又)는 에쓰어로 번역하야 해외로 보내고 십흔 우리 작품」, 『삼천리』 8-2, 1936.2.1.
16 「조선문학의 세계적 수준」, 『삼천리』 8-4, 1936.4.1.

시는 위대하지 못했을 것이라고 말한다. 그러면서 1920년대 조선에서 발표되던 시 작품에 관하여 "우리 시단에 발표되는 대개의 시가는 암만하여도 조선의 사상과 감정을 배경한 것이 아니고, 엇지 말하면 구드[두]를 싣고 갓을 쓴 듯한 창작도 번역도 아닌 작품입니다"[17]라고 날카롭게 비판한다. 조선의 것이라고 할 수도 없고 그렇다고 서양의 것이라고도 할 수 없는, 어정쩡한 작품이라는 말이다.

김억이 문학 활동을 할 초기에는 외국문학에 심취했다가 점차 민족문학에 눈을 돌렸다는 것은 이미 잘 알려진 사실이다. 그는 문단 생활 20년을 회고하는 글에서 "그동안 한껏 배외사상에 심취하야 내 것에 대하야는 돌아보지도 아니하든 것이 이즘에는 그 꿈에서 눈을 내것에다 돌니면서 내것 답[닭]은 것을 찾기 때문이외다"[18]라고 고백한다. 그러나 그가 이렇게 한국의 토착적인 것에 눈을 돌린 것은 외국문학에 싫증을 느껴서라기보다는 오히려 세계문학에 눈을 떴기 때문이라고 보는 쪽이 더 옳다. 그러므로 민족문학의 향토성은 세계문학으로 인정받는 데 필수적인 조건이 되는 셈이다.

그렇다면 김억은 왜 향토적인 작품이 세계문학의 걸작이 될 수 없다고 생각했을까? 구체적인 경험에 뿌리를 박고 있는 향토적이고 토속적인 작품은 아마 다른 문화권의 언어로 번역하기 힘들기 때문일 것이다. 이렇게 번역하기 까다롭고 어려운 작품을 애써 번역해 놓으면 외국 독자들이 이해하기 쉽지 않을 것이다. 김억은 조선의 단편소설 몇 편을 에스페란토로 번역하여 출간하면서 이 문제를 언급한다.

---

17 김억, 「조선심(朝鮮心)을 배경 삼아」, 『동아일보』, 1924.1.1.
18 김억, 「나의 문단 생활 20년」, 『삼천리』 7-5, 1935.6.1.

춘향전 가튼 것을 읽고 조와합니다. 그러나 이것은 외국어로 번역할 수
도 업거니와 또 번역을 한다 하더라도 외국인은 조곰도 이해치 못할 것이
외다. (…중략…) 나는 이번 역품(譯品) 선택에 이러한 표준을 세웟습니다.
아모리 조선 사람에게는 조흔 작품이라도 그것이 번역되야 외인(外人)에
게 이해바들 수 업는 것이라면 그것은 번역한댓자 결국 업는 것이나 맛찬
가지기 때문이외다.[19]

김억의 말대로 한국 작품 중에는 다른 문화권의 언어로 옮기기 쉬
운 작품도 있고, 그렇지 못한 작품도 있다. 이러한 사정은 비단 한국
작품에만 그치는 것이 아니라 모든 문화권의 문학에도 마찬가지로 해
당한다. 그러나 엄밀히 말해서 번역하기 난해하다는 사실과 그래서
세계문학이 될 수 없다는 사실 사이에는 이렇다 할 상관관계가 없다.
김억은 기회 있을 때마다 번역이란 창작 못지않게 어려운 작업으로
불가능에 도전하는 것과 같다고 여러 번 실토하였다. 가령 그는 『오
뇌의 무도』 서문에서 "시가의 역문에는 축자逐字, 직역보다도 의역 쏘
는 창작적 무드를 가지고 할 수박게 없다는 것이 역자의 가난한 생각
엣 주장입니다"[20]라고 천명한다.

그로부터 몇 해 뒤 김억은 「현시단現詩壇」이라는 글에서도 "엄정한
의미로 보면 번역이란 산문이고 운문이니 할 것 업시 도대체 불가능
합니다. 이 불가능한 것을 가능케 함은 무엇보다도 적당한 역자의 개
성 그것에게 맛길 수박게 업습니다. (…중략…) 다시 말하야 역자가

19 김억, 「'현대조선단편선집' 에쓰 역(譯)에 대하야」, 『삼천리』 8-2, 1936.2.1.
20 억생(김억), 「역자의 인사 한마듸」, 『오뇌의 무도』, 광익서관, 1921, 10면.

창작 무드를 가지[고] 창작하여 바리는 것이 가장 조흔 일이 아닐가 함니다"[21]라고 밝힌다. 시의 번역 불가론과 관련하여 김억은 "어떠한 것을 물론하고 시가란 결코 번역할 것이 못 됩니다. 이 점에서 나의 역시譯詩 불가능론이 그 의의와 주장을 가지게 됩니다"[22]라고 밝힌다. 그는 운문과 산문을 굳이 가르지 않고 외국문학 작품을 자국어로 번역하는 일이란 '불가능'하다고 못 박아 말한다.

그러나 엄밀히 말해서 산문과 운문은 번역하는 데 적잖이 차이가 난다. 언어의 지시적 기능에 주로 의존하는 산문과는 달리 함축어와 한 민족에 고유한 운율에 실어 사상과 감정을 표현해야 하는 운문의 경우는 더더욱 말할 나위가 없다. 그러나 어떤 의미에서는 번역하기 어려우므로 도전할 가치가 있을지도 모른다. 역설적으로 말해서 번역하기 어려운 작품일수록 세계문학으로서 그 가치를 인정받게 될 가능성은 더더욱 크다. 김억이 언급하는 『춘향전』은 내용과 형식 두 가지를 모두 살려서 잘 번역한다면 한국문학 작품 중 세계문학의 반열에 오를 가능성이 가장 큰 작품 중 하나다.

이 점에서 『춘향전』에 관한 이광수의 언급은 주목해 볼 만하다. 앞에 언급한 「문학이란 하오」에서 그는 민족마다 저마다의 보물 같은 문학 작품이 있다고 지적한다. 그러면서 그는 『춘향전』은 『심청전』과 함께 한국 민족의 정서를 표현한 작품으로 그동안 많은 한국 독자에게 위로와 즐거움을 주어 왔다고 밝힌다.

---

21 김억, 「현 시단」, 『동아일보』, 1926.1.14.
22 김억, 「역시론 (상)」, 『대조』 6, 1930.5. 그는 『잃어진 진주』의 서문에서는 이보다 한 발 나아가 아예 "시의 번역이라는 것은 번역이 아닙니다. 창작입니다"라고 잘라 말한다. 김억 편역, 『잃어진 진주』, 평문관, 1924, 5면.

여차(如此)히 성(成)한 작품도 실로 일민족의 중보(重寶)요, 전인류의 중보니 시관(試觀)하라. 심청전, 춘향전이 기백년래(幾百年來) 기백만인(幾百萬人)에게 위안과 쾌락을 여(與)하였나뇨. 심청전, 춘향전은 결코 진정한 의미의 대문학은 아니로되 여차하거늘, 하물며 대문학에서랴. 삼국지, 수호지도 중국 민족의 보물이어니와, '호메로스', '셰익스피어'의 작물(作物) 등은 세계 인류의 대보(大寶)라. 오인(吾人)에게서 춘(春)의 화(花)를 상완(賞玩)하는 쾌락을 탈(奪)하다 하면 오인은 얼마나 불행하겠나뇨. 문학 예술은 실로 인생의 화(花)니라.[23]

이광수가 『심청전』과 『춘향전』을 두고 "결코 진정한 의미의 대문학은 아니로되"라고 말하는 것이 조금 걸린다. 또한 그가 '대문학'과 그렇지 않은 '소문학'을 가르는 잣대가 무엇인지 정확하지 않다. 다만 그가 '세계 인류'라는 용어를 사용하는 것으로 미루어보아 문학 작품을 읽는 독자층을 염두에 두고 내린 가치 판단인 것 같다. 독자층으로 보자면 한국의 이 두 고전 작품은 호메로스나 셰익스피어의 작품은 그만두고라도 중국의 『삼국지』나 『수호지』에 크게 미치지 못할지 모른다. 그러나 이광수가 『춘향전』과 『심청전』을 한국 민족에게는 보물처럼 소중한 작품이라고 밝히는 점에 주목해야 한다. 이 두 작품은 『흥부전興夫傳』이나 『별주부전鱉主簿傳』 등과 함께 판소리 사설이 소설로 정착된 대표적인 판소리계 소설로 꼽힌다. 독자의 수를 떠나 중국 민족에게 『삼국지』와 『수호지』 같은 문학 작품이 있고, 서양 사람들

---

23 이광수, 「문학이란 하오」, 앞의 책, 516면.

에게『일리아스』와『오디세이아』 같은 호메로스의 서사시와 윌리엄 셰익스피어의 극작품이 있다면, 한국 민족에게는『심청전』과『춘향전』 같은 작품이 있다고 말하는 것은 지극히 옳다. 바로 각각의 민족에게 보물 같은 문학 작품은 다른 언어로 번역되어 세계 문단에서 널리 읽히면서 세계문학으로서의 위치를 획득하게 될 것이다.

한편 김억이 국제문학(세계문학)으로 걸작인 작품은 얼마든지 국민문학(민족문학)의 걸작이 될 수 있다고 주장하는 것도 좀 더 찬찬히 따져보아야 한다. 세계문학으로 대접받는 작품이라고 하여 반드시 민족문학이 되는 것은 아니다. 세계문학 작품 중에는 민족문학으로 인정받을 수 없는 작품도 얼마든지 있기 때문이다. 한마디로 세계문학은 민족문학과 세계 곳곳에 흩어져 있는 지구촌 문학의 교집합에 해당한다. 다시 말해서 세계문학을 'A'라고 하고 민족문학을 'B'라고 할 때 세계문학은 'A∩B'로 나타낼 수 있다. 앞에서도 밝혔듯이 세계문학이란 마차와 같아서 특수성과 보편성의 바퀴와 구체성과 일반성의 바퀴를 함께 갖출 때 비로소 제대로 굴러갈 수 있기 때문이다.

외국문학연구회와 세계문학

이광수와 김억에 이어 이론에서나 실제에서나 세계문학을 좀 더 본격적으로 다룬 것은 일본 도쿄에서 발족한 '외국문학연구회外國文學硏究會'였다. 일제 강점기 1920년대 중엽 일본 도쿄에 있는 여러 대학에서 외국문학을 전공하던 조선 유학생들이 결성한 단체가 흔히 '해외문학

파'로 잘못 알려진 외국문학연구회다. 이 연구회에서는 그 기관지로
『해외문학』을 발간하여 세계 여러 나라의 문학 작품을 되도록 중역
과정을 거치지 않고 직접 번역하여 널리 알리고 세계문학을 올바로
소개하는 데 심혈을 기울였다. 이 연구회는 문인 한 개인 차원이나 몇
몇 문단 동인이 아니라 연구회 규모로 세계문학을 다루었다는 점에서
그 의미가 크다.

　외국문학연구회는 일본 사학 명문 와세다早稻田대학에서 정치경제
학부에서 경제학을 전공하던 전진한錢鎭漢이 이끈 '한빛회'의 하부 조직
으로 처음에는 동호인 모임으로 시작하였다. 외국문학연구회는 1925
년 봄 이 대학에서 영문학을 전공하던 정인섭鄭寅燮과 역시 같은 대학에
서 러시아문학을 전공하던 이선근李瑄根, 그리고 호세이法政대학에서 영
문학과 불문학을 전공하던 이하윤異河潤 세 사람이 주축이 되어 결성하
였다. 이 세 사람은 도쿄에서 외국문학을 전공하던 조선인 유학생들을
골라 연구회에 가입하도록 종용하고 설득하였다. 이에 네 명이 동의하
자 그들은 마침내 연구회를 조직하고 창립하기에 이르렀다. 창립 회원
으로는 위에 언급한 세 사람 말고도 호세이대학에서는 독문학을 전공
하던 김진섭金晉燮과 불문학을 전공하던 손우성孫宇聲이 참여하였고, 도
쿄고등사범학교에서 영문학을 전공하던 김명엽金明燁, 그의 동생으로
도쿄외국어대학에서 러시아문학을 전공하던 김준엽金晙燁이 참여하였
다.

　외국문학연구회는 발족한 지 몇 달 뒤 이 연구회를 좀 더 확대하고
활성화하기 위하여 좀 더 회원을 보강하기로 하였다. 그래서 기존 회원
3인 이상의 추천을 거쳐 ① 와세다대학 영문학과의 김한용金翰容, ② 와세

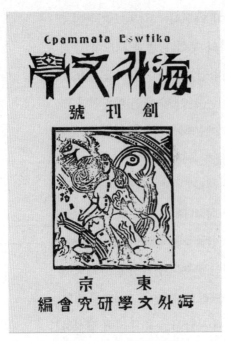

Cpammata Eswtika
學文外海
號刊創
東 京
編會究研學文外海

한국에서 '세계문학'이라는 용어를 처음 본격적으로 사용한 외국문학연구회의 기관지 『해외문학』 창간호 표지.

다대학 불문학과의 이헌구李軒求, ③ 호세이대학 영문학과의 장기제張起悌, ④ 호세이대학 철학과의 홍재범洪在範, ⑤ 호세이대학 러시아문학과의 이홍종李弘鍾, ⑥ 도쿄제국대학 일본문학과의 함일돈咸逸敦, ⑦ 와세다대학 영문학과의 유석동柳錫東 등을 2차 회원으로 영입하였다.

1927년 1월 외국문학연구회가 기관지 『해외문학』을 발간하면서 3차로 영입한 회원은 ① 와세다대학 영문학과의 정규창丁奎昶, ② 와세다대학 영문학과의 이병호李炳虎, ③ 와세다대학 영문학과의 김광섭金珖燮, ④ 도쿄외국어대학 러시아문학과의 함대훈咸大勳, ⑤ 도쿄외국어대학의 러시아문학과의 이홍진李洪鎭 등이다. 이밖에도 ① 도쿄제국대학 독문학과의 서항석徐恒錫, ② 도쿄제국대학 독문학과의 조희순曹希醇, ③ 릿쿄入敎대학 영문학과의 유치진柳致眞, ④ 도쿄제국대학 독문학과의 김삼규金三奎, ⑤ 릿쿄대학 영문학과의 김상용金尙鎔, ⑥ 아오야마靑山학원 영문학과의 박용철朴龍喆, ⑦ 도쿄제국대학 일본문학과의 함병업咸秉業, ⑧ 와세다대학 독문학과의 이동석李東碩, ⑨ 경성제국대학 영어영문학과의 조용만趙容萬, ⑩ 중국 북경 민국民國대학 영문학과와 중국어문학과의 정래동丁來東 등도 직접 또는 간접 외국문학연구회와 인연을 맺었다.

　창립 회원을 비롯하여 두 번째로 가입한 회원들은 회원 자격이 비교적 확실하지만 세 번째 영입한 회원들은 그 자격이 그다지 명확하지 않다. 또 세 번째로 영입을 시도한 회원부터는 정식 회원으로 가입은 하지 않았지만 외국문학연구회의 설립 취지에 적극적으로 동감하거나 뒷날 귀국한 뒤 '극예술연구회劇藝術硏究會' 등에서 참여하여 활약한 사람들도 더러 있어 회원의 자격이나 성격이 상당히 유동적이었다. 그러므로 3차 영입 회원 중에는 정식 회원이라기보다는 차라리 '동반자' 회원으로 부를 만한 사람들이 적지 않다.『해외문학』창간호를 출간할 무렵 외국문학연구회의 회원 수는 무려 스물대여섯 명이 넘었다. 이로써 외국문학연구회는 점차 동호인 모임의 성격에서 벗어나 이름 그대로 '연구회'의 성격을 갖추게 되었다.

　이렇듯 외국문학연구회는 회원의 이름에서도 볼 수 있듯이 일제 강점기와 해방 뒤 한국의 학계와 문화예술계에서 맹활약하게 될 인물이 모두 망라되어 있다시피 하다. 그들은 유학을 마치고 귀국한 뒤 여러 대학의 외국문학 학과의 교수로, 번역가로, 작가나 시인, 언론인 등으로 크게 활약하였다. 만약 그들이 없었더라면 한국의 학계와 문화계는 그만큼 초라했을 것이다. 지금까지 이렇다 하게 주목받지 못했지만 특히 그들이 한국에서 세계문학의 논의에 끼친 영향을 무척 크다.[24]

　외국문학연구회는 한 달에 한 번씩 정기적으로 모임을 가지고 문학에 대하여 폭넓게 토론하고 좌담회를 열기로 하였다. 월례회 소집을

24　외국문학연구회의 창립과 활동 그리고 성과에 관해서는 김욱동,『외국문학연구회와 『해외문학』』, 소명출판, 2020, 51~85면 참고

책임 맡을 간사는 이하윤과 정인섭이 교대로 맡았다. 또한 이 연구회는 좀 더 체계적으로 활동하기 위하여 월간지 성격의 기관지 『해외문학』을 발간하기로 하였다. 그러나 이 무렵 회원들이 고학생과 다름없는 유학생이어서 월간지를 발행한다는 것은 여간 힘에 부치는 일이 아니었다. 그래서 이 잡지는 1927년 1월과 7월 두 차례에 걸쳐 간행한 뒤 안타깝게도 종간되고 말았다.

외국문학연구회의 세계문학에 관한 관심은 이 연구회의 명칭과 그 기관지의 제호에서도 단적으로 엿볼 수 있다. 여기서 '외국문학'은 '조선문학'이나 '민족문학'과 대척 관계에 있는 용어다. 다시 말해서 김억이 '국민문학'의 대항·개념으로 사용한 '국제문학'이나 '세계문학'과 같은 개념이다. 기관지의 제호로 사용한 '해외문학'도 국내 문학이 아닌 나라 밖의 문학이라는 뜻으로 역시 국제문학이나 세계문학과 같은 말이다. 섬나라인 일본에서는 외국을 '바다 바깥'이라는 뜻으로 '해외'라는 말을 자주 써 왔다. 『조선왕조실록朝鮮王朝實錄』에서도 이 '해외'라는 말이 가끔 나오기 때문에 일본어의 유산이라고는 할 수 없지만 일제 강점기를 거치면서 이 용어를 자주 사용하기 시작한 것은 틀림없는 사실이다.

좀 더 구체적으로 '세계문학'이라는 용어는 『해외문학』의 선언문이라고 할 창간호 권두사에서 뚜렷이 엿볼 수 있다. 모두 다섯 항목으로 되어 있는 권두사 중에서 첫 번째와 다섯 번째를 제외한 나머지 세 항목은 다음과 같다.

무릇 신문학의 창설은 외국문학 수입으로 그 기록을 비롯한다. 우리가 외국문학을 연구하는 것은 결코 외국문학 연구 그것만이 목적이 아니오 첫재에 우리 문학의 건설, 둘재로 세계문학의 호상 범위를 넓히는 데 잇다.

즉 우리는 가장 경건한 태도로 먼저 위대한 외국의 작가를 대하며 작품을 연구하여써 우리 문학을 위대히 충실히 세워노며 그 광채를 독거 보자는 것이다. 이에 우리는 우리 신문학 건설에 압셔 우리 황무한 문단에 외국문학을 밧어 드리는 바이다.

여긔에 배태될 우리 문학이 힘이 잇고 빗이 나는 것이 된다면 우리가 이르킨 이 시대의 필연적 사업은 그 목적을 달하게 된다. 동시에 세계적 견지에서 보는 문학 그것으로도 한 성공이다. 그만치 우리의 책임은 중대하다.[25]

첫째, 외국문학연구회는 조선의 신문학을 올바로 발전시키기 위해서는 무엇보다도 먼저 외국문학을 수입해야 한다고 천명한다. 여기서 '수입'이라는 말이 자칫 목에 걸린 가시처럼 거북스러울지 모르지만 20세기 초엽의 동아시아 현실을 고려하면 그렇게 낯선 말도 아니다. 이 무렵 '수입'이라는 말은 '이입'이나 '이식'의 의미로 널리 쓰였다. 가령 앞에서 언급한 김억만 하여도 "무엇보다도 문예품 이식을 가능한 사업이라 인정하면 에쓰페란토어처럼 더 이식을 가능케 할 것은 업는 것이외다"[26]라고 밝힌다. 그러므로 여기서 그가 말하는 이식이란 곧 번역을 가리키는 말로 보아 크게 틀리지 않는다.

---

25 『해외문학』 창간호, 1927.1.17, 1면.
26 김억, 「에쓰페란토 문학 3」, 『동아일보』, 1930.4.10. 김억은 또 다른 글에서 "우리들은 지금까지 영, 불, 독, 노, 이(伊)와 가튼 나라의 문학은 용이(容易)히 원문 또는 이식물과 접할 수가 잇엇습니다"라고 밝힌다. 「에쓰페란토 문학 5」, 『동아일보』, 1930.4.12.

여기서 특히 눈여겨보아야 할 것은 외국문학을 연구하는 목적이 단순히 한국문학을 비옥하게 만드는 데 있지 않고 한발 더 나아가 "세계문학의 호상 범위를 넓히는 데 있다"라고 천명한다는 점이다. 세계문학을 한국 문단과 학계에 소개함으로써 한국문학을 더욱 풍요롭게 하는 한편, 세계문학은 세계문학대로 한국문학에 소개함으로써 그 외연을 확장할 수 있다는 말이다. 이를 달리 말하면 한국문학과 세계문학의 관계는 일방적인 것이 아니라 어디까지나 쌍방적이라는 것이다. 1920년 중엽 외국문학연구회가 이렇게 한국문학과 세계문학을 별개의 독립체로 보지 않고 전일적이고 유기적인 관계로 파악했다는 것이 여간 놀랍지 않다. 연구회 회원들은 궁핍한 식민지 시대의 젊은 지식인들로서 그만큼 세계정신을 호흡하려고 애썼던 것이다.

둘째, 외국문학연구회는 외국 작가들의 작품을 "가장 경건한 태도로" 연구하겠다는 포부를 밝힌다. '경건한'이란 공경하며 삼가고 엄숙하다는 뜻으로 흔히 종교와 관련하여 쓰는 말이다. 그런데 연구회 회원들은 외국문학을 연구하되 이렇게 엄숙한 마음으로 연구하겠다는 것이다. 이러한 학문의 엄숙성은 겸손한 마음으로 남의 것을 인정하고 받아들일 때 비로소 생겨난다. 한국 속담에 "내 돈 서 푼만 알고, 남의 돈 칠 푼은 모른다"는 것이 있다. 자기 것만을 소중하게 여기고 남의 것을 하찮고 천하게 여기는 태도를 이르는 말이다. 19세기 말엽 조선이 서양 열강들과의 통상을 거부하는 쇄국정책을 펼치는 동안 일본과 중국은 문호를 개방하며 서양 문물을 발 빠르게 받아들이고 있었다. 그 결과를 몸소 지켜본 젊은 유학생들은 조선의 근대화를 늦춘 쇄국정책을 반성하면서 마음의 문을 활짝 열어놓고 열린 마음으로 외국문학을 받아들이고 연구하려고 하였다.

두 번째 항목에서 또 한 가지 주목해 볼 것은 외국문학연구회가 단순히 외국문학 연구 자체에 목적을 두지 않고 궁극적으로는 조선문학을 "위대하고 충실하게" 세워놓는 데 주력하겠다고 말한다는 점이다. 이 점은 첫 번째 항목에서 말한 것과 크게 다르지 않다. 다만 두 번째 항목에서 키워드는 '광채'와 '황무한'이라는 두 낱말이다. "광채를 독거 보자는 것"에서 '독거'라는 말이 과연 무슨 뜻일까? 모르긴 몰라도 아마 '돋다'에서 파생한 '돋우다'나 '돋구다'를 가리키는 것 같다. 어떤 물건이나 상황을 위로 끌어 올려 도드라지거나 높아지게 한다는 뜻이다. 조선문학이 그동안 찬란한 빛을 내뿜어 왔지만 최근 들어 이런저런 이유로 그 빛을 잃으면서 그만 "황무한 문단"이 되고 말았다. 그런데 연구회 회원들은 이에 좌절하지 않고 외국문학을 연구하고 받아들임으로써 조선문학의 찬란한 영광을 되찾겠다는 굳은 의지를 보여준다.

이와 관련하여 "이에 우리는 우리 신문학 건설에 앞셔 우리 황무한 문단에 외국문학을 밧어 드리는 바이다"라는 마지막 문장을 좀 더 찬찬히 주목해야 한다. 한국문학사에서 신문학은 흔히 갑오경장甲午更張 이후 개화사상에 따라 서구의 문예 사조를 받아들여 이루어진 새로운 형식과 내용의 문학을 말한다. 그러니까 고대문학과 현대문학 사이를 잇는 과도기 문학이 바로 신문학이다. 그런데도 외국문학연구회는 "우리는 우리 신문학 건설에 앞셔……"라고 말하면서 신문학이 아직 건설되지 않았음을 내비친다. 좀 더 본격적인 의미에서 신문학은 최남선과 이광수가 언문일치의 문장 운동을 일으키면서 시작되었다.

그러나 외국문학연구회 회원들에게 조선의 신문학은 첫걸음을 떼었을 뿐 아직 걸음마 단계에 있는 것과 크게 다름없었다. 한편 '우리 신문학'이라는 표현에서 '우리'에 방점을 찍어 해석한다면 연구회 회원들이 생각하는 신문학은 아직 시작하지 않았다는 뜻으로도 받아들일 수 있다. 그다음 항목에서 그들이 "여기에 배태될 우리 문학"이라고 말하는 것을 보면 더더욱 그러한 생각이 든다. 어쩌면 그들이 염두에 두고 있던 신문학은 지금 조선반도에서 이루어지고 있는 문학과는 조금 다른, '안'과 '밖'을 함께 아우르는 문학일지도 모른다. 한마디로 세계문학과 유기적 관계를 맺는 문학이 그들이 지향하는 신문학일 것이다.

셋째, 외국문학연구회는 연구회의 활동과 『해외문학』의 발간을 그들이 살고 있던 "시대의 필연적 사업"으로 간주한다. 다른 분야도 아니고 외국문학을 전공하는 식민지 시대의 젊은 지식인으로서 그들이 펼치는 연구회 활동은 거부할 수 없는 시대적 요청에 따른 것이라는 점을 밝히는 것이다. 앞에서 잠깐 외국문학연구회가 '한빛회'의 하부 조직으로 시작되었다고 밝혔다. 유학생들은 1919년 기미년 독립운동을 직접 또는 간접으로 경험한 데다 1923년 9월 간토關東 대지진이 일어나면서 일본 정부가 곤경에서 벗어나기 위하여 많은 조선인을 희생시킨 것에 분개하여 비밀결사를 조직할 필요성을 절감하였다.

그런가 하면 외국문학연구회 회원들은 "동시에 세계적 견지에서 보는 문학"에도 깊은 관심을 기울였다. 이 구절은 세계문학과 관련하여 시사하는 바 자못 크다. 그들은 안쪽에서 바깥쪽으로 눈을 돌릴 뿐 아니라 더 나아가 바깥쪽에서 안쪽으로 눈을 돌리려고 하였다. 눈을 안쪽에서 바깥쪽으로 돌리는 것은 쉽지만 이와는 반대로 바깥쪽에서 안쪽으로 돌리는 것은 그렇게 쉽지 않다. 이 구절은 자국의 문학이 발전하려면 반드시 그 문학에 자의식을 느껴야 한다는 의미로 받아들일 수 있다.

이렇게 외국문학연구회는 창간 권두사에서 세계문학의 중요성과 한국문학과의 관련성을 언급한 뒤 이번에는 개별적인 비평과 작품 번역 등에서 이 문제를 좀 더 구체적으로 다룬다. 세계문학과 관련하여 특히 눈길을 끄는 것은 '화장산인花藏山人'이라는 필명으로 정인섭이 발표한 논문 「포오를 논하야 외국문학 연구의 필요에 급及하고 『해외문학』의 창간함을 축함」이다. 이 논문을 시작하기에 앞서 정인섭은 「서序」라는 짤막한 글을 덧붙여 놓는다.

인류의 문학적 소산의 종합적 범위를, 가령 사람의 예술적 본능을 그 공통 중심으로 한 일종의 원면적에 비할 수 잇다면 국민문학과 세계문학은 그 반경과 원의 관계를 가젓다 할 수 잇슬 것이다.

원주상의 각점은 상호불리(相互不離)이 밀접한 영향 상태를 보존하고 잇스니 반경이 크지면 커질수록 원도 커지고 원이 커지면 커질수록 반경도 커지는 것이다. 현재 우리 문학은 그 원주상의 가장 세약한 점일지도 모른다.

그럼으로 우선 타(他)에 대해서 추종적 일종의 흡취(吸取) 상태에 잇슬지라도 연차(延次) 그 원심력이 강렬해지면 그 일점도 쏘한 팽창하고 긴장될지니 미구(未久)에는 그 원상에 예민한 일각의 돌출을 작(作)하야 원주상의 모든 점에서 일종의 선도적 파동의 전류를 주어 그 결과 세계문학

의 종합적 질과 양의 위대화를 볼 수 잇슬 것이다.[27]

정인섭이 세계문학(해외문학)과 국민문학(민족문학)의 관계를 좀 더 쉽게 설명하기 위하여 기하학의 비유를 드는 것이 무척 흥미롭다. 구분구적법을 이용하거나 극한과 미적의 개념으로 증명해야 하지만, 쉽게 말해서 원의 넓이는 흔히 반지름 곱하기 반지름에 다시 3.14를 곱하여 계산한다. 중심점이 동일할 때 반지름을 'r'이라고 하고, 원의 넓이를 'S'라고 할 때 원의 면적은 'S = r×r×3.14', 즉 'πr2'의 수식으로 나타낼 수 있다. 정인섭이 굳이 반지름과 원 넓이의 관계를 예로 드는 것은 국민문학과 세계문학도 이와 비슷한 관계를 맺고 있기 때문이다.

정인섭의 공식에서 원의 중심점은 예술적 본능이다. 이 본능은 민족문학이건 세계문학이건 모든 문학이라면 기본 바탕으로 삼는 필수적인 요소다. 이 두 문학을 반지름과 원의 관계로 본다면 전자는 반지름에 해당하고 후자는 원의 면적에 해당할 것이다. 그러므로 반지름이 커지면 커질수록 원의 면적이 넓어지는 것처럼 민족문학이 왕성하면 할수록 세계문학도 그만큼 풍요로워질 수밖에 없다. 이와 마찬가지로 원이 커지면 커질수록 반경도 커지듯이 세계문학이 발전하면 국민문학도 영향을 받지 않을 수 없다. 그러므로 정인섭은 이 두 문학이 서로 분리할 수 없을 만큼 밀접한 영향 관계를 맺고 있다고 지적한다.

위 인용문에서 마지막 단락의 "우선 타에 대해서 추종적 일종의 흡

---

27 『해외문학』 창간호, 1927.1.17, 19면. 뒷날 미국 학자 데이비드 댐로쉬도 정인섭처럼 기하학이나 광학의 비유를 들어 세계문학을 설명하는 것이 무척 흥미롭다. 댐로쉬는 "세계문학이란 민족문학의 타원 굴절"이라고 정의한다. David Damrosch, *What Is World Literature?*, Princeton: Princeton University Press, 2003, p.281.

취 상태에 잇슬지라도 연차 그 원심력이 강렬해지면 그 일점도 쏘한 팽창하고 긴장될지니"라는 구절을 좀 더 눈여겨볼 필요가 있다. 무엇보다도 먼저 '추종적'이니 '흡취'니 하는 말이 조금 걸린다. 물론 '우선'이라는 단서를 붙이고 있지만 조선문학이 단순히 세계문학을 추종적으로 흡취하는 상태에 있었다고 보기는 어렵기 때문이다. 그렇다면 정인섭의 말은 조선의 신문학이 그동안 서구 문학을 표방해 온 일본의 신문학에 지나치게 의존하고 있다는 사실을 지적한 것으로 이해할 수도 있을 것이다. 외국어를 해독할 수 있는 외국문학 전공자가 없어서 그랬을 터지만 이 무렵 조선에서는 일본인들이 번역해 놓은 서양 문학에 전적으로 의존하다시피 하였다. 실제로 도쿄 지역 일본 유학생들이 모여 외국문학연구회를 창립한 것도 이러한 의존에서 벗어나기 위한 시도였다. 이 연구회에서는 일본을 매개로 외국문학을 간접적으로 수입하는 것이 아니라 어디까지나 직접무역 방식으로 외국문학을 받아들이려고 하였다.

이 무렵 외국문학연구회 말고도 외국 작품을 직접 번역하여 소개하려는 단체가 또 있었다. 외국문학연구회와 비슷한 시기에 조직된 미국에서 유학하는 조선인 학생들이 모여 결성한 '북미조선학생총회北美朝鮮學生總會'가 그것이다. 그들은 편집은 미국에서 하고 발행은 조선에서 하던 『우라키』라는 잡지를 발간하였다. 북미에서 유학하던 학생들의 포부도 일본에서 유학하던 학생 못지않았다. 오히려 북미조선학생총회는 단순히 외국문학 전공자들뿐만 아니라 인문학과 정치와 사회 등 모든 분야를 망라하고 있다시피 하여 그 규모나 활동이 외국문학연구회보다 훨씬 더 컸다. 북미조선학생총회는 잡지 제목을 로키산

맥의 이름을 따 '우라키'라고 불렀다. 제2호 편집후기에서 그들은 "첫째, 우라키는 북미의 척추로 북미에 있는 유학생회를 우라키 세 글자가 잘 표현할 수 있다. 둘째, 우라키는 본래 암석이 많다는 뜻이니 우리 유학생들의 험악한 노정을 잘 묘사하고 있다. 셋째, 본지의 특징으로 우라키 산과 같은 순결·장엄·인내 등의 기상을 흠모하여 우라키라 불렀다"[28]라고 밝힌다. 이 잡지에서도 문학 작품을 일본 번역이나 한문 번역에 의존하지 않고 원문 텍스트에서 직접 번역하려고 하였다. 그러나 이 잡지에 관여한 유학생 중에는 이후 작가로 활약하는 사람도 있었지만, 이승만李承晩, 김여식金麗植, 장이욱張利郁처럼 대부분은 유학을 마친 뒤 문학이 아닌 다른 분야에서 종사하였다.

세계문학에 관한 정인섭의 관심과 태도는 그가 편집을 맡은 『해외문학』 제2호의 「두언頭言」에서도 뚜렷이 엿볼 수 있다. 민족문학 / 국민문학은 우물 안 개구리의 상황에서 벗어나 세계문학과 어깨를 나란히 할 때 비로소 성장하고 발전할 수 있다고 천명한다.

자기 자신 것만으로—더구나 그것이 피상적이요 천박이요 협량일 째—만족할 잇는 이는 얼핏 보아서 가장 행복인 듯하되 실(實)인즉 가장 가련한 존재이다.

세계문학 수입의 필연적 요구는 '외국문학연구회'를 하여곰 당면 현재

---

28 북미조선유학생총회, 『우라키』 2, 1926.9.17. 1925년 창간된 이 잡지는 1937년 7호를 마지막으로 종간되었다. 인문학에서 사회과학, 자연과학에 이르기까지 선진 문명을 소개하고 여러 분야에서 미래사회에 대한 방향을 제시하였다. 서울과 평양 등에 판매처를 두고 조국의 동포를 대상으로 삼은 이 잡지는 일제 강점기에 한국인들을 계몽하는 성격이 짙었다. 김욱동, 『아메리카로 떠난 조선의 지식인들』(이숲, 2020) 참고

의 조선에 잇서々 『해외문학』이란 일개의 잡지적 '코쓰모폴리탄'을 낫케 되엿다.

　문학주의의 일절을 내포하고 객관적 입장 견지에서 외국 것을 조선화하고 조선 것을 외국화하는 데 그 종합적 명제의 초점과 목표가 잇서야겟다.

　사이비 번역이 대가연(大家然)이고 '만인적(萬引的)' 문예 연구가 유행함으로서 문단 이기적(而己的) 향락 현상에 호응하는 소위 문사 — 진정한 문예가를 말하지 안는다 — 만을 위하야도 전율의 혜성이다.

　염하(炎夏)의 논바닥처럼 건조에 파열된 조선의 이목구비에 뇌성벽력과 폭풍우가 접촉되자 미구(未久) 현출의 홍수 뒤엔 신선한 창조가 대지에서 영감(靈感)되리라.[29]

　정인섭은 첫 단락에서 자기만족에 빠져 있는 조선 문단이 가련한 존재에 지나지 않는다고 날카롭게 비판하면서 포문을 연다. 그러고 난 뒤 그는 곧이어 세계문학의 '수입'이 한국문학사의 '필연적 요구'라고 밝히면서 당시 상황에서 외국문학연구회야말로 이러한 임무를 맡을 유일한 단체라고 밝힌다. 어찌 보면 20대 초반의 치기 어린 젊은이의 만용으로 볼 수 있지만 패기 넘치는 젊은이의 드높은 기상과 열정으로 볼 수도 있다. 이 글을 쓸 당시 정인섭의 나이는 겨우 스물둘이었다.

　그런데 여기서 정인섭이 『해외문학』을 "일개의 잡지적 '코쓰모폴리탄'"이라고 부르다는 점에 주목해야 한다. 세계시민주의이로되 잡

29　외국문학연구회 편, 『해외문학』 2, 1927.7.1, 1면. 창간호의 「창간 권두사」와는 달리 제2호의 「두언」에서는 필자를 '정'이라고 명기해 놓았다. 정인섭이 이 글을 썼다는 사실에 의심의 여지가 없다.

지 분야에서 일어나는 세계시민주의라는 것이다. 이 용어는 지금까지 '국제주의(인터내셔널리즘)'와 흔히 혼동하여 사용해 왔지만 엄밀히 구별하여 사용하는 것이 좋다. 세계시민주의는 국가 또는 민족의 횡적 관계를 중시하는 반면, 국가주의는 초국가적 사회 형성을 이상으로 삼으면서도 전체 사회의 부분으로서의 주권 국가의 독립적 기능에 무게를 싣는다. 그러므로 민족문학과 세계문학의 관계에서는 후자 쪽보다는 전자 쪽이 더 바람직하다. 김억과 관련하여 앞에서 이미 밝혔듯이 민족문학의 토착적인 특수성과 구체성에 기반을 두지 않고서는 보편성과 일반성을 내세우는 세계문학은 공허할 수밖에 없다. 세계시민주의는 정인섭이 그다음 항목에서 "객관적 입장 견지에서 외국 것을 조선화 하고 조선 것을 외국화 하는 데 그 종합적 명제의 초점과 목표가 잇서야겟다"고 주장하는 것과는 적잖이 상충된다. 그래서 그런지는 몰라도 "『해외문학』은 결코 단순한 '코쓰모포−리탄'이 아니요 쏘는 피상적 서양 숭배아가 아니며 우리 정신을 하시下視하는 그런 천박한 자아몰식의 우자愚者도 아니다"[30]라고 못 박아 말한다. 조선문학을 세계문학으로 만들고 세계문학을 조선문학으로 만드는 것이야말로 국제주의에 훨씬 더 가까울 것이다.

방금 앞에서 번역 문제를 잠깐 언급했지만 정인섭은 이 「두언」 끝부분에서 조선 문단에서 이루어지고 있는 번역 방식에 적잖이 불만을 나타낸다. "사이비 번역이 대가연이고 '만인적' 문예 연구가 유행함으로서……"라는 문장에서 비유가 비약적이고 일본어 표현이 많아 그

---

30 정인섭, 「포오를 논하야 외국문학 연구의 필요에 급(及)하고 『해외문학』의 창간함을 축(祝)함」, 『해외문학』 창간호, 1927.1.17, 25면.

뜻을 헤아리기 그렇게 쉽지 않다. 그러나 이 무렵 조선 문단에서는 '가짜'나 '겉 비슷한' 번역이 대가의 번역처럼 행세한다는 말일 것이다. 일본어 번역에서 다시 한국어로 번역하는 중역 관행을 일컫는 듯하다. 정인섭은 이러한 불성실한 태도는 비단 번역뿐 아니라 외국문학 연구에서도 찾아볼 수 있다고 밝힌다. 이러한 상황에서 외국문학을 전공하는 외국문학연구회 화원들의 활동이야말로 "전율의 혜성"이라는 것이다. 정인섭은 지금 조선 문단을 "염하의 논바닥"에 빗대고 외국문학을 단비를 내리게 하는 "벽력과 폭풍우"에 빗댄다. 그러면서 그는 황폐한 조선문학도 이제 머지않아 세계문학의 단비를 맞으면 "신선한 창조가 대지에서" 새싹이 돋아나게 되리라고 기대한다.

정인섭은 「두언」에 이어 에드가 앨런 포에 관한 논문에서도 세계문학의 중요성을 역설한다. 이 논문의 성격을 좀 더 쉽게 알기 위해서는 「포오를 논하야 외국문학 연구의 필요에 급﹩하고 『해외문학』의 창간함을 축함」이라는 제목을 다시 한 번 찬찬히 살펴볼 필요가 있다. 외국문학이 필요하다는 사실을 주장하되 미국의 단편소설 작가요 시인이자 비평가인 포의 문학적 성과를 논의하여 주장하겠다는 뜻이다. 정인섭은 먼저 포가 영국을 비롯하여 독일과 스페인에서 어떻게 평가받았는지 말하고 나서 프랑스에서 포가 받은 평가를 언급한다.

포오를 세계적으로 하야 불후의 위인으로 올린 자는 보―드레―르와 말라르메이니 전자가 1850년 포오의 산문을 역(譯)하야 출판한 것은 모범적이라 하야 세인의 존중히 하는 바요 독서계의 주목된 바이엿다. 그것은 씨가 포오를 가장 잘 이해하엿다는 것을 의미하고 씨가 말한 것과 갓

치 포오를 모방한 것이 아니요 자기가 말하려는 것을 포오가 표현해 주엇
기에 그 그 공명을 감(感)하엿다하지마는 양자의 상호관계가 비범함은 그
양자의 예술과 교제에서 발견된다.

말라르메는 포오의 시를 산문으로 역(譯)한 것인데 이 사실은 스미스 씨
가 평함과 갓치 포오의 시의 미(美)와 묘미의 대부분인 형식을 써나서도
오히려 본래의 내용미가 남어 잇다는 것을 웅변으로 증명한 바라 하겟다.[31]

정인섭은 프랑스야말로 "가장 포오를 완전히 발견한" 나라로 간주
한다. 프랑스 문인 중에서도 포를 높이 평가한 사람으로 상징주의의
기틀을 마련한 샤를 보들레르와 스테판 말라르메를 든다. 실제로 포
는 살아 있을 때는 말할 것도 없고 사망한 뒤에도 미국에서는 제대로
평가를 받지 못하였다. 프랑스 상주의 시인들이 그를 '발견'하여 그의
문학 정신을 프랑스문학에서 계승하였고, 20세기에 들어와서는 T. S.
엘리엇이 프랑스에서 '역수입'하여 다시 영문학에서 '재평가' 받도록
하였다.

어찌 보면 포만큼 세계문학을 웅변적으로 보여주는 작가도 찾아보기

---

31 위의 글, 23~24면. 포에 이어 윌리엄 포크너도 모국 미국보다는 프랑스에서 먼저 알
려진 뒤 다시 미국으로 역수입되다시피 하였다. 포크너의 작품은 모리스-에드가르
쿠앵드로가 번역하고, 앙드레 말로, 발레리 라보르, 장-폴 사르트르, 알베르 카뮈, 시
몬 드 보부아르 등이 잇달아 평론을 발표하면서 주목받기 시작하였다. 이 점과 관련
하여 포크너는 1946년 에이전트 해럴드 오버에게 보낸 편지에서 "프랑스에서 나는
한 문학 운동의 아버지다. 유럽에서는 나는 가장 훌륭한 미국 작가, 일급 작가 중 한 사
람으로 인정받는다"고 말한다. 그러면서 포크너는 자조적인 말투로 지금 자신이 미
국에서 할리우드 영화사들의 대본이나 손질하면서 생활하고 있다고 밝힌다. Joseph
Blotner(ed.), *Selected Letters of William Faulkner*, New York: Random House, 1977,
pp.217~218.

어려울 것 같다. 비록 대서양을 사이에 두고 일어난 일이지만 그는 앞으로 세계문학이 나아가야 할 길을 정인섭의 말대로 '웅변적으로' 미리 보여주었다고 할 수 있다. 정인섭은 포가 비단 대서양뿐 아니라 태평양을 사이에 두고 동아시아에서도 큰 영향을 끼쳤다고 언급한다. 가령 일본문학에서 신비주의적 상징주의 시인인 히나츠 고노스케日夏耿之介는 포로부터 자못 큰 영향을 받았다. 심지어 추리 소설가로 명성을 떨친 작가 에도가와 란포江戶川亂步는 아예 이 미국 작가 이름의 음을 빌려 필명을 지을 정도였다. 이렇듯 세계문학과 관련하여 포에게서 찾을 수 있는 것은 한 문화권의 문학과 다른 문화권의 문학과 사이의 교류는 일방적이 아니라 어디까지나 쌍방적으로 이루어진다는 사실이다.

이 점에서는 정인섭과 함께 외국문학연구회에서 주도적인 역할을 한 이하윤도 마찬가지다. 이하윤은 조선문학이 '민족주의 문학'이나 '국민문학'의 좁은 테두리를 벗어나 궁극적으로 '세계문학'을 지향해야 한다고 부르짖었다. 1932년 새해를 맞아 조선 문단을 전망하는 글에서 그는 민족주의 문학 진영에게 "일─ 쇄국적 의미의 숭고적崇古的 민족주의 문학이 아니라 세계 문단의 일우一隅를 점할 수 있는 그것이 아니면 안 될 것이 현하 정세의 필연일까 한다"고 천명한다. 한편 그는 계급주의를 표방하는 프로문학에 대해서도 "조선에 살고 있는 일─ 세계적 투사로서 결코 경동輕動에 흐리지 않을 것을 요한다"고 밝힌다.[32]

이렇듯 이하윤은 문학의 특정 유파를 떠나 좀 더 넉넉한 안목으로 문학을 바라볼 것을 주문한다. 이 점과 관련하여 그는 "더구나 세계문

---

32 이하윤, 「1932년 문단 전망」, 『이하윤 선집』 2, 한샘, 1982, 47~48면.

학의 의의가 명료해진 오늘에 있어서는 조선 문인인 동시에 세계 문인이 되나니 실로 여기 대하여 재언을 불요不要하는 것이다"[33]고 잘라 말한다. 또 이하윤은 다른 글에서도 우리가 세계와 함께 호흡하면서 살아가는 한 세계를 무시할 수 없다는 점을 역설한다. 그는 "우리가 이제 세계적 생활 선상에 나서 현대 인류로서 호흡을 함께 있는 이상 모든 세계적 사조를 저버릴 수 없을 뿐일까. 그 안에 우리를 찾지 아니할 수 없을 것이니 우리는 우리의 가지는 바 문학이 세계문학이 될 수 있어야만 하는 것을 잊을 수 없는 것이다"[34]라고 분명히 밝힌다. 그런데 여기서 주목해야 할 것은 이하윤이 세계문학을 특정한 개념으로 사용한다는 점이다.

괴테 이후에 우리가 말하는 세계문학이란 이미 세계의 문학과는 그 개념이 명료히 달라졌다. 세계의 문학이라고 하면 이 세계가 가지는 문학을 총칭하는 데 불과하겠지마는, 괴테로부터 주장되기 시작한 세계문학이란 각 민족의 도덕적, 심미적 융합에서 발생되는 것이 아니면 아니라고 규정된다. 그 이전 문학이란 전부 국민적 성격을 띤 것으로만 해석되어 왔으나 그로나 괴테는 세계는 항상 확대된 조국이라 하였다. 따라서 세계문학이란 국민문학에 한 걸음 앞선 것이라고 하겠다.[35]

이하윤이 이렇게 일찍이 세계문학의 개념을 이해하고 있었다는 것이 여간 놀랍지 않다. 그는 양적 개념이라고 할 '세계의 문학'과 질적

---

33 이하윤, 「세계문학과 조선의 번역문학」, 『이하윤 선집』 2, 한샘, 1982, 79면.
34 이하윤, 「외국문학 연구 서론」, 『이하윤 선집』 2, 96면.
35 위의 글, 97쪽.

개념이라고 할 '세계문학'을 엄격히 구분 짓는다. 여기서 그는 괴테가 1827년 요한 페터 에커만에게 말한 세계문학이야말로 진정한 의미의 세계문학이라고 밝힌다. 그렇다면 한국문학사에서 세계문학을 맨 처음 본격적으로 언급한 사람은 이하윤이라고 하여도 크게 틀리지 않는다.

『해외문학』에는 외국문학 작품 번역과 문학 비평과 함께 사이사이에 해외 문단 소식을 전하는 코너가 마련되어 있다. 2호에는 「사옹沙翁 소식 두 낫」이라는 글이 실려 있다. 내용이나 문체로 보아 아마 편집자인 정인섭이 쓴 것임에 틀림없다. 필자는 화재로 소실된 윌리엄 셰익스피어 극장의 재건 소식을 전하면서 "인도보담 귀중하다는 영국 자신의 시성詩聖이여! 조선의 사옹이 날 째가 되면, 그대도 고독하지는 안흘 것이다. (…중략…) 조선의 문예가들이여, 자중하고 노력함이, 마지안키를 바래노라. 그대들이 안계眼界를 넓혀, 세계문학의 동정에, 주의하고 참고함이 잇슬진댄, 각오의 위대함과 소성小成의 부정이 업지 안흐리……"[36]라고 자못 영탄조로 말한다. 필자는 셰익스피어 극장 재건의 주제에서 조금 이탈하여 뜬금없이 조선문학을 언급한다. 조선에서도 셰익스피어 같은 대문호가 태어나기를 기대하면서 조선 문인들의 각성을 촉구하고 있다. 조선 문인이 셰익스피어 같은 문호가 되려면 무엇보다 먼저 민족문학의 좁은 굴레에서 벗어나 좀 더 넓은 안목으로 세계문학에 눈을 돌려야 한다는 것이다. 이렇듯 비평 논문도 아니고 단순히 세계문단 동정을 전하는 코너에서도 세계문학에

---

36 『해외문학』 2, 1927.7.1, 11면. 이 점에 대해서는 다음 장 「세계문학이란 무엇인가」에서 좀 더 자세히 다룰 것이다.

관한 관심의 끈을 놓지 않는 것이 무척 흥미롭기도 하도 놀랍기도 하다. 그만큼 외국문학연구회는 세계문학에 깊은 관심을 기울이고 있었다는 사실을 뒷받침한다.

그런데 외국문학연구회 회원 중에는 연구회나 그 기관지 『해외문학』과는 비교적 무관하게 세계문학의 필요성을 언급하여 주목을 끈 사람도 있다. 김진섭은 독일문학을 공부한 전공자답게 1927년 5월 「세계문학에의 초대」라는 글에서 한국인으로서는 처음으로 괴테가 말한 세계문학의 개념을 언급하여 주목을 받았다. 그는 세계문학이 괴테의 '벨트리테라투르'를 분수령으로 양분된다고 밝히면서 세계문학의 현 단계를 점거하고 전망을 예측한다. 그의 관점에서 보면 1920년대는 괴테가 90여 년 전에 상정한 참다운 의미의 세계문학의 시대가 아직 도래하지 않았다. 김진섭의 이러한 관점은 1935년 5월 『조선일보』에 발표한 「번역과 문화」라는 글에서도 엿볼 수 있다. 김진섭은 괴테의 개념을 기반으로 하되 한발 더 나아가 '세계의 문학'과 '세계문학'을 구분지으려고 하였다. 그는 세계문학이란 "단순히 세계 각국에 있어서의 문학, 다시 말하면 문학의 잡연雜然한 집합을 의미시킨 것은 아니니 그것은 실로 인류 전반의 통일적 생활이라 하는 이상을 전제로 하고 이보다 큰 통일과 조화의 원리에 의하여 결합되고 집합된 바 일속一束의 다채한 문학"을 의미한다고 말한다.[37] 여기서 김진섭은 '보편문학'과 '세계문학'을 엄격히 구분 짓는다.

이렇게 '세계의 문학', 즉 지구촌 모든 문학을 집대성해 놓은 문학이

---

[37] 김진섭, 「세계문학에의 전망」, 『현대평론』 4, 1927.5, 35~45면; 김진섭, 『교양의 문학』, 진문사, 1955, 51~53면.

라는 넓은 의미의 세계문학, 그리고 '세계문학', 즉 특정한 의미의 세계문학을 애써 구분 지으려고 한 것은 정인섭도 마찬가지였다. 1940년 발표한 「세계문학과 한국문학」에서 세계문학을 협의의 의미와 광의의 의미 두 가지로 구분한다. 그에 따르면 후자는 "모든 인간 또는 자연환경을 포함한 각국의 문학을 총괄하여 말하는 것"이고, 전자는 괴테를 비롯하여 게오르크 짐멜과 리처드 몰튼 등이 주장한 것이다.[38] 정인섭이 밝히듯이 이러한 구분은 일본의 독문학자요 시인으로 활약한 치노쇼쇼茅野蕭々가 이미 명명한 구분법이었다. 어쩌면 김진섭도 정인섭처럼 치노쇼쇼의 영향을 받았을 가능성이 배제할 수 없다.

1930년대 한국과 세계문학

외국문학연구회에 이어 이번에는 한국 문단에서도 세계문학에 큰 관심을 보였다. 특히 1930년대에 월간잡지 『삼천리』를 편집하던 사람들은 이 문제에 관심이 많았다. 파인 김동환金東煥을 편집인으로 1929년 창간한 이 잡지는 취미와 오락, 역사와 시사 중심의 월간 종합잡지였지만, 편집인을 비롯하여 김동인, 이광수, 염상섭廉想涉, 정지용鄭芝溶, 나혜석羅蕙錫, 김일엽金一葉, 장면張勉 등 다양한 사람들이 필진으로 참여하면서 문학지로서의 성격도 갖추었다. 취미 중심의 오락지이면서도 저속하지 않아 이 무렵 개벽사에서 발행하던 『별건곤別乾坤』과 함

---

38 정인섭, 『한국문학논고』, 신흥출판사, 1959, 7면.

께 대중잡지로 큰 인기를 끌었다. 한 가지 흥미로운 것은 외국문학연구회 회원들이 1930년대 초가 되면 대부분 학업을 마치고 귀국했는데도 이 잡지에는 별로 참여하지 않았다는 점이다.

김억과 관련하여 앞에서 잠깐 언급했듯이 1936년 『삼천리』는 2월과 4월 두 차례에 걸쳐 세계문학과 관련하여 작가와 비평가 등 문인을 대상으로 설문 조사를 시행하였다. 이 무렵 조선 문단에서는 그만큼 조선문학과 함께 세계문학에 적잖이 자의식을 느끼고 있었다는 것을 알 수 있다. 이러한 자의식은 1913년 라빈드라나트 타고르가 동양인으로서는 최초로 노벨 문학상을 받고, 이웃 나라 일본과 중국에서 세계문학에 관한 관심이 고조된 현상과 무관하지 않다. 문인 23명을 대상으로 한 첫 번째 설문 조사는 「영어 우又는 에쓰어로 번역하야 해외로 보내고 십흔 우리 작품」이라는 제목으로 발표되었다. 여기서 '에쓰어'란 두말할 나위 없이 에스페란토를 말한다. 이 무렵 에스페란토가 그만큼 영어와 함께 세계어로 인정을 받고 있었음을 알 수 있다.

23명의 작가와 비평가는 세계 문단에 내놓고 싶은 한국 작가로 20명을 언급하였다. 물론 한 표도 던지지 않은 응답자들도 있고, 한 사람 이상 추천한 응답자들도 있다. 설문을 받은 문인 중에는 이 무렵 시인·번역가·비평가로 맹활약하던 양주동梁柱東을 비롯하여 소설가로는 채만식蔡萬植, 전영택田榮澤, 염상섭, 이무영李無影, 심훈沈熏, 유진오俞鎭午, 최독견崔獨鵑, 시인으로는 김억, 김광섭, 노자영盧子泳, 이일李一, 극작가로는 유치진과 서항석, 비평가나 학자로는 홍효민洪曉民, 임화林和, 김태준金台俊 등이 포함되어 있다. 그중에는 김광섭, 정래동, 함대훈, 서항석, 유치진 같은 외국문학연구회와 관련한 문인들도 다섯 명이나 포함되어 있다. 일제 강점기에 미술, 영화, 문학, 연극 등 여러 예술 방면에 걸쳐 그야말로 팔방미인으로 활약한 안석주安碩柱도 설문에 참여하였다.

설문 결과 가장 많은 표를 받은 작가는 역시 소설가 이광수와 시인 정지용이었다. 6표씩을 받은 이 두 문인에 이어 이기영이 5표, 김동인과 이태준李泰俊이 각각 3표를 받아 3위를 차지하였다. 시인으로는 비록 2표밖에는 얻지 못했지만 임화가 정지용에 이어 2위를 차지하였다. 유치진이 2표를 받아 극작가도 소설가나 시인 못지않다는 사실을 과시하였다.

이 설문 조사에서 또 한 가지 주목해 볼 것은 안석주가 고전소설 『춘향전』을 세계 문단에 내놓을 한국문학 작품으로 꼽았다는 점이다. 『삼천리』에서는 영어나 에스페란토로 번역하여 외국에 소개하고 싶은 한국 싶은 작품만을 물었지만 시대에 국한하여 묻지는 않았기 때문이다. 다른 문인들과는 달리 그가 한국 고전문학을 생각해 낸 것은 세계문학과 관련하여 시사하는 바 자못 크다. 실제로 신문학보다는 한국의 고전문학이 세계문학의 반열에 오를 가능성이 훨씬 더 크기 때문이다. 물론 안석영이 고전소설을 추천한 데는 특정한 현대 작가를 언급하여 다른 작가들로부터 오해를 받기 싫었기 때문인지도 모른다.

그런데 『삼천리』의 설문 조사에서 찬찬히 눈여겨볼 것은 문인 대부분이 세계문학과 비교하여 조선문학이 아직 여러모로 부족하다고 깨닫고 있다는 점이다. 예를 들어 임화는 "유감이오나 세계에 자랑할 문학은 아즉 가지고 잇지 못합니다"[39]라고 솔직히 털어놓는다. 김광섭도 "우리 문학이라는 것이 세계적으로 확실히 어떠한 독자성을 가지고 잇슬 것이나 아직 널리 세계에 '이것이 우리가 가진 바 세계에 손색없시 보낼 수 잇는 문학이외다!' 하고 한 민족의 명예를 걸고 자랑할 것이라고는 다소 문제일 뜻 합니다"[40]라고 밝힌다. 이 점에서 채만식도 크게 다르지 않아서 그는 "상투 짜고 동경으로 박람회 구경 가는 셈만 잡으면 못할 것도 업겟지만 그러한 의미가 아니라 세계적 수준의 작품을 골른다면 아마 아즉은 업슬 뜻합니다"[41]라고 말한다.

더구나 설문 조사에 대한 반응을 보면 이 무렵에 벌써 문인들 사이에 여러 이념을 둘러싼 대립이 첨예하게 드러난다는 것을 알 수 있다. 먼저 여성 응답자는 남성 작가보다는 여성 작가를 추천하는 것이 눈에 띈다. 장덕조張德祚는 모윤숙毛允淑의 시집과 박화성朴花城의 『백화白花』(1932)를 꼽는다. 모윤숙의 시집이라면 『빛나는 지역』(1933)일 것이고, 박화성의 『백화』는 『동아일보』에 연재했다가 같은 해 단행본으로 출간한 장편소설이다. 장덕조는 "먼저 이 문제를 답하기 전에 남에 작품을 평소에 만히 읽지 못한 관계로 일일이 열거하는 어렵고 다만 제 기억에 남은 것을 추천하자면……"[42]이라고 덧붙인다. 설문을 받은 문인 중에서 여성은 겨우 장덕조 한 사람밖에는 없었다. 이렇게 남녀의 형평이 기울어져 있는 상황에서 장덕조가 여성 작가 두 사람을 추천하는 것은 어찌 보면 당연한 것처럼 보인다.

『삼천리』 설문 조사에서 젠더보다 더욱 첨예하게 두드러지는 것은 문

---

39 「해외에 영어 우(又)는 에쓰어(語)로 번역하야 보내고 십흔 우리 작품」, 『삼천리』 8-2, 1936.2.1, 600면.
40 위의 글, 601면.
41 위의 글, 603면.
42 위의 글, 600면.

학을 둘러싼 이념의 대립이다. 응답자들은 사회주의 계열 문인들과 민족주의문학 계열 문인들의 두 축으로 크게 갈린다. 십여 전 년 일부 문인들은 이미 '조선프롤레타리아예술가동맹(KAPF)'을 결성하여 계급의식에 기반을 둔 문학을 부르짖었다. 흔히 '카프'로 일컫는 이 단체에서는 이기영, 최서해崔曙海, 조명희趙明熙, 한설야韓雪野 등이 주축이 되어 프롤레타리아의 계급 혁명에 문학의 목적을 두고 있었다. 그래서 카프 계열에 속한 임화, 김태준, 민병휘閔丙徽, 그리고 비록 카프 계열은 아니지만 아나키즘 운동에서 활약하던 장혁주張赫宙는 이기영의 작품을 추천한다. 특히 임화는 이기영의 『고향』을 미하일 숄로호프의 『개척되는 처녀지』(1932)나 히라타 고로쿠平田小六의 『갇힌 대지囚はれた大地』(1934)에 견준다. 『고향』은 그동안 '경향파 소설의 기념비적 작품'으로 흔히 평가받아 왔다.

한편 양주동을 비롯한 김억, 전영택, 유치진 등 주로 민족주의문학 계열의 문인들은 이광수나 김동인 또는 현진건을 추천한다. 홍효민은 이기영과 임화를 추천하면서 동시에 이광수와 유진오, 장혁주를 추천하기도 한다. 이기영과 함께 이광수와 최학송崔鶴松을 꼽는다는 점에서는 김태준도 홍효민과 비슷하다. 홍효민은 1927년 조중곤趙重滾, 김두용金斗鎔, 이북만李北滿 등과 함께 『제3전선』을 발행하고 카프의 한 축을 이룬 제3전선파를 형성하였다. 홍효민은 카프의 정식 회원은 아니었지만 문학의 사회적 가치와 기능을 중시한다는 점에서 그동안 동반자 작가로 분류되었다. 김태준은 공산주의 계열에서 활동한 국문학자였다. 동반자 작가인 유진오는 같은 동반자 작가로 흔히 분류되는 이효석李孝石과 이태준을 추천한다는 점이 흥미롭다.

첫 번째 설문 조사를 발표한 지 두 달 뒤인 1936년 4월 『삼천리』에서는 두 번째로 「조선문학의 세계적 수준관」이라는 제목으로 다시 한 번 설문 조사를 실시하였다. 여기에 참여한 문인 17명 중에는 첫 번째 설문 조사에 참여한 사람들도 있고 새로 참여한 사람들도 있다. 새로 참여한 문인들로는 이광수를 비롯하여 박영희朴英熙, 박종화朴鍾和, 이헌구李軒求, 이종수李鍾洙, 박팔양朴八陽, 한효韓曉, 송영宋影 등이다. 그중에는 이헌구처럼 외국문학연구회 회원도 있지만 박영희, 박팔양, 한효 같은 카프 계열의 문인들이 특히 눈에 띈다. 두 번째 설문 조사는 첫 번째 설문 조사와 비교하여 두 유형으로 나누어 훨씬 더 체계적으로 질문하였다. 첫 번째 질문에서는 당시의 조선문학이 영국과 미국과 러시아를 비롯한 외국문학과 비교하여 어떠한 수준인지 물었고, 두 번째 질문에서는 좀 더 구체적으로 세계 문단에 내세울 만한 한국 작가가 누구인지 물었다.

첫 번째 설문에 관해서는 역사가 짧은 조선문학이 아직 걸음마 단계에 있다는 데 대체로 의견이 일치하였다. 가령 이광수는 '역사의 짧음을 탄식'이라는 소제목을 달고 조선 신문학이 겨우 20여 년밖에 되지 않는다고 지적한다. 그러면서 "이 20년의 어린 역사를 가지고 영불노 등 수백 년 수천 년의 문예사로[를] 가진 여러 선진문화 국가에 비한다 함은 억지에 갓갑습니다"[43]라고 밝힌다. 그러면서도 이광수는 조선문학이 비록 역사가 짧지만 서양문학에 비하여 그렇게 떨어지지는 않는다고 지적한다. 박종화도 이광수처럼 "아직 시기상조인 감感이 강

---

43 「조선문학의 세계적 수준관」, 75면. 김광섭은 "30년의 신문학 운동의 역사—이것은 서양문학을 일본 내지(內地)를 통하야 수입한 경과에 불과(不過)하다"고 밝힌다. 위의 글, 89면.

하게 내 양심을 찌르고……"[44]라고 말한다. 다른 문인들도 조선문학을 지나치게 과소평가할 필요는 없지만 그렇다고 과대평가해서도 안된다는 데 입을 모은다.

그러나 누구보다도 조선문학이 세계문학의 수준에 크게 미치지 못한다고 지적한 문인은 김억이었다. 김억은 이광수보다 한발 더 나아가 조선문학을 세계문학과 관련하는 것 자체가 어불성설이라고 말한다. 앞에서도 잠깐 언급했지만 조선 신문학에 관한 김억의 비판은 무척 신랄하다. 그는 "고슴도치 제 자식 참, 하다고, 사람이란 어듸까지든지 제것을 조와하고 사랑하고 그것이 누구의 것다도 낫다는 생각을 가지는가 보외다"[45]라는 말로 포문을 연다. 그리고 난 뒤 김억은 조선문학이 아직은 세계문학의 수준을 말할 때가 아니라고 잘라 말한다.

소위 조선 사람으로 넓이 알여젓다는 이들의 작품이 이러한 것에 지내지 못하니 조선문학의 세계적 수준 운운은 얼토당치 아니한 일이외다. 아모리 내 자식을 참, 하게 보랴 하여도 볼 수 업는 것을 엇지 합닛가. 그렷타고 무슨 조선문학을 욕하는 것도 아니요 사실이 그러하니 엇지 하잔 말인가 할 쑨이외다. 다른 나라의 그것에 비(比)해 보랴 하여도 비해지니 아니하는 것을 한갓되이 쑴을 낸다고 될 것이 아니외다. 그런지라 잇는 것은 잇고 업는 것은 업다고 하는 것이 도로혀 신사로의 체면을 상치 아니할 것이외다.[46]

---

44 위의 글, 83면.
45 위의 글, 78면.
46 위의 글, 78면.

위 인용문에서 김억은 조선문학을 그 이상도 그 이하도 아니고 있는 그대로의 참모습을 보아야 한다고 일갈한다. 조선문학을 실제보다 우수한 것으로 보려는 것은 한낱 문화적 국수주의적 태도에 지나지 않는다고 지적한다. 그가 이렇게 격양된 목소리로 말하는 것은 이 무렵 몇몇 문인이 조선문학을 높이 평가하려는 태도를 경계하려는 것 같다. 이 점과 관련하여 김억은 "그러다가는 그야말로 큰 코를 쩨울 터이니 함부로 날쩰 것이 아니외다"[47]라고 경고한다. 김억은 조선문학의 현실을 똑바로 바라볼 때 세계문학의 대열에 나설 가능성이 그만큼 크다고 생각한 듯하다.

첫 번째 설문 조사와 마찬가지로 두 번째 설문 조사에서도 세계 문단에 내세울 만한 조선 작가들에 대한 평가는 크게 차이가 없다. 문학적 이념에 따라 여전히 크게 두 부류로 나뉜다. 민족주의문학 계열에 속하는 응답자들은 주로 같은 계열의 작가들을 추천한다. 예를 들어 이광수는 "가령 김동인 씨의 「태형笞刑」이나 「감자」 가튼 것은 비록 기교에 잇서 유치한 점이 잇다 할지라도 영불어로 번역되어 저쪽 문단에 갓다가 노을지라도 일류 작가의 작품에 결코 뒤써러지리라고 생각지 안습니다"[48]라고 밝힌다. 이광수는 비단 단편소설 분야뿐 아니라 장편소설 분야와 시 분야에서도 외국 문단의 작가에 손색없는 작가들이 많다고 말한다. 이광수와 마찬가지로 민족주의문학 계열에 속한다고 할 수 있는 김억은 첫 번째 설문 조사와 마찬가지로 두 번째 설문 조사에서도 김동인의 작품과 현진건을 작품을 꼽는다. 소설가 이무영

---

47 위의 글, 79면.
48 위의 글, 76면.

과 경성제국대학 법문학부에서 영어영문학을 전공한 이종수는 거의 비슷하게 이광수, 김동인, 유진오, 이효석, 염상섭, 이기영, 장혁주, 박화성 등을 세계 문단에 내세울 작가로 꼽는다.

한편 카프 계열의 응답자들은 민족주의문학 계열의 응답자들과는 달리 주로 계급의식을 고취하는 프로문학 작가들을 선호한다. 예를 들어 송영은 "지금 『중앙일보』에 연재되고 있는 외우 민촌民村의 『인간수업人間修業』이 그 표현 형식에 있어서 4백 년 전 스페인 문호 셀반테스의 대표작 『동키호테』와 흡사하다"고 평가한다. 송영은 세르반테스처럼 "민촌도 역시 현대 조선 사회가 가지고 있는 전통적 의식, 겸하야 왜곡된 현대 일부적 철학 사상을 역시 통매痛罵하고 풍자하기" 때문이라고 밝힌다.[49] '민촌'이란 두말할 나위 없이 카프의 맹원으로 프로문학에 앞장섰던 이기영을 말한다. 첫 번째 설문 조사에서 임화와 민병휘가 이기영의 『고향』을 추천한 것과 궤를 같이한다.

1928년을 전후하여 연극 대중화 논쟁에 가담하면서 프로 문단에 본격적으로 등장한 카프 계열의 민병휘는 한편으로는 민족주의문학 계열의 작가를 깎아내리고 다른 한편으로는 프로문학 계열의 작가를 치켜세운다. 그는 "춘원, 동인, 상섭 등은 작품을 만들다가 야담으로 가 버렸고 몇몇 중견들은 작품을 쓴다느니보다 작품 팔려고 하는 데 실패가 있다"[50]고 지적한다. 이광수와 김동인과 염상섭이 야담 작가로 전락했다고 말하는 것은 아마 그들이 이 무렵 역사소설에 관심을 기울였기 때문이다.

---

49 위의 글, 90면.
50 위의 글, 88면.

가령 이광수는 『마의태자麻衣太子』(1928), 『단종애사端宗哀史』(1929), 『이차돈異次頓의 사死』(1936) 같은 역사소설을 잇달아 발표하였다. 특히 세조가 단종을 쫓아내고 집권한 역사를 다룬 『단종애사』는 일반 대중의 인기를 크게 얻었다. 이 작품에서 이광수는 사육신이 처형당한 날 신숙주申叔舟의 아내 윤씨가 변절한 남편이 부끄럽다고 하며 다락방에 올라가 목을 매어 자살했다고 묘사하였다. 이광수는 18세기 실학자 이긍익李肯翊의 『연려실기술燃藜室記述』에 기록된 야사를 바탕으로 소설을 썼다. 그러나 『세조실록』에 따르면 신숙주의 아내는 사육신 사건이 일어나기 다섯 달 전에 이미 질병으로 세상을 떠났다. 김동인도 이광수처럼 역사소설에 관심을 기울여 『젊은 그들』(1929), 『운현궁雲峴宮의 봄』(1933), 『대수양大首陽』(1941) 등을 잇달아 발표하였다. 더구나 그는 1935년 아예 자신이 발행인 겸 편집인으로 하여 역사소설을 연재하는 잡지 『야담』을 간행하기도 하였다.

민병휘는 민족주의문학 계열의 작가들과 비교하여 프로문학에 속한 작가들이 괄목할 만한 작품 활동을 보여준다고 밝힌다. 민병휘는 민족주의문학 작가들과 함께 "몇몇 중견 작가들"이 상업성에 편승한 나머지 작가로서 실패한다고 말한다. 그러나 과연 어느 작가들을 염두에 두고 하는 말인지는 분명하지 않다. 이와는 달리 민병휘는 프로문학 계열의 작가들을 여간 높이 평가하지 않는다.

그러나 그중에 우리가 외국인에 비할 작품을 제작한 작가를 2, 3인 찾을 수 있으니 소설로 민촌 이기영이요 시로 임화일 것이다. 물론— ××적 입장이 다름에 따라— 서로 상이된 안목을 가지고 있을 것이나 민촌의 「서화(鼠火)」나 「고향」, 임화의 여러 편의 시를 읽고서 그의 건전한 예술에는 누구나 경의를 표하게 되는 것이다.

　최근 나는 쇼-로프의 2, 3편의 작품을 읽었다! 그것을 읽으면서 민촌의 「고향」과 「서화」를 연상했던 것이다. 지방과 풍속이 다른 문제가 붙을 것이온데 민촌의 농민문학도 쇼-로프에 도달할 날이 그 얼마의 시기를 요하지 않을 것으로 생각했다! 그리고 시에 있어서는 잘 모르지만 임화의 시로는 동경 문단에서 문제 되는 몇 시인과 그 작품 수준이 떠러지지 않을 것으로 생각한다.[51]

　첫 번째 설문 조사와 마찬가지로 두 번째 설문 조사에서도 민병휘는 이기영과 임화를 세계 문단에 내세울 작가로 꼽는다. 첫 번째 조사에서는 같은 카프 계열에 속하는 홍효민도 이와 마찬가지로 다른 작가들과 함께 이 두 작가를 꼽는다. 검열을 피하기 위하여 삭제한 구절 "×× 적 입장이 다름에 따라"에서 '××적 입장'이란 과연 무엇일까? 모르긴 몰라도 아마 '정치'나 '이념'일 것이다. 이 무렵에는 이러한 낱말도 자유롭게 사용하지 못할 정도로 일제의 검열이 무척 심하였다. 민병휘의 정치적 이념에 따르면 이광수, 김동인, 염상섭보다는 이기영과 임화가 훨씬 더 '건전한' 작가일 것이다. 여기서 예술적으로 건전하다는 말은 민중의 편에서 서서 프롤레타리아 혁명을 완성하는 데 이바지한다는 뜻이다. 민족주의문학 계열의 작품이나 실험적 작품 또는 오락 위주의 작품을 '퇴폐적인' 것으로 매도하는 것과 궤를 같이한다.

51　위의 글, 88면.

더구나 위 인용문에서 민병휘가 이기영의 두 작품『고향』과「서화」를 미하일 숄로호프의 작품에 빗대는 것이 흥미롭다. 앞에서 밝혔듯이 임화는『고향』을 숄로호프나 히라타 고로쿠의 작품과 비교하면서 높이 평가한다. 임화에 이어 민병휘도 이 두 작품을 높은 점수를 준다. 특히 민병휘는 숄로호프를 언급하면서 민병휘가 현대 러시아문학을 대표하는 작가로 평가받는 사이 러시아 작가를 얼마나 흠모하고 있는지 잘 알 수 있다. 민병희가 숄로호프의 작품을 두세 편 읽었다고 밝히는 것으로 보아 아마『개척된 처녀지의 날』과 아직 4부는 나오지 않았지만『고요한 돈강』의 1부~3부를 읽은 듯하다. 이 무렵 숄로호프를 비롯한 러시아 작가들은 사회를 위한 문학가들로 한국 문단에서 여간 인기가 높지 않았다. 그래서 비평가들은 한국의 대표적인 문인들을 흔히 러시아의 문인들에 견주곤 하였다. 가령 이광수는 '조선의 톨스토이', 염상섭은 '조선의 도스토옙스키', 이기영은 '조선의 숄로호프', 임화는 '조선의 마야콥스키', 그리고 오장환吳章煥은 '조선의 예세닌'으로 불렸다. 특히 문학의 사회적 기능에 무게를 싣는 한국의 문인들에게 러시아 작가들은 본받아야 할 존재였다.

한편 민병휘는 임화의 시 작품과 관련해서는 이 무렵 도쿄 문단에서 이루어지는 작품 활동에 뒤떨어지지 않는다고 주장한다. 그러나 그가 말하는 도쿄 문단의 어느 시인들을 두고 말하는 것인지는 분명하지 않다. 다만 일본에서는 민중시 운동이 다이쇼大正 시대 중기부터 무로 사이세이室生犀星, 야마무라 보초山村暮鳥, 센케모토 마로千家元麿 같은 시인들이 일본 시단의 주류를 형성해 나갔다. 또한 이 무렵에는 '나프', 즉 전일본무산자예술동맹全日本無産者藝術同盟이 1931년 해산될 때까지 활발하게 활동하였다.

여기서 잠깐 제주도 출신의 문인이요 언론인으로 활약한 송산 김명식金明植을 언급하고 넘어가야 할 것 같다. 그는 일찍이 1922년 한국 최초의 사회주의 잡지라고 할 『신생활』에 발표한 「노서아의 산 문학」이라는 글에서 러시아문학이야말로 살아 숨 쉬는 문학이라고 역설하였다.

노서아의 문학은 심히 강하얏스며 문학자는 심히 격하얏슴이다. 그리하야 문학을 작(作)하면 문학의 문학을 작(作)치 아니하고 사상의 문학을 작(作)하얏스며, 미(美)와 공(巧)의 문학을 작(作)치 아니하고 정(正)과 의(義)의 문학을 작(作)하얏스며, 화(和)와 한(閑)의 문학을 작(作)치 아니하고 투(鬪)와 노(怒)의 문학을 작(作)하얏스며, 개인의 서정을 주로 하지 아니하고 민중의 감정을 주로 하얏스며, 영물(詠物)을 주로 하지 아니하고 인생의 실생활을 주로 하얏스며 약자의 애원을 주로 하지 아니하고 강자의 후매(詬罵)를 주로 하얏슴이다. 과연 노서아의 문학은 사문학(死文學)이 아니오 생문학(生文學)이엿슴이다. 다른 국가의 역사에서 일즉보지 못한 문학이엿슴이다. 감정이 격하면 그 격한 감정을 그대로 기록한 문학이며 민중이 고통하면 그 고통하는 사실을 그대로 기록한 문학이며 강자가 횡포하면 그 횡포를 그대로 기록한 문학이며 인류의 이상이 무엇이면 그 이상을 그대로 토출(吐出)하고 시대의 압력과 주위의 위협을 조곰도 외탄(畏憚)치 아니한 문이외다.[52]

---

52 김명식, 「노서아의 산 문학」, 『신생활』, 1922.4, 5~6면.

김명식은 시인답게 생생한 비유법을 구사하고 반복 어구를 되풀이하여 설교나 연설처럼 최면적 효과를 자아낸다. 이 글은 몇 해 뒤 『삼천리』(1930.7)에서 '명문名文의 향미香味'라는 제목 아래 다른 6편의 글과 함께 발췌하여 게재할 만큼 이 무렵 명문장으로 꼽혔다. 글의 형식을 떠나 이 글은 아직 일본에서 '나프(NAPF)', 한국에서 '카프'가 결성되기 몇 해 전에 이미 사회주의 리얼리즘을 부르짖었다는 점에서 관심을 끌 만하다. 이렇게 러시아문학의 특성을 열거한 뒤 김명식은 "우리 사회에도 이러한 문학이 잇스며 이러한 문학자가 잇는가?"라고 묻는다. 그러고 나서 그는 "나는 업다고 감히 단정함이다. 근래에 유행하는 소설도 잇고 가곡도 잇고 시도 잇고 그 외에 다른 문학적 작품도 잇는 듯하며 이러한 작자도 잇는가 함이다. 그러하나 나는 아즉까지 조선인의 참 생활을 써 내인 것을 보지 못하얏스며 조선인의 오저奧底에서 흐르는 감정을 그대로 그린 것을 보지 못하얏슴이다"[53]라고 말한다. 김명식은 비록 부분적으로나마 이기영이나 임화가 이러한 역할을 하고 있다고 말하는 듯하다.

세계문학전집 발간과 세계문학

세계문학과 관련하여 그동안 여러 나라에서 발행해 온 세계문학전집은 세계문학의 이해와 확산과 관련하여 매우 중요하다. 번역의 질

---

53 위의 글, 12면.

을 떠나 그러한 전집이 출간되었다는 사실만으로도 한 나라가 세계문학에 보여준 관심을 가늠할 수 있는 잣대가 된다. 여기서 굳이 전집을 언급하는 것은 자국의 문학 작품이 아닌 외국의 문학 작품을 좀 더 체계적으로 접근하려고 했기 때문이다. 서양의 대표적 문학 작품들을 '전집' 형태로 한데 모아놓은 세계문학전집은 독자들이 체계적으로 다른 문화권의 작품들을 읽을 수 있다는 이점이 있다.

앞 장에서 이미 밝혔듯이 1917년 볼셰비키 혁명으로 제정 러시아를 무너뜨린 소비에트 연방에서는 혁명에 성공하자 곧바로 오늘날 여러 나라에서 볼 수 있는 형태의 세계문학전집을 발간하기 시작하였다. 이 무렵 전집의 발간은 볼셰비키 공산주의 혁명의 이념과 뗄 수 없을 만큼 깊이 연관되어 있었다. 그래서 1917년 10월혁명이 성공한 이후 이 무렵 문화 정치에서 막강한 힘을 떨친 막심 고리키를 중심으로 본격적으로 세계문학전집을 출간하기 시작하였다.

동아시아 국가로 범위를 좁혀 보면 일본에서는 소비에트 연방보다는 십 년 뒤늦게 1920년대 말부터 세계문학전집을 간행하기 시작하였다. 1927년(쇼와 1)부터 신쵸샤新潮社에서 '세계문학전집'을 간행하였다. 이 전집은 한 해 전 가이조샤改造社에서 간행한 '현대일본문학전집'에 이어 세계문학을 일본 독자들에게 널리 알리기 위한 야심 찬 기획이었다. 특히 신쵸샤의 세계문학전집 기획은 58만 부의 예약을 받는 등 경이적인 부수를 기록하여 관심을 끌었다. 가이조샤에서는 이 전집의 한 권 책값을 1엔으로 책정했으므로 흔히 '엔폰円本'이라고 부른다. 1920년대에 1엔이라면 대학을 졸업한 사람이 취직하여 받는 월급의 2%에 해당하는 돈으로 책 한 권 값으로는 아주 저렴한 편이었다.

신쵸샤의 세계문학전집도 저렴하게 '엔폰'으로 간행하여 많은 독자를 확보하려고 하였다. 한편 1927년은 슌쥬샤春秋社에서 '세계대사상전집'을 출간하여 신쵸샤의 출간을 측면 지원하였고, 이듬해에는 가이쵸샤에서 '마르크스·엥겔스전집'을 출간하였다. 그 뒤 긴다이샤近代社에서도 '세계희곡전집'을 간행하였다. 일본에서 '세계문학전집'은 엔폰의 폭발적 인기에 힘입어 다양한 나이와 사회 계층의 폭넓은 독자층을 확보하면서 좁게는 서양문학, 좀 더 넓게는 서양 문화를 이해하고 받아들이는 데 크게 이바지하였다.

이 무렵 중국에서도 세계문학전집에 관한 관심이 적지 않았다. 세계문학전집 출간과 관련해서는 오히려 중국이 일본보다 조금 앞섰다. '파오펀寶芬'이라는 필명으로 널리 알려진 중국의 문학사요 연구가인 정전둬鄭振鐸는 1922년 세계문학을 주창하면서 세계문학전집 발행을 추진하였다. 중국 근대 문학기에 활약한 그는 '문학연구회'의 발기인 가운데 한 사람으로『소설월보小說月報』를 비롯하여『공리일보公理日報』, 『민주주간民主週刊』, 『세계문고世界文庫』 같은 문학잡지의 편집장을 맡는 한편 단행본 저서『중국문학 연구』를 출간하였다. 작가, 시인, 학자, 문학 평론가, 문학사가, 번역가, 대학교수, 장서가, 훈고학자, 사회활동가 등 그 어느 이름으로 불러도 손색없는 정전둬는 20여 년에 걸쳐 무려 1만여 권의 책을 모은 인문학자기도 하였다. 후위즈胡愈之 등과 함께 출판사를 설립하여『루쉰전집魯迅全集』을 출판한 사람도 다름 아닌 정전둬였다.

중국의 세계문학전집 발행과 관련하여 '문학연구회'의 활동은 특히 주목해 볼 필요가 있다. 이 연구회는 1921년 정전둬를 비롯하여 루쉰의 동생 저우쭤런, 마오둔茅盾이라는 필명을 사용한 선옌빙沈雁冰, 궈사오위郭紹虞, 주시쭈朱希祖, 취스잉瞿世英, 장바이리蔣百里, 쑨푸위안孙伏园, 겅지즈耿济之, 왕퉁자오王统照, 예사오쥔叶绍钧, 叶圣陶, 쉬디산许地山 등 모두 12명이 중심이 되어 창설된 문학 단체다. 순간旬刊 잡지로『문학순간文学旬刊』을, 월간 잡지로『시诗』와 시리즈물로『문학연구회총서文学研究会丛书』를 간행하여 주로 외국문학 작품과 중국의 신문학 창작을 소개하는 데 힘썼다. 그들은 문학연구회를 창립하면서 그 목표로 "세계문학을 연구하고 소개하며, 중국의 낡은 문학을 정리하고 새로운 문학을 창조한다研究介绍世界文学, 整理中国旧文学, 创造新文学"라는 깃발을 내걸었다.[54] 그들의 활동은 여러모로 조선 유학생들이 도쿄에서 창립한 외국문학연구회의 활동과 비슷하다. 어떤 의미에서 외국문학연구회는 중국의 문학연구회의 영향을 받고 창립되었다고 할 수 있다.

더구나 장전둬는 「문학의 통일에 관한 견해」에서 문학 보편주의를 부르짖은 것으로도 유명하다. 그는 "문학이란 인류에게 공통적인 본능과 정신과 감정을 표현하는 것으로 여기에 국가나 민족이 허용돼서는 안 된다"고 말한다. 그러면서 그는 "인간은 다양한 색깔에 따라 구분되지만 이제 문학의 통합적인 힘을 빌려 다시 결합할 수 있다"고 밝힌다.[55] 장전둬는 리처드 몰튼의 비교문학을 날카롭게 비판하면서 중국에 비교문학과 함께 세계문학의 씨앗을 처음 뿌렸다. 문화 인류학자들에게 무엇보다도 중요한 것이 문화 상대주의이듯이 문학 연구가들

---

54 http://chinahumanitas.net/?bwl_kb=文学研究会
55 Zheng Zhenduo, "A View on the Unification of Literature", ed. David Damrosch, *World Literature Theory*, Oxford: Wiley Blackwell, 1914, p.60. 정전둬는 이 글을 『소설월보』 13-8, 1922에 처음 발표하였다.

에게도 문학 상대주의는 자못 중요함은 두말할 나위가 없을 것이다.

한국에서 한국문학전집과 세계문학전집을 처음으로 소개한 것은 일제 강점기로 1930년대 말엽이다. 한국에서도 일본처럼 먼저 자국의 문학전집을 먼저 출간한 뒤에 세계문학전집을 출간하였다. 문학 시장의 수요가 점차 늘어나자 출판계는 자연스럽게 한국문학전집에 먼저 눈을 돌리기 시작하였다. 1937년에서 1940년까지 겨우 서너 해 사이에 박문서관博文書館, 한성도서주식회사漢城圖書株式會社, 영창서관永昌書館, 삼문사三文社, 조광사朝光社 등에서 한국문학전집이나 걸작 장편소설전집을 속속 간행하였다.

세계문학 분야에서는 1940년 3월 명성출판사明星出版社에서 야심차게 12권 규모로 '세계문학전집'을 기획하여 출간하기 시작하였다. 1권이 나올 무렵에는 전12권 작품 목록을『동아일보』에 대대적으로 광고하기 시작하였다. 광고에는 "위대한 세계문학의 정화精華 / 우뢰 가튼 환호의 보옥편寶玉篇"이라는 구절과 함께 "팔쀡(펄 벅) 여사의『대지』와 큐리의『큐리 부인』" 등을 한 권에 묶은『금색金色의 태양』을 크게 선전한다. 그런데 소설과 자서전을 한 권에 묶은 것부터가 어딘지 걸맞지 않고 어색해 보인다. 물론 두 사람이 여성이고 노벨상 수상자라는 점에서는 서로 공통점이 전혀 없는 것도 아니다. 1권은 미국의 여성 작가인 펄 벅과 일본 문부성에서 추천하는 '큐리 부인전'이라는 권위에 크게 의존한다. 또한 "전 세계 독서층을 풍미한 명작 중 명작!"이라는 구절 바로 밑에 다음과 같이 출간 배경을 설명한다.

조선에 문화운동이 일어난 후 30여 년 세계 명작을 조선말로 소개한 것은 한 권도 업다. 이제 본사에서 비록 초역(抄譯)이나마 전 12권의 '세계 문학전집'을 발행하는 것은 그 의의가 적지안타 하겟다. 더구나 이번 제1 회 배본은 전세계 인류의 최대의 상찬(上讚)을 밧고 수백만 부수를 매진 한 명작 중 명작인 팔뻑 여사의 『대지』와 『어머니』와 또는 에바 큐리의 『큐리 부인전』을 노춘성(盧春城) 씨의 유려한 필치로 번역한 것은 실로 크나큰 자랑이 안일 수 업다. 『대지』는 지나(支那) 대중을 제재로 한 세기 적 대작으로 전세계에 문자를 아는 사람은 모다 환호와 상찬을 보내엇고, 더구나 영화까지 되어 세계 방방곡곡을 휘돌게 되엇다. 그리고 『큐리 부 인』은 일본서도 문부성 추천 명서로 수십만 부가 팔리고 영화까지 되어 지금 동경에서 상영 중인 초명작이다.

이 광고문의 내용을 간추려 보면 ① 조선에서 세계문학전집을 출간 하는 것은 신문화운동 이후 처음 있는 일이고, ② 1회 배본으로 출간 하는 『금색의 태양』은 세계적으로 이름난 작품을 포함한 책이기 때문 에 반드시 읽어야 하며, ③ 이 책은 작품 전체를 번역한 것이 아니라 소설가 춘성 노자영이 원문의 내용을 간추려 번역한 '초역'이라는 것 이다.

①항에 관해서는 출판사가 말하는 그대로 신문화운동이 일어난 지 겨 우 30여 년밖에 되지 않는 시기에, 그것도 일본 제국주의의 지배를 받는 식민지 상황에서 세계문학전집이 출간되어 나온다는 것은 누가 뭐라고 하여도 참으로 가상한 일이다. ②항에서는 다분히 출판사의 판매 의도 가 엿보인다. 『대지』를 "세기적 대작"으로 평가하면서 전 세계에 걸쳐 글을 읽을 줄 사람이라면 하나같이 칭찬했다는 구절은 적잖이 과장되어

1940년대 명성출판사가 야심차게 기획하다 중단한 세계문학전집 1권 『금색의 태양』 표지.

있다. 미국에서 활약하던 한국계 미국 작가 강용흘姜鏞訖, Younghill Kang만 같아도 펄 벅이 중국의 문화를 제대로 이해하지 못한 채 쓴 작품이라고 혹평하였다. 또한 『큐리 부인』에 관해서도 일본 "문부성 추천 명서"니 영화로 만들어져 지금 "동경에서 상영 중인 초명작"이니 하는 구절은 작품성보다는 상업성에 의존하려는 시도로 볼 수밖에 없다.

소설가 방인근方仁根은 이 광고문과 함께 실린 '위대한 세계문학의 일대 금자탑'이라는 제호의 추천사에서 "이런 책은 누구나 절대로 아니 볼 수 업는 책이며 동시에 자녀나 자매에게 안심하고 읽힐 수 있는 책이다"라고 못 박아 말한다. 비평가 홍효민은 정래동의 부탁으로 『동아일보』에 이 책의 서평을 쓰기도 하였다. 이렇게 정래동은 이 세계문학전집 출간과 홍보를 위하여 자신의 인맥을 총동원하다시피 하였다.

작품 번역과 관련한 ③항은 좀 더 찬찬히 따져보아야 한다. 위 광고문에서는 『금색의 태양』을 "노춘성 씨의 유려한 필치로 번역한 것은 실로 크나큰 자랑이 안일 수 업다"고 밝힌다. 『장미촌薔薇村』과 『백조白潮』의 동인으로 본격적으로 문단 생활을 시작한 노춘성은 노자영盧子泳의 필명으로 그는 1935년 조선일보사 출판부에 입사하여 잡지 『대지大地』와 『조광朝光』을 맡아 편집하다가 1938년 기자 생활을 청산하고 청조사靑鳥社라는 출판사를 직접 경영하였다. 그가 명성출판사의 세계문학 전집에 참여한 것은 바로 이 무렵이었다. 낭만적 감상주의로 일관하는 그의 시 작품은 때로는 신선한 감각을 보여주고 산문에서도 소녀 취향의 감성적 문장으로 이름을 떨쳤다는 점을 생각할 때 "노춘성 씨의 유려한 필치"라는 구절은 이해가 간다. 그러나 그의 번역의 질에 관해서는 적잖이 의문이 든다. 광고 문안에는 '초역'이라고 해놓고 광고문 다른 곳에서는 '노춘성 편'이라고 적는 것부터 수상쩍다. '노춘성 편역' 정도가 아마 가장 정확한 표현일 것 같다. 300쪽도 채 되지 않은 단행본 한 권 속에 무려 저서 세 편을 집어넣다 보니 축역이나 편역의 형식을 빌리지 않을 수 없었다.

방인근은 앞에 언급한 추천사에서 "다소 전역全譯이 아니요 초역抄譯이라고 하나 그 정수를 잃지 안코 그 역문이 유려한 것은 실로 금상첨화이다"라고 밝힌다. 그렇다면 명성출판사에서는 하필이면 왜 방인근에게 추천사를 의뢰했을까? 방인근은 작가로서 활약하는 한편 종합 월간 문예지 『조선문단朝鮮文壇』과 『문예공론文藝公論』 같은 비중 있는 문예지를 창간하는 등 그동안 편집자로서도 큰 역할을 해 왔다. 이 무렵 일간신문에 잇달아 장편소설을 연재하면서 그는 대중작가의 명성을 얻고 있었으므로 출판사에서는 아마 누구보다도 그가 안성맞춤이라고 생각했을지 모른다. 어찌 되었든 초역이지만 원문의 정수를 잃지 않았다는 것은 모순어법이다. 군이 여기서 번역 연구나 번역 이론을 언급하지 않는다고 하여도 원천 텍스트의 정수를 얻기 위해서는 반드시 원문 전체를 빠짐없이 옮겨야 한다. "금상첨화로 역문이 유려하다"는 것은 완역이나 전역이 아니라 중요 부분만 간추려 번역한 초역이기 때문이다.

원천 텍스트에 충실하게 번역하다 보면 목표 언어에 맞지 않는 어휘나 구 또는 표현 등이 있어 유려하기가 무척 힘들다. 거추장스러운 부분을 모두 제거하고 목표 언어에 걸맞게 번역하면 훨씬 읽기가 쉽다. 오죽하면 17세기 프랑스의 인문학자 쥘 메나주가 가독성이 뛰어난 유려한 번역을 두고 "부정不貞한 미인belles infidèles"이라고 불렀겠는가. 기혼 여성이 얼굴이 예쁘면 남편에게 부정을 저지르기 쉽다는 프랑스 속담이 있듯이 번역도 매끄럽고 유려하면 원천 텍스트와 거리가 멀다는 뜻이다. 메나주는 17세기에 살았으니 망정이지 오늘날 같았으면 아마 여성 폄하나 성희롱으로 여론의 뭇매를 맞았을 것이다.

여러 정황으로 미루어보아 노춘성은 이러한 초역 또는 편역마저도 일본어 번역본에 의존했을 것이다. 펄 벅의 작품은 그렇다 쳐도 프랑스어를 해독하지 못하는 그가 마리 퀴리의 딸 에브 퀴리가 쓴 어머니에 관하여 쓴 평전을 원천 텍스트에서 직접 번역했을 리 만무하다.『대지』는 중국에 유학한 소설가 심훈沈熏이, 그리고 강용흘의『초당』(1931)의 일부를 번역한 역사학자 김성칠金星七이 1936년과 1940년 각각 번역하였다.『동아일보』광고에 실린 12권의 작품과 번역자를 보면 '직역'이 아니라 '중역'이라는 사실을 쉽게 알 수 있다. 신문 광고에 실린 세계문학전집의 내용과 번역자를 당시 표기 그대로 적으면 다음과 같다.

1권: 팔 뻑 · 큐리부인 편 / 노자영

2권: 지나 현대소설집 / 정래동

3권: 톨스토이 편 / 함대훈

(『부활』, 『인생론』, 『안나 카레니나』)

4권: 트르게네프 편 / 이석훈(李石薰)

　　(『향파』, 『연기』, 『처녀지』)

5권: 고리키 편 / 번역자 미정

　　(『어머니』, 『삼십 년』, 『밋바닥』)

6권: 떠스터예프스키 편 / 김환태(金煥泰)

　　(『죄와 벌』, 『백치』, 『카라마죠프 형제』)

7권: 『춘희』, 『사냥』 / 임학수(林學洙)

8권: 쉐스피어 편 / 김상용(金尙鎔)

　　(『하믈렛』, 『로미오와 줄리엣』, 『베니스 상인』)

9권: 딴눈쵸 · 지드 편 / 김진섭

10권: 입센의 『인형의 가(家)』 / 정인택(鄭人澤)

　　(모파상의 『여자의 일생』, 루소의 『참회록』)

11권: 쎄테 편 / 정인섭

　　(『베르테르의 설움』, 『파우스트』)

12권: 최근 세계시인집 / 이하윤

　1권의 번역자에서 볼 수 있듯이 2권, 3권, 4권, 8권, 12권을 제외하고 나머지 일곱 권은 하나같이 번역가들이 해당 문학의 전공자들이 아니다. 중국의 현대 소설을 번역하기로 한 정래동은 앞서 밝혔듯이 베이징의 민궈대학에서 영문학과 중국문학을 전공한 중국문학 통이다. 일본문학이 빠지기는 했지만 중국문학이나 일본문학도 엄연히 세계문학에 속한다. 세계문학 하면 동양문학을 잊고 으레 서양문학만을 떠올리는 사대주의적 태도는 바람직하지 않다. 톨스토이 작품을 번역하기로 한 함대훈은 뒷날 소설가로 활약하지만 도쿄외국어대학에서 러시아문학을 전공하였다. 투르게네프를 번역하기로 한 이석훈은 와세다대학 고등학원 문과에 입학하면서 러시아문학을 전공하여 졸업한 뒤 와세다대학에서 러시아문학을 전공하였다.

12권의 세계 시인선의 번역자인 이하윤은 호세이대학에서 영문학과 함께 프랑스문학을 전공한 데다 그동안 세계 여러 나라의 시 작품을 번역해 왔기 때문에 이 분야의 번역자로서 크게 무리가 없다. 한편 5권 고리키 작품의 번역은 함대훈과 이석훈 말고도 진학문을 비롯하여 도쿄외국어대학에서 러시아문학을 전공한 최승만崔承萬, 외국문학 연구회 회원인 이선근, 이홍종, '김온'이라는 필명을 사용한 김준엽 등이 맡아도 될 터인데 굳이 '미정'으로 남겨둔 것이 흥미롭다. 8권 윌리엄 셰익스피어의 대표작 세 편을 김상용이 번역하기로 한 것도 크게 무리가 없다. 그는 1927년 릿쿄대학에서 영문학과를 전공한 뒤 이화여자대학교에서 영문학을 강의했기 때문이다. 물론 지금도 마찬가지지만 그 무렵에도 김상용은 번역가보다는 오히려 시인으로 더욱 잘 알려져 있다.

그러나 6권부터는 이와는 사정이 전혀 다르다. 표도르 도스토옙스키의 대표작을 김환태가 번역하기로 되어 있다는 것이 자못 뜻밖이다. 이 무렵 주로 비평가로 활동한 김환태는 일본 교토의 도시샤同志社 대학과 규슈제국대학에서 영문학을 전공하였다. 러시아문학에 심취해 있을지언정 한국어로 번역할 만큼 러시아에 정통하다고 볼 수 없다. 이 점에서는 7권도 6권과 크게 다르지 않다. 7권은 프랑스의 작품과 러시아의 작품을 한 권에 묶었다는 것도 이상하지만 번역가는 더더욱 고개를 갸우뚱하게 한다. 임학수는 경성제국대학 영문과 출신으로 주로 시인이자 비평가로 활동하였다. 영문학을 전공한 그가 프랑스의 작품인 알렉상드르 뒤마 피스의 『춘희』(1848)를 번역하고 심지어 러시아 소설가 미하일 아르치바셰프의 『사닌』(1907)을 번역한다는 것은 일본어나 영어를 통한 중역이 아니고서는 거의 불가능하다. 원래 제목에 걸맞게 '동백꽃 여인'이라 하지 않고 '춘희', 또 '사닌'이 아니라 '사닝'이라고 표기한 것부터가 일본어 중역 냄새를 짙게 풍긴다. 『춘희』는 이미 진학문이 『홍루紅淚』라는 제목으로 1917년 9월부터 이듬해 1월까지 매일신보에 연재한 적이 있다.

독문학자인 김진섭이 이탈리아의 가브리엘레 단눈치오의 작품과 프랑스 작가 앙드레 지드의 작품을 번역한다는 것도 어딘지 걸맞지 않다. 차라리 영문학자 정인섭이 번역하기로 한 요한 볼프강 폰 괴테의 작품을 번역해야 제격일 것이다. 전공 분야로 본다면 정인섭은 셰익스피어의 작품을 번역해야 맞다. 실제로 그는 뒷날 정음사에서 출간한 『셰익스피어전집』에서 『로미오와 줄리엣』과 『베로나의 두 신사』를 번역하였다.

경성제국대학 예과에 다니다 중퇴하고 언론인과 작가로 활약한 정인택이 노르웨이의 작가 헨리크 입센의 『인형의 집』(1879)과 기 드 모파상의 『여자의 일생』(1883), 장자크 루소의 『참회록』(1782)을 번역한다는 것도 맞지 않는다. 물론 입센의 작품은 이 무렵 노르웨이어를 해독할 수 있는 번역가가 없었기 때문에 어쩔 수 없이 중역에 의존하지 않을 수 없었을 것이다. 그러나 백화白樺 또는 국여菊如의 필명으로 활동한 양건식梁建植은 일찍이 1921년 박계강朴桂岡과 함께 『인형의 가家』를 공역하여 일간신문에 연재한 뒤 『노라』라는 제목으로 출간하였다. 또한 와세다대학 정치경제학과를 졸업한 이상수李相壽도 1922년 『인형의 가』를, 그 이듬해에는 입센의 또 다른 작품 『바다에서 온 여인』(1921)을 『해부인海婦人』이라는 제목으로 번역하여 출간하였다. 한편 1940년 5월 박용철朴龍徹도 극예술연구회 제6차 공연 대본으로 『인형의 집』을 번역하기도 하였다.

그런데 여기서 한 가지 눈여겨볼 것은 한국에서 최초로 기획한 세계문학전집 번역에 참여한 번역가 중에는 유난히 외국문학연구회 회원들이 눈에 띈다는 점이다. 박진영의 지적대로 명성출판사의 소유주는 2권 중국 현대소설집을 번역하기로 한 중국문학 연구가 정래동이었다. 정래동은 이 무렵 한국 문단에서 팔방미인으로 활약하며 대중의 인기를 끌던 노자영(춘성)을 끌어들여 이 세계문학전집의 기획과 편집을 맡겼다.[56] 1920년대 중엽 외국문학 전공 유학생들이 외국문학연구회를 창립하면서 중국문학의 전공자로 영입한 사람이 바로 정래동이었다. 정인섭은 "외국문학연구회의 주창은 세계 각국의 문학을 다 망라하려고 했기 때문에 각국 어학의 분야를 생각 아니 할 수가 없었다. 그래서 그때까지 영·불·독·노까지는 전문가를 망라했으되, 중국문학은 정래동에게 교섭하기로 하고, 그동안 문제시하지 않던 일본문학의 분야를 가입시키느냐 하는 데는 동인들 가운데 의견이 서로 엇갈려 있었다"[57]고 밝힌 적이 있다. 이 무렵 중국문학을 전공하고 있

---

56 박진영, 앞의 책, 252~253면 참고.
57 정인섭, 「나의 유학 시절」, 『못 다한 인생』, 휘문출판사, 1989, 59면. 한편 외국문학연

던 조선 사람으로는 양건식을 제외하면 정래동이 유일하다시피 하였다. 이러한 인연으로 정래동은 외국문학연구회 회원들을 잘 알고 있었으므로 자신의 출판사에서 기획하는 세계문학전집에 번역가로 교섭했을 것이다.

명성출판사는 안타깝게도 첫 번째 한 권을 출간하고 난 뒤 세계문학전집의 출간을 접을 수밖에 없었다. 야심 찬 기획이 이렇게 용두사미로 끝나고 만난 데는 여러 이유가 있을 터다. 그중에서도 앞에서 언급했듯이 일본 제국주의가 태평양 전쟁 준비로 광분해 있던 시기라서 이렇게 매머드급 전집을 출간하기란 무척 어려웠을 것이다. 더구나 실질적인 편집자라고 할 노자영은 1940년 마흔한 살의 젊은 나이로 갑작스럽게 병에 걸려 사망하였다. 엎친 데 덮친 격으로 1932년 동아일보사에 입사한 정래동은 1941년 『동아일보』가 강제 폐간당하자 보성전문학교의 중국어 전임강사로 취직하였다. 그러므로 명성출판사의 출판 기획은 물거품으로 돌아갈 수밖에 없었다. 그러나 만약 이 기획이 성공했더라면 아마 한국에 세계문학을 좀 더 앞당겨 소개할 수 있었을 것이다.

명성출판사에 이어 조광사에서도 '세계걸작 탐정소설 전집'과 '세계명작 장편전집'을 출간하려고 기획하였다. 그러나 전자는 겨우 출간했지만 후자는 이런저런 이유로 미완성으로 끝나고 말았다. 한국에서 세계문학전집 발간이 좀 더 본격적으로 이루어진 것은 역시 일제

구회에서는 일본문학 전공가로는 도쿄제국대학에서 일본문학을 전공하던 함일돈(咸逸敦)을 영입하였다. 정래동과 함일돈은 외국문학연구회의 '동반자 회원'으로 볼 수 있다. 이 점에 관해서는 김욱동, 『외국문학연구회와 『해외문학』』, 소명출판, 2020, 470~471・521~522면 참고

식민주의의 굴레에서 벗어나고 한국전쟁이 끝난 1950년대에 접어들면서부터다. 1959년 을유문화사와 정음사가 100권짜리 '을유세계문학전집'과 '정음세계문학전집'을 처음 선보이기 시작하였다. 1960년대에는 신구문화사가 '전후세계문제작선집'과 '현대세계문학전집'을 발간하였고, 1970년대에는 삼중당문고, 동서문화사, 삼성출판사가 잇달아 세계문학전집을 출간하였다. 1983년부터는 금성출판사가 세계문학접집을 출간하기 시작하여 현재 120권에 이른다.

1998년부터 세계문학전집 발간에 나선 민음사는 2019년 현재 370여 권을 내놓았다. 현재 시중에 나와 있는 세계문학전집 중 민음사 판이 번역의 질이나 판매에서 선두에 서 있다. 민음사를 설립한 고 박맹호朴孟浩 회장의 꿈은 세계문학 1,000권을 출간하는 것이었다. 민음사에 이어 문학동네도 세계문학전집을 내놓고 있고, 그동안 출판 사업을 중단했던 을유문화사도 2009년부터 새로운 목록과 새 번역으로 300권을 목표로 '을유세계문학전집'을 발간하고 있다. 그밖에도 열린책들이 '열린책들 세계문학'을 발간하고 있으며, 책세상은 '책세상문고 세계문학'을, 문학과지성사는 대산재단의 출판 지원으로 '대산세계문학총서'를 출간하고 있다.

한국에서 출간된 세계문학전집과 관련하여 웅진출판사가 '웅진씽크빅' 단행본 회사를 통하여 간행한 전집은 특히 주목해 볼 만하다. 미국 뉴욕시에 기반을 둔 세계 최대 출판 그룹 펭귄은 1935년부터 지금까지 '클래식 시리즈'를 출간해 왔다. 처음에는 주로 영문학 작품에 초점을 맞추었지만 유럽 대륙과 비유럽 쪽으로 점차 그 범위를 확대해 나갔다. 펭귄 그룹은 현재 미국을 비롯하여 캐나다, 영국, 아일랜드, 오스트레일리아, 뉴질랜드, 인도, 사우스아프리카 등에 지부를 두고 있는 다국적 출판사로 성장하였다.

좀 더 정확히 말하면 펭귄클래식을 출간하는 회사는 2008년 웅진 씽크빅 단행본 그룹과 영국 펭귄북스의 합작으로 탄생한 '펭귄클래식 코리아'다. 영국의 펭귄클래식 시리즈가 영어 외의 언어로 출간되는 것은 지난해 중국 충칭重慶 출판그룹과 중국어판 합작 출간을 한데 이어 한국어판 출간이 두 번째다. 펭귄클래식은 크게 20세기 초반까지의 작품이 포함된 '블랙 시리즈'와 1940~1950년대 이후의 작품이 포함된 '모던 클래식'으로 크게 나뉜다. 한국어판 펭귄클래식 시리즈는 블랙 시리즈를 주축으로, 펭귄클래식 코리아에서 자체적으로 검토하여 선정한 작품까지 출간되었다. 펭귄 그룹 본사는 한국어판 펭귄클래식 시리즈에 한국 작가의 작품이 포함되면 해당 작품을 영국 펭귄클래식 시리즈에도 포함하는 것을 적극적으로 추진할 예정이었다.

그런데 웅진출판사가 펭귄 그룹과 협약을 통하여 '펭귄클래식' 시리즈를 출간한다는 것은 곧 국내의 세계문학전집 출간이 이제는 다국적 자본의 영향권에 놓여 있다는 것을 뜻한다. 기획에서 작품 선정, 판권, 표지에 이르기까지 펭귄과 상의하지 않으면 안 되기 때문이다. 앞 장에서 이미 세계문학은 세계화나 글로벌화와는 떼려야 뗄 수 없을 만큼 밀접하게 연관된 채 발전해 왔다는 사실을 자세하게 다루었다. 웅진출판사의 펭귄클래식 출간은 바로 이 점에서 지금까지 한국에서 출간된 세계문학전집과는 그 성격이 크게 다르다. 그러나 안타깝게도 이 시리즈 출간은 여러 사정으로 지금 중단된 상태에 있다. 어찌 되었든 일제 강점기 명성출판사가 첫 테이프를 끊고 해방 뒤 우후죽순처럼 쏟아져 나온 세계문학전집은 한국에서 세계문학에 관한 관심을 높이는 데 무척 큰 역할을 했던 것이다.

제6장
세계문학이란 무엇인가

오늘날 전 세계에 걸쳐 큰 관심을 받고 세계문학사의 맨 마지막 장을 화려하게 장식하며 뭇 사람의 입에 오르내리는 세계문학이란 무엇인가? 세계문학을 과연 어떻게 정의할 수 있는가? 이 질문에 답하기에는 아직 시기상조일지 모른다. 세계문학에 대한 논의가 본격적으로 이루어진 것은 이제 겨우 몇십 년밖에 되지 않는다. 비교문학의 개척자요 아일랜드의 학자인 허치슨 맥컬리 포스넷은 일찍이 1886년 세계문학이 이미 고대 로마 제국에서 비롯되었다고 주장하였다. 그러나 오늘날 우리가 흔히 사용하는 의미의 세계문학은 그 역사를 아무리 일찍 잡는다고 하여도 좀처럼 1990년대 이전으로 거슬러 올라가기 어렵다.

미국에서 『노튼 세계걸작 앤솔로지』가 처음 출간된 것이 1956년이다. 그나마 이 선집에는 주로 유럽과 북아메리카 대륙의 문학 작품만 수록되어 있을 뿐이다. 1995년 이르러 이 선집은 '걸작' 대신 '문학'이라는 말을 사용하면서 『노튼 세계문학 앤솔로지』로 탈바꿈하였다. 비단 제목만 바꾼 것이 아니라 비서구 문화권의 작품을 상당 부분 수록

하면서 내용도 크게 달라졌다. 그러므로 본격적 의미의 '세계문학'은 이 앤솔로지가 출간된 1995년 시작했다고 볼 수 있다. 노튼출판사에 이어 롱먼과 베드퍼드, 하퍼스 같은 다른 출판사들도 잇달아 세계문학 선집을 선보이면서 세계문학은 이 무렵 본격적인 궤도에 들어섰다.

세계문학은 인간에 빗대어 말한다면 마치 갓 태어난 갓난아이와 같아서 아직도 골격이 형성되고 있는 단계에 있다. 그래서 앞으로 어떠한 모습으로 어떻게 성장할지 판단하기란 아직 때가 이르다. 그러다 보니 그 개념과 성격을 정확히 규정 짓기란 무척 어렵다. 지금까지 몇몇 이론가들이 세계문학의 개념과 성격을 규정하려고 시도해 왔지만 마치 장님이 코끼리를 만지는 것과 같아서 하나같이 그렇게 만족스럽지 못하다.

가령 그동안 세계문학에 지칠 줄 모르고 깊은 관심을 기울여 온 하버드대학교의 비교문학 교수요 이 대학 부설 '비교문학연구소' 소장인 데이비드 댐로쉬는 아마 이러한 경우를 보여주는 더할 나위 없이 좋은 예가 된다. 그는 이제는 이 분야의 고전이 되다시피 한 저서 『세계문학이란 무엇인가?』(2003)에서 이 문제를 심도 있게 다룬다. 그러나 ① 유통, ② 번역, ③ 생산의 세 부분으로 구성한 이 책에서 댐로쉬는 "세계문학이란 무엇인가?"라는 물음을 던질 뿐 막상 그 물음에 대한 답은 좀처럼 하지 않은 채 교묘하게 피해 나간다. 이 책의 맨 마지막 결론에 이르러서야 비로소 그는 세 관점에서 세계문학을 정의한다. 그러나 그 정의마저도 막연하여 좀처럼 피부에 와 닿지 않는다. 세계문학을 규정 짓기가 그만큼 어렵다는 것을 웅변적으로 말해 주는 대목이다.

세계문학은 대상인가, 이론인가, 개념인가, 사조인가, 분과학문인가, 생산·유통·소비인가, 조건인가, 패러다임인가? 아니면 독서의 한 유형인가, 교육적 실천인가, 새로운 형태의 정전 형성인가? 그것도 아니라면 프랑코 모레티의 주장대로 "새로운 비평 방법을 요구하는 하나의 문제"인가?[1] 세계문학에 관한 정의는 바로 이 물음에 들어 있다고 하여도 크게 틀리지 않는다. 어떤 의미에서 포스트모더니즘의 큰 범주에 포섭되고 정보화 시대의 세계화와 밀접하게 관련된 세계문학은 이 모든 것을 함께 아우른다고 할 수 있다. 댐로쉬는 세계문학을 독서 유형으로 파악하지만 실제로는 대상, 이론, 개념, 사조 등 모든 것을 두루 포함하는 포괄적 용어로 보아야 한다. 그리고 세계문학도 궁극적으로는 다른 담론과 마찬가지로 어디까지나 사회적 구성물에 지나지 않는다는 사실을 염두에 두어야 한다.

민족문학과 세계문학

영국문학사에서 18세기 후반, 그러니까 1750년에서 1784년에 이르는 기간을 흔히 '존슨의 시대'라고 부른다. 이 무렵 시인이요 비평가로 활약한 새뮤얼 존슨은 그만큼 영문학에 굵직한 획을 그은 사람이기 때문이다. 그런데 시와 관련하여 그는 "시란 무엇인가?"라고 정의 내리는 것보다는 "시가 아닌 것은 무엇인가?"라고 정의 내리기가 훨

---

1 Franco Moretti, "Conjectures on World Literature", *Distant Reading*, London: Verso, 1913, p.46.

씬 더 쉽다고 말한 적이 있다. 존슨이 여기서 말하는 시란 비단 운문으로 된 문학 작품만을 가리키지 않고 문학 일반을 두루 가리키는 제유적 표현으로 볼 수 있다. 존슨의 말을 빌려 표현하자면, "세계문학이란 무엇인가?"라는 질문을 던지는 것보다는 차라리 "세계문학이 아닌 것은 무엇인가?"라는 질문을 던지고 그 물음에 답하는 쪽이 더 좋을 것 같다. 세계문학이 아닌 것을 밝히는 과정에서 세계문학의 개념과 성격이 자연스럽게 드러날 것이기 때문이다.

존슨의 주장은 최근 20세기에 들어와 미국의 한 대법원 판사의 말에서도 엿볼 수 있다. 미국 문화에서 뜨거운 쟁점 가운데 하나라고 할 포르노그래피와 관련하여 그 대법원 판사는 "나는 그게 무엇이라고 정의내릴 수는 없지만 그것을 보면 곧바로 알 수 있다"고 말한 적이 있다. 세계문학도 포르노그래피처럼 막상 이러저러한 특징을 지니고 있다고 추상적으로 규정 짓기는 힘들어도 구체적인 작품을 보면 그것이 세계문학으로 간주할 수 있는 것인지 없는 것인지 쉽게 알 수 있다.

세계문학은 지금까지 몇몇 이론가들이 주장해 왔듯이 지구촌에 퍼져 있는 각각의 민족문학 또는 국민문학의 총화나 집합이 아니다. 프랑스 비교문학 이론가 르네 에티앙블은 일찍이 세계 곳곳에서 쓰인 문학 전체를 세계문학에 포함해야 한다고 지적하였다. 그러면서 그는 비평가나 독자한테서 지금까지 주목받지 못한 채 무시되어 온 작품과 새로운 작품에 관심을 기울여야 한다고 말한다.[2] 문화 인류학적 접근에 가까운 에티앙블의 이러한 주장은 백과사전적이어서 요한 볼프강

---

2   René Étiemble, *Essais de littérature (vraiment) générale*, Paris: Gallimard, 1974.

폰 괴테의 주장보다도 훨씬 더 야심차고 이상적이라고 할 수 있다. 또한 비교적 최근 들어와 루마니아의 비평가 아드리안 마리노도 세계문학을 "아무런 구별 없이 세계의 모든 문학의 합계나 총체"[3]로 정의 내린다.

그러나 세계문학이란 한국문학, 영문학, 프랑스문학, 아프리카문학처럼 단순히 지구촌에 산재해 있는 여러 문학을 통틀어 지칭하거나 그런 문학을 한곳에 모아놓은 것을 가리키지 않는다. 오대양 육대주에 걸쳐 흩어져 문학은 엄밀한 의미에서 세계문학으로 보기 어렵다. 그러한 문학은 '세계의 문학'이라고는 부를 수 있을지언정 '세계문학'이라고 부를 수는 없다. 아니면 후자와 구별하여 전자를 '지구촌 문학'이나 '국제 문학'이라고 불러도 무방할 것이다. 그러므로 '세계문학'을 영어로 표기할 때 전자는 흔히 소문자로 'world literature'로 표기하고, 후자는 대문자로 'World Literature'라고 표기한다. 한국어로 표기할 때는 '세계 문학'으로 띄어 쓰는 것보다는 '세계문학'으로 붙여 쓰는 것이 좋을 것이다.

이렇게 세계문학을 민족문학 또는 국민문학의 총화나 집합으로 보려고 하지 않는 대표적인 학자로는 스페인 태생의 미국 비평가 클로디오 기옌이 아마 첫손가락에 꼽힐 것이다. 『비교문학의 도전』(1985, 1993)이라는 비교적 잘 알려진 책에서 그는 세계문학을 두고 "민족문학의 총화라고? 그것은 실천적인 면에서는 성취할 수 없고, 실제 독자

---

3   Owen Aldridge, "The Universal in Literature", eds. Theo D'haen · César Domínguez · Mads Rosendahl Thomsen, *World Literature: A Reader*, London: Routledge, 2013, p.131 에서 재인용.

로서는 아무런 가치가 없고, 백만장자이면서 정신 나간 기록보관소 소유자에게나 어울릴 엉뚱한 생각"이라고 치부해 버린다. 그러면서 기옌은 "아무리 가장 경솔한 편집자라도 그러한 것을 열망해 온 적이 한 번도 없다"고 잘라 말한다.[4] 여기서 그가 말하는 어조는 사뭇 도전적이고 경멸적이다. 그만큼 그는 세계문학을 세계 곳곳에 흩어져 있는 민족문학의 총화로 간주하려는 태도를 아주 못마땅하게 생각하는 대표적인 학자다.

기옌의 말대로 지구촌 곳곳에 흩어져 있는 모든 문학을 읽는다는 것은 현실적으로 불가능하다. 서양의 한 호사가는 열다섯 살 때부터 시작하여 일흔다섯 살까지 한 사람이 먹고 자는 시간을 제외하고 평생 글을 읽을 수 있는 시간을 계산해 본 적이 있다. 분량과 관계없이 하루에 한 권 읽는 것으로 계산했더니 적게는 1,800권, 많게는 6,000권이었다. 기옌이 세계의 모든 문학의 총화라는 의미에서 세계문학이 실제 독자에게는 이렇다 할 가치가 없다고 말하는 것은, 개별적인 독자가 그러한 방대한 책들을 읽을 수도 없거니와 책을 입수한다는 것 자체도 불가능하기 때문일 것이다. 금전적인 면에서도 불가능할 것이고, 시간적인 면에서도, 심지어 체력적인 면에서도 불가능할 것이다.

이렇게 지구촌의 모든 책을 입수한다는 생각은 기옌의 말대로 돈이 엄청나게 많은 백만장자이면서 제정신이 아닌 기록보관소 소유자가 아니고서는 좀처럼 할 수 없는 '엉뚱한 생각'일 뿐이다. 그러한 작업

---

4 Claudio Guillén, trans. Cola Franzen, *The Challenge of Comparative Literature*, Cambridge: Harvard University Press, 1993, p.38. 바르셀로나에서 스페인어로 처음 출간된 이 책의 원래 제목은 *Entre lo uno et lo diivrso: Introduccin a la literatura comparada*(하나와 다수의 사이에서 – 비교문학 입문)였다.

을 하기에는 개인은 말할 것도 없고 공공 도서관도 힘에 부칠 것이다. 가령 미국 의회도서관은 도서, 사진, 필름, 지도, 악보, 녹음기록 등 소장 자료가 1억 6,400만 건에 이르는 세계 최대 도서관이다. 2016년 기준으로 6억 4,000만 달러(한화로 7,000억원 정도) 예산에, 직원은 3,149명에 달하는 어마어마한 규모다. 그런데도 세계에 곳곳에 산재해 있는 책의 아주 작은 일부밖에는 소장하지 못하고 있다.

더구나 세계문학은 '지구촌 문학'과는 엄격히 구별하여 사용해야 한다. '지구촌 문학'은 '세계의 문학'처럼 이미 오래전부터 있어 왔기 때문에 지금 와서 새삼 거론하기도 쑥스럽다. 그러한 문학을 지칭할 때는 굳이 '세계'라는 말을 덧붙여 사용할 필요 없이 그저 '문학'이라는 말 하나만으로도 충분할 것이다. 다시 말해서 오늘날 전 세계에 걸쳐 관심을 받으며 뭇 사람의 입에 오르내리고 있는 세계문학은 양적 개념이 아니라 어디까지나 질적 개념이요, 상대적 개념이 아니라 절대적 개념이다. 모든 세계문학은 지구촌 문학에 속하지만 그렇다고 지구촌 문학이라고 반드시 세계문학이 되는 것은 아니다. 세계문학은 지구촌 문학의 필요충분조건이지만 지구촌 문학은 필요조건일 뿐이다.

그렇다면 한 국가나 한 문화권의 민족문학 또는 국민문학이 세계문학이 되기 위한 필요조건은 과연 무엇일까? 무엇보다도 먼저 세계문학은 민족문학에 굳게 뿌리를 박아야 한다. 한 민족이나 국가의 구체적인 역사적 시대와 사회적 공간에서 태어난 문학 작품이라야만 비로소 세계문학의 반열에 오를 수 있다. 어떤 식물도 땅에 뿌리를 박지 않고서는 살아갈 수 없듯이, 한 문화권에 굳건히 뿌리를 박지 않은 문학 작품은 세계문학이 되기 어려울 뿐더러 어떤 의미에서는 아예 세계문학으로서의 존재 이유가 없다고 할 수 있다. 그만큼 세계문학은 궁극적으로 보편성이나 일반성을 지향하되 특수성이나 구체성을 떠나서는 좀처럼 존재하거나 성립할 수 없다.

여기서 잠깐 미국 소설가 윌리엄 포크너가 선배 작가요 문학적 스승이라고 할 셔우드 앤더슨과 관련하여 한 말을 떠올리는 것이 좋을 것 같다. 오하이오주 태생의 앤더슨은 미시시피주 출신의 작가 지망생 포크너에게 여러모로 충고를 주고 소설가로 데뷔할 수 있도록 도와주었다. 1925년 쓴 「셔우드 앤더슨」이라는 글에서 포크너는 많은 비평가가 앤더슨의 예술적 뿌리를 러시아나 프랑스를 비롯한 유럽에서 찾으려고 하는 태도를 못마땅하게 생각하면서 앤더슨이 어디까지나 미국 중서부 지방에서 태어나 자라난 작가라는 사실을 새삼 강조한다.

> 인간은 마치 옥수수나 나무처럼 땅에서 태어난다. 나는 앤더슨 씨를 그의 고향 오하이오주의 기름진 옥수수 밭으로 생각하고 싶다. 그의 작품에서 밝히고 있듯이 그는 자신의 아버지로부터 육체적인 씨앗을 받고 태어났을 뿐만 아니라 작가에게 중요한 신념, 즉 자기 자신의 감정이 중요하다는 점을 물려받았다. 더구나 앤더슨 씨는 그 감정을 누구에게 이야기해주고 싶은 욕망을 물려받았다.[5]

포크너는 앤더슨의 『와인즈버그, 오하이오』(1916)나 『가난한 백인』(1920) 같은 작품이 성공을 거둘 수 있었던 것은 그가 태어나 자라

---

5 William Faulkner, "Sherwood Anderson", ed. Carvel Collins, *New Orleans Sketches*, New York: Random House, 1958, pp.132~133.

난 고향 오하이오주에 뿌리를 깊게 박고 작품을 썼기 때문이라고 지적한다. 한편 포크너는 앤더슨의 『여러 번의 결혼』(1922)이 앞의 작품들과 비교하여 이렇다 할 성공을 거두지 못한 것은 옥수수 밭처럼 기름진 토양에 뿌리를 박지 않고 두뇌에 의존하여 관념적으로 썼기 때문이라고 주장한다.

포크너가 앤더슨과 미국문학과 관련하여 한 말을 이번에는 민족문학과 세계문학에 대입해 보자. 앤더슨의 성공한 문학 작품이 오하이오주의 옥수수 밭처럼 기름진 토양에 뿌리를 박고 있듯이 세계문학도 민족문학이라는 비옥한 토양에 뿌리를 박아야 한다. 이를 뒤집어 말하면, 앤더슨이 오하이오주의 비옥한 토양에서 떨어져 나와 작품을 쓰면서 실패한 것처럼, 자국의 비옥한 문화적 토양에서 떨어져 나온 민족문학도 세계문학으로서 성공을 거두기란 어려울 것이다. 세계문학은 구체성과 보편성, 특수성과 일반성의 두 바퀴로 굴러가는 수레와 같기 때문이다.

세계문학 시대의 번역과 관련하여 앞 장에서 언급한 신경숙申京淑의 작품 『엄마를 부탁해』(2008)를 한 예로 들어보자. 2008년 국내에서 처음 출간된 이후 2018년 현재까지 무려 212만 부 넘게 판매되는 등 선풍적인 인기를 끌었다. 지난 10여 년 동안 한국 독자들이 가장 많이 읽은 소설로 나타났다. 홍수처럼 밀려오는 인터넷에 밀려 좀처럼 책을 읽지 않는 디지털 시대에 한 작품이 2백만 부 넘게 팔린다는 것은 거의 기적에 가깝다. 또한 이 소설은 지금까지 영어를 포함하여 36개 언어로 번역되어 출간되었다. 신경숙은 이 작품으로 한국 작가 최초로 '2011년 맨 아시아 문학상'을 받았고, 호사다마好事多魔라고 표절 논란으로 곤욕을 치르기도 하였다.

그런데 이 작품이 전 세계에 걸쳐 이렇게 널리 읽히며 관심을 받는 이유는 다름 아닌 영어로 번역되었기 때문이다. 국제정치에서 미국의 막강한 군사력과 외교력 그리고 문화산업에 힘입어 영어는 이제 에스페란토와는 달리 명실공히 국제어가 되다시피 하였다. 이 작품을 한국계 미국 변호사요 번역가인 김지영이 *Please Look After Mom*이라는 제목으로 번역한 것이 2011년 5월이다. 이 책의 영문 번역본이 미국에서 출간된 지 사흘 만에 아마존닷컴의 베스트셀러 부문에서 19위, 반스앤노블의 베스트셀러 부문에서 21위를 차지하였다. 이밖에도 『엄마를 부탁해』는 판매율을 나타내는 베스트셀러 순위 말고도 반스앤노블이 선정한 '전자책 독자를 위한 이달의 베스트북'과 '성인을 위한 이달의 베스트북'에 각각 첫 번째, 다섯 번째로 소개되었다. 또한 아마존닷컴에서는 '편집자가 뽑은 4월의 책' 7권 가운데 하나로 선정되었다. 미국에서 『엄마를 부탁해』는 종이책과 전자책뿐 아니라 노년층 독자를 위한 큰 글자판에 이어 오디오북으로도 제작되기도 하였다.

그렇다면 『엄마를 부탁해』가 미국에서 이렇게 큰 인기를 끌고 있는 이유가 어디 있을까? 두말할 나위 없이 가족이라는 인류의 보편적 가치와 함께 미국에서는 좀처럼 볼 수 없는 한국의 토착 문화를 소재로 다루기 때문이다. 아무리 영어로 세련되게 번역했다고 하더라도 이 작품에서는 버터 냄새보다는 된장과 김치 냄새를 물씬 풍긴다. 한국 전쟁을 거치고 세계화의 바람을 타면서 지금은 많이 약해졌다고는 하지만, 한국은 누가 뭐래도 넓게는 가문과 혈통을 중시하는 씨족 사회이고, 좁게는 가족공동체를 무척 소중하게 생각하는 가족중심 사회다. 요즈음 한국에서는 가족과 함께할 수 있는 시간이 턱없이 부족하다는 말과는 또 다른 이야기다.

앞 장에서 언급했듯이 이 소설을 영어로 옮기면서 번역가가 적잖이 어려움을 겪은 것도, 또 번역 비평가들로부터 원천 텍스트에 충실하지 못하다는 비판을 받은 것도 한국의 독특한 토착 문화와 그와 관련한 문제를 제대로 옮겨 내지 못했기 때문이다. 만약 이 작품이 뉴욕 맨해튼을 배경으로 월스트리트 증권사에 근무하는 한 평범한 여성 직원의 실종과 그의 가족을 다루었다면 아마 지금처럼 그렇게 큰 반응을 얻지 못했을지 모른다. 이러한 사정은 미국의 남부나 중서부 시골을 배경으로 삼았다고 하여도 크게 다르지 않을 것이다.

신경숙이 『엄마를 부탁해』의 공간적 배경으로 사용하는 전라북도 정읍 근처의 시골 마을은 미국의 농촌과는 전혀 다른 공간이다. 그 시골에서 펼쳐지는 삶의 문제도 미국에서는 좀처럼 볼 수 없는 광경이다. 큰아들에 대한 어머니 박소녀의 애틋한 감정, 두 딸과 어머니의 애틋한 관계, 밖으로만 떠도는 아버지를 바라보는 자식들, 남편의 외도를 묵묵히 지켜보고 있는 그의 아내, 형수와 시동생의 관계 등 가족 구성원 사이의 끈끈한 관계도 미국 독자들이 보기에는 적잖이 낯선 것이다. 자신에게 찾아온 알 수 없는 병을 남편이나 자식들에게 내색하지 않는 어머니, 그것을 알면서도 적당히 묵인하며 살아가는 남편, 자식한테서 생일상을 받기 위하여 몇 시간 버스를 타고 시골에서 서울에 올라가는 부모, 가족들이 열과 성을 다하여 실종된 어머니를 찾는 과정도 생소하기는 마찬가지일 것이다.

그러나 『엄마를 부탁해』가 다루는 모성과 가족에 관한 문제는 시공간을 뛰어넘어 인간 누구에게나 공통적인 보편적 주제다. 이 작품을 드라마로 제작하기로 계약한 미국의 '블루자 픽처스' 프로듀서요 디렉터인 줄리 앤 로빈슨도 이 작품을 두고 "엄마를 잃고 그에 대한 죄책감으로 곤경에 빠진 한 가족의 경험을 아름답고 진술하게 그린 소설"이라고 평한다. 비록 정도나 방법은 서로 조금씩 다를망정 실종된 어머니를 찾는 과정에서 느끼는 모성애와 그 부재를 통하여 비로소 깨닫게 되는 가족공동체의 소중함은 지구촌 주민이라면 누구나 느낄 수 있는 보편적인 주제라고 할 수 있다. 이렇듯 이 작품은 구체성과 보편성 사이에서 절묘하게 균형과 조화를 꾀하는 데 성공하였다.

앞에서 에스페란토와 관련하여 잠깐 언급했지만 안서岸曙 김억金億은 민족문학과 세계문학의 관계를 잘못 이해하였다. 이러한 문제는 이 무렵 그가 다작과 남작을 일삼고 있어 이론이 체계적이지 못했기 때문일 수도 있고, 당시 세계문학의 개념이 아직 제대로 정립되지 않았기 때문일 수도 있다. 어느 쪽이든 김억은 민족문학과 세계문학의 관계를 잘못 알고 있었던 것은 틀림없다.

국민문학과 국제문학이란 엇더한 것이냐 하는 것이외다. 국민문학으로 걸작이라도 국제문학이 될 수 업스나 국제문학으로 걸작이면 국민문학으로도 걸작이 되는 것이외다. 국민문학은 어듸까지든지 지방색이 농후한 것이요, 국제문학은 그 기본을 인류의 공통감(共同感)이라 할 누구나 이해할 수 잇는 곳에 둔 것이라 합니다.[6]

---

6   김억, 「'현대조선단편집' 에쓰역(譯)에 대하야」, 『삼천리』 6-9, 1934.9.

여기서 김억이 말하는 '국민문학'과 '국제문학'은 민족문학과 세계문학을 가리키는 것으로 보아 크게 틀리지 않는다. 그런데 문제는 그가 국민문학 / 민족문학 중에는 아무리 훌륭하여도 국제문학 / 세계문학이 될 수 없는 작품이 있다고 주장하는 데 있다. 이를 달리 말하면 국민문학 / 민족문학 중 오직 그 일부만이 세계문학의 반열에 오를 수 있다는 것이 된다. 김억은 그 이유로 국민문학 / 민족문학 중에는 "지방색이 농후한" 작품이 있어 세계문학의 특징인 보편성이나 일반성을 얻기 힘들다는 점을 든다.

그러나 어떤 의미에서는 한 문화권에 고유한 특수하고 구체적인 경험을 다루는 국민문학 / 민족문학이야말로 세계문학이 될 가능성이 그만큼 크다. 여기서 요한 볼프강 폰 괴테가 일찍이 "가장 민족적인 것이 가장 세계적이다"라고 한 말을 떠올리는 것이 좋을 것이다. 괴테의 이 말은 오늘날 같은 '글로컬glocal' 시대에 "가장 지역적인 것이 가장 세계적인 것"이라는 슬로건으로 바꾸어 놓을 수 있다. 이 슬로건은 세계문학과 관련하여 다시 "민족문학 / 국민문학이 가장 세계적인 문학"이라고 고쳐 말할 수도 있다. 신경숙의 『엄마를 부탁해』가 영미 문화권을 비롯한 다른 문화권의 독자들에게 감동을 줄 수 있는 것도 한국에 고유한 문화의 구체성과 특수성을 획득하기 때문이다. 만약 김억의 주장대로 민족문학 / 국민문학 중에 아무리 훌륭하여도 국제문학 / 세계문학이 될 수 없는 작품이 있다면 그것은 바로 번역되지 않은 작품일 것이다. 영어를 비롯한 다른 언어로 번역되지 않고서는 세계문학의 대열에 참여할 수 없기 때문이다.

더구나 김억이 "국제문학으로 걸작이면 국민문학으로도 걸작이 되는 것"이라고 주장하는 것은 더더욱 이해하기 힘들다. 가령『엄마를 부탁해』처럼 등장인물들이 번갈아 가며 화자로 등장하여 자신의 이야기를 들려주는, 2006년도 노벨 문학상 수상 작가 오르한 파묵의『내 이름은 빨강』(1998)은 세계문학으로 간주하는 데 이렇다 할 이견이 없다. 또한 신경숙의 작품과 같은 해에 출간된 나이지리아의 작가 치누아 아체베의『모든 것이 산산히 부서지다』(2008)도 이 점에서는 크게 다르지 않다. 그렇다면 파묵과 아체베의 두 작품은 마땅히 각각 나이지리아와 터키의 민족문학으로 대접받아야 하였다. 그러나 이 두 작품은 처음 출간되었을 때 자국에서는 이렇다 할 반응과 주목을 받지 못하였다. 세계문학으로 세계 문단에서 주목을 받고 나서야 비로소 자국에서도 깊은 관심을 기울이기 시작하였다.

이렇듯 김억은 민족문학과 세계문학과 관련하여 특수성과 일반성, 구체성과 보편성을 지나치게 이분법적으로 간주하는 경향이 있다. 세계문학은 이 두 가지 중 어느 한쪽과 관련 있는 것이 아니라 두 쪽 모두와 관련 있다. 영어 문법으로 말하자면 '이것이냐 저것이냐either A or B'의 상호배타적인 관계가 아니라 '모두 둘 다both A and B'의 상호보완적인 관계를 맺고 있다. 김억의 말대로 "지방색이 농후한 것"이 민족문학 / 국민문학이라면 "인류의 공동감이라 할" 보편성을 갖춘 세계문학 / 국제문학이 마땅히 국민문학이 되어야 한다는 것은 논리적 모순이다. 세계문학으로 주목받는 작품도 민족문학 / 국민문학으로서는 이렇다 할 관심을 받지 못하는 작품이 얼마든지 있기 때문이다.

세계문학과 제1세계 문학

세계문학이 지구촌에 흩어져 있는 문학의 총화나 집합이 아니듯이 그것은 미국과 서유럽 같은 제1세계 국가들의 문학도 아니다. 정치권력이나 군사력 또는 경제력이 막강한 국가의 문학이라고 하여 반드시 세계문학의 반열에 오르는 것은 아니다. 이 점과 관련하여 한 이론가는 세계문학이란 유엔총회처럼 되어서는 안 된다고 지적한 적이 있다. 그가 굳이 유엔총회를 언급하는 것은 세계의 주요 안건이 주로 안전보장이사회 상임이사국인 강대국의 목소리에 크게 좌우되어 결정되기 때문이다. 유엔총회가 힘없는 소수 국가의 목소리에 귀를 기울이어야 하듯이 세계문학도 강대국뿐만 아니라 약소국가의 문학도 포함해야 한다는 말이다.

문화란 풍요와 여유의 결실이기도 하지만 이와는 반대로 궁핍과 결여라는 나무가 맺는 열매기도 하다. 물질생활이 궁핍하면 할수록 꿈은 그만큼 풍성하게 마련이다. 한 작가로 좁혀 보더라도 물질적으로 풍족한 가정에서 태어난 자란 사람치고 뛰어난 작가가 된 경우를 찾아보기 힘들다. 가령 미국 현대 문학의 아이콘이라고 할 어니스트 헤밍웨이는 작가에게 가장 좋은 훈련은 불행한 유년 시절이라고 잘라 말한 적이 있다. 연못 등지에 자라는 수생 식물 연蓮이 더러운 흙탕물에서 한 떨기 아름다운 꽃을 피우듯이 훌륭한 문학도 역경과 시련 속에서 태어난다.

여기서 잠깐 프랑스의 세계문학 이론가 파스칼 카자노바의 이론을 살펴보는 것이 좋을 것 같다. 그녀는 『세계문학 공화국』(1999)에 이어 발표한 논문 「세계로서의 문학」에서 피에르 부르디외의 '장場' 이론, 페르디낭 브로델의 '세계경제' 이론, 이매뉴얼 월러스틴의 '세계체제' 이론에 바탕을 두되 그 한계를 극복하여 '세계문학 공간' 이론을 내세워 관심을 받았다. 그중에서 부르디외와 월러스틴의 이론을 접어두고라도 브로델의 '세계경제' 이론을 한 구체적인 예로 들어보자.

브로델은 15세기에서 20세기에 이르는 유럽 문화는 정치나 경제와 비교적 무관하게 발전했다고 지적한다. 가령 17세기에 암스테르담은 유럽 무역의 중심지였지만 로마와 마드리드는 문학과 예술에서 찬란한 꽃을 피웠다. 18세기에 런던은 경제의 중심지였지만 유럽에서 문화적 헤게모니를 행사한 곳은 흥미롭게도 런던이 아니라 파리였다. 이러한 사정은 19세기 후반과 20세기 초엽에 들어와서도 크게 달라지지 않는다. 브로델에 따르면 프랑스는 비록 경제적으로는 다른 유럽 국가에 뒤처졌지만 의심할 여지없이 서구 회화와 문학의 중심지였다. 이탈리아와 독일이 음악계를 지배하던 시기는 이 두 나라가 경제적으로 유럽을 지배하던 시기는 아니었다. 그리고 심지어 오늘날 미국은 엄청나게 세계 정치와 경제를 선도하고 있지만 문학과 예술 분야에서는 그러한 힘에 미치지 못한다.

카자노바는 세계문학 공간 이론에서 브로델의 이론을 한 발 더 밀고 나가 좀 더 상대적으로 문학의 자율성을 인정한다. 카자노바는 문학의 자율성을 보여 주는 구체적인 실례로 쥘 들뢰즈와 펠릭스 가타리가 '소수 문학'으로 규정한 프란츠 카프카를 꼽는다. 들뢰즈와 가타리는 유대인 혈통에 체코에 태어나 독일어 언어권에서 자란 카프카는 주류 문학에서 소외되었으며, 그의 문학은 이러한 특수성 때문에 필연적으로 정치성을 띨 수밖에 없다고 지적한다. 카자노바는 "조이스, 카프카, 입센, 베켓, 다리오, 그밖에 많은 작가에게서 볼 수 있듯이 위대한 문학 혁명 중 많은 것은 주변부에서, 종속을 받는 지역에서 일어났다"[7]고 잘라 말한다.

카자노바의 지적대로 세계문학사를 자세히 들여다보면 정치와 사회가 불안하고 경제가 힘든 나라에서 오히려 훌륭한 작품이 많이 쏟아져 나온다. 가령 라틴아메리카 국가는 이러한 사실을 보여 주는 더할 나위 없이 좋은 예다. 1940년대까지만 하여도 단순히 유럽의 소설 양식을 모방해 왔던 라틴아메리카 작가들이 2차 세계 대전 이후 유럽 소설에서 젖을 떼고 자신들만의 독특한 작품 세계를 구축하면서 괄목할 만한 발전을 거듭해 왔다. 그들의 작품은 자국은 말할 것도 없고 유럽과 미국의 독자들한테서 큰 관심을 받으며 갑자기 세계 문단의 주변부에서 중심부로 부상하였다. 오죽하면 이 무렵에 나온 소설을 '라틴아메리카 붐boom 소설'이라고 부르겠는가.

붐 소설의 대표적인 작품들로는 콜롬비아 작가 가브리엘 가르시아 마르케스의 『백 년 동안의 고독』(1967)을 비롯하여 페루 작가 마리오 바르가스 요사의 『도시와 개들』(1963), 멕시코 작가 카를로스 푸엔테스의 『아르테미오 크루스의 죽음』(1962), 아르헨티나의 작가 훌리오 코르타사르의 『팔방놀이』(1963) 등이 꼽힌다. 이러한 작품을 특징짓는 마술적 사실주의는 미국 같은 풍요로운 제1세계 국가에서는 좀처럼 태어나기 어려울 것이다. 이렇듯 변방 국가의 작가들이 느끼는 문

---

7   Pascale Casanova, "Literature as a World", *New Left Review* 31, 2005, p.88.

화적 고립은 한편으로는 저주일 수도 있지만 다른 한편으로는 축복이 될 수도 있다. 제1세계 국가의 작가들과는 달리 그들은 문화적 유산의 무거운 짐에서 벗어나 비교적 자유롭게 상상의 나래를 펼칠 수 있기 때문이다.

식민지 시대의 한국문학도 이 범주에서 크게 벗어나지 않는다. 비록 일본 제국주의의 혹독한 억압과 지배를 받고 있으면서도 한국문학은 나름대로 정체성을 지키면서 발전해 왔다. 앞 장에서 이미 다루었듯이 『삼천리』 잡지에서 문인들을 대상으로 두 번에 걸쳐 설문 조사를 시행하였다. 두 번째 설문 조사 「조선문학의 세계적 수준관」에서 이광수를 비롯한 몇몇 문인들은 역사가 짧다는 점을 들어 조선문학이 아직 갈 길이 멀다고 지적한다. 그러나 짧은 역사에도 한국문학이 높은 수준에 이르렀다고 평가하는 문인들도 적지 않았다. 예를 들어 이무영李無影은 외국의 여러 문학이 조선문학보다 우월하다는 점을 인정하면서도 앞으로 전개될 조선문학의 가능성에 큰 기대와 희망을 품는다. 그는 "조선의 작가들도 우에 말한 세계적 수준에 가까이 올라가고 있다"고 밝히면서 이데올로기 면에서 특히 그러하다고 지적한다.

우리말은 역사가 짧은 탓으로 모어(母語) 발달의 부족으로 하야 세계문단에 수출될 기회를 갖지 못하나 대체로 보아 좌우를 막론하고 우리 작가들의 이데오로기ー는 도쿄(東京) 문단보다 한 거름 더 앞섰다고 봅니다. 이것은 장래 우리의 문학이 세계문단에 군림키에 없지 못할, 그리고 우리의 자랑할 조건이 아닌가도 합니다.[8]

언뜻 보면 이무영이 여기서 말하는 '이데올로기'란 카프 계열 문인들이 말하는 사회주의 리얼리즘을 가리키는 것 같지만 좀 더 살펴보면 반드시 그러하지만도 않다. 그가 "대체로 보아 좌우를 막론하고"라고 말하는 것을 보면 더더욱 그러한 생각이 든다. 민족주의문학 계열 문인에게도 그들 나름의 이데올로기가 있고, 프로문학 계열의 문인들에게도 그들 나름의 이데올로기가 있기 때문이다. 그러므로 이무영이 말하는 이데올로기란 작가의 정치적 이념을 가리킨다기보다는 좀 더 넓게 작가의 세계관을 가리키는 것으로 보는 쪽이 더 타당하다. 이렇게 조선 작가들이 뚜렷한 세계관을 지니고 있으므로 일본 작가들은 말할 것도 없고 세계의 어느 국가의 작가들보다도 앞으로 세계무대에서 성공할 가능성이 그만큼 크다는 주장이다.

그런데 일제 강점기에 조선문학을 비교적 높이 평가하는 문인들은 주로 카프 계열의 프로문학을 부르짖는 사람들이었다. 가령 『삼천리』의 설문 조사에 답한 또 다른 응답자 민병휘閔丙徽가 조선문학과 세계문학을 각각 촉새와 황새에 빗댄 것처럼, 임화林和는 이 두 문학을 아직 성장 과정에 있는 어린아이와 이미 장성한 성인에 빗댄다. 그러면서도 임화는 조선문학이 아직 유년기에 있다고 하여 비관할 필요가 없다고 밝힌다. 다만 그는 "왕왕 우리 문학의 부진, 미발달未發達을 통탄하는 국제주의자를 때로 대할 수 잇는 것인데 이러한 것은 부질업는 기우杞憂임니다"[9]라고 말한다.

그렇다면 임화가 여기서 말하는 '국제주의자'란 과연 누구를 가리

---

8   「조선문학의 세계적 수준관」, 『삼천리』 8-4, 1936.4.1, 85~86면.
9   위의 글, 93면.

키는 것일까? 여러 정황으로 미루어볼 때 흔히 '해외문학파'로 잘못 알려진 외국문학연구회 회원을 가리키는 것으로 보아 크게 틀리지 않는다. 이 무렵 임화를 비롯한 프로문학 계열의 문학가들은 문학의 기능과 임무를 두고 이헌구李軒求를 비롯한 외국문학연구회 회원들과 첨예하게 대립하고 있었다.[10] 연구회 회원들은 당시 조선문학이 아직 걸음마 단계에 있으며 외국문학을 올바로 직접 수입함으로써 발전할 수 있다고 지적하였다. 한편 임화는 이 무렵 식민지 조선의 문학이 식민지 종주국 일본의 문학과 견주어 손색이 없다고 생각하였다.

또 다른 카프 계열의 작가 송영宋影은 임화보다 한발 더 나아가 조선문학을 훨씬 더 긍정적으로 평가한다. 송영은 조선문학이 비록 성장하고 발전하는 단계에 있지만 세계문학과 어깨를 나란히 할 수 있다고 지적한다.

금일의 조선문학은 아즉 완성 도중에 있아오나 역시 선진 문학의 나라의 외국문학과 비하야 그리 비관할 만치 낮은 수준에 있지는 않다고 봅니다. 나는 돌오혀 그 반대로 어늬 정도까지 높은 수준도 갖엇다고 봅니다. (…중략…) 소위 걸작이라는 외국 작품을 읽을 때 우리 조선 작품만 못한 졸작이 많은 것을 발견할 때에는 일종 고소(苦笑)를 불금(不禁)하는 바임니다. 그러나 천인(千仞) 아래에 잠자든 우리 문학도 만리장공에 비상할 때도 있겠지요.[11]

---

10 이 점에 대해서는 김욱동, 『외국문학연구회와 『해외문학』』(소명출판, 2020), 368~440쪽 참고.
11 「조선문학의 세계적 수준관」, 90면.

송영이 외국문학 작품 중에는 오히려 조선문학 작품보다도 질이 떨어지는 작품이 많다고 지적하는 것이 홍미롭기도 하고 신선하기도 하다. 사회주의 리얼리즘에서 흔히 볼 수 있는 혁명적 낙관주의로 치부하기에는 그의 이러한 주장에는 일리가 있다. 조선의 신문학 역사가 겨우 20여 년에서 30여 년밖에 되지 않는다는 사실을 염두에 두면 더더욱 그러하다. 조선문학은 말하자면 아직 하늘에 오르지 못하고 물속에 숨어 비상을 기다리는 잠룡처럼 세계문학이라는 하늘로 높이 날아오를 날을 기다리고 있는 셈이다. 『삼천리』의 설문 조사에 따르면 1930년대 중엽 세계문학에 내세울 만한 한국 작가들로는 이광수李光洙를 비롯하여 김동인金東仁, 현진건玄鎭健, 이기영李箕永 등이 꼽혔다. 시에서는 정지용鄭芝溶과 임화, 그리고 희곡 분야에서는 유치진柳致眞이 꼽혔다.

여기서 잠깐 조선에서 태어나 조선이 아닌 다른 나라에서 활약한 문인들을 살펴보는 것이 좋을 것 같다. 함경남도 홍원洪原에서 태어나 캐나다 선교사들이 함흥咸興에 설립한 영생고등학교에서 공부한 강용흘姜鏞訖은 기미년 독립운동 직후 선교사를 따라 미국을 거쳐 캐나다로 건너갔다. '영힐 강Younghill Kang'이라는 미국 이름으로 그는 캐나다 동부 노바스코셔 핼리팩스에 있는 댈후지대학에서 영문학을 공부하던 중 미국으로 건너와 보스턴대학교에서 이학사, 하버드대학교 교육대학원에서 문학교육 석사학위를 받았다. 그는 반자전적 소설이라고 할 작품 『초당』(1931)을 출간하여 영미 문화권 독자는 말할 것도 없고 프랑스와 독일 등 유럽 독자들에게도 큰 관심을 모았다. 이 소설이 출간되자마자 10여 개 언어로 번역되었다는 사실만 보아도 이 무렵 이 작품의 인기가 어떠했는지 가늠해 볼 수 있다. H. G. 웰스와 토머스 울프, 펄 S. 벅, 레베카 웨스트 같은 내로라하는 당대의 작가들이 이 작품에 찬사를 보냈다.

한편 강용흘이 활동하던 거의 같은 무렵 대구 출신인 장혁주張赫宙는 일본으로 건너가 일본어로 『아귀도餓鬼道』(1932)라는 소설을 발표하여 일본 문단에 정식으로 등단하였다. 그것도 일본의 저명한 잡지 『가이조改造』에서 모집한 현상 공모에 2등으로 입선하여 문단에 데뷔하였다. 비록 식민지 주민이라고는 하지만 일본인이 아닌 외국 작가가 처음으로 식민지 종주국에서 발행하는 잡지 현상문예에 입상하여 문단에 데뷔한다는 것은 여간 보기 드문 일이 아니다. 일본 문단에서 이 작품은 당시 계급문학에서 유행하던 농민소설 못지않게 식민지의 참혹한 현실을 사실적으로 묘사했다는 평가를 받았다. '노구치 미노루野口稔' 또는 '노구치 가쿠추野口赫宙'라는 일본 이름으로 활동한 장혁주는 강용흘처럼 비록 한국어로 작품을 쓰지는 않았지만 한국 밖에서 조선문학을 널리 알리는 데 크게 이바지하였다.

물론 이 무렵 조선인으로서 한국어가 아닌 다른 외국어로 작품을 창작하는 것에 의혹을 눈길을 보내는 사람들도 더러 있었다. 그중에서도 김억은 아마 첫손가락에 꼽힐 것이다. 강용흘과 장혁주의 작품이 널리 알려진 것은 진정한 문학적 가치 때문이 아니라 어디까지나 "호기好奇로의 풍토 기습적風土奇習的 환영"에 지나지 않는다고 애써 깎아내린다. 이 무렵 김억은 조선문학이란 반드시 한국 사람이 조선어로 쓴 작품만을 일컫는 것이라고 지적한다. 「조선문학의 정의」라는 글에서 그는 '순수문학'과 '일반문학'을 구분하여 사용한다. 김억은 "가튼 문학이라도 두 가지로 난호아 하나는 순수문학이요, 다른 하나는 일반문학이라 하고저 합니다. 다시 말하면 조선 사람으로서 조선 말을 사용하야 제작한 작품을 어듸까지든지 조선문학으로서 순수한 것이 속하는 것이요, 외국사람으로서 조선말을 사용하야 작품을 제작 하엿다 하면 그것은 조선문학이나마 일반문학에 속하는 것이외다"[12] 라고 밝힌다. 세계문학의 관점에서는 말할 것도 없고 일반적 관점에 서 보더라도 김억의 주장은 편협한 국수주의자의 주장으로밖에는 볼 수 없다.

한편 김억과는 달리 민병휘는 강용흘과 장혁주의 문학 활동을 높이 평가한다. 조선문학의 세계적 수준에 관해서는 마치 촉새가 황새를 따라가는 격이라고 말하면서도 이 두 작가에게서 조선문학의 밝은 미 래를 내다볼 수 있다고 말한다. 민병휘는 "조선인으로 강용흘 씨라는 분이 미주에서 작가적 이름을 빛내고 있고 도쿄 문단에서 장혁주 씨 [가] 동경의 작가들과 어깨를 견우고 있으니 우리보다 문학 활동이 훨 씬 긴− 그분들에 비하야 오히려 뛰어나는 점이 있지 않을까 생각하 기도 한다"[13]고 밝힌다. 여기서 "우리보다 문학 활동이 훨씬 긴− 그분 들"이란 조선의 작가들(촉새)과 비교하여 문학의 역사가 훨씬 긴 외국 의 작가들(황새)을 말한다. 이렇게 짧은 신문학의 역사에서 강용흘이 나 장혁주 같은 작가들을 배출했다고 말하는 것은 앞으로 촉새가 얼 마든지 황새를 따라잡을 수 있다는 가능성을 내비치는 것이다. 적어 도 이 문제와 관련하여 김억의 주장보다는 민병휘의 주장이 훨씬 더 설득력 있다. 비록 표현 수단인 언어를 모국어가 아닌 외국어를 사용

---

12 『삼천리』 8-8, 1936.8.
13 위의 글, 87면.

했을 뿐 강용흘과 장혁주는 한국적 소재를 다루되 보편 타당성 있는 일반적 주제에도 무게를 싣기 때문이다.

그렇다면 제3세계 문학은 모두 세계문학의 범주에 들어갈 수 있는가? 반드시 그러하다고는 말할 수 없다. 물론 그동안 제1세계 문학에 밀려 주변부에 있던 제3세계 문학이 세계화와 더불어 세계문학으로 대접받을 가능성은 훨씬 더 커졌다. 실제로 최근 들어 제3세계 문학 중 세계문학으로 대접받는 작품이 적지 않다. 한편 제1세계 작가가 썼다는 이유만으로 세계문학 대접을 받은 작품 중 더러는 다시 새롭게 평가받으면서 그 지위를 잃었다. 다문화주의의 거센 물결을 타고 교과과정 개정을 둘러싸고 한바탕 일어난 문화 전쟁처럼 세계문학은 엄밀히 따지고 보면 배분의 문제와 맞닿아 있다. 제3세계 문학이 세계문학의 몫을 차지하는 만큼 제1세계 문학의 몫은 줄어들게 마련이다.

고전과 정전과 세계문학

세계문학이 제1세계의 강대국 문학이 아니듯이 세계 각국의 고전이나 정전正典을 집대성해 놓은 작품이거나, 흔히 '세계명작'이나 '세계걸작'으로 일컫는 작품도 아니다. 한국에서 출간되었든 외국에서 출간되었든 세계문학전집에 묶인 작품들에는 대부분 '명작'이니 '걸작'이니 하는 꼬리표가 붙어 있다. 물론 세계문학의 반열에 오른 작품 중에는 이러한 이름으로 대접받는 작품이 적지 않지만 이 둘은 반드시 서로 일치하는 것은 아니다. 고전이나 정전, 명작이나 걸작에 속해 있으면서도 세계문학으로 볼 수 없는 작품도 더러 있기 때문이다. 이와는 반대로 세계문학 중에는 고전이나 정전, 명작이나 걸작의 반열에 올라 있지 않은 작품도 가끔 있다. 더구나 세계명작이나 걸작은 유럽 작가들이 쓴 작품들이 대부분이어서 '유럽중심주의적'이라는 비판을 면하기 어렵다. 세계문학에서는 '문학' 못지않게 '세계'에도 방점을 찍어야 한다.

'문학 정전' 하면 곧바로 미국 예일대학교의 비교문학과 교수로 미국의 대표적인 인문학자로 꼽히는 해럴드 블룸을 떠올릴 사람이 적지 않을 것이다. 19세기 낭만주의 시를 전공한 그는 그동안 세계문학의 고전에 관한 방대한 논문집을 편찬하면서 그 모든 책에 서문을 쓰기도 하였다. 지나치게 고전을 중시한다는 이유로 '보수주의적' 비평가로 간주되기도 하지만, 블룸은 서구의 모든 작가와 여러 문예 이론에 해박한 지식을 바탕으로 비평 활동을 해 온 가장 좋은 의미의 인문학자다.

블룸은 방대한 저서 『서구의 정전』(1994)에서 26명의 작가를 '세계의 정전'의 반열에 올려놓는다. 블룸은 비단 영국과 미국 작가에 그치지 않고 프랑스, 이탈리아, 러시아, 그리고 아프리카와 라틴아메리카 작가들까지 함께 아우른다. 그러면서도 블룸은 "가장 간단히 말해서 정전은 플라톤과 셰익스피어다"라고 못 박아 말한다. 심지어 그는 이 두 작가마저도 필요 없다면서 "아무런 작가도 아니며 모든 작가, 아무것도 아니며 모든 것인 셰익스피어야말로 서구의 정전이다"라고 잘라 말한다.[14]

이렇게 아무런 유보도 두지 않고 단호하게 말하는 블룸의 자신감과

윌리엄 셰익스피어의가 곧 '문학 정전'이라고 주장
한 해럴드 블룸.

확신에 놀라지 않을 수 없다. 물론 그는 정전을 한마디로 '성취된 불안'이라고 부른다. 그의 대표 저서라고 할 『영향의 불안』(1973)에서도 볼 수 있듯이 블룸은 이 '불안'을 긍정적 의미로 이해한다. 블룸은 이 책에서 문학이란 후배 시인 (문학가)이 선배 시인(문학가)의 '영향'에 느끼는 '불안'을 통하여 새로운 작품을 창조하는 과정에서 발전한다고 주장하여 관심을 끌었다. 그동안 전통적인 영향 연구가들이 후배 작가가 선배 작가

를 단순히 '모방'하는 것으로 파악하고 문학 전통의 연속성을 당연한 것으로 가정해 왔다면, 블룸은 문학 전통의 연속성과 유사성이 아닌 '왜곡'과 '차이', '오역' 등에 주목하였다. 한편 비평을 '심오한 동어반복의 담론'으로 파악하는 그는 자신이 의미하는 것이 옳다는 것을 아는 동시에 자신이 말하는 것이 틀렸다는 것을 아는 '유아론자의 담론'이라고 말한다.

블룸은 영향 이론의 연장선에서 특정한 문학 작품이 정전으로서의 위치를 성취했지만 언제 다시 그 위치에서 떨어질지 모르기 때문에 '불안'하다고 밝힌다. 그가 그토록 정전의 정수精髓로 간주하는 셰익스피어도 이러한 불안감에서 완전히 벗어날 수는 없다. 실제로 토머

---

14 Harold Bloom, *The Western Canon: The Books and School of the Ages*, New York: Riverhead Books, 1995, p.71.

스 칼라일이 식민지 인도와도 바꾸지 않겠다고 단언했던 영국의 대문호도 다문화주의의 거센 물결 속에서 그 위상이 적잖이 흔들린 적이 있다. 1960년대에서 1980년대까지 셰익스피어는 계급주의자인 데다 남성우월주의자요, 제국주의자인 데다 인종차별주의자라는 낙인이 찍히면서 그 위상이 크게 흔들렸다. 그때보다는 조금 나아졌다고는 하지만 21세기 지금도 그의 위치는 19세기 이전과 비교해 볼 때 많이 줄어들었다.

미국의 작가 마크 트웨인은 그 특유의 해학과 기지로 고전이 무엇이냐는 물음을 받자 "사람들이 칭찬만 늘어놓고 막상 읽지 않는 작품"이라고 말한 적이 있다. 그의 말을 받아 고전을 다시 정의 내린다면, 고전이란 작품 제목만 알고 있을 뿐 실제로는 읽지 않은 작품이라고 할 수 있다. 그렇다면 사람들은 왜 칭찬만 늘어놓고 책을 읽지 않고, 왜 책의 제목만 알고 있고 막상 책은 읽지 않을까? 독자들은 흔히 고전으로 일컫는 두꺼운 책에 부담을 느끼기 때문이다. 화려한 시각 이미지에 밀려 활자 매체가 점점 설 땅을 잃어가는 디지털 시대에 이르러 이러한 현상은 더욱더 심화할 수밖에 없다.

고전의 의미를 좀 더 쉽게 이해하기 위해서는 그 말의 뿌리를 더듬어 올라가야 한다. 동양에서 고전이란 글자 그대로 사서삼경四書三經처럼 '오래된 책'을 말한다. 두말할 나위 없이 '고전'의 '고古'자는 오래되었다는 뜻이고, '전典'은 책을 말한다. '전'은 흔히 법을 뜻하는 것으로 알고 있지만 실제로는 책을 의미한다. 갑골문에서 '典' 자는 두 손에 책을 들고 있는 모양이었지만 금문과 후기 전서에서는 탁자 위에 책이 놓여 있는 모양으로 글자의 구조가 조금 바뀌었다. 국어사전에도 고전은 "옛날의 서적이나 작품" 또는 "오랜 세월에 걸쳐 많은 사람에게 높이 평가되고 애호된 저술이나 작품"으로 풀이되어 있다. 중국에서는 사서삼경에 『춘추春秋』와 『예기禮記』를 더하여 '사서오경四書五經'이라고 부른다. 그런데 영어 문화권에서는 그동안 이 일곱 권의 책을 'Four Books and Five Classics'로 번역해 왔다. 그러므로 'modern classic'이라는 영어나 그것을 한국어로 옮긴 '현대적 고전'이라는 용어는 엄밀히 말하면 모순어법이다. '현대'와 '고전'은 물과 기름처럼 좀처럼 한데 묶일 수 없는 말이기 때문이다.

한편 서양에서 고전은 시간에서 오래되었다는 의미 말고도 '최상의 것'이라는 또 다른 의미가 함축되어 있다. 영어 '클래식classic'은 라틴어 '클라시쿠스classicus'에 뿌리를 두고 있다. 고대 로마 시대에 시민 계급은 크게 평민과 귀족의 둘로 나뉘었고, 귀족 계급 중 최상위층을 '클라시쿠스'라고 불렀다. 그러다가 이 말은 점차 가치를 드러내는 말로 바뀌었다. 형용사로는 '일류의', '최고 수준의', '대표적인', '전형이 되는', '유행을 타지 않는' 등의 뜻으로 사용하였다. 명사로 사용될 때는 '명작'이나 '걸작' 등의 의미로 시대를 초월하여 지속적인 가치가 있는 사물을 지칭한다. 한마디로 고전은 르네상스 시대에서 지금에 이르기까지 서양에서 인문학의 주춧돌이고 전인 교육의 필수 요소라고 할 고대 그리스와 로마의 언어와 문학, 철학과 역사를 말한다. 에드가 앨런 포가 「헬렌에게」라는 작품에서 왜 "옛 그리스의 영광과 / 로마의 웅장함"이라고 노래하는지 알 만하다.

고전을 규정짓는 잣대로는 흔히 ① 질, ② 충격, ③ 인정, ④ 영원성 등을 꼽는다. 질이란 같은 부류 중에서 가장 뛰어난 것이나 훌륭한 것을 뜻한다. 충격은 독자들에게 가장 깊은 감명을 주거나 영향을 끼치는 것을 일컫는다. 인정이란 한 민족이나 문화권의 역사에서 중요한 위치를 차지하는 것을 말한다. 그리고 영원성이란 좀처럼 세월의 풍화작용을 받지 않을뿐더러 공간적인 제약에서 벗어나 생명력을 오래 지니는 것을 이른다.

그러나 이 네 가지 기준은 한 언어권이나 문화권의 고전을 평가하는 유용한 잣대가 될 수 있을지는 몰라도 세계문학을 재는 잣대로서는 그다지 쓸모가 없다. 고전이나 걸작 또는 명작과 비교하여 세계문학을 재는 잣대는 좀 더 유연하고 유동적이다. 세계문학에서는 다분히 상대적 개념이라고 할 질보다는 오히려 적절성이 더 유용한 잣대가 된다. 또 세계문학은 한 민족이나 문화권에서 인정받기보다는 세계 문단에서 인정받아야 한다. 그런가 하면 영원성이라는 것도 세계문학에서는 그렇게 중요한 잣대가 되지 못한다. 세계문학은 연극에 등장하는 배우처럼 시간과 공간에 따라 얼마든지 무대에 나타났다가 사라지고, 사라졌다가 또다시 나타날 수 있기 때문이다.

고전과 정전은 가치 평가와 계급 구조에 기반을 두고 있다는 점에서 서로 비슷하지만 엄밀히 말해서 이 두 가지는 서로 구별된다. 흔히 교육과 관련하여 사용하는 정전은 고전의 하부 유형이라고 할 수 있다. 고전 중에서 '권위' 있다고 인정받는 작품, 특히 교육적인 가치가 크다고 판단되는 작품이 곧 정전이다. 미국의 보수주의 인문학자인 아널드 베닛이 말하는 "열정적인 소수가 만들고 그 소수가 유지하는 것"이 곧 정전인 셈이다. 성경의 정경正經과 외경外經을 생각하면 문학 정전의 의미를 좀 더 쉽게 이해할 수 있다. 사도 바울은 「갈라디아서」

(6장 16절)에서 이 말을 '인간 행위의 기준'이라는 뜻으로 썼고, 초대 교회의 교부敎父들은 '그리스도 교도의 신앙과 행동의 모범'이라는 뜻으로 썼다. 정전이란 성경의 정경처럼 한 문화권 안에서 공식적으로 선택되어 널리 사용되는 작품을 가리킨다. 본디 정전이나 정경 모두 고대 그리스어 막대기나 잣대를 뜻하는 '카논kanon'에서 유래한 말로 표준, 척도, 모델 등을 가리킨다. 지금까지 한 시대나 장소에서 중요하거나 영향력 있다고 생각하는 책이, 서사, 또는 텍스트들이 고전으로 인정받아 왔다.

앞 장에서 이미 밝혔듯이 지금까지 유럽에서 인종으로는 백인, 지역으로는 유럽과 미국, 성별로는 남성, 그리고 이미 사망한 작가들이 주로 정전 작가로 인정받았다. 이미 사망했어도 백인이 아니고 유럽이나 미국 출신이 아니며 여성 작가라면 정전 작가에서 제외될 수밖에 없었다. 그러나 정전을 비판해 온 이론가들은 "소수에 대한 억압을 정당화하기 위하여 고안된 사악한 신화"니 "정치적 선전 무기"니 또는 "철학적 과오"니 하고 몰아붙인다.[15] 미국의 교육부 장관을 지낸 윌리엄 베닛은 정전의 가치를 옹호하는 대표적인 '보수주의적 인문주의자' 중 한 사람이다. 그가 규정짓는 정전은 다분히 전통주의적이고 자유주의적인 특징을 지닌다. 그래서 그의 보수주의적 경향은 최근 들어 적잖이 도전을 받았다. 베닛에 맞서 피에르 부르디외는 정전이란 소수 텍스트의 내재적 가치에 따라 형성되지 않고 오히려 특정한 문화의 장場, 즉 권력과 제도의 맥락에서 형성된다고 지적한다. 부르디

---

15 Frank Kermode, ed. Robert Alter, *Please and Change: The Aesthetics of Canon*, Oxford: Oxford University Press, 2004, pp. 15 · 70.

외의 영향을 받은 존 길로리는 정전 형성을 사회 집단을 대표하는 사안으로 파악하기보다는 오히려 학교를 비롯한 교육 기관에서 '문화 자본' 또는 '교육 자본'을 분배하는 사안으로 파악한다. 학교야말로 학생들의 독해 능력, 즉 글을 읽고 쓰는 능력을 통제하는 기관이기 때문이다.[16]

미국 연구가 데이비드 댐로쉬는 세계문학을 정전의 관점에서 파악하지 않으려는 대표적인 이론가 중 한 사람이다. 『세계문학이란 무엇인가?』에서 그는 "세계문학이란 파악할 수 없고 제한이 없는 정전 작품이 아니라 오히려 유통과 독서의 한 유형이다"[17]라고 잘라 말한다. 여기서 무엇보다도 주목해야 할 어휘가 '유통'과 '독서'다. 세계화 시대에 이르러 정보와 통신의 발달은 정보 전달의 거리를 극복하거나 이동을 대체하는 효과를 가져와 유통업의 발전에 혁명적 변화를 낳았기 때문이다.

한편 유통의 정보화는 데이터베이스를 구축하여 수요 예측의 정확도를 통하여 불확실한 수요와 상품 부족이나 과잉 등의 위험을 크게 줄일 수 있다. 또한 데이터가 디지털화 되고 복제가 쉬워지면서 각각의 거점 단위로 분산되어 처리되던 업무가 집약되고, 통신 네트워크를 이용하여 빛의 속도로 빠르게 분배할 수 있는 시스템을 갖추게 된다. 이렇게 유통이 전과는 비교도 되지 않을 만큼 달라지면서 문학도

---

16 Pierre Bourdieu, trans. Randal Johnson, *The Field of Cultural Production: Essays on Art and Literature*, New York: Columbia University Press, 1993, pp.94~144; John Guillory, *Cultural Capital: The Problem of Literary Canon Formation*, Chicago: University of Chicago Press 1993, pp.3~83.

17 David Damrosch, *What Is World Literature?*, Princeton: Princeton University Press, 2003, p.5.

그 위상이 크게 달라질 수밖에 없다. 앞 장에서 '장혜영 중공업'과 관련하여 언급했듯이 이제 문학 작품은 활자 매체뿐만 아니라 디지털 매체로도 순식간에 세계 곳곳에 유통되고 분배될 수 있다. 다시 말해서 책을 접하고 읽을 수 있는 기회나 가능성은 아날로그 시대와는 비교도 되지 않게 커졌다.

이렇게 세계문학과 관련하여 정전을 날카롭게 비판해 온 이론가 중에서 미국의 동아시아 문학 연구가로 시카고대학교에서 비교문학을 강의하는 혼 소시를 빼놓을 수 없다. 오늘날 논의되는 세계문학 담론이 자못 진부하다고 평가하는 그는 세계문학이란 정전과는 아무런 관계가 없을 뿐만 아니라 이 두 가지를 한데 묶어서 생각하는 것은 오히려 세계문학의 발전에 방해가 된다고 지적한다.

'세계문학'이 보편적으로 인정받은 천재들의 작품 정전이라는 생각, 그래서 모든 문인이 존경심을 가지고 반응해야 한다는 생각은—즉 세계문학이란 작가들이나 작품들이 지향하는 상태로 간주하려는 생각 말이다—노벨상, 학교의 독서 목록, 앤솔로지 같은 제도를 반영한 것이다. 만약 그러한 제도가 세계문학을 장려함으로써 오늘날보다 문학의 독서에 더 큰 영향력을 행사한다면, 정전에 들지 못하거나, 인정받지 못하거나, 아방가르드적이거나 또는 이해하기 힘들다고 분류되는 작가들은 더더욱 그들의 작품이 읽힐 기회가 줄어들 것이므로 문학에서 다양성과 발견의 핵심적인 근원이 말살될 것이다. 어떤 주어진 순간 문학의 '문학성'은 정전보다는 비정전적인 문학 작품에 존재한다.[18]

소시는 문학 작품을 읽는 목적이 다양성을 만나고 이제껏 경험하지 못한 새로운 세계를 발견하는 데 있다고 지적한다. 그런데 세계문학을 단순히 새로 만들어낸 세계의 문학 정전으로 간주한다면 그러한 다양성과 발견은 좀처럼 찾을 수 없다. 소시는 세계문학을 정전正典의 반열에 오르게 된 작품보다는 차라리 정전의 반열에 오르지 못한 작품으로 규정 짓는 쪽이 더 옳다고 주장한다. 그는 세계문학을 종래처럼 이렇게 정전으로 파악한다면 '세계문학'이라는 용어를 폐기하고 차라리 '국제 위너 서클', 즉 국제적 승리자 집단으로 불러 마땅하다고 밝힌다. 그렇다면 세계문학이란 '문학의 올림픽' 게임에서 다른 작품들을 제치고 메달을 획득한 우수 작품과 크게 다르지 않을지도 모른다.

한편 정전은 근대 민족 또는 국민 국가의 형성과도 깊이 관련되어 있다. 앞 장에서 밝혔듯이 영국에서 윌리엄 셰익스피어와 존 밀턴을 비롯한 영국의 작가를 고전의 반열에 올려놓기 시작한 것은 역사적으로 얼마 되지 않는다. 앞 장에서 밝혔듯이 19세기 중엽까지만 하여도 영국에서는 오직 고대 그리스와 로마문학만이 문학으로서 인정받았으며 학교에서도 그 문학만을 가르쳤다. 그러다가 인도를 식민지로 통치하면서부터 영국에도 고전에 해당하는 문학 작품이 있다는 사실을 알리는 한편, 문학을 통하여 자연스럽게 기독교적 가치를 전파하기 위하여 셰익스피어와 밀턴을 고전으로 '만들어냈던' 것이다.

이러한 사정은 동아시아 국가 중 일본에서도 마찬가지였다. 시라네

---

18 Haun Saussy, "The Dimensionality of World Literature", *Neohelicon* 38, 2011, pp.289~ 290.

하루오白根治夫와 수주키 토미鈴木登美가 『고전을 만들다』(2002)에서 밝히듯이 『만요슈萬葉集』를 비롯하여 『고지키古事記』, 『겐지 이야기源氏物語』, 전통극 노能, 심지어 하이쿠俳句 같은 작품에 이르기까지 오늘날 일본 고전으로 대접받는 작품의 대부분은 일본의 국가 형성과 깊이 관련되어 있다. 일본은 도쿠가와德川 막부 시대가 마침내 막을 내리고 1868년의 메이지 유신의 깃발을 내걸고 근대 국민 국가로 발돋움하면서 그동안 잠들어 있던 고전을 다시 일깨웠다.

엄밀히 따지고 보면 일본 제주의의 지배를 받던 조선도 비록 정도의 차이는 있을망정 사정은 크게 다르지 않았다. 일제 강점기에 한국에서도 『삼국유사三國遺事』를 비롯한 고전을 발굴하여 재출간하거나 복간하는 작업을 활발하게 전개한 것도 이와 같은 맥락에서 이해할 수 있다. 가령 최남선崔南善은 고전을 발굴하여 정리하고 주석을 달아 간행하거나 복원하거나 한국어로 번역하는 작업에 누구보다도 앞장섰다. 양주동梁柱東이 일본 학자 오구라 신페이小倉進平에 맞서 신라시대 향가를 해독하고 고려시대 속요를 체계적으로 정리하여 연구한 것도, 손진태孫晉泰와 송석하宋錫夏, 정인섭鄭寅燮 등이 주축이 되어 조선 민속을 연구한 것도 이와 같은 맥락에서 이해할 수 있다. 그들의 작업은 단순히 조선의 고전을 복원하는 것에 그치지 않고 일제에 빼앗긴 국권과 조선의 얼을 되찾기 위한 민족 운동의 일환이었다.

세계문학이 일종의 정전이라면 그것은 부르디외와 길로리가 말하는 정전의 개념에 가깝다. 세계문학은 비교적 고정불변한 상태에 있는 세계의 고전이 아니라 어디까지나 특정한 문학의 장場 안에서 생산되고 유통되고 분배되고 소비되기 때문이다. 데이비드 댐로쉬가 『세계문학이란 무엇인가?』에서 세계문학을 '유통'·'번역'·'생산'의 세 부분으로 나누어 다룬다는 점은 이미 앞에서 밝혔다. 그런데 얼핏 보면 그는 '생산 → 번역 → 유통'의 과정을 '유통 → 번역 → 생산'으로 거꾸로 말하는 것 같다.

그러나 좀 더 생각해 보면 댐로쉬가 말하는 '유통'은 한 문학 작품이 자국에서 만들어져 독자들에게 읽히는 현상을 가리키므로 우리가 흔히 사용하는 '생산'과 거의 같은 개념이다. 이러한 민족문학은 번역의 문을 통하지 않고서는 세계 문단에 나아갈 수 없다. 이 점에서 댐로쉬가 말하는 '번역'은 곧 '유통'을 가리키는 것으로 보아 크게 틀리지 않는다. 또한 그가 말하는 '유통'이라는 것도 민족문학이 목표 문화권에서 받아들여져 읽히는 것을 뜻하므로 수용자 쪽에서 보면 '생산'과 다름없다. 그러므로 세계문학은 한 문화권의 정전 중 일부가 번역을 통하여 세계 문단에 유통되어 소비되는 문학이라고 정의할 수 있다. 적어도 이 점에서 세계문학은 '국제적 정전'으로 보아 크게 틀리지 않는다.

프랑스의 비평가요 문학사가인 페르디낭 브륀티에르는 일찍이 『문학의 다양성』(1900)에서 "위대한 문학 작품은 다른 문학 작품들과 접촉하는 범위에서만, 그러한 접촉과 교류가 가시적인 결과를 낳는 범위에서만 우리 것이 된다"[19]고 말한 적이 있다. 여기서 그는 주로 유럽 문학을 염두에 두고 말했지만 그가 언급하는 '위대한 문학'은 세계문학을 가리키는 것으로 볼 수 있다. 민족문학은 그 자체로서는 세계문

---

19 Ferdinand Brunetière, *Variétés littéraires*, Paris: Calmann-Lévy, 1900, p.23.

학이 될 수 없지만, 세계무대에서 다른 문학과 접촉하고 교류할 때 비로소 세계문학의 반열에 오를 수 있기 때문이다.

여기서 잠깐 세계문학과 관련하여 그동안 전 세계에 걸쳐 숱한 화제를 뿌리며 큰 관심을 끈 이탈리아 출신의 영문학자요 비교문학자인 프랑코 모레티의 이론을 살펴보는 것이 좋을 것 같다. 지금은 사생활 문제로 유럽에서 활동하고 있지만 미국의 컬럼비아대학교와 스탠퍼드대학교에서 세계문학 분야에서 그야말로 눈부시게 활약하였다. 특히 그는 스탠퍼드대학교 교수로 있으면서 2010년 매슈 조커스와 함께 '소설 연구센터'와 '리터러리 랩'을 설립하여 주도적인 역할을 하였다. 그 이름에서도 볼 수 있듯이 모레티는 문학에 통계학을 비롯한 지리학과 생물학 같은 자연과학의 방법론을 도입하여 시선을 끌었다. 그는 그동안『기적으로 잘못 받아들이는 기호』(1983, 1988)를 비롯하여『세상의 길』(1987),『근대 서사시』(1995),『유럽 소설의 세계지도』(1998),『그래프, 지도, 나무』(2005),『멀리서 읽기』(2013),『부르주아들』(2013) 등 20권 가까운 저서를 출간하였다. 모레티는 이러한 일련의 저서에서 '디지털 인문학', '문학 지리학', '문학 진화론' 등 세계문학과 관련한 새로운 개념을 널리 퍼뜨리는 데 크게 이바지하였다.

모레티는 잘 알려진 논문「소설의 도살장」에서 문학 정전이 체계적인 절차에 따라 이루어지기보다는 일방적이고 우연적인 과정에서 형성된다는 사실을 밝혀낸다. 그는 "세계 역사는 세계의 도살장"이라는 G. W. F. 헤겔의 유명한 말에 빗대어 세계문학사는 곧 '문학의 도살장'이라고 지적한다. 한때는 고전이나 정전으로 대접받던 작품들이 갑자기 독서 시장에서 사라져버리고, 사라져버린 작품이 갑자기 다시 살아서 나타나기 때문이다. 그렇다면 고전과 정전을 죽이고 살려내는 주체는 과연 무엇일까? 모레티는 한마디로 "시장이 정전을 선택한다"고 잘라 말한다.[20] 그런데 문학 시장도 영화 시장과 마찬가지로 정보가 핵심적 역할을 한다. 그가 세계문학에 이바지한 업적은 세계문학사에서 그동안 까맣게 잊혔거나 잊힌 것과 거의 다름없던 작품들을 새롭게 발굴해 냈다는 점일 것이다.

베스트셀러, 노벨 문학상, 세계문학

세계문학은 세계의 고전이나 정전이 아니듯이 세계적인 베스트셀러를 뜻하지도 않는다. 물론 세계적인 베스트셀러 중에는 세계문학으로 간주할 작품들이 적지 않다. 그러나 전 세계에 걸쳐 베스트셀러로 뭇 독자들의 인기를 받고 있지만 참다운 의미에서 세계문학에 속할수 없는 작품도 얼마든지 있다. 베스트셀러는 문학 작품의 어떤 내재적 가치에 따라 결정되는 것이 아니라 외적 요인에 의하여 결정되는 경우가 많기 때문이다. 가령 출판사나 미디어는 상업적 목적이나 이념적 관심사를 위하여 얼마든지 베스트셀러를 조장하거나 심지어 조작할 수도 있다.

국내 출판의 경우를 실례로 들어보자. 출판사에서는 베스트셀러를 흔히 '출판의 광맥'에 빗댄다. 1980년대까지만 하여도 이러한 광맥은

---

20 Franco Moretti, "The Slaughterhouse of Literature", *Distant Reading*, London : Verso, 1913, pp.65~66.

우연히 발견되었다. 그러나 1990년대에 들어오면서 베스트셀러는 우연한 발견이 아니라 치밀한 전략의 결과로 바뀌기 시작하였다. 기획 단계부터 이른바 '3T', 즉 타이밍과 타깃 독자 선정, 타이틀의 전략을 동원한다. 이렇게 전략적으로 만들어진 책은 광고와 언론 홍보, 심지어 아르바이트생을 여러 명 고용하여 몇 권씩 자주 사들이는 사재기 수법까지 동원하여 베스트셀러를 만들어낸다. 함량 미달의 책들이 당당히 베스트셀러 목록에 올라 있는 것은 바로 그 때문이다. 그래서 출판계에서는 베스트셀러란 작가가 '쓰는' 것이 아니라 출판사가 '만들어내는' 것이라는 자조 섞인 말까지 나돈다. 이러한 현상은 한 문화권 안에서 흔히 일어나지만 국제 출판 시장에서도 얼마든지 일어날 수 있다.

방금 위에서 언급한 프랑코 모레티는 「사라져버린 베스트셀러」라는 논문에서 19세기 중반까지 유럽에서 베스트셀러로 널리 읽힌 작품 중에서 20세기 독자 대중이 기억하는 소설은 거의 없다고 밝힌다. 또한 현재 정전으로 인정받고 있는 작품 중에서 처음부터 고전의 반열에 오른 작품도 거의 없다고 말한다. 모레티에 따르면 서구문학사에서는 '경이로운 기적'에 가까운 작품들이 갑자기 출몰하곤 하였다. 예를 들어 마르셀 프루스트의 『잃어버린 시간을 찾아서』(1913~1927)가 그러하였고, 제임스 조이스의 『율리시스』(1922)가 그러하였으며, T. S. 엘리엇의 『황무지』(1922)가 그러하였다. 이 작품들은 출간 당시에는 독자들로부터 별다른 관심을 받지 못한 채 '도살' 당했다가 불사조처럼 기적적으로 '부활한' 작품들이다. 서구문학사란 한낱 문학 작품을 죽이는, 모레티의 말을 빌리면 '도살하는' 과정을 기록한 것에 지나지 않는다. 그래서 모레티는 문학 체계란 좀 더 넓은 문화적·정치적 현실의 징표고 정전이나 고전이란 어디까지나 이러한 문학 체계의 결과라고 주장한다.

한편 영국 작가 J. K. 롤링의 판타지 소설 『해리 포터』(1997~2007) 시리즈는 지금은 세계적인 베스트셀러의 위치를 차지하고 있지만 어쩌면 머지않은 장래에는 '도살'당한 채 독자의 뇌리에서 사라지게 될지도 모른다. 일곱 권으로 발간한 이 시리즈는 지금까지 67개 언어로 번역되면서 줄잡아 5억 부가 팔린 것으로 집계되었다. 역사에서 가장 많이 팔린 베스트셀러의 책 시리즈, 세계에서 가장 많은 수익률을 낸 영화 시리즈로 기록되었다. 롤링은 작가 등단 5년 만에 '무일푼 실직자에서 갑부'가 된 대표적인 인물로 손꼽힌다. 2004년 롤링은 『포브스』 잡지가 집계한 자산 10억 달러가 넘는 '세계 최고 부호 클럽'에 합류하였고, 2008년은 『선데이 타임스』가 발표한 '부자 명단'에서 엘리자베스 2세 여왕에 이어 영국에서 두 번째로 가장 부유한 여성으로 꼽혔다. 이렇게 엄청난 재산과 함께 롤링은 영국을 대표하는 베스트셀러 작가로 평가받기도 한다.

그런데도 『해리 포터』 시리즈가 세계문학의 반열에 오르기란 그렇게 쉽지 않을 것이다. 물론 작가들이나 비평가들 사이에서는 롤링에 대한 평가가 크게 엇갈린다. 가령 유명한 대중작가 스티븐 킹은 이 작품을 호평하는 반면, 판타지 소설로 유명한 작가 어슐러 르 귄을 비롯하여 그동안 세계문학의 정전을 주장해 온 비평가 해럴드 블룸 같은 사람들은 혹독한 평가를 내린다. 이 책을 호의적으로 평가하는 사람들은 소설의 핵심 요소 중 하나인 흥미 위주의 오락성과 대중성을 꼽는다. 한편 부정적으로 평가하는 사람들은 비록 오락성과 대중성이 뛰어날지는 몰라도 작품성이 떨어진다는 점을 내세운다. 또한 아무리 문학적 상상력을 한껏 구사한 판타지라고 하여도 개연성이 떨어진다고 지적하는 비평가들도 있다.

그런가 하면 『해리 포터』 시리즈가 요한 볼프강 폰 괴테 이후 세계 문학이 내세우는 인간의 보편적 가치에서 조금 벗어난다고 비판하는 비평가들도 있다. 겉으로는 차별을 부정하는 것처럼 보이지만 실제로는 작품 곳곳에 차별적인 요소를 찾아볼 수 있다. 예를 들어 작중인물에는 유럽인들이 대부분을 차지하는 한편 비유럽인의 비중은 낮은 편이다. 비단 작중인물의 비중만이 문제가 아니라 비유럽인을 경멸하거나 비하하는 경우도 있다. 예를 들어 작중인물 중 초 챙은 좁게는 중국인, 넓게는 동아시아인들을 두루 경멸적으로 부르는 '칭총ching chong' 이나 '칭챙총ching chang chong'이라는 영어 표현을 떠올리게 하는 이름이다. 위즐리 가문도 아일랜드인에 대한 은근히 경멸감을 드러낸다.

더구나 『해리 포터』 시리즈에서는 이러한 인종차별적 요소뿐 아니라 성차별적 요소도 엿볼 수 있다. 유럽계 인물이 작중인물의 대부분을 차지하는 것처럼 남성 작중인물도 여성 작중인물보다 월등히 많다. 물론 롤링은 이 작품에 유색인종의 작중인물과 함께 마법사들이나 세계의 유명 인사들이나 마법부의 고위 공무원으로 여성을 등장시키지만 그들은 어디까지나 주역이 아닌 보조적인 역할을 할 뿐이다. 한마디로 이 시리즈 소설에서 주역은 역시 앵글로색슨 계통의 백인 남성이다.

롤링이 영국인으로 국제적 베스트셀러 작가로 융숭하게 대접받고 있다면, 방금 앞에서 언급한 스티븐 킹은 미국인으로 그러한 대접을 받고 있는 작가다. 킹은 에드가 앨런 포를 비롯한 H. P. 러브크래프트와 레이 브래드베리 같은 미국 대중문학 거장들의 문학적 계보를 이어받아 발전시켰다. 킹의 소설은 전 세계에 걸쳐 3억 5천만 부 넘게 팔릴 만큼 미국 역사에서 상업적으로 가장 성공한 작가 중 한 명으로 꼽힌다. 대표적인 다작 작가이기도 한 킹은 현재까지 50여 편의 장편소설과 200여 편의 단편소설을 발표하였다. 다만 롤링과 차이가 있다면 킹은 대중문학 못지않게 순수문학에서도 인정받는 작가다. 이와 관련하여 전미全美도서위원회 의장 닐 볼드윈은 "스티븐 킹의 소설은 미국문학의 위대한 전통 위에 서 있으며, 그의 작품에는 심오한 도덕적 진실이 담겨 있다"고 밝힌 적이 있다.

여기서 데이비드 댐로쉬가 세계문학을 '지구문학'과 구분 짓는다는 점을 좀 더 찬찬히 눈여겨봐야 한다. 후자는 롤링이나 킹 같은 국제적 베스트셀러 작가가 쓴 작품을 일컫는다. 댐로쉬에 따르면 지구문학은 "오직 공항 터미널에서나 읽을 수 있는" 대중적인 작품을 말한다.[21] 다시 말해서 세계문학이 좀 더 생명력을 지닌 문학 작품을 일컫는다면 지구문학은 오락적 기능이 강하고 후기 자본주의 사회의 상품처럼 한 번 사용하고 나서 폐기해 버리는 소모품으로서의 성격이 강하다. 물론 댐로쉬는 세계화 시대에 여전히 순수문학과 대중문학을 이항 대립적으로 구분 짓는다는 비판을 면하기 어렵다. 그러나 그는 일회적 독서로 끝나기 보다는 좀 더 생명이 긴 작품을 세계문학의 반열에 올려

---

21 Damrosch, *What Is World Literature?*, pp.25 · 65.

놓으려고 한다.

이왕 '지구문학'이라는 용어가 나왔으니 말이지만 세계문학은 이와 비슷한 용어와 자칫 혼동하기 쉽다. 그래서 여기서 잠깐 '지구문학', '보편문학', '일반문학' 등 세계문학과 관련한 몇몇 용어의 차이를 짚고 넘어갈 필요가 있다.

① 지구문학(global literature)

댐로쉬의 주장처럼 세계 독자들에게 대량으로 유통되고 분배되고 소비되는 베스트셀러 대중문학을 일컫지만, 지구촌 곳곳에 흩어져 있는 문학을 총체적으로 부르는 용어로도 자주 쓰인다. 후자의 관점에서 보면 이 유형의 문학은 '보편문학'과 크게 다르지 않다.

② 보편문학(universal literature)

모든 시대와 모든 공간에 걸쳐 모든 언어로 쓴 문학을 두루 일컫는다. 개별적인 문학 작품 사이의 통일성이나 관계를 고려하지 않는 가장 총체적이고 포괄적 용어다. '보편'이라는 관용어를 빼고 그냥 '문학'으로 불러도 무방하다.

③ 세계문학(world literature)

적어도 이상적으로는 모든 인류가 공통으로 향유하는, 보편성을 지닌 문학을 말한다. 민족문학에 기반을 두되 번역을 통하여 세계 문단에 진입한다.

④ 비교문학(comparative literature)

다양한 민족문학과 민족문학 사이의 기원이나 상호 영향 관계를 밝혀내는 문학 연구의 한 분야다.

⑤ 일반문학(general literature)

특정한 국가를 뛰어넘어 각각의 시대 각각의 국가의 문학에서 볼 수 있는 문제를 두루 연구하는 분야다. 특히 시대, 주제, 학파, 유형, 정신, 장르 등을 연구하는 데 주력한다.

이 중에서 ①, ②, ③은 주로 문학의 유형과 관계가 있고, ④와 ⑤는 주로 문학을 연구하는 방법론과 관련이 있다. ①과 ②가 주로 양적 개념이라면 ③은 어디까지나 질적 개념이다. ④는 비교 연구를 방법론으로 사용한다면 ⑤는 특정한 연구 방법론에 얽매이지 않고 모든 방법론을 사용한다. 그러나 넓은 의미에서 보면 위에 언급한 이 다섯 가지는 문학의 다른 모습을 언급하는 것에 지나지 않는다. 일반문학과 세계문학을 엄밀히 구분 짓는 리처드 몰튼은 "보편문학은 모든 문학의 총화를 의미할 뿐이다. 내가 사용하는 세계문학이란 주어진 관점에서, 어쩌면 관찰자의 민족적 견지에서 파악하는 일반문학을 말한다"[22]고 밝힌다. 여기서 몰튼은 보편문학과 일반문학을 양적 개념으로 보고, 세계문학을 질적 개념으로 본다.

한편 비교적 최근 들어 파스칼 카자노바는 『세계문학 공화국』에서

22 Richard Green Moulton, *World Literature and Its Place in General Culture*, New York : Macmillan, 1911, p.6.

세계문학을 그녀가 말하는 '국제적 문학 장場'과 구별 짓는다. 카자노 바에 따르면 전자는 문학 텍스트의 집합에 가까운 개념인 반면, 후자 는 피에르 브르디외의 문화 상품의 장 이론에 기반을 둔 개념이다. 국 제적 문학 장은 작가를 비롯하여 비평가와 출판업자를 포함하는 좀 더 역동적이고 자율적인 공간이다. 세계문학에서 작가는 민족문학 작 가와 국제문학 작가로서의 이중적인 위치를 차지한다. 이 점과 관련 하여 카자노바는 "모든 작가의 위치는 불가피하게 이중적이고 두 번 정의해야 한다. 즉 각각의 작가는 먼저 민족의 공간에서 차지하는 위 치에 따라 정의된다. 그러고 나서 다시 한 번 세계 공간에서 차지하는 위치에 따라 정의된다"[23]고 지적한다.

세계문학은 국제적 베스트셀러가 아니듯이 노벨 문학상 수상 작품 도 아니다. 노벨 문학상의 영광을 안았다고 하여 반드시 세계문학의 반열에 오르는 것은 아니다. 노벨 문학상은 문학의 작품성이나 영향 력을 평가하는 잣대가 될 수 없기 때문이다. 이 상을 받은 작가 중에 는 정치적 이유에서 상을 받은 사람들이 적지 않고, 이와는 반대로 막 상 상을 받아야 할 작가들이 이런저런 이유로 배제된 경우도 적지 않 다. 노벨 문학상도 겉으로는 평가와 심사가 공정하게 이루어지는 것 같지만 실제로는 문화 정치학의 자장에서 좀처럼 벗어나기 어렵다.

---

23 Pascale Casanova, trans. Malcolm DeBevoise, *The Republic of Letters*, Cambridge: Harvard University Press, 2004, p.81. 한편 몰튼이나 카자노바와는 달리 앨릭산더 비크로프트 는 여섯 갈래로 '문학 체계의 유형학'을 분류한다. 그가 제시한 분류는 ① 지방적 (epichronic), ② 범언어적(panchronic), ③ 코스모폴리탄적(cosmopolitan), ④ 자국어 적(vernacular), ⑤ 민족적(national), ⑥ 지구적(global)이다. Alexander Beecroft, "World Literature without a Hyphen: Toward a Typology of Literary Systems", *New Left Review* 54, 2008 , pp.87~100; Alexander Beecroft, *An Ecology of World Literature: From Antiquity to the Present Day*, London: Verso, 2014, pp.1~36.

문학상은 선정 위원들의 주관적이고 상대적인 판단에 좌우되기 쉽다. 어느 작품이 위대한지, 어느 작품이 위대하지 않은지 판단할 객관적 잣대란 이 세상에 존재하지 않기 때문이다. 그래서 노벨상의 다섯 분야 가운데에서 문학상만큼 가장 논란이 많은 상도 일찍이 없었다. 노벨 문학상은 해마다 그 수상자를 발표할 때마다 이런저런 이유로 시비를 낳고 비판의 도마 위에 오르는 것은 바로 그 때문이다.

스웨덴의 문학 연구가요 스웨덴 국립아카데미 회원으로 노벨상 선정에 관여해 온 호라세 엥달은 노벨 문학상이 전 세계적으로 관심을 끄는 데다 그 권위 때문에 세계문학의 정전을 형성하는 데 직접 또는 간접 영향을 끼친다고 지적한다. 이와 관련하여 파스칼 카자노바는 「세계로서의 문학」이라는 논문에서 노벨 문학상을 '문학의 그리니치 자오선'이라고 부른다. 영국 그리니치 천문대를 지나는 자오선을 기준으로 지구의 경도가 결정되듯이, 노벨 문학상의 선정에 따라 세계문학의 기준이 결정되기 때문이다. 1884년 국제회의에서 본초 자오선으로 결정된 그리니치 자오선은 1972년 협정 세계시(UTC)로 바뀌기 전까지는 시간대의 기준이 되었다. 이와 마찬가지로 노벨상은 카자노바의 말대로 세계문학의 공간이 존재한다는 사실을 객관적으로 보여주는 더할 나위 없이 좋은 지표가 된다. 세계 시간을 결정하는 것이 그리니치 천문대라면 세계문학의 표준을 결정하는 것은 스톡홀름의 스웨덴 노벨 위원회라는 것이다.[24]

---

24 Pascale Casanova, "Literature as a World", New Left Review 31, 2005, pp.71~90. 노벨 문학상의 문화 정치학에 관해서는 김욱동, 『부조리와 포도주와 무관심의 빵』, 소명출판, 2013, 293~307면 참고

노벨 문학상을 받지 못한 작가 중에는 이 상을 받은 작가들보다 문학성이 뛰어나거나 영향력이 큰 작가들이 적지 않다. 예를 들어 흔히 '러시아의 양심'으로 일컫는 레프 톨스토이를 비롯하여 근대극을 완성한 헨리크 입센, 자연주의 문학의 대부 에밀 졸라, 그리고 심리주의 리얼리즘 전통을 굳건히 세운 헨리 제임스, 흔히 '미국의 셰익스피어'로 일컫는 마크 트웨인 같은 작가들이 노벨 문학상을 받지 못하였다. 이밖에도 안톤 체홉, 마르셀 프루스트, 프란츠 카프카, 제임스 조이스, 에즈러 파운드, 버지니아 울프, 라이너 마리아 릴케, 로베르트 무질, 가르시아 로르카 등 노벨 문학상을 받지 못한 작가들은 하나하나 손가락에 꼽을 수 없을 정도로 무척 많다.

　그런데 흥미롭게도 이들 작가 중에는 세계문학을 언급할 때마다 약방의 감초처럼 자주 거론되는 사람들이 아주 많다. 한마디로 노벨 문학상을 받았느냐 받지 못했느냐 하는 것은 세계문학을 평가하는 유용한 잣대가 될 수 없다. 방금 앞에서 언급한 엥달은 "백여 년 걸쳐 노벨상이 쌓아온 상징적 힘은 어느 작가를 정전 작가로 만들기에는 충분하지 않지만 후대에 호기심을 불러일으키기에는 충분하다"고 말한다. 그러면서 그는 로마가톨릭에서 '성인sanctus'이 되지 못하면 '복자beatus'가 되듯이 "실제 정전과 관련하여 노벨 수상자들도 이와 비슷하여 이류의 불멸 작가가 된다"고 밝힌다.[25] 그러나 달리 생각해 보면 복자로 시복諡福된 사람이 뒷날 얼마든지 성인의 반열에 오를 수 있듯이, 세

25　Horace Engdahl, "Canonization and World Literature: The Nobel Experience", D'haen, Theo · César Domínguez · Mads Rosendahl Thomsen(eds.), *World Literature: A Reader*, London: Routledge, 2013, pp.316~328.

계문학의 반열에 오르지 못한 작품도 뒷날 얼마든지 이러한 반열에 오를 수 있다. 이처럼 문학 작품의 위치는 고정불변한 상태에 있지 않고 사뭇 유동적이다.

여기서 댐로쉬가 "세계문학이란 텍스트 고정된 정전이 아니라 독서의 한 유형"이라고 말한 것을 다시 한 번 상기하는 것이 좋을 것이다. 그러면서 그는 "우리 자신의 장소와 시간을 벗어난 다른 세계들과 초연한 관계를 맺는 형식"이라고 정의를 내린다.[26] '우리 자신의 장소와 시간'이란 다름 아닌 민족문학의 직물이 짜이는 씨줄과 날줄이다. 세계문학은 민족문학에 기반을 두되 그 범위를 벗어나지 않고서는 세계문학으로서 인정받을 수 없다. 앙드레 지드는 도스토옙스키와 관련하여 가장 민족적인 작가가 가장 보편적인 작가가 될 수 있다고 밝힌 적이 있다. 그러나 진정한 세계문학 자가라면 마땅히 민족문학의 범위를 벗어나야 할 것이다.

세계문학과 민족문학의 번역

다른 문화권의 언어로 번역된 작품이라고 모두 세계문학이 되는 것은 아니다. 물론 앞에서 여러 번 밝혔듯이 다른 언어로 번역되지 않고서는 민족문학은 세계문학이 될 수 없다. 오이디푸스가 괴물 스핑크스의 수수께끼를 풀지 않고서는 테베로 들어갈 수 없듯이 민족문학도

---

26 David Damrosch, *What Is World Literature?*, p.281.

번역의 관문을 통과하지 않고서는 세계문학의 광장에 나설 수 없기 때문이다. 민족문학이 아무리 훌륭한 작품이라도 일단 다른 언어권의 언어로 번역되지 않으면 세계문학으로서 대접받을 수 없다. 물론 영어처럼 거의 국제어로 대접받는 언어는 굳이 번역하지 않더라도 세계문학으로 널리 읽힐 수도 있다. 앞 장에서도 지적했듯이 데이비드 댐로쉬가 "세계문학은 번역을 통하여 이득을 보는 문학이다"[27]라고 잘라 말하는 까닭이 바로 여기에 있다. 여기서 '이득'이라는 말이 자칫 이치에 맞지 않게 들릴지도 모른다. 그러나 세계문학에서 번역은 이득이나 손실의 문제가 아니라 아예 존재와 관련한 문제로 보는 쪽이 더 옳을지도 모른다.

한편 번역하는 과정에서 어떤 문학 작품은 비록 '이득'이 되지는 않아도 그다지 '손실'이 일어나지 않는 작품도 있다. 가령 주로 신문이나 잡지 기사, 외교 문서, 또는 상품의 제품 설명서처럼 정보와 객관적 사실을 전달하는 작품이 그러하다. 이러한 텍스트는 기계번역을 하여도 그 의미가 크게 달라지지 않는다. 한편 정보나 객관적 사실보다는 언어의 뉘앙스나 미묘한 감정을 전달하는 작품일수록 번역은 손실이 생기게 마련이다. 운문 형식을 취하는 시 같은 텍스트를 옮기는 번역가는 '무엇'보다는 '어떻게'에 훨씬 더 큰 무게를 두어야 한다. 댐로쉬는 번역하기 힘들 뿐만 아니라 번역하는 과정에서 그 의미가 손실되는 텍스트를 민족문학이라고 부른다. 특히 그는 고유한 토착 문화에 깊이 뿌리를 두고 있는 민족문학일수록 시 작품처럼 번역하기

---

27 David Damrosch, *What Is World Literature?*, pp.281, 288~298.

힘들기 때문에 좀처럼 세계문학이 되기가 어렵다고 주장한다. 그러나 토착 문화적 성격이 강하고 번역하기 힘들다고 하여 세계문학이 될 수 없다는 주장은 좀처럼 받아들이기 어렵다.

그런데 흥미롭게도 댐로쉬는 문학 텍스트 중에 번역을 통하여 이득을 보는 대표적인 작품으로 기원전 28세기경 고대 메소포타미아 수메르 왕조 초기 우루크 제1왕조의 전설적인 왕이자 영웅

고대 수메르 왕조 시대의 서사시 길가메시를 기록한 점토. 세계문학사에서 최초의 문학 작품으로 꼽힌다.

인 길가메시를 다룬 서사시 『길가메시』를 꼽는다. 길가메시는 이 작품 말고도 다른 신화나 서사시에 영웅으로 등장하고 있어 실제로 존재했던 인물이었을 가능성이 크다고 주장하는 학자들이 적지 않다. 그의 무용담을 기록한 서사시 『길가메시』는 기원전 2000년대의 점토판에 적혀 있다. 19세기 서남아시아 지방을 탐사하던 고고학자들이 수메르의 고대 도시들을 발굴하는 과정에서 이 점토판을 발견하였다. 이 서사시는 호메로스의 서사시보다 시기적으로 무려 1,500년쯤 앞선 것으로 평가된다. 댐로쉬는 이렇게 우연히 발견된 『길가메시』가 그동안 여러 언어로 번역되면서 세계문학의 위치를 차지했다고 지적한다. 이 서사시만큼 수메르의 토착 문화가 깊이 아로새겨 있어 번역하기 힘든 작품도 없다. 그런데도 댐로쉬가 세계문학의 대표 작품으로 내세우는 것은 논리적 모순이라고 아니할 수 없다.

그러고 보니 세계문학과 관련하여 댐로쉬의 이러한 태도는 앞 장에

서 밝힌 김억의 태도와 놀랍게도 아주 비슷하다. 김억은 1930년『동아일보』에 연재한「에쓰페란토 문학」에서 문학을 크게 '통속 문학'과 '순정 문학'의 두 유형으로 나눈다. 전자가 특정한 토속적 환경에 무게를 싣는 문학이라면, 후자는 삶의 보편적 문제에 관심을 두는 문학이다. 그러면서 "세계문학으로의 요건은 무엇보다도 순정 문학적 조리를 가지지 아니하야서는 아니될 것이외다. 웨 그러고 하니 그러치 아니하고는 어떠한 민족에게든지 상당한 이해를 줄 수가 업기 때문이외다"[28]라고 잘라 말한다.

또한 김억은 조선시대의 대표적인 고전 소설『춘향전』을 언급하면서 이 작품은 외국어로 번역할 수도 없거니와 번역하여도 외국 독자들이 '조곰도' 이해하지 못할 것이라고 주장한다. 그는 계속하여 "아모리 조선 사람에게는 조흔 작품이라도 그것이 번역되야 외인外人에게 이해바들 수 업는 것이라면 그것은 번역한댓자 결국 업는 것이나 맛찬가지기 때문이외다"[29]라고 지적한다.『춘향전』같은 한국의 고전 작품을 외국어로 번역할 수 없고 또 번역하여도 외국 독자들이 조금도 이해하지 못할 것이라는 주장에는 선뜻 동의할 수 없지만, 한국 문화의 특수성 때문에 세계문학으로 쉽게 대접받기 어렵다는 지적은 어느 정도 맞다. 그러나 고대 수메르 왕국의 서사시『길가메시』가 세계문학의 반열에 오른다면『춘향전』도 그런 위치에 오르지 말라는 법은 없다. 번역하기 어렵다는 것과 번역이 불가능하다는 것은 서로 다르기 때문이다.

---

28 김억,「에쓰페란토 문학 6」,『동아일보』, 1930.4.13.
29 김억,「'현대조선단편집' 에쓰역에 대하야」,『삼천리』 6-9, 1934.9,

그런데 세계문학과 관련한 번역에서 부딪치는 문제는 과연 어떤 언어로 번역할까 하는 데 있다. 몇 해 전 통계에 따르면 전 세계에는 줄잡아 무려 7,000여 개에 이르는 언어가 있다. 그러나 그중 140개 넘는 언어는 겨우 10명 미만만이 사용하고, 80% 정도는 10만 이하 정도가 사용한다. 사용자 수가 가장 많은 언어는 중국어, 스페인어, 영어의 순서다. 중국어는 사용 인구 13억 명으로 전체 비중에서 20%를 차지하고, 스페인어는 사용 인구 4억 2,700만 명으로 6.56%를 차지하며, 영어는 사용 인구 3억 4,000만 명으로 5.21%를 차지한다. 그러나 사용하는 나라 수로 보자면 영어가 106개 나라로 1위고, 아랍어가 58개 나라로 2위다. 한국어는 북한과 중국, 일본 등 모두 7개 국가의 사용자를 모두 합하여 7,730만 명으로 세계 12위를 차지한다.

한 문화권이나 민족에 속한 문학을 번역하는 데는 두 가지 변수를 염두에 두어야 한다. 첫째, 단순히 인구가 많다고 세계문학으로 번역하기에 좋은 언어는 아니다. 인구 중에서 얼마나 많은 사람이 글을 읽고 이해할 수 있는 능력, 즉 독해력이나 문해력이 있느냐 하는 것이 무엇보다도 중요하다. 아무리 인구가 많아도 일상회화에서만 사용할 줄 알 뿐 책을 읽을 줄 모르면 별다른 의미가 없기 때문이다. 중국의 포털 사이트와 검색엔진에서 최고의 자리를 차지하는 바이두百度에 따르면 중화인민공화국이 창설된 1949년 중국 인구의 80%가량이 문맹이었다. 정부 차원에서 간체자簡體字를 개발하는 노력을 기울인 결과 2017년 현재 문맹률은 5.42%로 떨어졌다. 그러나 문장의 함의를 파악하지 못하는 문해력을 고려한다면 실질적 문맹률은 이보다 훨씬 더 크다.

둘째, 세계문학에서는 해당 언어가 세계무대에서 얼마나 큰 비중을 차지하느냐 하는 기준이 아주 중요하다. 비록 중국어를 사용하는 인구는 세계 전체 인구 중 무려 20%를 차지하지만 그 영향력은 영어 문화권에 크게 미치지 못한다. 특히 요즈음 미국이 중국과 무역 불균형과 코로나 바이러스 문제를 앞세워 패권 전쟁을 벌이고 있어 중국의 영향력은 아마 지금보다 훨씬 더 못할 가능성이 크다.

한마디로 영어는 이제 세계어나 국제어가 되다시피 하였다. 미국의 시인이요 초월주의 철학가 랠드 월도 에머슨은 일찍이 영어를 두고 "하늘 아래 모든 지역의 지류로부터 물을 공급받는 바다"로 부른 적이 있다. 그의 말대로 영어는 이제 오대양 육대주에 걸쳐 막강한 힘을 발휘하고 있다. 이제 영어는 영국인 또는 미국인의 모국어에 국한되지 않고 싱가포르, 홍콩, 호주, 아프리카 등 여러 지역에서 폭넓게 사용되고 있다. 최근 들어 '영문학'을 대문자로 'English Literature'로 표기하는 대신 소문자로 'english literature'로 표기하자고 주장하는 학자들이 있다. 그런가 하면 몇몇 학자들은 '영문학English Literature'이라는 용어 대신 아예 '영어로 쓴 문학Literature in English'이라는 용어를 쓰자고 주장한다. 일본을 비롯한 몇몇 나라에서는 영어를 아예 공용어로 채택하자고 주장하기도 한다. 심지어 한국에서도 복거일ㅏ鉅一이 『국제어 시대의 민족어』(1998)에서 세계화를 위해서는 민족주의와 민족의 언어를 버려야 하므로 한국어 대신 국제어의 위치에 있는 영어를 한국의 공용어로 채택해야 한다고 주장하여 관심을 끌기도 하였다.

한마디로 세계문학이란 일단 자국에서 인정받은 뒤 번역 과정을 거쳐 국경을 넘어 남의 나라에서도 널리 인정받는 작품을 말한다. 댐로쉬가 세계문학이란 한 '대상'을 가리키는 것이 아니라 '유통의 유형'

인 동시에 '독서의 유형'을 가리키는 것이라고 지적하는 것은 바로 그 때문이다. 다시 말해서 작품이 쓰이고 출간된 국가의 경계를 넘어 세계적으로 유통되면서 널리 읽히는 작품이 곧 세계문학이라는 것이다. 그런데 이렇게 세계에 널리 유통되어 읽히기 위해서는 무엇보다도 먼저 다른 나라 언어로 번역되지 않으면 안 될 것이다. 가령 한강韓江의 『채식주의자』(2007)와 신경숙申京淑의 『엄마를 부탁해』(2008)도 세계 문단에서 주목을 받을 수 있는 것은 영어로 번역되었기 때문이다. 만약 이 두 작품이 한국에서만 베스트셀러의 위치에 있었더라면 지금처럼 그렇게 세계적인 위치를 차지하지 못했을 것이다. 이 두 작품을 영어로 옮긴 데버러 스미스와 김지영의 번역에 문제가 많다는 것과는 또 다른 이야기다.[30] 영어라는 관문을 거치지 않고서는 세계문학의 광장에 나설 수 없다는 점은 이미 앞 장에서 밝혔다.

한편 영어 같은 국제어가 아닌 언어로 번역된 뒤에 세계적으로 주목받은 작품도 더러 있다. 프랑스에서 세 차례에 걸쳐 출간된 베르나르 베르베르의 연작 소설 『개미』(1991, 1992, 1996)는 이러한 경우를 보여 주는 좋은 예로 꼽힌다. 이 소설은 프랑스에서 출간될 당시만 하여도 이렇다 할 인기를 얻지 못하였다. 그런데 뜻하지 않게 한국어로 번역되면서 한국에서 그야말로 폭발적인 인기를 끌었다. 한국에서 팔린 책이 전 세계에서 팔린 부수의 절반가량을 차지할 정도니 여간 놀랍지 않다. 이렇게 한국에서 인기를 끈 덕분에 이 작품은 프랑스에서

---

30 특히 스미스의 『채식주의자』 번역에 관해서는 Wook-Dong Kim, "The 'Creative' English Translation of *The Vegetarian* by Han Kang", *Translation Review* 100-1, 2018, pp.65~80; Wook-Dong Kim, *Translations in Korea: Theory and Practice*, London : Palgrave Macmillan, 2019, pp.133~153.

도 점차 관심을 받기 시작하였고, 지금은 전 세계에 걸쳐 유명한 작품이 되었다. 물론 이 작품이 과연 세계문학이 될 수 있는지 하는 문제는 앞으로 좀 더 지켜보아야 한다.

원천 문화와 목표 문화, 원천 텍스트와 목표 텍스트와 관련하여 이스라엘 문학 이론가 이타마르 이븐-조하는 "문학의 간섭에는 대칭이란 존재하지 않는다. 목표 문화는 빈번히 그 문화를 완전히 무시하는 원천 문화의 간섭을 받는다"[31]고 말한다. 베르나르의 『개미』의 번역과 유통 과정을 보면 그의 주장이 수긍이 간다. 물론 프랑스 문화가 한국 문화를 무시하는 것은 아니지만, 한국 문화의 영향을 받는 것은 부정할 수 없는 사실이다. 앞 장에서 여러 번 밝혔듯이 좁게는 문학과 문학, 넓게는 문화와 문화에서는 언제나 비대칭이나 불균형이 존재하게 마련이다.

세계문학과 세계문학사

세계문학은 세계문학사와 깊이 연관되어 있지만 그렇다고 세계문학사 그 자체는 아니다. 물론 모든 문학은 통시성과 분리하여 생각하기 어려울 뿐더러 문학 논의에는 어쩔 수 없이 역사적 측면을 고려할 수밖에 없다. 문학사를 도외시한 채 문학 작품을 말하는 것은 마치 족보나 계보를 도외시하고 한 가문을 말하는 것과 같다. 가령 매미는 유

---

31 Itamar Even-Zohar, "Law of Literary Influence", *Poetics Today*, 1990, p.62.

충 상태로 적게는 3년, 많게는 17년 정도 땅속에서 자라다가 지상으로 올라와 성충이 되는 특이한 생태로 유명하다. 매미는 번데기 과정 없이 탈피과정을 거쳐 어른벌레가 되는 불완전 변태로 성충이 된 뒤에도 나무줄기에서 수액을 먹으며 겨우 한 달 정도 살다가 죽는다. 이렇듯 모든 문학은 매미 같은 유기체와 같아서 진공 속에서는 태어날 수도 존재할 수도 없게 마련이다. 한 작품이 태어나기까지 작가는 말할 것도 없고 작가가 활동한 시대와 지리적 공간도 크고 작은 영향을 끼친다. 비록 이 점을 염두에 두더라도 세계문학은 세계문학사를 다시 쓰는 작업과는 엄격히 구분해야 한다.

세계문학이 본격적으로 논의되기 시작한 것은 겨우 몇십 년밖에 되지 않지만 지금까지 이루어진 세계문학 논의는 세계문학사를 다시 쓰는 작업이 큰 비중을 차지하였다. 예를 들어 파스칼 카자노바와 프랑코 모레티는 바로 이러한 관점에서 세계문학을 연구해 온 가장 대표적인 사람들이다. 이 두 이론가는 멀게는 페르디낭 브로델, 가깝게는 1970년대 중반 뉴욕주립대학 교수인 이매뉴얼 월러스틴의 세계 체계론에서 직접 또는 간접으로 큰 영향을 받았다. 이 이론에 따르면 세계는 크게 중심부와 주변부의 비대칭적 관계로 이루어진 하나의 사회체제다. 카자노바와 모레티는 브로델과 월러스틴의 이론에 기반을 두고 세계문학사를 연구하였다.

카자노바는 『세계문학 공화국』을 출간하여 큰 반향을 불러일으켰다. 세계문학의 권력 구조를 분석한 이 책에서는 그녀는 세계문학 시장에서 각각의 민족문학 사이에는 어쩔 수 없이 위계질서가 존재하므로 주변부의 언어와 문학은 중심부의 지배와 폭력에서 벗어날 수 없다고 주장한다. 또한 카자노바는 2018년 사망하기에 앞서 출간한 『세계어-번역과 지배』(2015)에서 세계 중심부의 이러한 언어적 지배에 맞서는 무기로서 번역을 분석하기도 한다. 유럽과 미국의 문학을 세계문학의 중심부로 간주하는 카자노바의 관점은 다분히 유럽중심주의적이라는 비판을 면하기 어렵다. 이러한 비판은 특히 비유럽계 학자들과 비평가들로부터 쏟아져 나왔다. 물론 이러한 한계에도 카자노바는 세계문학의 관점에서 세계문학사를 새롭게 쓰려고 노력하여 그 나름대로 성과를 거두었다.

한편 모레티는 카자노바처럼 월러스틴의 세계 체제론에 따라 중심과 주변의 비대칭적 관계의 관점에서 세계문학을 이해하려고 한다. 그러나 카자노바가 세계문학 안에서 중심부와 주변부 사이의 경쟁과 투쟁에 좀 더 무게를 싣는다면, 모레티는 "하나이면서도 불균등한" 세계문학 체제 안에서 중심부와 주변부의 타협과 조정에 좀 더 무게를 싣는다. 모레티는 "문학 체제의 주변에 속한 문화에서 (…중략…) 현대소설은 처음에 자생적 발전으로 생겨나지 않고 서양의 (보통 프랑스나 영국의) 형식의 영향과 지방의 소재 사이에서 타협으로 생겨난다"[32]고 지적한다. 그러면서 모레티는 '일본의 근대 소설'이라는 부제가 붙은 마사오 미요시三好将夫의 『침묵의 공모자들』(1996)과 인도의 초기 소설을 다룬 미낙시 무케르지의 『리얼리즘과 실재』(1985)를 언급하면서 서구의 소설 형식이 일본이나 인도의 소재와 어떠한 복잡한 관계를 맺고 있는지 설명한다.

---

32 Franco Moretti, "Conjectures on World Literature", *Distant Reading*, London : Verso, 1913, p.50.

세계문학사와 관련하여 그동안 세계문학 담론에서 큰 관심을 끌면서도 다른 한편에서는 적잖이 비판을 받아 온 모레티의 '멀리서 읽기' 이론을 살펴볼 차례다. 세계문학과 관련하여 그가 세계적인 학자로 인정받게 만든 논문은 2000년 문학 정전과 관련하여 발표한 「문학의 도살장」과 「세계문학에 관한 추측」, 그리고 3년 뒤에 나온 후속작 「세계문학에 관한 더 많은 추측」 등이다. 이 세 글은 뒷날 다른 글과 함께 『넌』이라는 단행본에 수록되어 출간되었다. 그는 전 세계에서 쏟아져 나온 모든 문학 작품을 읽는다는 것은 불가능하다는 말로 운을 뗀다. 그러면서 모레티는 스탠퍼드대학의 동료 교수인 마거릿 코헨이 만들어낸 '읽지 않은 위대한 책'이라는 개념을 빌려와 우리가 읽는 작품은 출간된 작품의 수와 비교하면 거의 없는 것과 마찬가지라고 지적한다. 모레티는 이렇게 우리가 읽은 책이 아직 읽지 않은 책보다 비교도 되지 않을 만큼 훨씬 많다면 종래의 연구 방법에서 벗어나 새로운 방법을 찾아야 한다고 주장한다. 그래서 그가 찾아낸 방법이 바로 '멀리서 읽기'다.

멀리서 읽기. 다시 반복하지만 '멀다'는 것은 지식의 한 조건이다. 그것은 텍스트보다 훨씬 작거나 훨씬 큰 단위에 초점을 맞추도록 해 준다. — 즉 기교, 주제, 비유, 또는 장르와 체계 말이다. 그리고 만약 텍스트가 아주 작은 것과 아주 큰 것 사이에서 사라져버린다면 '작은 것이 더 많다'라고 말해도 좋은 경우 중 하나다. 만약 우리가 체계 전체를 이해하고 싶다면 우리는 어떤 것을 잃을 수 있다는 사실을 받아들여야 한다.[33]

모레티는 '멀다'는 것이 단순히 공간적 개념이 아니라 어디까지나 '지식의 한 조건'이라고 밝힌다. 그는 세계문학을 이해하거나 설명하기 위해서는 반드시 '멀리서' 읽어야 한다는 조건을 제시한다. 그러면서 세계문학의 미래는 텍스트로부터 얼마나 멀리 떨어져 있느냐에 달려 있다고 주장한다. 문학 연구에서 어쩔 수 없이 한 방법을 선택할 수밖에 없다면 그는 이 '멀리서 읽기' 또는 '원거리 독서'를 자신의 연구 방법론으로 택할 것이라고 말한다.

모레티가 말하는 '멀리서 읽기' 또는 '원거리 독서'란 한마디로 텍스트를 거시적으로 읽는 방법을 말한다. 이 독서 방식이 망원경으로 천체를 관찰하는 것처럼 거시적이라면, 그동안 신비평가들이 처음 내세우고 해체주의자들이 더욱 발전시킨 '자세히 읽기close reading' 또는 '꼼꼼히 읽기'는 마치 현미경으로 세균을 관찰하는 것처럼 미시적이다. 이렇게 미시적으로 문학 텍스트를 꼼꼼하게 읽는 것에 정면으로 어긋나는 방법이 바로 모레티의 '멀리서 읽기'다. 모레티는 신비평의 해석 방식을 두고 "근본적으로 '자세히 읽기'는 신학적 훈련이다. ― 아주 진지하게 선택한 아주 소수의 텍스트를 아주 엄숙하게 다룬다"[34]고 말한다. 이 말을 뒤집어보면 그의 방법론은 신학적이라기보다는 세속적이고, 진지하고 엄숙하다기보다는 유희적이며, 소수의 텍스트를 다룬다기보다는 다수의 텍스트를 다룬다는 말이 된다. 다시 말해서 과학적 방법론을 표방하는 모레타의 연구 방법은 문학에 관한 질적 연구가 아니라 어디까지나 양적 연구요 계량적인 연구인 셈이다.

---

33 Franco Moretti, "Conjectures on World Literature", pp.48~49.
34 Franco Moretti, "Conjectures on World Literature", p.48.

모레티는 '자세히 읽기', 그의 표현을 빌리자면 '직접적인 텍스트 읽기'를 공시적으로 문학 정전을 연구하는 방법론과 관련시킨다. 반면 그는 '멀리서 읽기'를 문학사와 문학 장르를 통시적으로 연구하는 방법론과도 연관시킨다. 모레티의 탐정소설 연구에서 볼 수 있듯이 그에게 문학사와 문학 장르는 떼어서 생각할 수 없을 만큼 서로 깊이 연관되어 있다. 이 두 가지는 텍스트 분석과는 비교적 무관하게 윌러스틴이나 프레드릭 제임슨의 체계적 접근방법에 따라 연구할 수 있다.

모레티는 도저히 넘을 수 없는 거대한 텍스트의 산 앞에서 문학 연구가는 '악마와 계약'을 맺어야 한다고 밝힌다. 즉 연구가는 책을 읽는 방법이 아니라 책을 '읽지 않는' 방법을 배워야 한다는 것이다. 그것은 높은 산 앞에 다다르자 산을 건널 생각을 아예 처음부터 포기하는 것과 크게 다르지 않다. 조금 과장해서 말하면 모레티의 태도는 '학문적 허무주의'나 '학문적 아나키즘'으로 볼 수 있다. 아무리 험난하다 하여도 시도해 보지도 않고 처음부터 포기하는 것은 허무적 태도고, 아나키스트들이 "신도 없고 주인도 없다"라고 외치며 정신적·물질적 근본을 거부하듯이 텍스트의 근원을 부정하는 것은 아나키즘적 태도다.

그렇다면 세계문학에 필요한 것은 모레티가 주장하는 '멀리서 읽기' 또는 거시적 독서 방법일까, 아니면 미국의 신비평가들이나 자크 데리다를 비롯한 해체주의자들이 주장한 '자세히 읽기' 또는 미시적 독서 방법일까? 특히 세계문학의 필수 요건이라고 할 번역과 관련하여 이 질문은 자못 중요하다. 신비평과 해체주의 독서 방법에도 문제가 없지 않지만 텍스트의 심층적 의미를 캐는 데는 그들의 독서 방법이 타당하고 적절하다. 그러나 텍스트 안쪽의 세계에 너무 몰두하다 보면 어쩔 수 없이 텍스트 밖의 세계에 주위를 게을리 하게 마련이다. 또한 모레티의 지적대로 '아주 진지하게 선택한 아주 소수의 텍스트', 즉 극소수의 정전만을 연구 대상으로 삼을 뿐 나머지 텍스트를 도외시하게 된다.

다시 말해서 신비평가들이나 해체주의 비평가들이 주창하고 실천하는 '자세히 읽기'는 개별적인 나무를 보는 데는 더할 나위 없이 좋은 독서 방식이지만, 문학이라는 숲 전체를 바라보는 데는 크게 미흡하다. 번역으로 좁혀 보더라도 이 독서 방법은 원천 언어와 원천 텍스트 그리고 원천 문화 쪽에 관심을 두지 않을 수 없다. 그러다 보니 목표 언어와 목표 텍스트 그리고 목표 문화에는 당연히 소홀할 수밖에 없다.

한편 모레티의 '멀리서 읽기'는 목표 언어와 목표 텍스트 그리고 목표 문화 쪽에 훨씬 더 관심을 둔다. 신비평가들과 해체주의자들이 나무에 관심을 기울이는 것과는 달리 모레티는 숲에 훨씬 더 깊은 관심을 기울인다. 물론 소수 정전이나 한 민족의 문학처럼 작은 규모의 문학이 아니라 세계문학처럼 대규모의 문학을 아우르려면 텍스트와 좀 더 거리를 두어 읽는 것이 필요하다. 모레티는 '문학사를 위한 추상적 모델'이라는 부제를 붙인 저서『도표, 지도, 나무』에서 '멀리서 읽기'의 구체적인 실례를 보여준다.

그러나 구체성과 보편성을 지향하는 세계문학에서 번역은 어느 한 쪽에만 초점을 맞출 수는 없다. 목표 텍스트와 목표 문화 못지않게 원천 텍스트와 원천 문화에도 주의를 기울여야 한다. 다시 말해서 생산자와 소비자, 제작자와 수용자를 함께 염두에 두어야 한다. 참다운 세계문학이라면 개별적인 나무를 보되 동시에 숲 전체를 조망할 수 있어야 한다. 이와는 반대로 숲을 보되 개별적인 나무를 등한시해서도 안 된다. 세계문학과 관련한 번역 작업은 그만큼 어려울 수밖에 없다.

그동안 번역 이론가뿐 아니라 실천 번역가로서 니콜라 페로 다블랑쿠르, 자크 데리다, 알도 로시 등의 저서를 영어로 번역하여 미국에 소개하는 데 이바지한 로런스 베누티는 "번역을 통하여 세계문학을 정의 짓는 형식

자국화 번역에 맞서 이국화 번역을 주창한 로렌스 베누티.

과 의미의 이득은 '자세히 읽기' 없이는, 즉 원천 텍스트와 번역한 텍스트 사이의 변화를 면밀하게 분석하지 않고서는 느낄 수 없다"[35]고 잘라 말한다. 문학 연구 방법론으로서 '자세히 읽기'가 중요하듯이 세계문학을 위한 번역에서도 이러한 읽기 방식은 자못 중요하다. 한편 세계문학 창조를 위한 번역은 모레티가 말하는 '멀리서 읽기'에도 관심을 기울여야 한다. 세계문학은 원천 문학과 목표 문학의 상호 이해와 교류에서 이루어지는 타협이듯이, 번역도 이 두 문학 사이에서 이루어지는 타협이기 때문이다. 베누티의 지적대로 세계문학에서는 '멀리서 읽기'와 '자세히 읽기', 거시적 독서 방법과 미시적 독서 방법을 유기적으로 적절히 결합해야 할 것이다.

---

35 Lawrence Venuti, "World Literature and Translation Studies", eds. Theo D'haen · David Damrosch · Djelal Kadir, *The Routledge Companion to World Literature*, London: Routedge, 2011, pp.185~186.

세계문학의 가능성과 한계

다시 원점으로 돌아와, 세계문학이란 과연 무엇인가? "세계문학이 아닌 것은 과연 무엇인가?"라는 부정에 의존하지 않고 "세계문학이란 무엇인가?"라고 긍정으로 정의 내릴 수는 없는가? 한마디로 세계문학이란 민족문학 또는 국민문학의 좁은 테두리를 벗어나 번역이라는 산파의 힘을 빌려 세계 문단에 새롭게 태어난 문학이라고 정의 내릴 수 있다. 다시 말해서 다양한 문학 전통에 뿌리를 두되 세계 문단에서 새롭게 정전으로 평가받고 세계에 걸쳐 널리 유통되고 소비되는 문학이 곧 세계문학이다. 세계문학을 한마디로 정의를 내린다면 국제화 시대의 시대정신에 걸맞게 새롭게 설정한 '국제적 정전'이라고 할 수 있다. 이렇게 새롭게 탄생한 문학은 앞에서 언급했듯이 지구촌 곳곳에 흩어져 있는 민족문학의 정전을 한곳에 집대성해 놓은 것과는 적잖이 다르다. '세계의 문학'과 '세계문학'이 다르듯이 이 두 정전도 서로 다를 수밖에 없다.

신생아가 부모의 유전인자를 물려받듯이 세계문학도 민족문학이나 국민문학의 언어적 유산과 문화적 유산을 물려받지 않을 수 없다. 세계문학은 그 기원이 되는 언어권이나 문화권에 뿌리를 두되 좀 더 인류에 두루 공통되는 보편적 가치를 담아내야 한다. 세계문학으로 인정받기 위해서는 구체성 못지않게 보편성에 기반을 두어야 한다. 여기서 요한 볼프강 폰 괴테가 시란 시간과 공간을 뛰어넘어 "인류가 보편적으로 소유하고 있는 것"이라고 한 말을 다시 한 번 떠올리는 것이 좋을 것이다. 세계문학을 논의할 때 '문학' 못지않게 '세계'에 무게를 실어야 하는 까닭이 여기에 있다. 이를 달리 바꾸어 말하면, 세계문학이 인류의 보편적 소유물이 되기 위해서는 무엇보다도 먼저 구체성과 보편성, 특수성과 일반성 사이에서 절묘하게 조화를 균형을 꾀해야 한다는 것이 된다.

세계문학은 체계적이고 단일한 문학과는 거리가 멀다. 엄밀히 말해서 단일한 '세계문학'이란 존재하지 않는다. 다만 특정한 조건과 상황에 따라 우리가 '세계문학'이라고 부르는 문학이 존재할 따름이다. 한 민족이나 문화권이 보는 세계문학이 다르고, 다른 민족이나 문화권이 보는 세계문학이 저마다 다르다. 심지어 한 민족이나 문화권 안에서도 개인과 집단에 따라 세계문학의 기준은 얼마든지 달라질 수 있다. 그런데 이 문학마저도 역사적 시간과 사회적 공간이 바뀌면 얼마든지 달라질 수 있다. 비유적으로 말해서 세계문학이란 바윗덩어리처럼 고정불변한 상태에 있다기보다는 모래톱처럼 파도와 바람에 따라 그 위치나 크기가 달라질 수 있다.

앞에서 J. K. 롤링의 『해리 포터』 시리즈는 세계문학의 반열에 오르기 어려울 것이라고 말했지만 그렇게 단정 지어 말할 수는 없다. 세계문학에 대한 기준이 달라지면 얼마든지 세계문학에 편입될 수 있기 때문이다. 세계문학의 지형을 지도 한 장에 그릴 수 없는 것은 바로 그 때문이다. 만약 세계문학을 지도에 빗댄다면 그것은 끊임없이 '움직이는 지도'에 해당한다. 그러므로 단수형으로 '세계문학'이라고 표기하는 것보다는 차라리 복수형으로 '세계문학들'이라고 표기하는 쪽이 훨씬 더 바람직할 것이다.

덴마크의 문학 이론가 마즈 로젠달 톰센은 세계문학을 별자리 또는 성좌星座에 빗댄다. 그는 『세계문학의 지도를 그리다』(2008)에서 "형식과 주제적 유사성에 기반을 두고 국제적 정전에서 별자리를 찾아내는" 작업을 시도한다.[36] 문화권에 따라 그 의미가 조금씩 다르기는 하지만 별자리란 흔히 별들이 모여 특정한 윤곽을 이루는 것을 말한다. 3차원 공간에서 우리에게 흔히 보이는 별 대부분은 이렇다 할 관련이 없는 것 같지만 좀 더 자세히 살펴보면 밤하늘의 천구天球에서 그 나름대로 일정한 패턴을 이룬다. 패턴이나 질서를 찾아내는 데 뛰어난 사람들은 별 무리에서도 어떤 사물을 연상하게 하는 별자리를 찾아내었다. 현재 별자리는 1930년 국제천문연맹(IAU)에서 정한 88개로 분류된다. 한편 공인된 별자리는 아니지만 북두칠성이나 봄의 삼각형처럼 널리 쓰이는 것은 '성군星群'이라고 부른다. 세계문학이란 톰센의 말대로 각각의 민족문학에서 간추린 국제적 정전이 하나의 패턴을 이루며 한곳에 모인 별자리인 셈이다. 문학 작품 중에서 비록 국제적 정전에 들지는 못하여도 전 세계에 걸쳐 널리 읽히는 작품은 성군에 해당할 것이다.

더구나 세계문학의 특징은 '상대적'이라는 말과 함께 '관계적'이라는 두 어휘로 가장 잘 설명할 수 있다. 세계문학은 될수록 절대적 가치를 멀리한 채 상대적 가치를 중요하게 생각한다. 민족문학의 좁은 테두리를 뛰어넘어 좀 더 시야를 넓혀 그 밖의 세계를 바라보려고 한다. 또한 세계문학은 될수록 절대적 가치를 지양하고 상대적 가치에 힘을 싣는다. 그러고 보니 세계문학은 넓게는 포스트모더니즘이나 포

---

36 Mads Rosendahl Thomsen, *Mapping World Literature: International Canonization and Transnational Literatures*, New York: Continuum, 2008, p.139.

스트구조주의의 맥락에서 이해할 수 있다. 20세기 중엽에 새로 대두된 사상이나 이론이 흔히 그러하듯이 세계문학도 절대성보다는 상대성, 객관성보다는 주관성, 계급적 권위보다는 수평적 관계성에 좀 더 무게가 실려 있기 때문이다.

세계문학은 그동안 가능성 많은 문학으로 각광 받으면서도 다른 한편으로는 문제점이나 한계를 드러내기도 하였다. 그동안 세계문학에 지칠 줄 모르는 정열을 보여 온 데이비드 댐로쉬는 "세계문학 연구는 매우 쉽게 문화적으로 뿌리가 뽑히고, 철학적으로 파산 상태에 빠지며, 이데올로기에서 세계 자본주의의 여러 최악의 경향과 공모할 수 있다"[37]고 지적한다. 그의 이 말은 세계문학 연구자라면 누구나 귀담아들을 필요가 있다. 세계화가 진전되고 정보 통신 같은 과학기술이 눈부시게 발전하면서 세계문학은 여전히 미국과 서유럽 같은 강대국의 영향권 안에 놓여 있을 수 있다. 세계의 빈부 격차의 골이 날이 갈수록 더욱 깊어지는 상황에서는 더더욱 그러하다. 제1세계 국가들이 정보 자산과 자본을 독점하다시피 하는 현실에서 소비에트 연방의 위성국가에서 독립한 제2세계, 또는 제3세계 국가들이 세계 문단에 진입하기란 겉으로 보이는 것처럼 그렇게 쉽지 않다. 마셜 매클루언의 예언대로 이 세계는 정보 통신의 발달에 힘입어 촌락처럼 좁아졌지만 그 지구촌 안에는 여전히 차이와 차별이 존재한다.

방금 인용한 댐로쉬의 말 중에서 "문화적으로 뿌리가 뽑히고"라는 구절도 좀 더 찬찬히 주목해 보아야 한다. 세계문학은 자칫 각각의 언

---

[37] "Comparative Literature / World Literature: A Discussion with Gayatri Chakravorty Spivak and David Damrosch", *Comparative Literary Studies* 48, 2011, p.456.

어권이나 문화권이 그동안 누려온 문화적 다양성을 해칠 우려가 있다. 실제로 100여 년 전 괴테는 한편으로 그가 '벨트리테라투르Weltliteratur' 라는 세계문학의 도래를 열렬히 환영하면서도 다른 한편으로는 그것이 가져올지 모르는 문화적 동질성을 크게 우려하였다. 만약 각국의 민족문학이 고유성을 상실한 채 세계문학의 이름으로 동질적이거나 균질적인 것이 된다면 그것은 축복이 아니라 오히려 재앙과 다름없기 때문이다. 그래서 괴테는 영국과 스코틀랜드에서 발행하던 잡지『에든버러 리뷰』와 관련하여 "나는 민족들이 하나같이 똑같이 생각해야 한다고 생각하지 않으며, 다만 상대방을 인식해야 하고, 상대방을 이해해야 한다"[38]고 분명히 밝힌다.

그러나 달리 생각해 보면 이렇게 세계에 여전히 존재하는 차이와 차별의 벽을 허물고 간격을 좁힐 수 있는 것도 세계문학이다. 문학은 마치 칼과도 같아서 어떻게 사용하느냐에 따라 이로운 도구가 될 수 있고 해로운 무기가 될 수도 있다. 요리사가 사용하는 칼은 음식을 만드는 데 필수적인 도구지만 범인이 사용하는 칼은 사람을 해치는 흉기가 되는 것과 같다. 민족문학의 좁은 테두리에서 벗어나 세계문학에 참여할 때 독자들은 좀 더 넓은 시야에서 세계를 바라볼 수 있다. 21세기에 필요한 것은 말뿐인 '세계정신'이 아니라 참다운 의미의 '세계정신'이다.

이러한 세계정신을 다른 말로 바꾸면 아마 '세계문명'이 될 것이다. 세계문학은 세계문명과는 떼려야 뗄 수 없을 만큼 서로 깊이 연관되

---

38 Fritz Strich, trans. C. A. M. Sym, *Goethe and World Literature*, London: Routledge, 1949, p.350에서 재인용.

어 있다. '세계문학'이라는 용어가 아직 널리 쓰이기 전에 리처드 몰튼은 일찍이 『세계문학과 일반 문화에서의 그 위치』(1911)에서 세계문학을 '문명의 자서전'이라고 불렀다. 그는 "세계문학은 가장 훌륭한 산물로, 가장 의미 있는 순간에 제시된다는 의미에서 자서전이다"[39]라고 밝힌다. 몰튼의 말대로 자서전이란 한 개인이 만년 이르러 자신이 살아온 삶의 궤적을 다른 사람들에게 총체적으로 보여 주는 책이다. 이와 마찬가지로 세계문학은 인류가 걸어온 문학의 궤적을 총체적으로 보여주는 문학이다.

세계문학은 여러 문화권의 작가들과 학자들이 이마를 맞대고 공동으로 작업해야 한다는 점에서도 새로운 문학 연구의 가능성을 활짝 열어놓는다. 지구촌 곳곳에 흩어져 있는 다양한 언어권과 문화권의 문학을 아우르는 세계문학은 한 개인이 시도하기에는 여러모로 역부족이다. 현재 하버드대학교의 세계문학연구소가 중국과 일본을 비롯한 동아시아 국가와 유럽의 다른 나라들과 함께 벌이는 일련의 활동은 자못 고무적이다. 이러한 공동 작업은 좀 더 다른 국가로 확산하여야 할 것이다. 이렇듯 세계문학에는 공동 작업이 바람직할 뿐만 아니라 어떤 의미에서는 필수적이다. 그동안 컴퓨터를 통한 자료 분석과 통계를 기반으로 문학을 계량적으로 연구하여 이 분야에서 주목을 받은 프랑코 모레티는 "집단적으로 작업하지 않는다면 세계문학은 언제나 신기루로 남아 있게 될 것이다"[40]라고 잘라 말한다.

---

39 Richard Green Moulton, *World Literature and Its Place in General Culture*, New York : Macmillan, 1911, p.437.
40 Franco Moretti, "More Conjectures", *Distant Reading*, London : Verso, 1913, p.111.

에릭 헤이옷은 『문학의 세계에 대하여』(2012)에서 비서구 문학의 연구는 오늘날 같은 지구촌 시대에 필요불가결하다고 지적한다. 그는 '유로크러놀러지', 즉 좁게는 세계문학사, 넓게는 세계사를 유럽의 방식대로 시대를 구분 짓는 방식을 아주 못마땅하게 생각한다. 지금까지 유럽 학자들은 흔히 고대, 중세, 르네상스, 근대 하는 식으로 시대를 구분 지어 왔다. 그러나 이러한 시대 구분은 비유럽 국가는 말할 것도 없고 심지어 유럽 안에서조차 잘 들어맞지 않는다. 헤이옷은 만약 이러한 문제가 해결되면 전혀 새로운 방식으로 현대 문학을 이해하게 될 것이라고 내다본다. 이 점과 관련하여 그는 이제 서양인들이 유럽중심주의적 사고에서 벗어나 비서구적인 문학과 문화를 진지하게 연구해야 한다고 지적한다. 그는 "그렇게 하는 것이 우리에게 이롭기 때문이 아니라 (…중략…) 그렇게 하지 않으면 형편없는 문학 이론과 형편없는 문학사를 만들어내기 때문이다"[41]라고 잘라 말한다.

여기서 헤이옷은 서구의 현대 문학이나 모더니즘에 관하여 언급한다. 그러나 그가 말하는 현대 문학이나 모더니즘을 '세계문학'이라는 말로 바꾸어 놓아도 사정은 크게 달라지지 않는다. 그의 말대로 비유럽의 문학에 무관심하거나 그것에서 눈을 돌리면 문학 이론이나 문학사는 '형편없는' 것이 될 수밖에 없다. 이와 마찬가지로 세계문학에 무관심하거나 그것에서 눈을 돌리는 것은 세계화 시대에 편협한 민족문학의 굴레에 갇혀 우물 안 개구리처럼 드넓은 세계를 보지 못하는 결과를 낳는다. 이 또한 민족문학을 '형편없는' 것으로 만들어 버릴

---

41 Eric Hayot, *On Literary Worlds*, Oxford: Oxford University Press, 2012, p.7.

수밖에 없다.

그렇다면 세계문학은 윤리학이나 법철학에서 자주 사용하는 용어를 빌려 말하자면 '존재'가 아니라 '당위'라고 할 수 있다. 세계문학은 단순히 유類로서 존재하는 것에 그치지 않고 더 나아가 윤리적 차원에서 마땅히 있어야 할 대상, 마땅히 해야 할 일, 즉 인간이 도달해야 할 어떤 궁극적 목표에 해당한다. 세계문학은 임마누엘 칸트가 말하는 '정언 명령定言命令', 즉 무조건적인 당위에 가깝다. 자본이 자유롭게 국경을 넘나드는 세계화 시대, 정보를 비트 단위로 돈을 주고 사고 파는 정보화 시대에 정신이 낳은 자식이요 상상력이 빚어낸 찬란한 우주라고 할 문학은 사상과 관념과 함께 자유롭게 국경을 넘어 다른 국가로 흘러 들어가야 한다.

그러나 세계문학에서는 국제 무역과는 달라서 역조 현상을 꺼리거나 두려워할 필요는 조금도 없다. 한 문학은 다른 문학을 받아들일수록 빈약하게 되기는커녕 더욱 풍요롭게 되기 때문이다. 요컨대 세계문학은 그동안 소외당하고 억압받은 채 주변부에서 서성이던 문화적 약자를 향한 열정이요, 타자他者를 향하여 성큼 다가가는 동일자同一者의 용기 있는 행보다. 또한 세계문학은 세계 중심부에서 온갖 권력을 행사해 온 동일자를 향하여 부르짖는 타자의 외침이요, 지구 공동체 구성원으로 대접해 주기를 바라는 우정 어린 설득인 것이다.

제7장
세계문학의 지형도를 위하여

세계문학은 세계화 시대에 걸맞게 새롭게 짠 '국제적 정전正典'이나 '초국가적 문학'으로 볼 수 있다. 그런데 국가, 민족, 지역, 종족, 언어 같은 여러 범주를 고려해야 하는 세계문학은 그 작품을 선정하기가 무척 어렵다. 그래서 몇몇 이론가들은 세계문학 작품을 선정하는 것을 적잖이 꺼린다. 또 다른 이론가들은 이 작업이 많은 시간과 노력이 드는 엄청난 일이므로 어쩔 수 없이 피상적으로밖에는 이루어질 수 없다고 우려한다. 그러나 세계문학을 선정하는 작업이 아무리 힘들고 까다롭다고 하여도 손을 놓고 있을 수만은 없다. 어떤 의미에서는 난해한 일이기에 더더욱 도전할 만한 가치가 있을 것이다.

십여 년 전부터 미국과 서유럽에서는 학자들과 이론가들을 중심으로 세계문학의 지형도를 만드는 작업을 꾸준히 해 왔다. 세계에 흩어져 있는 민족문학 또는 국민문학 중에서 어느 작품을 집어넣고 어느 작품을 빼야 할 것인지를 두고 그동안 열띤 논의가 있었다. 물론 그들이 만든 세계문학의 지형도는 세계문학의 윤곽을 대략적으로 보여줄 뿐 아직은 그렇게 정교하지는 못하다. 이 지형도는 고산자古山子 김정호金正浩가 제작한 〈대동여지도大東興地圖〉에 견줄 수 있다. 〈대동여지도〉는 19세기 중엽 근대적 측량이 이루어지기 전에 제작한 것이어서 여러모로 부족한 점이 많다. 특히 오늘날의 인공위성과 컴퓨터를 이용하여 만든 '구글맵'이나 '구슬어스'와 비교해 보면 더더욱 그러하다. 그런데도 김정호의 지도는 조선시대 후기에는 그 나름대로 중요한 역할을 하였고, 뒷날 한반도 지도를 만드는 데도 초석이 되었다. 이와 마찬가지로 최근 학자들이 만든 세계문학 지형도도 지금은 어설프고 투박할지 모르지만 시간이 점차 지나면 좀 더 정교하게 다듬어질 수 있을 것이다.

세계문학을 선정하는 데는 해당 문학이 속해 있는 원천 문화는 말할 것도 없고 그 문학을 받아들이는 목표 문화를 함께 고려해야 한다. 민족문학이 문화의 장벽을 뛰어넘어 다른 문화권으로 이동할 때 비로소 세계문학이 태어나기 때문이다. 이 점과 관련하여 데이비드 댐로쉬는 "한 문화의 규범과 필요성은 세계문학으로 그 문화에 들어오는 작품을 선정하는 데 결정적인 역할을 하고, 어떻게 번역되고 상품화되고 읽히는지에도 영향을 끼친다"[1]고 주장한다. 여기서 그가 말하는 '한 문화'란 바로 세계문학을 받아들이는 목표 문화를 말한다. 이렇듯 세계문학은 원천 문학과 목표 문학, 기원이 되는 문학과 그것을 수용하는 문학 목표 사이에서 역동적으로 이루어지는 쌍방적 관계에서 생겨난다. 이 관계에서는 비록 눈에 잘 드러나지는 않지만 양보, 타협, 대결, 갈등 같은 치열한 작업이 일어나게 마련이다.

---

1   Damrosch, *What Is World Literature?*, Princeton: Princeton University Press, 2003, p.26.

몇몇 이론가들은 지금까지 세계문학을 음식의 비유로 표현해 왔다. 예를 들어 에밀리 앱터는 세계문학을 '폭식증'에 빗대고, 캐롤라인 레바인은 '전채 요리'에 빗댄다. 그러나 세계문학은 어떤 의미에서 '잡탕 요리'에 빗대는 것이 더 적절할 것이다. 온갖 자료를 이용하여 만든 잡탕 요리처럼 세계문학도 다양한 언어권과 문화권에 속한 문학이 한곳에 뒤섞여 있기 때문이다. '잡탕'이라는 표현은 자칫 부정적 함의를 지닐 수 있지만, 여러 가지 식자재로 만든 음식을 뜻할 뿐 어떤 가치 평가가 개입된 말로 받아들일 필요는 없다.

유럽을 중심으로 지금까지 몇몇 이론가들과 기관에서 세계문학의 지형도를 그리려고 시도해 왔다. 가령 노르웨이에 본부를 둔 '복클루벤Bokklubben 세계 문고'는 그러한 시도를 보여주는 대표적인 예로 꼽을 만하다. 2002년부터 '노르웨이 북클럽'은 노르웨이의 노벨 연구소와 함께 세계문학 대표 작품 100권을 선정하였다. 이 북클럽의 편집자들은 54개 국가에서 작가 1백 명을 패널로 참여시켜 투표로 작품을 선정하였다. 이 문고는 다양한 국가와 문화, 그리고 다양한 시대를 고려하여 "세계문학에서 가장 훌륭하고 가장 핵심적인 작품"을 선정했다는 평가를 받는다.

이 '복클루벤 세계 문고'에는 체코 태생의 망명 작가 밀란 쿤데라를 비롯하여 영국의 여성 작가 도리스 레싱, 아일랜드의 시인 시머스 히니, 인도에서 태어나 영국에서 활약하는 샐먼 러쉬디, 나이지리아의 작가 월레 소잉카, 미국 작가 존 어빙, 남아프리카 공화국의 소설가 나딘 고디머, 멕시코의 작가 카를로스 후렌테스 같은 쟁쟁한 현역 작가들이 패널로 참여하였다. 이 북클럽에서는 선정된 작가들을 순위

대신 알파벳순으로 발표하였다. 이 선정에서 주목할 것은 『돈키호테』가 다른 어떤 작품보다 50% 넘게 많은 표를 받았다는 점이다. 또한 윌리엄 셰익스피어, 레프 톨스토이, 표도르 도스토옙스키, 윌리엄 포크너, 프란츠 카프카처럼 한 작가의 작품이 한 편 이상 선정된 사례도 더러 있다.

복클루벤 문고가 저자에게 의뢰하여 세계문학 작품을 선정했다면, 런던에 본부를 둔 파이린출판사는 주로 독자들의 의견을 수렴하여 '전 지구적 필수 고전 100권'을 선정하였다. 출판사에서는 웹사이트에 '세계를 읽어라'라는 슬로건과 함께 "전적으로 파이린 독자들이 편집한, 참으로 도전적이고 절충적이며 영감을 불어넣는 목록"이라고 밝힌다. 이 출판사의 선정에서 무엇보다도 눈에 띄는 것은 영어 문화권 작가들의 작품이 유난히 많다는 점이다. 가령 캐나다 여성 작가 마거릿 애트우드의 디스토피아 소설 『시녀 이야기』(1985)가 독자의 투표로 1위를 차지한다. 2위에는 콜롬비아 작가 가브리엘 가르시아 마르케스의 『백 년 동안의 고독』(1967)이 꼽혔다.

한편 영국의 시인이요 비평이자 전기 작가인 마틴 시모-스미스는 '고대부터 현대까지 사상의 역사'라는 부제가 붙은 『가장 영향 있는 책 100권』(1998)을 출간하였다. 부제에 걸맞게 이 책에는 문학 작품보다는 철학서와 사상서에 무게를 둔다. 예를 들어 흔히 『주역周易』으로 일컫는 『역경易經』과 구약성서를 비롯하여 힌두교의 이론적·사상적 토대를 이루는 철학적 문헌을 집대성해 놓은 『우파니샤드』, 프랑스 작가 볼테르의 철학적 풍자 소설 『캉디드』(1759), 아르투르 쇼펜하우어의 『의지와 표상으로서의 세계』(1819) 등이 들어 있다. 이렇게 시모

-스미스가 선정한 목록에는 문학의 범주에 넣어야 할지 아니면 철학이나 사상의 범주에 넣어야 할지 모호한 책들이 적지 않다. 어찌 보면 이 범주를 엄격히 나누려고 하는 것부터가 세계문학의 근본 취지에 어긋난다고 할 수 있다.

나는 여기에 지금까지 나온 여러 목록을 참고하여 '지구촌 시대 세계문학 작품 100권'을 선정하려고 한다. 물론 이 목록은 어디까지나 그동안 나의 독서 경험에 바탕을 두고 주관적으로 판단을 내린 결과일 뿐이다. 이 목록은 어떤 기준으로 삼느냐에 따라 얼마든지 달라질 수 있다. 다만 나는 그동안 서양의 학자들이나 출판사에서 세계문학 작품 목록을 선정하면서 소홀히 했거나 빠뜨린 작품을 넣는 데 주력하였다. 그러다 보니 그동안 세계문학에서 '서자' 취급받아 오다시피 한 동아시아 국가 작가들의 작품을 많이 포함하였다. 배가 한쪽으로 기운다고 다른 쪽으로 짐을 옮겨놓으면 마찬가지로 기울 수밖에 없다. 그래서 나는 짐을 배의 한중간에 옮기는 방식을 택하였다. 다시 말해서 나는 그동안 서양 학자들이나 비평가들에게 소외받거나 관심 받지 못했다는 이유만으로 동아시아 작품들을 넣으려고 하지는 않았다.

복클루벤 문고나 파이린출판사와는 달리 나는 이 목록에서 되도록 다양한 문화권의 작가들을 포함하기 위하여 한 작가의 한 작품만 선정하였다. 어떤 것을 포함한다는 것은 곧 다른 어떤 것을 배제한다는 것을 뜻한다. 100권이라는 한정된 범위 안에 새로운 작품을 넣기 위해서는 반드시 다른 작품을 뺄 수밖에 없기 때문이다.

1.『길가메시』(저자 미상, 기원전 3500년경)

지금까지 알려진 문학 중에서 가장 오래된 작품. 메소포타미아 남쪽 지방으로 오늘날 이라크의 남부 지역에 해당하는 수메르에 뿌리를 둔 서사시로 점토판에 쐐기문자로 기록되었다.『길가메시』는 "친구를 사랑하고 친구와 사별한, 그리고 그를 다시 살려낼 힘이 없다는 사실을 깨달은 한 사나이에 관한 옛이야기"라는 구절로 시작한다. 길가메시가 사랑한 친구란 바로 야생 인간 엔키두를 말한다. 엔키두는 히말라야삼나무 숲을 지키는 괴물 훔바바(후와와)와 수메르의 최고신 아누가 보낸 '하늘의 황소'를 죽였다는 이유로 일찍 죽음을 맞는다. 친구를 잃고 깊은 절망에 빠진 길가메시는 불멸과 영생을 찾으려고 멀고도 험난한 방랑의 길을 떠난다. 그러나 이러한 계획은 모두 실패로 돌아가고 다시 우루크로 돌아온다. 비록 짧은 생애지만 길가메시가 걸어온 삶의 궤적은 그동안 인류가 발전해 온 과정을 보여준다. 이 서사시는 우정과 불멸에 대한 갈망을 중심 주제로 다룬다.

2.『일리아스』(호메로스, 기원전 7~12세기)

호메로스가 지은 장편 서사시. '일리아스'란 '일리온의 노래'라는 뜻이다. 일리온이란 오늘날 터키에 해당하는 소아시아 북쪽 해안 근처에 세워진 도시 왕국 트로이의 다른 이름이다. 그러니까『일리아스』는 트로이를 노래한 작품이다. 이 작품은 무려 10년에 걸친 트로이 전쟁이 막바지에 접어들 무렵 약 50일에 걸쳐 일어난 사건을 다룬다. 이 서사시의 주인공은 그리스군의 늠름하고 열정적인 젊은 용사 아킬레우스다. 아킬레스에게 전쟁터는 트로이 들판과 바닷가일 뿐만 아니라 그의 마음이기도 하다. 어떤 의미에서 이 작품은 아킬레우스의 마음속에서 일어나는 내적 갈등을 다룬다. 이 작품은 아킬레우스의 분노뿐만 아니라 우정과 동료 인간에 대한 깊은 동정을 보여주기도 한다.

3. 『메데이아』 (에우리피데스, 기원전 431)

흔히 '3대 그리스 비극 작가' 중 한 사람으로 일컫는 에우리피데스의 비극 작품. 『메데이아』의 주인공 메데이아는 야심 많은 이아손과 결혼하여 딸을 낳는다. 그런데 이아손은 나라의 공주와 결혼하여 귀족에 편입되고 싶은 욕심에 메데이아에게 이혼을 요구한다. 하루아침에 사랑과 부, 명예 등 모든 것 잃게 될 처지에 놓인 메데이아는 절망에 빠진다. 아버지를 배신하고 남동생을 죽이면서까지 이아손을 돕고 사랑의 도피를 했는데, 지금 눈앞에 사랑의 파국이 다가오고 있기 때문이다. 배반당한 사랑과 상처 입은 자존심으로 증오와 분노에 불타는 메데이아는 남편을 비롯한 주위 사람들을 철저히 복수한다. 살인의 광기에 빠진 메데이아는 곧이어 칼을 들어 자기 자식들의 숨마저 끊어 버린다. 『메데이아』는 한 인간이 복수의 분노에 사로잡힐 때 얼마나 엄청난 일을 저지를 수 있는지 잘 보여준다.

4. 『오이디푸스 왕』 (소포클레스, 기원전 429)

아이스킬로스와 에우리피데스와 더불어 흔히 '그리스의 3대 비극 시인'으로 일컫는 소포클레스의 대표적인 작품. 고대 그리스 사회에서 개인이 저지를 수 있는 가장 무서운 죄는 부친 살해와 근친상간이다. 오이디푸스는 가장 무서운 이 두 죄를 범한다. 오이디푸스가 델포

이 신전의 신탁을 듣고 코린토스를 떠난다든지, 이오카스테가 아폴로의 신탁을 피하려고 갓난아이를 산속에 내다 버리는 것은 자신에게 내려진 운명을 피하기 위한 행동이다. 그러나 운명은 그림자처럼 늘 개인의 뒤를 따라다니며 마침내 파국으로 몰아넣는다. 이오카스테가 오이디푸스에게 "인간에게 운명이란 절대적이어서 무엇 하나 앞일을 분명히 모릅니다. 그저 그날그날 아무 걱정 없이 지내는 것이 상책이지요"라고 말하는 데서 이 비극의 성격을 엿볼 수 있다.

5. 『라마야나』 (발미키, 기원전 4~1세기)

인도의 현자 발미키의 서사시. 『라마야나』는 『마하바라타』와 함께 남아시아의 힌두교 양대 서사시 중 하나로 꼽힌다. '라마의 이야기'를 뜻하는 『라마야나』는 영웅 라마가 아내 시타를 구하려고 악마 라바나를 물리친다는 내용으로 되어 있다. 라마는 세상의 보호자인 비쉬누 신의 일곱 번째 화현化現으로 신성과 인성을 함께 지닌 가장 위대한 인간으로 묘사된다. 『라마야나』에서 발미키는 세상 사람들에게 자연의 질서를 거스르지 않고 고결하게 살아갈 것을 가르친다. 또한 작품 처음부터 끝까지 충성, 사랑, 우애, 헌신, 정절 등 인간이라면 반드시 지켜야 할 다양한 덕목(다르마)을 제시한다. 동양 문화권에서 이 작품은 흔히 호메로스의 『일리아스』나 『오디세이』에 비교된다.

6. 『바가바드 기타』 (저자 미상, 기원전 4~2세기)

힌두교에서 가장 사랑받는 대중적인 경전. 흔히 '힌두교의 살아 있는 성서'로 일컫는 『바가바드 기타』를 과연 누가 썼는지는 아직도 정확히 알려지지 않았다. 비야사라는 현자가 집필했을 것이라고 보는 학자도 있지만 한 사람이 혼자서 썼다기보다는 후대로 내려오면서 여러 사람이 기존의 노래에 다른 노래를 덧붙여 오늘날의 형태로 만들었을 가능성이 더 크다. '신의 노래' 또는 '거룩한 이의 노래'라는 뜻을 지닌『바가바드 기타』에는 힌두교의 핵심 사상이 담겨 있다. 비슈누 신의 현현顯現 크리슈나와 위대한 영혼의 소유자 아르주나가 나누는 이야기로 구성되어 있다. 그 대화 속에는 마음, 물질, 카르마(업보), 요가, 명상, 지혜, 깨달음, 윤회, 삶과 죽음 등 그동안 인류가 품어 온 모든 의문과 그에 대한 대답이 들어 있다

7.『변신』(오비디우스, 기원전 1세기)

고대 로마 작가 오비디우스(기원전 43~17)의 장편 시. 서구 작가들은 하나같이 이 작품으로부터 직접 또는 간접으로 영향을 받았다. 모두 15권에 무려 1만 2,000행에 이르는『변신』은 지금까지 서양 문화권은 물론 동양 문화권에서도 고전의 반열에 올라 있다.『변신』을 꿰뚫는 한 가지 주제를 꼽는다면 유위전변有爲轉變이라고 할 수 있다. 오비디우스의 상상력 밑바닥에는 이 우주에 존재하는 것이란 하나같이 변화를 겪지 않을 수 없다는 전제가 깔려 있다. 이 점에서 그는 피타고라스의 철학에서 큰 영향을 받았다. 피타고라스는 일찍이 "모든 것은 변할 뿐 사라지는 것은 하나도 없다"라고 주장하였다. 그에게 변화는 신이 결정한 것일 뿐만 아니라 우주를 지배하는 힘이다. 오비디우스의 세계관은 "인간은 똑같은 강물에 두 번 다시 발을 담글 수 없다"고 말한 헤라클레이토스의 철학과도 맞닿아 있다.

8. 『아이네이스』 (베르길리우스, 기원전 1세기)

고대 로마 시대의 최고 시인으로 일컫는 베르길리우스(기원전 70~
19)의 서사시. 『아이네아스』는 위대한 제국이 된 로마의 기틀을 마련
한 트로이의 영웅이자 여신의 아들인 아이네아스의 이야기다. 이 작
품은 트로이의 장군 아이네이아스와 그 일행의 모험담을 다룬다. 일
행은 배를 타고 디도 여왕이 다스리는 카르타고에 닿으면서 본격적으
로 이야기가 전개된다. 라틴어로 쓴 현존하는 작중 중 가장 뛰어난
『아이네이스』는 트로이의 멸망부터 아우구스투스 황제가 이룩한 로
마 제국에 이르기까지의 역사를 다룬다. 신탁에 따라 저승으로 떠난
아이네아스가 죽은 아버지를 만나 그의 후손이자 로마 제국을 이끌
황제들을 미리 보며 앞으로 펼쳐질 로마의 위대한 역사를 다룬다. 신
화의 영웅과 로마 건국의 역사를 절묘하게 결합함으로써 로마인의 이
상과 성취, 그리고 숭고한 사명을 노래한다.

9. 『아라비안나이트』 (저자 미상, 8~16세기)

이슬람 문화권을 대표하는 설화 작품. 흔히 '천일야화千一夜話'로 더
욱 잘 알려진 이 작품은 사산 왕조 페르시아 시대의 설화를 골자로 8
세기 이후 이슬람 세계의 설화들이 융합되어 16세기경에 현재의 형태
로 완성되었다. 여성의 부정不貞한 행동을 목격한 뒤 여성에게 혐오감
을 느낀 샤리아르 왕은 매일 밤 처녀를 불러들여 잠자리를 같이하고
이튿날 아침이면 여자를 죽여 버린다. 이러한 일이 3년이나 계속되자
한 대신의 두 딸 샤흐라자드와 도냐자드만이 남게 된다. 어질고 착한
샤흐라자드는 자신과 동생의 죽음을 막으려고 한 가지 꾀를 생각해

낸다. 샤흐라자드가 왕과 잠자리에 들어가서 왕에게 잠이 오지 않으니 재미있는 이야기를 들려주겠다고 말하여 왕의 호기심을 자극하는 것이다. 『아라비안나이트』는 서구 소설이 발달하는 데 비옥한 밑거름이 되었다.

10. 『추억의 샤쿤탈라』 (칼리다사, 4~5세기)

기원후 4~5세기경에 활동한 산스크리트어 극작가 칼리다사의 극작품. 『추억의 샤쿤탈라』는 고대 인도의 유명한 대서사시 『마하바라타』에서 바라타의 어머니 샤쿤탈라를 주인공으로 삼아 쓴 작품이다. 샤쿤탈라는 현자 비슈와미트라와 아프사라스 메나카 사이에서 태어난 딸이다. 부모에게 버림받은 그녀는 선인Rishi 칸바가 갓난아이를 주워다가 은둔처에서 길렀다. 그녀에게 '샤쿤탈라'라는 이름이 붙은 것은 발견 당시 샤쿤타라는 새들에게 둘러싸여 있었기 때문이다. 대표적인 산스크리트어 극 가운데 하나로써 인도가 영국의 식민지가 되면서 영어로 번역되어 유럽에도 널리 알려져 인도문학의 걸작으로 높이 평가받는다.

11. 『루미 시선집』 (무울라나 잘랄에딘 모함마드 루미, 13세기)

페르시아의 신비주의 시인 루미(1207~1273)의 시 작품. 루미는 수천 편에 이르는 많은 시를 썼지만 그의 작품에서 그가 다루는 주제는 사랑, 신과 만남, 삶의 쾌락 등 몇 가지로 요약할 수 있다. "오라, 오라! 당신이 누구이든 간에 오라! / 방황하는 자든 불을 섬기는 자든 우상 숭배자든 오라 / 우리 학교는 희망 없는 학교가 아니다. / 회개 맹세를 일백 번 깨뜨린 사람도 좋다. 오라." 이 작품에서도 볼 수 있듯이 그의 시에는 조로아스터교, 마니교, 기독교 등 여러 종교를 함께 아우른다. 루미는 비단 종교만이 아니고 이질적이고 배타적인 것들도 모두 너그럽게 받아들인다. 그래서 주류 이슬람교에서는 루미의 작품을 이단으로 간주하는 경향이 있지만 일반 민중 사이에서는 무척 인기가 많다. 유네스코가 2007년을 '세계 루미의 해'로 선포할 만큼 루미는 21세기에 들어와 더더욱 인기를 얻고 있다.

12. 『신곡』 (단테 알리기에리, 1321년경)

이탈리아의 시성詩聖 단테 알리기에리(1265~1321)가 쓴 장편 서사시. 1321년경에 이 작품을 탈고하고 나서 단테는 칸 그란데 델라 스칼라에게 이 작품의 원고 일부를 보내면서 "태어나기는 피렌체 사람이지만 성격은 피렌체 사람이 아닌 단테 알리기에리의 희극"이라고 불렀다. 피렌체는 본디 '꽃의 도시'라는 뜻을 지니지만 단테가 살던 무렵은 사랑과 평화의 꽃 대신에 미움과 갈등의 독버섯이 무성한 도시였다. 단테는 죽을 때까지 자신을 추방한 피렌체 사람들에게 원망을 품고 살았다. 「연옥편」과 「천국편」은 33개의 곡(칸토)으로 되어 있으며, 「지옥편」에는 작품 전체의 서론에 해당하는 곡이 하나 더 붙어 있어 모두 100개의 곡으로 구성된다. 대부분 곡은 136~151행 정도로 이루어져 있고, 운율은 세 행을 반복하는 3운구법韻句法을 따른다.

13. 『데카메론』 (지오반니 보카치오, 1353, 1492)

이탈리아 작가 지오반니 보카치오(1313~1375)의 작품. 『데카메론』은

14세기 중엽 창궐한 흑사병을 배경으로 삼고 있다. 흑사병이 걷잡을 수 없이 번지는 상황에서 산타마리아 노벨라 성당에 상복을 입은 여성 일곱 명이 찾아온다. 그들은 성당에 찾아온 세 명의 청년과 함께 흑사병을 피하여 숲속에 있는 피에솔레 별장으로 피신하기로 마음먹는다. 별장에 도착한 그들은 무료함을 달래려고 하루에 한 사람이 번갈아 가며 이야기 한 편씩을 하기로 한다. 열 명이 하루에 한 편씩 열흘 동안에 한 이야기가 무려 백 편이 되었다. '데카메론'이란 '열흘 동안의 이야기'라는 뜻이다. 이 작품은 근대 소설 문학이 탄생하는 데 소중한 밑거름이 되었다.

14. 『캔터베리 이야기』 (제프리 초서, 14세기 말엽)

영국 시인 제프리 초서(1343~1400)의 장편 서사시. 초서는 이 작품을 1387년에서 1400년 사이에 집필했지만 미처 끝내지 못하고 사망하여 미완성 작품으로 남아 있다. 비록 미완성 작품이라고는 하지만 무려 1만 7,000행이나 되는 비교적 긴 작품으로 그 나름대로 골격을 갖추고 있다. 시인을 포함한 순례자 30명이 영국 남부 켄트주에 있는 캔터베리로 순례를 떠난다. 순례자 중에는 '중세의 꽃'이라고 할 기사騎士를 비롯하여 방앗간 주인, 요리사, 상인, 탁발승, 변호사, 소지주, 수도승, 수녀원장, 뱃사람, 면죄부 판매원, 농부, 대학생 등 중세의 사회 계층이 모두 분야가 총망라되어 있다시피 하다. 가히 중세 사회의 축소판이라고 할 만하다. 직업뿐만 아니라 인물의 성격도 눈이 부실 정도로 다양하여 14세기 후반의 영국 사람을 대표한다고 하여도 크게 틀리지 않는다. 시간과 공간을 훌쩍 뛰어넘어 보편적인 인간 군상의 모습을 보여준다.

15. 『돈키호테』 (미겔 데 세르반테스, 1604, 1615)

스페인 소설가 미겔 데 세르반테스(1547~1616)의 장편 로맨스. 이 소설의 원래 제목은 『라만차의 현명한 신사 돈키호테』로 제1부가 1604년에 출간되었고 제2부는 1615년, 즉 작가가 사망하기 바로 한 해 전에 출간되었다. 방대한 작품으로 등장인물만 무려 650여 명에 이른다. 16세기 스페인의 작은 마을에 사는 알론소 키하노는 기사도 로망스를 많이 읽은 나머지 그만 정신이 이상해져 자신도 기사가 되어 몸소 행동으로 옮기기로 한다. 그래서 낡은 갑옷과 녹슨 칼 그리고 투구로 무장을 한 다음 늙은 말을 타고 모험을 떠난다. 이 소설에는 온갖 형태의 인간 군상이 파노라마처럼 그려져 있다. 그의 이름을 딴 '돈키호테주의(키호티즘)'는 기사인 체하는 태도나 공상에 빠져 현실을 제대로 파악하지 못하는 태도 또는 엉뚱한 생각을 가리키는 용어이다.

16. 『햄릿』 (윌리엄 셰익스피어, 1601)

영국의 대문호 윌리엄 셰익스피어(1547~1616)의 '4대 비극' 중 한 작품. 『햄릿』은 덴마크의 왕자 햄릿을 주인공으로 하여 헬시뇨르의 크론보그 성을 무대로 삼는다. 4대 비극 중 가장 먼저 쓴 작품으로 이전까지 셰익스피어는 희극과 역사극을 주로 썼던 만큼 동시대의 다른 비극들과는 달리 냉소적이고 풍자적인 특성이 비교적 강하다. 햄릿이 아버지인 덴마크 국왕의 시해와 어머니 거트루드의 변심, 숙부 클로디어스를 바라보며 복수에 번뇌하는 모습을 그린다. 흔히 '셰익스피어적'이라고 하면 인간에 관한 폭넓고 깊이 있는 백과사전적인 안목을 가리킨다. 셰익스피어는 이 작품에서도 여러 인간 군상을 설득력 있게 묘사한다. 생각을 너무 많이 하는 나머지 좀처럼 행동하지 못하는 나약한 지성인을 흔히 '햄릿형' 인간으로 부른다.

17. 『팡타그뤼엘』과『가르강튀아』 (프랑수아 라블레, 1532, 1534)

프랑스 르네상스를 대표하는 작가 프랑수아 라블레(1494~1553)의 장편소설. 라블레는 세계문학사에서 가장 익살스럽고 풍자적인 작품으로 일컫는『팡타그뤼엘』(1532)과『가르강튀아』(1534)를 썼다. 『가르강튀아』에서 라블레는 무서운 식욕을 지닌 거인 가르강튀아의 출생을 비롯한 그의 파란만장한 삶을 다룬다. 남달리 태어난 가르강튀아는 태어나자마자 마실 것을 달라고 소리치는 등 보통 사람과 다른 면모를 보인다. 한편『가르강튀아』보다 먼저 출간한『팡타그뤼엘』에서 라블레는 가르강튀아의 아들 팡타그뤼엘을 다룬다. 가르강튀아는 무려 524세나 되어 아들을 얻는데 그의 몸집이 어찌나 큰지 어머니 바데베크는 그를 낳다가 그만 세상을 떠난다. 이 두 작품에서 라블레는 미하일 바흐친이 '그로테스크 리얼리즘'이라고 부르는 요소를 유감없이 발휘한다.

18. 『실낙원』 (존 밀턴, 1667)

영국 청교도 시대에 활약한 존 밀턴(1608~1674)의 장편 서사시. 밀턴은『실낙원』첫머리에서 "인간이 태초에 하느님을 거역하고 / 금단의 나무 열매를 맛보아 / 그 치명적인 맛 때문에 / 죽음과 온갖 재앙이 세상에 들어와 / 에덴동산을 잃었더니 / 한층 위대하신 한 분이 / 우리를 구원하여 낙원을 회복하게 되었나니 / 노래하라 이것을 천상天上의 뮤즈여!"라고 시작한다. 『실낙원』의 주제와 관련하여 밀턴은 "하느님의 길이 정당하다는 것을 인간에게 가르치기 위해서"라고 분명히 못 박는다. 한편 밀턴은 낙원 추방을 비단 인류 타락의 역사에 그치지 않고 좀 더 구현실적으로 영국의 역사와도 연관시킨다. "천국에서 섬기느니 차라리 지옥에서 다스리는 쪽이 더 낫다"라고 말하면서 하느님에게 맞서는 사탄의 모습에서 절대 군주에 반항하는 자유주의자의 모습을 엿볼 수 있다.

19. 『파우스트』(요한 볼프강 폰 괴테, 1808, 1832)

독일의 대문호 요한 볼프강 폰 괴테(1749~1832)의 운문 극 작품. 시와 연극 두 장르에 걸쳐 있는 『파우스트』는 비평가에 따라 시 장르로 보기도 하고, 연극 장르로 보기도 한다. 주인공 파우스트는 50세의 나이로 철학을 비롯하여 의학과 법률 그리고 신학에 통달했으면서도 아직도 지식과 권력에 목말라 하며 삶에 환멸을 느낀다. 모든 희생을 무릅쓰고라도 지식과 권력을 갈구하려는 파우스트에게 악마는 쉽게 접근한다. 하나님의 기대를 저버린 채 파우스트는 지식과 권력을 얻으려고 자신의 영혼을 판다. 이렇게 자신이 상정하는 목적이나 이상을 집요하게 추구한다는 점에서 이 작품은 독일인의 성격을 잘 보여준다. 실제로 적지 않은 독일 젊은이들이 파우스트에게서 독일의 운명을 발견하였다. 오스발트 슈펭글러는 파우스트를 서구인의 대변자로 부르면서 서구 문명이야말로 '파우스트적 문화'라고 못 박았다.

20. 『군도群盜』 (프리드리히 실러, 1782)

독일 작가 프리드리히 폰 실러(1759~1805)의 희곡 작품. 괴테와 함께 흔히 독일 고전주의의 2대 문호로 일컫는다. 실러는 사관학교에 다니던 시절 이 작품을 몰래 집필하여 뒷날 1782년에 만하임에서 초연하였다. 지방 영주 막시밀리안 폰 모르 백작에게는 두 아들 프란츠와 카를이 있다. 카를은 자유분방하고 고결한 성품의 소유자였지만, 동생 프란츠의 흉계로 아버지로부터 의절을 당한다. 그는 자신을 이해하지 못하는 아버지와 비정한 사회에 실망하여 보헤미아의 숲을 거점으로 도적단을 조직하여 폭정과 압제에 저항하고 비뚤어진 사회를 바로잡으려 한다. 그러나 카를은 그의 이상이 약탈과 만행을 일삼는 부하들 때문에 훼손되자 이상과 현실 사이의 괴리에서 번민에 휩싸인다. 실러는 형제의 반목이라는 소재를 바탕으로 자유를 향한 열정과 사회 비판을 다루었다는 평가를 받는다.

21. 『캉디드』 (볼테르, 1759)

프랑스 계몽주의 시대의 작가 볼테르(1694~1778)의 철학적 풍자소설. 18세기 중엽의 지배 계급이었던 로마 가톨릭교회 예수회와 종교재판소 등 성직자들의 부패상을 묘사해 큰 파문을 일으켰다. '캉디드'는 '순박한' 또는 '순박한' 사람이라는 프랑스어로 볼테르는 이러한 인물을 내세워 당시의 정치, 철학, 종교 등을 신랄하게 풍자한다. 우리는 이 세계를 낙천적으로 볼 것인가, 아니면 비관적으로 볼 것인가? 볼테르는 이러한 철학적 질문을 화두로 던진다. 팡글로스는 캉디드의 스승으로 광신적으로 낙관주의를 주장하는 철학자다. 한편 마틴은 이 세상이 최악으로 모든 일은 가장 나쁜 방향으로 진행한다고 굳게 믿는다. 그러나 작가는 이 인물의 세계관 중 어느 한쪽에 손을 들어주지 않은 채 독자에게 판단을 맡긴다.

22. 『오만과 편견』 (제인 오스틴, 1813)

영국의 여성 작가 제인 오스틴(1775~1817)의 장편소설. 오스틴은 『오만과 편견』에서 당시 영국의 작은 시골 마을에 사는 베니트 부부와 그들의 다섯 딸 그리고 딸들의 애정과 결혼을 둘러싼 사건을 중심 플롯으로 삼는다. 사랑과 구애와 결혼은 이 소설의 집을 떠받들고 있는 기둥과 같다. 큰딸 제인과 둘째 딸 엘리자베스는 무도회에서 각각 빙리와 다시를 만나 호감을 느끼지만 사랑과 결혼에 이르지 못한다. 그들의 사랑을 방해하는 것은 이 소설의 제목 그대로 오만과 편견이다. 그러나 크고 작은 여러 우여곡절을 겪으면서 엘리자베스는 자신이 다시를 적잖이 오해해 왔다는 사실을 깨닫는다. 그녀는 "내가 얼마나 끔찍하게 행동해 왔는가! 분별력이 있다고 그토록 자만하던 내가 아니던가?"라고 털어놓는다. 이렇게 비로소 오만과 편견에서 벗어난 다시와 엘리자베스는 마침내 결혼하기에 이른다. 그리고 제인과 빙리도 서로 오해가 풀리면서 곧바로 결혼한다.

23. 『예브게니 오네긴』 (알렉세이 푸시킨, 1833, 1837)

러시아의 작가 알렉세이 푸시킨(1799~1837)의 운문 소설. 푸시킨은 5,500행에 이르는 이 작품을 무려 9년에 걸쳐 썼다. 그의 대표작이자 비평가 비사리온 벨린스키가 '푸시킨 시대 러시아 삶의 백과사전'이라부를 만큼 러시아문학의 고전으로 꼽는다. 『예브게니 오네긴』은 오네긴이라는 바람둥이 귀족과 타티아나의 엇갈린 사랑 이야기가 뼈대를 이룬다. 오네긴은 렌스키라는 사내와 타티아나를 두고 결투를 할 만큼 그녀를 유혹했지만, 유혹에 성공하자 타티아나의 구애에도 불구하고 결국 그녀를 버린다. 시간 흐른 뒤 타티아나는 다른 사람과 결혼하고 사교계의 꽃으로 떠오른다. 오네긴은 다시 타티아나에게 사랑을 고백하며 그녀에게 돌아가려고 하지만 이번에는 타티아나가 오네긴을 거절한다. 푸쉬킨은 러시아어의 아름다움을 가장 잘 살려낸 시인이자 최초의 전업 작가요 러시아 산문의 기초를 닦은 작가로 평가받는다.

24. 『고리오 영감』 (오노레 드 발자크, 1835)

프랑스의 리얼리즘 작가 오노레 드 발자크(1799~1850)의 장편소설. 이 작품은 발자크의 '인간 희극' 연작소설을 여는 첫 작품일 뿐만 아니라 이 연작소설을 떠받드는 세 기둥 중 하나다. 발자크는 『고리오 영감』에서 마담 보케가 운영하는 파리의 하숙집에 머무는 사람들의 온갖 모습을 그린다. 마담 보케의 하숙집은 작게는 프랑스 사회를, 넓게는 세계를 축소해 놓은 소우주와 같다. 주인공 고리오는 두 딸을 위하여 기꺼이 희생하는 인물이다. 한편 고리오는 19세기 중엽 중산층의 가치관을 대변하는 인물이기도 하다. 이 무렵 중산층이 그러했듯이 그도 무엇보다도 물질적 성공에 관심을 둔다. 한 장면에서 고리오가 "돈이 곧 인생이다. 돈은 전능하다"라고 밝히는 것처럼 돈만 벌 수 있다면 부정한 방법도 서슴지 않는다. 그가 많은 돈을 벌 수 있었던 것도 부정한 방법으로 거래를 하였기 때문이다.

25. 『적과 흑』 (스탕달, 1830)

프랑스의 작가 스탕달(1783~1842)의 장편소설. 스탕달은 비록 『적과 흑』의 플롯을 신문 기사에서 빌려 왔지만 그동안 자신이 겪었던 내적 경험을 바탕으로 이 작품을 썼다. 주인공 쥘리앙 소렐은 여러모로 작가의 분신으로 보아 크게 틀리지 않는다. 세계문학사에서 『적과 흑』은 최초의 부르주아 소설로 평가받는다. 부르주아의 이상은 자유주의 정신이고, 이는 프랑스 대혁명의 지적 의상衣裳이었다. 자유주의 정신은 프랑스 혁명의 자식이라고 부르는 나폴레옹에게서 가장 잘 드러난다. 자유주의자들은 인간이 본질에서 이성적 존재이며 따라서 완벽할 수 있다는 믿음을 지니고 있었다. 이는 그동안 귀족 계층에 억눌려 온 중산층에게 복음과 같은 소식이었다. 쥘리앙이 자유주의 정신에 매력을 느끼는 것은 당연하다. 한편 스탕달은 부르주아 계층의 가능성 못지않게 그 한계에도 관심을 보인다. 모든 계급을 부정하는 부르주아 계층은 자칫 사회를 무정부주의에 빠뜨릴 위험을 안고 있었기 때문이다.

26. 『폭풍의 언덕』 (에밀리 브론테, 1847)

영국의 여성 작가 에밀리 브론테(1818~1848)의 장편소설. 브론테는 『폭풍의 언덕』 단 한 권으로 영문학사는 말할 것도 없고 세계문학사의 한 페이지를 화려하게 장식한다. 에밀리 브론테는 이 작품에서 언쇼 집안과 린튼 집안의 이야기를 중심으로 플롯을 구성한다. 언쇼 집안의 가장家長이 집시 고아 히스클리프를 집안에 데려오면서 비극이 시작된다. 언쇼 집안의 딸 캐서린과 히스클리프는 서로 사랑하면서도 캐서린은 에드가 린턴과 결혼한다. 캐서린의 배신에 실망하고 집을 나간 뒤 성공하여 다시 돌아온 히스클리프는 캐서린의 오빠 힌들리와 캐서린의 남편 에드가, 그리고 자신과 결혼한 린튼의 누이동생 이사벨을 차례로 잔인하게 복수한다. 에밀리 브론테는 『폭풍의 언덕』에서 이성과 합리성에 따라 다듬어지지 않은 원초적 사랑이 얼마나 엄청난 비극을 몰고 오는지 설득력 있게 보여준다.

27. 『보바리 부인』 (귀스타브 플로베르, 1857)

흔히 19세기 프랑스 소설의 최고봉으로 일컫는 프랑스 작가 귀스타브 플로베르(1821~1880)의 장편소설. 출간 무렵부터 지금까지 이 작품은 독자에게 열렬한 환영을 받은 동시에 비평가들과 학자들에게서도 아낌없는 찬사를 받았다. 나폴레옹 3세 정권은 "도덕과 종교에 어긋난다"라는 이유로 플로베르와 잡지 편집자를 검찰에 기소하였다. 플로베르가 『보바리 부인』에서 다루는 가장 핵심적인 주제는 환상과 현실의 깊은 간극이다. 낭만적 환상에 젖어 있는 보바리 부인에게 현실은 넝마처럼 누추하고 보잘것없다. 샤를과의 결혼에 만족을 느끼지 못하고 혼외정사에서 도피처를 찾는 것도 결혼에 대한 환상과 그 현실의 벽이 너무 높기 때문이다. '보바리즘' 또는 '보바리주의'는 바로 엠마처럼 현실을 무시하고 지나치게 환상을 좇는 사람들의 태도를 일컫는 말이다.

28. 『주홍 글자』 (너새니얼 호손, 1850)

미국 작가 너새니얼 호손(1804~1864)의 장편소설. 『주홍 글자』의 주인공 헤스터 프린은 종교적 자유를 찾아 다른 청교도와 함께 신대륙에 건너간다. 2년이 넘도록 뒤따라 오겠다던 남편은 오지 않고, 그동안 그녀는 교회의 젊은 목사 아서 딤스데일과 은밀한 관계를 맺어 사생아 펄을 낳는다. 가까스로 극형을 면한 헤스터는 감옥에서 나온 뒤 평생 간음을 상징하는 'A' 자를 가슴에 달고 다니는 처벌을 받는다. 호손은 이 작품에서 죄에 새로운 해석을 내린다. 호손에게 죄란 어디까지나 상대적일 뿐 절대적인 것이 아니다. 인간의 행동은 오직 주관적 판단에 따라 죄가 될 수도 있고 죄가 되지 않을 수도 있다. 또한 호손은 죄의 결과에 대해서도 전통적인 기독교 가치관과는 전혀 다른 새로운 해석을 내린다. 헤스터에게 죄는 죽음에 이르는 길이 아니라 동료 인간을 좀 더 깊이 이해하고 동정할 수 있는 길이다. 정도는 조금 다르지만 딤스데일 목사도 죄의식에 시달리기 때문에 오히려 인간의 연약함에 대하여 설득력 있게 설교할 수 있다.

29. 『모비 딕』 (허먼 멜빌, 1851)

미국 작가 허먼 멜빌(1819~1891)의 장편소설. 『모비 딕』의 화자^{話者} 이쉬미얼은 선원이 되어 포경선을 타고, 이 배에서 선장 에이햅을 만난다. 에이햅 선장은 고래잡이를 하다가 흰고래 모비딕에게 한쪽 다리를 잃고 그에 대한 복수심에 불타는 광적인 인물이다. 에이햅 선장이 흰고래를 잡으려고 사투를 벌이는 과정에서 포경선은 침몰하고 그와 그의 선원들도 바닷물에 빠져 목숨을 잃는다. 선원 중에서 유일하게 살아남는 인물은 이 소설의 화자 이쉬미얼 한 사람뿐이다. 에이햅이 본질주의자요 확신주의자라면, 이쉬미얼은 상황주의자요 회의론

자라고 할 수 있다. 전자가 절대주의자요 일원론자라면, 후자는 상대론자요 다원론자다. 불가사의한 삶의 의미와 우주의 신비를 캘 수 있다고 믿는 광신적 절대주의자 에이햅과 달리, 그는 삶과 우주의 궁극적 의미를 찾는 것은 불가능할 뿐만 아니라 바람직하지 않다고 생각한다.

30. 『월든』 (헨리 데이비드 소로, 1854)

미국의 문필가요 철학자인 헨리 데이비드 소로(1817~1862)의 에세이집. 미국 매사추세츠주 콩코드에서 태어난 그는 마을 근처 월든 호숫가에 손수 오두막을 짓고 농사를 지어 자급자족하면서 무려 2년여 동안 살았다. 이때 경험을 살려 쓴 책이 흔히 '생태주의의 복음서'로 일컫는 『월든』이다. 소로가 문명사회를 박차고 나와 월든 호숫가에서 홀로 산 것은 그야말로 '위대한 실험'이요 상징적 몸짓이었다. 그는 이런 상징적 몸짓으로 산업 혁명과 그 부산물이라고 할 물질주의의 부정적 결과에 과감하게 맞서려고 하였다. 발전과 진보를 신앙처럼 믿는 동시대 사람들에게 원시적 자연의 복음을 전하고 싶었다. 소로는 인간이 문명의 성을 높이 쌓아 올리면 올릴수록 정신은 그만큼 척박하고 빈곤해진다고 생각한다. 거추장스러운 문명의 짐을 훌훌 벗어던지고 대지에 발을 굳게 딛고 소박한 삶을 살아갈 때 인간은 참다운 자아를 찾을 수 있다.

31. 『풀잎』 (월트 휘트먼, 1852~1892)

미국 시인 월트 휘트먼(1819~1892)의 시집. 미국에 자유시 전통을 굳건히 세운 그는 평생 한 권의 시집『풀잎』을 붙잡고 씨름하였다. 휘트먼은 1952년 처음 자비로 이 시집을 출판한 뒤 1892년 사망할 때까지 끊임없이 수정에 수정을 거듭하여 개정판을 펴냈다. 전통적인 영시 형식과 운율을 과감하게 벗어버린『풀잎』에 수록한 작품들은 한편으로는 휘트먼 자신의 이야기이고 다른 한편으로는 미국의 이야기다. 그런가 하면 휘트먼의 시 작품들은 아직 문명에 파괴되지 않은 대자연의 이야기다. 특히 그는 농부, 마부, 뱃사공, 흑인 같은 사회적 약자를 즐겨 노래하였다. 시인 휘트먼은 소설가 마트 트웨인과 함께 자유와 평등을 기반으로 하는 미국 민주주의 이념을 드높였다는 평가를 받는다.

32.『위대한 유산』(찰스 디킨스, 1861)

19세기 빅토리아 시대 흔히 '영국 최고의 작가'로 꼽히는 소설가 찰스 디킨스(1812~1870)의 장편소설. 일찍이 부모를 여의고 성격이 고약한 누나와 가난한 대장장이 매형 밑에서 자라는 고아 핍이 성장하면서 겪는 이야기를 다룬다. 핍은 어린 시절 돈 많은 여성 미스 해비셤의 집에 드나들게 되면서 상류사회를 처음 동경하게 된다. 특히 해비셤의 양녀로 부유하게 자란 젊은 여성 에스텔라를 만나면서 아름다움과 부富에 대한 갈망을 키운다. 런던에서 신사 수업을 쌓는 동안 핍은 점차 순수성을 상실한 채 속물로 바뀐다.『위대한 유산』에서 디킨스는 신사란 과연 어떤 사람인지 새삼 일깨워 준다.

33. 『레미제라블』(빅토르 위고, 1862)

프랑스 소설가 빅토르 위고(1802~1885)의 장편소설. 굶주린 누이와 그 자식을 위하여 빵 한 조각을 훔쳤다는 이유로 19년이나 감옥살이를 하고, 감옥에서 풀려난 뒤에도 평생 쫓겨 다니는 장발장의 파란만장한 삶은 영화와 뮤지컬 등으로 각색되어 아직도 뭇 사람의 뇌리에 깊이 아로새겨 있다. 이렇게 여러 매체를 통하여 더욱 유명해진 『레미제라블』은 19세기 프랑스문학사는 물론이고 세계문학사에서도 우뚝 서 있는 봉우리 가운데 하나다. 주인공 장발장은 온갖 고통을 겪고 좌절하면서도 마침내 악에 맞서 승리를 거둔다. 그가 이렇게 악에 맞설 수 있는 무기는 바로 사랑과 관용이다. 그는 사랑과 관용으로 자신 속에 숨어 있는 악은 말할 것도 없고 다른 사람의 악까지 무찌른다. 세계문학사에서 이 소설처럼 설득력 있게 사랑의 복음을 전하는 작품도 흔하지 않다.

34. 『아버지와 아들』(이반 트루게네프, 1862)

러시아 작가 이반 투르게네프(1818~1883)의 장편소설. 『아버지와 아들』은 한국어 번역에서는 흔히 단수형으로 표기되어 있지만 원문 텍스트는 '아버지들과 아들들'의 복수형으로 되어 있다. 투르게네프는 단순히 한 가족의 구성원에서 일어나는 문제를 넘어 세대 간의 갈등과 긴장을 다룬다는 것을 알 수 있다. 파벨 키르사노프는 기성세대나 구세대를 상징하는 인물이다. 한편 예브게니 바자로프는 기성세대에 맞서는 신세대의 인물이다. 기성세대는 자유주의, 귀족주의, 독일 낭만주의와 헤겔의 관념론의 영향을 받아 원칙, 이상, 절대적 가치,

개인, 문학과 예술을 중시한다. 그러나 젊은 세대는 철저한 유물론자이자 경험론자로 감각으로 파악할 수 있고 실험으로 증명할 수 있는 것만 '진실'로 인정한다. 또한 젊은 세대는 예술과 문학도 오직 유용성의 관점에서 판단하고 평가한다. 한마디로 바자로프는 1860년대 러시아의 혁명주의자를 형상화하는 인물이다.

35. 『안나 카레니나』 (레프 톨스토이, 1878)

러시아의 문호 레프 톨스토이(1828~1910)의 장편소설. "행복한 가정은 모두 비슷하지만 무릇 불행한 가정은 불행한 이유가 저마다 다르다." 『안나 카레니나』는 이 유명한 문장으로 시작한다. 이른바 '안나 카레니나의 법칙'은 이 문장에서 비롯한다. 톨스토이는 19세기 중엽 러시아 귀족의 불륜을 소재로 삼지만 그가 전하고 싶은 메시지는 다른 데 있다. 작가는 이 작품에서 진정한 결혼의 의미, 가정생활의 축복, 신앙, 자연의 위대한 힘 등에 관하여 말한다. 마지막 장면에서 콘스탄틴 레빈이 농장에서 성실하고 정직하게 살아가며 신앙에 눈을 떠 행복을 느끼는 모습은 안나의 비극적 삶과는 뚜렷한 대조를 보인다.

36. 『인형의 집』 (헨리크 입센, 1879)

노르웨이 극작가 헨리크 입센(1828~1906)의 희곡 작품. 입센은 『인형의 집』에서 남성중심의 가부장 사회를 날카롭게 비판한다. 8년 차 가정주부 노라 헬머는 변호사를 하다가 은행 간부가 된 남편 토르발드 헬머와 결혼하여 세 자녀를 낳고 평범하게 살아간다. 남편은 이런 노라를 두고 '노래하는 종달새', '귀엽고 작은 다람쥐', '귀여운 낭비자' 등으로 부른다. 그러나 그녀는 점차 자신이 남편의 노리개 같은 아내에 지나지 않는다는 사실을 깨닫고 집을 나간다. 이 작품의 마지막 장면에서 노라는 결혼반지와 집 열쇠를 남편에게 돌려준 뒤 '쾅' 하고 문을 세게 닫고 집을 나간다. 이 '쾅' 소리에 놀라 서구 남성들은 비로소 남성중심주의의 깊은 잠에서 깨어나기 시작하였다. 노라는 이제 자신의 정체성을 찾고자 하는 신여성들의 이상이 되었고, 신여성의 대명사가 되었다.

37. 『카라마조프가(家)의 형제들』 (표트르 도스토옙스키, 1880)

레프 톨스토이와 함께 19세기 러시아문학의 최고봉으로 일컫는 러시아 소설가 표트르 도스토옙스키(1821~1881)의 장편소설. 『카라마조프가의 형제들』에서 도스토옙스키는 19세기 후반 제정 러시아 시대 시골 지주 집안에서 일어난 존속살해 사건을 주된 사건으로 다루지만 그의 작품이 늘 그러하듯이 카라마조프 집안을 둘러싼 인간의 심리적 탐구가 큰 비중을 차지한다. 사건의 중심이 되는 인물은 아버지인 표도르 카라마조프와 장남 드미트리 카라마조프이지만 사실 이 소설의 진짜 주제를 표상하는 것은 차남인 이반과 삼남 알렉세이다. 미국 소설가 커트 보니거트가 "인생에 대해 알아야 할 것들은 모두 『카라마조프가의 형제들』 안에 있다"라고 말할 만큼 삶의 문제를 폭넓게 다룬다.

38. 『허클베리 핀의 모험』 (마크 트웨인, 1884)

미국 작가 마크 트웨인(1835~1910)의 장편소설. 이 작품에서 트웨인은 좁게는 흑인 노예제도를 날카롭게 비판하고 더 넓게는 사랑과 관용에 기반을 둔 형제애와 사해동포주의를 부르짖는다. 『허클베리 핀의 모험』은 제목 그대로 허클베리 핀이라는 소년이 도피 흑인 노예 짐과 함께 뗏목을 타고 미시시피강을 여행하면서 벌이는 모험담이다. 이 여행은 흑인 도피 노예 짐에게는 글자 그대로 노예 신분의 굴레에서 벗어나는 해방을 뜻한다. 그러나 허클베리에게 이 여행은 위선과 기만과 가식, 편견과 위선으로 얼룩진 백인 문명사회로부터의 탈출을 뜻한다. 이 작품은 영국과 유럽의 문학에서 벗어나 미국문학을 명실공히 민족문학의 반열에 올려놓았다는 평가를 받는다.

39. 『한 여인의 초상』 (헨리 제임스, 1888)

미국에서 태어나 영국에서 활약한 헨리 제임스(1843~1916)의 장편소설. 그는 "나는 자신의 상상력이 요구하는 것을 충족할 수 있는 사람들을 부자라고 부른다"라고 말할 만큼 상상력에 무게를 실었다. 심리적 리얼리즘의 대표작이라고 할 『한 여인의 초상』은 한 젊은 여성이 삶에 거는 기대와 실망을 다룬다. 미국 뉴욕주 뉴올버니에서 살던 이서벨 아처는 부모가 사망하자 영국에 사는 이모를 따라 영국에 건너간다. 이서벨은 이곳에서 네 남성으로부터 구혼을 받지만, 주위 사람들의 만류에도 이탈리아에서 딜레탕트로 사는 미국인 이혼남 길버트 오스먼드와 결혼한다. 그러나 그가 속물로 밝혀지면서 그의 결혼은 실패한다. 제임스는 이 작품에서 삶의 겉모습과 참모습, 외견과 실재의 간극을 잘 보여준다.

40. 『어둠의 심연』 (조셉 콘래드, 1899)

러시아 제국령 폴란드 태생의 영국 작가 조셉 콘래드(1857~1924)의 장편소설. 『어둠의 심연』은 어느 조용한 템스강 하구에 정박한 유람 요트 넬리호 갑판에서 선장 말로가 동료 선원들에게 과거에 콩고로 커츠라는 백인을 찾아갔던 사건을 회상하는 것으로 시작한다. 이 무렵 콩고는 벨기에의 식민지로 수탈과 착취의 현장이었다. 커츠는 바로 식민지에서 상아의 마력과 물욕에 팔려 영혼을 잃어버린 인물이다. 콘래드는 말로가 그를 찾아가는 과정을 시적 언어와 상징으로 예리하게 묘사한다. 이 작품은 인간성을 상실한 서구 제국주의의 위선을 파헤친 걸작으로 평가받는다. 콘래드가 제목으로 삼는 '어둠의 심연'은 아직 문명의 손길이 닿지 않던 아프리카 오지를 뜻할 수도 있고, 암흑 같은 인간의 내면세계를 뜻할 수도 있다.

41. 『벚꽃 동산』 (안톤 체호프, 1903)

러시아의 극작가요 단편소설 작가 안톤 체호프(1860~1904)의 극 작품. 『벚꽃 동산』은 『갈매기』(1896), 『바냐 아저씨』(1899), 『세 자매』(1901)와 함께 체호프의 '4대 희곡' 중 한 작품이다. 일상생활의 무질서를 그대로 무대에 옮겨놓는 전통적인 극작가들과는 달리, 체호프는 극적 행위를 직접적 줄거리로 삼지 않는 전혀 새로운 형태의 회화극會話劇을 확립하였다. 『벚꽃 동산』은 체호프의 마지막 작품으로 그의 나이 마흔네 살 때 초연되었다. 봄이 되어 벚꽃이 화려하게 피는 동산은 전통적 러시아 귀족 사회를 상징하고, 벚꽃 동산이 파괴됨은 곧 귀족 사회의 몰락을 의미한다. 한국에서는 일제강점기 1934년 12월 극예술연구회가 무대에 올렸다.

42. 『변신』 (프란츠 카프카, 1915)

오스트리아 헝가리 제국 식민지였던 체코에서 태어난 프란츠 카프카(1883~1924)의 장편소설. 『변신』은 "어느 날 아침 그레고르 잠자가 불안한 꿈에서 깨어났을 때 그는 침대 속에서 한 마리의 흉측한 곤충으로 변해 있다는 사실을 알아차렸다"라는 문장으로 시작한다. 그러나 혐오스러운 벌레를 집 밖으로 내보낼 수도, 일을 시킬 수도 없으므로 그레고르는 자신의 방 안에 갇혀서 먹이를 받아먹으며 비참하고 희망 없는 삶을 살다가 마침내 삶을 마감한다. 『변신』에서 카프카는 현대 문명 속에서 벌레처럼 하루하루 살아가는 인간의 모습을 보여준다. 카프카는 어느 작가보다도 20세기의 징후를 깊이 있게 파헤친 작가로 평가받는다. 그다지 많지 않은 작품을 썼지만, 그의 작품에는 20세기 현대인이 느끼는 정신적 충격과 신경 질환 그리고 악몽이 짙게 배어 있다. '카프카에스크kafkaesk'라는 형용사는 바로 수수께끼 같거나 부조리한 현대의 정신적·병적 징후를 가리키는 말로 널리 쓰인다.

43. 『흙의 혜택』 (크누트 함순, 1917)

1920년도 노벨 문학상을 받은 노르웨이 소설가 크누트 함순(1859~1952)의 장편소설. 함순은 당시 풍미하던 사회주의 리얼리즘에서 벗어나 인간의 부조리한 행동과 복잡한 내면의 흐름을 서정적으로 묘사한 작품을 발표하여 관심을 받았다. 그는 '작가의 작가'로 토마스 만을 비롯하여 헤르만 헤세, 프란츠 카프카, 어니스트 헤밍웨이, 아이작 싱어 등 여러 문화권의 여러 작가에게 큰 영향을 끼친 것으로도 유명하다. 함순의 작품이 흔히 그러하듯이 그의 대표작 『땅의 혜택』도 현대 문명에 관한 깊은 비판적 성찰이 담겨 있다. 황무지에 자리 잡은 한 남성의 삶을 서사적으로 묘사한 이 작품은 출간되자마자 일반 독자는 말할 것도 없고 비평가들한테서도 극찬을 받았다. 산업화와 도시화에 대한 비판과 기계 문명에 대한 회의는 오늘날 읽어도 조금도 낡았다는 느낌이 들지 않는다.

44. 『데미안』 (헤르만 헤세, 1919)

독일 태생의 스위스 작가 헤르만 헤세(1877~1962)의 장편소설. 2차 세계 대전 당시 독일군 전사자 유품 가운데 성경책 다음으로 많이 발견된 책이 바로 『데미안』이었다. 작가의 자전적 소설이자 '영적靈的의 자서전'이라고 할 이 작품은 주인공 징클라르의 젊은 날의 방황과 모색을 다룬다. "새는 알에서 나오려고 몸부림친다. 알은 새의 세계다. 누구든지 태어나려고 하는 자는 하나의 세계를 파괴해야 한다"라는 유명한 문장으로 시작한다. 중산층 가정에서 태어나 자란 주인공 에밀 징클라르는 남달리 감수성이 예민한 젊은이다. 그는 가정의 평안함 속에서 안락을 누리면서도 동시에 가정 밖 어둠의 세계에도 두려움과 함께 호기심을 느끼고 있다. 그 때문에 징클라르는 소년기부터 청년기를 거쳐 성인이 되어 가는 과정에서 많은 갈등을 겪는다. 징클라르가 이렇게 갈등과 어려움에 부딪힐 때마다 그에게 조언을 주고 나아갈 길을 제시해 주는 친구가 바로 막스 데미안이다. 데미안은 징클라르가 겪고 있는 갈등과 고통을 발견하고, 선악의 이분법적 세계에서 벗어날 수 있도록 도와준다.

45. 『잃어버린 시간을 찾아서』(마르셀 프루스트, 1913~1927)

프랑스 소설가 마르셀 프루스트(1871~1922)의 연작소설. 프루스트는 『잃어버린 시간을 찾아서』를 1913년부터 1927년까지 썼다. 많은 비평가가 "20세기 최고의 책"으로 선정한 작품이다. 프루스트는 시간이 그리스 신화의 크로노스처럼 인간의 모든 것, 즉 육체, 정신 그리고 삶의 의미와 가치까지 송두리째 파괴해 버린다고 말한다. 이렇듯 시간의 속에서 인간의 삶은 덧없이 흘러가 버리고 만다. 프루스트는 이러한 현상을 바로 '잃어버린 시간'이라고 부른다. 그런데 프루스트는 이 무자비한 시간의 파괴력에 맞서 대결할 수 있는 길은 오직 기억력뿐이라고 말한다. 이러한 기억을 선명하게 상기시켜 주는 것은 인간의 의지가 아닌 감각적 경험이다. 프루스트는 감각적 경험을 통해 기억을 되살려 어린 시절을 기억해 내고 그것을 다시 작품으로 쓰려고 한다. 앙드레 모루아가 왜 "이 세상에는 두 부류의 사람, 프루스트를 읽은 사람과 읽지 않은 사람만이 있다"라고 말했는지 알 만하다.

46. 『율리시스』(제임스 조이스, 1922)

아일랜드의 소설가 제임스 조이스(1882~1941)의 장편소설. 『율리시스』는 『젊은 예술가의 초상』(1916)이 끝나는 지점에서 시작한다. 파리로 건너간 스티븐 디덜러스는 어머니가 위독하다는 소식을 듣고 아일랜드로 다시 돌아온다. 더블린에서 스티븐은 교사 생활을 하며 마텔로 탑에서 친구들과 함께 지낸다. 이 소설은 방대한 작품이지만 흔히 '블룸의 날'이라고 부르는 1904년 6월 16일 오직 하루 동안에 일어나는 일상적 사건을 다룬다. 좀 더 구체적으로 말하면, 이날 아침 8시에서 새벽 2시까지 벌어지는 일상적 경험이 이 작품의 전체 내용을 이룬다. 『율리시스』는 소설 장르에서 혁명적인 변화를 꾀한 작품으로 조이스는 소설 형식을 극한점까지 밀고 나간다. 소설은 조이스를 분수령 삼아 '조이스 이전'과 '조이스 이후'로 뚜렷이 구분 지을 수 있다. 조이스는 예술을 리얼리즘의 굴레에서 해방하고 모더니즘으로 인도한 예술가다.

47. 『황무지』 (T. S. 엘리엇, 1922)

미국 태생의 영국 시인 T. S. 엘리엇(1888~1965)의 장편 시. 엘리엇은 그의 말대로 "한 줌의 부서진 이미지"와 "폐허에 받쳐 놓은 파편"으로 『황무지』를 썼다. 이 작품은 '황무지'라는 제목에 걸맞게 1차 세계 대전을 겪고 난 뒤 서유럽인들이 느낀 비극적 상실감과 절망감을 다룬다. 2,000여 년 동안 쌓아 온 서구 문명이 하루아침에 잿더미로 바뀌는 것을 보고 서구인들은 그 어느 때보다도 정신적 불모성과 환멸감 그리고 절망감을 겪었다. 그러나 화자가 이 작품의 마지막 부분에서 외치는 "주라, 동정하라, 제어해라!"라는 『우파니샤드』의 구절에서 동료 인간에 대한 연민과 동정 그리고 자기 제어에서 현대인의 정신적 황폐성과 비극적 상실감, 소생과 부활의 가능성을 읽을 수 있다.

48. 『마魔의 산』 (토마스 만, 1924)

독일 작가 토마스 만(1875~1955)의 장편소설. 흔히 '사회적 휴머니즘'으로 일컫는 만의 세계관을 보여주는 『마의 산』은 빌둥스로만에 속하는 작품이다. 한 번도 죽음에 대해 고민해 본 적이 없는 스물세 살의 주인공 한스 카스트로프가 죽음과 대면하면서 인식의 변화를 겪는 과정을 다룬다. 이 작품의 핵심적 주제는 "인간은 선과 사랑을 위하여 결코 죽음에 자기 사고의 지배권을 내주어서는 안 된다"라는 문장에서 엿볼 수 있다. 만이 제목으로 사용한 '마의 산'은 소설의 공간적 배경인 알프스산맥에 있는 한 요양원을 상징한다. 만은 이 작품에서 시민사회가 1차 세계 대전 이후 종말을 고한다고 말한다. 작가는 요양원을 전통적인 문화와 사회의 몰락을 보여주는 상징적 이미지로 사용한다.

49. 『댈러웨이 부인』 (버지니아 울프, 1925)

영국 여성 작가 버지니아 울프(1882~1941)의 장편소설. 20세기 문학사에서 제임스 조이스의 『율리시스』와 함께 모더니즘 소설의 대표작으로 꼽힌다. 울프는 '의식의 흐름' 기법으로 시간과 공간의 장벽을 극복한다. 또한 '자유간접화법'을 빌려 작중인물들의 미묘한 내면세계를 실감 나게 포착해낸다. 1차 세계 대전 이후의 영국 런던을 배경으로 50대 초반의 상류층 여성 클러리사 댈러웨이의 하루 일상을 중심으로 이야기를 전개한다. 클러리사가 겪는 하루의 일상은 얼핏 보면 사소한 것 같지만, 그녀의 의식 밑바닥에는 불행한 유년 시절, 첫사랑, 이별, 그리고 죽음 등이 겹겹이 쌓여 있다. 이 작품은 이미지, 상징, 언어 구사 등에서 한 편의 산문시를 떠올리게 한다.

50. 『무기여 잘 있어라』 (어니스트 헤밍웨이, 1929)

1954년도 노벨 문학상을 받은 미국 작가 어니스트 헤밍웨이(1899~

1961)의 장편소설.『무기여 잘 있어라』는 1차 세계 대전의 비극과 참혹상을 다룬 작품 중 하나다. 앰뷸런스 부대 요원으로 이탈리아 육군에 자원입대한 프레데릭 헨리 중위는 전투 중에 입은 다리 부상으로 후방으로 송환되어 치료를 받는다. 그는 전선에 처음 만난 간호원 캐서린 바클리를 병원에서 다시 만나 사랑에 빠진다. 그러나 이탈리아군이 독일군에 밀려 퇴각하자 스위스로 도피한 두 사람은 잠깐 목가적 생활을 즐기지만 마침내 캐서린은 분만 도중 사망한다. 비인간적인 전쟁에 절망하고 사랑에 유일한 희망을 거는 젊은 주인공들이 패배하는 모습에서는 절망감과 허무주의가 짙게 배어 있다. 헤밍웨이는 인간이란 누구나 '생물학적 덫'에서 벗어날 수 없다고 본다.

51. 『서부전선 이상 없다』 (에리히 레마르크, 1929)

독일 작가 에리히 마리아 레마르크(1898~1970)의 장편소설.『서부전선 이상 없다』는 헤밍웨이의 『무기여 잘 있어라』와 함께 대표적인 반전反戰 소설이다. 레마르크는 서문에서 "이 책은 고발도 아니고 또 고백도 아니다. 비록 포탄은 피했다 할지라도 역시 전쟁이 파괴한 어느 시대를 보고하는 시도에 지나지 않는다"라고 밝힌다. 작가는 새로 개발한 기관총, 독가스의 사용, 참호전 등 헤밍웨이보다 1차 세계 대전의 참혹상을 훨씬 더 생생하게 묘사한다. 더구나 레마르크는 이 작품에서 그동안 독일 작가들이 좀처럼 사용하지 않던 생생한 속어체 언어를 구사한 것으로도 유명하다. 특히 군인들이 즐겨 쓰는 군사 전문용어나 은어 등을 사용하여 현실감을 높였다는 평가를 받는다.

52. 『검찰관』 (니콜라이 고골, 1936)

동부 우크라이나에서 태어난 러시아 작가 니콜라이 고골(1809~1852)의 희곡 작품. 1836년에 상트페테르부르크의 알렉산드로스 황실 극장에서 초연되었다. 희곡을 쓰기로 마음먹고 아이디어를 구상하던 고골이 동료작가 알렉세이 푸시킨에게 러시아적인 에피소드가 없겠냐는 문의를 하자, 푸시킨이 지방에서 검찰관으로 오해받았던 자신의 실화를 들려주었고, 이를 바탕으로 창작한 풍자극이 『검찰관』이다. 고골은 이 작품에 "제 낯짝 비뚤어진 줄 모르고 거울만 탓한다"라는 러시아 속담을 책에 앞머리에 인용한다. 이 작품은 검찰관의 신분으로 속여 말하는 주인공을 둘러싼 주변 인물들의 모습을 해학적으로 그림으로써 당시 관료들의 부정부패를 날카롭게 꼬집는다.

53. 『압살롬, 압살롬!』 (윌리엄 포크너, 1936)

1949년도 노벨 문학상을 받은 미국 작가 윌리엄 포크너(1897~1961)의 장편소설. 포크너의 대부분 소설이 그러하듯이 『압살롬, 압살롬!』도 미시시피주 북부 지방을 모델로 작가가 창안한 상상의 공간 '요크너퍼토퍼' 군과 '제퍼슨' 읍을 무대로 펼쳐진다. 포크너는 이 작품에서 토머스 섯펜이라는 가난한 백인이 대농장과 저택을 건설하기까지 그의 성공과 몰락을 그린다. 그의 몰락은 한 개인의 차원을 넘어 미국남부의 역사로 이어진다. 전통적인 남부 사회는 비인간적인 흑인 노예제도에 기반을 두었을 뿐만 아니라 백인 순혈주의에 바탕을 두고 있었다. 이러한 타락한 기반 때문에 남부 사회는 몰락할 수밖에 없었다. 제임스 조이스와 버지니아 울프, 마르셀 푸르스트에 이어 포크너는 미국문학에 모더니즘의 기틀을 마련한 작가로 평가받는다.

54. 『허구들』 (호르헤 루이스 보르헤스, 1940)

아르헨티나의 소설가 호르헤 루이스 보르헤스(1899~1986)의 작품집. 흔히 '최후의 모더니스트요 최초의 포스트모더니스트'로 일컫는 보르헤스는 현대 소설의 패러다임을 창조한 '천재' 작가로 평가받는다. 『허구들』은 연작 형태의 짤막한 이야기들로 구성된 독특한 소설이다. 이 책에는 「틀뢴, 우크바르, 오르비스 테르티우스」, 「알모타심으로의 접근」, 「피에르 메나르, 『돈키호테』의 저자」, 「바벨의 도서관」 같은 작품이 수록되어 있다. 보르헤스의 작품을 읽다 보면 '자의식', '미로', '혼돈', '반인간주의', '유희,' 그리고 '상상력' 등의 낱말이 자주 떠오른다. 프랑스의 역사학자 미셸 푸코는 "보르헤스의 문장을 읽고 나서 나는 내가 지금까지 익숙하게 생각한 모든 사상의 지평이 산산이 부서지는 것을 느꼈다"라고 말한 적이 있다.

55. 『이방인』 (알베르 카뮈, 1942)

알제리 태생의 프랑스 작가 알베르 카뮈(1913~1960)의 장편소설. 2차 세계 대전이 한창 막바지에 접어들던 무렵에 출간된 카뮈의 『이방인』은 어떤 의미에서는 전쟁보다도 더 큰 반향을 일으켰다. "어머니가 오늘 사망하였다. 어쩌면 어제 사망하였는지도 모른다. 확실히 모르겠다"라는 그 유명한 문장으로 이 작품은 시작한다. 이렇게 주인공은 어머니가 사망했는데도 아무런 감정도 드러내지 않고 무뚝뚝하게 말을 내뱉는다. 그런데 주인공의 이 말은 이 무렵 대포 소리보다도 인간 의식에 크나큰 충격을 주었다. 비굴할 정도로 사회의 인습과 도덕에 따르는 현대인에게 주인공 뫼르소의 행동은 큰 충격으로 다가온다. 뫼르소를 두고 카뮈는 "우리 사회에서 자기 어머니 장례식에서 울지 않는 사람은 누구나 사형당할 위험을 무릅써야 한다"라고 말한다. 카뮈는 장 폴 사르트르와 함께 실존주의를 널리 알리는 데 크게 이바지하였다. 그러나 카뮈의 문학관이나 세계관은 실존주의보다는 차라리 '부조리'라는 말이 더 잘 어울릴 것이다. 카뮈는 『이방인』에서 신이 없는 세계에서 인간이 어떻게 살 수 있는지에 초점을 맞춘다.

56. 『동물농장』 (조지 오웰, 1945)

영국의 작가 조지 오웰(1903~1950)의 풍자적인 동물우화 소설. 전체적인 내용으로는 존스 농장에 살던 동물들이 가혹한 생활에 못 이겨 주인을 쫓아내고 직접 '동물농장'을 운영하지만, 결국은 혁명을 주도했던 권력층의 독재로 실패한다는 내용이다. 반란을 일으킨 동물들은 "모든 동물은 평등하다"는 깃발을 내세웠지만 이 슬로건은 마침내 "모든 동물은 평등하다. 그러나 어떤 동물은 다른 동물보다 더 평등하다"라는 논리적으로 모순되는 슬로건으로 바뀐다. 흔히 볼셰비키 혁명과 그 직후 들어선 소비에트 연방과 이오시프 스탈린을 비판한 작품으로 널리 알려져 있지만, 오웰은 공산주의나 사회주의뿐만 아니라 모든 형태의 전체주의에 비판의 칼을 들이댄다.

57. 『그리스인 조르바』 (니코스 카잔차키스, 1946)

그리스 작가 니코스 카잔차키스(1883~1959)의 장편소설. 『그리스인 조르바』는 일인칭 화자요 주인공인 '나'와 알렉시스 조르바라는 두 인물을 중심으로 전개된다. 주인공 '나'는 크레타 출신으로 서른다섯 살, 조르바는 마케도니아 출신으로 예순다섯 살이다. 주인공 '나'는 책과 불교에 탐닉해 있는, 말하자면 창백한 지식인이다. 크레타섬 해안에 폐광이 된 갈탄 광산을 개발하기로 한 '나'는 섬에 가는 중 항구에서 우연히 조르바를 만나 그를 탄광 노동자의 우두머리로 고용한다. 그런데 '나'에게 조르바는 "살아 있는 가슴, 과장된 언어를 푸짐하게 뱉어내는 입, 위대한 영혼을 지닌 사나이 — 아직 모태母胎의 대지大地에서 탯줄이 끊어지지 않은 사나이"와 다름없다. 주인공은 조르바와 함께 생활하면서 이제껏 책에서는 얻지 못한 소중한 것들을 배우게 된다. 그러니까 화자에게 갈탄 광산은 곧 정신적 광산으로 볼 수 있다. 주인공은 거대한 '정신의 갱도'에서 삶의 지혜라는 소중한 광석을 캐낸다.

58. 『호밀밭의 파수꾼』 (J. D. 샐린저, 1950)

미국 작가 제롬 데이비드 샐린저(1919~2010)의 장편소설. '현대판 오디세이아'라고 할 『호밀밭의 파수꾼』은 미국은 물론 전 세계의 젊은 이들에게 경전으로 추앙받는 현대의 고전이다. 그러나 속어와 비어의 남용, 혼전 성관계 등 노골적인 섹스 묘사, 알코올과 담배, 매춘 등을 다룬다는 이유로 일부 도서관에서는 금서로 지정해 왔다. 이 소설의 주인공 홀든 콜필드는 10대의 불안과 좌절을 상징하는 인물이다. 열여섯 살 소년이 네 번째로 고등학교를 쫓겨나 사흘 반 동안 뉴욕의 언더그라운드를 배회하며 겪는 갖가지 모험을 다룬다. 주인공은 길거리의 경험을 통하여 삶에 대한 인식을 조금씩 넓혀 나간다. 무엇보다도 이 소설은 성인문화에 맞서는 청소년문화, 넓게는 주류문화에 맞서는 대항문화, 그리고 모든 문화에 맞서는 반문화反文化의 성격을 띤다.

59. 『보이지 않는 인간』 (랠프 엘리슨, 1952)

미국 흑인 작가 랠프 엘리슨(1914~1994)의 장편소설. 엘리슨은 "나는 보이지 않는 인간이다. 내가 보이지 않는 이유는 사람들이 나를 보려고 하지 않기 때문이다. 그들은 모든 것을 빠짐없이 다 보면서도 정작 나의 진정한 모습은 보지 않는다"라는 문장으로 『보이지 않는 인간』을 시작한다. 주인공인 흑인 소년이 미국 남부에서 북부로 이어지는 긴 여정을 통하여 자신이 '보이지 않는' 인간이라는 현실을 깨닫는 과정을 다룬다. 일차적으로는 백인 중심의 미국 사회에서 흑인의 불가시성不可視性을 다루지만, 좀 더 범위를 넓혀보면 피부 색깔과는 관계없이 현대인이 느끼는 소외의식과 실존적 고뇌를 다룬다. 주인공의 모습은 자기 정체성을 찾아가는 현대인의 자화상이다.

60. 『양철북』 (귄터 그라스, 1953)

1999년도 노벨 문학상을 받은 독일 작가 귄터 그라스(1927~2015)의 장편소설. 엄마의 자궁에 있을 때 양수羊水에 자기 얼굴을 비춰 보며 놀았다고 말하는 아이. 태어나자마자 엄마의 남편이 자신을 식료품 주인으로 키우겠다는 소리를 듣고 절망하는 아이. 엄마가 생일날 양철북을 선물해 주겠다는 소리를 듣고 무척 좋아하는 아이. 바로 이 아이의 이름은 그로테스크한 환상소설 『양철북』의 주인공 오스카 마처라트다. 그라스는 이 소설에서 난장이 주인공의 눈에 비친 2차 세계 대전 전후 독일 사회의 뒷모습을 적나라하게 묘사한다. 현실과 환상을 자유롭게 넘나드는 이 소설은 전반적으로 어둡고 침울하며 때로는 기괴하기까지 하다. 성장소설Bildungsroman의 전통이 강한 독일 문단에서 『양철북』은 성장을 거부하는 '반反성장소설'의 전통을 굳건히 세웠다.

61. 『파리대왕』 (윌리엄 골딩, 1954)

1983년도 노벨 문학상을 받은 영국 작가 윌리엄 골딩(1911~1993)의 장편소설. 골딩은 『파리대왕』에서 영국 소년 스물다섯 명이 비행기를 타고 전쟁을 피해 피난 가다가 추락 사고를 당하여 남태평양의 어느 무인도에 표류하여 벌이는 사건을 다룬다. 작가가 이 소설의 제목으로 삼은 '파리대왕'은 성경에 나오는 악마의 리더 바알세불Baalzeboul을 의미한다. 제목에서도 엿볼 수 있듯이 골딩은 아이들이 아직 사회의 악에 물들지 않아서 순진무구하다는 생각, 인간은 본성적으로 선하게 태어난다는 생각, '하느님의 형상'으로 창조된 인간은 선한 존재라는 기독교적 가치관을 모두 허물어버린다. 더 나아가 소년들을 구출하는 서인들도 문명과 선의 상징처럼 보이지만, 실제로는 평화라는 이름으로 적군을 살상하는 또 다른 '야만인'에 지나지 않는다.

62. 『롤리타』 (블라디미르 나보코프, 1955)

러시아 태생의 미국 소설가 블라디미르 나보코프(1899~1977)의 장편소설. 『롤리타』는 작품성을 떠나 외설 시비로 유명해진 작품이다.

열세 살 때 처음 사랑한 여자친구가 병에 걸려 세상을 떠나자, 험버트는 20년 넘게 그녀를 가슴에 품고 살아간다. 그리고 이루어지지 못한 첫사랑의 후유증으로 나이 어린 여자에게 끌린다. 어느 여름날, 서른 일곱 살의 험버트는 치명적인 매력과 마력을 지닌 열두 살 소녀 롤리타를 처음 만난다. 험버는 롤리타를 요정 님프를 떠올리게 하는 '님펫'이라고 부른다. 그는 롤리타에게 걷잡을 수 없이 빠져들고, 그녀의 의붓아버지가 되어 함께 미국 전역을 누비면서 사랑을 나눈다. 소아성애를 다룬 이 작품에서 나보코프는 언어적 지식과 박식을 유감없이 발휘한다.

63. 『모든 것이 산산이 부서지다』(치누아 아체베, 1958)

나이지리아의 작가 치누아 아체베(1930~2013)의 장편소설. 『모든 것이 산산이 부서지다』는 2007년도 부커상을 받은 아체베의 첫 작품이요 대표적인 작품이다. 19세기 말엽 아프리카의 우무오피아 마을이 폭력적인 서구 세력이 유입하면서 서서히 몰락해가는 과정을 생생하게 다룬다. 아체베는 자기 민족이 유럽의 식민지로 전락하는 과정에서 정치와 경제뿐만 아니라 심지어 문화까지도 어떻게 '산산이 부서지는지' 여실히 보여준다. 이 작품은 단순히 유럽 식민주의를 비판하는 것에 그치지 않고 한발 더 나아가 자신의 문화의 한계를 성찰한다는 데도 의미가 있다. 아프리카 포스트식민주의 문학을 대표하는 작품으로 평가받는다.

64. 『우리 동네 아이들』(나지브 마흐푸즈, 1959)

1988년도 아랍 문화권 작가로서의 최초로 노벨 문학상을 받은 이집트 작가 나기브 마흐푸즈(1911~2006)의 장편소설. 『쿠란』에서도 볼 수 있듯이 아랍 문화권에서는 산문보다는 운문이 훨씬 더 발달하였다. 그래서 시로 된 작품은 많아도 소설 작품으로 별로 없다. 흔히 '이집트의 발자크'로 일컫는 라마흐푸즈가 이집트 정치 상황에 실망하여 절필을 선언한 이후 7년 동안 침묵을 지키다가 다시 펜을 들어 집필한 첫 장편소설이 『우리 동네 아이들』이다. 현대 아랍문학의 효시로 흔히 평가받는 이 작품은 마흐푸즈가 이집트의 지방 방언을 사용한다는 점에서 주목을 받았다. 문어체를 버리고 구어체를 구사한다는 것은 현대 소설에 한 발 바짝 다가간 것을 뜻한다. 이 작품에서 그는 정치적 갈등과 종교적 대립으로 불안정했던 당시의 이집트 사회를 유대교, 기독교, 이슬람교의 일화를 엮어 선과 악이 대립하는 한 마을의 역사로 재탄생시켰다.

65. 『앵무새 죽이기』(하퍼 리, 1960)

미국 여성 작가 하퍼 리(1926~2016)의 장편소설. 아내가 일찍 사망하여 홀아비로 두 아이를 키우는 애티커스 변호사는 아이들에게 크리스마스 선물로 엽총을 주면서 아무런 해를 끼치지 않는 앵무새를 죽이는 것은 죄가 된다고 말한다. 어치새 같은 새는 죽여도 괜찮지만 앵무새는 죽이지 말라고 가르친다. 그런데 여기서 애티커스 변호사가 말하는 앵무새란 비단 새에 그치지 않고 톰 로빈슨 같은 흑인이나, 부래들리나 돌퍼스 레이먼드 같은 사회적 약자를 말한다. 그들은 피부가 검다는 이유로, 사회에 부적응자라는 이유로, 또 사회적 규범을 따르지 않는다는 이유로 사회로부터 적잖이 냉대를 받는다. 그들은 하나같이 다른 사람들에게 직접 해를 끼치지 않는데도 사회의 편견이나 아집 때문에 고통을 받고 심지어 목숨을 잃기까지 한다. 그러나 애티커스는 그들도 인간 가족의 소중한 일원이라는 사실을 아이들에게 일깨워 준다. 특히 피부 색깔에 따라 사람을 차별하는 것은 아주 나쁜 일이라고 가르쳐 준다.

66. 『백 년 동안의 고독』 (가브리엘 가르시아 마르케스, 1967)

콜롬비아 태생의 소설가 가브리엘 가르시아 마르케스(1928~2014)의 장편소설. 마르케스는 흔히 '콜롬비아의 세르반테스'로 높이 평가받는다. 상상의 공간 마콘도를 배경으로 삼는 『백 년 동안의 고독』은 환상 세계를 다루는 마술적 리얼리즘에 속하면서 서구 제국주의의 식민지 수탈 행위를 폭로하는 '사회주의 리얼리즘' 계열의 작품이다. 호세 아르카디오 부엔디아 집안이 겪는 사건을 입심 좋게 엮어 나간다. 미국의 다국적 기업 바나나 회사에 맞서 파업을 벌이는 과정에서 계엄령을 선포하여 억압한다. 파업에 참여한 무려 3천 명이 넘는 노동자들이 역광장에서 자국 정부의 군대에 의하여 기관총으로 무참하게 학살된다. 파업을 직접 주도했던 호세 아우렐리아노 세군도가 사건 직후 마콘도에 사는 사람들에게 이 사실을 말하자 그는 오히려 미치광이 취급을 받는다. 역사가들은 이 사건을 아예 교과서에서 다루지 않고 있거나 설령 다루고 있다 하더라도 사실과는 전혀 다르게 기술하고 있다.

67. 『어느 겨울밤 한 나그네가』 (이탈로 칼비노, 1979)

이탈리아 작가 이탈로 칼비노(1923~1985)의 장편소설. 칼비노는 "당신은 이탈로 칼비노의 신작 『만약 어느 겨울밤에 나그네가』를 읽기 시작했다"라는 문장으로 『어느 겨울밤 한 나그네가』를 시작한다. 이렇게 이 작품은 외부 현실을 반영하거나 내적 감정을 표현하는 전통적인 소설 문법을 완전히 깨뜨린다. 다시 말해서 이 작품은 작가의 창작 행위와 독자의 소설 읽기 행위 자체에 주목하는 메타픽션이다. 이 작품은 두 부분, 즉 소설을 읽는 '당신'이 책을 읽기 위하여 펼치는 투쟁, 그리고 '당신'이 단편적으로밖에는 읽을 수 없을뿐더러 결코 끝까지 읽을 수 없는 책들에 관한 내용으로 이루어져 있다. 현실을 일종의 미궁을 파악하는 칼비노는 독자에게 그러한 현실을 보여주는 방법으로 환상성을 선택한다.

68. 『장미의 이름』 (움베르토 에코, 1980)

이탈리아 기호학자요 작가인 움베르토 에코(1932~2016)의 장편소설. 『장미의 이름』의 무대는 14세기 초엽 어느 이탈리아의 수도원으로 이곳에서 끔찍한 연쇄살인 사건이 일어나면서 수도원은 경악과 공포에 휩싸인다. 바로 이때 프란체스코회 수도사인 영국 배스커빌 출신의 윌리엄과 그를 수행하는 수련사인 멜크 수도원의 아드소가 황제 측과 교황 측 사이의 회담을 준비하려고 수도원에 도착한다. 그러나 수도원에서 살인 사건이 벌어지자 수도원의 원장 포사노바의 아보는 윌리엄에게 이 사건을 해결해 달라고 부탁한다. "지식이란 신으로부터 전수 받은 단 하나의 진리"라는 중세의 전통적 지식 체계에 윌리엄은 영국의 경험론적 추론으로 맞선다. 윌리엄은 이 세계에 절대적 진리란 없으며 모든 진리는 어디까지나 상황적이고 상대적이라고 생각한다.

69. 『참을 수 없는 존재의 가벼움』 (밀란 쿤데라, 1984)

체코의 망명 작가 밀란 쿤데라(1929~)의 장편소설.『참을 수 없는 존재의 가벼움』은 1968년 체코의 민주화 운동인 '프라하의 봄'과 소련의 체코 침공을 배경으로 삼는다. 체코의 젊은 의사 토마시와 시골 처녀로 사진작가인 테레자, 스위스대학의 언어학 교수 프란츠와 전위예술가 사비나의 사랑을 다룬다. 테레자는 바람둥이 남편의 이런 외도에 적잖이 괴로워한다. 한편 이 작품에서 쿤데라는 개인을 억압하고 개인의 창조성을 말살하는 절대 권력을 비판하면서 타자他者에 대한 배려와 관심을 중요한 주제로 다룬다. 에로틱한 사랑이나 정치적 주제에 가려 자칫 놓쳐버리기 쉽지만, 한 꺼풀만 벗겨 놓고 보면 쿤데라는 이 소설에서 강자한테 억압받은 채 살아가는 힘없는 타자에 대한 배려와 관심을 촉구한다. 토마시와 그의 아내 테레자는 무소불이의 권력을 행사하는 사람들과 비교해 보면 힘없고 보잘것없는 타자들이다. 아무런 자유의지를 행사하지 못한 채 다만 권력가들이 원하는 대로 살아갈 뿐이다.

70. 『시녀 이야기』 (마거릿 애트우드, 1985)

캐나다 여성 소설가 마거릿 애트우드(1939~)의 디스토피아 장편소설.『시녀 이야기』는 1990년대 말경에서 2000년대 초 사이에 일어나는 가상적 상황을 다룬 작품이다. 공간적 배경은 기독교의 극우적 근본주의자들의 손에 넘어가 '길리어드' 정권이 들어선 미국이다. 애트우드는 미래 사회를 배경으로 여성이 사회를 통제하고 관리하는 허구적 현실을 묘사한다. 이렇듯 페미니즘에 기반을 둔 디스토피아 계열의 작품으로 일반 문학과 공상과학 소설의 경계를 자유롭게 넘나든다. 이 소설을 바탕으로 같은 제목의 영화(1990), 오페라(2000), 텔레비전 드라마(2017) 등이 제작되어 관심을 끌었다.

71. 『빌러비드』 (토니 모리슨, 1987)

1993년도 미국 흑인 최초로 노벨 문학상을 받은 여성 작가 토니 모리슨(1931~2019)의 장편소설. 모리슨은 1856년에 미국 신시내티에서 벌어진 충격적인 사건에서 작품의 소재를 빌려왔다. 이 사건에서 한 흑인 여성이 노예 사냥꾼에게 자기 아이를 빼앗기지 않으려고 아이의 목을 베어버린 끔찍한 사건이 일어났다. 미국인들의 '국가적 기억상실증'이라고 할 흑인 노예제도를 소재로 한 작품이다. 가해자인 백인들이나 피해자인 흑인들 모두 망각하고 싶은 노예제도를 처절한 모성애를 통하여 재조명함으로써 사랑받지 못한 자들'의 역사를 새롭게 써 내려간 기념비적인 작품으로 평가받는다. 모리슨이 이 작품의 제사로 삼은 "6천만, 그리고 그 이상"은 노예제도에서 비참하게 죽어간 흑인 노예의 대략적인 수를 의미한다.

72. 『눈먼 자의 도시』 (주제 사라마구, 1995)

1998년도 노벨 문학상을 받은 포르투갈 작가 주제 사라마구(1922~

2010)의 장편소설. 『눈먼 자들의 도시』는 사라마구 특유의 환상적 리얼리즘을 보여주는 대표적인 작품이다. 이 소설에서 그는 "만약에 세상 사람 모두가 눈이 멀어 단 한 명만이 볼 수 있다면 어떠한 일이 일어날까?"라는 물음을 던지고 이 물음에 답하려 한다. 이 소설은 제목에서도 엿볼 수 있듯이 시력을 앗아가는 전염병이 창궐하여 세계가 어떻게 붕괴하는지 과정을 보여준다. '포스트아포칼립스 소설'로 부를 수 있는 이 작품은 대중성과 작품성을 모두 얻는 데 성공했다는 평가를 받는다. 사라마구는 이 작품의 후속작으로 『눈뜬 자들의 도시』를 썼다. 랠프 엘리슨의 『보이지 않는 인간』과 주제에서 여러모로 비슷하다.

73. 『내 이름은 빨강』 (오르한 파묵, 1998)

2006년도 노벨 문학상을 받은 터키 작가 오르한 파묵(1952~)의 장편 추리소설. 『내 이름은 빨강』은 어릴 적부터 화가를 꿈꿨던 파묵이 오스만 제국의 세밀화를 모사하며 연구하고 건축학도를 거쳐 소설가가 된 뒤에 집필한 작품이다. 인간이 아닌 동식물, 악마, 그림 속의 개, 물건, 시체, 심지어는 색깔까지 작중인물로 등장하여 저마다 자신의 관점에서 서술하는 등 전통적인 소설 문법에서 벗어나 실험적인 기법을 구사한다. 시대적 변화 속에서 외부의 힘에 밀려 쇠락해가는 자국의 회화 전통을 지키려고 필사적으로 노력하는 예술가들의 번민이 느껴진다. 추리소설 장르에 속하는 이 작품은 독자들에게 박진감을 주지만 전반적으로 성문화나 오스만 제국 시절의 미술 양식을 다루고 있어 터키 문화를 이해하는 데도 더할 나위 없이 좋다.

74. 『연을 쫓는 아이』 (할레드 호세이니, 2003)

아프가니스탄 출신의 미국 작가 할레드 호세이니(1965~)의 장편소설. 『연을 쫓는 아이』는 의사 겸 작가인 호세이니의 첫 번째 작품이다. 이 작품은 1973년의 군주제 폐지, 1979년의 소련의 침공, 탈레반 정권, 2001년에서 2014년에 이르는 긴 아프가니스탄 전쟁 등 아프가니스탄의 슬픈 역사를 배경으로 한다. 주인공이자 화자인 아미르는 파슈툰족으로 소련이 아프가니스탄을 침공하자 아홉 살 때 아버지와 함께 미국으로 도피하여 대학에 입학하여 작가의 꿈을 이루는 등 자전적 색채가 짙다. 작가가 작품의 제목으로 삼은 연싸움은 상징적 의미가 있다. 이 작품은 출판된 후 70개 이상의 국가에서 판매되고 『뉴욕 타임스』 베스트셀러 목록에 100주 넘게 오르는 등 크게 성공을 거두었다.

75. 『나의 눈부신 친구』 (엘레나 페렌테, 2011)

이탈리아의 여성 작가 엘레나 페란테(1943~)의 장편소설. 흔히 '얼굴 없는 작가'로 유명한 페란테에 관해 알려진 것은 그녀가 1943년에 나폴리에서 태어났다는 것과 고전문학을 전공했다는 것뿐이다. 페란테는 "책은 한 번 출간되고 나면 그 뒤부터 저자가 필요 없다고 믿습니다"라고 말하면서 좀처럼 대중 앞에 나서지 않는 은둔 작가로 유명하다. 2011년 이른바 '페란테 열병'을 일으킨 '나폴리 4부작'의 첫 작품 『나의 눈부신 친구』를 출간하여 관심을 끌었다. 이어서 페란테는 『새로운 이름의 이야기』, 『떠나간 자와 머무른 자』, 『잃어버린 아이 이야기』까지 모두 네 권을 출간하여 세계의 베스트셀러 작가가 되었다.『나의 눈부신 친구』는 여성 두 작중인물의 애증을 그린 작품이다. 그러나 페란테는 "개인적인 것이 곧 정치적"이라는 1970년대의 페미니즘의 테제에 걸맞게 개인의 일상적 문제를 사회적-정치적 차원으로 끌어올린다.

76. 『논어論語』(공자)

중국 춘추시대의 사상가 공자孔子와 그 제자들이 세상 사는 이치를 비롯하여 교육·문화·정치 등을 논의한 이야기들을 모아놓은 책. 유교의 경전인 '사서四書' 중 으뜸으로 꼽히는『논어』에는 ① 공자의 혼잣말을 기록해 놓은 것, ② 제자의 물음에 공자가 대답한 것, ③ 제자들끼리 나눈 이야기, ④ 당대의 정치가들이나 평범한 마을사람들과 나눈 이야기 등 다양한 내용이 포함되어 있다. 공자와 그 제자들이 토론한 이야기라는 의미에서 책의 제목을『논어』로 불렀다고 한다. 이 책의 최종 판본은 공자 학파의 후계자 자리를 차지한 증삼曾參의 제자들이 완성했을 것이라는 견해가 유력하다. 모두 20편, 482장, 600여 문장으로 내려오고 있는데, 본래 판본은 제논어, 노논어, 고문논어 세 종류였지만 현재 전해지는 것은 노논어의 교정본이다.

77. 『도덕경道德經』(노자)

노자老子가 지은 것으로 알려진 도가道家의 대표적인 경전.『도덕경』은 줄잡아 5,000자에 81장으로 되어 있으며, 상편 37장의 내용을 '도경道經', 하편 44장의 내용을 '덕경德經'이라고 하는데 이를 합쳐 '도덕경'이라고 한다. 이 책에서 노자는 이 책에서 유가儒家 철학에 맞서 자연에 순응하는 무위無爲의 삶을 역설한다. "도道는 만물을 생장하지만, 만물을 자신의 소유로 하지 않는다. 도는 만물을 형성하지만, 그 공功을 내세우지 않는다. 도는 만물의 장長이지만 만물을 주재하지 않는다"(10장)라는 사상은 만물의 생성과 변화는 본디 스스로 그러한 것일 뿐 거기에는 어떤 예정된 목적이 없다는 것을 뜻한다. 오늘날 『도덕경』으로 규정한 판본은 중국 삼국시대 말기(기원후 3세기)에 왕필王弼이 정리한 것으로 흔히 왕필본 또는 통용본이라고 부른다.

78. 『당시선唐詩選』

중국 당나라(618~907) 시대의 시를 모은 작품집. 중국문학사에서 당시唐詩는 최고의 성취를 이룬 중국 문화의 꽃이라고 할 수 있다. 양에서나 질에서나 이 시기에 창작된 작품은 그 이전이나 이후보다 훨씬 뛰어나다는 평가를 받는다. 율시律詩와 절구絶句 등의 근체시가 완성된 것도 이 무렵이고, 고체시가 더욱 완숙해진 것도 이 무렵이다. 당시에서는 온갖 소재와 인간 정서를 다루었을 뿐만 아니라 기법을 다양하고 세련되게 발전시키기도 하였다. 이렇게 당시는 그것이 비록 한자로 엮이고 중국의 시문학사 발전 과정에서 형성된 것이기는 하지만, 한국과 일본을 포함한 이른바 한자문화권 구성원 전체가 공유하는 문화유산이다. 독자의 심금을 울리는 풍부한 감수성과 세상을 꿰뚫어 보는 예리한 통찰력이 빚어낸 시 작품이다. 초당初唐의 낙빈왕駱賓王에서 성당盛唐의 이백李白과 두보杜甫를 거쳐 중당中唐의 백거이白居易와 원진元稹, 만당晩唐의 두목杜牧과 이상은李商隱 등은 이 시대의 대표적인 시인들이다.

79. 『삼국지연의三國志演義』 (나관중)

원나라 말기에서 명나라 초기에 걸쳐 산 나관중羅貫中(1330?~1400)의 역사소설. 『삼국지연의』의 본래 제목은 『삼국지통속연의三國志通俗演義』이고, 중국 본토에서는 흔히 『삼국연의』라고 부른다. "진나라 평양후 진수가 남긴 역사 전기를 후학 나관중이 순서에 따라 편집했다晉平陽侯陳壽史傳, 後學羅貫中編次"라는 첫머리의 글에서 엿볼 수 있듯이 이 작품은 역사책을 바탕으로 만든 이야기책이다. 서기 184년 황건적黃巾賊의 난亂부터 서기 280년까지 중국 대륙에서 벌어진 실제 사건을 다룬다. '중국 4대 기서奇書' 중 하나인 『삼국지연의』는 중국 5천 년 역사에서 가장 유명한 작품으로 중국뿐만 아니라 동아시아를 비롯한 서양에서도 잘 알려진 작품이다.

80. 『홍루몽紅樓夢』 (조설근)

청나라 건륭제乾隆帝 시기의 작가 조설근曹雪斤(1715~1763)의 장편소설. 『홍루몽』은 흔히 중국문학의 결정체로 평가받는다. 등장인물이 500여 명에 이르는데도 그들을 세밀하게 묘사하는 것으로 유명하다. 조상의 공적으로 대대로 고관을 지내고 황실의 인척이기도 한 상류계급 가賈씨 가문을 둘러싼 이야기다. 학문을 등한시하고 풍류를 즐기는 한량이자 귀공자인 가보옥賈寶玉, 가보옥의 사촌으로 어릴 적 소꿉친구로 병약하고 섬세하며 염세적인 임대옥林黛玉, 그리고 건강하면서도 머리가 좋고 인격이 원만한 설보채薛寶釵 사이의 삼각관계를 축으로 스토리가 전개된다. 100여 차례 간행되고 30여 종의 후속편들이 나올 만큼 중국에서 크게 인기를 끈 국민적인 고전이다. 『삼국지연의』와 함께 '중국 4대 기서'로 꼽히지만『홍루몽』은 문학적 가치와 인기에서 다른 기서를 앞지른다.

81. 『수호지水許志』 (시내암)

원나라 말에서 명나라 초기에 활약한 작가 시내암施耐庵(1296~1370)의 장편소설.『수호지』는『삼국지연의』와 함께 중국 고전의 양대 산맥을 이루는 작품이다. 흔히 두 작품을 '쌍전雙全'이라고 부른다.『수호지』는 탐관오리에 맞서 반란을 일으킨 민중의 저항 의식을 다룬다. 그러나 이 작품은 동아시아의 중심 사상인 유교, 불교, 도교의 세 요소도 적잖이 반영한다는 평가를 받는다. 가령 하늘을 대신하여 도를 행한다는 체천행도替天行道나 충과 의가 모두 온전하다는 충의쌍전忠義雙全은 유교적이고, 노지심魯智深과 무송武松, 등원각은 불교와 맞닿아 있으며, 공손승公孫勝과 그의 스승 나진인羅眞人 그리고 108성, 올안광兀顔光의 태을혼천상진은 도교의 이념과 비슷하다.

82. 『외침吶喊』 (루쉰, 1923)

중국 작가 루쉰魯迅(1881~1936)의 작품집. 루쉰은 저우수런周树人의 필명이다.『외침』에는 루쉰이 1918년에서 1922년 사이에 쓴 단편소설 14편이 수록되어 있다. 그의 대표작인 「광인일기狂人日記」와 「아Q정전阿Q正傳」 같은 작품도 이 작품집에 들어 있다. 이 작품집에 실린 단편소설들은 중화민국 시기에 중국인들이 체험한 고통과 혼란, 무지몽매한 민중의 모습을 잘 보여준다. 러시아 평론가 블라디미르 바실리예프는 "루쉰은 중국 대중의 영혼을 반영한 작가다. 그의 유머적 풍격은 사람들에게 눈물을 흘리게 만든다. 그러므로 루쉰은 단지 중국의 작가일 뿐만 아니라 동시에 세계의 일원이기도 하다"라고 평하였다. 루쉰은 가히 중국 현대문학의 아버지라고 할 만하다.

83. 『붉은 수수 가족紅高粱家族』(모옌, 1986)

2012년도 노벨 문학상을 받은 중국 작가 모옌莫言(1955~)의 장편소설. 그의 본명은 관모예管謨業로 그가 1986년에 발표한 「붉은 수수」는 "1980년대 중국 문단의 이정표"라는 호평을 받았다. 이에 고무되어 모옌은 잇달아 「고량주」, 「개의 길」, 「수수 장례」, 「기이한 죽음」을 발표하였다. 모옌은 이 다섯 편을 한데 묶어 『붉은 수수 가족』라는 책을 출간하였다. 그러니까 이 작품은 본격적인 의미의 장편소설이라기보다는 연작소설에 해당한다. 이 작품은 1920년대 중반부터 1940년대 초반까지 중국 산둥성 가오미 지방을 배경으로 삼는다. 서술 화자인 '나'는 누구의 것인지도 모를 무덤과 단 몇 줄 남아 있는 기록만으로 자기 집안의 역사를 복원해낸다. 모옌은 단순히 가족사를 복원하는 것에 그치지 않고 인간의 원초적 본능과 함께 일제강점기 중국 민초의 역사요, 더 나아가서는 '종種'으로의 인간 역사를 다룬다.

84. 『마쿠라노소시枕草子』(세이 쇼나곤, 11세기)

일본 헤이안平安 시대의 뇨보(궁녀) 세이 쇼나곤清少納言(966~1025)의 수필집. 『마쿠라노소시』는 일본에서 가장 오래된 수필 문학으로 꼽힌다. 세이 쇼나곤은 이 작품집에서 여성 특유의 감수성으로 자신이 보고 들은 것, 좋아하는 것이나 싫어하는 것, 계절의 변화 등 주제에 따

라 자유롭게 써 내려간다. 이 작품집을 관류하는 미의식은 흔히 '오카시をかし'라고 부른다. 이 미의식은 이 무렵 일본문학의 또 다른 정서 '아와레あはれ'와 흔히 비교된다. 후자는 대상에 몰입하여 얻는 정취를 말하지만, 전자는 사물이나 상황을 객관적으로 관찰하여 그로부터 얻는 흥취를 말한다. 세이 쇼나곤은 이치조 덴노一条天皇의 중궁中宮 후지와라노 테이시藤原定子를 모시던 궁녀였으므로 누구보다도 당시 궁중의 생활상을 잘 묘사하였다.

85. 『겐지 이야기源氏物語』 (무라사키 시키부, 11세기 초)

일본 헤이안 시대 중기의 궁녀요 작가인 무라사키 시키부紫式部(978~1016)의 일본 최초의 고전소설. 흔히 세계문학사에서 최초의 소설로 일컫는 이 작품은 일본문학사뿐만 아니라 세계문학사에서도 매우 중요한 작품으로 평가받는다. 이 작품은 무려 500명에 가까운 작중인물이 등장할 뿐만 아니라 70여 년에 걸친 장편소설이다. 덴노天皇의 아들로 다재다능한 주인공 히카루 겐지光源氏가 신하 계급으로 떨어지기까지의 과정을 묘사한다. 이밖에도 궁중에서 일어나는 여러 사건과 암투, 겐지 주변 인물들의 다양한 삶을 다루기도 한다. 무라사키는 11세기의 일본 상위 계층의 생활상을 묘사하고 있어 일본 문화를 이해하는 데도 큰 도움이 된다.

86. 『하이쿠 시집』 (마쓰오 바쇼, 17세기)

일본 에도江戸 시대에 활약한 마쓰오 바쇼松尾芭蕉(1644~1694)의 하이쿠 시집. 바쇼는 렌가連歌, 즉 두 사람 이상이 번갈아 한 행씩 읊는

시 놀이의 첫 구인 홋쿠發句를 독립시켜 '하이쿠'라는 차원 높은 문학으로 발전시켰다. 흔히 세계에서 제일 짧은 정형시로 일컫는 하이쿠는 5·7·5조 17음으로 이루어진 일본의 전통 시가다. "가진 것 하나 / 나의 생은 가벼운 / 조롱박"에서는 바쇼의 청빈한 삶을 엿볼 수 있다. "나비가 못 되었구나 / 가을이 가는데 / 이 애벌레는"에서는 자연의 순리를 노래한다. 또한 "오래된 연못 / 개구리 뛰어드는 / 물소리 첨벙!"에서는 어김없이 찾아오는 계절의 순환과 질서를 노래한다. 바쇼는 평이한 언어로 심오한 정신세계를 표현했다는 평가를 받는다. 바쇼는 "나의 시는 하로동선夏爐冬扇, 즉 여름철의 화로, 겨울철의 부채처럼 아무 쓸모가 없다"라고 노래하지만, 그의 시는 좀처럼 세월의 풍화작용을 받지 않고 전 세계 독자들에게 지금도 여전히 울림을 준다.

87. 『나는 고양이로소이다』 (나쓰메 소세키, 1905)

일본 작가 나쓰메 소세키夏目漱石(1867~1916)의 장편소설. 그는 일본의 근대 문학의 기초를 닦은 작가로 흔히 '일본의 셰익스피어'라고도 부른다. 소세키는 언문일치를 부르짖은 후타바테이 시메이二葉亭四迷와 함께 현대 일본 순수문학의 본령인 사소설私小說의 세계를 최초로 대중들에게 선보였다. 『나는 고양이로소이다』는 고양이를 서술 화자로 삼은 독특한 작품이다. 길가에 버려진 어느 새끼 고양이가 인근 학교의 영어교사인 진노 구샤미珍野苦沙弥의 집에 들어가 빌붙은 후, 자신이 고양이로서 겪는 일과 구샤미의 일상생활, 그리고 그의 친구들과 주변 인물들에 관하여 이야기하는 소설이다. 고양이의 시선으로 인간세계를 바라보는 시니컬하면서도 위트 있는 어투가 특징이다.

88. 『설국雪國』(가와바타 야스나리, 1937, 1948)

1968년도 일본인 작가로서는 최초로 노벨 문학상을 받은 가와바타 야스나리川端康成(1899~1972)의 장편소설. 작가는 "국경의 긴 터널을 빠져나오자, 설국이었다. 밤의 아랫쪽이 하얘졌다. 신호소에 기차가 멈춰 섰다"라는 유명한 문장으로 『설국』을 시작한다. 일본 고전무용 비평가인 남자 주인공 시마무라島村가 북쪽 지방의 눈이 많이 내리는 온천 마을을 배경으로 게이샤 고마코駒子, 그리고 고마코의 친구인 동시에 일종의 연적이었던 요코葉子에게 빠져들게 되면서 겪는 긴장과 갈등을 그린다. 가와바타는 작품의 내용보다는 감각적 문체와 섬세한 심리묘사 등 형식에 무게를 싣는다. 서정적인 표현에 탐미주의적 색채가 짙게 풍기는 작품으로 유명하다.

89. 『금각사金閣寺』(미시마 유키오, 1956)

일본 작가 미시마 유키오三島由紀夫(1925~1970)의 장편소설. 본명이 히라오카 기미타케平岡公威였던 그는 가와바타 야스나리의 호평을 받고 화려하게 문단에 등단하였다. 『금각사』는 미시마의 가장 성공한 대표작일 뿐만 아니라 근대 일본문학을 대표하는 걸작 중 하나로 해외에서도 높은 평가를 받은 작품이다. 미시마는 1950년에 일어난 금각사 방화 사건에서 이 작품의 소재를 취해 왔다. 이 소설에서 금각사의 아름다움에 사로잡힌 한 학승이 절에 불을 지르기까지의 경위를 일인칭 고백체로 다룬다. 전쟁 전후를 시대 배경으로 중증의 말더듬이 주인공 미조구치溝口가 금각사를 보고 태어나 처음으로 이 세계의 아름다움을 맛본다. 미시마는 주인공이 느끼는 아름다움에 대해 동경과 저주와 집착의 상반된 심리를 정밀한 문체로 그렸다는 평가를 받는다.

90. 『개인적 체험』(오에 겐자부로, 1964)

1994년도 노벨 문학상을 받은 일본 작가 오에 겐자부로大江健三郎(1935~)의 장편소설. 『개인적 체험』은 제목 그대로 작가 오에가 장애인 아들을 둔 개인적 체험을 바탕으로 쓴 작품이다. 학원 강사로 근무하는 주인공 버드는 장애 아이로부터, 아내로부터, 가족으로부터, 그리고 일상에서 벗어나려고 안간힘을 쓴다. 한때 마음속으로 아들이 사망하기를 은근히 바랄 정도다. 자포자기 상태에 빠진 버드는 일탈과 방종의 굿판도 그의 마음을 달래지 못한다. 그러나 버드는 불현듯 "아이는 어디선가 전쟁을 치르고 부상을 입고 찾아온 것"이라는 생각을 한다. 결국 일탈과 방종의 무거운 짐을 벗고 절대약자라고 할 장애 아이와 가족을 자기 삶의 일부로 받아들이기로 마음먹는다. 오에는 사회적 약자의 삶과 고통을 '나'의 고통으로 간주하고 그것을 '나'의 삶과 연관 지어 살아가는 태도를 두고 '공생共生'이라고 부른다.

91. 『노르웨이의 숲』(무라카미 하루키, 1987)

일본 작가 무라카미 하루키村上春樹(1949~)의 장편소설. 하루키의 대표작인 『노르웨이의 숲』은 일인칭 서술 화자 와타나베 토오루ワタナベトオル를 비롯한 대학생들이 겪는 청춘의 아름다움과 함께 아픔과 절망을 다룬다. 화자의 고교 시절 동급생으로 자살하는 기즈키キズキ, 기즈키의 소꿉친구로 대학에 입학한 뒤 정신병이 생겨 휴학하고 교토에

있는 요양시설에서 사망하는 나오코直子, 또 같은 대학에 다니는 고바야시 미도리小林綠 등이 중심인물이다. 기즈키가 죽은 뒤 화자 '나'가 "죽음은 삶의 대극이 아니라, 그 일부로 존재하고 있다"라고 말하듯이 이 작품에는 죽음의 그림자가 짙게 깔려 있다. 주인공이 삶에 적극적이지 못하고 매사에 거리를 두는 것은 바로 그 때문이다. 한국에서는 『상실의 시대』라는 제목으로 번역되어 큰 인기를 끌었다.

92. 『삼국유사三國遺事』 (일연, 13세기)

고려 후기 승려 일연一然이 고조선에서부터 후삼국까지의 유사遺事를 모아 편찬한 역사서. 『삼국유사』는 역사서라지만 향가, 신화, 설화, 야사 등을 수록하고 있어 문학서로도 손색이 없다. 일연의 제자 무극無極이 1310년대에 이 책을 간행하였다. 모두 5권 2책으로 구성된 이 책은 ① 왕력王歷, ② 기이紀異, ③ 흥법興法, ④ 탑상塔像, ⑤ 의해義解, ⑥ 신주神呪, ⑦ 감통感通, ⑧ 피은避隱, ⑨ 효선孝善 등 아홉 편목으로 이루어져 있다. 『삼국유사』는 정사正史인 김부식金富軾의 『삼국사기三國史記』와 다르고, 각훈覺訓이 편찬한 불교사서 『해동고승전海東高僧傳』과도 다르다. 최남선崔南善은 "『삼국사기』와 『삼국유사』 중에서 하나를 택하여야 될 경우를 가정한다면 나는 서슴지 않고 후자를 택할 것이다"라고 말한 적이 있다.

93. 『춘향전春香傳』 (저자 미상)

작가와 창작 시기가 정확히 알려지지 않은 대표적인 판소리계 한국 고전소설. 성이성成以性과 남원 기생 춘향의 일화와 그 밖에 박색 추녀 설화, 염정 설화, 암행어사 설화, 열녀 설화 등이 합쳐져 판소리 〈춘향가〉로 발전하였고, 판소리 사설이 소설로 각색되었다. 양반의 아들 이몽룡과 은퇴한 기생 월매의 딸 성춘향의 연애를 다루지만 지배 계급에 대한 민중의 저항 의식도 엿볼 수 있다. 조선 후기 전라도 남원을 배경으로 하는『춘향전』은 젊은 남녀가 양반과 천민이라는 신분의 차이에 굴하지 않고 사랑을 이루어가는 과정을 그린다. 동아시아 문화권에서 인기가 많고, 서양 문화권에서는 '봄의 향기'라는 제목으로 널리 알려져 있다.

94.『무정無情』(이광수, 1918)

한국 작가 이광수李光洙(1892~1950)의 장편소설. 한국문학사에서 한국 최초의 근대 장편소설로 평가받는다. 이광수는『무정』에서 경성학교의 영어교사 이형식을 비롯한 근대 지식인과 신여성을 작중인물로 삼아 식민지 조선의 독자들에게 과학과 교육의 중요성을 강조하며 조선 민족이 나아가야 할 길을 제시한다. 이 작품에 대하여 김동인金東仁은 "첫째, 우리말 구어체로 이만큼 긴 글을 썼다는 것은 조선문 발달사에 있어서 특기할 만한 가치가 있다. 둘째, 새로운 감정이 포함된 소설의 효시로서도 무정은 가치가 있다. 셋째, 조선에서 처음으로 대중에게 환영받은 소설로서 가치가 있다. 넷째, 무정은 춘원의 대표작인 동시에 조선의 신문학이라 하는 대건물의 가장 중요한 추춧돌이다"라고 평가하였다.

95. 『정지용 시집』 (정지용)

한국의 현대 시인 정지용鄭芝溶(1903~1950)의 시집. 일제강점기 일본에서 영문학을 전공한 정지용은 서구 모더니즘의 세례를 강하게 받았다. 작품의 내용 못지않게 그 내용을 담는 그릇, 즉 형식에 무게를 실었다. 그는 작품에서 마치 조각가가 대리석을 다듬듯이 그렇게 언어를 다듬었다. 그래서 정지용은 흔히 한국문학사에서 최초의 이미지스트이요 모더니스트로 꼽힌다. 그의 주요 작품은 『정지용 시선』(1935)과 『백록담白鹿潭』(1941)에 수록되어 있다. 정지용과 함께 한국 시단을 이끌던 김기림金起林은 "정지용이 "조선 신시사상新詩史上에 새로운 시기를 그은 선구자이며, 한국의 현대시가 지용에서 비롯되었다"라고 평가하였다.

96. 『김소월 시집』 (김소월)

한국 현대 시인 김소월金素月(1902~1934)의 시집. 정지용과 같은 시대에 활약했으면서도 두 시인은 작품의 소재와 기교에서 사뭇 다르다. 정지용이 서구지향적 작품을 썼다면 김소월은 한국의 토착적 정서가 물씬 풍기는 작품 썼다. 그는 살아 있을 때 『진달래꽃』(1922)를 펴냈고, 그가 사망한 뒤 그의 스승 김억金億이 『소월시초』(1939)를 펴냈다. 유종호柳宗鎬는 "소월과 지용은 동갑이지만, 그들의 시를 보면 100년의 차이가 난다"라고 말한 적이 있다. "소월이 한국의 한恨의 정서를 바탕으로 전통적이고 잠재적인 모국어를 구사했다면, 지용은 시적 대상의 적확한 묘사력과 언어 조탁, 시적 기법의 혁신으로 모국어를 현대화시킨 최초의 모더니스트요, 탁월한 이미지스트로서 한국을 대표하는 우리 시대 최고 시의 성좌星座"라고 지적하였다.

97. 『광장廣場』 (최인훈, 1960)

한국 현대 작가 최인훈崔仁勳(1936~2018)의 장편소설. 최인훈은 『광장』을 무려 열 번 정도 개작에 개작을 거듭해 왔다. 그는 "바다는, 크레파스보다 진한, 푸르고 육중한 비늘을 무겁게 뒤채면서, 숨을 쉰다"라는 자못 시적인 문장으로 이 소설을 시작한다. 그러나 이러한 시적 문장과는 달리 최인훈은 이 작품에서 긴장감이 감도는 한반도의 분단 현실을 다룬다. 주인공 이명준은 서울에서 대학에 다니는 젊은이로 남한을 '광장이 없는 밀실'이라고 비판한다. 그래서 아버지가 있는 북한에 가지만 그곳은 '밀실이 없는 광장'이라는 사실을 깨닫는다. 그래서 한국전쟁 중 포로가 된 주인공이 선택한 곳이 다름 아닌 제3의 회색 지대, 중립국 인도다. 한국의 분단 현실을 본격적으로 다룬 최초의 소설로 평가받는다.

98. 『토지土地』 (박경리, 1976)

한국 현대 작가 박경리朴景利(1926~2008)의 대하소설. 모두 5부 25편으로 구성된 『토지』는 최 참판 일가와 이용 일가의 가족사를 중심으로 3대에 걸친 가족사 소설이다. 그러나 지리산 자락의 경상남도 하동군 평사리 마을을 무대로 펼쳐지는 이 대하소설에는 작중인물이 무려 600여 명 등장한다. 이 작품은 구한말부터 일제강점기를 지나 광복까지의 내용을 다루고 있어 파란만장한 한국 근대사를 엿볼 수 있다. 1983년에 『토지』 1부가 일본 문예신서文藝新書에서, 1994년에는 역시 1부가 프랑스 벨퐁출판사에서, 그 이듬해에는 1부가 영국 키건폴출판사에서 번역되어 나왔으며, 지금 독일어 번역도 준비 중이다.

99. 『채식주의자』 (한강, 2007)

2016년도 인터내셔널 부문 맨부커상을 받은 한국 현대 작가 한강韓江(1970~)의 연작소설. 육식을 거부하기 시작한 한 젊은 여자의 이야기인 「채식주의자」, 처제의 몽고반점에서 강렬한 성적 충동을 느끼는 한 남자의 이야기인 「몽고반점」, 인간이기를 거부한 채 나무가 되려고 하는 젊은 여성과 그녀의 파멸을 옆에서 지켜보는 언니의 이야기인 「나무 불꽃」 ― 이 세 단편소설을 연작소설 형태로 한데 묶어놓은 작품이 『채식주의자』다. 세 이야기를 관류하는 핵심 인물은 채식주의자로 등장하는 영혜다. "나무가 되고 싶다"니 "더 이상 나는 동물이 아니다"니 하고 말하는 주인공 영혜는 이 시대 여러 형태의 폭압에 온몸으로 맞선다. 한강은 이 작품에서 외모지상주의와 여성을 상품화하는 소비 사회를 비롯한 후기 자본주의 사회를 통렬하게 비판한다.

100. 『엄마를 부탁해』 (신경숙, 2008)

한국의 현대 작가 신경숙申京淑(1963~)의 장편소설. 『엄마를 부탁해』는 제목 그대로 실종된 '엄마'를 중심으로 전개된다. 지방에서 서울에 올라오던 엄마가 서울역에서 실종되는 것으로부터 시작된다. 온 가족은 엄마를 찾으려고 동분서주하고 그 과정에서 큰딸, 큰아들, 아버지의 기억 속에 있는 엄마의 모습이 모자이크 조각처럼 되살아난다. 모두 4장과 에필로그로 구성된 『엄마를 부탁해』는 1장에서는 작가인 큰딸의 회상을 통하여, 2장에서는 큰아들인 형철의 회상을 통하여, 3장은 아버지의 회상을 통하여 엄마의 삶을 조명한다. 그리고 4장에 엄마가 등장해서 자신의 인생, 자식과 남편에 대한 자신의 마음을 직접 들려주는 형식을 택한다. 신경숙은 모성애와 가족 문제를 둘러싼 보편적인 주제를 한국적 정서로 표현했다는 평가를 받는다.

참고문헌

1. 국내 문헌

김용규, 『혼종문화론-지구화 시대의 문화연구와 로컬의 문화적 상상력』, 소명
　　　출판, 2013.

김욱동, 「세계문학을 위하여」, 『시와 표현』 88, 시와표현, 2019.3~4.

_____, 『문학의 위기』, 문예출판사, 1993.

_____, 『전환기의 비평 논리』, 현암사, 1998.

_____, 『포스트모더니즘-문학/예술/문화』 개정판, 민음사, 2004.

_____, 『우리가 정말 알아야 할 서양 고전』, 현암사, 2004.

_____, 『번역인가 반역인가』, 문학수첩, 2007.

_____, 『포스트모더니즘』, 연세대 출판부, 2008.

_____, 『번역의 미로』, 글항아리, 2010.

_____, 『번역과 한국의 근대』, 소명출판, 2010.

_____, 『부조리의 포도주와 무관심의 빵』, 소명출판, 2013.

_____, 『오역의 문화』, 소명출판, 2014.

_____, 『외국문학연구회와 『해외문학』』, 소명출판, 2020.

_____, 『눈솔 정인섭 평전』, 이숲, 2020.

_____, 『아메리카로 떠난 조선의 지식인들』, 이숲, 2020.

김진영, 『시베리아의 향수』, 이숲, 2017.

박종소, 「러시아 속의 세계문학-러시아의 세계문학 수용과 경험을 중심으로
　　　(1917~2013)」, 『러시아연구』 24-2, 서울대 러시아연구소, 2014.

박진영, 『번역가의 탄생과 동아시아 세계문학』, 소명출판, 2019.

이성훈·김창민, 「세계화 시대 문화적 혼종성의 가능성」, 『이베로아메리카연구』
　　　19-2, 서울대 라틴아메리카연구소, 2008.

2. 외국 문헌

Apter, Emily, "Global Translation: The 'Intervention' of Comparative Literature,
　　　Istanbul, 1933", *Critical Inquiry* 29, 2003.

_____, "Untranslatables: A World System", *New Literary History* 39-3, 2008.

_____, *The Translation Zone: A New Comparative Literature*, Princeton: Princeton

University Press, 2011.

_____, *Against World Literature: On the Politics of Untranslatability Translation*, London: Verso, 2013.

Bassnett, Suan · Henri Lefevre(ed.), *Translation, History, & Culture*, London: Cassell, 1996.

Beebee, Thomas, "What in the World does Friedrich Nietzsche have against *Weltliterature?*" *Neohelicon* 38, 2011.

Bourdieu, Pierre, trans. Randal Johnson, *The Field of Cultural Production: Essays on Art and Literature*, New York: Columbia University Press, 1993.

Casanova, Pascale, trans. Malcolm DeBevoise, *The World Republic of Letters*, Cambridge: Harvard Nivcersithy Press, 2007.

Chasles, Philarète, "Foreign Literature Compared", ed. Hans-Joachim Schulz · Philip H. Rhein, *Comparative Literature: The Early Years*, Chapel Hill University of North Carolina Press, 1973.

"Comparative Literature/World Literature: A Discussion with Gaytri Chakravorty Spivak and David Damrosch", *Comparative Literary Studies* 48, 2011.

Damrosch, David, *What Is World Literature?*, Princeton: Princeton University Press, 2003.

_____, *How to Read World Literature*, London: Blackwell, 2009.

_____, *Teaching World Literature*, New York: Modern Language Association, 2009.

Damrosch, David(ed.), *World Literature Theory*, Oxford: Wiley Blackwell, 2014.

D'haen, Theo, *The Routledge Concise History of World Literature*, London: Routledge, 2012.

D'haen, Theo · David Damrosch · Djelal Kadir(ed.), *The Routledge Companion to World Literature*, London: Routledge, 2011.

D'haen, Theo · César Domínguez · Mads Rosendahl Thomsen(eds.), *World Literature: A Reader*, London: Routledge, 2013.

Khomitsky, Maria, "World Literature, Soviet Style: A Forgotten Episode in the History of the Idea", *Ab Imperio* vol.2013 no.3, 2013.

Guillory, John, *Cultural Capital: The Problem of Literary Canon Formation*, Chicago: University of Chicago Press, 1993.

Goethe, Johann Wolfgang von, trans. John Oxenford, *Conversations with Johann Peter*

Eckermann (1823~1832), New York: North Point Press, 1984.

Han, Kang, trans. Deborah Smith, *The Vegetarian*, New York: Hogarth, 2016.

Hayot, Eric, *On Literary Worlds*, Oxford: Oxford University Press, 2012.

Kermode, Frank, ed. Robert Alter, *Please and Change: The Aesthetics of Canon*, Oxford: Oxford University Press, 2004.

Kim, Wook-Dong, *Global Perspectives on Korean Literature*, London: Palgrave Macmillan, 2019.

_____, *Translations in Korea: Theory and Practice*, London: Palgrave Macmillan, 2019.

Lawall, Sarah(ed.), *Reading World Literature: Theory, History, Practice*, Austin: University of Texas Press, 1994.

Lee, Peter, "The Case for a Narrative Filter in Juliane House's Translation Quality Assessment Model: Focusing on Shin Kyung-Sook's *Please Look After Mom*", *Interpreting and Translation Studies* 16, 2012.

Lenin, Vladimir, *Collected Works* 10, Moscow: Progress Publishers, 1962.

Marx, Karl · Friedrich Engels, ed. Gareth Stedman Jones, *The Communist Manifesto*, London: Penguin Classics 2002.

Miller, J. Hillis, "Globalization and World Literature", *Neohelicon* 38, 2011.

Moretti, Franco, *Distant Reading*, London: Verso, 2013.

_____, *Maps, Graphs, Trees*, London: Verso, 2005.

Nietzsche, Friedrich, trans. Walter Kaufmann, *The Birth of Tragedy and the Case of Wagner*, New York: Vintage, 1967.

_____, trans. Helem Zimmern, *Beyond Good and Evil, or Prelude to a Philosophy of the Future*, Mineola, NY: Dover, 1997.

Pizer, John, *The Idea of World Literature: History and Pedagogical Practice*, Baton Rouge: Louisiana University Press, 2006.

Prawer, S. S., *Karl Marx and World Literature*, Oxford: Verso, 1976.

Prendergast, Christopher(ed.), *Debating World Literature*, London: Verson, 2004.

Puchner, Martin, *Poetry of Revolution: Marx, Manifesto, and the Avant-gardes*, Princeton University Press, 2006.

Saussy, Haun, "The Dimensionality of World Literature", Neohelicon 38, 2011.

Shackford, Charles Chauncey, "Comparative Literature", ed. Hans-Joachim Schulz ·

Philip H. Rhein · Chapel Hill, *Comparative Literature*, University of North Carolina Press, 1973.

Shin, Kyong-Sook, trans. Chi-Young Kim, *Please Look After Mom*, New York: Vintage Books, 2012.

Spivak, Gayatri Charvorty, *A Critique of Postcolonial Reason: Toward a History of the Vanishing Present*, Cambridge: Harvard University Press, 1999.

_____, *Death of a Discipline*, New York: Columbia University Press, 2003.

_____, *Other Asias*, Oxford: Wiley Blackwell, 2008.

_____, *An Aesthetic Education in the Era of Globalization*, Cambridge: Harvard University Press, 2012.

_____, *Readings*, London: Seagull Books, 2014.

Tagore, Rabindranath, Sukanta Chaudhuri(ed.), *Selected Writings on Literature and Language*, New York Oxford University Press, 2001.

Thomsen, Mads Rosendahl, *Mapping World Literature: International Canonization and Transnational Literatures*, New York: Continuum, 2008.

Tötösy de Zepetnek, Steven · Tutun Mukherjee(eds.), *Companion to Comparative Literature, World Literatures, and Comparative Cultural Studies*, Cambridge : Foundation Books, 2014.

Venuti, Lawrence, ed. Theo D'haen · David Damrosch · Djelal Kadir, "World Literature and Translation Studies", *The Routledge Companion to World Literature*, London: Routledge, 2011.

Wells, H. G. *Russia in the Shadows*, New York: George H. Doran, 1921.

Witt, Susanna, "Between the Lines: Totalitarianism and Translation in the USSR", ed. Brian James Baer, *Contexts, Subtexts and Pretexts: Literary translation in Eastern Europe and Russia*, Amsterdam: John Benjamins, 2011.